CONFLIT DE SANG

PARTENARIAT DE SANG, TOME 3

ARIEL TACHNA

CONFLIT DE SANG

PARTENARIAT DE SANG, TOME 3

ARIEL TACHNA

Publié par
DREAMSPINNER PRESS

5032 Capital Circle SW, Suite 2, PMB# 279, Tallahassee, FL 32305-7886 USA
www.dreamspinnerpress.com

Édition e-book en français : 978-1-62380-644-6
Édition imprimée en français : 978-1-63477-038-5
Première édition française : novembre 2015
Première édition : octobre 2014

Édité aux Etats-Unis d'Amérique.

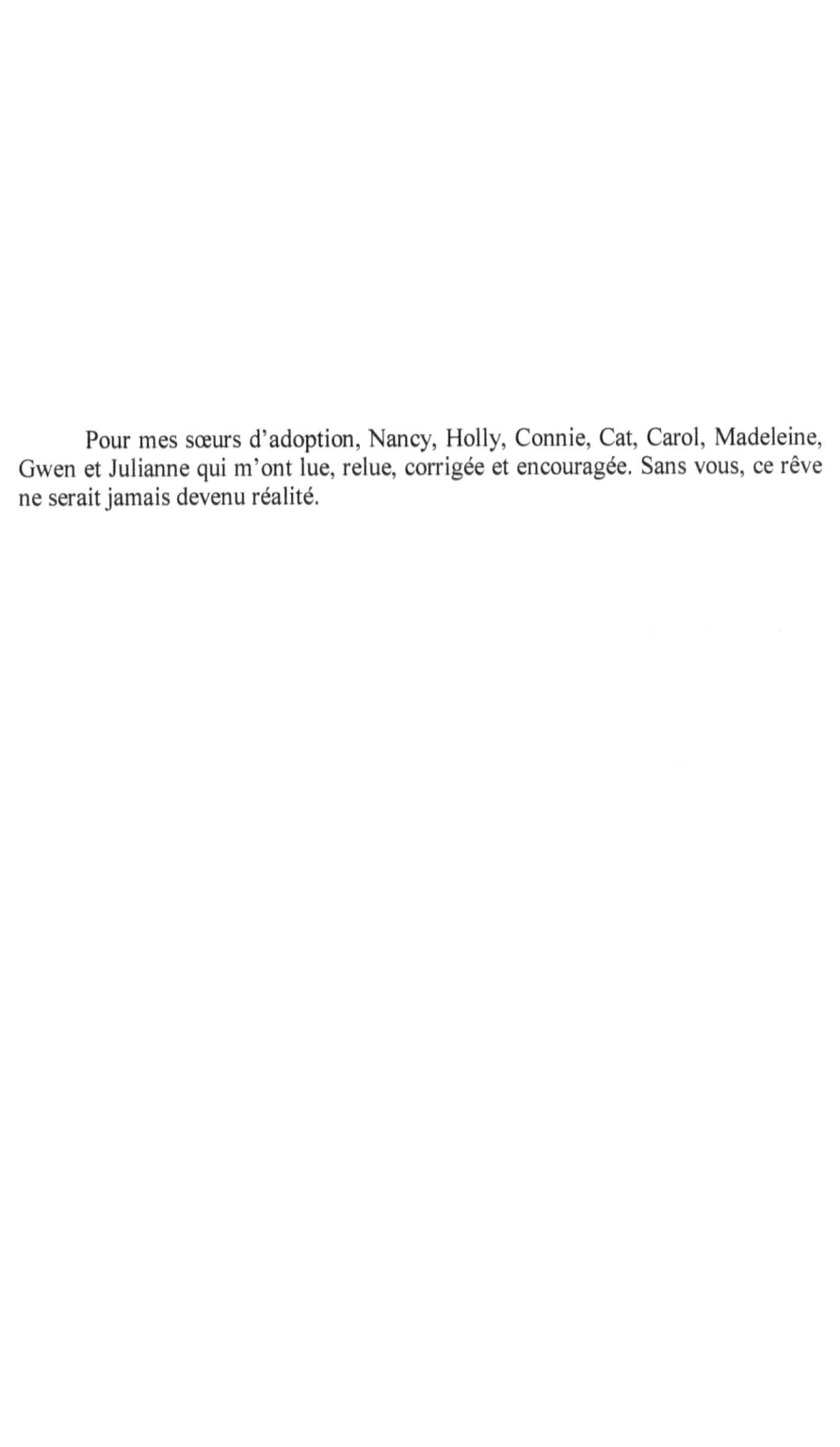

Pour mes sœurs d'adoption, Nancy, Holly, Connie, Cat, Carol, Madeleine, Gwen et Julianne qui m'ont lue, relue, corrigée et encouragée. Sans vous, ce rêve ne serait jamais devenu réalité.

I

— QUE PENSE-T-IL gagner de cette… farce ? cracha Pascal Serrier avec dégoût en éteignant la télévision.

L'annonce d'une alliance entre les magiciens de la Milice et les vampires parisiens, par Chavinier, lui retournait l'estomac. L'idée que ces créatures puissent avoir leur mot à dire dans la décision du pays était plus qu'il ne pouvait supporter. C'était une raison de plus pour renverser le gouvernement actuel et le reconstituer exclusivement avec des magiciens – ses sorciers – qui, eux, avaient compris la valeur de la magie et la place appropriée pour ces êtres inférieurs.

— Il doit savoir que cette alliance ne lui profitera pas. Qu'est-ce qu'un vampire peut faire contre l'un de nos sorts ? Et même s'ils peuvent résister à certains d'entre eux, nous pouvons tout simplement programmer nos attaques pour les effectuer durant la journée. Chavinier ne voudra pas contrarier l'ordre naturel au point d'inverser le jour et la nuit, à supposer qu'il soit encore assez puissant pour le faire, ce dont je doute. Il a mis sa réputation en jeu pour rien.

— Ou alors, il y a plus là-dessous que ce qu'il annonce, le contredit Éric Simonet. Il a beau être un idéaliste, il ne ferait pas une déclaration de guerre qu'il ne pourrait pas mener à bien. Il n'est pas stupide. Il sait les conséquences que cela aurait sur le moral et sur sa réputation.

— Alors, quel est l'intérêt ? demanda Serrier. Quel profit peut-il en tirer ?

— Si les vampires s'occupent des patrouilles de nuit, il peut affecter plus de sorciers aux combats pendant la journée, souligna Simon Aguiraud.

— Mais cela fait moins de sorciers pour nous contrer si nous attaquons la nuit, contredit Simonet. Il dit vrai quand il mentionne le retournement de situation, un résultat qu'il attribue entièrement aux vampires. Ils doivent bien avoir une faiblesse, pourtant. Joëlle a réussi à les battre avant d'être tuée.

— La lumière du soleil et le feu, répéta lentement Serrier. C'est ce que Bellaiche a dit lors de la conférence de presse. La lumière du soleil et le feu.

— À quoi pensez-vous ?

— Quelques minutes avant l'aube, déclara Serrier. Si nous attaquons une patrouille juste avant l'aube, ils vont perdre leur atout quand le soleil se lèvera, soit parce que les vampires chercheront un refuge, soit à cause de la lumière du soleil elle-même.

— C'est instantané, vous croyez ?

— Je ne sais pas, admit Serrier, mais notre invité sangsue le saura. Et il me dira la vérité ou j'arrêterai de lui fournir des victimes. Envoyez Claude le chercher.

Éric fronça les sourcils, mais fit ce que demandait le magicien. L'idée même du vampire le mettait mal à l'aise, mais il prenait garde à ne pas le montrer.

— Qu'en est-il de la femme ?

— Quoi, la femme ? demanda Serrier.

— Vous n'avez plus besoin d'elle, n'est-ce pas ?

Serrier haussa les épaules.

— On ne sait pas quand elle pourra s'avérer utile. Même si elle ne peut pas nous dire ce que nous voudrions savoir, je suis sûr que Claude prendra plaisir à jouer avec elle. Cela fait un moment que je ne lui ai pas donné un nouveau jouet.

Éric retint un frisson à l'idée que le magicien tordu puisse mettre la main sur la femme svelte qu'il avait contribué à ramener, sur l'ordre de Serrier. Il n'avait jamais été très optimiste sur son sort, mais il s'était autorisé à espérer que Serrier aurait la miséricorde de la tuer une fois qu'elle leur aurait dit tout ce qu'elle savait. Il avait lié son destin à celui de Serrier et de ses sorciers après la mort de sa femme, mais, parfois, certaines de leurs méthodes lui faisaient remettre en cause son jugement. Il avait coupé les ponts, de toute façon, il devrait donc se contenter de trouver d'autres moyens de préserver son humanité. La mort accordée par compassion lors d'une soi-disant maladresse avait fonctionné une fois. Il doutait que Claude – ou Serrier – puisse y croire de nouveau.

— La lumière du soleil et le feu, répéta pensivement Serrier. Nous ne pouvons pas forcer le soleil à se lever plus tôt, mais il existe des sorts pour le feu. Nous devons travailler pour adapter ces sorts aux batailles. Simon ?

— Je m'en occupe, déclara Aguiraud en se levant pour se diriger vers la porte. Les vampires vont regretter d'avoir révélé leur faiblesse.

Dès qu'il fut parti, Serrier se tourna vers Éric.

— Aujourd'hui plus que jamais, nous avons besoin de savoir ce qui se passe dans la tête de Chavinier, déclara-t-il à son lieutenant. As-tu réfléchi à l'idée de retourner vers lui pour être mes yeux et mes oreilles ?

— Je l'ai fait, admit Éric, et c'est une pensée attrayante d'utiliser sa naïveté pour lui nuire, mais je ne pense pas que je pourrais le convaincre. Je ne pense pas que je pourrais faire semblant de travailler avec l'assassin de ma femme, même pour l'abattre. Et tant que la colère sera toujours dans mon cœur, et dans ma magie, je ne pense pas qu'il me reprendra. Vous feriez mieux de trouver quelqu'un d'autre, quelqu'un ayant moins d'antécédents avec la Milice.

— Une suggestion ? demanda Serrier avec curiosité.

— Monique, répondit Éric après un instant de réflexion. Elle est assez impitoyable pour faire ce qui doit être fait, mais elle est capable de présenter un visage assez avenant pour lui permettre d'être acceptée.

— Vous ne pouvez jamais rien demander de simple, général Chavinier, n'est-ce pas ? demanda Denise Cadoret, en regardant le projet de loi posé devant elle. Établir une égalité des droits pour les vampires, en vertu de la Constitution, n'est

2

déjà pas une mince affaire à elle seule et, maintenant, vous nous demandez d'engager la responsabilité de tout le gouvernement sur cette question ?

— Comme vous le savez fort bien, Madame la Ministre répondit Marcel en refusant de regarder la Ministre de la Justice, la question revêt une certaine urgence.

— Pourquoi ? demanda Madame Cadoret. Pour le meilleur ou pour le pire, la situation existe depuis aussi longtemps qu'il y a eu un gouvernement pour accorder des droits à quiconque. Pourquoi devrions-nous adopter ce projet maintenant ? Je ne dis pas que nous ne devrions pas leur accorder l'égalité des droits. C'est juste que je ne comprends pas pourquoi cela ne peut pas suivre le processus législatif normal. Vous nous demandez de faire quelque chose d'incroyablement controversé et de risquer la dissolution du gouvernement, dans le cas où l'Assemblée déciderait de voter contre votre proposition.

— Parce que c'est juste de le faire, intervint André Guy, le Secrétaire des Droits de l'Homme. Les vampires risquent leur vie et leur âme pour nous protéger. Le moins que nous puissions faire est de prendre un risque pour eux.

— Parce que, depuis qu'ils ont commencé à risquer leur vie et leur âme pour nous protéger, nous n'avons perdu qu'un seul combat contre les rebelles de Serrier, ajouta Marcel. Nous sortons de l'impasse et le vent tourne en notre faveur.

— C'est bien beau tout ça, protesta le ministre de l'Économie et des Finances avant de réaliser combien son intonation semblait sarcastique.

Il se tourna vers le chef de la Cour à l'allure imposante, assis à la droite de Chavinier.

— Je le pense vraiment. C'est une chose merveilleuse que nous faisons des progrès contre les rebelles, mais la reconnaissance d'un nombre indéterminé de nouveaux citoyens d'un seul coup… c'est un cauchemar administratif. Il faut prendre en considération les emplois, les soins de santé, la sécurité sociale…

— Oui, nous sommes des milliers, admit Jean, mais nous ne pèserons pas sur le système autant que vous l'imaginez. Nous n'avons pas besoin de soins médicaux. Nous avons seulement besoin de nous nourrir, une chose que nous gérons très bien tout seuls. Nous ne vieillissons pas et ne devenons pas impotents, donc la sécurité sociale n'est pas nécessaire. Chaque chef des Cours connaît sa ville. Ils pourront donc facilement fournir une liste des vampires habitant dans leur secteur à la préfecture locale, afin de leur obtenir des papiers d'identité. Nous avons tous trouvé des moyens de gagner l'argent dont nous avons besoin pour nos loyers sans quoi nous n'aurions pas survécu au-delà de l'aube, donc le logement n'est pas un problème non plus.

— Ce n'est pas uniquement les organismes qui ne sont pas préparés à tout cela, répliqua Madame Cadoret. Les vampires n'ont jamais été régis par nos lois, mais si nous leur accordons une protection juridique, les tribunaux auront à s'occuper d'eux.

3

— Nous n'appliquions pas le droit des mortels, parce qu'il ne nous reconnaissait pas, répondit Jean, mais cela ne nous rend pas ingouvernables. Nous avons nos propres lois, nos propres tribunaux et notre propre justice depuis bien plus longtemps que cette république n'existe.

— Raison de plus pour avancer lentement, insista, Madame Cadoret. Nous ne savons rien de vos lois ni comment elles peuvent s'adapter aux nôtres. Cela ne présage que des ennuis.

Voyant la mine renfrognée du vampire, elle continua :

— Je ne dis pas que nous devrions empêcher la loi d'aller à l'Assemblée. Je pense simplement que le calendrier du général Chavinier n'est pas raisonnable.

— Laissez-moi voir si je peux résumer la situation pour vous, répliqua Jean. Avec mon peuple, nous nous sommes portés volontaires pour aider dans cette guerre afin de soutenir un gouvernement qui, pour le moment, ne reconnaît même pas notre droit à exister et, encore moins, notre droit à quoi que ce soit d'autre. Heureusement pour vous, nous nous rendons compte que l'enjeu dépasse les quelques mortels sans vision à long terme qui sont assis sur ces chaises. La seule condition que nous avons mise pour notre assistance c'est cette loi.

— Nous avons à peine récupéré d'un déséquilibre dans la magie élémentaire, déclara Marcel en reprenant la parole. Avoir les vampires de notre côté nous permet de libérer des magiciens pour le traiter, que ce soit pour réparer les dégâts ou pour tenter de résoudre le problème. Vous ne voulez pas vraiment avoir à expliquer au peuple français pourquoi votre réticence a provoqué l'échec de l'alliance, la perte de la guerre par les miliciens et la chute de la République, n'est-ce pas, Madame la Ministre ?

— QUELLE SALOPE, murmura Jean quand Marcel l'eut ramené à son bureau après le Conseil des ministres.

— Elle n'est pas arrivée là où elle est actuellement en étant aimable, accorda Marcel, mais elle n'est pas réactionnaire, juste prudente. Une fois que le Premier Ministre prendra sa décision, elle le soutiendra et s'assurera que la loi soit la meilleure possible. Nous devons juste attendre la décision de Monsieur Pequignot désormais.

Jean hésita un moment, puis reconnut :

— Tu sais, à ce stade, nous ne partirons pas, même s'il n'invoque pas l'article 49-3 ? Pour le meilleur ou pour le pire, nous sommes engagés maintenant.

— Je sais, répondit Marcel.

Il avait déjà deviné que les vampires ne se retireraient pas, même si le gouvernement ne présentait pas au vote la proposition de loi sur l'égalité des droits.

— Et je suis persuadé que le Premier Ministre le sait aussi, continua-t-il. En t'affichant publiquement à mes côtés, tu es devenu une cible au même titre que

4

les magiciens de la Milice. Tu devrais malgré tout avertir ceux qui ne sont pas directement impliqués de prendre des précautions supplémentaires. Si les sorciers de Serrier trouvent l'un des tiens, ils ne se demanderont pas si leur victime est impliquée dans l'alliance ou pas. Ils se contenteront d'attaquer et, même si le sort Abattoir ne fonctionne pas sur les vampires, d'autres sorts y parviendront certainement. Je comprends pourquoi tu as dit à la presse que la lumière du soleil et le feu étaient les seules choses que les vampires craignaient, et je sais que le soleil n'est pas un problème pour les vampires ayant un partenaire, mais c'était quand même un risque énorme, car cela va réduire les sorts que Serrier et ses hommes vous lanceront.

— Je me suis battu aux côtés des sorciers, souligna Jean. Je les ai regardés neutraliser les sorts avant qu'ils puissent faire le moindre dégât. Ils n'auront qu'à neutraliser ces sorts de la même manière. Et le lien qui semble se former entre les partenaires saura certainement leur donner une motivation supplémentaire.

Il ne mentionna pas la dimension plus intime que le lien comportait désormais pour la plupart des partenariats, ne voulant pas que cet aspect influence le vieux général qui soutenait les vampires. Cependant, il ne pouvait s'empêcher de se rappeler les sons intimes qu'il avait entendus avec Raymond pendant qu'ils vérifiaient l'équilibre de la magie élémentaire, alors qu'ils géraient les conséquences du typhon alimenté par la magie sur l'île de La Réunion.

— Ils en auront l'occasion d'ici peu, déclara tristement Marcel. Nous avons besoin que Thierry revienne ici et probablement d'Alain également. Notre jeune espion nous a envoyé des informations que nous ne pouvons pas nous permettre d'ignorer. Je donnerais les ordres, mais Thierry est bien meilleur stratège qu'un vieil homme tel que moi.

Jean grinça des dents pour lutter contre sa réaction instinctive à la pensée du partenaire du magicien blond. Elle provenait de sa conviction que Sébastien lui avait volé son amant, son potentiel Avoué cinq siècles plus tôt, juste sous son nez, à peine quelques jours après son arrivée à Paris. Malgré leur récente conversation sur le sujet, il n'appréciait pas le vampire et n'était pas tout à fait sûr d'avoir confiance en lui. Malheureusement, Marcel faisait confiance à son magicien, ce qui signifiait que Jean n'avait d'autre choix que de tolérer le vampire.

Il sourit à Orlando quand celui-ci entra, et conserva la même expression quand il fit face à Sébastien. Celui-ci lui répondit d'un geste aimable de la tête. Jean aurait parfois voulu se débarrasser des apparences imposées continuellement par le jeu des Cours, même entre alliés supposés. Le jeu était toutefois trop enraciné pour s'arrêter, même ici. Il regarda de nouveau Orlando et Alain, essayant de déterminer s'ils avaient résolu leur problème. Son jeune ami paraissait visiblement plus détendu que la dernière fois où ils s'étaient parlé. Il allait observer et attendre, mais s'il voyait quoi que ce soit qui l'inquiétait, il aurait une discussion avec le magicien avant la fin de la journée. Il avait été le protecteur d'Orlando trop longtemps pour cesser de veiller sur le jeune homme maintenant. En attendant, il s'appuya contre le mur, prêt à écouter ce que Marcel avait à annoncer, et la discussion qui s'ensuivrait.

— Que se passe-t-il ? demanda Alain quand ils furent tous assis.

Il pouvait sentir les yeux de l'ancien vampire dans son dos, mais il ne savait pas comment il pourrait le rassurer, surtout dans cette assemblée. Si Marcel les avait tous réunis, c'était qu'il était arrivé quelque chose, et la guerre passait en premier. C'était nécessaire.

— Notre jeune espion nous a envoyé quelques informations ce matin, je les considère de première importance, annonça Marcel. Selon lui, Serrier a décidé d'utiliser Samhain pour démontrer que son pouvoir existe toujours. Il doit savoir que nous espérions profiter de ce jour pour stabiliser la magie élémentaire et, qu'en conséquence, nous ne serons pas en mesure de nous opposer à ses plans.

— Ce n'est pas une surprise, admit Thierry, bien que la révélation de l'alliance puisse quelque peu changer ses projets.

— Le message est arrivé après l'annonce, répondit Marcel, mais tu as raison, il peut encore changer d'avis. Pour l'instant toutefois, son intention est de détruire la tour Eiffel, à midi.

— Tout ça suggère qu'il a pris en considération l'alliance, observa Alain. Stratégiquement, il est préférable d'attaquer à la faveur de l'obscurité plutôt qu'au beau milieu de la journée.

— Oui, si les vampires étaient encore limités par le cycle du soleil, nous aurions à choisir entre préserver l'un des monuments de notre ville – sans compter les vies qui seraient perdues dans une telle attaque – et l'équilibre de la magie élémentaire, confirma Marcel. Heureusement, nos alliés ne souffrent plus de ces limitations.

— Avec l'aide adéquate, admit Jean spontanément, cruellement conscient de l'homme qui n'était pas présent alors qu'il observait la salle.

L'absence de Raymond le tourmentait comme un mal de dents, pas gênant au point qu'il ne pouvait plus travailler, mais toujours présent dans un coin de son esprit.

— Raymond a-t-il dit quand il pensait revenir ? demanda soudain Marcel en se tournant vers Jean. Son expertise serait inestimable.

— Nous pouvons le faire sans lui, grommela Thierry.

— Oui, nous le pouvons, admit Marcel, mais cela ne signifie pas que nous le devrions s'il est présent. Aucun d'entre nous n'a étudié les pouvoirs élémentaires autant que lui, alors pour quoi ne pas utiliser toutes les ressources à notre disposition ?

Jean se hérissa un peu, en entendant son partenaire être mentionné avec autant de légèreté, mais il avait eu à traiter avec des vampires ayant une attitude similaire à celle de Thierry, et il savait que l'approche de Marcel était la plus efficace. Cela l'ennuyait toujours d'entendre quelqu'un dénigrer les capacités de Raymond.

6

— Combien de sorciers seront nécessaires afin que le rituel de rééquilibrage soit un succès ? demanda-t-il.

— Raymond, pour son habileté, et Thierry est volontaire également puisqu'il a souvent aidé en la matière avant la guerre, énuméra Marcel. Nous ferons appel à une cinquantaine de volontaires pour apporter leur force. Ce n'est pas un rituel dangereux, mais il est exigeant. La plupart des magiciens concernés devront ensuite se reposer pendant plusieurs jours. Je ne prendrai que deux volontaires par patrouille afin de ne pas diminuer inconsidérément nos ressources.

— Je dirigerai la patrouille de la tour Eiffel, proposa Alain. Si Thierry ne peut pas être présent pour s'occuper de la coordination, je suis la personne la plus qualifiée pour m'en charger.

À ses côtés, Orlando retint un froncement de sourcils. Il commençait à peine à retrouver leurs marques après leur dispute – un malentendu stupide sur les limites d'Orlando et la crainte qui en avait découlé, Alain redoutant que son amant puisse avoir perdu toute confiance en lui – et, malgré tout, son amant se portait volontaire pour participer à ce qui pourrait être une terrible bataille. Il comprenait la nécessité de la guerre, il comprenait même l'implication d'Alain, mais ses instincts protecteurs s'emballaient à la pensée de tout ce qui menaçait son Avoué. Il resterait aux côtés d'Alain constamment, mais il savait qu'il ne pouvait pas faire grand-chose pour protéger son magicien, en particulier si les sorciers de Serrier commençaient à adapter leurs sorts pour infliger des dégâts aux vampires, une possibilité dont il avait discuté avec Alain depuis l'annonce de l'alliance.

— Prends au moins ma patrouille avec toi, et peut-être une autre aussi, conseilla Thierry. Serrier veut que ce soit une victoire. Il ne va pas se contenter d'envoyer une poignée de sorciers. Nous aurons de la chance s'il n'envoie pas tous ceux qu'il a.

— Et si l'attaque était une diversion ? interrogea Jean. C'est ce que ferait un vampire : laisser filtrer une information, tout en planifiant secrètement autre chose. Je ne dis pas que nous devrions ignorer la menace, mais cela semble affreusement direct pour un homme aussi tordu et malsain que Serrier.

— Il marque un point, admit Thierry. Le gamin ne semble pas haut placé dans la hiérarchie. Ça pourrait être un piège, pour lui comme pour nous.

— C'est possible, admit lentement Marcel, mais le jeune Dominique n'est pas ma seule source d'informations. Comme on dit, je ne suis pas né de la dernière pluie. J'ai suffisamment de renseignements pour penser que la menace est crédible. La tour Eiffel n'est pas vraiment un emplacement stratégique, mais elle est un symbole. S'ils réussissent à la détruire, cela portera un sérieux coup à l'image de la Milice et du gouvernement.

— Alors, nous devrons simplement nous assurer qu'ils ne la font pas tomber, conclut Thierry d'une voix ferme.

II

RAYMOND TREBUCHA un peu quand il apparut au siège de la Milice, juste au moment où le soleil se levait. Le déplacement depuis La Réunion l'avait épuisé, mais il ne voulait pas reporter davantage son retour. Il était douloureusement conscient du temps qui s'était écoulé depuis le départ de Jean et le besoin d'être de nouveau aux côtés de son partenaire était devenu véritablement insurmontable. Le savoir inspiré par la magie ne faisait rien pour en atténuer l'effet. Il allait faire le point avec Marcel et lui remettrait son rapport, puis il trouverait son partenaire et insisterait afin que le vampire s'alimente de nouveau correctement.

La jalousie comprima le cœur de Raymond à la seule pensée que Jean ait été obligé de se résoudre à boire le sang de quelqu'un d'autre pendant son absence. Il s'était donné sans compter pour essayer de stabiliser suffisamment la situation sur l'île, afin de pouvoir la laisser aux mains du lieutenant Raynaud de Lage et de son partenaire. Il était parfaitement conscient qu'à chaque heure qui passait, la subsistance et la protection que son sang avait fournie à Jean faiblissaient. Il avait vu les flashs d'actualités montrant Jean et Marcel annonçant l'alliance deux jours plus tôt. Il s'était empli les yeux de l'élégance sobre de son partenaire et avait finalement admis pour lui-même que, inspiré par la magie ou non, il était attiré par le vampire. Il n'envisageait pas de céder, hormis pour encourager Jean à se nourrir autant et aussi souvent qu'il en avait besoin. Une petite partie de son esprit craignait de s'abandonner complètement à l'influence de la magie élémentaire, mais la révélation était là désormais, au plus profond de son être.

Traversant les couloirs calmes, il s'appuya lourdement contre le mur lorsqu'il frappa à la porte du bureau de Marcel.

— Raymond ?

Le magicien s'écarta du mur en entendant son nom, ne voulant pas montrer la moindre faiblesse devant les autres, d'autant que ceux-ci toléraient à peine sa présence. Il lui fallut un moment pour comprendre qui venait de parler.

— Jean, qu'est-ce que tu fais encore ici ? demanda-t-il. Le soleil est levé et je suis sûr que ma magie n'agit plus.

— C'est vrai, admit Jean, depuis hier après-midi. Je suis arrivé hier à la tombée du soir pour aider une patrouille de nuit, et je suis resté à parler avec Marcel sur les progrès de la loi. Nous étions si absorbés que nous n'avons pas vu le temps passer jusqu'à ce qu'il soit obligé de me quitter pour une réunion – après le lever du soleil. Je suis descendu à ton bureau, puisqu'il n'a pas de fenêtre, pour me reposer. Que fais-tu ici ?

— Je voulais informer Marcel que j'étais de retour, et lui demander s'il savait où tu étais, expliqua Raymond. Lui n'est pas ici, mais au moins je t'ai trouvé. Tu dois te nourrir.

Jean rit.

— Cela peut attendre ce soir. Tu es épuisé. Rentre à la maison et repose-toi.

S'affalant contre le mur, Raymond sourit avec lassitude.

— Je ne pense pas que je peux rester éveillé assez longtemps pour prendre le métro, et je sais que je n'ai pas l'énergie pour m'y rendre par magie. Je vais trouver un coin tranquille ici, et m'effondrer après t'avoir nourri.

Le chef de vampire fronça les sourcils, glissant son bras autour de la taille de son partenaire et l'entraînant vers son bureau. S'il était secrètement aux anges de sentir le magicien marcher aussi près de lui, son plaisir était toutefois minoré par sa préoccupation de le voir aussi faible.

— Pas question que tu fasses une telle chose. Nous allons rejoindre ton bureau et tu pourras créer un lit pour toi. Je pourrai lire pendant que tu dormiras ; tu as bien assez de livres dans ton bureau et il serait bon que j'en apprenne autant que je le peux, maintenant que nous sommes alliés. Quand tu te réveilleras, je me nourrirai et nous déciderons alors de ce qu'il reste à faire. Y a-t-il quelque chose que tu dois dire à Marcel qui ne peut pas attendre que tu aies dormi pendant au moins quelques heures ? Tu dors debout.

— Non, ça peut attendre, marmonna Raymond, quand ils passèrent le seuil de son bureau. Je voulais juste l'informer que j'étais de retour.

— Je m'assurerai qu'il le sait, promit Jean. Fais apparaître un lit et repose-toi un peu.

Raymond hocha la tête et murmura un sort de transformation, le bureau devint une banquette étroite. S'il n'avait pas été aussi fatigué, il serait rentré chez lui pour dormir dans son lit, mais même ce sort si simple semblait l'avoir vidé de ses dernières forces.

— Un vrai lit, gronda Jean. On ne peut guère se reposer là-dessus.

Raymond esquissa l'ombre d'un sourire et prononça un autre sort, le canapé disparut et un lit, petit, mais confortable, prit sa place. Épuisé, les deux sorts ayant consommé le peu d'énergie qui lui restait, il s'effondra sur le matelas mou, s'endormant presque avant que sa tête ne touche l'oreiller. Jean secoua la tête alors qu'il remontait les pieds de Raymond sur le lit et le couvrait d'une légère couverture. La température de la pièce lui paraissait agréable, mais il avait côtoyé suffisamment de mortels pour savoir qu'ils appréciaient une chaleur plus importante que celle que lui trouvait nécessaire. Son partenaire était déjà épuisé, la dernière chose qu'il voulait c'était de voir Raymond tomber malade.

S'installant sur la chaise de bureau, Jean prit un livre sur l'histoire de la sorcellerie. Il pensa que ce serait une lecture ennuyeuse, mais monsieur Lombard, son mentor et le plus vieux vampire de Paris, avait mentionné que les vampires avaient déjà fréquenté des sorciers autrefois, et il était curieux. Il voulait voir s'il trouvait une quelconque référence mentionnant des vampires combattant aux côtés de sorciers. S'il y parvenait, il serait en mesure de comprendre comment empêcher son peuple d'être décimé, comme il l'avait été autrefois d'après ce que

9

monsieur Lombard lui avait dit. Certes, l'existence des partenariats aiderait cette fois – protégeant les vampires appareillés de l'exposition au soleil et donnant aux sorciers quelqu'un d'attitré pour le protéger –, mais tous les vampires n'avaient pas de partenaire et, désormais, Serrier avait connaissance de l'alliance. Les sorciers rebelles allaient sûrement adapter les sorts qu'ils utilisaient pour les rendre préjudiciables aux morts-vivants.

Il réussit à parcourir les deux premiers chapitres avant que ses pensées ne dévient du sujet pour se reporter sur l'homme qui dormait à proximité. Il ne s'était pas attendu à ce que Raymond lui manque. Son sang et la protection qu'elle lui offrait, oui, mais pas l'homme lui-même. Plus d'une fois, au cours des jours précédents, il avait eu envie de partager une réflexion avec le magicien ou de lui demander quel serait son avis sur tel ou tel sujet. Prenant le temps d'y réfléchir, il réalisa avec stupeur que leur rencontre remontait à peine à deux semaines et, durant ce court laps de temps, la proximité – et le lien magique entre eux – avait permis à Raymond de faire partie intégrante de son existence. Il pouvait encore vivre sans son partenaire à ses côtés, mais il aurait alors l'impression qu'il lui manquait quelque chose, comme si ses sens étaient subitement émoussés. Maintenant que Raymond était de retour à Paris, tout rentrait dans l'ordre, comme si un voile s'était levé devant ses yeux. Il se dit qu'une telle réaction était ridicule, mais cela ne diminua en rien la sensation.

Posant le livre de côté, il s'approcha du lit et s'assit sur le bord, observant attentivement le magicien aux cheveux noir. Les yeux de Raymond étaient fermés, ce qui lui interdisait de voir ses iris noisette, mais Jean pouvait les visualiser assez facilement. Les imaginer s'ouvrir doucement, voir ses lèvres minces se relever en un sourire accueillant tandis que Raymond tendrait les bras pour…

Avant que Jean ne puisse la retenir, sa main s'élança vers le visage de Raymond pour le caresser, le cours inattendu de ses pensées le prenait au dépourvu. Sa main resta suspendue à un centimètre au-dessus des cheveux courts de son partenaire, tandis qu'il luttait contre lui-même, contre le fait de savoir que leur lien était inspiré par la magie, contre le désir compulsif de réclamer le beau magicien comme sien. Il ne s'était pas nourri depuis son départ de La Réunion. Il devrait être affamé, à peine capable de contrôler son besoin de chasser après aussi longtemps. Quarante-huit heures, il pouvait les supporter facilement. Soixante-douze heures, cela restait une durée raisonnable. Mais cela faisait quatre-vingt-dix heures maintenant, sa faim aurait dû être débilitante. Il pouvait évidemment sentir le besoin de sang, mais pas avec autant d'acuité qu'il s'y attendait. Sachant que Raymond s'offrirait dès son réveil – il s'était proposé avant de s'endormir, mais cela aurait été un abus de confiance d'accepter – Jean devrait être en train de se contenir avec toute la force de sa volonté. Au lieu de ça, il était patiemment assis à côté de son partenaire, attendant que Raymond se réveille.

Les yeux de Raymond s'ouvrirent lentement, comme incités par l'intensité du regard de Jean. Il cligna des yeux plusieurs fois, incertain de pouvoir croire ce qu'il voyait. Chaque fois qu'il avait dormi durant leur séparation, il avait rêvé de se réveiller en trouvant son partenaire à ses côtés. Chaque fois, cela n'avait été qu'un rêve.

— Suis-je encore en train de rêver ? demanda-t-il, confus.

Jean secoua la tête.

— Non, c'est la réalité.

— Je n'étais pas sûr, expliqua Raymond encore à demi endormi, les mots s'échappant sans censure. J'ai rêvé...

Il s'arrêta quand il réalisa ce qu'il avait été sur le point de révéler. Secouant la tête pour s'éclaircir les idées, il offrit son bras à Jean.

— Tu dois te nourrir.

Jean étreignit la main de Raymond dans la sienne, mais ne la leva pas immédiatement à sa bouche. Son regard était fixé sur la veine pulsant au cou de son partenaire. Il voulait refermer ses lèvres sur cet endroit, enfoncer ses dents dans cette partie de chair, mais le faire sans y être invité briserait sûrement la sérénité qui régnait entre eux. Même en sachant l'intimité que procurait le baiser d'un vampire, Jean ne voulait pas menacer cette paix. Quelque chose dans son expression avait dû trahir son désir, car Raymond croisa son regard et courageusement, lentement, très lentement, bascula la tête en arrière. Un millénaire d'expérience en tant que vampire, un millier d'années à se sustenter du sang vivifiant des autres, ne l'avait pas préparé à ce moment. Il ne devrait y avoir rien de spécial, rien d'inhabituel dans l'offre que faisait Raymond avec cette prudente résolution. Des mortels s'étaient offerts sciemment et inconsciemment à Jean plus de fois qu'il ne pouvait en compter au cours des années qui avaient suivi sa transformation. Beaucoup d'entre eux avaient offert leurs cous. Peut-être était-ce de savoir combien Raymond avait été hésitant – Jean réprima un rire ; *révolté* était un terme plus exact – la première fois qui rendait cette soudaine bonne volonté aussi tentante. Peut-être était-ce le délai depuis la dernière fois qu'il avait mangé qui influençait maintenant sa faim. C'était peut-être le lien magique entre eux qui guidait ses instincts possessifs. Quoi qu'il en soit, sa main tremblait quand il se prépara à se pencher sur son partenaire et à s'alimenter à cette veine offerte.

La sensation d'un corps le surplombant, le touchant presque, faisait courir des frissons dans le dos de Raymond. Il combattit la double urgence qui l'incitait à se battre ou à fuir, alors que la sensation d'être pris au piège grandissait en lui. Puis les lèvres de Jean frôlèrent son cou et tout désir de s'éloigner le déserta. À la place, sa tête bascula plus franchement en arrière, donnant au vampire un meilleur accès à la peau tendre de son cou.

Jean se figea, avec l'envie croissante de se pincer pour s'assurer que, comme il l'avait assuré à Raymond, ce n'était pas un rêve. Il respira profondément, luttant pour garder le contrôle qu'il lui avait été si facile de conserver avant que Raymond ne s'offre volontairement. Les sens de Jean étaient soudain saturés par les parfums de sable, de sueur et de bois de santal.

Consciencieusement, il prépara la gorge de son partenaire, le pouls battant furieusement. Il pouvait goûter le sel sur la peau du magicien, mais sans pouvoir dire s'il provenait de sa sueur ou de l'océan. Cela importait peu de toute façon, hormis pour séduire Jean davantage. L'inspiration et l'expiration du souffle de Raymond soulevaient ses cheveux, balayant les longues mèches sur son visage quand une des mains du magicien se leva lentement pour se poser sur son crâne.

Jean craqua. Ses crocs descendirent si rapidement que cela en était presque douloureux, ses dents se refermant sur sa peau sans préméditation consciente, s'enfonçant profondément dans le cou de Raymond, prenant la nourriture offerte et se réjouissant de l'intimité implicite.

La douleur était aussi réelle que Raymond l'avait toujours craint, mais elle disparut aussi vite qu'elle était venue. Elle était remplacée par un sentiment de connexion beaucoup plus immédiat que ce qu'il avait ressenti chaque fois que Jean s'était nourri à son poignet. Ses yeux se fermèrent alors que les lèvres du vampire se déplaçaient sur sa peau, se nourrissant profondément.

Toute la faim que Jean aurait dû ressentir ces deux derniers jours le submergea soudainement. Le sang de Raymond était riche et chaud, un festin de saveurs aussi complexe que l'homme lui-même. Une partie de l'esprit de Jean les répertoriait pour un examen ultérieur, mais il était trop immergé dans cette intense, intime union pour les analyser maintenant. Rapidement, une saveur domina les autres. Se méfiant des émotions perçues, tant l'idée était à l'opposé de ce que Raymond avait manifesté sur l'île, Jean ne fit rien pour favoriser l'excitation qu'il pouvait percevoir, mais il connaissait trop bien la signature de cette émotion pour être incapable de l'interpréter ou de l'identifier correctement. Il serait déjà assez difficile pour son partenaire de composer avec l'évolution soudaine des perspectives entre eux, sans évoquer les questions soulevées par le lien magique. Jean préféra donc se concentrer pour maintenir ses propres réactions sous contrôle, pour ne rien faire susceptible d'exacerber de possibles problèmes dans leur relation. S'il avait presque désespérément besoin de se nourrir, après avoir puisé dans ses réserves autant qu'il se sentait capable pour survivre, il ne voulait pas que sa voracité puisse effrayer Raymond. Il devait laisser toutes ces considérations de côté ; pour pouvoir participer efficacement à l'alliance, il avait besoin de la protection que le sang de son partenaire pouvait lui fournir.

Le corps de Jean se pressait contre Raymond à la manière d'un amant, leur position évoquant des rêves chauds, des membres enchevêtrés, des peaux odorantes, humides. Raymond frissonna sous la vague de désirs inconscients, irrésistibles, son moi profond ayant accepté au cours de leur séparation, ce que son être éveillé continuait à rejeter. Sa main se resserra dans les cheveux de Jean, exhortant le vampire à prendre tout ce dont il avait besoin. Il s'agita nerveusement sur le lit tandis que les émotions suscitées par les crocs de Jean s'épanouissaient en lui. Son autre main tâtonnait sur le drap à la recherche d'une semblable, de doigts à emmêler avec ceux de son partenaire pendant que le vampire continuait à boire.

Si cela avait été quelqu'un d'autre sous ses canines, Jean aurait pris ce geste comme un signe destiné à l'inciter à aller au-delà de la simple alimentation, vers une interaction encore plus agréable. La convoitise croissante qu'il pouvait goûter dans le sang de Raymond ne faisait qu'ajouter à cette impulsion, mais il n'avait pas atteint sa position de chef de la Cour en cédant à ses pulsions. Raymond n'était pas un inconnu qu'il avait ramassé dans un club goth ou payé à *Sang Froid*. Il était le partenaire de Jean, sa protection contre le soleil et son allié dans cette guerre. Plus que cela encore, Jean en était venu à le respecter au cours des deux dernières semaines, à réaliser l'étendue des connaissances et du caractère qui se cachait sous une jolie apparence et une attitude parfois maussade. Aussi ne laissa-t-il pas ses mains s'égarer comme elles le souhaitaient, les gardant fermement à la place, là où elles se trouvaient, l'une tenue par la main de Raymond, l'autre posée à côté de sa tête afin de soutenir son poids pour qu'il ne s'appuie pas trop intimement contre le magicien. La certitude qu'il faisait le bon choix ne faisait rien pour compenser la tentation que Raymond représentait, surtout avec le désir qui courait cruellement dans ses veines. Il avait déjà pris assez pour tenir, même après son jeûne de plusieurs jours, mais il voulait connaître le goût de la jouissance de Raymond. Il pourrait bien ne jamais connaître le frisson de faire l'amour au magicien en l'ayant sous lui, il pourrait très bien n'avoir jamais rien de plus que ce moment ou d'autres dans le même genre. Cette pensée était suffisante pour l'inciter égoïstement à continuer à s'alimenter.

Juste pour cette fois, il montrerait à Raymond tout le plaisir qu'un vampire pouvait offrir, en espérant que ce serait suffisant pour amener le magicien à désirer plus, non pas parce que cela bénéficiait à l'alliance, mais parce que cela leur profitait à eux.

Raymond n'aurait pas su dire ce qui changea, mais il sut à quel moment cela se produisit. Les crocs de Jean ne pénétrèrent pas moins profondément, pas moins activement, mais leur action prit brusquement une nouvelle dimension. Soudain, sa jouissance semblait l'objectif de leurs mouvements. Il voulait secouer la tête, dire à Jean de ne pas en faire quelque chose de plus que cela n'aurait dû l'être, mais rapidement, il fut incapable de réfléchir à ce que « cela » pouvait être. Jean ne s'était pas privé d'alimentation pendant quatre jours simplement pour l'alliance. Bien qu'ils aient convenu qu'il se montrerait discret s'il allait se nourrir ailleurs, personne ne l'aurait blâmé puisque Raymond n'était pas sur le même continent. Et certainement pas Raymond. Jean ne serrait pas sa main avec tant de délicatesse à cause de l'alliance non plus. Peut-être qu'une part de tout ceci était due au lien créé entre eux par la magie élémentaire, mais bien qu'ils le comprennent mieux maintenant qu'ils ne l'avaient fait avant, le lien en lui-même n'était pas nouveau, il s'était formé la première fois que Jean s'était nourri avec lui.

Puis la langue du vampire lécha sa peau, juste en dessous de l'endroit où ses crocs avaient pénétré, et Raymond perdit toutes pensées cohérentes. Le corps de Jean ne s'approcha pas plus près du sien, ses mains restèrent exactement où elles se trouvaient, mais Raymond eut une dernière révélation avant que l'extase ne submerge ses sens et prenne complètement le contrôle : Jean était en train de lui faire l'amour.

Avec un soupir frémissant, Raymond jouit, ses yeux se révulsèrent, son dos se cambra tandis que ses doigts resserraient leur prise sur les cheveux et la main de Jean. Ses émotions se déchaînaient, il s'effondra sur le lit, essayant de comprendre ce qui venait de se passer. Toutefois, avec la langue de Jean apaisant doucement les marques laissées par ses crocs, Raymond trouvait difficile de retrouver sa concentration habituelle.

— Délicieux.

Ce seul mot, murmuré presque tendrement contre sa peau, rompit le charme sensuel qui enveloppait Raymond, le laissant se tortiller avec embarras, rougissant quand le mouvement attira son attention sur la zone humide qui s'étalait sous le tissu de son pantalon. Avec une grimace contrariée, il se redressa, murmurant un sort de nettoyage pour effacer les preuves de son abandon. Le contentement qu'il lisait sur le visage de Jean l'agaça un peu plus, aussi se réfugia-t-il, comme il l'avait toujours fait, dans la distance fournie par une analyse théorique.

— D'après tout ce que j'ai lu, je ne pensais pas que les vampires pouvaient tenir quatre jours sans se nourrir.

Jean réprima un soupir au changement d'attitude, mais composa avec la diversion. Après tout, lui aussi, avait été surpris par sa capacité à attendre le retour de Raymond pour s'alimenter. Il n'aurait pas pu attendre plus longtemps, quatre jours c'était repousser largement les limites habituelles, même pour un vampire de sa puissance et de son expérience.

— Nous ne le pouvons généralement pas, admit-il. Deux jours, parfois trois, c'est généralement la limite. Je ne peux pas vraiment expliquer ce qui s'est passé, à moins qu'Orlando n'ait vu juste. Il m'a dit que la première fois qu'il s'est alimenté sur Alain, une seule gorgée lui avait laissé l'impression d'être aussi fort que s'il avait complètement vidé un homme. Sur le moment, je n'y ai pas prêté attention. Plus tard, je l'ai attribué à l'Aveu de Sang qui, un jour, lui permettra de tenir beaucoup plus longtemps sans se nourrir que nous ne le faisons, mais une fois encore, c'est peut-être dû au lien magique. L'Aveu de Sang protège Alain contre la suralimentation. Orlando pourrait se gaver tous les jours sans jamais vider son Avoué. Ce qui n'est pas le cas – du moins, ça ne devrait pas être le cas – avec les autres couples. Là encore, quand les partenariats sont concernés rien ne se passe comme nous nous y attendions, alors, peut-être que la magie permettant à ton sang de me protéger des rayons du soleil me donne également une plus grande latitude sur la fréquence à laquelle je me nourris.

Raymond réfléchit à ses mots.

— Ce n'est pas quelque chose que nous avons les moyens de tester, décida-t-il après quelques minutes. Je ne sais pas ce qui se passe quand un vampire ne reçoit pas le sang dont il a besoin, mais je ne veux pas affaiblir quiconque en essayant de repousser ses limites.

— Tu peux comparer ça à une voiture qui manque d'essence, expliqua Jean. Si le vampire reçoit rapidement du sang, ce n'est pas un problème et n'importe quel sang le remettra sur pied. S'il attend trop longtemps, alors il tombe dans une sorte d'hibernation. Le problème, c'est que la seule façon de réveiller ce vampire serait de lui fournir du sang de sa lignée.

— Lignée ? répéta Raymond.

— Les vampires n'ont pas de famille à la manière des mortels, mais nous avons une généalogie à partir des vampires qui ont transformé chacun d'entre nous, et par ceux qui les ont eux-mêmes créés. Je conserve les arbres généalogiques, mais je n'ai pas pris le temps d'étudier la question plus que ça. Je pense cependant que monsieur Lombard l'a fait, si jamais tu veux plus de détails. C'est un problème trop exceptionnel, puisqu'il nous suffit de nous alimenter quand nous avons faim. Seul un vampire, comme Orlando, qui ne peut se nourrir que d'une seule personne, ou un vampire qui aurait été enfermé pour une raison quelconque, pourrait vraiment avoir à s'inquiéter de ce genre de choses.

Raymond sourit et avoua :

— L'idée d'avoir le temps de creuser ce genre de particularités est incroyablement attrayante. Je ferai en sorte de l'ajouter à ma liste de choses à étudier quand la guerre sera finie et que nous pourrons reprendre le cours normal de nos vies.

Jean se figea pendant un moment avant d'oser demander :

— Et seras-tu encore intéressé par les vampires quand elle sera finie ?

Raymond regarda au loin, mal à l'aise avec l'intimité du moment, mais l'honnêteté l'obligea à répondre :

— Je perds rarement mon intérêt pour quelque chose une fois qu'elle a piqué ma curiosité.

III

— TU NE peux pas me dire que tu lui fais confiance, protesta Thierry.

— Pas aveuglément, lui assura Marcel, mais cela ne veut pas dire qu'elle ne dit pas la vérité.

— Ne trouves-tu pas ça commode qu'elle se montre juste deux jours avant le Rite d'équilibrage et deux jours après l'annonce de l'alliance ? contesta Alain.

— Je trouve cela plus que commode, admit Marcel, mais encore une fois, cela ne veut pas dire qu'elle ne dit pas la vérité. Tu as aussi trouvé cela incroyable quand Raymond a déserté les rangs de Serrier, si tu veux bien t'en souvenir, et pourtant, nous ne serions pas arrivés là où nous en sommes aujourd'hui sans son aide.

Ni Alain ni Thierry ne semblaient heureux de l'argument de Marcel, mais ils ne pouvaient guère prétendre le contraire.

— Alors que faisons-nous ? questionna Alain. Nous la laissons entrer, nous essayons de lui trouver un partenaire, au risque que ces informations remontent jusqu'à Serrier ?

— Je suis optimiste, pas naïf, lui rappela Marcel. Nous pouvons l'affecter à une patrouille de nuit et expliquer aux autres agents de ne pas révéler les détails de l'alliance. Elle va voir les vampires se battre et travailler avec nous, mais elle ne saura pas à quel point.

— Il y a un moyen de savoir si elle dit la vérité, rappela Jean à l'équipe rassemblée. Si Antonio, Blair ou l'un des autres vampires non appariés la mord, nous saurons si elle est sincère ou pas.

— Et si elle ne l'est pas, elle en saura plus que nous voulons que Serrier en découvre sur le fonctionnement interne de l'alliance, souligna Thierry.

— Alors, ne lui disons pas pourquoi nous la mordons, suggéra Jean. Vous pourriez lui jeter un sort comme celui que vous avez utilisé pour Dominique Cornet à la Gare de Lyon.

— À quel point sait-elle que nous ne lui faisons pas confiance ? Si elle est sincère, ça n'a pas d'importance, mais si elle ne l'est pas, elle saura que nous lui cachons quelque chose. Si quelqu'un doit la mordre pour tester sa sincérité, vous devrez lui donner une explication quelconque, déclara Raymond. Elle ne va pas gentiment tendre son poignet sans aucune raison.

Jean rit.

— Non, je ne pense pas qu'elle le ferait, mais avant que l'alliance se forme, nous avons tous chassé nos proies et, comme la peur laisse un goût amer dans le sang, la plupart d'entre nous préfèrent trouver des donneurs volontaires. Antonio peut être très persuasif quand il veut.

— Allez le chercher, décida Marcel. Nous verrons s'il est d'accord et, s'il l'est, nous le présentons à Monique.

16

Quand Antonio les rejoignit quelques minutes plus tard, Marcel le mit rapidement au courant.

— Nous avons une magicienne qui nous demande asile, expliqua le général. Elle prétend qu'elle a abandonné Serrier parce qu'il a amené un vampire chez eux qui tue des gens – ce que nous savions déjà – et que la cruauté de ce dernier l'a convaincue de le quitter. Le moment choisi semble... synchrone, dirons-nous, et nous avons besoin de savoir si elle dit la vérité. Jean suggère que tu pourrais aider.

Antonio hocha la tête.

— Je peux vous dire ce que je goûte dans son sang, si elle me laisse la mordre.

— Ce ne sera pas aussi simple que cela, intervint Jean. Nous ne voulons pas lui apprendre plus de choses que nécessaire jusqu'à ce que nous sachions avec certitude si elle est sincère, ce qui signifie que nous ne pouvons pas lui dire pourquoi nous avons besoin que tu la mordes.

— Nous ne voulons pas qu'elle imagine que ça a un quelconque rapport avec l'alliance, à vrai dire, ajouta Marcel. Elle ne doit pas le voir comme un acte à relier avec la Milice.

Antonio acquiesça de nouveau.

— Je peux le faire. Cela peut prendre un certain temps, surtout si elle est vraiment méfiante envers notre espèce à cause du vampire déviant, mais je vais faire en sorte de découvrir ce que nous avons besoin de savoir. Alors, où est-elle ?

— Au sous-sol, répondit Alain. Nous y avons des chambres pour les personnes qui ont temporairement besoin d'un endroit où dormir, quelle qu'en soit la raison. Notre argument dans son cas, c'est qu'il ne serait pas prudent qu'elle retourne dans son appartement une fois que Serrier se sera rendu compte qu'elle a déserté. Je ne sais pas si elle le croit, mais elle ne peut pas refuser sans contredire l'argument selon lequel elle l'a quitté et a besoin de notre protection.

— Si quelqu'un m'y conduit, je me montrerai empli de sympathie pour un autre réfugié piégé. Il fera bientôt suffisamment clair pour que je ne puisse pas me rendre chez moi de toute façon. Cela me donnera une raison de lui proposer de lui tenir compagnie.

— Parfait, déclara Marcel. Faites-nous savoir ce que vous aurez appris. Dans l'intervalle, nous avons des préparatifs à mettre en place, à la fois pour la bataille qui s'annonce et pour le rite d'équilibrage.

— Je vais vous laisser à vos occupations, alors, convint Antonio en se levant pour se diriger vers la porte.

— Je vais vous montrer où elle est, proposa Sébastien en se levant aussi. Je ne serai pas d'une grande aide pour l'un ou l'autre des sujets de toute façon et, ainsi, ça donnera l'impression que nous sommes tombés sur elle accidentellement. Elle ne m'a pas encore vu.

Thierry fronça les sourcils, se demandant avec jalousie si Sébastien plairait plus à Monique qu'Antonio. Cependant, avant qu'il ait pu réagir, son partenaire glissa ses doigts sur la nuque de Thierry et lui sourit.

— Je reviens dès qu'Antonio aura repéré sa proie.

Thierry ne pouvait cacher le soulagement qui déferla sur lui, même s'il se répétait que Sébastien et lui ne s'étaient fait aucune promesse. Il savait déjà qu'il ne voulait pas partager le vampire avec quelqu'un d'autre. Il remarqua le sourire satisfait sur le visage d'Alain et adressa un regard noir à son meilleur ami, même s'il pouvait difficilement nier ce qu'Alain avait deviné.

Tout en se dirigeant vers les entrailles de l'immeuble où Monique attendait la décision de Marcel, Antonio s'adressa à Sébastien :

— Les partenariats semblent incroyablement... puissants, remarqua-t-il avec une pointe de mélancolie.

— Ils le sont, confirma Sébastien. La seule fois où j'ai ressenti quelque chose de semblable, c'était avec mon Avoué.

— J'espérais trouver un partenaire moi aussi, mais cela ne semble pas devoir arriver, avoua Antonio à mi-voix. J'ai l'impression d'avoir laissé tomber Jean.

Sébastien haussa les épaules.

— Je n'en sais rien, mais ce qui est sûr c'est que tu ne serais pas capable d'aider aujourd'hui si tu avais un partenaire. Le lien n'est pas exclusif comme l'est un Aveu de Sang, mais l'idée de me nourrir ailleurs n'est plus celle que je choisirai désormais, sauf dans des circonstances désespérées. Je peux encore boire le sang de quelqu'un d'autre, mais il se trouve que je ne le veux pas. Cela dit, ne perds pas espoir de trouver un partenaire. Je ne sais pas si tu es au courant, mais il y a quelques jours, le chef de la Cour d'Amiens a trouvé sa partenaire, une magicienne de Paris. Comme l'alliance se développe, tu pourrais bien trouver quelqu'un.

— J'en ai entendu parler, répondit Antonio alors qu'ils atteignaient le sous-sol. Alors, où est ma cible ?

Sébastien désigna le bout du couloir.

— Dernière pièce sur la gauche.

Le sourire d'Antonio s'agrandit.

— Je pense que j'ai besoin d'un endroit où me reposer. Je vous ferai savoir ce que je découvre.

— Fais attention à toi, l'avertit Sébastien tandis qu'il se retournait pour monter les escaliers. Même si elle a vraiment déserté, elle s'est battue pour Serrier pendant au moins deux ans.

— Elle ne prendra pas le dessus sur moi, promit Antonio.

Il remonta le couloir jusqu'à la pièce où la sorcière rebelle attendait et ouvrit la porte comme s'il avait l'espoir de trouver la chambre vide.

— Oh, je suis désolé, s'excusa-t-il lorsqu'il eut ouvert la porte en grand pour révéler la femme tout en courbes qui se tenait à l'intérieur, ses cheveux noirs tombant sur ses épaules. Je n'avais pas réalisé qu'il pouvait y avoir quelqu'un d'autre ici. Je cherchais juste un endroit pour dormir étant donné que je ne peux pas partir avant le coucher du soleil.

Monique se tourna vers la porte, cachant sa nervosité sous une façade polie, comme elle le faisait systématiquement dans le monde impitoyable de Serrier. Elle savait bien que l'apparence physique pouvait être trompeuse, mais cela ne l'empêchait pas d'apprécier la beauté latine de l'homme à sa porte : cheveux noirs, yeux noirs, peau pâle et une trace d'accent espagnol encore détectable dans sa voix. Ajoutez à cela sa stature et ses muscles, et il représentait tout ce qu'une femme pouvait attendre d'un homme.

— Vous devez être un des vampires, observa-t-elle.

Elle avait en mémoire l'ordre de Serrier d'apprendre quelque chose, n'importe quoi, sur l'alliance et les vampires, peu importe ce que cela exigerait. Elle ne savait pas si les vampires conservaient un intérêt pour les plaisirs physiques – autres que le sang –, mais elle n'était pas à l'abri de devoir découvrir si elle pouvait l'impressionner. Chavinier évidemment ne lui faisait pas encore confiance, pas spontanément, mais ses informations n'avaient pas à provenir exclusivement de lui. En fait, un vampire comme celui-ci qui, manifestement, ne s'attendait pas à la trouver ici pourrait ne pas en savoir assez sur elle pour être sur ses gardes.

— Je suis si heureuse que vous ayez rejoint la lutte contre Serrier.

Antonio s'ordonna de ne pas réagir à la tentative évidente pour gagner sa confiance. Il n'avait pas besoin de la mordre pour savoir qu'elle partait à la pêche, mais il allait continuer à observer comment la situation évoluait, et la mordre s'il pouvait avoir la chance de s'assurer que son analyse de la situation était exacte.

— Cela semblait être notre intérêt de veiller à ce que Serrier ne gagne pas, affirma-t-il.

Ce qui était probablement vrai et pas très différent de ce que Jean avait déclaré à la réunion publique.

— Vous devez cependant être préoccupés par la lumière du soleil, avança-t-elle en faisant signe au vampire d'entrer. Si vous êtes attrapé à l'extérieur…

Elle jeta un œil à la montre sur son poignet, attirant les yeux sur la longue, l'élégante courbe de son bras, la position de son avant-bras soulignant admirablement sa généreuse poitrine.

— Aucun d'entre nous n'a été récemment transformé, répondit Antonio en s'avançant dans la salle. Nous évitons la lumière du jour depuis des années, depuis des siècles dans de nombreux cas. Nous pouvons le gérer.

Monique sourit, inconsciente de révéler la cruauté de son expression pour quelqu'un qui pratiquait la subtilité du Jeu des Cours. Ses pensées plutôt focalisées sur la possibilité d'annoncer à Serrier que les vampires devraient en effet quitter une bataille à l'aube.

— Et leur magie ? interrogea-t-elle. N'êtes-vous pas inquiets de ce que leurs sorts puissent vous faire ?

— Nous ne combattons pas seuls, temporisa Antonio en faisant un pas de plus. Il y a toujours des magiciens avec nous pour aider à contrer leurs sorts.

Comme la femme ne reculait pas à mesure qu'il avançait, il sourit de manière engageante et tendit la main.

— Au fait, je suis Antonio.

— Monique Leclerc, répondit-elle en acceptant la main tendue.

Elle ne put retenir le frisson, ridiculement féminin, qui la traversa, quand, au lieu de lui serrer la main, il la porta à ses lèvres et l'embrassa en s'inclinant avec courtoisie.

Sans libérer sa main, Antonio se dirigea vers la banquette étroite située contre le mur, l'entraînant avec lui.

— Alors que faites-vous ici ? demanda-t-il hypocritement. Je n'ai jamais vu que des vampires dans les sous-sols auparavant.

— Venez-vous souvent ici ? interrogea négligemment Monique au lieu de répondre, pas encore prête à révéler son statut incertain à un élément inconnu.

Antonio haussa les épaules.

— Quelques fois, répondit-il.

Ses doigts caressaient sa main d'un lent va-et-vient, entamant le genre de séduction subtile qu'il utilisait pour convaincre ses victimes de le laisser se nourrir.

Monique sursauta quand elle sentit le contact inattendu, mais Antonio émit un léger murmure, l'incitant à se détendre. Elle se répéta qu'elle devait utiliser tous les moyens nécessaires pour obtenir les informations désirées par Serrier, sans quoi elle aurait des soucis bien plus importants que de savoir si le vampire avait un faible pour elle.

Antonio était surpris que Monique n'ait pas montré la moindre frayeur quand il s'était avancé vers elle. Certes, attrayante comme elle l'était, elle devait avoir eu sa part de drague, mais ici, au siège de la Milice, alors qu'elle était en attente de la décision de Marcel concernant son avenir, ce n'était probablement pas l'endroit où rencontrer quelqu'un. Il était assez malin pour comprendre que cette capitulation était probablement intéressée, mais étant donné qu'il n'agissait pas non plus pour des motifs honorables, il ne pouvait guère le lui reprocher.

— Alors comme ça, vous êtes ici tous les soirs ? insista-t-elle. Au siège de la Milice, je veux dire.

Antonio sourit et se pencha un peu plus près.

— Je pourrais l'être, ronronna-t-il dans son oreille, si vous offrez de me rejoindre ici.

Monique se retint de s'écarter sous la surprise. L'offre du vampire pourrait être l'ouverture dont elle avait besoin dans la Milice et, plus important encore, dans les rouages internes de l'alliance. Elle avait appris depuis longtemps à utiliser les ruses féminines comme un moyen pour obtenir des informations. Ce ne serait pas différent. Affichant un sourire accueillant, elle posa une main sur sa cuisse.

— Je pense que cela pourrait s'arranger.

Antonio secoua presque la tête. Aucun vampire n'aurait été aussi direct. Elle lui avait cependant fourni l'occasion dont il avait besoin, aussi se pencha-t-il vers elle, ses lèvres frôlant ses cheveux. Comme elle ne s'éloignait pas, il descendit plus bas, le long de la ligne de son cou. Sa tête bascula en arrière quand sa langue pointa. Sa légère inspiration l'encouragea et il la pinça doucement avec ses crocs, à peine assez pour égratigner sa peau, léchant le sang sur le bout de ses dents.

Deux sensations l'assaillirent immédiatement : sa duplicité et la sensation enveloppante qu'il avait entendu décrire par les vampires appariés. S'écartant rapidement, il s'obligea à sourire.

— Je ne serais pas un très bon hôte si je ne vous offrais pas quelque chose à manger avec peut-être aussi une bouteille de vin. Je suis ici jusqu'au coucher du soleil, au minimum.

— J'ai légèrement faim, admit Monique timidement. Voulez-vous que je vienne avec vous ?

— Non, ça ira, biaisa Antonio. Je serai de retour avant même que vous ne sachiez que je sois parti.

Monique lui adressa une jolie moue, mais le vampire semblait immunisé contre cette expression, elle lui avait pourtant valu d'obtenir ce qu'elle voulait de plus d'hommes qu'elle n'avait envie d'en compter.

— Revenez vite.

— Je reviens immédiatement, promit-il en se glissant dehors et en écoutant la porte se fermer derrière lui.

L'indécision le déchirait. Il pouvait à peine l'envisager comme étant sa partenaire, sachant que tout ce qu'ils feraient, tout ce qu'il révélerait serait répété à Serrier, mais contre toute probabilité, elle était sa partenaire. Sans elle, il ne pouvait pas contribuer pleinement à l'alliance.

Malgré son désir de marcher dans la lumière du jour, il savait où allait sa loyauté. Avec un dernier, long regard d'envie en direction de la porte, il gravit les marches pour rejoindre l'endroit où les autres l'attendaient.

— C'était rapide, commenta Marcel quand Antonio revint. As-tu pu découvrir ce que nous avions besoin de savoir ?

— Oui, c'est une espionne, reconnut Antonio consciencieusement. Je n'ai même pas eu besoin de la mordre pour le comprendre, mais ses émotions le confirment. Son dédain, ses mensonges, son calcul... tout l'a confirmé.

— Merci, fit Marcel. Maintenant, il nous faut décider quoi faire avec elle.

— Faire avec elle ? interrogea Antonio en se sentant ridiculement protecteur envers une femme qui tenterait certainement de le détruire si elle le pouvait.

Malgré la cruauté qu'il avait goûtée dans son sang, une partie de lui reconnaissait en elle sa partenaire, un fait qu'il choisit de ne pas mentionner. Cela n'avait aucune incidence sur la discussion immédiate et, de toute façon, cela n'apportait rien – il n'était pas sur le point de changer de camp pour elle et il doutait qu'il ait l'occasion de la convaincre de changer de camp pour lui – personne n'avait besoin de le savoir.

— Nous pouvons la jeter en prison pour avoir conspiré avec Serrier, mais je ne sais pas si nous parviendrons à le prouver, lui expliqua Thierry. Ou alors, nous pouvons imaginer un peu de désinformation pour envoyer Serrier sur une chasse au dahu.

— Il doit se demander où nous avons l'intention d'accomplir le rite d'équilibrage, réfléchit Alain à haute voix. Pouvons-nous l'inciter à nous chercher dans un endroit en particulier ?

— S'il soupçonne que j'y participe, il sait que ça impliquera de l'eau, rappela Raymond.

— Alors nous devons trouver un lac souterrain à l'extérieur de Paris, suggéra Thierry. Nous pouvons le justifier en évoquant des problèmes de sécurité et cela l'enverra hors de la ville, ou du moins le distraira du choix de notre véritable emplacement.

— Que proposes-tu ? demanda Marcel.

— Le lac de Saint-Léonard serait le choix le plus logique, répondit Thierry, mais Serrier ne croira jamais que nous avons aplani toutes les querelles diplomatiques pour obtenir la permission d'aller en Suisse, pas alors qu'il y a des sites en France qui seraient tout aussi appropriés, les Grottes de Choranche, par exemple.

— Y a-t-il la moindre raison de ne pas les utiliser ? demanda Jean avec intérêt.

— Elle est ouverte au public, expliqua Thierry, mais nous pourrions éventuellement la fermer pour la journée en raison des circonstances.

— Pourquoi ne pas utiliser la Grotte de Thaïs ? suggéra Alain. Je crois qu'elle est toujours fermée de la mi-octobre jusqu'au printemps. Cela nous garantit la tranquillité dont nous avons besoin pour nous concentrer.

— Ce n'est pas comme si vous alliez réellement y faire le rituel, intervint Sébastien.

— Non, admit Raymond, mais Serrier n'est pas naïf. Si le choix de l'emplacement factice n'est pas réaliste, il ne tombera pas dans le panneau.

— Vaut-il l'énergie de rendre le leurre crédible ? interrogea Jean. Êtes-vous tellement inquiet qu'il puisse tenter de perturber le rituel ?

— Honnêtement, je ne sais pas s'il le fera, répondit Raymond. C'est l'un des effets secondaires de cette guerre, il ne peut pas l'utiliser à son profit. S'il peut, il va se servir de notre distraction à son avantage, mais effectivement je ne pense pas qu'il va essayer d'empêcher le rituel.

— Bien, alors imaginons quelque chose que nous pourrons lui dire qui lui mettra vraiment des bâtons dans les roues, proposa Jean.

La frustration était évidente dans sa voix. Aucun vampire n'aurait laissé passer une telle occasion, surtout s'ils avaient une chance de monter dans les rangs de la société.

— Nous pourrions lui tendre un piège ou lui dire quelque chose sur l'alliance qui jouera en faveur de nos forces et cachera nos faiblesses. Il n'y a aucune raison de gaspiller cette occasion avec un tour de passe-passe, sans que cela nous rapporte rien.

— Que proposeriez-vous ? demanda Marcel.

Jean soupira.

— Un piège aurait l'avantage de retirer autant de sorciers rebelles des rues que nous soyons capables d'en capturer ou d'en tuer en une seule fois, mais si nous pouvons lui faire avaler des informations erronées concernant l'alliance, cela nous donnera un avantage à long terme.

— Pourrait-il croire que les vampires s'occupent de toutes les patrouilles de nuit ? suggéra Orlando.

— Cela ne marchera pas, intervint Antonio. J'ai déjà dit à l'espionne que nous combattions aux côtés des sorciers.

— Et même s'il l'avait fait croire, cela n'aurait fonctionné qu'une seule fois, ajouta Raymond. Dès la première occasion où quelqu'un se serait échappé d'une patrouille de 'vampires', il saurait que des sorciers étaient avec eux. Que pensez-vous de lui révéler une faiblesse supposée des vampires, une autre que celles mentionnées par Jean à la conférence de presse, quelque chose qui jouerait plutôt en faveur de la force de vampires ?

Jean examina la suggestion.

— La lumière du soleil et le feu, c'est ce que j'ai dit ce soir-là, les deux sont vrais.

Il émit un petit rire avant de poursuivre :

— Peut-être que les clichés ont du bon. Toutes les légendes disent que les vampires sont sensibles à l'eau bénite, qu'elle nous brûle. Elle ne nous blesse pas plus qu'elle ne le fait avec n'importe qui, mais Serrier pourrait le croire et donc vouloir l'utiliser. Le fait qu'elle n'agisse pas lui donnerait simplement à penser qu'il n'y avait pas de vampires dans la patrouille visée, du moins dans un premier temps. Il finira par comprendre, j'en suis sûr, mais au début, ça l'incitera à chercher des sorts dans ce sens et à utiliser ses ressources d'une manière qui ne nuira à aucun de nous, si ce n'est de nous rafraîchir un petit peu.

— Qu'en penses-tu, Raymond ? demanda Marcel. Tu es le mieux placé pour savoir de quelle façon son esprit fonctionne.

— Il n'y a jamais de garantie quand il est concerné, réfléchit Raymond à voix haute, mais cela plaira à sa xénophobie bornée. Ça a autant de chances de fonctionner que n'importe quoi d'autre.

— Elle attend mon retour, fit remarquer Antonio en cachant son désir de retourner en bas.

Même en sachant ce qu'il connaissait de la femme qui l'attendait, il ne pouvait éteindre le désir de goûter son sang de nouveau.

— J'ai suggéré qu'elle pourrait vouloir manger quelque chose et boire un peu de vin pour passer le temps. Je peux mentionner l'eau bénite si vous le souhaitez.

— Merveilleux, convint Marcel. Ce sera beaucoup plus crédible venant de toi que de quelqu'un qu'elle connaît et dont elle a des raisons de se méfier.

IV

— DIEU, J'AI pensé que cette journée n'en finirait jamais, grogna Thierry en s'effondrant sur le canapé.

Toute la journée avait été calme, comme si la ville retenait son souffle, attendant l'orage qui n'allait pas manquer d'arriver. Thierry savait qu'il ne devrait pas se plaindre du changement de routine, mais entre ça et les préparatifs pour le rituel du jour suivant, cela avait été plus pénible que prévu. Raymond s'était montré particulièrement pointilleux, en insistant sur la vérification et la contre-vérification de chaque petit détail. Thierry comprenait. Il aurait simplement souhaité être celui qui ordonnait de faire les contrôles, au lieu d'être celui chargé de les effectuer avec rigueur.

— Tiens, dit Sébastien en s'asseyant à côté de Thierry. Prends ça et détends-toi.

Thierry attrapa le verre que lui proposait son partenaire et renifla pour deviner ce que Sébastien lui avait servi.

— Est-ce que c'est Alain qui t'a dit que j'aimais le kir ? demanda-t-il, curieux de savoir comment le vampire avait su exactement quel apéritif lui préparer.

— Non, mais tu t'en es fait un, il y a quelques nuits, alors j'ai pensé que tu pourrais l'apprécier, expliqua Sébastien.

Thierry n'essaya même pas de retenir le frisson qui le traversa à l'idée que Sébastien portait une telle attention à ses préférences. Il but une gorgée de la boisson et soupira de plaisir. Le vampire l'avait dosée exactement comme il aimait. Appuyant sa tête contre le dossier du canapé, il laissa la tension de la journée refluer lentement, s'émerveillant de la facilité avec laquelle une certaine routine s'était mise en place avec Sébastien au cours de la semaine écoulée. Finir leur service, revenir à la maison, se détendre un peu avant que Thierry ne mange puis que Sébastien se nourrisse et, enfin, dormir, le vampire l'enlaçant étroitement, le gardant en sécurité. Avec un autre soupir, Thierry décida qu'il pouvait s'habituer à avoir de nouveau quelqu'un avec qui partager sa vie, quelqu'un pour prendre soin de lui de temps en temps, quelqu'un de qui s'occuper aussi.

S'accordant à cette pensée, des mains chaudes se posèrent sur ses épaules. Il s'obligea à ouvrir les yeux et découvrit Sébastien qui le regardait sévèrement.

— Tu es toujours tendu, le réprimanda le vampire. Tourne-toi un peu pour que je puisse atteindre ton dos. Laisse-moi t'aider à te relaxer.

Thierry se déplaça donc, s'asseyant comme Sébastien le lui indiquait, le dos à son partenaire, s'appuyant contre le canapé tout en dégustant son verre, et laissant les mains de Sébastien effectuer leur magie. Il avait déjà appris combien elles étaient talentueuses. Il commença par étouffer ses gémissements tandis qu'elles malaxaient les muscles de son dos à travers sa chemise, mais Sébastien lui avait affirmé qu'il aimait les petits sons que le magicien émettait. Ce souvenir provoqua un frisson sensuel le long de son dos, une sensation qui le surprenait encore. Comment, en neuf jours, en était-il venu à faire confiance à Sébastien ? Presque autant qu'il faisait confiance à Alain, c'était plutôt difficile à comprendre. Comment durant ces mêmes neuf jours, en était-il venu à désirer le vampire ? Cela aussi défiait toute logique.

Il avait cependant cessé d'essayer de se l'expliquer depuis leur premier baiser. La logique ne semblait pas devoir s'appliquer, lorsque ses sentiments pour le vampire aux cheveux noirs étaient concernés. Heureusement, parfois Sébastien semblait dérouté autant que lui par leur relation, ce qui rendait Thierry un peu moins mal à l'aise devant son inexpérience avec des hommes. Le fait que Sébastien n'avait pas fait pression sur lui, ne l'avait brusqué d'aucune manière, y contribuait également. Le vampire s'était nourri presque tous les soirs, avec des résultats pour le moins explosifs, mais en dehors de ça, ils n'avaient guère échangé plus que des baisers, malgré le désir croissant de Thierry pour quelque chose de plus. Avalant la dernière gorgée de sa boisson, il décida qu'il avait assez attendu que Sébastien décide de passer à l'étape suivante. C'était à son tour.

— J'ai besoin d'une douche, annonça Thierry en reposant son verre et en se tournant vers Sébastien, une détermination visible sur son visage.

— Bonne idée, reconnut Sébastien. Cela devrait t'aider à te détendre afin que tu puisses profiter d'une bonne nuit de sommeil ce soir. Tu étais agité la nuit dernière.

Thierry eut un sourire carnassier.

— Pourquoi ne pas te joindre à moi ? De cette façon, nous pourrons tous les deux nous détendre un peu.

— Thierry… commença Sébastien en guise d'avertissement.

Ses mots furent interrompus par le baiser torride de Thierry.

— Ne discute pas, répliqua-t-il en tirant sur la main du vampire.

Déjà douloureusement excité, Sébastien laissa Thierry le conduire vers la chambre principale puis dans la salle de bain. Cependant, lorsque le magicien s'attaqua à ses vêtements, Sébastien secoua la tête et recula. Son contrôle ne survivrait pas si Thierry le déshabillait, et, malgré ce que pensait le blond, il n'était pas prêt à faire face à un vampire hors de contrôle.

— Va dans la douche, ordonna-t-il. Je ne vais pas disparaître.

Thierry obéit avec célérité, arrachant ses vêtements restants et réglant la température de la douche. Indépendamment du reste, il avait besoin de se détendre et le martèlement de l'eau l'aiderait à soulager les tensions de son dos et de son cou. Sébastien interrompit momentanément son propre déshabillage pour apprécier la silhouette dénudée du magicien. Ses larges épaules, ses hanches étroites, ses longues, longues jambes… il attrapa le bord du lavabo, ses doigts blanchirent sous la force de sa prise tandis qu'il luttait pour maîtriser l'envie de

26

pousser Thierry contre le mur et de le posséder. Il s'était promis de lui faire l'amour correctement la première fois, pas de se contenter de le baiser sur la surface plane la plus proche. Il avait bien l'intention de tenir cette promesse, mais la vue de fesses nues de Thierry, alors qu'il se penchait pour régler l'eau, minait sa résistance.

— Tu peux me toucher, tu sais, affirma Thierry sans lever les yeux de ce qu'il faisait. Je ne mords pas.

— Non, accorda Sébastien d'une voix rauque, mais moi, si.

Les yeux verts, brillants de convoitise de Thierry, se tournèrent vers lui par-dessus son épaule.

— Je sais. J'en récolte les avantages chaque fois que tu le fais.

Sébastien faillit se retourner et sortir de la pièce, incertain d'être capable de rester et de parvenir à respecter sa promesse. Thierry dut lire son dilemme sur son visage, parce qu'il se redressa et s'approcha lentement.

— Tu ne prendras rien que je ne suis pas prêt à offrir, rappela-t-il au vampire.

— Je sais, reconnut Sébastien déchiré, mais…

— Mais rien, insista Thierry.

Ses mains se posèrent sur les joues du vampire, attirant sa tête pour un baiser. Sébastien résista pendant un instant avant d'abandonner cette vaine tentative. À la place, il s'attela à garder Thierry trop occupé par le contact de leurs lèvres pour penser à autre chose – comme à le toucher par exemple.

Thierry sut à quel moment Sébastien cessa de résister, car, au lieu de se laisser embrasser, il se mit brusquement à lui répondre, à l'envahir. Les baisers de Sébastien lui coupaient le souffle chaque fois, saturant ses sens, laissant son esprit étourdi. Quand il était suffisamment cohérent pour réfléchir, il se demandait si cela avait quelque chose à voir avec le fait que, cette fois, il s'agissait d'un amant de sexe masculin, quelqu'un habitué à dominer dans tous les aspects de sa vie ou, si c'était Sébastien lui-même, avec ses siècles d'expérience qui était si viril.

C'était toutefois des pensées pour un autre moment. Quelle que soit la raison, les attentions de Sébastien rendaient toute cohérence impossible, son esprit et son corps ne souhaitaient que susciter chez son partenaire la même ferveur. À cette fin, il glissa ses mains sur les épaules nues de Sébastien, se délectant de l'occasion de toucher le vampire. Même la nuit, quand ils se caressaient l'un l'autre dans le lit, l'homme aux cheveux noirs enlevait rarement son tee-shirt et, encore moins souvent, son short, aussi Thierry ne comptait-il pas laisser passer l'occasion de mettre la main sur sa peau nue.

— Tu as froid, murmura-t-il en rompant le baiser. Allons sous la douche. Cela va t'aider à te réchauffer.

L'eau ne ferait rien pour la température de son corps – seul le sang pouvait le faire –, mais Sébastien ne protesta pas quand Thierry s'éloigna et entra dans la douche. Cela lui donnait un bref répit pour rassembler les lambeaux de son contrôle tandis qu'il laissait tomber son pantalon au sol. Prenant une profonde inspiration et affermissant sa détermination malmenée, il rejoignit le magicien sous le cinglant jet chaud.

Au cours de la semaine précédente, Thierry avait passé beaucoup de temps à réfléchir à l'idée d'avoir un homme pour amant. Il savait ce que les femmes aimaient, où toucher leur corps, comment interpréter leurs réactions pour guider ses mains et ses lèvres. Il n'avait aucune idée de la façon de déchiffrer Sébastien, comment le caresser, lui procurer du plaisir. Finalement, il décida d'essayer sur le vampire ce qui, habituellement, lui plaisait personnellement. Après tout, une queue était une queue, peu importe à qui elle appartenait, et il savait comment se faire plaisir quand les partenaires se faisaient rares. Il pourrait certainement utiliser ses connaissances pour soulager Sébastien.

Dès que Sébastien le rejoignit, il plaça le vampire sous le jet chaud, se tenant au plus près, envahissant intentionnellement son espace personnel. Sébastien l'avait tenu à distance toute la semaine avec une excuse ou une autre et Thierry l'avait laissé faire, n'assumant pas encore complètement un bouleversement aussi soudain dans sa sexualité. Le temps de l'attente était fini désormais. Il était prêt pour plus que quelques – beaucoup de – baisers étourdissants. Ses mains glissèrent sur la peau humide et soyeuse, enregistrant ses contours, notant les endroits où Sébastien était ferme contrairement à la douceur d'une femme, anguleux au lieu d'être en courbes. Se rapprochant encore, il sentit le contact de son corps, peau contre peau, pour la première fois.

Sébastien s'était préparé à beaucoup de choses, mais ce nouvel aspect entreprenant de Thierry le prit au dépourvu, l'excitant immédiatement de manière incommensurable. Abandonnant ses tentatives de résistance, le vampire changea de tactique pour entraîner leur échange vers une conclusion mutuellement satisfaisante, sans pour autant devoir briser sa promesse. Poussant Thierry sous le jet chaud et le plaquant contre le mur, il captura les lèvres de son amant, l'une des mains plongeant entre eux pour prendre leurs érections frémissantes dans une poigne confortable. La tête de Thierry frappa les carreaux avec un satisfaisant bruit sourd, quand Sébastien les caressa sur toutes leurs longueurs.

— Merde ! jura Thierry d'une voix rauque tandis qu'il luttait pour ne pas jouir instantanément, la sensation de poing de Sébastien et de leurs sexes en frottement propulsant sa libido en orbite.

— Un problème ? Le taquina doucement Sébastien.

— Il y en aura un si tu ne commences pas à bouger ta main, rétorqua Thierry en poussant sur le mur et en basculant Sébastien contre l'autre côté de la petite cabine.

Sa main rejoignit celle du vampire, s'activant rapidement sur les deux verges. Sébastien jura à son tour, du liquide séminal s'écoulant abondamment de son sexe.

— Putain, Thierry ! haleta-t-il. Où as-tu appris ça ?

— Le fait que je n'ai jamais touché la queue d'un autre homme ne signifie pas que je ne sais pas comment manier la mienne, rétorqua Thierry, laissant sa propre érection s'échapper de son poing pour avoir l'opportunité de prodiguer plus d'attention à celle de Sébastien.

La réponse pleine d'esprit de Sébastien mourut sur ses lèvres quand le pouce de Thierry frotta le sommet de sa verge, taquinant la fente tandis que le mouvement de sa main repoussait le prépuce, révélant le gland sensible. Un gémissement jaillit du fond de sa gorge et il fit de son mieux pour rendre la pareille, ne voulant pas négliger son amant.

— Besoin de quelque chose, mon cœur ? railla Thierry.

Sa deuxième main abandonna sa prise sur la hanche de Sébastien et glissa entre ses cuisses pour palper ses lourdes bourses.

Sébastien savait exactement de quoi il avait besoin, mais retourner Thierry et le baiser contre le mur n'était pas à l'ordre du jour, il devrait se contenter de sentir les mains du magicien sur lui.

— Exactement ce que tu me donnes, répondit-il reproduisant la caresse, déterminé à rendre Thierry aussi dingue qu'il l'était rapidement devenu.

L'orgasme de Thierry le prit au dépourvu, le dévastant soudainement au moment même où il cherchait à mener son partenaire à la même jouissance. Ses genoux tremblaient quand Sébastien l'entraîna en arrière, de nouveau dos contre le mur, continuant à le masturber malgré son orgasme explosif et les frissons de ses répercussions. Thierry faisait de son mieux pour garder ses mains en mouvement afin de satisfaire son amant. Ses doutes sur la possibilité d'un succès disparurent quand il sentit le jet chaud jaillir de la verge du vampire. S'effondrant contre le mur, il pencha la tête et aveuglément il chercha les lèvres de Sébastien pour un bref, torride, baiser.

— Merde ! répéta-t-il d'une voix traînante, rauque de satisfaction.

Sébastien sourit et attrapa le savon, les jambes à peine plus stables que celles de Thierry tandis qu'il entreprenait de les laver rapidement tous les deux. Quand il eut fini, il ferma les robinets et guida son amant hors de la minuscule cabine, puis vers la chambre à coucher.

— Nous n'avons pas encore fini.

Thierry le suivit avec impatience, désireux de voir les explorations de la soirée se poursuivre. Il tomba à la renverse sur le lit, attirant Sébastien au-dessus de lui.

— Alors, qu'as-tu prévu d'autre pour moi ?

— Je n'avais rien *prévu*, précisa Sébastien, sauf de t'aider à te détendre un peu.

— Tu as visiblement réussi, ronronna Thierry, mais tu viens de dire que nous n'avons pas fini. Alors, qu'est-ce que tu envisages ?

Sébastien secoua la tête avec indulgence et glissa ses lèvres sur le cou de son magicien.

— J'ai faim.

La réaction de Thierry fut immédiate et sans équivoque, sa tête bascula, dégageant son cou nu, tandis que ses hanches tressautaient vers le haut, à la recherche d'un contact. Il siffla en sentant la serviette autour de la taille de Sébastien, tirant dessus jusqu'à ce qu'il se soit débarrassé du tissu entre eux. Il ne voulait rien pour diminuer la sensation du corps de son amant s'appuyant contre le sien.

— Prends ce dont tu as besoin.

Sébastien se figea, luttant contre le désir de simplement guider ses crocs dans la chair offerte et de festoyer. Thierry ne l'arrêterait pas, mais son propre sens des responsabilités le retint. Demain, son partenaire devait participer au rituel d'équilibrage, il fournirait sa force magique pour atténuer la menace posée par la magie élémentaire. La dernière chose que Sébastien désirait, c'était d'envoyer Thierry affaibli à ce rituel. Or, il avait besoin de se nourrir sans quoi il était presque sûr de perdre son immunité à la lumière du soleil, sans compter qu'il serait également obligé de trouver à se nourrir ailleurs tant que Thierry n'aurait pas repris des forces, et cette idée lui répugnait. Il avait une marge de manœuvre étroite, entre prendre assez pour tenir jusqu'à ce que Thierry ait retrouvé ses forces et ne pas prendre trop afin que Thierry puisse faire son travail demain.

— Sébastien ? incita Thierry ne comprenant pas l'hésitation de son partenaire.

— Toujours dans la précipitation le taquina Sébastien, ne voulant pas admettre sa possessivité ou le besoin de protection qu'il ressentait.

Il savait que Thierry le désirait – l'intermède dans la douche en était la preuve –, mais ils n'avaient pas pris d'engagement au-delà de l'alliance. Peut-être, qu'ils le feraient avec le temps, mais Sébastien n'était pas prêt à faire face à tout cela ce soir. Après le rituel, lorsqu'ils seraient devenus amants dans tous les sens du mot – en supposant que Thierry continuerait à vouloir de lui – il verrait où en seraient les choses et il déciderait de la suite.

À cet instant, il se contenta de baisser la tête, léchant doucement la peau déjà marbrée par des contusions et des morsures. Son sexe gonfla immédiatement sous l'évidente soumission de Thierry. La dernière fois qu'il s'était nourri de quelqu'un aussi souvent, il était lié par un Aveu de Sang. Il repoussa cette pensée, sachant qu'il ne rendait justice ni à son Avoué ni à son amant actuel en les comparant. À la place, il leva assez la tête pour demander :

— Peux-tu faire quelque chose pour les aider à guérir plus vite ? Je déteste voir ta peau si abîmée.

Thierry glissa ses doigts dans les cheveux de Sébastien.

— Je ne sais pas, répondit-il. J'aime le rappel de ce que tu me fais.

Sébastien gémit, luttant contre l'envie de plonger sa queue aussi profondément qu'il allait sous peu enfoncer ses canines.

— Tu ne devrais pas dire de telles choses, reprocha-t-il.

— Pourquoi pas ? fit Thierry d'une voix traînante, sans même essayer de retenir son sourire. Tu as peur de perdre le contrôle et de me violer ?

Un grognement s'échappa de la gorge de Sébastien tandis qu'il attrapait les cheveux courts de Thierry, inclinant sa tête en arrière et se précipitant sur la longue colonne de chair. Le flot de sang chaud dans sa bouche expédia ses sens en orbite, ses propres émotions fluctuant follement, se mêlant aux désirs de Thierry de s'abandonner, laissant Sébastien conscient d'une chose : sa convoitise sans cesse croissante pour l'homme allongé sous lui.

Thierry haletait de plaisir quand il sentit les crocs de Sébastien pénétrer sa peau, son corps se cambrant de lui-même, recherchant la friction familière contre la silhouette élancée de Sébastien, se pressant contre lui. Son souffle se changea en gémissement alors que la peau nue frottait sur la peau nue. Malgré son orgasme explosif dans la douche, son excitation était de nouveau totale. La combinaison, pour la première fois, de la sensation de sa peau contre la sienne, additionnée aux lèvres et aux crocs de son amant prenant son cou, suffisait pour envoyer son sang se précipiter dans sa verge. Il se raidit de nouveau, tremblant presque violemment, quand il sentit la main de Sébastien glisser au bas de son dos, sur la courbe de ses fesses, ses doigts fouillant entre les globes serrés. Quand un doigt effleura son périnée et la périphérie de son entrée, il frémit de désir.

— Baise-moi.

Sébastien leva la tête, brisant le baiser de vampire assez longtemps pour croiser le regard de Thierry.

— Pas encore.

Thierry gémit de frustration.

— Quand ? demanda-t-il d'une voix rauque.

— Une fois que tu auras récupéré du rituel de demain, promit Sébastien. Pour l'instant, laisse-moi prendre soin de toi d'une autre façon.

Thierry acquiesça, sa tête retomba quand la bouche de Sébastien se reposa sur son cou, revenant doucement en lui avec facilité tandis que ses doigts taquins continuaient à caresser la chair intime du magicien. Au fond de lui, Sébastien maudit son manque de prévoyance, n'ayant rien à portée de main pour faciliter son passage dans le corps de Thierry. Il envisagea de lever ses doigts aux lèvres de Thierry, de laisser son partenaire les mouiller de cette façon. Si Thierry avait été plus expérimenté, il n'aurait pas hésité. Mais, dans les circonstances actuelles, Sébastien refusait de faire quoi que ce soit qui pourrait rendre le processus de découverte moins agréable. Il était trop désireux de plonger dans les profondeurs étroites de son amant – de préférence avec l'espoir de pouvoir recommencer à l'avenir – pour prendre le risque de voir le magicien changer d'avis.

Thierry était loin de vouloir changer d'état d'esprit. Les doigts inquisiteurs qui caressaient, massaient et assouplissaient son sphincter avec diligence l'incitaient plutôt à se tortiller, essayant de les attirer plus profondément en lui et d'entraîner Sébastien plus profondément. Son esprit était loin de toutes pensées

31

pratiques alors qu'il se tordait sous le plaisir de cette nouvelle sensation, désespérément à la recherche d'encore plus. S'appuyant sur ses talons, il poussa fortement en avant, contre la main et contre le corps de Sébastien, la délicieuse friction ajoutant une saveur de désir à son sang.

Même sans la pure convoitise dans le sang de Thierry, Sébastien aurait su que son amant désirait plus. Il appuya un doigt un peu plus profondément, jusqu'à ce qu'un hoquet dans la respiration de Thierry lui indique que c'était assez loin sans le moindre lubrifiant. Sa bouche s'activa davantage sur le cou du magicien, les sensations combinées suffisant pour propulser Thierry vers la jouissance. Sébastien suivit presque aussi vite, quand la chaleur humide de la semence de Thierry se répandit sur sa hanche. Avec précaution, il dégagea ses crocs, lécha les plaies pour les fermer, puis spontanément, reposa sa tête sur l'épaule du magicien.

— Alors, détendu ? demanda-t-il une fois son souffle revenu.

Thierry rit en répondant :

— Mais maintenant, *j'ai* faim.

V

ORLANDO REGARDA l'horloge une nouvelle fois, comme il l'avait fait compulsivement durant la dernière heure. Quatorze heures et douze minutes. Dans quatorze heures et douze... non, onze minutes, ils arriveraient à la tour Eiffel prêt à combattre contre une tentative planifiée de destruction de la structure métallique. Dans quatorze heures et... dix minutes, ils risqueraient leur vie pour un édifice. Un symbole, certes, mais un édifice. Il savait ce que dirait Alain. Il y aurait des gens là-bas, des touristes, des employés, des passants innocents qui auraient besoin de leur protection autant, voire plus, que l'édifice lui-même. Orlando se souciait uniquement de l'un d'eux et il s'agissait d'Alain en personne – celui qui serait en première ligne, à donner l'exemple plutôt qu'à commander depuis l'arrière. Dans quatorze heures et... huit minutes, il suivrait Alain dans la bataille et ferait de son mieux pour protéger son amant, tout en sachant qu'il y avait bien peu qu'il pourrait faire contre les sorciers rebelles. Sachant aussi que le meilleur protecteur d'Alain ne serait pas là, puisqu'il prendrait lui-même des risques en essayant d'équilibrer la magie élémentaire. Et cette pensée serait constamment en arrière-plan dans l'esprit d'Alain, le tracassant, le distrayant, le mettant encore plus en danger. Dans quatorze heures et...

— Orlando.

Le vampire se détourna de l'horloge et chercha le regard interrogateur de son amant.

— Arrête de t'inquiéter. Demain se suffira à lui-même.

Orlando eut un rire bref.

— Facile à dire pour toi. Je viens juste de te trouver, plaida-t-il. L'idée que je pourrais te perdre...

Alain secoua la tête.

— Tu ne dois pas raisonner comme ça. Oui, je pourrais mourir demain dans la bataille. Mais je pourrais aussi me faire renverser par une voiture en passant la porte le matin, avant que nous arrivions à la tour Eiffel. La vie est un risque constant. Nous devons nous concentrer sur les plaisirs du moment présent sans quoi la peur nous paralysera.

Il attira le vampire dans ses bras.

— Je t'aime, et la mort est la seule chose qui m'empêcherait d'être à tes côtés.

Roulant sur le dos, il incita Orlando à venir sur lui.

Orlando baissa les yeux sur le regard azur de son amant, son compagnon. Il avait conscience de la vérité de cet aveu. Même sans avoir goûté le sang d'Alain, la sincérité du magicien était palpable. Avec un gémissement, il pencha la tête, unissant leurs lèvres dans un tendre baiser. Il s'attarda sur la bouche de son amant, prenant le temps de le goûter, de l'embrasser doucement, mais pleinement, sa langue s'enroulant autour de celle d'Alain avant de se retirer et d'explorer ses dents, sa bouche, tous les coins et recoins. Il pouvait sentir le corps d'Alain répondre, commencer à remuer en signe d'encouragement. Son propre sexe était comme du granit, la peur ayant réveillé son besoin de le revendiquer, pour se convaincre que, quoiqu'il se passe le lendemain, ce soir ils étaient heureux ensemble et que rien ne pouvait les séparer. Les instincts qu'il refusait de reconnaître le pressaient d'imposer sa double revendication, de plonger ses crocs dans le cou de son Avoué tout en lui faisant l'amour, mais ses craintes persistantes le retenaient. S'il perdait le contrôle et blessait Alain, il ne se le pardonnerait jamais. Savoir que son amant accepterait avec ardeur une telle suggestion ne faisait qu'ajouter, à la fois à la tentation et à sa détermination à garder le contrôle. Il n'osait pas jouir avec ses crocs encore dans le cou d'Alain, mais il pourrait utiliser la nécessité de se nourrir comme un moyen d'accroître la passion, avec l'espoir de satisfaire en même temps ses propres instincts et les désirs d'Alain.

Après avoir décidé de son objectif, il glissa ses lèvres plus bas, vers le cou d'Alain, s'attardant sur la marque qui proclamait leur promesse devant la Cour, même si personne en dehors du monde des vampires ne pourrait jamais vraiment la comprendre. Il s'émerveillait encore que quelqu'un comme Alain se soit lié volontairement à un damné tel que lui, mais il s'était rendu compte qu'au cours des derniers jours, il avait cessé de le mettre en doute. Dans les profondeurs de son être, il savait que la promesse d'Alain était authentique. Seule la mort pourrait réellement empêcher le magicien à se trouver près de lui. Vaincu par la soudaine vague d'émotions, Orlando lécha la peau d'Alain du bout de la langue pour la préparer et plonger ses crocs profondément, directement dans le symbole qui les liait.

Alain haleta de surprise, ses mains agrippant les draps pour s'arrimer alors qu'Orlando le mordait brusquement. Toutes ses pensées s'évanouirent tandis qu'il réagissait à la soudaine, décadente, pression des lèvres et des crocs de son vampire sur sa peau, réalisant qu'Orlando avait choisi de se nourrir à travers le symbole de leur Aveu de Sang. Il pencha sa tête plus loin en arrière, exposant son cou, le corps et l'esprit déjà catapultés dans la jouissance. Il voulait lui rendre la pareille, mais Orlando avait pris le contrôle complet de cette étreinte, laissant Alain mentalement chancelant, assailli par une passion écrasante. En fin de compte, il renonça et se contenta d'apprécier la puissance du sentiment qu'Orlando voyait en lui. Il continuait d'espérer qu'un jour il serait en mesure de prodiguer à Orlando toute l'attention que le vampire lui accordait régulièrement, mais en attendant ce jour – s'il venait – il apprendrait lui-même à donner à Orlando tout ce que son amant pouvait accepter. C'était à peine une privation de s'abandonner et de laisser Orlando l'aimer, même s'il se sentait égoïste.

Comme toujours, la variété de saveurs contenue dans son sang lui coupa le souffle. Il aspira intensément le liquide nourrissant son corps, les émotions révélées nourrissant son cœur, le cicatrisant lentement. Il pouvait sentir l'étincelle de la passion entre eux comme il le faisait chaque fois qu'ils se retrouvaient ainsi, la serviette de la douche d'Alain autour de ses hanches et le pantalon trop ample qu'Orlando portait ne faisant pas obstacle aux sensations qui les assaillaient tous les deux.

Orlando laissa courir ses doigts dans les cheveux d'Alain, massant le cuir chevelu du magicien, réapprenant les contours de son crâne avant d'effleurer son visage, traçant à tâtons les lignes de ses pommettes, s'attardant sur la cicatrice de sa joue droite. Quand Orlando l'avait remarquée, Alain avait écarté le sujet avec négligence puisqu'elle était guérie depuis longtemps, mais le vampire ne pouvait pas s'empêcher de s'interroger sur son origine.

Alain força l'une de ses mains à lâcher les draps pour caresser la tête d'Orlando pendant qu'il se nourrissait, l'incitant à prendre plus, à se nourrir plus intensément. Se souvenant de la révélation chuchotée sur la cruauté de son créateur, il conserva un contact léger, caressant plutôt que directif, mais clairement encourageant. Il sentit la tension envahir la silhouette souple de son amant et émit un petit fredonnement apaisant, murmurant des mots d'amour et de désir destinés à rappeler au vampire l'endroit où il était et qui les lui chuchotait.

La tension craintive s'évanouit lentement, remplacée par un autre type de tension alors que la main d'Orlando se déplaçait lentement à travers le bras d'Alain, s'attardant sur la courbe de ses biceps, ses doigts le caressant tendrement.

La tendresse soudaine dans son geste aida Alain à se détendre, sa prise sur les couvertures s'atténuant quand son bras entoura les épaules d'Orlando, rendant le contact affectueux, sa main s'agitant d'avant en arrière sur la peau du vampire. Levant la tête du mieux qu'il put, il baissa les yeux sur la forme élancée de son amant, sentant le rouge lui monter aux joues tandis qu'il admirait la courbe élégante de dos nu d'Orlando et ses jambes recouvertes de tissu. Puis, la main d'Orlando se déplaça, délaissant son bras pour s'aventurer sur ses côtes et la courbe de sa hanche, la serviette s'étant dénouée alors qu'ils se frottaient l'un contre l'autre. La tête d'Alain retomba sur l'oreiller, un gémissement de plaisir pur s'échappant de ses lèvres. Il se savait chéri comme il ne l'avait jamais été, même quand, dans les débuts, Edwige et lui étaient amoureux.

— Je t'aime, haleta-t-il en sentant ses émotions échapper à tout contrôle.

Orlando leva la tête, le visage enflammé par le sang qu'il avait bu et de la passion qu'il inspirait, rencontrant les yeux étincelants d'Alain. Sans se soucier de la réaction possible de son magicien pour le goût de son propre sang dans sa bouche, Orlando captura les lèvres d'Alain avec les siennes, l'embrassant avec une passion désespérée.

— J'ai besoin de toi, gémit-il.

— Tu m'as, assura Alain en déposant de légers baisers sur la courbe délicate des lèvres de son amant, leur langue s'enroulant tandis qu'ils s'embrassaient.

Il pouvait sentir son sang sur la langue d'Orlando – mais, sachant comment il était arrivé là, il trouva la saveur aussi enivrante qu'Orlando l'avait toujours prétendu. Une partie de lui admirerait toujours le changement qui s'était opéré en lui durant ces deux dernières semaines, alors qu'il abandonnait certaines idées préconçues concernant les vampires, mais il avait cessé de se soucier de ce que cette nouvelle acceptation disait de lui.

— Je serai toujours à toi.

Orlando enfouit son visage dans le creux du cou d'Alain, cachant l'expression douloureuse qui devait sûrement déformer ses traits, à l'idée du jour inévitable où la mortalité viendrait réclamer son amant et transformerait cette promesse en mensonge. Les magiciens avaient une vie plus longue que les hommes ordinaires, mais même s'ils survivaient tous les deux à cette guerre, même si les magiciens de la Milice triomphaient, la mort viendrait un jour réclamer son homme, les séparant à jamais. Il se mordit la lèvre, retenant un sanglot. Soudain, désespéré, Orlando arracha sa ceinture, peu soucieux de la boucle de ceinture qu'il déchirait, poussant ses vêtements vers le bas pour s'en débarrasser.

Alain haleta au contact soudain de leur peau l'une contre l'autre, sa passion, déjà enflammée par l'alimentation d'Orlando, ne faisait que croître maintenant que le corps de son amant se pressait contre lui.

— S'il te plaît, l'implora-t-il, déjà désireux de plus de stimulation.

Orlando ne se le fit pas dire deux fois, passant à genoux pour chevaucher Alain avec impatience. Si, avant, ses mains étaient restées plus ou moins sages, caressant seulement pour éveiller leur désir, maintenant elles volaient sur le corps de son amant, cajolant chaque endroit qu'il savait sensible : les mamelons du magicien, son bas-ventre, l'intérieur de ses cuisses. Alain réagit exactement comme Orlando l'avait désiré, se cambrant et se tordant sous ses caresses, comme électrisé.

Rétractant ses crocs dans un effort titanesque, il baissa la tête vers l'épaule d'Alain pour déposer une pluie de baisers le long d'une ligne virtuelle sur sa poitrine, tandis qu'il progressait pour prendre un bourgeon rose, ferme, dans sa bouche, puis l'autre. Ses mains caressaient toujours les cuisses de son amant, se déplaçant librement, lentement vers le haut, tout en progressant vers leur objectif.

Il connaissait le goût du sang d'Alain ce soir, savait quelles émotions coloraient son esprit et son cœur. Maintenant, il voulait goûter la peau du magicien, sa sueur, sa semence. Il pourrait à peine sentir le parfum de leur véritable saveur, mais il voulait tout ce que ses sens limités lui accorderaient.

Pris dans la tempête de passion qu'Orlando suscitait, Alain fut contraint de lutter mentalement pour retenir chaque geste d'encouragement ou de réciprocité déplacé qu'il amorçait avant qu'il ne puisse les achever. Autant il résistait au désir de son cœur, autant il n'avait pas d'autre choix que de se détendre et accepter les attentions du vampire.

— C'est si bon, murmura-t-il, se contentant de mots puisque l'action semblait hors d'atteinte.

— Bon, répéta Orlando en remuant les lèvres contre l'abdomen d'Alain pendant qu'il parlait. C'est censé l'être.

Il suça doucement la peau au-dessus de l'os de la hanche du magicien, aimant la façon dont Alain se tortillait de plaisir.

— Suce-moi, supplia Alain.

Avoir les lèvres d'Orlando si près de son sexe sans jamais le toucher suffisait à le rendre dingue.

— Je le ferai, promit Orlando, un frisson parcourant son dos alors qu'Alain murmurait d'une voix rauque ces mots décadents. Quand je serai prêt.

— Tu n'as aucune idée de ce que tu me fais, n'est-ce pas ? continua Alain, en notant son frémissement révélateur.

Si l'entendre parler encourageait Orlando à continuer, il parlerait jusqu'à ce qu'il ne puisse plus former la moindre pensée cohérente.

— Tu sais ce que je ressens ?

— Dis-le-moi, suggéra Orlando en traçant une ligne avec sa langue, là où la hanche rejoignait sa cuisse.

— Comme si je pouvais marcher sur l'eau ou flotter dans l'air, gémit Alain. Tu m'enflammes à chaque contact et me donnes l'impression d'être invincible. Quand tu m'embrasses, je suis Don Juan, Cyrano de Bergerac, Roméo et d'Artagnan réunis.

— Tu es tout ça pour moi et plus encore, affirma Orlando, ses mains atteignant finalement le haut des cuisses d'Alain.

L'une plongea vers le matelas pour soupeser les bourses de son amant, l'autre se déplaça vers le haut pour caresser le membre dur qui cognait sa joue, y déposant une traînée de fluide collant. Il guida le gland dans sa bouche, enduisant ses lèvres du liquide crémeux.

La vision qu'Orlando offrait, à cheval sur ses jambes, les lèvres luisantes de liquide séminal, envoya une nouvelle flambée de désir à travers le corps d'Alain.

— Embrasse-moi.

Orlando obéit immédiatement, s'allongeant entièrement sur le corps dur d'Alain afin que leurs lèvres se rencontrent et se referment dans un contact indispensable, aussi intense que le lien magique qui réunissait leurs esprits et leurs âmes.

Aussi exigeant, aussi excitant que soit le baiser, tous deux eurent rapidement besoin de plus, leur passion trop exacerbée pour se contenter d'un baiser, aussi enflammé soit-il. Orlando rompit le baiser pour lécher rapidement le filet de sang qui s'échappait des marques de morsures. C'étaient les seules qui marquaient le cou d'Alain, la magie qui les liait guérissant les incisions en quelques heures. Il était tenté de prendre plus, mais il avait déjà bu assez pour satisfaire ses besoins physiques et se laisser aller à des excès pourrait être dangereux. Même ainsi, le plaisir et l'amour qu'il dégustait dans le sang d'Alain l'appelaient, comme un chant de sirène l'aurait séduit.

Les doigts d'Alain retournèrent à leur zone préférée, dans les cheveux d'Orlando. Il était heureux de voir que son geste ne provoquait même pas un tressaillement cette fois, le laissant espérer que le vampire pourrait finalement être en mesure d'accepter – et même de profiter – d'autres caresses qui, jusqu'à présent, lui rappelaient de mauvais souvenirs. Son autre main caressait le dos de son amant, prélude à prendre un rôle plus actif, mais Orlando attrapa sa main avec un hochement de tête, l'entraînant au-dessus de sa tête et la retenant là.

Le magicien accepta cette limitation, se rappelant que, malgré tout, ils étaient réunis, ils se touchaient, chaque contact était un signe de leur amour et de leur dévotion. S'il ne pouvait utiliser son corps pour donner du plaisir à son amant, il pouvait néanmoins utiliser les mots.

— Sais-tu ce que j'aime plus que toute autre chose ? fit-il d'une voix rauque.

— Quoi ? demanda Orlando, levant la tête pour croiser son regard.

— Tes lèvres sur mon cou, répondit Alain, sur la marque qui nous lie. Tout le reste vient de là. Aucun autre contact ne me transporte autant que celui-là.

Orlando sourit tendrement, en baissant la tête et en embrassant de nouveau la marque, les mains reposant sur la poitrine d'Alain. Quand il les déplaça, ses paumes massèrent les muscles fermes et atteignirent le sommet des mamelons.

Alain en eut le souffle coupé.

— Ça, c'est la seconde, cependant.

— Ça ? interrogea Orlando en bougeant ses doigts délibérément.

Alain hocha la tête en demandant :

— Est-ce que c'est aussi agréable pour toi quand je touche tes mamelons que quand tu le fais avec les miens ?

Sa voix devenait plus rauque pendant qu'il parlait, trahissant l'intensité de son excitation.

Orlando rougit et détourna nerveusement les yeux, mal à l'aise avec la conversation intime,mais envoûté par la tonalité qu'avait prise la voix d'Alain en répondant.

— Tout ce que tu me fais me procure du plaisir.

Alors pourquoi ne me laisses-tu pas en faire plus ? pensa intérieurement Alain.

— Montre-moi comment tu aimerais être touché, dit-il à voix haute.

Il ne voulait pas gâcher la beauté de l'instant, ou risquer de provoquer une autre dispute avant d'aller combattre.

Orlando hésita un moment supplémentaire, déchiré entre faire ce qu'Alain lui demandait et se contenter de le toucher à la place. Finalement, le désir ardent sur le visage de son amant l'emporta et il ferma les yeux, laissant ses mains se promener sur sa propre peau, trouver les cercles sombres de ses mamelons et les caresser légèrement. Il fit le tour du bord extérieur de chaque aréole, son souffle s'accélérant sous la stimulation. Il pouvait sentir les yeux d'Alain sur lui, pouvait sentir la tension sexuelle s'accroître entre eux tandis qu'il se concentrait sur son propre plaisir. Il étira doucement leur pointe, puis avec un peu plus de force lorsqu'il découvrit le plaisir qu'il en retirait. Au cours du siècle, depuis que Jean l'avait sauvé de son créateur, Orlando s'était fait jouir à plusieurs reprises, mais toujours à la hâte, presque furtivement, comme si quelqu'un pouvait le voir, attendant de le critiquer pour avoir ce genre de besoins. Maintenant, sous le regard amoureux et sensuel d'Alain, ces doutes disparaissaient et il s'autorisait à s'attarder.

— Tu as l'air délicieux, commenta Alain. Je pourrais rester couché ici toute la nuit à te regarder, sauf que j'aimerais aussi te toucher. Laisse-moi te toucher, Orlando.

Orlando secoua la tête, ses mains s'attardant.

— Dis-moi ce que je dois faire, proposa-t-il.

Alain tressaillit intérieurement, mais ses mains agrippèrent les draps pour s'empêcher d'atteindre Orlando.

— Laisse une main là où elle est, dirigea-t-il à mi-voix. Continue à faire ce qui te donne du plaisir. Caresse-toi avec l'autre. Lentement. Tu me procures tellement de plaisir quand tu me touches comme ça. Vas-y, fais-toi plaisir. Montre-moi comment tu voudras que je te touche lorsque tu seras prêt.

Le cœur d'Orlando se serra au rappel qu'il ne pouvait pas, tout simplement, laisser son amant agir à sa guise. Une partie de lui voulait envoyer ses peurs au diable, mais il savait comment cela finirait.

Avec la bataille qui se profilait, la dernière chose qu'il voulait c'était une autre dispute, un autre malentendu qui pourrait les distraire tous les deux à un moment critique. Il ferma les yeux et laissa sa tête basculer en arrière tandis que sa main glissait vers le bas empoignant son érection, coulissant de haut en bas sur son membre dur.

Alain regardait avidement, mémorisant le mouvement, la vitesse, le rythme. Finalement, il ne put pas s'en empêcher. Il tendit la main vers le bas et caressa son propre sexe au rythme des mouvements d'Orlando.

— Ouvre tes yeux. Regarde-moi, Orlando.

Les yeux d'Orlando s'ouvrirent, le regard voilé de convoitise.

— Je veux te toucher.

— Je ne t'en empêche pas, lui rappela Alain. Il suffit de dire un mot et j'enlèverai ma main. Je suis à toi. Tout ce que tu as à faire c'est de demander.

— Enlève ta main.

Immédiatement, la main d'Alain retomba loin de son sexe, agrippant les draps tandis que la tension augmentait brusquement, attendant de découvrir ce qu'Orlando ferait. Le vampire avança timidement les doigts vers son amant, comme si les dernières semaines n'avaient pas existé, comme s'il doutait de son droit à le toucher ou de sa capacité à plaire à l'homme qui se trouvait sous lui.

— Tout ce que tu veux, Orlando. Je suis à toi, répéta Alain.

Les lèvres d'Orlando s'ourlèrent d'un sourire avant qu'il ne replonge la tête sur le cou d'Alain, le suçant doucement.

— Je veux être en toi.

— Qu'est-ce que tu attends ? demanda Alain, la voix soudain enrouée par une brusque flambée de désir.

Il écarta les jambes, plia les genoux pour créer un berceau au corps d'Orlando, s'offrant à son amant.

Soudain, désespéré, Orlando saisit le lubrifiant et prépara Alain aussi vite qu'il l'osa.

— Vas-y, implora Alain.

Toutes les hésitations d'Orlando disparurent à l'intonation de la voix d'Alain, au désespoir si semblable au sien qu'il entendait dans le râle rauque. Il se glissa en lui d'une longue, lente poussée, pour réunir leurs corps dans une communion vieille comme le monde, et aussi profonde que celle symbolisée par la marque sur le cou d'Alain.

— Je t'aime, chuchota-t-il contre le cou de son magicien.

— Je t'aime aussi, haleta Alain, son corps se cambrant sous les coups lents, rythmiques.

Il pouvait déjà sentir sa jouissance menacer. La combinaison de l'alimentation d'Orlando et du jeu verbal le laissaient sur le point d'éjaculer.

— Jouis pour moi, ordonna Orlando, glissant sa main entre eux pour caresser le sexe d'Alain. Je ne peux plus attendre.

— Alors, ne te retiens pas, répondit Alain, les premières secousses de son orgasme le secouant. Viens et emporte-moi avec toi.

Orlando s'enfonça frénétiquement, sa jouissance le submergeant, tout son corps se contractant sous la puissance de son orgasme. Les coups répétés contre sa prostate eurent l'effet désiré et Alain jouit dans la foulée alors que le vampire s'effondrait sur lui.

Précautionneusement, les bras d'Alain encerclèrent son amant, retenant la silhouette élancée contre lui.

— Un jour, murmura-t-il contre l'oreille d'Orlando, un jour, ce sera mon tour. Quand ça arrivera, je te rendrai fou de désir, comme tu le fais chaque fois que tu me touches. Un jour, tu me feras assez confiance pour que je puisse te montrer combien c'est bon quand un amant te touche comme tu me le fais.

Orlando se raidit légèrement, mais ne s'écarta pas. Il voulait ce que lui décrivait Alain avec ses mots séduisants, il voulait être libre de son passé au point de pouvoir accepter toutes les caresses délivrées par Alain, et de pouvoir imposer ses propres désirs sans crainte ni hésitation. Au lieu de cela, il se blottit contre la peau lisse du cou d'Alain, seulement altéré par deux blessures minuscules qui auraient disparu au matin, et par la marque qui les liait pour toujours.

Sous lui, il pouvait sentir Alain se détendre alors qu'il s'endormait. Il roula sur le côté pour permettre à son amant de se reposer. Il aurait besoin d'avoir tous ses esprits quand ils iraient combattre, dans... douze heures et... quarante minutes. Dans douze heures et... trente-neuf minutes, ils se battraient pour conserver le droit de vivre et de s'aimer. Dans douze heures et... trente-huit minutes, ils se tiendraient côte à côte pour affronter les rebelles qui chercheraient à les tuer. Dans douze heures et... trente-sept minutes, ils reprendraient la lutte pour savoir qui vivrait et qui mourrait.

VI

LES VOLONTAIRES pour le Rite d'équilibrage se réunirent dans la Salle des Cartes, à neuf heures, le matin de Samhain. En jetant un œil autour de la pièce, Raymond visualisa le rituel dans son esprit, essayant mentalement de déployer au mieux les ressources disponibles. Il était conscient de la présence de Jean et Marcel qui parlaient dans le fond, de Thierry qui le regardait en fronçant les sourcils de l'autre côté de la pièce, du partenaire de Thierry qui se tenait de façon protectrice au coude du magicien blond, mais rien de tout cela ne retenait réellement son attention. Ses pensées se concentraient entièrement sur les heures à venir. Toute rupture de la concentration – notamment la sienne, puisqu'il serait chargé de canaliser l'énergie des sorciers réunis – pourrait être dangereuse, voire mortelle. Il ne pouvait se permettre aucune distraction. Malheureusement, son partenaire en constituait une, même s'il tentait d'écarter le vampire de son esprit. Décidant qu'il avait fait tout ce qu'il pouvait, jusqu'à ce qu'ils rejoignent l'Opéra Garnier et son lac souterrain, Raymond laissa ses pensées vagabonder vers son obsession : un certain Jean Bellaiche.

Il avait convaincu Jean qu'il n'avait aucune raison de venir avec les magiciens au rituel, que sa présence pourrait bien être une distraction pour ceux qui n'étaient pas habitués à lui. En vérité, Raymond était plus préoccupé par le fait que Jean puisse le distraire lui. C'était comme s'il ne parvenait pas à être dans la même pièce que son partenaire sans le couver du regard. Quand ils étaient séparés, c'était encore pire, l'agaçante nécessité de chercher le vampire suffisait à l'énerver dans le meilleur des cas, et à le rendre franchement désagréable le reste du temps.

À bien des égards, il avait besoin de la stabilité qui suivrait le rite d'équilibrage autant que la magie élémentaire. Il devait trouver un moyen de revenir sur terre et de contrôler son désir irrationnel pour son partenaire. Sans quoi, il risquait de perdre la tête, à moins que, dans une crise de folie, il ne se jette dans la Seine.

Cette pensée amena un sourire ironique sur son visage. Quand il avait quitté Serrier, il avait très sérieusement considéré cette possibilité, convaincu que Marcel ne pourrait jamais le croire. Mettre fin à sa courte existence de sa propre initiative semblait infiniment préférable à une vie en prison, ou une mort provoquée par les tortures de Serrier. En fin de compte, l'instinct de conservation l'avait emporté et il avait parié sur la miséricorde de Marcel. Le vieux magicien n'avait jeté qu'un coup d'œil sur lui et l'avait accepté dans son groupe. Raymond n'avait jamais regardé en arrière, se dévouant pour la Milice avec toute la puissance et la connaissance à sa disposition.

Finalement, c'était payant, décida-t-il en regardant Jean de nouveau. Entre ses propres efforts et le mystère qu'était son lien avec le chef de la Cour, il avait enfin trouvé une vraie place dans la Milice et dans l'alliance. Même Alain et Thierry qui, quelques semaines auparavant, mettaient encore en doute sa loyauté à chaque occasion commençaient à accorder du poids à ses opinions et à ses idées. Le coup de grâce, cependant, c'était ce rituel ; tout particulièrement le rôle qu'il y tenait. En tant que point central, il portait la responsabilité de la réussite ou de l'échec de cette tentative. Les autres, même Dumont, étaient de simples ouvriers, bien que son second, Thierry, interviendrait si Raymond faiblissait.

— Tout le monde est là ? demanda Marcel apparaissant au côté de Raymond.

Celui-ci hocha la tête en répondant :

— Cinquante volontaires présents et décidés. Nous avons juste besoin de nous rendre là-bas pour commencer. L'équinoxe débute au lever du soleil. Nous perdons du temps.

— Alors, n'en perdons plus, déclara Marcel.

— J'enverrai quelqu'un faire le point avant que les patrouilles ne partent pour la tour Eiffel, informa Raymond, ainsi vous saurez où nous en sommes.

— Bien, convint Marcel. Alain sera plus tranquille durant le combat s'il sait que le rituel se déroule bien.

Raymond n'exprima pas la pensée peu charitable que, bien sûr, Alain ne devait en aucun cas être contrarié. On ne pouvait pas reprocher à Marcel de vouloir que son capitaine soit en pleine forme pour une bataille aussi importante que celle de la tour Eiffel promettait d'être, et les importantes fluctuations d'émotions n'étaient pas favorables à une bonne gestion. Reportant son attention vers les sorciers rassemblés, il éleva la voix :

— Nous nous regroupons sur les rives du lac, sous l'Opéra Garnier, dans dix minutes, ordonna-t-il, révélant pour la première fois l'emplacement du rituel.

En dehors du cercle restreint des conseillers de Marcel, tout le monde l'ignorait. Bien que l'espion notoire soit resté confiné la plupart du temps, ils avaient décidé de ne révéler le véritable emplacement qu'au dernier moment, au cas où Serrier ne se contenterait pas de perturber la cérémonie en attaquant la tour Eiffel.

— Ne soyez pas en retard.

Comme les autres sorciers commençaient à disparaître, Raymond rejoignit Jean pour lui parler une dernière fois.

— Tu seras bien ici jusqu'à ce que je revienne, n'est-ce pas ? demanda-t-il inutilement.

— Parfaitement bien, assura Jean en résistant à l'envie de se pencher en avant pour embrasser son partenaire.

Il s'était nourri une fois de plus, depuis leur rencontre passionnée au retour de Raymond de l'île de La Réunion, une séance moins tendue, mais tout aussi intense, pourtant il n'avait pas encore osé une plus grande intimité que celle de ses crocs dans le cou de son magicien. Maintenant, dans la Salle des Cartes – avec

43

Raymond sur le point de partir pour le Rite d'équilibrage et de nombreuses personnes les regardant –, ce n'était pas vraiment le moment idéal.

— Marcel et moi allons discuter stratégie politique. Nous devons trouver la meilleure façon d'influencer les membres du Conseil des ministres qui ne veulent toujours pas à coopérer au sujet de la loi sur l'égalité. Je suis sûr que nous y serons toujours quand tu reviendras.

Raymond renifla.

— Oui, je l'imagine.

Il regarda Marcel.

— Surveille ses arrières pour moi.

Le général de la Milice et le chef de la Cour se regardèrent avec perplexité, mais avant de pouvoir demander auquel des deux Raymond s'adressait, le magicien disparut pour rejoindre l'Opéra.

— Je pense que je ne comprendrai jamais ce garçon, commenta Marcel en secouant la tête.

— Je ne m'ennuierai jamais en essayant, répondit Jean.

Marcel s'abstint de tout commentaire, mais un sourire malicieux jouait sur ses lèvres. Raymond avait été seul trop longtemps. Cela réchauffait le cœur du vieux magicien de constater qu'il avait encore une chance de bonheur, même s'il imaginait que, si on le questionnait, Raymond nierait, à la fois sa solitude antérieure et son contentement actuel. Cela convenait parfaitement à Marcel. Raymond n'aurait jamais à le reconnaître, tant qu'il ne la rejetait pas.

Sous la ville, sous les catacombes, dans les entrailles de l'Opéra Garnier, les sorciers apparaissaient, l'un après l'autre jusqu'à ce qu'ils soient tous arrivés. Toute désinvolture quitta le groupe tandis qu'ils se répartissaient autour des rives du plan d'eau, là où le Fantôme de l'Opéra avait entraîné sa bien-aimée Christine et où, si l'on devait en croire la légende, son fantôme s'attardait encore. N'étant pas superstitieux de nature, Raymond n'y prêtait pas attention, mais il ne pouvait nier l'impression de puissance qui émanait de la grotte. Malgré la présence de l'eau, la salle n'était pas humide. Il était sûr qu'elle paraissait fraîche en été, mais en cette fin d'automne, l'endroit était plutôt agréable. Prenant sa place sur le côté nord du lac, il attendit que Thierry soit à son contrepoint à l'extrême sud du bord de l'eau. Entre eux, les quarante-huit autres sorciers se postaient, répartis régulièrement comme les points d'une boussole, formant un cercle de magie parfait : vingt-cinq hommes et vingt-cinq femmes pour équilibrer la magie élémentaire qui les régissait tous.

Fermant les yeux, Raymond commença à chanter, reliant sa magie à l'eau. La voix de Thierry rejoignit la sienne. Puis, un par un, les autres sorciers mêlèrent leur voix, dans le sens des aiguilles d'une montre, en partant de chacun des sorciers de base jusqu'à ce que les cinquante voix soient réunies. Leur magie, canalisée par les deux points d'ancrage, circulait de Thierry vers Raymond et de Raymond vers le néant.

Saturé de pouvoir, Raymond disciplina son esprit pour former le lien avec la magie élémentaire qui lui permettrait de l'affecter plutôt que de simplement la contrôler. La connexion claqua en se mettant en place et il se sentit attiré dans un tourbillon tandis que la source de toute l'énergie naturelle et magique aspirait ce qu'il offrait. Il haleta de surprise quand il sentit le contrôle de la connexion tirer violemment sur lui, non pas depuis l'un des autres sorciers, mais par la magie elle-même. Prenant une grande respiration pour se calmer, il sonda la liaison, essayant de trouver un nouveau point d'appui pour pouvoir apporter son soutien silencieux et son assistance. À travers le lac, il vit Thierry tomber à genoux, la tête dans les mains.

Jurant dans sa barbe, il dévia son attention du Rite assez longtemps pour rompre le charme du magicien à côté de lui.

— Allez chercher Alain, ordonna-t-il sévèrement avant de replonger son esprit dans la brèche, sans même un regard pour celui à qui il s'était adressé.

Il devait mettre un terme au Rite, même si cela impliquait de ne pas l'achever, avant de perdre des sorciers sous l'attraction de la magie élémentaire.

Il pouvait sentir Thierry se battre pour résister, pour garder le contrôle de sa propre magie et de celle offerte par les autres, mais la traction était inexorable, l'attirant de plus en plus intensément. Espérant réduire la ponction en diminuant la magie disponible, Raymond se fraya mentalement un chemin autour du cercle, brisant les liens surnaturels qui retenaient les autres sorciers captifs, s'appliquant à progresser dans un mouvement de balancier afin que leur nombre reste relativement équitable de chaque côté du lac. Le Rite était une question d'équilibre et tout ce qui perturbait cet équilibre rendrait son travail encore plus difficile. Un par un, les esprits des autres sorciers étaient libérés, la plupart d'entre eux s'effondrant au sol en raison de l'épuisement mental, physique et magique, pour avoir à peine entamé le contact avec la magie élémentaire. Finalement, il ne resta que Raymond et Thierry, enfermés dans la lutte avec des forces très éloignées de tout ce qu'ils connaissaient.

Raymond essaya de libérer Thierry de la même manière dont il avait libéré les autres, mais le magicien lui résista, le bloquant tandis qu'il se battait pour se préserver du drainage de son corps et de son âme. Raymond jura encore quand Thierry le rejeta une seconde fois. Renonçant à cette approche, il offrit simplement ses forces pour consolider les ressources déclinantes du blond et pria pour qu'Alain se dépêche. S'il ne le faisait pas, il pourrait bien découvrir une enveloppe carbonisée à son arrivée.

Recroquevillé physiquement et mentalement, Thierry sentit son esprit et sa conscience être assaillis par la magie élémentaire, des couleurs tourbillonnaient autour de lui, à travers lui, rendant confuses ses tentatives pour recentrer ses pensées. Une sensation de chaleur le traversa, embrouillant davantage ses idées tandis que le souvenir de Sébastien, allongé contre lui la nuit précédente, se mêlait à la sensation d'être lié à la magie élémentaire. Il essaya de séparer la réalité des visions surnaturellement induites. Il semblait, cependant, que ses souvenirs étaient utilisés contre lui, comme combustibles pour la connexion qui le maintenait piégé et hors de contrôle de sa magie.

Jamais, depuis qu'il était enfant, découvrant pour la première fois ses capacités innées, il ne s'était senti aussi incapable de manier ce pouvoir en lui. Tout autour, des sensations – son, couleur, chaleur – le bousculaient, le rendant irrémédiablement méfiant envers chacune d'elles. Il chercha à se ressaisir, essayant de maintenir l'intégrité de son noyau magique. Il conservait suffisamment de sensations provenant du monde extérieur pour se rendre compte que les autres sorciers n'étaient plus avec lui – Raymond les avait libérés du piège de la magie, supposa-t-il. Il crut sentir l'esprit du magicien aux cheveux bruns l'effleurer, mais maintenant, il n'osait plus faire confiance à quoi que ce soit provenant de l'extérieur, pas s'il avait quelques espoirs de ne pas être carbonisé, de ne pas voir le noyau magique de son être s'éteindre comme une allumette dans un vent de tempête.

— OU EST Alain ? cria frénétiquement Michel Lestrade quand il réapparut dans la Salle des Cartes. Je dois trouver Alain !

— Qu'est-ce qui se passe ? le pressa Marcel, en rejoignant le magicien.

Bien que n'étant pas un magicien particulièrement puissant, Michel n'était pas habituellement sujet à la panique.

— Pourquoi avez-vous besoin d'Alain ?

— Raymond a dit... d'aller chercher Alain... quelque chose s'est mal passé... avec le Rite... Thierry est... pris au piège, haleta Michel en essayant de reprendre son souffle.

Son corps tremblait encore d'avoir été pris pendant quelques instants dans le tourbillon magique.

— Quoi ? s'écria Sébastien, saisissant le bras du magicien et en l'attirant à lui. Dis-moi ce qui s'est passé ?

Avant que Michel ne puisse répondre, Alain débeula dans la salle.

— Thierry est pris au piège, réussit à répéter Michel.

Avant même d'avoir terminé, Alain avait disparu.

Le hurlement de Sébastien retentit dans la salle. La tête rejetée en arrière, il émettait un son lugubre, plein de colère, de peur et d'impuissance. Orlando échangea un regard avec Jean, il pouvait lire la compassion embarrassée sur le visage du chef de la Cour. Cependant, sachant que l'ancien vampire ne ferait pas le premier pas, Orlando réagit et rejoignit Marcel et Sébastien.

— Peux-tu nous transporter là où ils sont ? demanda-t-il au général de la Milice.

Marcel regarda alternativement les deux vampires, constatant la détermination d'Orlando et l'affliction de Sébastien. Acquiesçant d'un signe de tête résolu, il jeta le sort, les transférant aux côtés de leurs partenaires. Il faisait confiance à Alain pour gérer la situation sur place. Il avait d'autres soucis à gérer, maintenant que son capitaine ne serait pas à la tête de la bataille de la tour Eiffel, dans l'heure qui suivrait.

— Putain, qu'est-ce qui se passe ? s'écria Alain quand il se matérialisa à côté du lac et trouva les magiciens effondrés autour des berges.

Il engloba la scène d'un seul regard. Seul Raymond tenait encore, même Thierry était tombé à genoux.

— Il ne me laisse pas l'aider, lâcha Raymond, la tension à devoir partager son attention entre Alain et le Rite étant perceptible dans sa voix. Nous devons le libérer.

Alain hocha la tête et courut aux côtés de Thierry, s'agenouillant à côté de son meilleur ami.

— Allez, Thierry, supplia-t-il. Laisse-moi t'aider.

Pris dans le dédale de ses visions, Thierry se persuada que la voix d'Alain devait être une fiction issue de ses souvenirs plutôt que la réalité. Son ami se battait à la tour Eiffel, il n'était pas ici à l'Opéra.

— Nous devons briser le lien avec la magie élémentaire, insista Raymond. Isole-le complètement assez longtemps pour le libérer. Je ne peux pas le faire seul, Alain.

À contrecœur, Alain hocha la tête. Ce que proposait Raymond était risqué. S'ils isolaient Thierry trop complètement ou trop longtemps, il pourrait totalement perdre sa capacité à toucher la magie, le laissant amputé de la moitié de lui-même. Cependant, s'ils ne le libéraient pas du tourbillon qui aspirait sa force hors de lui, ils pourraient le perdre complètement et pas seulement ses ressources magiques, mais aussi ses ressources physiques qui, une fois épuisées, ne lui permettraient plus de vivre.

— Je lancerai le sort.

— Alain, tu sais… commença à protester Raymond.

— Oui, je sais que tu peux lancer le sort plus habilement, mais si quelque chose tourne mal, il le prendra mieux s'il sait que je suis celui qui a dirigé le sort, rappela Alain à l'autre magicien. Nous aurons suffisamment de problèmes si ça tourne mal sans qu'il t'attaque en plus du reste.

Raymond ne pouvait pas contrer cette logique, il fit donc signe à Alain de commencer.

Fermant les yeux, Alain imagina un métier à tisser, posant les premiers fils avec des vrilles de magie. Un instant plus tard, il put sentir la magie de Raymond s'y ajouter, tisser la trame. Il était vaguement conscient d'une agitation derrière lui, des autres sorciers qui se déplaçaient pour prévenir toute menace ou contenir toute distraction susceptible d'interférer avec sa concentration.

— Laissez-moi le rejoindre, rugit Sébastien tandis que les sorciers se déplaçaient pour l'arrêter.

Il balaya l'un d'eux comme une mouche avant qu'Orlando l'attrape par le bras, le faisant pivoter.

— Laisse-moi !

— Tu ne peux pas l'aider, Sébastien, affirma Orlando. Alain et Raymond doivent s'en charger. Ne leur rends pas le travail plus difficile.

— Et si c'était Alain là-bas ? Contra Sébastien.

— Tu serais en train de me retenir, reconnut tristement Orlando, mais cela ne signifie pas que tu as raison et que j'ai tort. Laisse-les faire leur travail.

Le son de la voix d'Orlando brisa momentanément la concentration d'Alain.

— Concentre-toi ! fit la voix de Raymond en écho dans son esprit. Thierry est tout ce qui importe dans l'immédiat.

Écartant ces inquiétudes sur la raison pour laquelle Orlando était là, Alain récupéra les fils du sort qu'il avait abandonné, travaillant avec Raymond pour compléter le filet qu'ils jetteraient sur Thierry pour l'isoler de la magie élémentaire. Lorsque les fils furent étroitement tissés, Alain croisa le regard de Raymond à travers le lac qui les séparait encore, Raymond continuait à tenir sa place dans la boussole magique pour équilibrer Thierry. Comme un seul homme, ils jetèrent le filet, enveloppant Thierry dans leur magie.

Le tourbillon qui avait retenu Thierry en tournoyant sans contrôle chercha une nouvelle victime, mais les autres sorciers étaient préparés. Ils résistèrent à l'attrait de l'inimaginable pouvoir. Privé d'une autre source d'énergie, le tourbillon s'apaisa lentement. Raymond se demanda ce que cela présageait pour leur avenir, car ils n'avaient pas achevé le rite d'équilibrage. Quand, finalement, il fut totalement dissipé, Alain et Raymond relâchèrent également le filet magique. À côté de lui, Thierry s'effondra dans les bras d'Alain.

S'arrachant à l'emprise d'Orlando, Sébastien courut vers eux.

— Thierry ? supplia-t-il. Parle-moi.

— Il est inconscient, déclara Alain au vampire. Nous devons attendre qu'il se réveille pour savoir quels dommages il a subis.

— Dommages ? gronda Sébastien.

Il récupéra Thierry des bras d'Alain pour le prendre dans une étreinte protectrice. Personne ne blesserait son magicien !

— Que veux-tu dire par dommages ?

— Il a été capturé par des forces trop puissantes pour lui, expliqua Raymond en rejoignant les autres. Cela peut prendre plusieurs jours avant que nous sachions si elles ont endommagé sa magie.

— Donne-le-moi, ordonna Alain. Il a besoin d'aller à l'infirmerie où ils pourront prendre soin de lui correctement.

Sébastien siffla de manière possessive.

— Même pas en rêve, magicien ! Dis-moi ce qu'il faut faire pour lui, et je m'assurerai qu'il obtient ce dont il a besoin.

— Il n'y a rien que tu peux faire, vampire, gronda Alain en retour.

La peur de tout ce qui pourrait tourner mal, même maintenant que Thierry était libre l'incitait à s'en prendre à la cible la plus proche. Il avait dit à Thierry, avant même que l'alliance ne se forme, qu'il ne pouvait pas lutter dans cette guerre sans son meilleur ami à ses côtés. Malgré tout ce qui s'était passé depuis lors, cela restait toujours vrai.

— Il a besoin de soins magiques, insista-t-il.

Réalisant que cela pouvait dégénérer en combat de coqs, Orlando s'interposa entre eux.

— Cela n'aide pas Thierry, déclara-t-il aux deux hommes.

Sachant qu'il serait également dans tous ses états si quelque chose arrivait à Jean, mais tout aussi capable de comprendre les craintes de Sébastien, il toucha la joue d'Alain, désireux de faire entendre raison à son partenaire.

— Emporte-les tous les deux là où Thierry pourra obtenir les meilleurs soins, et assure-toi ensuite que Sébastien soit autorisé à aider. Maintenant, allez-y.

Acquiesçant sèchement, Alain fit un rapide bilan pour s'assurer que Thierry n'était pas blessé, avant de jeter un sort de déplacement, les transportant avec Sébastien à l'infirmerie.

— Vas-y, le pressa Orlando. Je sais que tu veux y aller toi aussi. Raymond s'assurera que je rentre au siège de la Milice.

L'autre magicien acquiesça. Déchiré entre sa loyauté envers son meilleur ami et son désir de rester avec Orlando, Alain hésita.

— Vas-y, répéta Orlando. Je serai là dans quelques minutes. Il a besoin de toi. Ce qui n'est pas mon cas pour l'instant.

Avec une gratitude évidente, Alain jeta le sort une nouvelle fois, se transportant dans le vestibule de l'infirmerie.

VII

— ADELE !

La magicienne leva les yeux à l'appel de son nom.

— Monsieur ? répondit-elle quand elle réalisa qui l'avait appelée.

— Tu devras commander nos forces au pied de la tour Eiffel aujourd'hui, l'informa Marcel.

— Moi ? fit-elle, certaine d'avoir mal entendu. Qu'est-il arrivé à Alain ?

— Quelque chose s'est mal passé avec le Rite d'équilibrage, expliqua Marcel. Alain a dû aller aider Thierry. Cela fait de toi la plus haute gradée des trois patrouilles affectées à la tour Eiffel aujourd'hui.

— Mais, protesta Adèle, je n'ai préparé aucun plan. Je ne saurais pas par où commencer pour la défendre.

— Voici les plans d'Alain, proposa Marcel en lui tendant les notes du magicien blond. J'ai toute confiance en ta capacité à en tirer parti. Tes gens sont bien entraînés, non seulement à obéir aux ordres, mais aussi à réfléchir par eux-mêmes, comme le sont ceux d'Alain et de Thierry. Vous avez deux objectifs : empêcher les rebelles de détruire la tour Eiffel et en éliminer autant que vous le pourrez. Ce ne sera pas comme nos frappes habituelles où nous essayons de faire des prisonniers. Je me moque que vous reveniez bredouille tant que vous revenez et que le monument reste debout.

Adèle hocha la tête. Marcel ne l'avait pas dit clairement, mais elle comprenait à demi-mot. Ils devraient tirer pour tuer cet après-midi, avoir recours à tous les sorts susceptibles d'être mortels s'ils pouvaient les jeter en toute sécurité. Maintenant, il lui restait juste à affronter son partenaire.

— Il était temps qu'il reconnaisse que nous sommes capables de nous charger du commandement, ronchonna Jude quand elle l'informa du changement de plans.

— Marcel est parfaitement conscient de ce dont nous sommes capables, répliqua sèchement Adèle, et nous allons prouver notre valeur aujourd'hui en suivant les plans d'Alain à la lettre. Que je puisse ou non avoir fait les mêmes plans, si j'avais eu le temps d'y travailler moi-même, ne signifie pas que je vais mettre ceux-ci en l'air – ou te laisser le faire – en remettant en cause ses décisions ; d'autant plus que je suis sûr d'avoir reconnu l'écriture de Thierry dans certaines de ces notes et qu'il est le meilleur stratège que nous ayons.

Jude renifla avec dédain, mais garda son opinion – et ses doutes – concernant ce que n'importe quel mortel pouvait connaître sur la stratégie comparé à un vampire baignant dans Le Jeu des Cours comme c'était son cas. En son for intérieur, il décida cependant qu'il orienterait Adèle dans la bonne direction s'il voyait que la bataille tournait mal à cause d'un manque de prévoyance de la part des magiciens. D'un autre côté, ils combattraient des sorciers tout aussi ignorants des divers niveaux d'habilités et de tours de passe-passe mis au point par la société vampire, alors peut-être ces plans de bataille seraient-ils suffisants.

De toute façon, il était déterminé à ne pas se contenter de s'assurer de sa propre survie, mais également de celle de sa partenaire. Il ne se souciait pas réellement de ses états d'esprit ou de ses actes, mais il s'était en revanche habitué à sa capacité à pouvoir ignorer l'aube depuis la formation de l'alliance.

LES PREMIERS sorts commencèrent à voler à midi pile et, tandis qu'Adèle les contrait les uns après les autres, elle dut admettre que, s'ils n'avaient pas été prévenus, la tour Eiffel serait déjà tombée. À cet instant, même avec les patrouilles d'Alain et de Thierry additionnées à la sienne, ils avaient du mal à tenir bon sous les assauts de sorciers rebelles.

— Fouquet, derrière toi, cria-t-elle en sautant en bas d'une volée de marches pour jeter un sort sur un sorcier rebelle.

Elle ne prit même pas la peine de savoir si elle le reconnaissait. Il fut abattu. C'était ce qu'il convenait de faire à cet instant.

— Merci, lança le lieutenant Fouquet en réponse avant de retourner son attention ailleurs, à la recherche d'autres sorciers rebelles.

Adèle se baissa juste à temps pour éviter un *Abattoir* qui aurait dû la frapper à la tête. À la place, il se dirigea sans risque vers les poutres métalliques, produisant des étincelles quand la matière absorba l'énergie magique. S'agenouillant et utilisant une autre poutre comme protection, elle chercha l'origine du sort. Avant qu'elle ne puisse réagir, Jude avait franchi la distance, un simple saut le propulsant devant son agresseur, et il entraînait l'homme dans un corps à corps. Frissonnant à la vue des deux hommes, elle jeta un sort contraignant, sachant qu'il passerait à travers son partenaire. Elle aurait dû le prévenir, juste par politesse, mais ces subtilités la dépassaient quand le vampire était concerné. C'était un peu pour se venger de la façon dont il persistait à la rabaisser à chaque occasion.

Une détonation secoua la tour, déstabilisant des membres de la Milice, chacun luttait pour ne pas être déséquilibré et risquer de basculer par-dessus bord.

— Guy, cria-t-elle à son lieutenant. Descends et découvre ce qui se passe.

Il signala son accord et, en un clin d'œil, disparut pour réapparaître au sol, baguette à la main, tandis qu'il cherchait la source de l'explosion. Adèle faisait de son mieux pour le couvrir d'en haut, mais elle était chargée de la défense de l'ensemble du peloton. Finalement, elle le perdit de vue dans la fumée et la confusion.

Guy réussit à atteindre la base d'une des poutres de soutien, en utilisant le métal comme bouclier pendant qu'il cherchait une indication de ce qui avait causé l'explosion. Le cratère d'un sort attira son attention et il se glissa plus avant pour enquêter, essayant d'être le plus discret possible. À genoux, il examina le trou. Une incantation rapide en révéla la cause et il fronça les sourcils. Ce type de sort, semblable à des mines antipersonnel, pouvait avoir été dispersé tout autour de la base de la tour et jusqu'au Champ-de-Mars, n'importe quand. Même s'ils gagnaient la bataille, ils devraient être extrêmement prudents par la suite pour s'assurer qu'ils n'en avaient manqué aucun.

Il était incapable de déminer tout seul la totalité de la zone de terre – du moins pas durant la bataille –, mais il pouvait commencer autour des poutres, pour s'assurer que la force des explosions ne ferait pas tomber la tour elle-même. Il jeta une incantation révélatrice pour pouvoir faire apparaître les sorts qu'il aurait besoin de désarmer pour protéger ses camarades. Le sol s'illumina comme un feu d'artifice un jour de fête nationale. Il marmonna un juron dans sa barbe en se demandant quoi faire à présent. Même pour se rendre au pied de la base la plus proche, il allait devoir zigzaguer à travers un véritable champ de mines, les désarmant sur son passage. Il n'osait pas se déplacer par magie, de peur de déclencher un sort lorsqu'il réapparaîtrait.

— Je vais avoir besoin d'aide ici, cria-t-il à Adèle.

Elle indiqua d'un signe qu'elle l'avait entendu, mais avant qu'elle ne puisse envoyer quelqu'un pour le seconder, elle fut elle-même assiégée. Sachant qu'elle enverrait de l'aide dès qu'elle le pourrait, il entama un contre-sort pour désarmer les mines.

Lentement, il suivit un chemin vers le deuxième pied de la tour, désactivant une mine après l'autre. Cependant, un maléfice perdu, venu d'en haut, déclencha l'un des sorts près du troisième pied, secouant de nouveau la tour et obligeant Guy à tomber à genoux, ses mains couvrant sa tête pour se protéger.

— Merde, jura-t-il dans un souffle quand les secousses cessèrent.

Il se releva et recommença à travailler, progressant peu à peu.

Il faillit lancer un avertissement à ses camarades – les magiciens de la Milice – pour qu'ils se montrent plus prudents avec leurs sorts, mais il ne voulait pas que les sorciers de Serrier décident de déclencher les mines intentionnellement. Une autre explosion l'envoya se mettre à couvert de nouveau, mais cette fois, elle ne se limita pas à un seul sort, elle déclencha une réaction en chaîne. Guy jeta frénétiquement des contre-sorts, essayant de ralentir ou d'arrêter les explosions. Ses amis étaient là-haut, secoués comme des feuilles dans une tempête, chaque fois que la tour Eiffel était ébranlée par une nouvelle explosion. Son dernier sort mit fin à la progression, mais pas avant d'avoir actionné la mine juste à côté de lui.

Plusieurs étages au-dessus, Adèle regardait avec une rage impuissante les explosions se rapprocher de plus en plus de son lieutenant et ami.

— Guy ! cria-t-elle. Sors de là !

Elle crut le voir lever les yeux, comme pour lui dire qu'il comprenait, mais avant qu'il ne puisse se déplacer, une autre explosion s'enclencha, le renversant au sol et l'envoyant, elle, basculer par-dessus la poutre sur laquelle elle se trouvait. Elle saisit un câble métallique, s'y agrippant désespérément, jurant violemment quand sa baguette glissa de ses mains et tomba sur le sol en dessous. Sans elle, Adèle ne pouvait pas effectuer un déplacement pour se transporter sur le sol en toute sécurité ni même pour retourner là où elle avait combattu.

L'air froid engourdissait ses doigts alors qu'elle restait suspendue, impuissante, une cible facile pour qui voudrait jeter un sort dans sa direction. Cependant, même si personne ne l'avait vue, elle savait qu'elle ne serait pas en mesure de tenir très longtemps. Elle perdrait toute sensibilité dans ses mains et, quand cela se produirait, elle tomberait. Déterminée à ne pas simplement attendre que cela arrive sans au moins essayer de faire quelque chose, elle commença à se déplacer tout doucement le long du câble, dans l'espoir de s'approcher suffisamment de l'une des poutres pour pouvoir se mettre à l'abri.

— Ne bouge plus.

Adèle se figea en voyant une baguette se pointer vers elle. Elle refusa toutefois de se recroqueviller. La magicienne, qui qu'elle soit, pouvait lui jeter n'importe quel sort de son choix. Adèle était impuissante à combattre sans sa baguette, mais elle ne donnerait pas à l'autre femme le plaisir de l'entendre supplier. La bouche de la femme s'ouvrit, mais aucun son n'en sortit, sa tête pivota brusquement et son corps tomba au sol. Une autre tête apparut à sa place par-dessus le bord de la poutre.

— Peut-être que maintenant vous admettrez que j'ai une certaine utilité, fit son partenaire d'une voix traînante.

— Ferme-la et donne-moi ta main, grogna Adèle ne voulant pas penser à la reconnaissance qu'elle devrait au vampire arrogant.

— Ce n'est pas vraiment propice à gagner ma coopération, lui fit remarquer Jude tout en se penchant en avant et en saisissant fermement son poignet.

— Contente-toi de me sortir de ce satané câble, râla-t-elle. Je me fais l'effet d'être une cible ici.

Jude fit ce qu'elle demandait, l'attirant sur la plate-forme en métal et la serrant contre lui un moment.

— Dégage de mon chemin, aboya-t-elle sèchement. Je dois récupérer ma baguette et vérifier comment va Guy.

Jude fronça les sourcils, n'appréciant pas d'entendre le nom d'un autre homme sur ses lèvres.

— Une de tes conquêtes ?

— Salaud, cracha-t-elle. Un de mes soldats, bien que ce ne soit pas tes affaires. Maintenant, dégage de mon chemin. Il pourrait être en train de mourir là-bas.

— Il pourrait être déjà mort, répliqua Jude.

— Putain de bâtard, lâcha-t-elle en reculant et en le giflant violemment. Peut-être qu'il l'est, mais ma baguette est en bas aussi, et si je ne la récupère pas, aucun d'entre nous n'est susceptible de survivre à cette bataille. Maintenant, fous le camp de mon chemin et laisse-moi passer.

La tête de Jude fut entraînée sous la puissance du coup, lui laissant la place pour se glisser devant lui et s'engager dans les escaliers pour descendre. Se rétablissant, il attrapa son poignet.

— Reste ici, ordonna-t-il, et baisse la tête. Je vais chercher ta baguette magique et jeter un œil à ton précieux soldat. Tant que tu n'as pas ta baguette magique, tu es vulnérable à leurs sorts. Je le suis moins.

Adèle en resta bouche bée. Malgré le ton condescendant de sa voix, il avait raison, et rien ne le forçait à le faire.

— Merci, fit-elle.

Jude hocha sèchement la tête avant de s'élancer dans les escaliers, sa vitesse surnaturelle l'emmenant au sol en moins de temps qu'Adèle n'ait pu le faire. Un coup d'œil au visage brûlé du magicien sur le sol lui apprit tout ce qu'il avait besoin de savoir, malgré tout, il vérifia consciencieusement le pouls de l'homme pour s'en assurer. Comme il le soupçonnait, il ne trouva aucun battement. Il referma soigneusement les paupières sur les yeux vides et baissa la tête pendant qu'il faisait le signe de la croix, une habitude depuis longtemps oubliée, datant d'avant sa transformation.

Revenant à ce qui l'entourait, il entreprit de rechercher la baguette d'Adèle. Heureusement, le sort révélateur de Guy fonctionnait toujours malgré la mort de l'homme, et Jude commença à se déplacer précautionneusement entre les dangereux sortilèges. La succession d'explosions qui avaient tué Guy et presque tué Adèle avait laissé le terrain plein de cratères, mais relativement dénué de sorts, permettant à Jude de se déplacer vers l'endroit où le morceau de chêne reposait sur le sol. Il hésita un instant avant de le ramasser, se demandant si la baguette pouvait lui faire du mal, mais il s'était porté volontaire et Adèle était tapie au-dessus, sans défense, alors qu'il tergiversait. La dernière chose dont il avait besoin était de perdre sa partenaire. Il pouvait ne pas beaucoup l'aimer, il appréciait néanmoins ce que son sang pouvait lui apporter.

Se précipitant vers la poutre, il sentit un sort le frapper, le jetant presque à terre. Heureusement, cela semblait être l'un de ceux n'ayant aucune incidence sur les vampires ; bien que soufflé, il n'eut aucun problème pour se relever et se mettre relativement à l'abri de la structure métallique. L'escaladant aussi vite qu'il le pouvait, il rendit la baguette à sa propriétaire.

— Il est mort, lui dit-il doucement. Je suis désolé.

Son visage se figea, tandis qu'elle se retenait de pleurer et de maudire le ciel. Sentant sa magie tenter d'échapper à son contrôle en réponse aux fortes fluctuations de ses émotions, Adèle pivota brusquement, à la recherche d'une cible pour sa colère.

Valérie Lavie n'eut aucune idée de ce qui la frappa, n'eut pas le temps de se défendre ni même d'identifier la source du sort qui l'atteignit.

L'incompréhension fut la dernière chose qu'elle ressentit avant de perdre connaissance.

Adèle chercha une autre cible quand une autre explosion secoua la tour. Elle saisit la chose la plus proche à portée de main pour se stabiliser, irritée que cela s'avère être Jude.

— Que fais-tu ? grogna-t-elle alors qu'il la prenait dans ses bras jusqu'à ce que la secousse s'arrête.

— J'essaye de t'empêcher de passer de nouveau par-dessus bord, rétorqua Jude sèchement. Devoir te sauver une fois était suffisant.

Adèle le foudroya du regard jusqu'à ce qu'il la libère, refusant d'accepter le frisson de désir qui la traversa à être tenue si près de lui. Leurs vies étaient déjà assez compliquées sans y ajouter le sexe. Puis il se déplaça et elle put sentir le renflement dur dans son pantalon. Silencieusement, elle se maudit vertement pour la chaleur séductrice qui se répandait en elle. Ils étaient au milieu d'une bataille ! Elle n'avait pas le temps pour ce genre de distraction. S'écartant, elle se concentra de nouveau sur la bataille, mais, tout autour, les sorciers rebelles restants commençaient à disparaître. Adèle n'avait pas entendu le moindre ordre de repli, mais il avait visiblement été donné.

— Sécurisez le périmètre, ordonna Adèle au lieutenant Fouquet.

Il fit un geste pour signaler qu'il avait compris et conduisit sa patrouille aux abords de l'avenue du Champ-de-Mars. Ils travaillèrent rapidement, érigeant une barrière magique qui permettrait de maintenir les curieux en dehors de la zone jusqu'à ce qu'il la juge de nouveau sûre.

— Lieutenant Gastineau, envoyez votre équipe se charger de désactiver les mines restantes, continua-t-elle.

— Oui, madame !

— Nous devons faire venir une équipe d'ingénieurs ici pour inspecter les dégâts avant la réouverture de la tour, songea-t-elle à voix haute.

— Adèle.

La voix de Jude était basse et rauque. Elle se tourna vers lui, surprise. L'expression sur son visage propagea une nouvelle flambée de désir à travers son corps, même si elle s'efforçait de se concentrer sur la suite de la bataille. Elle ne pouvait pas se contenter de partir. Elle avait des responsabilités. Toutefois, son regard l'appelait, appuyant sur des boutons qu'elle ignorait posséder, l'incitant à tout oublier, tout, sauf la promesse présente dans ses yeux.

— Capitaine Rougier !

Elle s'arracha au regard de Jude pour découvrir qui l'avait appelée. Jérôme était à genoux sur le sol, à côté du corps sans vie de Guy.

— Prends soin de lui, dit-elle à l'autre magicien tout en essayant de se défaire des effets de l'envoûtement du vampire.

Elle savait qu'il ne possédait pas de magie comme celle des magiciens, mais elle connaissait aussi la sensation de pression magique. C'était très semblable à ce qu'elle éprouvait à cet instant. Elle pouvait la combattre, pour un temps tout au moins, mais à la fin, elle n'aurait d'autre choix que d'y céder. Regardant en arrière vers Jude, elle soupira.

— Donne-moi une demi-heure, pria-t-elle. Laisse-moi m'occuper des morts et je te suivrai.

VIII

— DEPECHE-TOI, SIFFLA une voix derrière lui. S'ils nous voient, nous sommes morts.

Éric ne daigna pas se retourner pour voir qui parlait.

— Si je trébuche sur l'un des sorts de Chavinier par erreur, nous sommes morts de toute façon, répondit-il froidement, aussi, à moins que vous pensiez connaître suffisamment ses charmes pour les supprimer plus rapidement sans être détecté, fermez-la et laissez-moi me concentrer.

L'autre magicien n'avait rien à répondre à cela, mais il grommela néanmoins dans sa barbe contre les précautions prises par Éric pour désactiver chaque sort. Éric l'ignora. Il n'avait aucune envie de voir cette mission dégénérer en une altercation qui aboutirait certainement à leur détection, ici, dans les entrailles de la ville alors qu'ils progressaient à proximité de la Sainte-Chapelle et du Palais de Justice. Chavinier avait bien couvert ses arrières, Éric devait le reconnaître, mais même les plans les plus minutieux pourraient être ruinés par quelqu'un ayant la patience de surpasser leur architecte. Éric n'avait pas l'illusion de pouvoir le faire systématiquement, mais cette fois il pensait avoir trouvé la faille dans l'armure de la Milice. Seuls quelques sorts les séparaient de la Sainte-Chapelle et d'un coup porté au cœur même du gouvernement français.

— Merde ! entendit-il le magicien cracher derrière lui.

— Qui a-t-il ? chuchota-t-il sévèrement, se retournant pour regarder celui qui venait de parler. Quel est le problème ?

Jean-Claude Vuillemin, une nouvelle recrue d'Arles, leva les yeux en s'excusant.

— Je pense que j'ai trébuché sur un sort. Je suis tombé et quand j'ai mis ma main sur le mur pour me retenir...

Éric savait comment le reste de la phrase allait finir. Aussi proche du Palais de Justice, chaque centimètre du passage souterrain était couvert de sorts. Il avait déblayé le terrain pour qu'ils puissent marcher, mais n'avait pas pris la peine de s'occuper des murs puisqu'ils pouvaient passer sans les toucher.

— Il sait que nous arrivons maintenant, déclara Éric aux autres. Nous pouvons juste espérer que notre double diversion l'a suffisamment dispersé pour l'empêcher de se regrouper rapidement. Allons-y !

La nécessité de rester discret était désormais inutile, leur avancée à travers les tunnels s'accrut donc considérablement. Éric ne s'occupait plus de désactiver les sorts d'alerte, seulement ceux qui les mettaient en danger sur leur passage. Ils firent irruption dans la cour à l'entrée de la Sainte-Chapelle, baguettes à la main et des sorts prêts à renverser tout le monde sur leur chemin. Il vit un garde appeler à l'aide avec une radio et envoya voler l'appareil, même s'il se doutait qu'il avait déjà prévenu les gardes à l'intérieur. Ils auraient donc à faire face à la gendarmerie, peut-être même à l'armée, ainsi qu'à toutes les forces que Chavinier pourrait regrouper à la dernière minute. Seuls Éric et Serrier étaient au courant de cette attaque, jusqu'à ce que la patrouille se mette en route pour l'exécuter, ainsi Éric était-il sûr que l'espion – ou les espions – de Chavinier ne pourrait pas révéler leurs plans.

Les cris des touristes piégés par l'attaque atteignaient à peine l'esprit d'Éric, entièrement concentré sur la bataille. Ils n'étaient pas une menace pour lui ou les autres sorciers, la plupart d'entre eux avaient fui dès les premiers signes de problème. Les autres s'étaient simplement laissés tomber, recroquevillés sur le sol, ils ne constituaient en rien un obstacle à leur progression vers la porte d'entrée ou vers la chapelle inférieure. En d'autres occasions, Éric aurait fait une pause pour apprécier les lignes pleines de la voûte ou les élégantes décorations bleu et or qui évoquaient la Vierge Marie, mais le bruit tout proche de pieds bottés maintenait son attention sur la bataille en cours.

— Vincent, Jean-Claude, ordonna-t-il, scellez la porte. Hors de question que quiconque puisse nous prendre à revers.

Les deux sorciers se déplacèrent à son commandement, sécurisant la porte par laquelle ils étaient entrés et soudant la serrure par magie. Même un autre magicien aurait du mal à séparer le mécanisme qu'ils s'étaient contentés de faire fondre en position fermée.

L'ordre de se rendre, hurlé par la police, résonnait dans l'escalier en colimaçon de la chapelle supérieure. Éric regarda ses compagnons et se mit à rire.

— Pensent-ils encore que leurs armes peuvent nous faire quelque chose ? demanda-t-il pour la forme. Nous allons leur prouver qu'ils ont tort.

Ils grimpèrent l'escalier jusqu'à la dernière courbe avant d'être visibles pour les agents qui les attendaient. Sur un ordre silencieux d'Éric, ils s'arrêtèrent pour lui laisser le temps de jeter un sort de réflexion sur le mur en face d'eux afin que leur magie ricoche vers le haut de la chapelle.

— Visez leurs armes, ordonna-t-il fermement.

Il ignora le ronchonnement de certains sorciers qui ne voyaient pas pourquoi ils ne pouvaient pas simplement jeter un *Abattoir* sur tout le monde et en finir.

— Visez les armes à feu, répéta Éric, croisant le regard de chaque membre de sa patrouille jusqu'à ce qu'ils aient tous acquiescé.

Il donna le signal et dans un ensemble parfait, ils jetèrent leurs sorts qui rebondirent sur le mur d'en face en direction de la chapelle au-dessus. La magie se réverbéra à travers la salle, tordant les canons en métal jusqu'à ce qu'aucune balle ne puisse s'en échapper. Les cris consternés firent sourire Éric.

— Allons-y.

Ils firent irruption dans la salle avec la ferme intention de traverser les portes vers les pièces principales du Palais. Leur progression ne fut pas stoppée net par les soldats, mais par une voix autoritaire que tous ne connaissaient que trop bien.

— Lâchez vos baguettes.

— Putain de merde ! Qu'est-ce que Chavinier fait ici ? murmura Jean-Claude avec désespoir.

— Attendez, ordonna Éric en cherchant à savoir si le vieux magicien était venu seul ou s'il était accompagné.

Il avait toujours su que le moment d'affronter son ancien mentor viendrait, mais cela ne rendait pas les choses plus faciles, maintenant que le moment était arrivé.

— Tu ne veux pas vraiment faire ça, Éric, tenta de le dissuader Chavinier. Le deuil incite les gens à faire des choses étranges. Nous pouvons tous le comprendre.

— Vieux con ! cracha Éric.

Toute la douleur de sa perte le submergeait de nouveau à la vue des gens qu'il associait aux temps bénis. Il se répéta encore et encore qu'il avait changé, dépassé ce jour horrible, mais des moments comme celui-ci lui montrait à quel point il avait tort.

— Ce n'est pas le chagrin qui m'a incité à partir, mais ton refus que justice soit faite. Dégage le chemin et personne d'autre ne sera blessé.

— Tu sais que je ne peux pas faire ça, répondit tristement Marcel.

Il donnerait beaucoup pour accueillir de nouveau Éric dans son camp, mais aussi longtemps que la guerre faisait rage cela semblait peu probable. Cependant, il gardait encore espoir qu'un jour la situation serait différente.

— Et vous savez que je ne peux pas revenir, répliqua Éric. *Abattoir* !

Avant que le sort ne puisse l'atteindre, un homme aux cheveux noirs, qu'Éric ne connaissait pas, poussa le général à l'écart, encaissant le charme en pleine poitrine, et s'écroula. Le sort d'Éric était le signal que les autres sorciers attendaient pour commencer à attaquer. Ils se concentrèrent sur la porte, sachant que leur but n'était pas la Sainte Chapelle en elle-même, mais la Cour de cassation. Derrière eux, cachés au milieu des gendarmes, des sorts jaillirent, les magiciens accompagnant Chavinier venaient à son secours. La patrouille d'Éric se mit en position, comme ils avaient été formés à le faire, dos à dos, leurs baguettes orientées aux quatre points cardinaux. À leur grande surprise, beaucoup de gendarmes restèrent pour combattre, s'engageant dans des corps à corps quand les sorts de la Milice leur permettaient d'approcher.

— Les fenêtres, cria Vincent en lançant un sort pour briser les panneaux de verre.

Les éclats provoquèrent de profondes entailles quand le sorcier rebelle les envoya voler sur les forces adverses.

Le plancher se couvrit d'une mare de sang tandis que la lutte faisait rage, aucun camp n'étant en mesure de prendre un avantage décisif. Le cours de la bataille fluctuait, les sorts jaillissaient constamment d'un côté puis de l'autre. Soudain, Éric se trouva face à l'un des rares magiciens de la Milice qu'il aurait des scrupules à abattre. Caroline avait été la meilleure amie de sa femme, elle avait pleuré à ses côtés quand Danielle et les enfants avaient été tués. Ses liens avec elle étaient beaucoup plus profonds que ceux qu'ils avaient avec n'importe qui d'autre, en dehors de Thierry et d'Alain. Ces amitiés étaient mortes quand le sort d'Alain avait tué sa famille, mais il n'avait jamais été en mesure d'y mettre un point final avec Caroline. Le sort d'*Abattoir* mourut sur ses lèvres alors qu'il cogitait mentalement pour en trouver un autre capable d'écarter Caroline de la bataille, sans risque et sans lui faire du mal. Avant qu'il ne puisse le jeter, une furie rousse l'attaqua par le côté, le renversant physiquement, un événement sans précédent compte tenu de sa taille. Avant qu'il ne puisse la repousser, il entendit la voix de Caroline lancer un sort de sommeil.

Il essaya de le contrer, mais la femme qui l'avait renversé immobilisait toujours ses bras, l'empêchant de se déplacer. Il sombra dans l'inconscience.

Voyant Éric tomber, Vincent cria aux autres sorciers rebelles de se replier, saisissant les bras de son ami avant de disparaître. Il espérait qu'Éric ne saignait pas – sans quoi le déplacement le tuerait –, mais c'était toujours mieux que de le laisser se faire capturer. Les membres de sa patrouille encore debout l'imitèrent.

— Cessez le feu, ordonna Marcel quand les sorciers rebelles eurent disparu. Jean, tu peux te relever à présent. Merci pour ton aide et pour ton subterfuge.

Le chef de la Cour se redressa de l'endroit où il était tombé après avoir pris le sort *Abattoir* dans la poitrine.

— Combien d'entre eux se sont échappés ?

— Je n'ai pas vraiment compté combien ils étaient au départ, mais assez pour qu'ils se montrent suspicieux si mon sauveur n'avait pas continué à faire le mort, répondit Marcel avec un sourire crispé. Nous devons continuer à laisser Serrier dans l'ignorance aussi longtemps que possible.

— La prochaine fois, quelqu'un d'autre devra faire le mort, décréta Jean. Tout entendre, sans être en mesure d'apporter mon aide, ce n'est pas dans ma nature.

— Si j'avais confiance en quelqu'un d'autre comme j'ai confiance en toi, je ne t'aurais pas demandé de t'en charger, assura Marcel.

Il regarda le verre brisé de la chapelle autour de lui et soupira.

— Ils n'ont de respect pour rien d'autre que leur propre puissance. Heureusement, mon pouvoir me permet de réparer certaines choses. Peux-tu t'occuper des sorciers que nous avons eus ? Georges peut t'aider à les attacher.

Jean acquiesça et rejoignit le magicien blond pour rassembler les prisonniers.

— Caroline, appela Marcel, occupe-toi des blessés.

Elle acquiesça et commença à se déplacer parmi eux. Elle pouvait facilement guérir les plaies légères dues aux éclats de verre, mais le charme nécessitait une part significative de sa propre énergie, elle l'utilisait donc uniquement sur les blessures les plus profondes. Dehors, elle pouvait entendre le bruit des sirènes qui approchaient, des ambulances qui transporteraient les blessés nécessitant des soins médicaux. Elle continua toutefois à procurer les premiers soins, les gendarmes ayant beaucoup souffert de l'attaque des rebelles.

Son cœur se serrait, en pensant au magicien qui les avait trahis, tandis qu'elle s'occupait des blessés. Elle avait compris la perte et le deuil d'Éric quand Danielle et les enfants avaient été tués. Elle avait même compris sa colère, tout en considérant qu'il s'était égaré. Toutefois, elle n'était jamais parvenue à comprendre comment il avait pu utiliser la mort tragique de Danielle comme justification pour changer de camp. Danielle aurait été horrifiée si elle l'avait su. Caroline avait essayé de le dire à Éric, la première fois qu'elle l'avait vu après sa défection, mais il avait refusé de l'écouter.

— Qu'est-ce qui ne va pas ? demanda Mireille, apparaissant au côté de sa partenaire. Tu as l'air bouleversé.

— Le magicien que tu as attaqué, le grand, il était autrefois un de mes amis, expliqua Caroline. Je suppose que je n'avais jamais réfléchi à ce qui arriverait si je me retrouvais fdevant lui dans une bataille. Et maintenant que c'est arrivé, je ne sais toujours pas comment y faire face.

Les secouristes envahirent la salle à ce moment-là, attirant de nouveau l'attention de Caroline sur les blessés et les morts.

— Nous en parlerons plus tard. Pour le moment, nous avons du travail à finir.

DANS LES tunnels sous la ville, Vincent s'arrêta pour reprendre son souffle. Il n'avait pas osé transporter la patrouille directement au siège de Serrier, juste au cas où Chavinier aurait essayé de suivre leur sort. Il s'arrêta un moment pour repositionner Éric dans ses bras. Son ami respirait encore, donc le sort que Bontoux lui avait jeté ne devait pas être mortel. Malgré tout, il désirait que quelqu'un ausculte Éric au plus vite. Il avait déjà perdu assez d'amis depuis que cette guerre avait commencé sans vouloir en perdre un autre.

Vincent fronça les sourcils tout en comptabilisant mentalement les pertes du raid avorté d'aujourd'hui. S'ils avaient réussi, cela aurait été un acte important, un coup fatal porté au gouvernement, une preuve irréfutable de leur supériorité. Malheureusement, ils n'avaient pas réussi. Il fusilla Vuillemin du regard. L'incompétence de l'homme avait alerté Chavinier – peu importe comment le vieil homme avait pu organiser une défense aussi rapidement, Vincent n'arrivait pas à le comprendre. Ce n'était pas son problème, toutefois. Il laissait l'élaboration des stratégies à Serrier, à Éric et à ceux qui s'y entendaient. Il connaissait son rôle dans l'effort de guerre : sa force brute. Il l'avait accepté lorsque Serrier avait commencé à prêcher sa doctrine sur l'oligarchie magique.

Vincent n'était pas toujours d'accord avec les méthodes du sorcier rebelle, mais les souvenirs de son ami d'enfance qui avait été tourmenté par des brutes jusqu'à ce qu'il se défende avec la magie, pour se retrouver ensuite sévèrement puni pour 'crime' contre les non-magiques, étaient encore trop vifs pour les rejeter. Dans le Nouveau Monde de Serrier, une telle injustice ne serait pas autorisée. Il espérait seulement que la fin de la guerre signifierait la fin de certaines des méthodes les plus extrêmes de Serrier. Sinon, il craignait de se retrouver aussi insatisfait du nouvel ordre que de l'ancien.

Se rappelant qu'Éric avait besoin de lui pour se déplacer, il ordonna aux autres de retourner à la base de Serrier par des voies différentes, espérant ainsi faire en sorte que, si quelqu'un essayait de les suivre, il croirait qu'ils s'étaient éparpillés au lieu de retourner ensemble à un endroit précis. Gardant Éric fermement dans ses bras, il désobéit à son propre commandement et les transféra directement à l'infirmerie de Serrier, remettant Éric aux soins des médecins.

— Qu'est-ce qui s'est passé ? aboya Serrier en faisant irruption dans la salle presque aussi rapidement que les guérisseurs.

— Vuillemin a déclenché un sort en cours de route, expliqua Vincent en guise d'excuse. Je ne sais pas comment Chavinier a pu réagir aussi rapidement qu'il l'a fait, mais il nous attendait à la porte de la chapelle dans le Palais de Justice. Peut-être que quelqu'un a déclenché un sort plus tôt sans rien dire ?

Le visage de Serrier se crispa.

— Je m'occuperai de Vuillemin. Toi, fais en sorte qu'ils remettent Éric sur pied aussi rapidement que possible. Je veux son point de vue sur ce qui s'est passé.

Vincent acquiesça tandis que Serrier ressortait de la salle à grandes enjambées, la colère crépitant autour de lui. Vincent était heureux que celle-ci soit dirigée contre quelqu'un d'autre que lui. Il pouvait presque se sentir désolé pour Jean-Claude. Lorsque Serrier était dans cet état, les têtes tombaient. Parfois littéralement.

— Il ira bien dans quelques heures, fit le médecin interrompant le cours des pensées de Vincent. Le sort l'a juste assommé. Il ne devrait pas y avoir de dommage durable, mais il serait préférable de le laisser se réveiller de lui-même.

— Merci, dit Vincent à la femme. J'en ferai part à Serrier. Prévenez l'un de nous deux quand Éric se réveillera.

— Oui, monsieur, répondit-elle.

Quittant l'infirmerie, Vincent grimaça tandis qu'un cri de douleur se répercutait dans le couloir. Les médecins seraient occupés tout à l'heure, c'était certain. Il se retourna et se dirigea de l'autre côté, ne voulant pas voir ce qui restait du magicien maladroit. Il avait vu assez de sang pour la journée.

IX

— QU'EST-CE QUI prend si longtemps ? grogna Sébastien.

Il arpentait le couloir à l'extérieur du box où les médecins s'étaient empressés d'installer Thierry dès que Sébastien était apparu avec le magicien blessé dans ses bras.

— Je ne sais pas, répondit honnêtement Orlando.

Il était lui-même passablement inquiet. Alain n'avait pas été blessé physiquement, mais le vampire savait déjà le genre de dégât que cela aurait sur son partenaire si Thierry ne s'en remettait pas. Sans compter qu'Orlando s'était attaché au magicien blond. Tout comme, semblait-il, l'avait fait l'homme à ses côtés.

— Tu sais qu'Alain l'aurait transporté ailleurs s'il n'avait pas été certain que ce serait l'endroit où il recevrait les meilleurs soins. Il ne ferait rien qui pourrait nuire à Thierry.

Sébastien n'en était pas totalement convaincu ; après tout, si son partenaire était maintenant à l'infirmerie, c'était à cause de quelque chose qu'Alain avait fait. Du peu qu'il avait compris, concernant ce qui s'était passé à l'Opéra Garnier, les sorciers considéraient qu'ils n'avaient pas eu d'autre choix. Cela ne rendait pas les choses plus faciles à accepter.

— Vous pouvez entrer maintenant, déclara le médecin-chef depuis la porte.

Immédiatement, Sébastien le repoussa pour entrer dans la pièce. Un grondement sourd s'échappa de sa gorge quand il vit que Thierry était toujours inconscient, Alain juché au bord de son lit.

— Qu'est-ce qui ne va pas ?

— Nous ne le saurons pas avec certitude tant qu'il ne sera pas réveillé, répondit lentement Alain.

La culpabilité l'assaillait pendant qu'il considérait de nouveau tout ce qui pourrait mal tourner. La réponse ne fit rien pour apaiser la frustration de Sébastien.

— Et il reprendra connaissance quand ? demanda-t-il d'une voix sèche.

— Nous l'ignorons.

Son visage se ferma, Sébastien attrapa Alain, le relevant en le tirant par le col de chemise.

— Que sais-tu ? exigea-t-il.

Incapable de se retenir, Orlando attrapa le bras de Sébastien.

— Lâche-le.

Prenant une profonde inspiration, Orlando se rappela qu'il devait rester calme.

— Cela n'aide pas, ajouta-t-il, en essayant d'apaiser le conflit qui menaçait.

Physiquement, Sébastien gagnerait, mais la magie d'Alain fonctionnerait sur le vampire et Orlando savait qu'il n'avait pas besoin d'une baguette pour le faire. Mais un tel combat ne serait bénéfique pour personne, moins encore pour Thierry.

Lentement, Sébastien se força à desserrer sa prise.

— Que peux-tu me dire ?

Il savait qu'il ne se contrôlait plus, pourtant il n'arrivait pas à tempérer ses réactions. La dernière fois qu'il avait réagi de cette façon, Thibaut était l'objet de son obsession, la marque d'Avoué sur son cou étant la seule explication nécessaire pour les vampires. Le cou de Thierry était parsemé de contusions et de morsures, mais ne possédait aucune marque – bien que Sébastien se sente véritablement lié à lui à cet instant, comme il l'avait été alors.

— Il t'a parlé du Rite d'équilibrage, n'est-ce pas ? questionna Alain.

Sébastien hocha la tête.

— Quelque chose s'est mal passé, poursuivit Alain. Raymond était censé être le point central, mais quand ils ont établi le lien avec la magie élémentaire, elle a puisé en Thierry à la place. Je suppose qu'il a été pris au dépourvu, mais quoi qu'il en soit, il ne pouvait pas se libérer. Imagine-le tentant de se recroqueviller pour endurer une énorme tempête. Nous avons essayé de l'atteindre, mais il était tellement renfermé sur lui-même que nous ne pouvions pas parvenir jusqu'à lui. Nous avons dû couper sa magie pour le libérer en l'isolant de l'extérieur. Le danger avec cette technique, c'est qu'il pourrait en être coupé de manière permanente, et nous ne le saurons pas tant qu'il ne sera pas réveillé. Quand il le fera, soit il sera capable de sentir de nouveau son noyau magique, soit il ne le pourra pas.

— Mais vous ne savez pas combien de temps il va rester inconscient, conclut Sébastien.

Alain haussa les épaules, impuissant.

— Cela dépend jusqu'à quel point il a été vidé physiquement. La magie n'est pas seulement autour de nous, expliqua-t-il en faisant un geste vague dans le vide. Elle vient aussi de l'intérieur, et cela exige une certaine force physique. Avoir été drainé comme il l'a été, puis se débattre comme il l'a fait, a exigé un sérieux effort de sa part. Il a besoin de se reposer, aussi bien physiquement que magiquement.

— Une fois qu'il sera réveillé, même s'il est faible, il saura tout de suite s'il a toujours sa magie, c'est ça ? interrogea Orlando, une idée se formant dans sa tête.

— Oui, admit Alain, mais s'il a été sévèrement affaibli, cela pourrait prendre plusieurs jours.

— Je peux goûter ta magie quand je me nourris, souligna Orlando. Sébastien ne pourrait-il pas lui aussi être capable de dire si Thierry a toujours sa magie ou non ?

— Mais s'il est déjà vidé, je pourrais faire empirer les choses, protesta Sébastien.

— Tu n'aurais pas à en prendre beaucoup, leur rappela Orlando. Une gorgée suffirait pour te rassurer le temps qu'il se rétablisse.

Et peut-être que cela vous empêchera de vociférer l'un sur l'autre, ajouta-t-il mentalement, sans laisser voir à quel point il trouvait leur petite querelle insensée – comme si Thierry avait seulement assez de temps et d'attention à accorder à l'un d'entre eux.

Alain réfléchit à la suggestion, pesant les avantages d'avoir un pronostic sur l'état de Thierry, les comparant aux risques d'aggraver éventuellement ses conditions physiques et magiques. Il essaya de se souvenir de ce qu'il avait ressenti la première fois qu'Orlando l'avait mordu, quand il n'avait pris qu'une infime gorgée, assez pour permettre au vampire de lire son cœur et de goûter sa magie, mais assez peu pour que, cela soit supportable. Il ne trouva que l'incroyable sentiment de bien-être qui se dégageait de leur Aveu de Sang et qui éclipsait les détails de cette première nuit dans le cimetière.

— Je ne sais pas, avoua-t-il finalement. Cela devrait probablement fonctionner, mais je n'ai aucun moyen de deviner à quel point cela affecterait son rétablissement.

— Ça n'a pas d'importance, décréta Sébastien. Je ne veux pas faire quelque chose qui pourrait faire empirer les choses.

— C'est bien le problème, répondit Alain. Si nous savons s'il y a des dommages au niveau magique, les médecins pourront entreprendre quelque chose pour essayer de l'aider. Mais ils peuvent causer des dégâts si son noyau magique n'est pas presque totalement consumé. Ce serait comme faire exploser un pneu. Si l'on remplit un pneu aplati, on retrouve un pneu gonflé. Si l'on remplit un pneu déjà gonflé, on provoque une explosion. Et plus tôt ils le sauront, plus le traitement sera adapté. C'est pourquoi nous avons besoin qu'il se réveille pour nous le dire.

— Ou Sébastien peut le mordre, intervint Orlando sur un ton raisonnable.

— Et si cela l'affaiblit davantage ? répliqua Sébastien.

Orlando leva les mains dans un élan de frustration.

— Comment te sens-tu quand je me nourris de toi ? demanda-t-il à Alain, en ignorant la brusque rougeur sur les joues et le cou du magicien. Est-ce que ça t'affaiblit ?

— Il ne peut pas, contra Sébastien. L'Aveu de Sang le protège.

— Alors, trouvez un autre magicien et demandez-lui, soupira Orlando. Pendant que vous débattez, Thierry est là, alité, sans aucun traitement susceptible de faire une différence pour son rétablissement s'il en a besoin. Je me rends compte que ce n'est pas à moi de décider, mais là, à cet instant, je ne vois pas où est le problème. Je ne vois pas en quoi une toute petite gorgée pourrait faire beaucoup de différence.

65

— Qu'en penses-tu ? demanda sérieusement Sébastien à Alain.

Bien que ses instincts primaires s'opposent à cette idée, à ce stade, Alain était meilleur juge de la situation. Il espérait que cela changerait, il espérait avoir l'opportunité que cela change, mais pour le moment, c'était à Alain de choisir. Aussi ajouta-t-il :

— Tu le connais mieux que moi et, s'il y a quelqu'un en qui il aurait confiance pour prendre cette décision à sa place, c'est toi.

Qu'est-ce que Thierry voudrait ? se demandait sérieusement Alain. Son meilleur ami avait toujours été plus spontané que réfléchi, choisissant l'option qui offrait l'avantage le plus net, même si cela signifiait prendre un risque. Parfois, il gagnait, parfois il perdait, mais il continuait à tenter sa chance. Si leurs situations étaient inversées, il ferait tout ce qu'il pouvait pour s'assurer qu'Alain bénéficiait des meilleurs soins, du traitement le plus approprié, aussi vite que possible.

— Qui ne tente rien n'a rien, répondit-il lentement. Prends-en aussi peu que possible afin de ne pas le vider plus qu'il ne l'est déjà, mais assez pour apprendre ce que tu peux. Nous allons te laisser un peu d'intimité.

— Ça ira, répondit Sébastien. Ça ne me dérange pas si vous restez, pas pour si peu. C'est juste un petit baiser.

Alain regarda Orlando qui hocha la tête discrètement. Sébastien n'allait pas se nourrir et il les avait invités à rester. Alain avait fait un geste important en étant disposé à partir. Orlando recula cependant contre un des murs de la pièce, entraînant Alain avec lui pour permettre à Sébastien de s'approcher du lit sans le gêner.

Sébastien s'avança lentement, il se percha précautionneusement sur l'espace étroit aux côtés de Thierry. Ses doigts s'enroulèrent autour de ceux du magicien tandis qu'il fixait son beau visage. Au repos, les rides d'inquiétude autour de sa bouche et sur son front étaient atténuées, lui donnant un air plus jeune, mais tout le dynamisme que Sébastien lui associait avait également disparu. Les traits détendus ne montraient rien de l'intelligence aiguë ou du sens de l'humour qu'il s'était habitué à trouver chez son amant. Il tendit la main et effleura des doigts la peau à la base des cheveux de Thierry, la caressant tendrement.

De l'autre côté de la pièce, Alain détourna le regard. Même si Sébastien avait qualifié la morsure de *simple petit baiser*, le magicien comprit qu'il y avait bien plus entre les deux hommes que ce qu'il avait cru. Thierry avait admis son intérêt pour son partenaire vampire, mais ils n'avaient pas eu le temps d'en reparler depuis. Il était évident qu'il avait manifesté cet intérêt, parce que personne ne pouvait douter qu'ils étaient amants en voyant la tendresse de Sébastien lorsqu'il porta le poignet de Thierry à ses lèvres. Il espérait seulement que Sébastien ferait un meilleur travail pour prendre soin de son cœur qu'Aleth ne l'avait fait. Il détesterait l'idée d'avoir à blesser le vampire.

Le regard de Sébastien dériva brièvement vers le couple debout à proximité, ils ne se touchaient pas vraiment, mais était néanmoins clairement ensemble. Il enviait cette proximité issue de l'engagement profond de l'âme qu'ils avaient conclue. Reportant son attention sur son propre partenaire, il lécha légèrement la peau de Thierry avant que ses crocs plongent juste sous la surface pour pouvoir le goûter. Il perçut immédiatement une fatigue intense, s'étendant jusqu'au plus profond des os, il l'attribua à la ponction physique du rituel. À son grand soulagement, il goûta également la magie de Thierry, aussi riche et vibrante qu'elle l'avait toujours été dans le sang du magicien. Il rompit la connexion avec un soupir de soulagement, refermant tendrement les plaies, quand la main de Thierry se mit à trembler dans la sienne.

— S… Sébastien ?

La voix de Thierry se brisa sur le nom alors que ses yeux s'ouvraient, et il tendit la main vers son partenaire.

— Où suis-je ?

Spontanément, Alain avait déjà fait un pas vers lui, avant d'assimiler les paroles de son meilleur ami. Il s'arrêta, incertain de sa place désormais. Quelques semaines plus tôt, il aurait été scotché au côté de Thierry jusqu'à ce que le magicien ait complètement récupéré, mais il semblait avoir été supplanté. Une main sur son coude attira son regard vers son amant. Quand Orlando obtint son attention, le vampire fit un signe de tête en direction de la porte. Alain acquiesça et le suivit à l'extérieur.

— Maintenant qu'il est réveillé, il est en mesure de déterminer s'il a besoin d'une aide magique, n'est-ce pas ? s'assura Orlando.

— Oui.

— Alors, laissons-leur un peu d'intimité, suggéra-t-il.

Alain était toujours déchiré entre son besoin de s'assurer que Thierry allait bien et la cohérence des mots d'Orlando. Finalement, il accepta que Sébastien ait à présent la préséance de l'attention de son ami. Il pouvait à peine se plaindre puisque ses propres priorités s'étaient reportées sur le vampire mince qui se tenait à ses côtés.

— Nous avons besoin de comprendre ce qui s'est passé, déclara-t-il, tournant son esprit vers d'autres problèmes, maintenant que Thierry était éveillé.

— Alors je suppose que nous devons parler à Raymond.

— Il sera dans son bureau, penché sur de vieux livres, à tenter de comprendre ce qui s'est passé, réfléchit Alain à haute voix. Allons voir ce qu'il a trouvé.

Ils marchèrent à travers le dédale de couloirs à l'intérieur du siège de la Milice jusqu'au bureau de Raymond. Ils frappèrent puis attendirent.

— Entrez, leur répondit une voix distraite.

Raymond leva les yeux quand la porte s'ouvrit.

— Avez-vous des nouvelles de Thierry ? demanda-t-il immédiatement, en découvrant qui s'encadrait dans l'embrasure. J'essaie de découvrir ce qui s'est passé. Si je le comprends, je serai peut-être capable de trouver comment l'aider.

— Il est éveillé, l'informa Alain. Il s'est réveillé il y a une minute.

— Est-ce que sa magie est intacte ?

— Je ne sais pas. Nous ne sommes pas restés pour demander, répondit Alain.

La surprise de Raymond était clairement visible sur son visage.

— Son partenaire est avec lui, expliqua Orlando. Nous avons pensé qu'il était préférable de leur laisser un peu de temps seul à seul. Les vampires ont tendance à devenir très protecteurs avec ceux qui leur sont proches.

Nous mettons les choses, les gens, sur un piédestal, nous construisons toute notre existence autour de l'objet de notre affection. L'écho des paroles de Monsieur Lombard résonna dans l'esprit de Raymond, le commentaire d'Orlando ajoutant encore plus de poids à l'hypothèse que le lien entre partenaires avait en quelque sorte un effet salutaire sur la magie élémentaire.

— Il était éveillé et parlait, précisa Alain. S'il a besoin d'attention magique, il est capable de la demander. Nous sommes plus intéressés par ce qui est arrivé au bord du lac.

— Je ne sais pas, soupira Raymond. Tout semblait aller bien et, soudain, l'axe a changé et au lieu de canaliser la magie en nous, la magie élémentaire semblait vouloir s'en emparer et l'extraire. J'ai pratiqué ce rituel d'innombrables fois et je n'ai jamais vu cela se produire auparavant.

— Le déséquilibre avait-il déjà été aussi important ? Questionna Alain.

— Eh bien, non, admit Raymond, mais il l'a été assez pour être perceptible.

— Alors qu'est-ce qui était différent cette fois ?

— Je ne sais pas ! s'agaça Raymond. Si je le savais, je me serais arrangé pour éviter que ça se produise.

— Qu'est-ce qui différait ? interrogea Orlando. Aviez-vous déjà utilisé ce lac avant ?

Raymond hocha la tête.

— Pas systématiquement, mais oui, quand nous avons besoin d'un grand nombre de sorciers.

— Donc ce n'était pas l'endroit.

— Non, j'y ai déjà réfléchi, et ce n'était pas le nombre de sorciers non plus. J'ai trouvé les rapports mentionnant des Rites effectués sans aucun problème avec autant de personnes, et même avec plus de participants.

— Je sais que Thierry n'était pas heureux que ce soit toi qui mènes le Rite, reconnut Alain. Son ressentiment pourrait-il avoir interféré d'une manière ou d'une autre ? Même involontairement, pourrait-il avoir tenté de prendre le contrôle ?

Il détestait penser que Thierry agirait de cette façon, mais dans le feu de l'action, en particulier s'il avait vu quelque chose qui lui paraissait étrange, il pouvait l'avoir fait.

Raymond passa en revue ses souvenirs de l'incident.

— C'était comme si elle venait de l'extérieur, répéta-t-il. Nous n'avons pas perdu le contrôle. La magie élémentaire a *pris* le contrôle et s'est focalisée sur Thierry. La question est, pourquoi ? Si cela avait été Marcel, j'aurais parfaitement compris, mais Thierry n'est pas beaucoup plus puissant que moi, à supposer qu'il le soit d'ailleurs.

— Tu étais encore debout quand je suis arrivé et il ne l'était pas, signala Alain.

— Oui, mais je n'étais pas celui qui se trouvait au centre du tourbillon, lui rappela Raymond. J'ai un peu senti contre quoi Thierry se battait quand nous avons jeté le filet sur lui. Je doute que j'aurais fait mieux que lui.

— Oui, admit Alain.

Il l'avait senti, lui aussi, il avait senti la force de la magie élémentaire bousculer ses boucliers quand on lui avait retiré l'accès au pouvoir de Thierry.

— Alors qu'est-ce qui a fait la différence ? redemanda-t-il.

— Je ne vois qu'une seule explication, déclara Raymond lentement, hésitant à révéler ce qu'il savait sans le consentement de Marcel. Sa relation avec son partenaire.

— Quoi ? demandèrent Alain et Orlando à l'unisson.

Raymond soupira et commença à expliquer.

— Si nous avons raison, les partenariats ne se contentent pas d'aider l'alliance. Ils contribuent aussi à l'équilibre magique. Et si c'est le cas, alors il est possible que Thierry soit devenu le point d'ancrage à ma place, en raison de la profondeur de sa connexion avec Sébastien.

Alain et Orlando échangèrent un regard, chacun ayant à l'esprit la scène incroyablement tendre qui s'était déroulée à l'infirmerie.

— Thierry a mentionné à un moment que Sébastien avait tendance à se nourrir superficiellement et souvent, plutôt que profondément et plus rarement, accepta de reconnaître Alain, pas vraiment sûr que son ami souhaiterait le voir partager le reste de ses confidences.

— Alors peut-être que c'est ce qui a attiré l'attention de la magie élémentaire plus qu'aucun de nous ne pouvait le faire, réfléchit Raymond. Cela aurait un sens.

— Il pourrait y avoir un autre élément pour l'accréditer, suggéra Alain. Je n'ai pas posé de questions à Thierry sur sa propre expérience, mais je me sens plein d'énergie après qu'Orlando s'est alimenté. Un peu comme si j'étais plus puissant qu'avant, en quelque sorte. Si ce n'est pas dû uniquement à l'Aveu de Sang, alors les alimentations fréquentes de Sébastien pourraient effectivement avoir fait de Thierry un meilleur choix comme point central. Si c'est le cas, le Rite est probablement parti en vrille parce qu'il n'y était pas préparé.

— C'est plausible, accepta Raymond après avoir réfléchi un moment, bien que je n'aime pas particulièrement l'idée de le tester.

— Alors que devons-nous faire ? Nous assurer qu'aucun des sorciers appareillés ne participe quand nous essaierons à nouveau ?

— Cela n'a pas fonctionné ? demanda Orlando, en espérant qu'Alain n'offrirait pas de mener la prochaine tentative.

Raymond rougit et avoua :

— J'ai été tellement occupé à essayer de comprendre ce qui s'est passé que je n'ai même pas vérifié.

— Vérifie maintenant, suggéra Alain.

— Je vais avoir besoin d'un peu d'eau.

— Laisse-moi faire alors, proposa Alain. Mon affinité est avec l'air.

Raymond lui fit signe de continuer. Fermant les yeux, Alain focalisa sa magie sur l'air de la pièce, la canalisa de la même manière que Raymond l'avait fait au bord du lac. Une ondulation traversa la salle avant que la brise se stabilise sans aucun signe du déséquilibre précédent.

Le regard d'Orlando passa d'un magicien à l'autre, voyant la concentration d'Alain être suivie par la surprise des deux hommes. Une grande partie de leur conversation lui passait complètement au-dessus de la tête, c'était une discussion sur des questions dont, quelques semaines plus tôt, il n'aurait même pas pu imaginer l'existence.

— Qu'est-ce qu'il y a ? demanda-t-il quand les yeux d'Alain s'ouvrirent. Quel est le problème ?

— Tout va bien, répondit le magicien avec stupéfaction. Rien n'a été aussi bien depuis que la guerre a commencé. Je ne peux pas trouver le moindre signe de déséquilibre au niveau local. Je ne veux pas aller au-delà dans un espace aussi petit.

— Même si c'est juste une amélioration au niveau local, commenta Raymond avec enthousiasme, nous ne sommes pas parvenus à ce niveau de stabilité depuis le début de la guerre.

— Mais à quel prix ? demanda Alain, songeant à Thierry en bas à l'infirmerie.

Oui, il s'était réveillé, mais cela ne voulait pas dire qu'il était indemne.

— Cela reste à voir, reconnut Raymond, mais maintenant que l'équilibre est rétabli, il suffit à nouveau de le maintenir en état. Avec les vampires pour nous aider à combattre, nous devrions même pouvoir affecter quelques sorciers à cette tâche de façon permanente.

— C'est une décision qui revient à Marcel, décréta Alain.

Sa conscience le harcelait pour avoir abandonné Thierry.

— Je dois aller voir comment va Thierry.

Raymond hocha la tête et les laissa s'en aller sans un mot. Il savait comment les autres magiciens le considéraient, même maintenant. Il était leur source d'information, leur chercheur, mais pas leur ami. Il avait même appris à l'accepter, mais cela ne l'empêchait pas de vouloir quelqu'un qui se préoccuperait de lui, de la même façon dont ils veillaient les uns les autres. Ses pensées glissèrent traîtreusement vers son partenaire qui, retranché avec Marcel, discutait de la stratégie politique. Peut-être que s'il lui donnait assez de temps, Jean pourrait finir par le voir de cette façon.

De retour à l'infirmerie, Alain s'arrêta devant le petit box.

— Est-ce qu'on peut entrer en toute sécurité ? plaisanta-t-il.

La tête de Sébastien passa immédiatement à travers les rideaux.

— Il s'est rendormi, mais il a dit qu'il ne pouvait pas sentir de différence dans sa magie. Comme tu l'as dit, il est épuisé physiquement, mais il semble que sa magie soit intacte.

— Dieu merci ! souffla Alain. Est-ce que les médecins l'ont ausculté ?

— Ils ont dit qu'il pouvait rentrer à la maison quand il se réveillerait, mais qu'il doit se reposer en restant au lit pendant une semaine, répondit Sébastien. Il n'était pas heureux, mais il est encore trop faible pour argumenter.

— Il ne restera pas aussi faible pendant longtemps, avertit Alain.

— Il aura besoin de beaucoup plus qu'une semaine pour être plus fort que moi, affirma Sébastien. Je vais m'assurer qu'il se repose.

Un mouvement derrière le rideau attira leur attention. Thierry, allongé sur le lit, tentait de s'asseoir.

— N'essaye pas de te lever, l'avertit Sébastien en se précipitant vers le lit. Tu ne devrais même pas être déjà réveillé.

— Il a toujours détesté l'infirmerie, déclara Alain avec un sourire.

Thierry le foudroya du regard.

— Comment te sens-tu ? demanda Alain.

— Comme si j'avais été percuté par un train.

— Tu en as la tête, aussi, le taquina Alain.

— Va te faire voir, rétorqua Thierry.

— Ça, c'est mon travail, intervint Orlando avant qu'Alain puisse répondre.

Sa main vola jusqu'à sa bouche quand il réalisa ce qu'il venait de dire. Les trois autres se mirent cependant à rire, ce qui atténua son malaise.

— Sérieusement, reprit Alain quand leurs rires se calmèrent. Comment vas-tu ?

— Fatigué, répondit Thierry. Je ne crois pas avoir déjà été aussi fatigué, mais les médecins disent que c'est normal, que je vais en fait bien mieux qu'ils ne l'avaient présagé puisque je suis réveillé et cohérent. Ils n'ont pu noter aucun effet sur ma magie et je ne perçois pas de différence non plus.

— Bien. Sébastien dit qu'ils te laisseraient sortir quand tu serais réveillé, alors je vais tenter de trouver un médecin pour signer tes papiers de sortie, proposa Alain.

Thierry sourit avec lassitude.

— Merci.

Alain lui sourit également et retourna dans le couloir avec Orlando.

— Ton travail ? le taquina-t-il.

Orlando rougit de nouveau, mais Alain se contenta de se pencher et de l'embrasser tendrement.

— Occupons-nous de faire sortir Thierry et peut-être qu'ensuite nous pouvons rentrer à la maison afin que tu puisses faire ton travail.

Cela semblait être la meilleure idée qu'Orlando avait entendue de toute la journée.

De l'autre côté du rideau, Sébastien prit la main de Thierry.

— Nous allons bientôt te sortir d'ici.

— Je veux juste rentrer à la maison, avoua Thierry, et me pelotonner dans mon propre lit. Je déteste l'odeur qu'ont les draps dans les hôpitaux.

— Nous te sortons bientôt, promit Sébastien, ensuite, tu pourras te reposer.

Thierry luttait contre ses paupières qui se fermaient, il savait que les médecins ne pouvaient pas assurer un transport magique pour lui s'il était inconscient.

— Reste avec moi ? demanda-t-il.

La prise de Sébastien se resserra.

— Tant que tu auras besoin de moi.

X

— IL EST temps.

Adèle ignora le vampire qui venait soudain d'apparaître à ses côtés. À la place, elle acheva de donner les ordres à Charlotte et à sa patrouille.

Impatient, Jude attrapa son bras, l'obligeant à pivoter.

Adèle le foudroya du regard.

— Je te retrouverai plus tard, Charlotte, dit-elle en se libérant de l'emprise du vampire. Il y a quelque chose dont je dois m'occuper.

Charlotte hocha la tête et les laissa bien volontiers tous seuls, secrètement soulagée de constater qu'elle n'était pas la seule à avoir parfois des difficultés à gérer son partenaire vampire.

— Ne t'inquiète pas. Je m'assurerai que l'on s'occupe de tout.

— Merci, répondit Adèle en se retournant vers Jude. Est-ce que tu pourrais être encore plus désagréable ? demanda-t-elle, tout en marchant devant lui vers l'arrêt de métro qui les mènerait vers son appartement.

Elle n'avait pas demandé où il vivait ou s'il préférait s'y rendre. Si elle devait faire ça – et elle avait encore du mal à croire qu'elle le ferait –, elle avait l'intention de le faire sur son territoire.

— Oh, je suis sûr que je le pourrais, rétorqua Jude sèchement, serrant son bras avec possessivité alors qu'ils marchaient.

Il ne demanda pas où ils allaient. En toute honnêteté, cela n'avait pas vraiment d'importance tant qu'il s'agissait d'un endroit privé. Il pourrait même se passer d'un lit. Toute surface plane conviendrait, horizontale ou verticale.

— Lâche-moi, siffla-t-elle quand ils descendirent les marches vers le quai du métro.

Les nouvelles concernant la bataille s'étaient visiblement propagées parce que la totalité de la station était déserte.

— Oblige-moi, la défia-t-il en la poussant contre le mur et en se frottant contre elle lascivement.

Elle ne pouvait contenir la pointe de désir qui la traversa quand elle sentit le renflement dans son pantalon, sachant qu'elle en était la cause, mais elle pouvait décider de la façon d'y réagir. Elle refusait tout simplement de le laisser agir à sa guise avec elle. Ils le feraient à ses conditions ou pas du tout. Espérant que les vampires n'étaient pas insensibles à la douleur, elle attrapa son oreille et la tordit sévèrement. Il s'écarta d'elle comme elle l'avait espéré, lui permettant de passer devant lui et de se glisser dans la rame qui se garait dans la station à ce moment-là. Les portes commencèrent à se refermer, provoquant son sourire à l'idée de le laisser derrière, mais il bondit à l'intérieur à la dernière seconde, effaçant son sourire et le remplaçant par un froncement de sourcils.

Avant qu'elle ne puisse réagir, Jude était à ses côtés. Il la poussa sur un siège, l'une de ses mains s'emmêla dans ses cheveux pour basculer son menton en arrière afin de lui permettre d'atteindre son cou, l'autre appuya fermement sur sa hanche pour la tenir en place. Adèle commença par lutter, plus par habitude qu'autre chose, puis elle sentit ses lèvres et ses crocs sur son cou et réalisa qu'elle n'avait aucune envie de se battre. De sa propre initiative, sa main saisit son épaule, le rapprochant plus près lorsque le plaisir que lui inspirait sa morsure se déversa en elle.

Le goût du sang d'Adèle explosa sur la langue de Jude. Il avait pris l'habitude de déguster sa dérision, mais cette saveur était absente cette fois, remplacée par une poussée d'adrénaline et de plaisir. Sa tête tournait sous cette nouvelle, enivrante combinaison, l'incitant à se demander ce qu'il lui faudrait faire pour obtenir cette réponse plus souvent. La main sur sa hanche remonta, caressant la courbe de sa taille, suivit les lignes de son corps vers les seins mûrs qui avaient attiré son attention la première fois qu'il l'avait vue. Il avait rêvé de la toucher, de repousser les chemisiers moulants qu'elle affectionnait pour accéder à la douceur crémeuse de sa peau. Il ne la dénuderait pas en public, il refusait jalousement de la partager ne serait-ce que de vue avec quiconque, mais il voulait la toucher, le mélange de son propre plaisir, inspiré par le combat, et le goût de sa réaction dans son sang se substituant au peu de perceptions gustatives qu'il possédait. Adèle était à *lui* et il avait bien l'intention de la revendiquer de toutes les manières connues des vampires. À cet instant, elle ne le repousserait pas. Il pouvait sentir son acceptation dans son sang, le sentir dans tous les mouvements de son corps qui se frottait contre lui.

Comme le train fonçait à travers les tunnels sombres vers Chevaleret, entrant et sortant des stations de métro presque vides, il utilisa toute son habileté pour accroître la passion qui se déployait entre eux. Il pétrit la masse tendue de chair alors qu'elle gémissait doucement, se cambrant contre lui avec impatience, ses mains se déplaçant sur son dos, ses épaules, dans ses cheveux, encourageant ses attentions. À travers l'épaisseur de sa chemise et de son soutien-gorge, il sentit la pointe d'un téton ferme aiguillonner sa paume. Suçant plus fort son cou, se gavant du doux goût de son désir, il pinça légèrement la petite pointe, incitant les nerfs à se révolter. Son corps frémissait contre le sien tandis qu'une nouvelle vague de plaisir pimentait son sang. Puis l'une de ses mains glissa plus bas, empoignant ses fesses à travers son jean et il oublia tout en dehors du besoin de la faire jouir le plus rapidement possible. Intérieurement, il maudit la mode moderne qui permettait aux femmes de porter des pantalons, regrettant les jupes de sa jeunesse qui lui avaient permis d'accéder facilement aux parties tendres de ses maîtresses, sans révéler plus d'elles qu'il était prêt à le faire. Se contentant du talon de sa main contre cette zone sensible, il la caressa à travers le tissu, sentant une autre secousse de désir le frapper en réponse. Contre son cou, ses lèvres s'incurvèrent dans un sourire. Elle pourrait cracher et siffler, mais comme toutes les chattes, elle ronronnait sous ses doigts dès qu'il les tenait entre ses mains.

La tête d'Adèle retomba contre le métal froid de la paroi de métro tandis que la main de Jude l'empoignait familièrement. Elle savait qu'elle aurait dû protester, d'autant que le recoin du wagon ne fournissait aucune intimité, même si pour le moment, ils étaient seuls dans la voiture. Cependant, cela faisait si longtemps que personne ne l'avait touchée et, encore moins avec une maîtrise aussi importante, qu'elle ne parvenait pas à trouver la volonté de prononcer les mots pour l'arrêter. Elle avait besoin d'un homme fort. Sinon, elle finissait par le manger tout cru, ne laissant qu'une masse de nerfs tremblants et la laissant, elle, insatisfaite. Elle soupçonnait que ce ne serait pas un problème aujourd'hui. Grâce à la fine épaisseur de son pantalon, elle sentait un long doigt tracer les lignes de ses plis, explorant autant que le tissu importun le permettait. Son corps entier trembla quand il pressa le capuchon qui masquait son bourgeon sensible. Elle se mordit les lèvres pour retenir la supplique qui menaçait de sortir. Pas même pour cela, elle ne laisserait pas son exaspérant partenaire l'entendre supplier.

Elle se força à ouvrir les yeux quand le train entra dans la gare suivante. Station Pasteur, un arrêt avant Montparnasse. Même si personne ne montait ici, elle avait assez de bon sens pour ne pas imaginer que Montparnasse serait aussi déserte. Rassemblant ses esprits avec difficulté, elle chercha sa baguette et jeta un charme sur les portes, donnant l'impression que la voiture était pleine à craquer. Cela ne tromperait pas un autre magicien, mais il fallait espérer que cela distrairait le banlieusard moyen.

Cette tâche terminée, elle reporta toute son attention sur Jude pour donner autant qu'elle recevait, sa baguette tomba sur le sol quand elle glissa la main entre eux pour caresser le sexe dur qui poussait contre sa hanche, aussi intimement qu'il la caressait.

L'augmentation soudaine de magie dans le sang d'Adèle eut le don de distraire Jude de son obsession présente, assez longtemps pour l'entendre jeter un sort. Puis sa main se referma autour de lui et il oublia tout sur la magie en tout genre, excepté celle de son contact. Le double assaut de son propre désir et ce qu'il goûtait d'elle malmenaient son contrôle, mais il refusait de succomber le premier. Il redoubla l'intensité de son assaut sur ses sens, cédant à l'envie de la toucher plus intimement. Une rapide traction fit lâcher le bouton et la fermeture éclair de son pantalon, sa main plongea à l'intérieur pour piller ses trésors. Avec la totale certitude d'être le bienvenu, il repoussa sur le côté son sous-vêtement, écartant les plis pour la trouver moite de désir. Il sourit d'un air suffisant et lécha la peau autour de ses canines, déterminé à lui prodiguer tant de plaisir qu'elle ne pourrait se retenir.

Son dos s'arqua et elle poussa un cri muet quand un long doigt glissa dans ses profondeurs brûlantes, son pouce remontant tranquillement pour masser le petit bourgeon caché. Un nouveau flot de fluide récompensa ses efforts. Relevant la tête un instant, il dessina un chemin de la langue le long de la colonne de son cou jusqu'à son oreille délicatement incurvée.

— Jouis pour moi, ma petite minette.

Il mordit le lobe de son oreille, récoltant une goutte de sang qu'il aspira dans sa bouche en même temps que sa chair, refermant la plaie avec sa langue.

— Bâtard, siffla Adèle.

Le charme sensuel qu'il avait tissé éclatait sous ses mots grossiers. Elle voulait s'éloigner, mais l'attrait de son contact, la jouissance qu'il pouvait lui apporter étaient trop forts.

— Tu n'as pas assez de couilles pour me faire jouir.

Mis en colère par la remise en question de sa virilité, il tira violemment sa tête en arrière, attaquant sa gorge sous le coup de sa soif de sang et de la passion qu'elle seule pouvait lui inspirer. Un deuxième doigt rejoignit le premier, la pénétrant profondément pendant que son pouce appuyait plus fort. Il desserra son emprise sur ses cheveux pour voir si elle se débattrait contre sa morsure. Comme elle n'essayait pas de relever la tête, il abandonna complètement ses cheveux noirs en faveur de ses seins. Frustré par les couches de tissu, il tira sur l'encolure de son chemisier, le déchirant jusqu'à ce qu'il puisse glisser sa main là où il le voulait : peau contre peau.

— Connard, cracha-t-elle, ses doigts agrippant son cou. C'était ma chemise préférée.

En guise de représailles, elle attrapa ses cheveux et tira fortement, rompant le contact entre ses crocs et sa peau. Son autre main pressa plus fortement contre son sexe, déterminée à reprendre le contrôle. Si elle avait su l'image qu'elle présentait ainsi à ses sens voilés de convoitise, elle se serait abstenue, car elle était le portrait même de la débauche, une image qui outrepassait tous les scrupules qu'il possédait. Son teint était vif, la passion et la colère coloraient ses joues d'une éclatante nuance de rose. Ses lèvres relevées dans un grognement de protestation, Jude la trouvait absolument irrésistible. Le sang coulait des blessures sur son cou, l'appelant comme un chant de sirène. Ses seins se soulevaient de manière aguicheuse au-dessus de son encolure déchirée. Ses jambes étaient largement écartées, sa propre main enfouie dans son intimité entre ses cuisses, pendant qu'il cherchait à la rendre folle.

— Pas encore, lui dit-il, la voix débordante d'une confiance purement masculine. Mais je serai bientôt profondément enterré à l'intérieur de ton corps dégoulinant. Tu peux dire ce que tu veux, petite minette. Je sais ce que tu veux, et je suis celui qui te le donnera.

— Quand l'enfer gèlera, répondit-elle, en serrant sa queue presque au point de lui faire mal. Je prends ce dont j'ai besoin, quand j'en ai besoin et où je veux.

— Donc, la minette pense qu'elle a des griffes ?

Sa main libre encercla son poignet, le repoussant loin de son aine et l'épinglant à l'arrière du siège.

— Nous allons voir comment elle ronronne gentiment avant que j'aie fini avec elle.

Ses doigts plongèrent profondément en elle de nouveau, appuyant impitoyablement sur la zone qui la rendait dingue. Elle luttait contre lui, contre elle-même, mais son corps avait été privé du contact d'un amant depuis trop longtemps. Même si elle avait pu le repousser, elle était incapable de se battre contre elle-même. Cédant à l'inévitable, elle ferma les yeux et laissa son orgasme se déchaîner, ignorant ostensiblement les bruits lascifs qu'il fit quand il retira ses doigts et les lécha pour les nettoyer.

— Si ta saveur est aussi délicieuse sur mes doigts, je ne peux imaginer à quel point elle sera délicieuse sur ma langue.

Rabattant son manteau autour d'elle pour cacher sa mise débraillée, Adèle se leva, refusant de laisser ses genoux trembler à la suite d'une jouissance aussi torride.

— Continue à rêver, cracha-t-elle.

Tournant les talons, elle se dirigea à grandes enjambées vers le quai. Jurant, Jude courut après elle, saisissant son bras et l'obligeant à faire volte-face pour le regarder.

— Nous n'en avons pas encore fini.

Laissant échapper un rire moqueur, elle le détailla de haut en bas, la bosse dans son pantalon paraissait très douloureuse.

— Quoi ? le défia-t-elle. Tu n'as pas joui ? Ce n'est pas de ma faute.

Elle libéra son bras et continua à avancer, montant les marches vers la rue deux par deux.

En colère, Jude la poursuivit. Aussi tenté qu'il puisse l'être de la pousser contre un mur et de la baiser là où ils se trouvaient, il y avait trop de gens dans les parages en ce début d'après-midi pour que ce soit une option. Même si elle ne luttait pas contre lui – et il n'avait aucune illusion sur *cette* probabilité – quelqu'un protesterait sûrement pour des raisons de moralité publique. Quand ils seraient arrivés, quel que soit l'endroit où elle les menait, il prendrait son dû et lui montrerait ce qu'elle manquait.

Elle était consciente qu'il la suivait, mais à moins de crier au viol – elle ne doutait pas qu'avec le sang sur son cou et son chemisier déchiré ce serait suffisant pour le faire jeter en prison pour plusieurs heures – elle ne voyait aucun moyen de se débarrasser de lui. Quand ils arriveraient à son immeuble, elle le ferait jouir puis le jetterait dehors. Il l'avait réduite à une impuissante confusion de nerfs tremblants. Elle devait pour elle-même, et pour sa propre dignité, de lui rendre la pareille, ou pire.

La courte marche dans la rue Vincent Auriot jusqu'au square Dumois où se trouvait son appartement se déroula dans un silence tendu, aucun d'eux ne parlait pour éviter d'attirer l'attention. Adèle tapa le code de son immeuble en faisant écran avec son corps pour masquer le cadran afin que Jude ne puisse pas récupérer les numéros, ne désirant pas le retrouver devant sa porte sans prévenir. Lorsque la porte extérieure se referma derrière eux, elle se tourna vers lui.

— Encore là ? demanda-t-elle d'un ton moqueur.

— Je n'ai pas encore eu ce que je veux, répondit-il fermement.

— Eh bien ! Comme c'est dommage ! ricana-t-elle.

Adèle grimpa jusqu'à son appartement au troisième étage. Quand ils atteignirent le palier, elle se retourna, le poussa la tête la première contre le mur et plongea sa main sous la ceinture de son pantalon pour empoigner son sexe encore en érection.

— Je suis heureuse de ne pas avoir perdu mon temps, commenta-t-elle cruellement en caressant son membre imposant. J'aime vraiment sentir mes amants quand ils me baisent.

Elle le sentit commencer à lutter, aussi resserra-t-elle sa prise, le maintenant en place. Cela ne lui prit qu'un moment avant de commencer à se balancer dans son poing.

— Maintenant, qui est la salope affamée ? l'aiguillonna-t-elle. Tu ne peux pas t'empêcher de baiser mon poing, pas vrai ? Exactement comme un gamin, aucun contrôle de soi. Continue, éjacule dans ton pantalon comme un adolescent excité. Ce n'est pas comme si tu étais bon à quelque chose pour moi de toute façon.

Jude aurait pu la repousser. Sa force n'était pas comparable avec la sienne, mais il ne parvenait pas à s'écarter de son contact séducteur. Malgré ses paroles désobligeantes, elle l'échauffait comme personne ne l'avait fait depuis des années. Il aurait juste voulu lui montrer qui tenait les cartes dans leur petit jeu, et ce serait beaucoup plus facile s'il avait déjà joui une fois. Il ne s'inquiétait pas d'être incapable de bander à nouveau. Avec l'exaltation qu'il trouvait dans leurs batailles, verbales et physiques, il redeviendrait dur en un rien de temps. Se détendant sous ses caresses, il laissa son orgasme monter jusqu'à ce qu'il explose aspergeant sa main et son ventre, trempant le tissu.

— Oh, ça va être un peu difficile à cacher, chantonna-t-elle, extirpant sa main et l'essuyant avec insolence sur la jambe de son pantalon. Dommage que tu n'aies pas pensé à porter un manteau.

Lui tournant le dos, elle toucha la poignée de sa porte, les sorts reconnaissant sa magie. Elle se maudissait en silence pour avoir abandonné sa baguette dans le train. Il lui faudrait en acheter une autre, un souci dont elle n'avait pas besoin. Frustrée, elle commença à repousser la porte derrière elle quand Jude s'imposa à l'intérieur.

— Je ne me souviens pas de t'avoir invité, gronda-t-elle.

— Je n'en ai pas encore fini avec toi.

— Dommage, parce que j'en ai fini avec toi. Tu as eu ce que tu voulais. Maintenant, fous le camp.

Jude sourit et attrapa ses deux bras, écrasant leurs bouches ensemble. Ses lèvres étaient aussi douces que son sang. Il prit sa mâchoire d'une main, forçant sa bouche à s'ouvrir pour pouvoir s'élancer à l'intérieur et la goûter pleinement, pour réclamer sa bouche comme il envisageait de réclamer le reste de son corps.

Aussi dégoûtée qu'elle était excitée, Adèle utilisa le seul recours qu'elle avait. Elle le mordit. Sauvagement.

— Je ne serais pas un gentleman si je ne m'assurais pas que tu obtiennes ce que tu veux, se vanta-t-il. Si je glisse ma main en bas, dans ton pantalon, je te trouverai encore dégoulinante, n'est-ce pas, Adèle ? Tu fais bonne figure, mais tu es comme toutes les autres jeunes femmes rondes à talons, tu écartes les jambes pour n'importe quel homme assez fort pour te prendre.

Baissant les yeux vers la tache humide sur son pantalon, elle se moqua :

— Lève-la à nouveau et peut-être que je serais tentée, mais je connais les gars dans ton genre. Je vais rester là à me tourner les pouces pendant des heures en attendant que tu récupères. J'ai des choses plus intéressantes à faire de mon temps.

— Je n'ai pas eu besoin de ma queue pour te satisfaire dans le train, lui rappela-t-il, en avançant sur elle comme un prédateur. Je n'ai pas besoin de bander pour le refaire.

Avant qu'elle ne puisse protester de nouveau, il saisit les pans de son manteau et les fit passer par-dessus ses épaules, coinçant ses bras le long de son corps. Lorgnant sur elle, il acheva de déchirer le reste de son chemisier, exposant sa poitrine.

— Il suffit de te laisser aller et de te relaxer, petite minette. Je te ferai passer un agréable moment.

Elle lutta contre le manteau de cuir, contre ses bras emprisonnés, pourtant, elle ne put les libérer et le repousser avant qu'il la soulève par la taille pour mettre ses seins au niveau de sa bouche. Elle lui donna un coup de pied inefficace, trop proche dans son étreinte pour avoir le recul capable de lui donner de la puissance. Puis ses lèvres se refermèrent sur son mamelon, une chaude humidité l'enveloppa à travers la fine dentelle de son soutien-gorge et elle perdit toute envie de se battre.

Sentant sa capitulation, Jude l'appuya contre le mur, l'épinglant entre son corps dur et le mur, libérant une main pour repousser le bonnet de dentelle hors de sa poitrine, la dénudant entièrement à son regard pour la première fois. Les globes pleins lui firent monter l'eau à la bouche et il pencha de nouveau la tête pour goûter la chair soyeuse sans aucun obstacle. À sa grande surprise, les jambes d'Adèle encerclèrent sa taille alors qu'il la tétait. Incertain de pouvoir faire confiance à sa soumission apparente, ses crocs griffèrent légèrement le galbe supérieur de sa poitrine et le sang jaillit à la surface. Léchant les écorchures, il ne goûta rien d'autre que du désir, la saveur satura son propre système tandis que son sexe recommençait à se réveiller. Il passe à l'autre sein, lui procurant la même attention, des lèvres et de la langue. Quand elle s'agita contre lui, il la mordit, laissant le bout de ses crocs briser la surface, surprenant un gémissement de désir s'échapper de sa gorge.

— Tu aimes ça, pas vrai ? l'aiguillonna-t-il. Est-ce que cela t'excite de porter mes marques ? Ma petite sorcière chérie.

— Je ne suis la chérie de personne, gronda-t-elle, recommençant à se débattre.

— Bien sûr que tu l'es, mon chaton, susurra-t-il. Tout ce qu'il faut pour t'apprivoiser, c'est la bonne caresse, la bonne morsure.

Il perça sa peau de nouveau, laissant une marque, identique à la première, sur la portion inférieure de son sein cette fois.

— Tu vois, dit-il quand elle recommença à gémir et à se tortiller. Ce n'est pas la peine de le nier. Je peux goûter tes sentiments dans ton sang. Tu es tellement excitée en ce moment que tu ferais tout ce que je demanderais aussi longtemps que je continue de te caresser et de te mordre.

— Va te faire foutre.

— Non, non, ma minette, c'est tout l'inverse. C'est moi qui te baiserai avant la fin de l'après-midi. Mais d'abord, je pense que je vais te faire supplier pour ça.

— Je ne supplie pas, rétorqua-t-elle sèchement, enfonçant les talons de ses chaussures dans son dos. Jamais.

L'éclair de douleur le fit sursauter l'incitant à s'écarter suffisamment pour qu'elle puisse se dégager de lui et du mur. Elle arracha la veste de ses épaules, prête à se battre contre lui comme elle le pourrait. Elle regrettait encore plus la perte de sa baguette, et pas seulement en raison de la frustration de devoir en racheter une nouvelle. Sa magie ne fonctionnerait pas sur lui, mais elle aurait pu l'utiliser pour créer un barrage avec des objets jusqu'à ce qu'il ait reçu le message et qu'il parte.

— Et je ne te vois pas t'éloigner non plus, l'aiguillonna-t-elle. Si cela signifie si peu pour toi, pourquoi es-tu encore ici ?

— Je n'ai jamais nié que je te désire, lui rappela Jude. Je ne suis sûrement pas le premier à te dire que tu es assez belle pour réveiller un mort. Je n'ai pas besoin de t'aimer pour vouloir te baiser jusqu'à ce que tu en oublies ton nom.

— Alors, c'est une vengeance ?

— Pas du tout, répliqua Jude, la traquant lentement. C'est du plaisir, pur et simple, et je ne partirai pas jusqu'à ce que j'aie obtenu ce que je veux : toi, excitée et enthousiaste en dessous de moi.

— Dans tes rêves, cracha-t-elle en mettant le canapé entre eux.

— Je n'aurai pas besoin de rêver. Je vais avoir la réalité.

Avant qu'elle ait pu s'éloigner de nouveau, il sauta souplement par-dessus le canapé, la capturant dans une étreinte implacable. Un bras entourait son torse tandis que l'autre bloquait ses jambes qui battaient l'air. Mordant une nouvelle fois sa poitrine, il sourit au plaisir d'Adèle qui déferlait dans son système. Elle pouvait dire ce qu'elle voulait, elle avait besoin de ça autant que lui.

Déambulant à travers son appartement, il trouva la chambre à coucher et la porta à l'intérieur, il la jeta sur le lit et la suivit dans la foulée avant qu'elle ne puisse s'échapper.

— Tu peux me laisser te retirer ton pantalon ou je peux l'arracher comme je l'ai fait avec ta chemise, l'informa-t-il, son sexe complètement dur appuyant contre son pubis. Mais de toute façon, je t'aurai déshabillée d'ici trente secondes.

Adèle luttait contre elle-même, sachant qu'elle ne devait pas céder aussi facilement, mais sachant également qu'elle n'avait aucune chance de l'emporter contre lui. Elle pouvait continuer à se battre, mais leurs ébats étaient aussi inévitables maintenant qu'ils l'avaient été quand ils avaient quitté le champ de bataille. Quand ce serait fini, elle aurait quelques petites choses à dire à Marcel au sujet de la contrainte magique dont elle pouvait sentir la pression. Au moins, si elle coopérait, elle pourrait aussi retirer un certain plaisir de leur rencontre. Jude avait déjà prouvé qu'il pouvait la faire s'envoler, et elle ne pouvait pas refuser la tentation de se sentir à nouveau comme ça.

— Je ne peux pas vraiment me déshabiller alors que tu es couché sur moi, grogna-t-elle en poussant sur ses épaules.

Jude l'observa avec méfiance. Oui, elle essayait toujours de le manipuler. Oui, elle pensait toujours qu'elle pouvait contrôler les choses, mais le combat semblait l'avoir désertée. Décidé à s'en assurer, il attrapa son menton, dénuda son cou et la mordit, dégustant l'acceptation dans son sang.

— Bâtard, l'insulta-t-elle quand il bascula sur ses genoux, suffisamment pour lui permettre de bouger. Tu t'es alimenté ce matin et de nouveau dans le train. Combien de fois as-tu besoin de me mordre ?

— Tu adores ça, ma minette, fit-il d'une voix traînante. Et le sang ne ment pas.

Une partie de sa tension avait quitté sa voix maintenant qu'elle avait cessé de se battre contre lui.

Ses yeux ne quittaient pas son corps pendant qu'elle se délestait de ses bottes et faisait glisser son pantalon en laine long de ses jambes. Elle enleva les lambeaux de son chemisier et se tint fièrement devant lui, nue.

— À ton tour, déclara-t-elle froidement. Si tu as droit à un peep-show, moi aussi.

— Jeune femme effrontée, gronda-t-il en se levant et en commençant à déboutonner sa chemise. Tu pourrais aider.

— Je ne suis pas ta servante, lui rappela-t-elle, assise sur le lit, le reluquant ouvertement.

Elle pouvait ne pas beaucoup l'apprécier, mais elle ne pouvait pas nier son attrait physique. Il avait des cheveux châtain clair et des yeux verts ; elle découvrit des muscles puissants sur le torse lisse qu'il offrit à sa vue, un cul absolument délicieux – qu'elle pelota quand il se pencha pour retirer ses

81

chaussures – et, quand il se tourna vers elle et que son pantalon tomba au sol, un sexe épais en érection qui la laissait palpitante à l'idée d'en être emplie.

— J'ai vu pire, commenta-t-elle.

Adèle glissa un soupçon de mépris dans sa voix pour piquer son orgueil. Il lui faisait des choses délicieuses quand il était en colère.

— Putain, grinça-t-il en la repoussant sur le lit.

— Je pensais que j'étais une minette, l'aiguillonna-t-elle quand elle sentit son poids la clouer au matelas, sa peau fraîche contre sa chair échauffée.

— Tu l'es, rétorqua-t-il ses doigts glissant entre ses jambes pour entériner ses dires. Une minette trempée jusqu'à l'os, mais cela n'en fait pas moins de toi une pute.

Lasse de la conversation maintenant qu'elle l'avait là où elle le voulait, elle attira sa tête vers la sienne, mordant ses lèvres pour le faire taire.

Il grogna avec possessivité, plongeant la langue entre ses lèvres, explorant sa bouche. Sa langue se battait en duel avec la sienne, forçant également son chemin dans sa bouche, refusant de céder à sa tentative de domination. Ses hanches se balançaient régulièrement contre les siennes, laissant une traînée de fluide contre son bas-ventre et dans le nid de boucles à la jointure de ses cuisses, l'odeur du sexe s'élevant pour envelopper ses sens de désir.

Rompant leur baiser, elle fit semblant de bâiller.

— Je me demande où j'ai laissé mon vibromasseur, dit-elle à haute voix, en cherchant à empêcher sa voix de se briser tandis que les lèvres de Jude dérivaient de sa clavicule vers ses seins. Puisque tu es de toute évidence incapable de me baiser.

La colère venait tellement facilement quand elle actionnait les bons leviers, il bascula sur les talons, regardant en bas vers elle.

— Je devrais t'abandonner pour ça.

Elle haussa les épaules.

— Eh bien, fais-le. Je n'ai pas besoin…

Ses paroles se perdirent dans un long gémissement sourd alors qu'il plongeait ses doigts à l'intérieur de son corps, baissant la tête en même temps pour sucer activement son clitoris. Elle s'agitait sous lui, luttant désormais pour obtenir plus.

Chacun de ses instincts possessifs exigeait qu'il la morde de nouveau, qu'il la réclame de toutes les manières possible. Déjà, son cou et ses seins portaient le signe de son passage, mais son attitude montrait clairement qu'elle n'hésiterait pas à partager ses faveurs avec n'importe quel homme qui attirerait son attention. Il ne pouvait pas tolérer cela. Ses crocs chutèrent tandis qu'il combattait le désir de marquer sa chair la plus intime. Tournant la tête, il mordit résolument dans la peau soyeuse à l'intérieur de sa cuisse, le désir de sang livrait bataille avec le désir de se perdre en elle. La réponse de son désir le percuta, envoyant ses émotions tourbillonner hors de contrôle. Retirant ses doigts de son fourreau étroit, il l'attaqua avec sa bouche, sa langue s'introduisant aussi loin à l'intérieur qu'il le pouvait pour capturer autant de saveur qu'il parvenait à en atteindre. La bête en lui, à peine civilisée par la loi des vampires, combattait son contrôle, désirant également son sang. Incapable de se retenir, il laissa ses crocs effleurer ses plis, à peine assez pour l'égratigner. Elle cria brusquement au-dessus de lui, mais ne fit aucune tentative pour s'écarter tandis que son sang se mêlait à ses fluides dans sa bouche.

S'écartant avant de perdre tout contrôle et de la blesser sévèrement, il s'enfonça dans son fourreau dégoulinant, sa bouche cherchant son cou pendant que ses hanches s'activaient dans des va-et-vient frénétiques. La tête d'Adèle bascula, engageante, lorsque ses lèvres se refermèrent sur sa peau, ses crocs s'y glissèrent comme chez eux, aussi facilement que son sexe le faisait. Elle le combattit pour la jouissance, leurs corps se ruant vers des sommets hors de leur contrôle. Il goûta les prémices de son orgasme dans son sang, même s'il sentit les contractions débuter autour de son sexe. Il poussa plus fort, la voulant si aveuglée d'envie et de désir qu'elle accepterait volontiers de revenir pour recommencer.

L'explosion les emporta tous les deux, incendiant leur corps, les laissant à bout de souffle, à peine conscients, avant de finalement céder à l'obscurité qui assaillait leurs sens.

XI

— VEUX-TU EN parler ?

Caroline détourna le regard de la tache blanche sur le mur qu'elle fixait depuis au moins une heure ; probablement depuis plus longtemps, puisqu'elle n'avait aucune idée de l'heure qu'il était à présent. Ils avaient fait tout ce qu'ils pouvaient à la Sainte-Chapelle, pour les blessés, les morts et également pour réparer le bâtiment lui-même, avant que Marcel leur ordonne enfin de rentrer chez eux. Elle avait été ridiculement reconnaissante de ne pas avoir à terminer son service, même si elle savait avec certitude que Marcel était retourné au siège de la Milice – où il n'allait pas seulement travailler jusqu'au changement de patrouilles, mais probablement jusqu'à tard dans la nuit aussi. Sa culpabilité d'être partie ne pouvait pas rivaliser avec le soulagement d'avoir évité des questions sur Éric.

Elle savait – ils savaient tous – qu'il avait changé de camp, mais le voir durant la bataille avec sa baguette pointée sur elle, entendre sa voix, habituellement douce, jeter un *Abattoir* sur Marcel, l'avait secouée beaucoup plus profondément qu'elle n'était prête à l'admettre devant quelqu'un.

— Caroline ? Tu dois le laisser sortir ou tu ne seras pas en mesure de te reprendre, déclara doucement Mireille, attirant l'attention de sa partenaire. Parle-moi.

— Frère contre frère, une maison divisée, murmura Caroline, ses yeux restants toujours vides. C'est ce que nous sommes, ce que cette guerre a fait de nous. Je connaissais la plupart d'entre eux, tu sais, avant le début de cette stupidité. Nous n'étions pas tous amis, mais nous étions plus que de vagues connaissances avec les autres sorciers de la ville. Nous sommes trop peu pour ne pas avoir eu de contacts les uns avec les autres. Et puis Serrier a commencé ses conneries au sujet de la suprématie des magiciens et, soudain, les amis étaient des ennemis.

— Le sorcier qui t'a attaqué ? demanda doucement Mireille.

— C'était celui que je connaissais le mieux, reconnut Caroline, même si j'étais beaucoup plus proche de sa femme que je l'étais de lui. Je les ai présentés, tu sais, quand nous sommes arrivées de Nantes, avec Danielle. Nous étions colocataires là-bas, à l'université, et puis nous avons partagé un appartement quand nous nous sommes installées ici, à Paris. Jusqu'au jour où elle a épousé Éric, en fait.

— Et qu'est-ce qu'elle pense de son choix ? questionna la vampire avec curiosité.

— Elle ne l'a jamais su, expliqua Caroline les larmes aux yeux en se souvenant des conséquences terribles de cette première attaque ouverte. Il s'est d'abord rallié à nous, tu sais, jusqu'à ce que Danielle et leurs enfants soient tués.

Elle n'était pas une magicienne, elle n'a pas pu se défendre quand Serrier a attaqué la maison où elle était en visite, chez l'un de nos amis. Ma seule consolation c'est qu'elle n'a probablement jamais su ce qui l'a frappée.

Caroline espérait par tous les dieux que c'était vrai, parce que c'était la seule façon qu'elle avait de vivre en sachant que Danielle était morte par la magie. L'idée qu'elle ait pu souffrir, qu'elle aurait pu savoir quoi que ce soit d'autre au moment où le sort l'avait atteinte, paralysait Caroline au-delà de l'imaginable.

— J'ai perdu ma meilleure amie ce jour-là et, son mari – tout ce qu'il me restait d'elle –, une semaine plus tard.

Les bras de Mireille se refermèrent autour de la femme en larmes, l'attirant dans une tendre étreinte. Elle s'obligea à ignorer les pincements de jalousie à l'idée que sa magicienne puisse pleurer sur une autre, une émotion qu'elle était bien en peine d'expliquer. Toutes deux avaient été amies, pas amantes, et l'autre femme avait été heureuse en ménage et plusieurs fois mère. Sa jalousie était ridiculement infondée, car même si elles avaient été un jour plus que des amies, la guerre avait commencé deux ans auparavant et Caroline avait dit que Danielle était morte dès le début.

— Si elle est morte dans l'une des attaques de Serrier, pourquoi son mari a-t-il changé de camp ? N'était-ce pas une raison supplémentaire pour se battre au côté de la Milice ?

Mireille ne comprenait pas cette partie de l'histoire.

— Ce n'est pas un magicien de Serrier qui l'a tuée, expliqua Caroline. C'est Alain. Pas intentionnellement, mais c'est son sort qui l'a frappée, et c'est quelque chose qu'Éric ne pouvait tout simplement pas pardonner.

— De toute évidence, toi si, observa Mireille.

Elle avait vu sa partenaire travailler avec l'autre magicien. Elle ne les aurait pas décrits comme très proches, mais ils semblaient être en bons termes.

— Elle n'était pas une sorcière, mais Danielle détestait les préjugés ou l'intolérance sous toutes ses formes. Elle aurait détesté ce qu'Éric fait. Il laisse sa colère le conduire sur un chemin obscur ; moi, je ne pouvais pas faire la même chose. Cela serait revenu à trahir totalement sa mémoire, et je ne pouvais pas lui faire ça ; pas quand Éric avait déjà fait ce choix, répondit Caroline. Le sort d'Alain l'a frappée, mais, à ce moment-là, il venait de trouver son ex-femme et son fils morts, il était fou de chagrin. Il ne savait pas qu'elle était là ou il aurait été plus prudent. Je ne suis pas toujours d'accord avec lui, mais je sais que c'est un homme d'honneur. Il vit tous les jours en sachant qu'il a tué des innocents, des gens que nous sommes censés protéger en utilisant notre magie. Il n'y a rien que je pourrais, lui faire qui est pire que ce qu'il s'inflige à lui-même chaque fois qu'il repense à ce jour.

— Tu es beaucoup plus indulgente que je ne le serais, avoua honnêtement Mireille.

— Peut-être que si Danielle avait été une femme différente, j'aurais réagi différemment, mais elle n'avait pas le moindre début d'un tempérament vengeur, déclara Caroline avec un sourire larmoyant. Je n'ai jamais connu quelqu'un avec un cœur aussi grand. Elle détesterait l'idée que sa mort – l'attaque qui incluait sa mort, à vrai dire – puisse avoir été le commencement de cette guerre. Elle détesterait l'idée que quelqu'un ait été blessé de quelque façon que ce soit à cause d'elle.

Caroline se retourna dans les bras de Mireille, enfouissant son visage dans l'épaule de sa compagne.

— Quand nous sommes arrivés à Paris, Danielle et moi avons visité la Conciergerie. Il y a un autel, là où Marie-Antoinette a été emprisonnée avant sa mort. Tout autour de la salle, les mots de ses dernières lettres étaient affichés, un mémorial à sa vie et à sa mort. Dans l'une d'elles, elle suppliait ses enfants de ne pas venger sa mort. *'Que mon fils n'oublie jamais les derniers mots de son père que je lui répète expressément : qu'il ne cherche jamais à venger notre mort'*, disait-elle sur l'autel. Je n'ai aucune idée de ce qui a incité Danielle à dire quelque chose, mais, ce jour-là, elle m'a dit qu'elle ressentait la même chose, que si jamais elle mourrait tragiquement, elle ne voulait pas que quelqu'un en soit blâmé, qu'il suffisait de laisser tomber et de faire la paix. Comment pouvais-je agir autrement quand j'ai dû faire face à cet état d'esprit ?

— C'était une sorte de prémonition ? demanda Mireille à voix haute.

— C'est possible, admit Caroline, même si elle n'a jamais montré d'autres signes dans ce sens. À vrai dire, elle a vécu toute sa vie entourée par des magiciens et de la magie. Elle a été élevée par sa grand-mère qui était une magicienne, elle a épousé un magicien, et je suis sûr que ses enfants l'auraient été également s'ils avaient vécu assez longtemps pour que leur pouvoir se manifeste. Elle n'avait aucune magie apparente, mais j'ai entendu parler de choses plus étranges.

Caroline enfouit son visage dans le cou de Mireille.

— Elle me manque, sanglota-t-elle d'une voix hachée. C'est comme une douleur avec laquelle j'aurais appris à vivre, mais elle ne disparaît jamais totalement. Je peux très bien ne pas penser à elle pendant plusieurs jours, puis quelque chose arrive et me la rappelle. Nous avons vécu ensemble dans cette ville pendant six ans et fait beaucoup de choses ensemble. Le seul endroit qui ne me la rappelle pas c'est le siège de la Milice parce qu'elle ne s'est jamais rendue là-bas. La Milice se formait à peine quand elle a été tuée et le bâtiment était encore un simple bureau du gouvernement.

Mireille l'enlaçait étroitement, la laissant s'épancher. La vampire connaissait la douleur consécutive à la mort d'êtres chers, ayant perdu tout le monde quand elle a été transformée, mais son chagrin avait été atténué par le temps et le choix. Un temps relativement court s'était écoulé pour Caroline, sans lui avoir offert la moindre consolation visiblement. Elle berça doucement la femme en larmes, espérant apporter un peu de réconfort par sa présence.

— Aide-moi à me rappeler que nous sommes encore en vie, lâcha soudain Caroline, en levant des yeux larmoyants sur Mireille. Danielle disait toujours qu'il fallait célébrer le fait d'être vivant. Aide-moi à le faire.

86

— Comment ? demanda Mireille.

— Emmène-moi au lit et fais-moi l'amour, pria Caroline. Fais-moi tout oublier, hormis le contact de tes mains et le goût de tes lèvres.

Mireille fronça les sourcils, ne sachant pas si c'était la meilleure chose à faire étant donné la valse des émotions de Caroline, mais ses instincts relevèrent la tête à l'invitation, désireux de se nourrir de la chair tendre et d'entendre ses cris lascifs s'échapper de sa gorge mince. L'intensité de sa réaction la surprit, surtout en raison de ses propres doutes quant à la sagesse de sa demande, mais Mireille réalisa qu'elle ne pouvait pas la rejeter. Les mots ne voulaient tout simplement pas se former sur ses lèvres.

À la place, elle enroula ses bras plus étroitement autour de Caroline, la soulevant aisément, elle la porta vers la chambre à coucher. Doucement, elle déposa son amante sur le lit, s'étendit à ses côtés et entreprit de caresser tendrement son visage. Elle donnerait à Caroline ce cadeau, ce réconfort, et elle assouvirait ses propres désirs dans le processus. Quand elle prenait le temps d'y réfléchir, elle s'émerveillait de la rapidité à laquelle leur relation se développait, mais cela lui semblait si incroyablement normal d'être ici, dans les bras de Caroline, dans son lit, de la réconforter et d'être réconfortée en retour. Pour la première fois depuis qu'elle avait été transformée, quelqu'un la voyait comme autre chose qu'une concurrente, qu'un monstre ou un frisson interdit. Caroline s'était intéressée à elle avant tout comme à une femme, au lieu de simplement la traiter comme un compagnon d'armes. Le fait qu'elle soit une vampire ne semblait pas avoir la moindre importance. Baissant la tête, elle embrassa doucement la magicienne, commençant une lente séduction qui était sa touche personnelle.

Caroline plongea les mains dans les longs cheveux roux de Mireille, rapprochant leurs têtes avec force.

— Je ne veux pas de douceur, ronronna-t-elle contre les lèvres lisses. Je veux du sauvage, du rapide et du si fort que je m'évanouirai quand je jouirai.

Elle mordilla la mâchoire de Mireille avant de reprendre :

— Je veux tes doigts, ta langue et tes crocs sur moi jusqu'à ce que je n'aie plus d'autre pensée que toi à l'esprit.

Les doigts de Mireille tremblaient alors que le plaisir la frappait comme s'il était une puissance tangible, abandonnant son combat pour ne pas déchirer les vêtements de Caroline en la déshabillant. Elle les laissa tomber négligemment sur le sol. Ses crocs descendirent si vite qu'ils lui firent mal, un sifflement s'échappa de ses lèvres, entre douleur et plaisir. Elle cloua les épaules de Caroline au lit et, encore totalement habillée, elle enfourcha son amante nue. Caroline se tordait sous elle, une flexion du genou amena sa cuisse contre le pubis de Mireille, frottant de manière provocante sur la région sensible. Elle bascula la tête en arrière, offrant son cou, mais la vampire était concentrée sur une chair plus sensible. Une main veillant à ce que sa partenaire reste là où elle le désirait, l'autre enveloppant les globes crémeux des seins de Caroline, l'un après l'autre, tiraillant avec insistance sur les mamelons déjà érigés. Elle n'aurait jamais eu recours à une caresse aussi agressive en temps normal, mais il n'y avait rien de normal dans cette interaction. Caroline n'avait jamais été aussi désespérée, Mireille ne s'était jamais sentie autant hors de contrôle. Baissant la tête, elle aspira rudement une pointe tendue, ses mains retenant le torse de Caroline sur le matelas quand elle se cambra. Mireille lécha et mordilla, attentive à empêcher ses crocs de marquer la chair tendre.

— Mords-moi, supplia Caroline, faisant de son mieux pour échapper à l'emprise implacable de Mireille. Laisse-moi sentir tes crocs.

Mireille résista, sachant qu'une fois qu'elle commencerait à se nourrir, elle ne voudrait plus arrêter, et elle avait encore d'autres projets pour sa bouche avant qu'elles en aient fini. Sur un dernier coup de langue à la pointe sensible, elle survola des lèvres la surface plane de l'estomac de Caroline, inhalant l'odeur du désir sous-jacent diffusé par la pulsation du sang, chaud et lourd, sur tout le corps de la magicienne. Ses doigts trouvèrent les plis humides, explorant les lèvres extérieures à travers les boucles blondes. Caroline se démenait sous elle, écartant plus largement les jambes en une invite évidente à un contact plus intime.

— Patience, conseilla Mireille, en levant les yeux pour croiser les yeux verts de son amante.

— Que la patience aille se faire foutre, répondit crûment Caroline, glissant ses doigts là où elle voulait ceux de Mireille.

Si la vampire ne voulait pas lui donner ce dont elle avait besoin, elle se le donnerait elle-même. Elle aurait dû être surprise par ses actes, mais elle n'avait pas de pensées à gaspiller inutilement pour autre chose qu'apaiser le désir qui s'intensifiait.

— Oh non, ronronna Mireille, attrapant les doigts de Caroline et les nettoyant à coup de langue avant de capturer ses deux poignets dans une poigne implacable pour les clouer au lit. Je te baiserai. Mais quand je serai décidée.

Elle ponctuait ses mots de baisers papillon sur tout le long de la fente de la sorcière, sa langue plongeant profondément sur le dernier mot. Elle sourit dans la toison douce lorsque Caroline cria son plaisir, ses hanches se soulevant du lit à la recherche d'encore plus de contact.

Les talons de la magicienne faisaient pression sur les épaules de Mireille tandis qu'elle lui faisait l'amour avec sa langue, la tête de la blonde remuant sauvagement en tous sens sur l'oreiller.

— Mords-moi, supplia-t-elle à nouveau.

Encore une fois, Mireille secoua la tête. Elle avait connu des vampires qui affirmaient avoir si bien dressé leurs maîtresses qu'ils pouvaient se nourrir de leur sexe en toute impunité, mais Mireille n'avait aucune envie de mélanger ce niveau de douleur avec le plaisir de Caroline. Quand elle aurait savouré sa compagne à sa faim, elle saurait trouver un endroit pour se nourrir qui assouvirait son besoin de sang sans endommager les plis délicats de sa sorcière.

Laissant sa langue glisser hors du fourreau trempé, elle inséra profondément ses doigts à la place, caressant les parois internes, cherchant l'endroit qui rendrait Caroline dingue. Sa langue s'activait plus haut, fouillant sous le capuchon de chair, léchant la zone sensible jusqu'à ce que les cuisses de Caroline tremblent de chaque côté de sa tête.

— Mords-moi, pria une troisième fois la magicienne.

Tournant la tête, Mireille obéit en enfonçant ses crocs profondément à l'intérieur de la cuisse de Caroline. L'afflux de sang percuta ses sens comme une tonne de briques. Elle bougea ses doigts profondément enfouis dans le corps de Caroline, les tournant légèrement quand elle les ressortit avant de plonger de nouveau, déterminée à accéder à la demande de la magicienne.

L'orgasme de Caroline la prit au dépourvu, la ravageant avec la puissance de l'ouragan qui avait frappé La Réunion quelques jours plus tôt, la privant de son souffle et de sa conscience quand il survint.

Le goût de la jouissance dans le sang de la magicienne déclencha l'orgasme de Mireille, la saveur de la passion était un aphrodisiaque à nul autre pareil. Avec précaution, elle retira ses crocs de la cuisse de Caroline, ferma soigneusement les plaies avec sa langue. Ils l'avaient déchirée pendant les soubresauts de l'orgasme, Mireille était heureuse de ne pas avoir cédé aux demandes précédentes de Caroline à être mordu. Ces blessures seraient assez pénibles. Levant la tête, elle sourit doucement à la femme détendue et assouvie qui se trouvait sous elle, trop excitée par l'absorption de sang pour pouvoir elle-même se détendre immédiatement avec l'effet de satiété. Tranquillement, elle se leva et enleva ses propres vêtements. Ils étaient tachés du sang de la bataille à laquelle elle avait participé dans l'après-midi, rappelant à Mireille tout ce qui s'était passé. Elle frissonna dans la chambre fraîche, la chaleur du sang de Caroline la rendant encore plus sensible que d'habitude à la température. Décidant qu'elle se reposerait mieux si elle était propre, elle déposa un dernier baiser sur la poitrine nue de Caroline avant de se rendre dans la salle de bain pour prendre une douche rapide. Peut-être que si Caroline se réveillait, elle la rejoindrait. Et dans le cas contraire, elle retournerait au lit dès qu'elle aurait fini pour passer plusieurs heures tranquilles, dans les bras de son amante.

XII

ANGELIQUE ETAIT nerveuse.

Ses mains la démangeaient. Ses crocs, pressés contre ses gencives, essayaient de descendre. Des papillons dansaient dans son estomac, le désir s'insinuant le long de ses nerfs, même si elle était seule dans la pièce. Elle aurait pu comprendre ce sentiment si elle était avec un amant, mais rien dans la chambre vide ne pouvait avoir inspiré ces sensations.

Elle n'aurait pas dû avoir faim, elle s'était nourrie de David la nuit précédente en prévision de leur sortie avec la patrouille, mais cet intermède avait été aussi peu satisfaisant que les autres. Il lui donnait son sang, mais rien d'autre. Elle ne savait pas du tout comment il le vivait et le ressentait, mais cela la laissait, elle, en attente d'autre chose. Peut-être cela expliquait-il les émotions étranges qui l'assaillaient. Si c'était le cas, une visite à l'un de ses amants occasionnels pourrait faire disparaître cette démangeaison et l'aider à reprendre sa routine. Elle attrapa son carnet d'adresses, le feuilletant pour trouver quelqu'un qu'elle pourrait appeler dans le milieu de la journée, quelqu'un qui serait libre de venir à elle puisqu'elle pouvait difficilement expliquer à quiconque son immunité soudaine à la lumière du soleil en dehors de l'alliance. Bertrand Avéline travaillait au troisième service dans l'un des bars du quartier et louait une chambre au-dessus de celui-ci. En outre, il était l'un de ceux qui n'avaient jamais essayé de faire évoluer leur liaison occasionnelle en quelque chose de plus qu'un moyen de libérer la passion refoulée en chacun d'eux. Oui, il serait un choix parfait. Décrochant le téléphone, elle composa son numéro, souriant quand sa voix endormie se vivifia dès qu'il réalisa qui l'appelait.

Ils discutèrent pendant un moment avant qu'elle n'aille droit au but, l'invitant à venir pour l'après-midi.

— Je te verrai donc dans quinze minutes, ronronnait-elle quand ils eurent raccroché le téléphone.

Décidant qu'il n'était pas nécessaire de prétendre quoi que ce soit, elle échangea la tenue fonctionnelle qu'elle avait portée pour la patrouille contre un kimono en soie qui moulait ses courbes exactement où cela était nécessaire, révélant son décolleté avantageux et s'ouvrant lorsqu'elle marchait pour donner un aperçu de ses longues jambes crémeuses. En brossant ses longs cheveux noirs, elle examina son visage dans le miroir, essayant de décider si Bertrand préférerait une apparence naturelle ou une plus sophistiquée. Elle s'apprêtait à s'écarter de la table de toilette sans même appliquer la moindre trace de rouge à lèvres quand elle réalisa d'où cette impulsion lui était venue. Renfrognée, elle se rassit et maquilla son visage d'une main experte, subtile. Elle refusait d'adapter son comportement aux aprioris de son partenaire, surtout depuis qu'il avait clairement fait sentir qu'il ne voulait rien d'elle en dehors de l'alliance.

Un coup à la porte attira son attention et elle remplaça consciemment son froncement de sourcils contre un sourire accueillant. Bertrand pourrait ne pas être son partenaire, mais il était un homme indéniablement séduisant prêt à la satisfaire au lit de toutes les manières qui lui plaisait. Elle ouvrit la porte et le fit entrer, se détendant dans ses bras quand il l'attira immédiatement à lui. À sa grande joie, il était déjà excité. Elle lui rendit son baiser tout en reculant vers la chambre, ses mains le débarrassant de ses vêtements pendant qu'ils se déplaçaient. Elle le fit tomber sur le lit, les pans de sa robe s'ouvrirent quand sa bouche s'abattit sur son cou, mordant avec impatience. Son sang était doux comme toujours, mais sans la petite touche épicée dont elle avait pris l'habitude. Repoussant toutes les pensées de David loin de son esprit, elle aspira plus intensément, profitant de l'empressement des mains de Bertrand sur son corps.

DAVID ARPENTAIT son appartement. Le désir d'aller retrouver Angélique était presque accablant, mais il savait qu'il valait mieux ne pas forcer sa chance. Si elle se contentait de lui claquer la porte au nez, il s'estimerait chanceux. Et, étant donné ce qu'il voulait vraiment, elle ne serait probablement pas aussi agréable.

Dès la première fois où il avait posé les yeux sur sa partenaire, il avait admis qu'elle était une belle femme, exactement le genre qu'il appréciait. Une silhouette pleine sans être grosse, des cheveux noirs, des yeux sombres, un corps fait pour séduire un homme. S'il avait été à la recherche d'une maîtresse, elle aurait été le choix parfait. Malheureusement, les exigences de l'alliance avaient écarté ce genre d'approche et, maintenant, il était coincé avec une partenaire qu'il n'avait pas désiré et sans la maîtresse qu'il aurait volontiers embrassée.

Tout ce qu'il avait à faire, c'était de fermer les yeux pour imaginer ses mains peintes au henné se déplacer sur son corps. Elle saurait exactement comment le toucher, exactement où s'attarder pour un maximum d'effet. Elle avait été une esclave de plaisir. Elle connaissait sûrement tout ce qu'il fallait connaître sur l'art de faire l'amour. Ses mains seraient douces, sa peau parfumée aux fragrances d'encens et aux senteurs exotiques. Elle aurait un goût sucré sous ses lèvres quand il embrasserait chaque centimètre de sa peau et elle ne serait pas timide à lui retourner la faveur, le laissant ébloui de passion.

La vivacité de l'image mentale qu'il s'en faisait le surprit assez pour le sortir de la transe inspirée par son désir. Oui, elle était belle. Oui, elle était même très proche de son idéal, mais il avait consciencieusement évité de penser à elle comme à autre chose que sa partenaire, précisément parce qu'elle était sa partenaire. Le genre de fantasme qui venait de l'envahir n'avait aucune place dans leur relation – il le savait et avait délibérément refusé de laisser son esprit s'y attarder. Alors, pourquoi maintenant ? Pourquoi avait-il échoué aujourd'hui alors qu'il y réussissait auparavant ?

Il jeta rapidement un sort de révélation sur son appartement pour s'assurer qu'aucun charme perdu ne l'affectait. Il ne trouva que ses propres sorts, mais le pressentiment que quelque chose de magique était à l'œuvre continuait à le tenailler. D'un coup de baguette, il alluma un feu dans la cheminée, il canalisa sa magie dans les flammes, à la recherche d'une perturbation magique qui pourrait expliquer sa défaillance inhabituelle, mais la magie élémentaire était beaucoup plus équilibrée que ce qu'il avait pu voir, même bien avant le début de la guerre. Décidant qu'il appréciait la chaleur des flammes, il laissa toutefois le feu allumé tout en continuant à faire les cent pas.

Sa concentration lui échappa, des images fugaces d'Angélique enlacée dans les bras d'un homme sans visage le hantaient. Il se disait qu'ils étaient sans fondement, mais il ne pouvait pas se défaire du sentiment de trahison qui les accompagnait. Angélique était à *lui* !

Cette pensée le prit de court. Il n'avait aucun droit sur Angélique en dehors de l'alliance et il avait même fait partie de ceux qui avaient protesté contre la possibilité que les vampires puissent attendre plus qu'une simple relation militaire. Il n'avait aucune idée d'où l'impulsion de cette revendication provenait, mais il y avait une chose dont il était certain : il devait en parler à Marcel, et rapidement.

Mettant son manteau, David verrouilla la porte de son appartement et réinitialisa ses sorts avant de se rendre au siège de la Milice pour découvrir ce que le général savait de tout cela.

AYANT VU Bertrand partir, Angélique se laissa retomber sur le lit, le corps repu, l'esprit complètement insatisfait. Elle devrait être un tas de membres flasques et alanguis, après la manière dont Bertrand avait admirablement pris soin d'elle, mais son agitation persistait. L'image de cheveux roux traversa son esprit, mais elle la repoussa. David pensait déjà qu'elle était une catin dévergondée, la dernière chose dont elle avait besoin était de lui donner raison. D'ailleurs, elle n'avait aucune idée de l'endroit où le trouver.

Décidant qu'une promenade lui ferait du bien, elle s'habilla et erra dans la ville. Elle remonta le boulevard de Clichy vers la place du même nom, un sourire séduisant aux lèvres aux sentiments de liberté qui lui permettait de visiter son pays d'adoption à la lumière du jour. Montmartre était un quartier très différent le jour de celui qu'elle voyait la nuit. Place Clichy, elle laissa ses pieds la guider, déambulant sans but dans le quartier résidentiel au nord du boulevard des Batignolles. Elle se figea devant l'un des nombreux immeubles qui bordaient la rue Nollet, résistant à l'envie d'y entrer. Finalement, sa curiosité l'emporta sur son bon sens et elle examina les noms à côté des différentes sonnettes.

D. Sabatier.

DANS SON petit studio au nord de Paris, Monique faisait nerveusement les cent pas. Elle n'avait pas réussi à infiltrer les rangs de Chavinier comme le voulait

Serrier, un échec qu'elle ressentait encore à travers la douleur persistante dans ses muscles. Elle savait que la seule raison pour laquelle ce n'était pas pire c'était parce qu'elle avait rapporté quelques informations qu'il pouvait utiliser. Il spéculait déjà sur la manière d'équiper ses rangs avec suffisamment d'eau bénite pour qu'elle devienne une arme efficace lors des batailles.

Ce n'était pas la douleur qui l'empêchait de se tenir tranquille, malgré les efforts de Serrier pour lui laisser un rappel durable du prix de l'échec. Et ce n'était pas non plus les stratégies de guerre. Non, elle ne pouvait pas se calmer parce qu'elle ne parvenait pas à se sortir de l'esprit un certain vampire espagnol. Elle l'avait consciencieusement séduit dans la petite salle au sous-sol du siège de la Milice, elle l'avait même laissé la mordre de nouveau pendant qu'ils couchaient ensemble. Cela aurait dû être aussi facile à oublier que toutes ses autres duplicités insignifiantes.

Oui, il l'avait laissée plus incroyablement assouvie qu'elle ne pouvait se souvenir de l'avoir été récemment, mais ça restait juste du sexe, la substance de fantasmes masturbatoires quand elle était en manque, mais certainement pas suffisants pour perdre du temps à y repenser. Pourtant, elle ne parvenait pas à le sortir de sa tête.

Elle avait essayé de coucher avec quelqu'un d'autre, mais bien qu'elle ait apprécié le moment, dès que l'homme avait quitté son lit, des visions d'Antonio l'avaient de nouveau hantée. Elle avait demandé au médecin de s'assurer qu'elle n'était pas sous un sort de compulsion, même si le vampire n'était pas en mesure de pratiquer de la magie, mais le médecin l'avait trouvée en parfaite santé.

Le désir de sortir et de marcher jusqu'au siège de la Milice était presque irrépressible, mais elle savait ce qui se passerait si elle cédait à cette impulsion. Chavinier l'avait gentiment renvoyée chez elle la dernière fois, lui conseillant de garder profil bas afin que Serrier ne la trouve pas, refusant de lui offrir sa protection et, encore moins, une place dans la Milice. Si elle se pointait maintenant, exigeant de voir Antonio, elle finirait sûrement jetée en prison. Le vampire ne le valait pas. Il ne pouvait pas le valoir.

DERRIERE LES volets fermés et les rideaux épais, Antonio maudissait la lumière du soleil qui l'emprisonnait beaucoup plus efficacement que n'importe quelle cellule de prison ne pourrait jamais le faire. Il avait connu le goût de la liberté pendant une courte matinée, dans une petite chambre impersonnelle. Il avait laissé échapper de fausses informations comme cela lui avait été demandé, l'avait séduite parce qu'elle l'avait désiré de manière si évidente, et il s'était nourri aussi intensément qu'il l'avait osé parce qu'il en avait eu besoin. Il pouvait encore percevoir son sang. Il s'était nourri depuis lors, mais cela avait été fade en comparaison, une nécessité biologique en comparaison du plaisir enivrant de l'âme.

Il avait envie de s'emporter, de balancer des trucs, de libérer une partie de la frustration réprimée qui n'avait cessé de grandir en lui au cours des dernières heures. Il avait depuis longtemps accepté les contraintes de son existence vampirique, mais aujourd'hui, l'envie de sortir, de trouver la femme dont le sang pouvait le libérer de ces limites était presque écrasante. Seule la certitude d'une dissolution à s'exposer à la lumière le retenait, car la magie dans son sang avait disparu depuis longtemps. À cet instant, il aurait volontiers abandonné tous les vœux de fidélité faits à Jean, toutes ses responsabilités vis-à-vis de la Cour, tout sens moral du bien et du mal, simplement pour pouvoir la goûter de nouveau.

Il savait ce qu'elle était, il pouvait deviner ce qu'elle avait fait, mais il la voulait quand même, avec une force qui le laissait renfrogné et effrayé. Comment une seule alimentation pourrait-elle lui voler sa raison à ce point ? Était-ce parce qu'il ne pouvait pas l'avoir ou tous les vampires appariés étaient-ils en proie à un besoin aussi débilitant ? Et s'ils l'étaient, que se produirait-il lorsque la guerre s'achèverait et que l'alliance ne serait plus une nécessité ? Son esprit répugnait à ces possibilités, préférant s'attarder sur la femme qui avait pris possession de son être après une seule dégustation de son sang.

Il ne pouvait pas abandonner tout ce qu'il était, tout ce en quoi il croyait pour une sorcière rebelle qui n'avait pas envie de changer de camp. Il ne pouvait tout simplement pas.

LES SENS de Raymond avaient été si malmenés par la magie élémentaire que, au début, quand il sentit la pression contre ses boucliers, il l'ignora. Étant donné le niveau auquel il avait élevé ses défenses, rien n'était en mesure de passer de toute façon. Comme la sensation ne s'affadissait pas, il réalisa qu'il s'agissait de bien plus qu'un peu de magie perdue. Quelque chose voulait entrer. Abaissant suffisamment ses boucliers pour définir la nature de la pression, il fut instantanément assailli par le désir. Replaçant vivement ses défenses, il fronça les sourcils. Ils avaient vérifié la magie élémentaire après le rituel et l'avaient trouvée équilibrée. À moins que cela n'ait été que passager, ça ne pouvait pas être la source de la pression sur ses boucliers.

Déterminé à être méthodique, il se rendit dans la salle de bain et remplit la baignoire avec quelques centimètres d'eau, canalisant la magie de la même manière qu'il l'avait fait dans son bureau, il ne trouva aucun signe d'une variation magique.

Ce n'était donc pas un déséquilibre. Au moins, c'était une bonne nouvelle. Un sort rapide confirma que tous ses sortilèges étaient intacts, ce qui signifiait que ce n'était sans doute pas quelque chose préparée par Serrier. Le magicien rebelle était tordu, mais pas très imaginatif. À moins que quelqu'un de nouveau ait commencé à créer des sorts pour lui, rien dans son arsenal ne devrait être en mesure de passer à travers les protections les plus mystérieuses de Raymond.

Il ne pouvait s'agir que de magie sauvage. Raymond souhaitait presque qu'il s'agisse d'un sort de Serrier. Dans ce cas, il lui suffirait de trouver un contre-sort et il en aurait fini avec ça. Si c'était de la magie sauvage, cela signifiait qu'elle pouvait influencer n'importe quelle créature magique partout dans la ville, voire au-delà, en fonction de la force du jaillissement. Abaissant à nouveau ses boucliers, il ignora le désir qui l'enflamma et l'incitait à se rendre jusqu'à l'appartement de Jean pour retrouver le vampire.

Une ignoble prise de conscience le frappa. C'était sa faute, la sienne et celle d'Alain à vrai dire. C'était les vestiges du rituel qui avaient mal tourné, le tourbillon dont ils avaient tiré Thierry. Ils avaient dû briser également le vortex, laissant son pouvoir sans fondement, libre de faire des ravages sur n'importe quelle créature magique non préparée à cet assaut. Et puisqu'ils avaient gardé le rituel secret, cela concernait toutes les créatures magiques de la ville. Non seulement les magiciens et les vampires, mais tous les loups-garous, lutins, gnomes ou autres races magiques. Il ne savait pas si l'effet serait le même pour tout le monde, semblable à ce qu'il ressentait, mais il craignait que ce soit le cas. L'envie presque irrépressible de retrouver son partenaire le lancinait bien qu'il ait complètement relevé ses boucliers. Il frémit à la pensée des créatures d'un niveau inférieur – les trolls ou les fées qui avaient une conscience moins développée – déchaînées sous l'influence du désir magique. C'était une catastrophe qui s'annonçait.

Se cognant la tête contre la table, il maudit silencieusement sa négligence. Il aurait dû le savoir. Achever correctement un sort ou un rituel était l'un des premiers enseignements qu'un magicien débutant apprenait. En l'occurrence, Alain pouvait être excusé, car son meilleur ami était effondré sur le sol, mais Raymond n'avait aucune excuse. Il était responsable du rituel. C'était de son rôle d'y mettre fin correctement.

Il avait besoin de trouver Marcel, pour lui expliquer ce qui s'était passé et pour voir ce qu'ils pouvaient faire afin d'emprisonner le tourbillon et de l'étouffer correctement. L'estomac retourné à l'idée d'admettre son erreur et de faire face aux retombées possibles, il prit plusieurs longues respirations se calmant du mieux qu'il le pouvait, avant de se transporter au siège de la Milice.

DANS LES profondeurs de la cave de l'ancien manoir, le vampire s'agita, sorti de sa rêverie par un sentiment qu'il n'avait pas connu depuis plus de mille cinq cents ans. Ses yeux noirs s'ouvrirent, perçant l'obscurité de leur regard d'acier pendant qu'il assimilait la sensation et la comparait à ses souvenirs d'une période révolue.

À l'époque, il s'agissait d'un roi magicien, essayant désespérément d'arrêter la progression vers l'ouest des Alamans, une alliance de tribus germaniques dirigées par des sorciers sans scrupule. C'était un temps moins civilisé, moins éclairé et les répercussions magiques de la guerre avaient eu une

95

portée plus importante que cette fois-ci. Lombard pouvait au moins porter ça au crédit de Chavinier. Jusqu'à présent, il avait réussi à s'arranger afin que la guerre n'affecte pas les autres races magiques au-delà de la politique de propagande de Serrier. Dans une tentative pour aider le diable qu'ils connaissaient et pour voir la fin des influences magiques sur leur comportement, les vampires de son passé avaient convenu d'attaquer les Alamans à la faveur de la nuit, pour se retrouver piégés dans une embuscade où ils s'étaient fait décimer. Il avait fallu des centaines d'années pour que la Cour de Reims se remette des ravages de la guerre.

Même à Paris, à des lieux du cœur de cette guerre, les vampires avaient senti la pression de la contrainte magique. Leurs instincts s'étaient trouvés renforcés et leur raison court-circuitée jusqu'à les inciter à des saccages qui avaient abouti à leur arrestation et à leur exécution.

La contrainte actuelle n'était pas aussi forte qu'elle l'avait été alors : assez pour réveiller ses instincts, mais pas suffisant pour supplanter son bon sens. Ses pensées s'égarèrent vers Mireille, la fille que le destin ne lui avait jamais permis d'avoir. Serait-elle emportée par la folie qu'une telle magie pouvait inspirer ?

Il accorda une seconde à la pensée que, peut-être, la magie qui suscitait les liens des vampires avec leurs partenaires pourrait aussi les protéger contre cette nouvelle contrainte. Si c'était le cas, au moins une partie de son espèce serait en sécurité. Malheureusement, si cela déclenchait une nouvelle vague de persécution, les autorités ne se souciaient pas de savoir quels étaient les vampires qui avaient participé à aider l'alliance ou pas.

Il ne pouvait rien faire à cet instant, tant que le soleil régnait à l'extérieur, mais la prochaine fois que Mireille viendrait pour s'assurer qu'il n'avait besoin de rien, il lui conseillerait de rester sur ses gardes. Elle n'avait pas sa force, mais elle n'était pas sans ressource. En l'état actuel des choses, être conscient de l'influence serait suffisant pour l'aider à garder le contrôle.

Si les choses empiraient, il prendrait contact avec Jean et l'avertirait également, bien qu'il sache que Mireille ferait parvenir son avertissement au chef de la Cour. Dans le pire des cas, il parlerait avec Chavinier en personne. Il refusait de voir ce qui s'était passé à Reims se reproduire ici.

XIII

EN PASSANT dans la cour de l'immeuble de l'appartement d'Orlando, Alain attira vivement le vampire dans une étreinte, ses mains glissant le long des flancs de son amant.

— Maintenant que nous sommes en repos et que Thierry est en toute sécurité chez lui, tu as encore un travail à accomplir, le taquina-t-il un peu.

— Ah ? répondit Orlando sur le même ton.

Son cœur battait plus vite à l'idée d'entraîner rapidement Alain dans les escaliers et dans leur chambre à coucher, de se débarrasser de la barrière de vêtements qui les séparait et de ne faire qu'un seul corps une fois de plus en s'unissant.

— Oui, ah, insista fermement Alain, un frisson courant le long de son dos à l'idée de faire l'amour avec l'objet de son affection.

La dernière fois datait d'à peine quelques heures, mais entre le rituel et la blessure de Thierry, il s'était passé tellement de choses que cela semblait remonter à une éternité.

— Je suppose que nous devrions aller à l'étage alors, déclara Orlando en souriant. Sauf si tu as des fantasmes d'exhibition dont tu ne m'aurais jamais parlé.

Sa propre audace le surprit. Finalement, il la mit sur le compte du fait qu'il se sentait plus à l'aise dans sa peau – la plupart du temps en tout cas – et sur le fait d'avoir un amant qui l'acceptait exactement comme il était.

— Je ne veux pas que quelqu'un d'autre que moi te voie nu, gronda Alain possessif.

Il tira Orlando vers les escaliers, la pensée de partager la beauté du vampire avec qui que ce soit étant complètement inacceptable pour lui.

Orlando leva un sourcil à l'intonation inattendue dans la voix de son amant, mais il le suivit bien volontiers. Lorsque la porte de l'appartement se referma derrière eux et qu'Alain le repoussa pour le clouer contre le bois dur, le vampire plissa les yeux sous cet assaut inhabituel, mais le baiser qui suivit fut aussi tendrement persuasif qu'Orlando aurait pu l'espérer, aussi se laissa-t-il aller, abandonnant pour l'instant le contrôle à Alain.

Lorsqu'il sentit le corps d'Orlando contre le sien, Alain ne fut pas surpris par la vague de désir qui l'envahit, mais l'envie de le maintenir, de repousser le vampire pour le coller contre le mur, sortait de nulle part. Se souvenant de ne pas l'écraser trop fort, il s'assura de lui donner un doux baiser et de lentes caresses pendant qu'Orlando partait à la redécouverte du corps du magicien.

— Pourquoi restons-nous ici alors qu'il y a un lit très confortable juste à l'autre bout du couloir ? le taquina Orlando alors qu'Alain continuait à le maintenir contre la porte.

Encore une fois, l'envie de faire valoir ses droits s'imposa. Les mains d'Alain serrèrent fortement les hanches d'Orlando avant qu'il ne puisse les retenir. Il se força à prendre un peu de distance, même si Orlando n'avait pas protesté, les yeux baissés sur les membres récalcitrants.

— Quel est le problème ? demanda Orlando, son inquiétude s'éveillant en découvrant la confusion remplacer la passion sur le visage d'Alain.

Il s'avança vers son amant, prenant les mains du magicien dans les siennes.

Alain les repoussa pour coincer Orlando entre son corps et le mur à nouveau, son baiser n'était pas aussi doux cette fois.

— Alain !

La sonorité de son nom, l'inquiétude dans la voix d'Orlando rompirent le charme, donnant au magicien la force de prendre du recul. Il se frotta le visage avec ses mains.

— Qu'est-ce qui se passe ? interrogea Orlando.

— Je ne sais pas, répondit honnêtement Alain.

Sa voix tremblait alors qu'il combattait l'envie de mettre un terme aux questions avec un baiser qui ne finirait jamais, et de pousser l'homme mince sur le sol pour le réclamer.

— Mais je n'aime pas ça, poursuivit-il. Le problème c'est que je ne semble pas parvenir à le contrôler.

— Contrôler quoi ?

— Moi-même, reconnut Alain lentement. Ça ressemble à un Forçage, un sort de contrainte, mais je n'ai pas été à proximité de quelqu'un qui en aurait utilisé un.

Ses mains le démangeaient de toucher Orlando, mais il ne se faisait plus confiance. Elles se crispaient douloureusement dans l'effort qu'il faisait pour ne pas s'élancer et le saisir.

— Ne me laisse pas te faire du mal, avertit-il.

Il savait qu'il ferait mieux de partir, mais il doutait de parvenir à passer la porte.

— Je le pense réellement, Orlando, ajouta-t-il avec insistance. Quoi qu'il se passe, je ne sais pas combien de temps je peux le combattre, et je ne veux pas semer le trouble entre nous parce que j'aurais fait quelque chose que tu ne voulais pas. Ne me laisse pas te blesser, même si cela signifie que tu dois me plaquer au sol.

Orlando fronça les sourcils devant la douleur évidente d'Alain. Il avait progressé dans leur relation parce qu'il avait la certitude viscérale que le magicien ne lui ferait jamais de mal. Imaginer maintenant qu'Alain voulait le blesser, même par inadvertance, secouait les fondements mêmes de leur relation d'une manière qui le mettait incroyablement mal à l'aise.

— Peut-être que je devrais partir, suggéra-t-il.

Alain aurait voulu approuver, mais il ne parvenait pas à faire sortir les mots de sa bouche.

— Cela m'incitera juste à te suivre, admit-il honnêtement. Ce sort est fixé sur toi ou sur nous, et je ne sais pas comment le briser.

Instinctivement, Orlando s'avança vers Alain, avec l'intention de le réconforter, mais le magicien secoua la tête.

— Je n'ai pas confiance en moi, là, tout de suite, l'avertit-il, les mots le déchirant.

Pourquoi cela arrivait-il si tôt après être enfin parvenu à remettre leur relation sur les rails ?

— Cela demande toute ma concentration, juste pour rester immobile.

— Que dois-je faire, alors ? demanda Orlando, sérieusement. Si je ne peux pas partir, mais qu'il n'est pas sans danger que je reste, alors qu'est-ce que je peux faire ?

La magie crépita dans l'air autour d'Alain tandis qu'il luttait contre le sort, l'effort le mettant à genoux.

— Attache-moi. Si je ne peux pas bouger, je ne peux pas te faire de mal.

Orlando secoua la tête alors même que l'image d'Alain attaché au lit déclenchait sa propre soif de sang. Cela ressemblait trop aux tortures que Thurloe lui avait infligées.

— Fais-le, Orlando, insista Alain. Je ne sais pas combien de temps je peux encore résister, et je ne veux plus jamais te donner une raison de te méfier de moi.

Orlando hocha lentement la tête, puis bondit pour attraper les bras d'Alain dans les siens afin que le magicien soit pratiquement impuissant. Il pouvait sentir son amant s'efforcer de se libérer et cela le déchirait au point qu'il faillit le relâcher, mais il se rappela que c'était différent de ce qu'on lui avait fait. Même s'il attachait les mains d'Alain jusqu'à ce que le sort passe, il n'avait pas l'intention de le blesser pendant qu'il était à sa merci.

Tirant deux cravates d'un tiroir, il remonta de force les mains d'Alain au-dessus de sa tête jusqu'aux lattes en bois de la tête de lit. Le magicien lutta contre lui, ne laissant pas d'autre choix à Orlando que d'utiliser le poids de son corps pour maintenir son amant en place pendant qu'il nouait le premier lien. Il haleta de surprise quand les dents d'Alain se refermèrent sur son mamelon à travers la chemise et le pull qu'il portait. Sa prise faiblit avec son attention, permettant à Alain de libérer sa seconde main. Elle plongea rapidement dans ses cheveux, attirant la tête d'Orlando vers lui pour un baiser affamé et dur.

Sans rompre le baiser, Orlando attrapa de nouveau la main d'Alain et acheva de l'attacher au lit.

— Que dois-je faire maintenant ? questionna Orlando.

— Embrasse-moi encore, exigea Alain en testant la solidité de ses liens.

Ceux-ci le maintenaient fermement, lui laissant très peu de place pour bouger ses bras. Il se détendit un peu, cédant aux forces qui le dirigeaient, maintenant qu'il savait qu'il ne pourrait pas lui faire de mal. Il pourrait quémander, prier, exiger, mais il ne pourrait rien prendre à moins que le vampire ne soit disposé à lui donner.

— Ce n'est pas ce que je voulais dire, protesta Orlando, même s'il souhaitait faire ce qu'Alain exigeait. Comment puis-je t'aider maintenant ?

— Embrasse-moi encore, répéta Alain.

Il essayait vainement d'éclaircir ses idées pour se concentrer suffisamment, et pouvoir donner une meilleure réponse à la question d'Orlando. La magie qui lui embrouillait les sens avait un but et seulement un seul : Orlando, de préférence en dessous de lui et se tordant pendant qu'Alain le pilonnerait. Sans vraiment y penser, il tenta de jeter un sort pour se libérer de ses liens, mais il ne pouvait pas se connecter avec son pouvoir, le sortilège qui le contrôlait interférait apparemment avec sa magie innée. Étant donné qu'il ne pouvait pas se libérer pour prendre ce qu'il voulait, il devrait s'accommoder de ce qu'il était susceptible d'obtenir. La dernière parcelle de son esprit encore rationnelle nota avec intérêt que, même s'il voulait plus, même maintenant, il était capable de s'adapter à la réalité plutôt que de combattre ses liens jusqu'à ce qu'il soit libre de faire ce qu'il voulait véritablement.

— Je ne vois pas en quoi ça peut aider, protesta Orlando tout en agissant comme le demandait le magicien, baissant la tête pour que leurs bouches se rejoignent.

Alain mordilla avidement ses lèvres, provoquant un léger sursaut d'Orlando avant qu'il ne s'abandonne de nouveau au baiser. Il se régalait de la cavité chaude, du duel de sa langue avec celle d'Alain tandis qu'ils bataillaient pour tenter de prendre le dessus. La lutte l'excitait, comme jamais aucun de leurs tendres baisers ne l'avait fait.

Avec un sifflement déterminé, il prit le contrôle, son corps épinglant Alain au lit, des épaules jusqu'aux genoux, ses hanches se frottant contre le sexe de son amant.

— Tu aimes ça, n'est-ce pas ? fit-il. Tu aimes savoir que tu es complètement à ma merci.

— J'aimerais encore plus si nos positions étaient inversées, répondit Alain dans un grognement.

— Continue à rêver, répliqua Orlando avant de pouvoir s'en empêcher.

Il écarquilla les yeux quand il réalisa ce qu'Alain avait dit et comment il avait réagi. Il savait que les mots d'Alain étaient dictés par le sort qu'il subissait, quel qu'il soit, mais il ne souffrait pas du même sortilège. Ou l'était-il ? Alain s'agita sous lui comme s'il cherchait à le déloger et Orlando reporta son attention sur son amant.

— Reste tranquille, siffla-t-il.

Il se redressa sur les genoux pour pouvoir saisir les hanches d'Alain et le maintenir en place.

— Oblige-moi, l'aiguillonna Alain.

Il devenait fou sous la combinaison du désir qu'Orlando lui avait toujours inspiré et le besoin désespéré insufflé par la magie. Celle-ci exigeait chaleur, pouvoir et passion, au lieu de leur tendresse habituelle. Il espérait seulement que donner à la magie ce qu'elle demandait parviendrait à briser son emprise sur lui.

Ses instincts stimulés par le défi, Orlando sentit ses crocs s'allonger, pointer entre ses lèvres. L'envie de planter ses dents dans la chair tendre et d'affirmer sa domination une fois pour toutes le prit au dépourvu, le laissant abasourdi. Il s'écarta brusquement, le combat contre lui-même faisant trembler ses mains.

— Quoi ? s'indigna Alain depuis le lit, désireux de sentir les crocs en lui. Pas assez viril pour prendre ce que tu veux ?

— Ne dis pas ça, prononça Orlando si doucement que le magicien dut tendre l'oreille pour l'entendre. Ne me pousse pas à te faire du mal.

— Tu ne pourrais pas me faire du mal même en essayant, grogna Alain.

Le magicien détestait le ton de sa voix, détestait la façon dont le visage d'Orlando se fermait à ses paroles, mais il ne pouvait pas les rappeler, ne pouvait s'empêcher de pousser le vampire.

— Non, je ne pourrais pas, accorda tranquillement Orlando après un moment, parce que je ne vais pas essayer. Je ne ferai jamais rien qui puisse te blesser.

Il ferma les yeux un instant, luttant pour surmonter ses instincts, pour rétracter ses dangereuses incisives. Cela lui prit plus de temps qu'il ne lui en avait fallu depuis la première fois où il avait appris à se contrôler, mais finalement il les sentit se retirer. De retour au lit, il regarda Alain et il vit le désir courir en lui, l'éclat inhabituel dans ses yeux qu'il attribuait à la magie, quelle qu'elle soit, qui maintenait son amant sous son emprise.

— Est-ce d'agressivité que tu as besoin ? demanda-t-il très sérieusement, ses mains planant à un centimètre au-dessus du corps d'Alain. Est-ce que c'est ça qu'il faut pour briser ce sort ?

Oui ! hurlèrent les instincts d'Alain, mais il s'obligea quand même à faire une pause et à y réfléchir. En règle générale, il préférait un contact plus doux, les caresses d'un amant… mais cela paraissait faible et dérisoire à cet instant.

— Je ne sais pas, s'obligea-t-il à admettre. C'est ce dont j'ai besoin, mais je ne sais pas si en y cédant cela aidera ou aggravera les choses.

— Que veux-tu que je fasse ? questionna Orlando impuissant.

— Baise-moi, répondit Alain. Aussi vite et fort que tu l'oseras.

Orlando sentit la piqûre sur son orgueil, sentit ses crocs commencer à descendre de nouveau. Il ne mordrait pas Alain, même s'il savait que le magicien ne protesterait pas s'il le faisait, mais il lui refuserait au moins ça. Saisissant l'encolure du col roulé d'Alain, il tira fortement, déchirant le tissu pour pouvoir le retirer. Le souffle d'Alain était un régal pour ses oreilles. Il baissa la tête et aspira ardemment le mamelon sombre, appréciant la façon dont le magicien s'agitait sous lui.

— Mords-moi, supplia-t-il.

— Tout ce que tu veux, sauf ça, promit Orlando. Ne me demande pas ça.

Alain se calma, ses dents entamant sa lèvre inférieure, alors qu'il luttait pour réprimer l'envie d'insister. Les lèvres d'Orlando se refermèrent autour de son autre mamelon, attirant son attention quand son corps se raidit de plaisir. Il ne lui faudrait pas grand-chose pour jouir comme un dingue.

— Alors, baise-moi, exigea-t-il.

Basculant en arrière sur ses talons, Orlando déboutonna le jean d'Alain et le tira rapidement vers le bas puis s'en débarrassa. Les longues jambes s'entrouvrirent pour lui avec impatience lorsqu'il tendit la main pour attraper le lubrifiant sur la table de nuit. Les doigts tremblants, il prépara Alain aussi superficiellement qu'il l'osa, soulagé de trouver le muscle encore un peu détendu par la nuit précédente. Il voulait s'attarder sur les préliminaires pour s'assurer qu'il ne blesserait pas Alain de la manière dont il avait trop souvent été blessé, mais son amant n'était pas d'humeur à prendre son temps. En l'occurrence, lui-même ne semblait pas capable de pouvoir résister davantage au côté agressif de ce qui les dirigeait tous les deux.

— Fais-le, le provoqua Alain. Enfonce-la-moi comme tu en rêves.

Orlando siffla son mécontentement, alors même qu'il se postait entre ses cuisses largement ouvertes. Alain se calma un peu quand le vampire présenta son sexe devant le muscle gardien. Ses doigts se refermèrent étroitement autour des liens retenant ses bras ; ses phalanges virèrent au blanc lorsqu'il subit la brûlure de ce premier moment de pénétration. Orlando ne lui donna pas le temps de reprendre son souffle, enchaînant un martèlement rythmé et régulier.

La chaleur d'Alain brûla les dernières inhibitions d'Orlando, il se laissa totalement emporter par la passion, hormis pour une chose. Ses crocs avaient de nouveau chuté, mais il gardait sa tête suffisamment éloignée de la peau d'Alain, la dynamique de cette baise agressive rendant de toute façon presque impossible la possibilité d'embrasser son amant.

Soulevant les paupières qui s'étaient refermées quand Orlando l'avait pénétré, Alain gémit devant la vision qui le surplombait. Les crocs d'Orlando étaient de nouveau descendus, rappelant au magicien toutes leurs beautés destructrices, le contrepoint brillant, parfait, pour la beauté sombre de son amant vampire. La sueur sur le front satiné d'Orlando réfléchissait la lumière et humidifiait ses cheveux qui tombaient en avant, projetant des ombres sur sa peau mate. Les traits classiques formaient un masque modelé par le désir et la concentration, réveillant l'envie d'Alain de pouvoir libérer ses mains afin de pouvoir augmenter son désir et briser sa concentration. Il voulait ses crocs aussi douloureusement qu'il voulait son sexe pour lui faire perdre la raison. Il savait à quel point c'était bon de les sentir, savait que la morsure était tout ce qu'il lui fallait pour briser son esprit et le reconstruire. Puis les mains d'Orlando saisirent ses cuisses assez durement pour y laisser des bleus, repoussant ses genoux près de ses oreilles, le pliant en deux alors que la baise devenait encore plus frénétique. Pour la première fois, Alain pensait peut-être comprendre la mise en garde d'Orlando. Aussi fort que soit le vampire, les crocs qu'il désirait si ardemment pourraient le blesser si Orlando échouait à les garder à l'écart. Il lui fallait voir le vampire presque hors de contrôle pour qu'Alain réalise à quel point il tenait la bride serrée à ses désirs la plupart du temps. Alors qu'il n'avait jamais cessé d'espérer qu'Orlando finirait par se faire suffisamment confiance pour prendre tout ce que le magicien avait à offrir, il acceptait finalement l'importance des préoccupations de son amant.

Avoir Alain impuissant sous lui était un aphrodisiaque puissant, une prise de conscience qui dégoûtait Orlando, même si elle l'excitait. Il ne voulait pas une victime impuissante. Il voulait un amant, un égal. Pourtant à cet instant, il ne pouvait pas rejeter le pouvoir de l'image que son magicien présentait – lié, plié en deux, incapable de faire quoi que ce soit, hormis prendre chaque coup qu'il donnait. Il fut surpris par le grondement sauvage qui s'échappa de sa gorge lorsqu'il attira les fesses d'Alain encore plus haut sur ses cuisses pour lui permettre d'avoir plus de puissance pendant qu'il martelait le passage offert, mais il ne pouvait pas le retenir. Ses instincts le poussaient à soulever une cuisse jusqu'à son épaule, à tourner la tête et à boire. Alain ne l'arrêterait pas. Même sans cette magie qui les gouvernait, le magicien ne l'aurait pas arrêté. Malgré tout, Orlando repoussa cette pulsion. Ses propres peurs étaient trop profondément enracinées en lui pour que même cette étrange contrainte l'oblige à les surmonter. Il ne ferait pas mal de son amant, un point c'est tout !

Ses hanches s'activèrent, plus vite, plus fort, les entraînant vers une jouissance qui planait juste hors de portée, comme s'il attendait quelque chose de plus, comme un signal de fin. Il secoua la tête alors que l'envie de mordre se renforçait. C'était probablement ce que le sortilège désirait, mais Orlando refusait de céder.

— Jouis pour moi, ordonna-t-il dans l'espoir de pousser Alain à se délivrer malgré les exigences de la magie. Jouis pour moi maintenant.

Alain ondulait sous lui, son corps s'arquant sous le besoin de se déverser, mais son orgasme restait juste hors de portée. *Mords-moi.* Les mots étaient sur le bout de sa langue, mais il les retint, se souvenant de sa promesse faite à Orlando. Tout, sauf ça.

— Touche-moi, dit-il à la place.

Orlando ferma son poing autour du sexe négligé d'Alain, le caressant au rythme de ses coups de reins rapides. Cela procura l'ultime stimulation dont Alain avait besoin pour jouir. Le liquide épais éclaboussa sa poitrine. Les contractions du magicien comprimèrent l'érection d'Orlando, entraînant sa propre libération. Il s'effondra en avant, relâchant sa prise sur les cuisses d'Alain. À sa grande surprise, il sentit les bras de son amant envelopper ses épaules.

— Comment ?

— Magie, répondit malicieusement Alain avec un sourire fatigué alors qu'il sentait les dernières vrilles de la force compulsive le quitter.

Ses paupières se fermèrent.

— Dors, murmura Orlando, en caressant le sourcil d'Alain du bout de son pouce.

Il refusa de s'inquiéter de la capacité de son amant à se libérer. Alain dormait à présent et, s'il se réveillait de nouveau en proie à un sortilège, Orlando se contenterait de le maîtriser encore une fois si c'était nécessaire.

— Je veille sur tes rêves.

XIV

ALAIN DORMIT profondément, se réveillant deux heures plus tard avec l'impression de s'être reposé beaucoup plus longtemps.

Ouvrant les yeux sur la vue désormais familière de la tête sombre de son amant posée sur son épaule, il sourit tendrement jusqu'à ce que la mémoire de ce qui s'était passé lui revienne.

— Oh, mon Dieu, je suis désolé, fit-il le souffle court.

— Quoi ? demanda Orlando, les mots le sortant de sa rêverie. Qu'est-ce que tu racontes ?

— Tout à l'heure. Je t'ai quasiment attaqué, lui rappela Alain.

— Non, corrigea Orlando, tu t'es battu contre toi-même au point d'en souffrir pour ne pas m'attaquer.

— Tu as été obligé de me ligoter pour m'empêcher de te faire du mal !

— Mais tu ne m'as pas fait de mal, temporisa Orlando. Même aux prises avec ce qui te tenait sous son contrôle, tu ne m'as pas blessé.

— Et si la prochaine fois je ne peux pas lui résister ?

Avec un soupir, Orlando se redressa sur un coude et fixa son amant.

— Tu es déterminé à en faire toute une montagne, c'est ça ?

— Orlando ! Les choses que je voulais te faire… elles font partie de moi. Ça a déterré des choses qui étaient en moi, mais elles n'en étaient pas moins présentes.

Orlando haussa les épaules, l'image d'Alain serrant les poings pour ne pas le bousculer et le caresser contre son gré était encore fraîche dans son esprit.

— Tu les as combattus aujourd'hui. Tu les combattras de nouveau. Et si tu ne le peux pas, je les combattrai pour toi. J'aimerais que tu me dises maintenant, tant que tu n'es pas sous l'influence de la magie, si tu veux que je t'attache si cela se reproduit. Tant que je sais ce que tu attends de moi pour t'aider, je ferai tout ce qu'il faudra.

— Ne me laisse jamais te faire du mal, décréta Alain, en prenant la main d'Orlando dans la sienne. Quel que soit ce que tu auras à faire, fais-le, mais ne me laisse jamais te blesser. Tu n'es plus le jeune soldat que tu étais à l'époque. Tu es assez fort pour me repousser si tu le dois. J'espère que nous n'en arriverons jamais là, mais rien de ce que tu pourrais me faire ne serait être pire que de savoir que je t'ai causé un moment de souffrance.

— Je te le promets. Bon, maintenant, peux-tu me dire ce qui t'a affecté ?

— Je ne sais pas, répondit Alain. C'était comme un Forçage, mais je n'ai approché personne qui aurait pu en jeter un sur moi. Personne en dehors de la Milice ne sait que je suis ici, donc les sbires de Serrier ne devraient pas être en mesure de me cibler à distance, et même s'ils me trouvaient, ils ne devraient pas pouvoir passer à travers les protections que j'ai apposées ici.

— Alors qu'est-ce que ça pouvait être ?

— Je ne sais pas, mais je pense que nous devons le signaler à Marcel. Même si c'est un hasard extraordinaire, il doit en être informé. Et si c'est un nouveau tour de Serrier, nous avons besoin de trouver comment le contrer le plus rapidement possible.

— Prends une minute pour te nettoyer d'abord, exhorta Orlando alors qu'Alain se levait du lit et attrapait son pantalon. Tu ne veux pas te rendre là-bas en sentant le sexe. Cela ne fera que susciter des questions auxquelles tu n'as probablement pas envie de répondre.

Alain fronça les sourcils et se jeta un sort de nettoyage rapide.

— Cela ne marchera pas sur moi, lui rappela Orlando. Donne-moi cinq minutes et nous pouvons y aller.

Alain hocha la tête, souhaitant ne pas avoir été aussi rapide à utiliser sa magie.

Comme s'il lisait dans l'esprit de son amant, Orlando s'arrêta à la porte de la salle de bains.

— Tu peux toujours te joindre à moi si tu veux.

Avec un sourire soulagé, Alain suivit Orlando dans la salle de bain et ferma la porte.

LE SPECTACLE qui s'offrit aux yeux de Adèle quand elle reprit connaissance n'aurait pas pu être pire. Elle avait mal partout, et pas d'une manière agréablement rassasiée. Les morsures sur son cou, ses seins et ses cuisses la piquaient, bien plus que lorsque Jude s'était nourri par le passé. Et le responsable de ces douleurs était couché là, paisiblement, dans son lit. Elle resta immobile encore un instant pour faire un rapide inventaire de ses sensations. La compulsion qui, plus tôt, l'avait poussée dans le lit avec lui avait disparu pendant qu'elle dormait, la laissant libre de se lever et d'essayer de comprendre ce qui s'était passé.

Maudissant silencieusement l'absence de sa baguette, elle se doucha rapidement et s'habilla sans pouvoir profiter d'un sort de guérison. C'était peut-être préférable de laisser les marques tout compte fait, c'était une preuve de ce qui s'était passé si quelqu'un lui posait des questions. Jude n'avait toujours pas bougé du lit. Décidant qu'il ne pouvait rien abîmer d'important, elle le laissa à sa place, heureuse à l'idée de savoir qu'il se réveillerait seul. Cela semblait une vengeance appropriée pour la façon dont l'après-midi s'était déroulé. Il s'était nourri, aussi ne serait-il pas piégé dans son appartement, même si la nuit n'était pas encore tombée, la déchargeant de tout souci le concernant. Malgré l'intermède précédent, ils n'étaient pas amants et ils ne le seraient jamais tant qu'il ne changerait pas d'attitude. Elle ignora ostensiblement le fait qu'il lui avait donné exactement ce dont elle avait besoin dans un lit. Pour construire une relation, il fallait beaucoup plus que des orgasmes hallucinants. Sachant que ses protections s'activeraient automatiquement après son départ, elle sortit en claquant la porte derrière elle, se réjouissant à l'idée de le déranger en le faisant.

Elle passa tout le chemin jusqu'au siège de la Milice à essayer de séparer ses émotions concernant le sexe avec Jude des événements eux-mêmes. Marcel aurait besoin de plus que sa colère, aussi justifiée soit-elle, pour comprendre ce qui s'était passé et pour l'empêcher de se reproduire. La bataille elle-même s'était déroulée comme d'habitude, en tout cas en ce qui concernait ses interactions avec Jude. Ils se critiquaient constamment mutuellement, mais ils parvenaient tout de même à travailler ensemble, suffisamment en tout cas pour repousser les sorciers de Serrier. Le sort, le Forçage ou quoi que ça puisse être, avait frappé après la bataille, mais, avec le recul, elle pouvait discerner une prise de conscience accrue de Jude et de sa présence au cours de la dernière partie du combat. Elle pouvait facilement imaginer l'un des sorciers de Serrier lui jetant un tel sort, mais elle ne parvenait pas à comprendre en quoi la renvoyer chez elle pour baiser sauvagement et rapidement son partenaire pouvait les servir. Il y avait quantité de sorts de contrainte beaucoup plus néfastes qu'un sorcier rebelle pouvait jeter. La seule conséquence du sort qu'elle voyait était un retard de son rapport à Marcel, mais elle avait chargé Charlotte de le faire – donc il n'y manquait que ses impressions personnelles. Poursuivant sur cette idée, elle tenta de se remémorer tout ce qu'elle avait vu ou entendu qui aurait pu avoir une incidence dans le temps, mais cela ne mena à rien. Sauf si le magicien qui lui avait jeté ce sort l'avait fait pour une raison personnelle, pour le simple plaisir de la mettre dans une situation sexuelle qu'elle aurait rejeté en temps normal ; elle ne voyait vraiment aucune raison pour que quelqu'un utilise un Forçage pour ça.

Elle ne savait pas si cette pensée la rassurait ou pas.

— Où est Marcel ? demanda-t-elle en trouvant David devant le bureau du vieux magicien.

— Dedans avec Raymond, répondit David d'un air renfrogné. Il est arrivé juste avant moi. Ils sont restés enfermés là depuis plus de deux heures.

— Tu sais, il ne t'aurait pas fait attendre s'ils ne discutaient pas de quelque chose d'important.

— Je sais, répondit David en haussant les épaules, mais il y a quelque chose dans l'air, pas tout à fait un Forçage, mais quelque chose d'approchant.

— Tu l'as sentie, aussi ? s'étonna Adèle. Tu n'étais pas à la tour Eiffel.

La grimace de David s'amplifia.

— Je n'aime pas ça du tout. Qu'as-tu ressenti ?

Adèle rougit, répondant en lui retournant sa question :

— Qu'as-tu ressenti ?

— Une envie presque irrésistible d'aller retrouver ma partenaire, répondit David vaguement. Et toi ?

— Quelque chose de semblable, admit Adèle, pivotant pour frapper à la porte. Je me moque que nous les interrompions. Marcel doit en être informé. Immédiatement.

— Désolée de vous déranger, commença-t-elle lorsque Marcel lui ouvrit la porte.

— Marcel ! les interrompit la voix d'Alain depuis l'autre bout du couloir, Orlando juste derrière lui. Quelque chose se passe sur le plan magique. Soit Serrier a un nouveau sort, soit nous avons un problème.

Marcel passa d'un visage préoccupé à l'autre et, soupirant, ouvrit la porte pour laisser les quatre nouveaux arrivants entrer.

— Nous avons un problème, admit-il en refermant la porte derrière eux. Raymond, Jean et moi avons essayé de comprendre comment le contenir avant qu'il ne se propage. De toute évidence, nous arrivons trop tard.

— Quel est le problème exactement ? interrogea sèchement Alain, le souvenir de la façon dont il avait failli se comporter l'incitant à se crisper.

Même la main apaisante d'Orlando sur le bas de son dos n'apaisait en rien sa tension. Si son amant n'avait pas été un vampire... il frémit à l'idée de ce qu'il aurait pu faire.

— De la magie sauvage, répondit Raymond. Quand nous avons libéré Thierry, nous n'avons pas ancré le tourbillon qui le tenait captif. Cette magie s'est maintenant dispersée dans la ville.

— Donc, tous les sorciers sont touchés ?

— Et au moins une partie des vampires aussi ajouta Jean. Je n'ai pas parlé à tous ceux qui n'ont pas de partenaires, mais ceux qui en ont semblent aussi le sentir.

— Alors que pouvons-nous faire à ce sujet ? demanda Adèle. Et pourquoi diable cela me donne-t-il envie d'avoir des relations sexuelles avec un homme que je méprise ?

Raymond et Marcel échangèrent un regard résigné.

— Il semble que l'échange de magie qui permet à notre sang de protéger nos partenaires crée un lien entre nous, dit-il lentement. Un des avantages de ce lien est un équilibrage de la magie élémentaire. Un inconvénient, apparemment, est une sensibilité exacerbée à l'autre et, semble-t-il, aux influences magiques extérieures.

— Donc, chaque fois que la magie élémentaire sera déséquilibrée, je vais avoir cette envie irrépressible de...

Alain s'arrêta, ne voulant même pas mettre des mots sur les désirs incontrôlables qui l'avaient assailli. Il ne voulait pas que quiconque, et surtout pas Orlando, puisse savoir à quel point il avait été proche de rompre presque chacune des promesses qu'il avait faites à son amant.

— Non ! lui assura Raymond immédiatement. Cela devrait rester un événement isolé. La prochaine fois que nous aurons à faire un Rite d'équilibrage, nous serons mieux préparés et nous ne laisserons pas la magie sans ancrage à la fin.

— Cela va malgré tout continuer à arriver à tous ceux qui ne seront pas sur leurs gardes jusqu'à ce que nous parvenions à résorber cette pagaille, précisa Marcel. C'est ce dont nous discutons depuis que Raymond et Jean sont arrivés ici.

— Pourquoi les vampires sont impliqués ? demanda David avec curiosité.

— Parce que cette magie sauvage nous touche aussi, répondit Jean brutalement.

Il avait peu de patience avec l'attitude de supériorité que même certains des magiciens de la Milice avaient envers les races magiques 'inférieures. Ayant pris conscience des véritables intentions de Serrier à force de passer son temps auprès de Marcel au Conseil des ministres, il était plus déterminé que jamais à l'aider à gagner cette guerre. Si sa réponse était encore moins tempérée que d'habitude, il le mettait sur le compte de son désir persistant à vouloir chasser tout le monde de la salle pour pouvoir posséder son partenaire. Un sentiment qui n'avait fait que s'accroître depuis qu'il avait rejoint Raymond dans le bureau de Marcel.

— Nous sommes des êtres magiques, comme vous devriez l'avoir assimilé désormais, et les fluctuations comme celles-ci nous affectent aussi sévèrement qu'elles vous affectent.

— Peut-être même plus dans certains cas, ajouta Raymond, étant donné que nous sommes habitués à maintenir un certain degré de protection magique, alors que les vampires ne peuvent pas le faire.

— Alors qu'avez-vous trouvé ? demanda Alain, mettant fin à la dispute qui menaçait.

— Quelques d'options, déclara Marcel. Je laisse Raymond vous expliquer puisque c'est son domaine d'expertise.

— La question, commença Raymond, est tout simplement de savoir quelle est la meilleure façon de récupérer les éclats de magie sauvage et de les neutraliser. Le problème c'est que plus nous attendons, plus la magie sauvage se disperse, aussi ne s'agit-il plus uniquement de disperser le tourbillon initial en toute sécurité. Nous devons également récupérer et disperser les morceaux de magie qui ont frappé chacun de nous aujourd'hui, aussi bien que ceux qui frappent les autres partout dans la ville.

— Comment pouvons-nous faire ? questionna Adèle dubitative.

— Avez-vous déjà cassé un thermomètre ? demanda Raymond. L'un de ceux contenant du mercure ?

Adèle acquiesça.

— La magie sauvage se comporte comme les gouttes de mercure en cherchant quelque chose à laquelle se lier. Ma suggestion comporte deux aspects.

Tout d'abord, nous avons besoin de magiciens appareillés pour représenter chacun des quatre éléments.

— Tu as senti le tourbillon ! protesta Alain. Il est impossible que seulement quatre magiciens soient assez forts pour l'ancrer.

— Pas si nous devions y faire face seuls ou dans sa totalité d'un seul coup, admit Raymond, mais nous ne traiterons pas tout en même temps. Plus le temps passe, plus il se morcelle, laissant des fragments de magie plus maniables. Plus important encore, si nos partenaires sont d'accord pour aider, je crois que nous serions même capables de traiter le tourbillon lui-même.

— Et comment ? le défia Alain.

— Que ressens-tu, d'un point de vue magique, quand Orlando se nourrit ? répondit Raymond. Peux-tu sentir le transfert de magie ?

Alain hocha la tête.

— Mais je ne me sens pas affaibli. Es-tu en train de dire que l'alimentation nous rend réellement plus forts ?

— Je ne sais pas combien de temps les effets durent, reconnut Raymond, mais je suis presque sûr que, dans ces moments-là, notre puissance augmente de façon exponentielle.

— Donc, en nous nourrissant pendant le rituel, nous pouvons aider à protéger nos partenaires de ce qui est arrivé à Thierry ? Chercha à se faire confirmer Orlando.

— Voilà pour la théorie, admit Jean. Le problème c'est que nous ne pouvons pas la tester sans la mettre en œuvre.

Il s'émerveillait un peu de la puissance du lien des partenariats. Quelques semaines auparavant, il avait insisté afin que Thierry quitte la pièce avant qu'Orlando ne prenne, ne serait-ce qu'une gorgée, du sang d'Alain. Maintenant, il était sérieusement en train de suggérer ce qui équivalait à une orgie : quatre paires s'alimentant en même temps, au même endroit. Encore plus étonnant, il doutait que les vampires impliqués le remettent en question, pas plus qu'il ne l'avait fait lui-même. Cela devait être fait. Cela permettrait de protéger leurs partenaires. Alors ils le feraient.

— Et nous ne pouvons pas faire cela aujourd'hui parce que tout le monde est épuisé, soit en raison du Rite d'équilibrage et de ses conséquences, soit à cause de l'une des deux batailles où nous nous sommes battus cet après-midi, intervint Marcel. Nous ne mettrons pas d'autres magiciens en danger en nous précipitant dans quelque chose sans être préparés.

— Et qu'en est-il du risque que cette magie sauvage affecte plus de gens ? protesta David.

— Lequel préfères-tu ? répliqua Marcel avec pragmatisme. Du sexe avec ta très belle partenaire ou perdre ta magie parce que tu n'es pas prêt à répondre aux exigences de ce nouveau sort ?

La grimace de David suggérait qu'il n'avait de préférence pour aucune des deux options.

— Et qu'en est-il de cette sensibilité ? demanda Adèle. Qu'en faites-vous ?

— Tu en fais ce que tu veux, répondit Raymond. Résistes-y, cèdes-y... cela ne semble pas affecter quoi que ce soit de toute façon.

— Comment puis-je m'en débarrasser ? insista-t-elle avec agacement.

— Tant que Jude se nourrit de toi régulièrement, je ne pense pas que tu pourras t'en débarrasser, l'informa Jean. Mais tu n'as pas à faire quoi que ce soit.

— Facile à dire pour toi, se moqua-t-elle. Tu ne viens pas d'être attaqué dans un train.

Pour appuyer ses dires, elle repoussa le bord de son chemisier, révélant les traces de morsures encore suintantes sur ses seins.

— Garde tes boucliers levés comme si tu étais dans une bataille, jusqu'à ce que tu sois sûre que la magie sauvage soit maîtrisée, conseilla Raymond. Si tu l'empêches de prendre pied dans ta psyché, tu pourras même résister à la magie sauvage.

Il rougit légèrement et détourna les yeux sans croiser son regard ou celui de Jean lorsqu'il ajouta :

— C'est ce que je fais.

— Tu peux toujours la sentir ? demanda Alain vivement.

Raymond hocha la tête.

— Pas toi ?

— Pas depuis que je me suis réveillé.

— Non, corrigea Orlando, c'était avant. Tu étais redevenu toi-même avant de t'endormir, après que nous...

— Je pense que le terme que tu cherches est faire l'amour, glissa gentiment Jean, en voyant la rougeur envahir la peau d'Orlando.

— Est-ce que tu continues à la sentir, Adèle ? interrogea Marcel.

— Non, répondit-elle. Il semble que le sexe libère de la compulsion, au moins pendant un certain temps.

Elle ferait cependant en sorte de garder ses boucliers aussi haut qu'elle le pourrait, parce qu'elle n'avait pas l'intention de redevenir la proie de la magie sauvage.

— JE DOIS aller jeter un œil sur Thierry, déclara Alain à Orlando quand ils quittèrent finalement le bureau de Marcel. J'ai mis en place un sort de dissuasion pour l'empêcher d'oublier qu'il n'est pas censé utiliser la magie pendant quelques jours, mais je dois m'assurer qu'il n'a pas été touché par cette magie sauvage. Dans l'état où il était, il n'avait pas la capacité d'y résister.

— Je t'attendrai à la maison dans ce cas, accorda Orlando.

Il savait qu'Alain pourrait aller plus vite tout seul et avait parfaitement conscience que Thierry pourrait ainsi prendre des nouvelles d'Alain plus sereinement sans avoir l'impression d'être surveillé par Orlando.

Compte tenu des révélations de la dernière heure, Alain faillit avoir une hésitation avant de se pencher pour embrasser Orlando, mais il refusa de laisser quoi que ce soit ébranler sa foi en leur relation. Quelles que soient les forces qui les avaient réunis, ils étaient ensemble maintenant et c'est tout ce qui importait. La façon dont Orlando se pencha pour l'embrasser incita Alain à se demander s'il était aussi perturbé par tout ce qu'ils avaient appris. Ils auraient aussi besoin de parler, de conforter la force de leur lien, mais cela pourrait attendre qu'il ait rendu visite à Thierry.

— Je t'aime, murmura-t-il avant de lancer le sort de déplacement qui le transporta devant la porte de son meilleur ami.

Les mots chuchotés firent naître un sourire sur les lèvres d'Orlando alors qu'Alain disparaissait. Un instant plus tard, Jean était à ses côtés.

— Cela fait plusieurs jours que je n'ai pas eu l'occasion de discuter avec toi, déclara l'ancien vampire avec un sourire. Comment vas-tu ?

— Je suis un peu perturbé, avoua Orlando. Entendre que les émotions que je ressens ne sont pas véritablement les miennes…

— Ne t'engage pas dans cette voie, l'interrompit Jean. Peut-être, que la poussée magique a accéléré les choses entre vous, mais Alain n'agit pas comme un homme soumis à une compulsion. Et toi non plus. Je ne t'avais jamais vu aussi heureux que tu l'es aujourd'hui, avant que tu l'aies rencontré. Je ne vois pas Adèle, David ou leurs partenaires se chercher de cette façon. Ni mon partenaire. Nous apprenons à travailler ensemble, mais ce n'est pas la même chose que ce que tu ressens visiblement pour Alain. Il y a une grande différence entre le désir et l'amour.

— Comment puis-je le savoir avec certitude ?

— Jeune vampire, le taquina Jean en souriant, tandis qu'Orlando fronçait les sourcils. Viens passer une heure ou deux avec moi et je verrai si je peux t'aider à comprendre.

— J'ai promis à Alain que je le retrouverai à la maison, hésita Orlando.

Et c'est justement une preuve de la différence, songea Jean avec un sourire.

— Tu continues à pouvoir satisfaire tes propres centres d'intérêt, rappela-t-il à Orlando. Je suppose qu'il est allé parler à son ami. Il n'y a aucune raison pour que tu ne puisses pas aller parler aux tiens.

Une demi-heure de métro leur permit de se retrouver confortablement installés, en toute sécurité, dans l'appartement de Jean. Le chef de la Cour leur servit un verre de vin, même s'il savait qu'ils pourraient à peine le déguster. Puis il s'installa dans un fauteuil confortable, attendant qu'Orlando fasse pareil.

— Veux-tu que je fasse du feu ?

— Non, répondit Orlando en secouant la tête. Je veux que tu me dises comment je peux être sûr de ne pas avoir commis une erreur.

— Le désir peut t'entraîner dans un lit, expliqua Jean sans détour, mais je vais supposer que ton Avoué n'est pas couvert de morsures sanglantes comme l'est Adèle.

— Bien sûr que non !

— C'est à cela que ressemble un désir non maîtrisé, et je serais prêt à parier que ce ne sont pas les seules marques sur son corps. Elle doit être couverte de contusions et de blessures à cause du désir inspiré par la magie sauvage. Elle doit également être en colère et pleine de ressentiments pour la même raison. Si j'analyse bien la réaction d'Alain, lui est en colère de s'être senti incapable de se contrôler, mais c'est dirigé contre lui-même, pas contre toi ou ton manque de contrôle.

— C'est vrai.

— Alors ce n'est pas seulement du désir, déclara Jean. Sa préoccupation est tournée vers toi et sa colère vers lui, ce qui ne serait pas le cas s'il ne se souciait pas véritablement de toi. Tu as visiblement su conserver un certain contrôle, car il n'est pas couvert de morsures, ce qui signifie que tu te soucies suffisamment de lui pour garder tes scrupules, malgré la pression de la magie sauvage.

— Je ne l'ai pas sentie, avoua Orlando. Du moins, je ne pense pas l'avoir fait. J'étais trop concentré sur lui et sa détresse évidente.

— Et tu doutes de tes sentiments ? interrogea Jean. J'ai senti la magie, Orlando. Je continue à la sentir. Ça m'a demandé toute mon attention pour ne pas partir à la recherche de Raymond, de Karine ou de qui que ce soit d'autre, et quand nous nous sommes assis ensemble dans le bureau de Marcel, c'était encore pire. Que tu puisses dire que tu ne l'as même pas sentie… pour moi, c'est la meilleure preuve de la véracité de tes sentiments.

— Alors, pourquoi a-t-il été affecté ? Ou bien cela signifie-t-il qu'il ne m'aime pas vraiment, pas comme il prétend le faire ?

Jean soupira. Il avait cru qu'Orlando avait surmonté ses insécurités.

— Alain est un magicien, rappela-t-il à son ami. La magie l'affecte différemment de ce qu'elle nous fait. Aucun de vous n'a dit précisément ce que vous avez ressenti ou ce qui s'est passé entre vous – et c'est parfaitement compréhensible –, mais si ça ne te dérange pas trop, peut-être pourrais-tu m'en parler.

— Au début, nous étions juste en train de plaisanter, se souvint Orlando. Plus tôt, j'avais dit quelque chose à Thierry, et ça s'est transformé en une plaisanterie entre Alain et moi. Tout allait bien et puis tout à coup il m'a attrapé. Presque immédiatement, il s'est reculé, mais cela lui coûtait, et ça semblait devenir de plus en plus compliqué pour lui de se retenir.

— T'a-t-il blessé ? questionna instantanément Jean.

Il doutait que le magicien fasse quoi que ce soit pour blesser physiquement Orlando quand il était en pleine possession de ses moyens, mais le niveau de magie sauvage ne pouvait guère être considéré comme une circonstance normale.

— Non, bien sûr que non, s'écria Orlando. Il ne m'a jamais fait de mal. Il préférerait se blesser à la place.

— Une fois encore, comme je le disais, comment peux-tu douter de ses sentiments ?

— Je suppose que j'ai encore beaucoup à apprendre, reconnut lentement Orlando.

— Il est plus facile de voir de l'extérieur que de l'intérieur, peu importe l'âge ou l'expérience que tu as, lui assura Jean. On ne sait jamais. Un de ces jours, il se pourrait que tu me donnes des conseils.

Orlando rit et secoua la tête, tout en disant :

— Ce n'est pas demain la veille.

XV

ALAIN POUSSA un soupir de soulagement quand il franchit les barrières qu'il avait dressées autour de la maison de Thierry. Le sort *Vide* tenait toujours. Il espérait que cela signifiait que Thierry n'avait pas été victime lui aussi de la magie sauvage. Dans son état délicat, cela aurait pu être extrêmement dangereux.

— Est-ce que tout va bien ? demanda Sébastien en guise de salutation quand il répondit au coup d'Alain à la porte. Je ne m'attendais pas à te revoir aujourd'hui.

— Je ne m'attendais pas à revenir, reconnut Alain. Est-ce que Thierry va bien ?

— Autant que je puisse en juger. Il a dormi presque constamment depuis ton départ.

— Bien, affirma Alain, mais j'ai besoin de lui parler quelques minutes, si tu veux bien.

— C'est un homme adulte, répondit Sébastien spontanément. Il est capable de décider tout seul.

Alain rit doucement.

— C'est probable, mais je sais ce que c'est d'avoir un vampire pour amant.

— Je ne suis pas l'amant de Thierry, avoua Sébastien à regret, poussé par l'honnêteté.

— Pas encore, fit Alain en haussant les épaules. Mais je doute qu'il te fasse attendre encore longtemps.

— Que Dieu t'entende, commenta Sébastien avec ferveur.

Alain rit davantage, de bon cœur cette fois.

— Je lui glisserai un mot en ta faveur.

Redevenant sérieux, il ajouta :

— Quand j'aurai fini de discuter avec Thierry, je voudrais aussi te parler au sujet de l'Aveu de Sang et, plus particulièrement, au sujet de ta relation avec ton Avoué, si cela ne te dérange pas.

Sébastien déglutit difficilement, les souvenirs de Thibaut l'assaillirent, comme ils le faisaient toujours quand il s'autorisait à s'attarder sur le passé.

— Je serai là, répondit-il vaguement.

Il laisserait Alain poser ses questions et déciderait ensuite auxquelles il souhaiterait répondre.

Ce n'était pas exactement la réaction qu'Alain avait espéré, mais il prendrait ce qu'il pouvait obtenir.

— Merci. Je vais voir Thierry maintenant.

Il s'enfonça dans la maison avec la familiarité d'un ami, aussi à l'aise dans l'espace de Thierry qu'il l'était chez lui. Les souvenirs qu'il n'avait pas laissé remonter à la surface précédemment l'assaillirent lorsqu'il passa devant le salon pour se rendre dans le couloir menant à la chambre du magicien. Lui et Edwige avaient passé d'innombrables heures ici avec Thierry et Aleth, des moments heureux d'une amitié partagée et d'une vie de dévotion. C'était ici qu'il avait fait son deuil, après qu'Edwige et Henri avaient été tués, s'accrochant à leur souvenir comme si cela pouvait les ramener. Il était même revenu une fois, après que Thierry avait déménagé, pour discuter avec Aleth. Il avait vu à quel point Thierry était mal et aurait fait n'importe quoi pour soulager sa peine. Aleth avait été franche, elle lui avait dit qu'elle ne voulait pas passer en second dans la vie de Thierry, tant que l'effort de guerre serait sa maîtresse principale, il ne pourrait pas l'avoir elle. Alain avait argumenté pendant ce qui avait semblé durer des heures, mais elle ne s'était pas laissée infléchir : soit elle passait en premier dans la vie de Thierry, soit il ne faisait plus partie de la sienne. Alain n'avait rien trouvé à répondre, les cadavres de son ex-femme, de son fils, de la femme et des enfants d'Éric étaient encore trop frais dans son esprit pour qu'il puisse envisager autre chose qu'un dévouement total pour stopper Serrier. Aujourd'hui, deux ans plus tard, il réalisait qu'il se montrerait tout aussi véhément, même si c'était pour des raisons différentes : le fléau du magicien rebelle se répandait. Le seul bienfait qui en ressortait, c'était l'alliance avec les vampires. Et désormais, la révélation de l'effet du lien entre les partenaires pourrait le mettre à rude épreuve, voire le détruire.

En jetant un œil autour de lui, il fronça les sourcils. Il n'avait aucune idée de la raison pour laquelle Thierry avait amené Sébastien ici, ni pourquoi, avec le vampire, ils semblaient vouloir en faire leur maison, mais il doutait que ce soit judicieux de commencer une nouvelle relation dans un endroit hanté par le fantôme d'Aleth. Ouvrant la porte de la chambre, il attrapa le tabouret de la coiffeuse pour l'approcher du lit.

— Thierry, fit-il doucement, en secouant son ami pour le réveiller.

— Alain ? Que fais-tu ici ?

La voix de Thierry, enrouée de sommeil, amena un sourire sur les lèvres d'Alain. Le magicien avait toujours eu des difficultés à se réveiller.

— Je suis juste venu voir si tu allais bien.

— Raconte-m'en une autre, rétorqua Thierry. Je suis à moitié endormi, pas abruti. Qu'est-ce qui se passe ?

— Je suis réellement venu vérifier que tu allais bien, protesta Alain. Il y a eu une vague de magie sauvage qui s'est échappée à la suite du Rite d'équilibrage et je voulais m'assurer qu'elle ne t'avait pas touché.

— J'ai dormi depuis ton départ, assura Thierry, mais Sébastien aurait pu te le dire, alors qu'y a-t-il d'autre ?

— Elle m'a touché, avoua Alain après une longue pause.

— Est-ce que tu vas bien ? s'écria Thierry.

— Physiquement et magiquement, oui, le rassura Alain, mais j'en suis encore perturbé. Pendant tout le temps où elle m'a tenu dans ses griffes, je n'avais plus aucun contrôle. Je ne pouvais pas utiliser de magie et je me sentais...

Thierry attendit patiemment qu'Alain continue. Son ami était visiblement bouleversé et insister n'aurait été d'aucune utilité. Cependant, lorsque le silence se prolongea, il fronça les sourcils et se redressa pour s'asseoir.

— Orlando a dû m'attacher, avoua finalement Alain. S'il ne l'avait pas fait, je ne sais pas ce que j'aurais pu lui faire.

Thierry secoua la tête.

— Tu ne lui aurais jamais fait du mal.

— Plus maintenant, je ne pourrais pas, admit Alain, mais à ce moment-là... s'il n'avait pas été assez fort pour m'arrêter, j'aurais pu. Pas dans l'intention de lui faire du mal, pour tout dire... mais certainement en raison de son passé, si j'avais fait ce que je désirais, je l'aurais perdu c'est certain.

— Et qu'est-ce que tu voulais lui faire, exactement ? questionna Thierry.

— Prendre le contrôle, répondit Alain. Le pousser contre la surface solide la plus proche et le baiser si fort qu'il le sentirait pendant toute une semaine. Le posséder... s'il avait été volontaire, il n'y aurait rien eu de mal à tout ça, mais il ne le désirait pas, et ça aurait était un viol. Seigneur, Thierry, je suis aussi mauvais que ce salaud qui l'a torturé.

— Stop ! l'interrompit instantanément Thierry. Arrête-toi immédiatement. As-tu réellement fait quoi que ce soit qui l'a blessé d'une façon ou d'une autre ?

Alain secoua la tête.

— Il m'a arrêté avant que je puisse.

— Alors qu'est-ce qui s'est passé ?

— Il m'a fait ce que je voulais lui faire.

— Et tu étais volontaire ?

— Bien sûr ! Il ne m'aurait pas touché s'il ne pensait pas que je ne voulais pas de lui.

— Donc, si je te comprends bien, la magie sauvage s'était emparée de toi et tu as obtenu de lui une bonne baise passionnée, comme tu le voulais.

— Mais c'est justement ça, indiqua Alain. Oui, c'était incroyable, eh oui, c'était ce qu'il fallait pour briser l'emprise que la magie sauvage avait sur moi, mais ce n'était pas ce que je voulais quand ça a commencé.

— Tu es naturellement un dominant, souligna Thierry avec évidence. Je me risquerai à supposer que tu es habituellement celui qui baise, pas l'inverse. Et malgré son âge réel, Orlando ne ressemble pas beaucoup à un actif.

— L'apparence n'a rien à voir là-dedans, rappela Alain à son ami. Sébastien est plus âgé qu'Orlando, mais il n'est pas un type particulièrement grand. Je parie pourtant qu'il te fera passer un bon moment la première fois où il arrivera à te mettre sous lui.

Thierry rougit et détourna le regard à la pensée des doigts de Sébastien l'étirant et à la manière dont il avait aimé ça. Il lui faudrait sans doute attendre quelques jours de plus désormais pour avoir droit au reste, mais il ne doutait pas du tout qu'Alain avait raison.

— Ce n'est pas la question. Tu es habitué à être l'actif, Alain. C'est naturel que tu veuilles l'être avec Orlando. Cela ne signifie pas que tu vas le prendre de force, mais il n'y a rien de mal à avoir ce désir. Qu'est-ce qu'Orlando en pense ? Est-il contrarié ?

— Étonnamment, non, s'émerveilla Alain. Il s'est focalisé sur le fait que je m'étais battu contre l'emprise de la magie assez longtemps pour lui permettre de m'attacher au lit. Et une fois qu'il l'a eu fait, ce que je voulais faire n'avait plus d'importance. Je ne pouvais rien faire d'autre que de rester là.

— Donc, il n'est pas blessé, il n'est pas en colère, la magie sauvage a été brisée et nettoyée. Où est le problème ?

— Elle n'est pas totalement nettoyée. Marcel ne veut pas faire un autre rituel aujourd'hui parce que tout le monde est épuisé par le Rite d'équilibrage ou la bataille, elle pourrait donc frapper de nouveau, bien que Payet prétende qu'il est en mesure de la combattre en gardant ses boucliers mentaux relevés et que, ici, le charme de *Vide* l'empêche de te frapper.

— Alors ce n'était pas un incident isolé ?

— Non. Il y a au moins Adèle et son partenaire… Payet, Bellaiche et Sabatier ont été touchées également, expliqua Alain. Adèle a apparemment eu droit à une histoire assez mouvementée.

— Tu sais que c'est ce qu'elle aime.

Alain secoua la tête.

— Pas cette fois. Elle n'avait pas l'air heureux. On pouvait voir des traces de méchantes morsures sur son cou et surtout sur son décolleté. Elle avait l'air d'avoir été attaquée. Si ça s'était produit dans d'autres circonstances, je lui aurais demandé qui je devais pourchasser.

Thierry rit.

— Comme si elle avait besoin de l'un de nous pour prendre soin d'elle.

Alain ne put s'empêcher de sourire.

— C'est vrai. Peu importe, quoi qu'il en soit, la magie sauvage semble cibler les vampires et magiciens appariés. L'échange de magie qui permet à ton sang de protéger Sébastien fait aussi de toi une cible.

— Que veux-tu dire ?

— Il semblerait que nous ayons une certaine… sensibilité avec nos partenaires et la magie sauvage incite à l'exacerber jusqu'à la rendre incontrôlable. C'est ainsi qu'Adèle a fini par coucher avec un partenaire qu'elle déteste, et que j'ai fini par essayer de prendre quelque chose que, rationnellement, je sais que je ne peux pas avoir.

— Es-tu en train de dire que l'attraction que je ressens pour Sébastien est un effet secondaire de ma magie qui le protège ?

— Je ne sais pas si c'est le cas ou non, admit Alain, mais je ne le pense pas. D'après ce que je sais de Sébastien, il semble être un homme généreux. J'ai des yeux donc je sais qu'il est séduisant. Je pense qu'il n'est pas impossible que tu sois attiré par lui à cause de la magie… mais jusqu'à ce que la magie sauvage la frappe, Adèle n'avait eu aucun contact personnel avec son partenaire, j'en suis certain. La partenaire de David ne lui parle toujours pas – ou à peine – donc je suis sûr qu'il ne l'a pas touchée, même s'il souhaiterait l'avoir fait.

— Peut-être pas, mais tu es tombé sous le charme d'Orlando si vite que j'en ai eu le tournis, et j'envisage une relation avec un homme pour la toute première fois. Tu ne trouves pas ça un peu bizarre ? riposta Thierry.

Alain soupira.

— J'aime Orlando. Alors peut-être que je suis tombé amoureux plus rapidement en raison du lien entre les partenaires, mais ça va bien au-delà. Tu sais aussi bien que moi qu'il n'existe aucun philtre d'amour et rien qui s'en approche peu ou prou. Le comportement humain peut être forcé, mais pas les émotions humaines. La magie élémentaire – sauvage ou non – ne peut pas me forcer à aimer Orlando. Et pourtant je l'aime.

— Donc, elle peut m'inciter à finir dans le lit de Sébastien, mais elle ne peut pas m'obliger à le respecter au matin ? ironisa Thierry, cachant son inquiétude derrière une plaisanterie de façade.

— Avec le sort de *Vide* toujours actif, elle ne peut même pas t'inciter à ça, lui rappela Alain. Du moins pas quand elle a frappé tout le monde. Profite du temps de la découverte. Tu pourras obtenir l'expérience ailleurs et plus tard, si tu le souhaites.

— Tu dis ça si tranquillement, mais te souviens-tu à quel point tu étais angoissé lors de ton premier béguin ? Te souviens-tu combien c'était difficile la première fois que tu as essayé d'approcher un homme à la place d'une femme ?

Alain hocha la tête. Thierry avait été présent tout le temps, pour le pousser à prendre le risque, à agir selon ses sentiments – une fois qu'il avait trouvé le courage de faire son coming out à son meilleur ami.

— Je me souviens, mais toi, tu n'as pas à t'inquiéter que Sébastien te rejette. Tu le sais, pas vrai ?

Thierry renifla. Le vampire avait déjà mis ses doigts dans son cul. Un rejet n'était certainement pas à craindre.

— Ce n'est pas la question. C'est troublant de découvrir ça à propos de moi-même à mon âge. Je pensais que ma sexualité était définie, et soudain, Sébastien me touche. Il me refait jouir comme un gamin. Aleth n'a jamais maîtrisé mon corps aussi bien que Sébastien le fait déjà.

Alain sourit sans pitié.

— N'est-ce pas merveilleux ?

Thierry devint rouge vif.

— Oui, accorda-t-il d'une voix traînante, en pensant à quel point Sébastien pourrait le faire se sentir bien. Ouais, c'est une chose absolument incroyable.

— Ça va être encore plus étonnant quand – je suppose que je devrais dire si, mais il semble être un amant susceptible d'offrir une égalité des chances – tu te glisseras à l'intérieur de sa douce chaleur étroite. Aucune femme ne te serrera jamais comme le fera le cul d'un homme, surtout si ça fait un certain temps qu'il n'a pas eu d'amant.

Thierry se tortilla inconfortablement sur le lit.

— Est-ce douloureux ?

— S'il est attentif, s'il te prépare correctement, qu'il prend son temps, ça pincera juste un peu la première fois et ensuite ce sera uniquement du plaisir, assura Alain. Et s'il ne le fait pas, je promets de sortir pour le débusquer pour toi.

— Il va être prudent, affirma Thierry sans réfléchir.

Alain sourit.

— Oh ? A-t-il déjà commencé à te préparer ?

Thierry rougit de nouveau, mais garda le silence.

— Tu n'es pas près de me choquer, Thierry, lui rappela Alain. Je ne suis pas celui qui a un cul vierge.

Il se calma et ajouta :

— Taquineries mises à part, tu sais que tu peux me parler de tout, n'est-ce pas ?

— Je sais. Ce n'est pas ça. J'ai confiance en Sébastien, mais je ne suis pas certain de me faire confiance actuellement. Aleth est morte il y a à peine quelques semaines. Et jusqu'au moment où c'est arrivé, je rêvais encore de me réconcilier avec elle, expliqua Thierry. Mais c'est tellement facile de me laisser aller et de me sentir bien quand nous sommes seuls et qu'il me touche. C'est la raison pour laquelle nous n'avons pas encore véritablement fait l'amour, tu sais. Il a l'idée de vouloir faire de cette première fois un moment parfait, alors il se retient, en attendant je ne sais pas quoi.

Que tu sois prêt, songea Alain intérieurement. Il se contenta de hocher la tête en signe de compréhension, admirant la retenue de Sébastien. Il doutait d'être capable de la même noblesse avec un homme aussi séduisant que Thierry, mûr pour la cueillette. La seule raison pour laquelle il n'avait pas fait d'avance à son ami des années auparavant était l'intérêt exclusif de Thierry pour les femmes. Avant les dernières semaines, Thierry avait refusé tous les détails de la vie sexuelle d'Alain – quand il en avait une – chaque fois que son partenaire était de sexe masculin.

— Pourquoi es-tu ici ? questionna Alain après un moment.

— Que veux-tu dire ?

— Pourquoi es-tu dans la maison d'Aleth ? Il n'y avait rien qui clochait avec ton appartement, alors pourquoi l'as-tu amené ici ? précisa Alain.

— Il était protégé par des sorts et mon appartement est si petit. Ici, au moins, je pouvais offrir un lit à Sébastien au lieu d'un simple canapé. Je n'étais pas prêt à offrir quelque chose de plus quand je l'ai amené ici, rappela Thierry à son ami.

— Emmène-le dans ton appartement, lui conseilla Alain, ou prends le temps de mettre en place des sorts de protection chez lui, mais ne restez pas ici. Vous n'avez pas besoin de commencer cette nouvelle vie avec la présence du fantôme d'Aleth.

— Pour le moment, je ne compte pas commencer quoi que ce soit, déclara Thierry, à moins que tu ne sois également venu me libérer d'une vile réclusion.

Alain éclata de rire.

— Tu as un homme sexy à se damner qui partage ton lit et tu voudrais le quitter ? Honte à toi.

Thierry fronça les sourcils.

— C'est une chose de passer une journée à batifoler dans un lit avec son amant, mais je déteste être confiné de cette façon.

— Encore un jour, deux tout au plus, insista, Alain. Tu sais que c'est le plus raisonnable.

— Ça ne veut pas dire que je dois apprécier, ronchonna Thierry.

Il n'aimait pas l'oisiveté forcée, s'agaçant des restrictions qui le confinaient au lit et lui donnaient beaucoup trop de temps pour réfléchir. Il ne voulait pas réfléchir ou se soucier de ses sentiments. Il voulait s'épuiser pendant la journée et sombrer dans un sommeil sans rêves dans les bras de Sébastien la nuit venue, de préférence après qu'ils aient trouvé du plaisir entre les mains l'un de l'autre. Il était un homme d'action, pas un homme aux pensées profondes : un guerrier, pas un philosophe. Ce genre d'introspection le mettait mal à l'aise, mais il n'avait plus de distraction à présent. Sébastien lui avait déjà clairement fait savoir qu'il ne le toucherait plus jusqu'à ce qu'il soit rétabli.

— Je sais, compatit Alain. Contente-toi de te reposer, de dormir autant que tu le peux, et tu seras de retour en patrouille avant de t'en rendre compte.

— Pas assez vite.

Alain rit et se leva.

— Repose-toi. Je reviendrai demain pour jeter un œil sur toi.

— C'est ce que tu as dit ce matin.

— Espérons qu'il n'y aura pas une répétition de cet après-midi, répliqua Alain. Appelle-moi si tu as besoin de moi ou si quelque chose te fait croire que le sort de *Vide* s'affaiblit. Je ne sais pas si tu peux combattre la magie sauvage toi-même actuellement, et je veux que Sébastien puisse tenir sa promesse au sujet de cette première fois parfaite.

Thierry grommela dans sa barbe, mais Alain lui attrapa l'épaule, obligeant son ami à le regarder.

— Je suis sérieux, Thierry. Quoi que tu penses vouloir, tu ne veux pas que ta première fois avec lui soit provoquée par une magie qu'aucun de vous ne peut contrôler.

Thierry devait admettre qu'Alain avait raison sur ce point-là. À vrai dire, il préférerait que la magie n'intervienne pas du tout dans sa relation avec Sébastien. Cela semblait cependant être trop demandé, il se contenterait de savoir qu'ils n'étaient pas sous l'influence de la magie sauvage.

— Je t'appelle si je sens quoi que ce soit, je le promets.

Il tenta d'étouffer un bâillement et échoua.

— Je suppose que finalement, j'ai besoin d'un peu plus de sommeil, avoua-t-il.

— Je l'avais dit, plaisanta Alain en marchant vers la porte. À demain.

— Salut.

Fermant la porte derrière lui afin que sa conversation avec Sébastien ne dérange pas Thierry, Alain laissa échapper un profond soupir. Ça s'était déroulé mieux et moins bien qu'il l'avait craint. Thierry ne s'était pas enfui en criant et en courant, mais aucun de ses conseils n'avait réglé les propres préoccupations d'Alain.

Il venait de revenir dans le salon quand Sébastien arriva d'une autre pièce.

— Est-ce que Thierry va bien ?

— Il semble l'avoir échappé belle, répondit honnêtement Alain en songeant que cela s'avérait à plus d'un titre. Maintenant, il doit juste se reposer pour voir ses forces revenir.

— Alors qu'est-ce qui était si important que ça ne pouvait pas attendre jusqu'à ce qu'il retrouve ses forces ? demanda poliment Sébastien.

Il n'imaginait pas Alain capable de perturber le rétablissement de Thierry inutilement, ce qui signifiait que quelque chose se passait, et il n'avait pas l'intention de rester en retrait.

— J'avais besoin de m'assurer que les sorts qui le protégeaient étaient encore en place, expliqua Alain évasivement. Il y a eu une fuite de magie sauvage qui aurait pu lui faire du mal dans son état de faiblesse.

— Tu n'avais pas besoin de lui parler pour ça, lui fit remarquer Sébastien. Certainement pas pendant une demi-heure.

Alain soupira. Cela avait été assez difficile avec Thierry. Essayer d'avoir cette conversation avec un quasi-inconnu était encore pire.

— La magie sauvage semble s'attaquer aux sorciers et vampires en partenariat. Elle est passée au travers de mes sorts à l'appartement d'Orlando, bien que je n'aie pas mis en place un sort de *Vide*. C'était suffisant pour que je veuille m'assurer que le sort tenait. J'avais besoin d'être certain que la magie n'était pas passée à travers.

— Ce n'est pas le cas, je l'aurais sentie, avança Sébastien.

Alain secoua la tête en confirmant :

— Non, le *Vide* a fonctionné.

Cela demanda un moment pour qu'il puisse rassembler son courage, et exprimer le reste de ses préoccupations à l'un des rares hommes susceptibles d'avoir les réponses à ses questions.

— Tous les Aveux de Sang sont-ils aussi... puissants que semble l'être le mien ?

Sébastien rit.

— C'est une question difficile, tu ne crois pas ?

Il fit une pause et réfléchit à la question.

— Je ne peux parler que pour moi-même, bien sûr, mais mon attirance pour mon Avoué a été instantanée, même si cela m'a pris quelques semaines pour céder à son désir d'un Aveu de Sang. D'après ce que j'ai entendu, toutefois ni toi ni Orlando n'aviez réalisé ce que vous faisiez quand vous avez fait votre vœu.

Alain rougit.

— Non, apparemment pas, mais je l'aurais fait de toute façon, sans doute plus volontiers si je l'avais mieux compris. Je pensais... en fait, ça n'a pas d'importance ce que je pensais. Je ne regrette pas les promesses qu'elle implique et, sur le moment, ça semblait tout à fait logique et juste de le faire, mais avec le recul, la vitesse à laquelle ça s'est fait est stupéfiante. Je le connaissais depuis moins de trente-six heures quand il a apposé cette marque sur moi. Il ne s'était véritablement nourri de moi qu'une seule fois, mais il m'avait mordu à deux autres reprises. Je pense qu'une partie de moi s'inquiète que ça ait été trop rapide.

— Pourquoi maintenant ? demanda Sébastien, pas vraiment surpris par le sentiment, mais étonné qu'il survienne si longtemps après avoir fait leur promesse. Qu'est-ce qui a changé pour que tu te poses ces questions maintenant ?

— Parce que, bien que je sois le seul à avoir une marque sur mon cou, répondit Alain, je ne suis pas le seul à avoir un désir soudain, et parfois inexplicable, pour mon partenaire. En formant l'alliance, basée sur les partenariats comme nous l'avons fait, nous avons touché à quelque chose que nous ne comprenions pas et que, peut-être, nous ne comprenons toujours pas. Quoi que ce soit en fait, ça crée une relation qui pourrait ne pas être aussi librement consentie que nous le pensions.

Il se demanda brièvement pourquoi il était si honnête avec quelqu'un qu'il connaissait à peine, mais personne d'autre n'avait le point de vue unique de Sébastien sur l'Aveu de Sang. Personne d'autre ne pouvait lui dire quelle part de ce qu'il ressentait était inspirée par la magie.

— Que veux-tu dire ? demanda Sébastien.

— La magie qui te protège des rayons du soleil, la magie dans le sang de Thierry, te prédispose à être attiré par lui, d'après ce que j'ai compris, expliqua Alain continuant à retourner les révélations de l'après-midi dans sa tête. Mais nous l'ignorions lorsque nous avons commencé tout ça. Je ne crois pas que ça puisse rendre quelqu'un amoureux d'une personne – cela va à l'encontre de tout ce que nous savons déjà sur la façon dont la magie fonctionne –, mais cela peut influencer les actions des gens

— Quand as-tu découvert tout ça ?

— Cet après-midi, avoua Alain. Je n'ai pas cherché à vous le cacher ni à toi, ni à Thierry, ni à qui que ce soit. Les éclats de la magie sauvage dont je t'ai parlé semblent avoir une influence beaucoup plus importante sur tout le monde que ne le justifie la magie impliquée dans l'alimentation, c'est ce qui l'a mise en avant.

— Et maintenant, tu te demandes si tu as une marque sur le cou à cause d'une certaine influence magique extérieure, au lieu d'une préférence personnelle, supposa Sébastien.

Alain hocha la tête, embarrassé. Il ne l'admettrait jamais devant Orlando, pas même devant Thierry, mais à ce quasi-inconnu, la seule personne qu'il connaissait qui avait déjà vécu une relation comme la sienne, il pourrait donner une voix aux doutes qui ne l'avaient pas quitté depuis que Raymond avait initialement mentionné le lien des partenariats.

— J'ai l'impression que je ne peux tout simplement rien faire correctement quand il est concerné, et ça m'oblige à me demander s'il n'a pas fait une erreur en me choisissant. Je veux être avec lui, mais j'ai l'impression que je ne parviens pas à lui donner ce dont il a besoin.

Sébastien, incrédule, éclata de rire.

— C'est ça que tu crois qu'un Aveu de Sang doit faire ? Oh, Alain, tu as tout faux. Oui, l'Aveu de Sang vous lie ensemble, mais ce n'est pas une force extérieure sélectionnant deux personnes qui appartiennent l'une à l'autre. C'est une alliance magique dans laquelle deux personnes s'engagent, comme dans n'importe quelle autre relation. Ça ne vous rend pas parfaits l'un pour l'autre et ne fait pas disparaître tous les malentendus ou quelque chose comme ça. C'est une promesse. Le respect de cette promesse incombe aux personnes concernées : des gens faillibles, imparfaits, qui font des choses stupides et disent des choses qu'ils ne pensent pas, qui crient, hurlent et parfois souhaitent avoir fait n'importe quoi d'autre plutôt que cette promesse. L'Aveu de Sang signifie simplement que tu dois travailler là-dessus, parce qu'un vampire ne peut pas survivre sans son Avoué.

— Oui, mais…

— Pas de mais, l'interrompit Sébastien. J'ai vécu assez longtemps pour voir beaucoup de choses, et je suis sûr qu'il n'existe pas de couple 'parfait'. Tout le monde a ses défauts et, dans toute relation, il y a des moments difficiles. Du peu que je sais d'Orlando, le fait qu'il ait finalement une relation en dit long sur le bien que tu lui procures. Je ne sais pas si ce lien de partenariat a influencé votre décision. Je ne sais pas si vous ne le saurez jamais, mais ça *n'a plus d'importance maintenant*. La décision a été prise et elle ne peut pas être annulée. Mets les doutes de côté et trouve une solution pour vivre avec lui. S'il y a un problème, affronte-le. S'il y a un malentendu, clarifie-le, mais ne laissez pas les 'et si' interférer. Le seul autre choix est de tourner le dos à Orlando pour le laisser mourir de faim, parce que tant que tu vivras, il ne pourra pas aller ailleurs pour se nourrir.

— Je ne pourrais jamais faire ça ! protesta Alain.

— Alors vous devrez apprendre à vivre ensemble, conclut Sébastien. C'est aussi simple que ça.

Aussi simple que cela. Alain faillit rire de l'absurdité de cette déclaration. Il n'y avait jamais rien de simple quand Orlando et lui étaient concernés, comme cet après-midi l'avait prouvé une fois de plus.

— Merci, dit-il. Je ferais mieux de rentrer à la maison. Je ne voudrais pas qu'il s'inquiète.

— Je vais m'assurer que Thierry reste au lit et qu'il se repose, promit Sébastien.

— Pourquoi ne t'assurerais-tu pas qu'il reste au lit et ne puisse pas se reposer à la place ? rétorqua Alain. Au moins, il serait de meilleure humeur quand je viendrai lui rendre visite demain.

Il jeta le sort de déplacement avant que Sébastien ne puisse répondre, laissant le vampire en train de secouer la tête aux contradictions apparentes du comportement d'Alain. Il n'avait aucune difficulté à encourager une relation sans précédent entre Thierry et Sébastien, mais il ne parvenait pas à accepter la réalité de la relation qu'il avait engagée. C'était une préoccupation pour un autre jour, après tout. Malgré les encouragements du magicien, Sébastien avait bien l'intention d'attendre que Thierry ait repris des forces avant de passer à la prochaine étape dans leur relation, d'autant qu'il imaginait que Thierry était également perturbé par les dernières informations, tout comme l'était Alain. Ils avaient le temps. Ils pouvaient attendre jusqu'à ce qu'ils soient tous les deux prêts.

XVI

LE DESIR de Claude grimpa en flèche tandis qu'il examinait son œuvre. La femme sous son fouet avait été belle, même avant qu'il ait commencé : d'épais cheveux blonds coupés juste au-dessus des épaules, des yeux bleus limpides, une peau d'albâtre, des courbes sveltes. À présent, ses cheveux étaient collés par la sueur, ses yeux bordés de rouge par ses larmes et sa peau pâle sillonnée de zébrures vives, rehaussées par le sang. Il glissa une main dans son pantalon, frottant son érection tout en examinant le tableau érotique, essayant de décider où diriger son attention ensuite.

Il tourna lentement autour d'elle. Dans un premier temps, ses yeux l'avaient suivi pendant qu'il se déplaçait, le priant en silence d'avoir pitié d'elle. Des heures auparavant, il lui avait lancé un sort de silence, exception faite pour ses cris, mais cela ne l'avait pas empêchée de lever des yeux implorants dans sa direction. Elle avait cependant perdu espoir, la tête mollement suspendue entre ses bras étirés.

Il avait fait tout ce qu'il pouvait accomplir avec un fouet, décida-t-il en le jetant sur le côté et en récupérant un couteau méchamment dentelé à la place. Il fit courir le plat de la lame vers le bas à l'intérieur de son bras, le tournant brusquement quand il atteignit la jonction du membre avec le torse, découpant proprement à travers la peau et les muscles.

Elle hurla.

Son sourire de plaisir devint sauvage, la main sur son sexe prit de la vitesse, alors qu'il se déplaçait de l'autre côté, l'asymétrie d'une unique coupure l'offensant. Elle savait à quoi s'attendre cette fois, reculant loin du couteau autant que ses liens le lui autorisaient.

— Inutile de te donner cette peine, dit-il d'une voix rendue rauque par un désir sauvage. Tu ne peux pas m'échapper. Je vais prendre soin de toi, ma chérie. Je vais te rendre si belle.

Son doux fredonnement aurait pu l'apaiser dans d'autres circonstances, mais elle avait appris à ne lui faire aucune confiance. Depuis la nuit où elle avait été attrapée, sa vie s'était réduite à des moments de douleur inimaginable suivie d'heures, voire des jours, de séquestration. Au début, elle avait gardé l'espoir qu'ils se rendraient compte de leur erreur et la laisseraient s'en aller. Elle ne savait rien qu'ils auraient pu utiliser. Ils n'avaient aucune raison de la retenir.

Puis, elle s'était accrochée à la pensée que Jean la sauverait, mais elle ne savait même pas s'il avait réalisé qu'elle avait disparu. Ils se voyaient assez rarement pour qu'il puisse se passer des semaines avant qu'il repasse à son appartement.

Le couteau l'entailla de nouveau lui arrachant un gémissement. Sa gorge était à vif d'avoir trop crié. Ils avaient cessé de lui poser des questions, depuis plusieurs jours, la donnant à ce monstre à la place. Il avait l'air tellement inoffensif, ressemblant à un adorable gamin, mais ce visage cachait une âme noire comme la nuit et aussi tordue que les gargouilles de Notre-Dame. Elle avait vite appris à n'attendre aucune pitié de sa part.

Les bleus de la première fois où il l'avait amenée dans sa chambre de torture, cinq jours plus tôt, avaient presque disparu. Il y était allé relativement en douceur avec elle à ce moment-là, même si ce n'était pas ce qu'elle avait pensé sur le moment, alors qu'il continuait à l'interroger entre les coups. La mince canne métallique qu'il avait utilisée faisait mal, laissant des ecchymoses qui marbraient sa peau, mais elle n'avait jamais fait couler la moindre goutte de sang. Il l'avait ensuite laissée seule le jour suivant. Quand il l'avait ressortie de sa cellule, trois jours auparavant, il avait utilisé des allumettes, jamais suffisamment pour réellement la brûler, mais assez pour la laisser couverte de plaques rouges. Elle avait obtenu un répit de deux jours après ça, mais visiblement, elle le payait à présent.

Claude retira sa main de son pantalon pour glisser ses doigts sur sa poitrine nue en réfléchissant. Il avait épargné les courbes délicates précédemment quand il maniait le fouet, préférant les formes lisses de son dos, de son ventre et de ses fesses où il pourrait déposer de longues et régulières entailles. Cependant, la lame dans sa main permettait un travail beaucoup plus fin. Modifiant sa prise, il laissa traîner la pointe du haut de sa poitrine jusqu'au mamelon, attirant des gouttelettes de sang dans son sillage. Baissant la tête, il lécha la plaie, s'arrêtant pour téter le bourgeon rose.

Karine émit un sanglot brisé, cette nouvelle violation de son corps et de son esprit étant en quelque sorte pire que celles qui l'avaient précédée. Quand c'était uniquement de la douleur, elle avait accepté qu'il s'agît d'hommes cruels, malades qui prenaient leur pied en torturant des gens. Aussi horrible que ça puisse être, elle s'y était résignée, mais ça, c'était un autre genre de tourment.

Décidant qu'il aimait ce son, Claude leva la tête et répéta la manœuvre sur l'autre sein, mordant son mamelon cette fois pour voir si ça pouvait susciter un son plus important. À son grand plaisir, ce fut le cas.

— Je savais que je trouverais un moyen de te plaire, chantonna-t-il en traçant la ligne suivante sur son corps, reliant cette fois les mamelons.

Karine gémit, fermant les yeux pour ne pas voir ses lèvres sur sa peau comme l'aurait fait un amant. Elle ne voulait pas de cette image dans son esprit. Ce bâtard pervers n'était pas son amant, ne serait jamais son amant. Jean était son amant. Il pouvait ne pas l'aimer, mais il prenait toujours soin d'elle, pas comme ça. Elle pouvait sentir son esprit s'échapper doucement dans ses précieux souvenirs, la douleur persistante étant une réalité physique qui ne pouvait pas atteindre son âme.

Claude fronça les sourcils quand les sons s'arrêtèrent. Le haut de ses seins était décoré d'un motif éclatant, mais il ne l'avait pas encore complété sur la surface inférieure. La pensée de laisser son travail inachevé le dérangeait, mais il lui fallait faire quelque chose pour la ramener à lui.

Il n'en avait pas encore fini avec elle. Il y avait tellement de choses qu'il pouvait encore faire avec son corps. D'autant que Serrier lui avait donné sa permission et que personne d'autre ne semblait s'en soucier, mais il devait lui signifier qu'elle devait aussi participer. Sans ça, ce n'était pas drôle. Avec un froncement de sourcils, il regarda le couteau dans sa main puis son corps à elle. Il devait décider correctement où il le planterait, sans quoi, elle pouvait en mourir et ce n'était pas ce qu'il voulait. Changeant à nouveau sa prise, il plongea profondément la lame dans sa cuisse. Son cri déchira l'air, un son d'une telle qualité après toutes les attentions qu'il avait gaspillé avec elle qu'il ne pouvait pas attendre plus longtemps. Il libéra son érection de son pantalon et la branla brutalement une paire de fois, éclaboussant sa peau sanglante avec sa jouissance.

Le cri était si perçant, si inattendu, qu'Éric et Vincent s'arrêtèrent tous les deux dans le couloir à l'extérieur, se regardant mutuellement dans la confusion avant d'ouvrir la porte de la pièce d'où il émanait. Vincent engloba la scène d'un rapide coup d'œil, le corps ensanglanté de la femme, le visage détendu de Claude, la main toujours sur son sexe, et il sentit son estomac se rebeller.

— Tu es répugnant, déclara-t-il catégoriquement au sorcier, avant même d'envisager les possibles conséquences de ses paroles.

Éric ne confirma pas son opinion, bien que son visage la reflétât clairement. Il était intervenu la dernière fois que Claude torturait quelqu'un. Il ne pouvait pas se permettre de le refaire. Serrier avait confiance en lui pour le moment, mais le magicien rebelle était, au mieux, inconstant. Éric n'avait pas envie de l'inciter à s'interroger sur sa décision.

— Nettoie ton bordel quand tu auras terminé, ordonna Vincent en retournant dans le couloir, tirant Éric derrière lui. Nous devons utiliser cette pièce dans la matinée.

Claude fit un geste grossier, mais ne dit pas un mot aux deux hommes qui partaient.

— C'est un chien enragé, affirma Vincent à Éric alors qu'ils sortaient de la tanière de Serrier. Je ne sais pas pourquoi Pascal ne se contente pas de le faire piquer.

— Il est parfois utile, répondit Éric avec un haussement d'épaules, feignant une désinvolture qu'il ne ressentait pas. Si elle avait retenu des informations, elle les aurait lâchées depuis longtemps.

— Tu ne vas pas me dire que tu approuves ce genre de cruauté, réagit Vincent, incrédule.

— Non, bien sûr que non, répondit Éric rapidement, mais il amuse Pascal et, aussi longtemps que c'est le cas, il ne fera pas bon de s'en plaindre. C'est différent pour toi. Tu es avec lui depuis le début, moi, il y a encore des gens qui ne me font pas confiance. Je ne veux pas leur donner une raison de douter de ma fidélité.

— Il y a des gens qui remettent en question la loyauté de tout le monde. J'imagine que Chavinier a le même problème, fit Vincent en haussant les épaules.

Éric secoua la tête.

— Chavinier est un vieil imbécile confiant. Il croit que tout le monde possède une certaine bonté en lui. Il trouverait un moyen de racheter Claude s'il le pouvait.

— As-tu déjà pensé à y retourner ?

— Seigneur non ! cracha Éric. Ils ont eu leur chance et ils l'ont foutue en l'air quand ils ont permis à Magnier de s'en sortir après ses meurtres. Je ne suis pas toujours d'accord avec les méthodes de Serrier, mais un système qui permet à un meurtrier de vivre libre, en dépit des preuves contre lui, est un système qui doit changer. Je verrai la justice s'appliquer ou je mourrai en essayant.

Vincent se mordit la langue pendant un moment, il n'était pas certain de pouvoir partager ses pensées, mais elles s'agitèrent dans sa tête jusqu'à ce qu'il se décide finalement à tenter sa chance.

— J'ai juste peur que la 'justice' finisse par ressembler un peu trop à ce que nous venons de voir.

Les yeux d'Éric devinrent glacés.

— Si Magnier est celui qui se trouve dans les chaînes, tu ne m'entendras pas m'en plaindre.

— Et si c'est plutôt l'amie de Danielle, Caroline ? demanda doucement Vincent, sans savoir pourquoi il défiait Éric de cette façon.

— Elle a choisi son destin quand elle s'est ralliée à Chavinier, déclara Éric, se tortillant intérieurement sous les yeux attentifs de Vincent.

Sous son regard perçant, il sentit un ancien frisson étrange de désir dans le creux de son estomac. Pourquoi n'avait-il jamais remarqué la couleur des yeux de Vincent auparavant ? Ou combien ses cils étaient longs ?

Ses paupières papillonnèrent de surprise et Éric détourna les yeux.

— Quel est le problème ? questionna immédiatement Vincent, en voyant l'expression étrange sur le visage d'Éric.

— Rien, répondit Éric avec un haussement d'épaules, ignorant la façon, dont la sollicitude de son ami ajoutait au désir qui parcourait son corps. Juste...

— Juste, quoi ? demanda Vincent, cédant à la tentation de toucher les larges épaules d'Éric.

La petite secousse qui remonta le long de son bras le surprit, mais il avait des préoccupations plus importantes à l'heure actuelle.

Éric frissonna et croisa le regard de Vincent, découvrant le même désir gênant qui, il en était persuadé, obscurcissait également son regard.

— Tu le sens, aussi ? questionna-t-il.

Vincent hocha lentement la tête en avouant :

— J'avais peur que ce soit juste moi.

Éric secoua la tête.

— Nous ne devrions pas faire ça, rappela-t-il à son ami. Si Serrier découvre...

Vincent rit, sa poigne sur l'épaule d'Éric se resserra.

— Il n'y a aucune raison qu'il l'apprenne. Nous avons fini de travailler et nous sommes hors de la base. Il n'y a personne autour pour nous voir.

— Ton logement est plus proche, observa Éric, prenant une décision qu'il espérait ne pas regretter.

— Effectivement, admit Vincent, un lent sourire transforma son visage habituellement intimidant. On se retrouve là-bas ?

Éric hocha la tête et jeta le sort de déplacement avec un regard encourageant.

— Merde, marmonna Vincent en suivant Éric à son appartement. Je ne sais pas d'où ça vient, mais j'espère que cela ne va pas disparaître de sitôt.

Il avait appris très rapidement à garder un profil bas quand son intérêt pour les hommes était concerné. Serrier avait clairement affiché son point de vue sur l'homosexualité, aussi clairement qu'il l'avait fait au sujet de l'égalité des races non-magiques. Vincent n'avait pas envie d'aller à l'encontre de la moralité tordue du magicien rebelle.

Déjà devant l'appartement de Vincent, Éric se posait la même question, mais, bien que l'intérêt sexuel soudain pour son ami le surprenne, c'était assez fort et semblait assez légitime pour qu'il n'essaye pas de le combattre. Quand Vincent apparut à côté de lui et ouvrit la porte, il le poussa devant lui à l'intérieur et, d'un coup de pied, referma la porte derrière eux.

— Dis-moi que les sorts de protection se remettent en place automatiquement, pria Éric en attaquant la bouche de Vincent, ses mains glissant sur la courbe rasée du cuir chevelu de l'autre magicien.

— Ngnnn, tenta de répondre Vincent.

Toute tentative de discussion était empêchée par la langue d'Éric. Décidant que parler était surfait – et incroyablement excité par l'idée d'être avec quelqu'un assez grand pour le bousculer de la façon dont Éric le faisait – il laissa ses actes parler pour lui, pivotant avec lui pour pouvoir entraîner Éric dans le couloir en direction du lit.

Éric haletait quand Vincent prit le contrôle, le déplaçant aussi facilement que s'il pesait la moitié de ses 120 kilos. Il se saisit des bras aux muscles puissants de Vincent, non pas pour l'arrêter, mais pour maîtriser le torrent de désir qui le submergeait. Ils se déplacèrent à l'aveuglette dans la chambre à coucher en se cognant, avant de tomber sur le lit dans un enchevêtrement de longues jambes et de corps durs, luttant amicalement pour prendre le contrôle.

Vincent tomba sur le dos, le poids d'Éric venant le recouvrir dans la foulée. Il résista sous son ami devenu amant, réussissant presque à le déloger, mais Éric récupéra rapidement, l'épinglant sur le matelas. Vincent attrapa les épais cheveux bruns et attira la tête d'Éric vers le bas pour l'embrasser, utilisant sa distraction pour les retourner, et le clouer soigneusement sous lui.

— Putain, tu es fort, haleta Éric, rompant le baiser pour reprendre son souffle.

Vincent rit d'une voix rauque et écrasant son membre gonflé contre celui tout aussi dur d'Éric.

— Tu n'as encore rien vu, fit-il d'une voix présomptueuse.

— Des promesses, rien que des promesses, se plaignit Éric, ses jambes s'enroulant autour des hanches de Vincent pour le tenir en place.

Tirant sa baguette de sa poche arrière, Vincent jeta un sort rapide, les mettant tous les deux soudainement, délicieusement nus.

— Oh, mon Dieu, gémit Éric, la sensation de la peau contre sa chair raide lui faisant presque perdre la tête.

Il planta ses talons et poussa fortement, désireux de s'extraire d'en dessous de Vincent pour pouvoir explorer la magnifique étendue de peau découverte de l'homme dénudé.

Vincent recula obligeamment, mais uniquement pour attraper les hanches d'Éric et le retourner sur le ventre, avant de revenir sur lui, afin que sa queue frotte le long de la raie des fesses du magicien.

Éric se figea. Il n'avait pas considéré la réalité des rapports sexuels avec Vincent jusqu'à cet instant. Ils étaient deux alphas qui luttaient pour la domination et il arriva rapidement à la conclusion que Vincent allait gagner. Il déglutit difficilement, même s'il sentit son corps s'ouvrir en signe de bienvenue.

— Vas-y doucement avec moi, pria-t-il faiblement.

— Tu plaisantes, se moqua Vincent en fouillant dans le tiroir de sa table de nuit pour trouver quelque chose qu'il pourrait utiliser comme lubrifiant.

Avec un juron étouffé, il reprit sa baguette, en convoquant l'une des bouteilles de lotion de la salle de bains.

— Tu le veux exactement comme je vais te le donner : dur, rapide et aussi profond que je pourrai.

Éric gémit, l'image évoquée par ses mots le laissant tremblant. Sa crainte bataillait contre son désir. Le conflit le figeait alors que des doigts frais écartaient ses fesses et sondaient son entrée vierge. Il se mordit la lèvre pour retenir le gémissement qui menaçait à la préparation grossière de Vincent. Les doigts fouillaient avec assurance à l'intérieur de son passage étroit, trouvant presque immédiatement sa prostate, ce qui arracha un cri de surprise à Éric.

— Tu vois ? l'aiguillonna Vincent. Fort, rapide et profond.

Il mordilla un peu la rondeur d'une fesse d'Éric tout en ajoutant un deuxième doigt.

— Putain, tu es étroit. Tu vas être sacrément bien autour de ma queue. Je ne peux pas attendre pour te sentir me serrer.

Il bougea ses doigts dans un rapide mouvement de ciseaux, étirant suffisamment le muscle pour l'accueillir. Un autre jour, il aurait passé des heures à jouer avec le cul d'Éric de cette façon, l'image que son ami lui présentait – la

131

tête baissée, le dos courbé, le cul en l'air suppliant de le prendre – était de celle qu'il ne serait pas près d'oublier, mais il n'avait pas la patience pour prolonger ce genre de jeu aujourd'hui. Il avait besoin de la sensation physique brute de sa queue à l'intérieur de ce trou avide, s'étirant complètement quand il pilonnerait l'homme sous lui.

Alignant son sexe, il poussa fortement pour entrer, prenant place d'un long mouvement. Éric sursauta violemment sous lui, manquant le faire tomber du lit.

— Alors c'est comme ça que tu la veux ? Grogna Vincent, ses mains se refermant sur les hanches d'Éric, ses doigts creusant suffisamment la chair pour provoquer des meurtrissures. Ne laisse jamais personne dire que j'ai déçu un amant.

— Non, haleta Éric alors que Vincent commençait à bouger. Putain. Laisse-moi une putain de minute.

Vincent se figea, sa main glissant en dessous pour découvrir l'érection d'Éric flétrie.

— Qu'est-ce qui se passe ? demanda-t-il surpris.

— Ça fait un mal de chien, lâcha Éric. Putain, il vaudrait mieux que ça devienne meilleur que ça.

Les sourcils froncés, Vincent resta là où il était, caressant la queue et les bourses d'Éric pour l'encourager. Puisque son sexe ne recommençait pas immédiatement à gonfler, il attrapa l'épaule d'Éric avec son autre main, attirant l'homme contre sa poitrine, pinçant les mamelons tendus et mordant fermement l'épaule.

— Dis-moi quand tu es prêt.

Éric hocha la tête, la douleur qui irradiait de son canal sensibilisé s'estompait peu à peu, le laissant avec un sentiment étrange de plénitude, pas désagréable, mais définitivement différent.

— Lentement, d'accord ? pria-t-il. Laisse-moi m'échauffer avant le dur, rapide et profond.

Le froncement de sourcils de Vincent s'accentua tandis que ses hanches recommençaient à se déplacer, attirées par la chaleur et l'étroitesse du corps d'Éric.

— Tu as déjà fait ça avant, non ? vérifia-t-il.

— Quoi, baiser ? ironisa Éric ne voulant pas que Vincent se retire.

La douleur avait presque disparu, son désir se ravivant à chaque passage lent de la main de l'homme sur son gland.

— Bien sûr, affirma-t-il.

Un peu rassuré, Vincent laissa son corps se déplacer plus librement contre celui d'Éric, mais il garda une main sur l'érection renaissante de son amant, un indicateur fiable de son intérêt dans l'affaire. Son autre main incita Éric à se rallonger sur le matelas. Il ne voulait pas être un amant sans considération, mais le besoin de baiser sauvagement l'homme sous lui le tenaillait sévèrement.

S'arc-boutant sur le lit, Éric commença à venir à la rencontre des coups de Vincent, le rejoignant à mi-chemin, l'encourageant silencieusement à un martèlement plus profond, plus rude. Vincent s'abandonna, lâchant toute retenue pour pilonner le cul relevé avec une vigueur inouïe. Éric grognait à chaque poussée, ses mains saisissant la tête de lit pour éviter de la heurter à chaque coup.

— Je ne vais pas durer longtemps, haleta Vincent alors que chaque passage comprimait son sexe en permanence. Tu es trop bon.

— Je n'ai pas besoin de beaucoup, avoua Éric, sentant son orgasme bouillonner dans ses bourses.

Il ne lui faudrait pas grand-chose de plus pour qu'il se répande dans la main de Vincent.

Le commentaire d'Éric attaqua le reste de réserve de Vincent. Ses hanches s'agitèrent de façon désordonnée vers sa jouissance, tapissant les entrailles d'Éric d'un liquide crémeux.

Il se recula rapidement, regardant son sperme s'échapper du trou étiré.

— Putain, tu es sexy comme ça, clama-t-il, glissant son doigt sur les vestiges de son orgasme.

Éric gémit d'une voix rauque.

— Fais-moi jouir, exigea-t-il, sa propre libération l'appelant, mais restant juste hors de portée.

— Mon exigeant passif, se plaignit Vincent.

Glissant une main entre les jambes d'Éric il empoigna sa queue tout en baissant la tête pour sucer les bourses collantes du magicien.

Éric rejeta sa tête en arrière et éjacula dans un cri rauque, s'effondrant en avant dans la flaque de sa propre jouissance, toutes ses forces et ses pensées l'abandonnant.

Avec un sourire d'autosatisfaction, Vincent se coula derrière son nouvel amant et se demanda si Éric serait partant pour un autre tour dans la matinée.

XVII

SEBASTIEN ARPENTAIT nerveusement les limites de la salle de séjour de Thierry. Le soleil était couché depuis des heures, même si ses rayons ne l'enfermaient plus comme ils le faisaient autrefois. Non, ce soir, c'était la magie qui le gardait à l'intérieur comme un tigre en cage. La magie sauvage. Une magie qui pouvait pousser les gens à agir d'une manière qu'ils n'auraient jamais envisagée quand ils n'étaient pas sous son influence. Une magie qui pouvait blesser son partenaire si elle traversait les sortilèges d'Alain et pénétrait à intérieur de la maison. Jusqu'à présent, cela n'était pas arrivé, mais devoir attendre qu'on lui dise qu'il n'y avait plus de danger à sortir rendait Sébastien fou.

Décidant que le balcon de la salle de séjour était sans risque – Alain avait ensorcelé toute la maison – il ouvrit la porte et sortit sur la terrasse en pierre, respirant profondément l'air vif de la nuit. Au Nord-Est, il pouvait voir les lumières de Paris troubler l'horizon, mais, loin de la ville, le ciel au-dessus de lui était noir, l'atmosphère dénuée de l'odeur singulière de la ville qui, parfois, planait au-dessus de la capitale.

Il pouvait sentir ses sens s'aiguiser pendant qu'il se tenait là, laissant la brise froide s'enrouler autour de lui avant de circuler. Les prémices de l'hiver, perceptibles dans l'air, amenèrent un sourire sur son visage. Il avait toujours aimé les saisons froides, quand il était enfant parce qu'il échappait au dur travail des champs, et en tant que vampire en raison des heures supplémentaires où il n'avait pas à se protéger des rayons mortels du soleil.

Les cloches de la cathédrale Saint-Louis sonnèrent les douze coups de minuit. Samhain avait officiellement pris fin et la Toussaint commençait. Partout dans le pays, les gens passeraient la journée à se recueillir sur les tombes de leurs chers disparus. La guerre avait augmenté leur nombre au cours des deux dernières années. Sébastien se demandait si Thierry voudrait visiter la tombe d'Aleth. Il doutait que le magicien soit assez fort pour quitter son lit, même si Alain lui donnait le feu vert – pour la magie sauvage –, mais si Thierry voulait s'y rendre et qu'Alain lui assurait qu'il n'y avait aucun danger, Sébastien s'arrangerait pour qu'il y aille, même s'il devait porter lui-même son amant.

Il s'était toujours recueilli sur la tombe de Thibaut à la date anniversaire de leur Aveu de Sang, préférant célébrer le début de leur amour plutôt que de sa fin, mais Thierry pourrait bien faire un choix différent. Sébastien était déterminé à le respecter, peu importe à quel point cela l'ennuyait de penser au deuil de son amant pour un amour perdu. Il reconnaissait l'hypocrisie de cette constatation tandis qu'à travers sa poche, il touchait le médaillon que Thibaut lui avait donné, mais cela ne modifiait pas ses sentiments. Il était dans sa nature d'être un amant possessif et jaloux.

Penser à la femme décédée de Thierry, à Thibaut et à leurs anniversaires réveilla ses instincts. Ses crocs chutèrent brusquement. Il fronça les sourcils à cette réaction inattendue. En tant que vampire mature, puissant, il perdait rarement le contrôle de ses appétits désormais, ne libérant ses crocs que lorsqu'il envisageait de se nourrir. Il frissonna tout à coup quand le désir de faire exactement ça – de revenir dans la maison et planter ses crocs profondément dans le cou de Thierry – faillit le submerger.

— C'est quoi ce bordel ? murmura-t-il, s'agrippant à la balustrade pour tenter de reprendre le contrôle.

La magie sauvage, réalisa-t-il alors que ses jointures blanchissaient sous la force de sa prise.

Alain l'avait prévenu, mais Sébastien n'avait pas réalisé que le sort de *Vide* ne protégeait vraiment que la maison, ou que le balcon ne faisait pas partie de celle-ci. Détachant les mains de la balustrade, il recula de l'autre côté du seuil, ses ongles courts entamant la peau de ses paumes alors qu'il attendait que le *Vide* fasse effet, cherchant à repousser l'influence de la magie sauvage.

Les secondes passèrent. Puis une minute. Et puis deux, sans diminuer pour autant son désir de faire irruption dans la chambre de Thierry et de prendre ce qui lui appartenait. Se maudissant d'être aussi stupide, il recommença à faire les cent pas. Il n'était pas un vampire tout juste transformé et incapable de contrôler sa soif de sang. Il avait depuis longtemps maîtrisé ces désirs. Il refusait d'abandonner toute maîtrise maintenant, surtout pas quand son option la plus plausible était de se nourrir de son partenaire qui avait besoin de se reposer. Il ne voulait pas plier face aux besoins déraisonnables induits par la magie.

Résister à la tentation que représentait l'homme à l'autre bout du couloir exigeait un effort douloureux qu'il ressentait physiquement dans sa chair. Il envisagea brièvement de partir, de ressortir et de chasser comme il l'aurait fait avant de rencontrer Thierry, mais il rejeta cette idée aussi vite qu'elle était venue. Ce besoin n'était pas anonyme. Il n'avait pas faim de sang. Il avait faim de Thierry, le désir étant plus axé sur le sexe que sur l'alimentation. Ce qui était toutefois encore plus hors de question que de se nourrir. Avec sa passion hors de contrôle, il ne serait absolument pas capable de chérir Thierry comme il le méritait, et il avait fait une promesse au magicien qu'il n'envisageait pas de briser.

Il devrait simplement la surmonter.

— Sébastien ?

Le vampire avait traversé la moitié du couloir au son de son nom avant de pouvoir s'en empêcher.

— Oui, Thierry ? répondit-il en se forçant à ne pas avancer davantage. As-tu besoin de quelque chose ?

— Pourrais-tu venir ici, s'il te plaît ? demanda la voix de Thierry.

Sébastien étouffa un juron et se rendit jusqu'au seuil de la chambre, sa main serrant le chambranle de la porte pour ne pas pénétrer à l'intérieur. Voir le blond allongé sur le lit, le regard vert tendre et embrumé de sommeil, accrut la tension qui l'imprégnait.

— Qu'est-ce qu'il y a ? demanda-t-il d'un ton plus bourru qu'il ne le voulait.

— Tu la sens aussi, n'est-ce pas ? interrogea Thierry. Je ne sais pas comment elle est passée à travers les sorts d'Alain, mais la magie sauvage nous tient.

— Merde ! jura vertement Sébastien. Je suis désolé, Thierry. Je suis sorti sur le balcon. Je ne savais pas qu'il n'était pas protégé.

Thierry haussa les épaules.

— Ce qui est fait est fait. Maintenant, nous devons trouver une manière de faire avec.

— Ignorons-la, répondit immédiatement Sébastien.

— Cela ne va pas marcher longtemps, l'informa tranquillement Thierry. Et plus nous attendrons, plus son emprise sera intense. Alain et les autres vont la nettoyer demain afin qu'elle ne puisse pas affecter les autres, mais je ne sais même pas si cela pourra briser son emprise sur nous.

— Alors que faisons-nous ? demanda Sébastien d'une voix rauque.

— Alain dit qu'une jouissance sexuelle rompt le charme.

— Non, répondit catégoriquement Sébastien. Je ne te ferai pas l'amour pour la première fois avec ce... sortilège qui me contrôle. Je ne prendrai pas le risque de te blesser.

Thierry rit malgré le désir puissant qui le poussait également. Il aurait dû savoir que son indomptable amant voudrait se battre contre ça jusqu'au bout.

— Tu n'as pas besoin de me faire l'amour pour que nous jouissions tous les deux, rappela-t-il effrontément au vampire. Tout ce que tu as à faire c'est de te nourrir de moi.

Sébastien frémit, le désir de prendre, ce que Thierry offrait, le mettant presque à genoux.

— Nous ne pouvons pas, refusa-t-il.

— Mieux vaut le faire maintenant que plus tard, quand la magie sera encore plus difficile à contrôler, argumenta Thierry en toute logique.

— Putain de merde ! jura Sébastien. Tu es censé m'aider à y résister, pas me tenter. C'est déjà assez difficile comme ça.

— Pour moi aussi, admit Thierry sérieusement en se redressant sur un coude. Si je pensais que nous pouvions la combattre... si je pensais que nous pouvions tenir jusqu'à ce que l'équipe de nettoyage s'en occupe demain... je n'aurais rien dit, mais je sais que je ne suis pas assez fort pour le moment. Je sais aussi ce que ça me fait quand tu te nourris. D'un point de vue magique, il y a beaucoup moins de danger pour moi là-dedans qu'il y en a à essayer de résister à cette compulsion.

— Thierry.

Le magicien était incapable de décider si son nom était sorti comme un découragement ou une capitulation. Ça n'avait pas d'importance. Il se redressa un peu plus sur son coude, le drap tombant sur sa taille pour révéler sa poitrine nue, ses tétons déjà durcis par les effets de la magie sauvage. Il tendit une main à son amant.

— Déshabille-toi et viens te coucher.

— Ce n'est pas une bonne idée, murmura Sébastien en faisant passer le vieux sweat-shirt par-dessus sa tête, révélant sa peau pâle au regard de son amant. Je vais déjà avoir assez de problèmes à garder le contrôle en restant habillé.

— Continue, insista Thierry alors que Sébastien s'avançait vers le lit avec son pantalon toujours en place. Plus vite, nous jouissons, plus vite nous serons libérés de la magie. Ce sera sûrement plus facile peau contre peau.

— Et si je perds le contrôle ?

— Alors, je serai bel et bien possédé, répondit Thierry avec une confiance qu'il ne ressentait pas vraiment.

Il faisait toutefois confiance à Sébastien. Même si le vampire venait à perdre le contrôle, il savait que son amant ne voudrait pas lui faire de mal. Levant les hanches, il retira son boxer, soulevant le drap pour accueillir Sébastien dans le lit et offrant au vampire un aperçu de sa nudité dans le même temps.

Sébastien céda en se glissant entre les draps et sauta sur le cou de Thierry sans autres préliminaires. La tête du magicien bascula en arrière et il émit un gémissement puissant quand il sentit les crocs de Sébastien le pénétrer. Il déplaça le bas de son corps de sorte que leurs aines se rencontrent, leurs érections se caressant légèrement. Le sifflement qui s'échappa des lèvres attachées à son cou enflammant encore davantage son sang.

— Touche-moi.

Sébastien se renfrogna dans son baiser de vampire, sentant son contrôle lui échapper alors que la passion dans le sang de Thierry s'additionnait au désir qui bouillonnait dans ses reins. Il remonta sa main le long du bras de Thierry et redescendit vers le centre, la légère couche de poils ne permettant pas de masquer les galbes de muscles fermes ou les tétons roses qui semblaient implorer son attention. Aspirant plus fort, il laissa les vagues de désir du sang de Thierry guider ses mains pendant qu'il jouait avec la chair plissée, les pinçant doucement, puis, avec plus de force, quand Thierry se tortilla sous lui en gémissant légèrement.

Il se promit de s'y attarder plus tard, à l'occasion, quand la magie sauvage ne les tiendrait plus sous son emprise, mais en attendant, il glissa sa main plus bas pour empoigner le sexe raide de Thierry. Plus vite, il parviendrait à les faire jouir, plus vite ils seraient libérés de cette folie.

Aussi agréable que puisse être la caresse de la main de Sébastien, ce n'était pas le contact que Thierry désirait. La dernière fois qu'ils avaient été ensemble comme ça, Sébastien avait taquiné son entrée. Il avait voulu plus à l'époque et sa conversation avec Alain augmentait ce désir. Saisissant le poignet de Sébastien, il guida la main de son amant là où il la voulait.

— Touche-moi, répéta-t-il.

Gémissant, Sébastien leva la tête, brisant le lien entre eux pendant un instant.

— Je n'ai pas de lubrifiant, regretta le vampire. Je ne veux pas te faire de mal.

Thierry fronça les sourcils, retournant mentalement ses tiroirs. Son expression se transforma soudain avec un sourire.

— Est-ce que ça pourrait faire l'affaire ? demanda-t-il en roulant vers la commode à côté du lit et en fouillant dans le tiroir du haut jusqu'à ce qu'il trouve une crème pour les mains qu'Aleth gardait toujours là.

Sébastien fit une petite moue quand il l'ouvrit devant l'odeur de lavande qui s'en dégagea, mais la crème était épaisse et glissante.

— Si cela ne te dérange pas d'empester comme une usine de parfum.

— Je me laverai, répliqua Thierry en haussant les épaules.

Il attira la tête de Sébastien dans son cou, le sang rugissant dans ses oreilles et dans ses reins en attendant que la morsure familière et la pression moins habituelle des doigts contre sa chair la plus intime.

Aucun ne fut long à venir. Les crocs de Sébastien replongèrent dans les trous qu'ils avaient percés plus tôt. Ses doigts étalèrent généreusement la crème épaisse sur les bourses de Thierry et entre ses fesses, massant constamment, mais exerçant une pression variable, jusqu'à ce que Thierry s'agite de façon désordonnée sur le lit. Seule la connexion entre la bouche de Sébastien et son cou le gardait un peu en place.

Alors des mains fortes saisirent ses hanches pendant que Sébastien se décalait pour chevaucher une de ses jambes, le clouant sur le lit. Une main glissa le long de sa jambe, l'incitant à plier son genou en l'écartant, il se retrouva donc complètement exposé à son amant. Suçant plus intensément le cou de Thierry pour s'assurer que son magicien ne ressentait aucune douleur, Sébastien trempa ses doigts dans la crème avant d'appuyer à nouveau doucement pour passer l'anneau étroit de muscle. Son amant haleta, mais Sébastien ne goûtait aucune douleur, aucune crainte non plus, aussi poursuivit-il, son doigt plongeant plus profondément jusqu'à ce que les autres reposent entre les fesses de Thierry.

Avoir quelque chose dans son corps était aussi étrange que Thierry l'avait imaginé, mais ce n'était pas douloureux comme il le craignait. Au contraire, alors que Sébastien commençait à tourner son doigt dans le trou étroit, il se sentait plein. Puis le doigt explorateur caressa quelque chose en lui et il glapit tandis que des feux d'artifice explosaient derrière ses paupières fermées.

Contre son cou, Sébastien sourit et appuya de nouveau sur la petite bosse spongieuse, dégustant le sursaut de plaisir dans le sang de Thierry chaque fois qu'il le faisait. Il pouvait sentir le sexe du magicien suinter contre son ventre et le désir de remplacer le goût du sang avec une saveur différente l'envahit. Faisant confiance à Thierry pour lui dire si quelque chose n'allait pas, il délaissa le cou de son amant et se glissa plus bas pour laper les fluides laiteux qui s'échappaient au sommet de l'érection du magicien.

Les mains de Thierry s'envolèrent de leur place – emmêlées dans les draps – jusqu'à la tête de Sébastien, la saisissant fermement alors que le vampire le taquinait. Il ondulait entre le doigt fouineur qui n'appuyait jamais assez longtemps sur son point de plaisir et la langue espiègle qui explorait la fente et se glissait sous le prépuce, le rendant totalement dingue.

Sébastien aurait voulu prendre la queue soyeuse dans sa bouche, mais ses crocs refusaient obstinément de se rétracter et le vampire ne voulait pas risquer de marquer la longueur rigide avec ses dents pointues. Il devrait se contenter d'utiliser sa langue. Une autre nuit, il offrirait à Thierry une vraie fellation. Il lécha toute la longueur de la tige ferme, l'odeur de lavande agressant ses sens alors qu'il approchait des boucles épaisses de sa base. Prenant note mentalement d'acheter du lubrifiant, il se blottit contre le nid parfumé. Le soupçon de parfum de Thierry sous l'arôme floral écrasant ajoutait à son désir. Il écrasa son sexe endolori contre les draps en donnant un coup de langue sur les bourses de Thierry, le goût de la lotion l'incita à changer d'avis. Un autre plaisir à repousser à une date ultérieure.

Reposant sa tête contre le ventre de Thierry, il déposa un doux baiser sur l'étendue de chair tendre recouvrant ses muscles fermes.

— J'ai besoin de te goûter à nouveau, avoua-t-il, levant les yeux et croisant le regard de Thierry. Puis-je te mordre ici ?

Thierry hocha la tête, trop perdu dans la passion pour se poser la question. La langue de Sébastien lapa la peau juste à gauche de sa hanche, la préparant pour la morsure à venir. Thierry sentit le pincement désormais familier, puis la vague de plaisir, qu'il en était venu à associer aux crocs de Sébastien. Le doigt en lui commença à se retirer, provoquant un gémissement de protestation, mais la main libre de Sébastien l'apaisa, l'autre plongeant dans la crème avant de revenir, deux doigts l'étirant cette fois. Ils heurtèrent sa prostate presque immédiatement.

Avec un cri brisé, Thierry trouva sa libération. La brûlure était compensée par le plaisir intense procuré par ces doigts magiques contre sa prostate, cela avait été suffisant pour le faire basculer. Les crocs de Sébastien ne le quittaient pas, cependant, continuant à aspirer intensément sur sa hanche pendant qu'il frissonnait et tremblait dans les affres d'une jouissance induite par la magie.

La douce saveur de satiété amena un sourire sur les lèvres de Sébastien même si son propre orgasme planait désespérément hors de portée. Tendrement, il glissa ses doigts hors de leur logement confortable malgré le désir presque écrasant d'ajouter un troisième doigt et d'éveiller Thierry pour un nouveau tour. La prochaine fois, il plongerait son membre dans ce passage étroit. Ce jour viendrait, mais pas ce soir. Pas comme ça. Ils avaient assez de magie dans leur vie, dans leur relation, sans cette magie sauvage qui compliquait encore plus les choses.

Les doigts de Thierry peignaient doucement les cheveux foncés du vampire.

— Laisse-moi te donner un coup de main, proposa-t-il. Laisse-moi te rendre au moins une partie du plaisir que tu m'as donné.

Sébastien leva la tête, ses crocs ensanglantés miroitant dans la faible lumière. Il hocha la tête et remonta dans le lit, s'allongeant où les mains de Thierry le guidaient, résistant à l'envie de retourner son amant sous lui et de plonger dans sa chair brûlante. Les mains qui se déplaçaient sur lui étaient fermes, confiantes lorsqu'elles glissèrent sur sa poitrine, effleurant juste ses mamelons avant de descendre plus bas pour écarter sa queue du liquide sur son bas-ventre. Une main recueillit les fluides sur son ventre pour faciliter le mouvement tandis que l'autre continuait entre ses jambes pour caresser ses bourses. Il se raidit, se demandant si Thierry allait essayer de rendre caresse pour caresse, mais ses mains ne se promenèrent pas au-delà de leurs positions actuelles, caressantes et pressantes pour un effet maximum.

La pensée de retourner tous les plaisirs que Sébastien lui avait offerts traversa l'esprit de Thierry, mais ses mains restèrent là où elles étaient, la combinaison de son inexpérience et de la soudaine tension du corps de Sébastien suffisant pour l'en dissuader. Une autre fois, peut-être, mais pas ce soir et pas dans la situation déjà stressante qu'ils vivaient. Ce soir, il se contenterait de ce qu'il savait faire et aiderait à briser aussi rapidement que possible, la magie qui contrôlait Sébastien.

Il ne lui fallut pas grand-chose afin que Sébastien atteigne ses limites, son orgasme l'emportant en longues vagues intenses, son sexe propulsant sa semence sur sa poitrine en jets puissants. Les mains de Thierry ne s'immobilisèrent pas immédiatement, prolongeant son plaisir jusqu'à ce que son érection commence à décliner et que toutes tensions se soient dissipées.

— Tu te sens mieux ? demanda le blond quand les yeux du vampire s'ouvrirent de nouveau.

Sébastien s'arrêta un moment pour faire le point. L'inquiétude qui l'avait tourmenté avait disparu, ainsi que le désir irrésistible de rechercher la compagnie de Thierry tout en connaissant les dangers qui allaient avec. Il voulait toujours être là où il se trouvait, mais ce sentiment n'était pas nouveau. Il avait désiré être ici, dans le lit de Thierry, depuis la première fois qu'il avait goûté le sang de l'homme, mais l'intensité de ce désir, artificiellement augmentée par la magie sauvage, était revenue à un niveau normal.

— Je pense que oui. Et toi ?

— Oui, répondit Thierry. Ça a fonctionné. Je pouvais sentir le sort se dissiper dès que j'ai joui.

Il bâilla soudainement.

— Je pense que j'ai encore besoin d'un peu de repos.

Sébastien s'assit, tendant le bras vers les draps pour pouvoir laisser Thierry se reposer, mais le magicien arrêta sa main.

— Non, s'il te plaît, reste. Je dors mieux dans tes bras. De toute façon, que pourrais-tu me faire que tu n'aies déjà fait ?

Si seulement tu savais, songea sombrement Sébastien. Les images de Thierry ondulant sous lui et le réclamant complètement étaient encore très présentes dans son esprit. Toutefois, il céda, s'allongeant et accueillant Thierry dans ses bras.

— Dors, ordonna-t-il grognon, adoucissant son injonction d'un baiser sur le haut du crâne de Thierry.

Contre l'épaule de Sébastien, Thierry sourit et sombra dans le sommeil.

XVIII

ÉRIC SE réveilla lentement à la sensation étrangère d'un bras fort le retenant et d'une douleur tout aussi étrange dans ses fesses. Les souvenirs lui revinrent lentement, le laissant avec la certitude inconfortable qu'il était dans le lit de Vincent et qu'il avait laissé le magicien le baiser à fond la veille. Il se demandait s'il n'avait pas perdu plus que son pucelage, il espérait ne pas avoir détruit leur amitié ou mis en danger leurs positions dans les rangs de Serrier.

— Arrête de penser aussi fort, grommela Vincent derrière lui, le faisant bondir en position assise.

Des mains puissantes le ramenèrent instantanément vers le bas sur les oreillers.

— Il est trop tôt pour réfléchir.

Éric se rallongea, ayant appris la nuit précédente la futilité de lutter contre ces mains. Vincent était son double physique, une rareté pour un homme de sa taille. Était-ce la raison de son attirance ? se demanda-t-il. Si c'était le cas, cependant, pourquoi avait-il attendu la nuit dernière pour le remarquer ? Ils avaient été des amis presque depuis son arrivée dans l'antre de Serrier, deux ans plus tôt. Alors qu'est-ce qui avait changé ? Il savait depuis un certain temps qu'il pouvait aussi trouver certains hommes séduisants, mais il avait aimé Danielle à la folie, beaucoup trop pour avoir des aventures à côté. Une fois qu'il avait changé de camp, il n'avait même plus envisagé cette possibilité, cherchant des partenaires féminines quand il voulait quelqu'un, ne souhaitant pas risquer sa position toute récente pour une insignifiante passade. Était-ce ce que cela avait été la nuit dernière ? Ça n'avait pas semblé insignifiant sur le moment, il en était certain. Et maintenant ? se demandait-il. Avant qu'il ne puisse répondre à ses questions, les mains de Vincent bougèrent, glissant le long de son dos pour pétrir légèrement ses fesses musclées. Il tressaillit.

— Quoi ? demanda Vincent, en ouvrant les yeux. Ai-je mal interprété tes intentions la nuit dernière ?

— Non, marmonna Éric, c'est juste endolori.

Vincent fronça les sourcils, se redressant sur un coude.

— Je n'étais pas si brutal que ça.

Éric haussa les épaules et détourna le regard, ne voulant pas embrouiller les choses en avouant à Vincent que la nuit dernière avait été sa première expérience avec un homme.

— Je suppose que je manque de pratique.

Vincent attrapa son menton et croisa sérieusement le regard d'Éric.

— Y a-t-il quelque chose que tu voudrais me dire ? le pressa-t-il.

Comme Éric restait silencieux, il plissa les yeux dangereusement.

— Tu m'as dit que tu l'avais déjà fait avant.

— Je l'ai fait, rétorqua Éric, simplement, jamais avec un homme.

— Et tu m'as laissé te pilonner comme ça ? Tu es soit un imbécile soit un meilleur homme que je ne le suis. J'aurais pu te blesser ! gronda Vincent.

Éric se décala sur le lit, sentant la douleur persistante.

— Ouais, je m'en rends compte.

— Tourne-toi, ordonna Vincent, retournant Éric sur le ventre avant que le magicien ait la moindre chance de lui obéir.

Ses mains se portèrent sur les globes durs, les écartant fermement, remarquant en le faisant la cicatrice rituelle à l'arrière de la jambe d'Éric. Une cicatrice similaire traversait sa propre poitrine. Il se demandait parfois ce qu'ils avaient eux-mêmes obtenu en acceptant ces marques et tout ce qu'elles étaient venues à représenter. S'il avait su à ce moment-là... Avec des si, il n'y avait pas de fin. Il ne savait pas et désormais il était engagé.

Éric commença à s'écarter, mais Vincent l'arrêta d'un brusque baiser.

— Je devais m'assurer que tu ne saignais pas, expliqua-t-il, examinant la chair enflammée avec soin.

Bien qu'il soit sûr que c'était douloureux, il ne pouvait pas voir la moindre trace de sang dans les rides serrées. Faisant rouler Éric sur le côté, il observa les draps, ne trouvant aucune trace de sang non plus.

— Bien, déclara-t-il. Tu auras mal pendant quelques jours puisque tu n'as pas eu le bon sens de me dire que tu étais vierge avant que je te baise sans retenue, mais il ne semble pas y avoir de véritables dégâts.

Il se laissa tomber sur le matelas.

— Donc prêt pour un deuxième round.

— Quoi ? le défia Éric, revenant sur son coude et souriant d'un air satisfait à son ami. Tu peux le critiquer, mais tu ne peux pas le prendre ?

— Tu veux un bout de moi ? répliqua Vincent avec un sourire. De meilleurs hommes que toi ont essayé.

— Nous en reparlerons, répondit Éric, son propre sourire faisant briller ses yeux de désir et de rire alors qu'il saisissait les poignets de Vincent dans une main et les clouait sur les oreillers. Reste là, ordonna-t-il.

— Pourquoi le devrais-je ?

— Je vais faire en sorte que ça en vaille la peine, promit Éric en baissant la tête et en mordillant les lèvres de Vincent. Donne-moi juste une chance.

Vincent sourit. Il se débattrait juste assez pour rendre les choses intéressantes, mais c'était un homme pour lequel ça ne le dérangerait pas d'être passif à l'occasion... surtout si cela signifiait qu'il pourrait avoir une autre chance avec l'étroit cul vierge d'Éric. Et la prochaine fois, il saurait chérir ce cadeau.

ELLE VINT à lui sur un rayon de lune, ses seins voluptueux à peine contenus par le morceau de soie rouge qui drapait ses épaules et retombait négligemment en frôlant le sommet de ses cuisses, se balançant au rythme de ses mouvements. L'ourlet lui faisait signe, l'incitait à vouloir glisser ses doigts en dessous et à goûter aux plaisirs qu'il cachait de manière si tentante. Ses mains peintes au henné caressaient ses courbes à travers le tissu mince, comme pour le défier de les repousser et de la toucher lui-même. Il s'assit, sans se soucier des draps qui tombaient en révélant son corps nu. Il avait bien l'intention de l'avoir à son côté dans la même tenue dès que possible.

Ses lèvres se relevèrent en le découvrant alors qu'elle chaloupait vers le lit, chaque mouvement appelant à la tentation. Il souffrait rien qu'en la regardant. Il ne pouvait qu'imaginer ce que son contact, la sensation de ses caresses, lui ferait. Il ouvrit la bouche pour parler, pour l'inviter à le rejoindre, mais ses doigts caressèrent ses lèvres, le faisant taire d'un seul regard. Il acquiesça pour marquer son accord et se rallongea sur le lit où elle s'agenouilla finalement en se glissant jusqu'à lui, en l'écrasant contre les draps.

Ses mains se dirigèrent directement vers ses hanches, glissant sur la soie lisse et les courbes pulpeuses. Elle était douce, mais pas faible. Puis sa bouche descendit pour aspirer un mamelon, ses doigts furetant à travers les boucles de poils sur sa poitrine pour trouver l'autre, et il cessa complètement de réfléchir. De sa propre initiative, l'une de ses mains se glissa sous la soie, à la recherche de sa peau, trouvant une fesse soyeuse, complètement nue, quand il repoussa la chemise de nuit sur sa taille. Son autre main se déplaça vers les agrafes qui maintenaient le vêtement sur ses épaules, les ouvrant pour voir chuter le tissu qui libéra ses seins. Il se lécha les lèvres avec impatience, désireux de se régaler de ces globes alléchants. Comme si elle lisait dans son esprit, elle releva la tête et, à cheval sur sa taille, ses cuisses enserrant confortablement ses flancs, alors que sa fente s'alignait parfaitement sur la longueur de son sexe en érection, elle se pencha en avant pour lui offrir ses seins.

Il enfouit une main dans son épaisse chevelure noire, l'attirant plus près tandis que son autre main caressait le sein qu'il n'était pas en train de sucer. Il pétrit le monticule tentateur, jouant avec le joli petit mamelon tout en pinçant l'autre, arrachant un soupir de plaisir de la gorge mince. Il remua ses hanches, coulissant son sexe le long de sa vulve, espérant qu'elle se soulèverait pour qu'il puisse plonger profondément en elle. Elle était déjà mouillée, enduisant son érection avec la preuve de son désir.

Un ennuyeux bip insistant rompit le charme, ramenant David à la réalité. Avec un juron, il frappa le réveil et se laissa retomber sur son oreiller, les yeux fixés au plafond avec dégoût. Il avait passé toute la nuit comme ça, empêtré dans les draps, victime de rêves érotiques torrides qui s'évanouissaient toujours, juste avant qu'il ne puisse renverser Angélique sous lui et se rassasier de son corps. Il savait déjà que se masturber n'aiderait pas. Il avait essayé la nuit précédente, à plusieurs reprises, après avoir entendu Alain et Adèle admettre tous deux être parvenus à briser l'emprise de la magie par un orgasme. Apparemment, cela ne

144

fonctionnait qu'avec son partenaire et la sienne était introuvable. Il supposait qu'il pourrait la débusquer – il savait où elle vivait, où elle travaillait –, mais cela aurait été admettre plus qu'il le voulait, concernant la capacité de la magie à contrôler son comportement. Si Raymond pouvait résister, alors il le pouvait aussi. Il espérait juste que Marcel ferait bientôt le rituel de nettoyage parce que ses bonnes intentions ne le mèneraient pas très loin.

THIERRY S'AGITA dans son lit, les souvenirs de la veille l'assaillirent instantanément. Il gémit alors que son sexe se raidissait. Bougeant dans le lit, il fut soulagé de sentir les bras de Sébastien se resserrer immédiatement autour de lui, le corps du vampire toujours en cuillère contre le sien, lui procurant une inexplicable source de confort. Ne voulant pas que Sébastien se lève déjà, comme le vampire le faisait inévitablement dès qu'il savait que Thierry était réveillé, le magicien ferma les yeux et se détendit comme s'il s'était simplement agité dans son sommeil. Cela fonctionna ; à moins que Sébastien ne soit pas plus désireux que lui d'attaquer la journée, parce que le vampire aux cheveux noirs ne bougea pas, ne parla pas.

Faisant le point, Thierry était soulagé de ne plus ressentir la pression de la magie sauvage qu'il avait subie la veille. Il ne regrettait nullement la façon dont cela avait fini, mais il savait que c'était dangereux étant donné le traumatisme magique qu'il avait vécu le jour précédent. Il pouvait encore sentir l'absence de magie du sort de *Vide* qu'Alain avait mis en place, donc la magie sauvage ne l'avait pas détruit. Elle avait dû pénétrer à l'intérieur en suivant Sébastien. Il devrait s'assurer que son amant ne retournerait pas dehors, tant qu'Alain ne lui aurait pas donné le feu vert, pas même sur la terrasse.

Sa hanche l'élançait légèrement, un sourire plana sur ses lèvres quand il baissa les yeux vers les deux piqûres rouge juste à l'intérieur de son bassin. Réflexion faite, son cul le brûlait aussi un peu, ce qui était peu surprenant puisque Sébastien l'avait profondément baisé avec ses doigts la veille. Cette pensée envoya une nouvelle onde de désir dans son ventre, non pas provoquée par la magie cette fois, mais au simple résultat de souvenirs lubriques. Dans le même temps, il était légèrement angoissé à l'idée d'être pénétré par quelque chose de plus imposant. Si ces deux doigts le laissaient ainsi endolori, qu'en serait-il avec la circonférence complète du sexe de Sébastien ? Repoussant cette idée, il se remémora fermement la promesse d'Alain qui lui avait assuré que ce ne serait pas douloureux si Sébastien s'y prenait correctement.

Une gêne inattendue dans sa gorge l'incita à tousser, le faisant se rembrunir. En s'obligeant à ne plus penser au sexe, il fit un rapide inventaire du reste de son corps, gémissant quand il perçut les prémices d'une pression dans sa tête et d'une léthargie qui accompagnait habituellement un rhume. Il n'avait pas le temps de tomber malade. Cependant, il semblait que son corps avait d'autres idées.

Toussant à nouveau, un peu plus fort cette fois, il s'assit lentement, gémissant encore aux douleurs qui n'avaient rien à voir avec le sexe.

— Qu'est-ce qui ne va pas ? s'informa Sébastien paresseusement derrière lui.

— Je suis malade, répondit Thierry avant de recommencer à tousser.

Il vacilla jusqu'à la salle de bain, espérant qu'il avait un remède quelconque contre le rhume pour soulager les symptômes qui étaient apparus beaucoup trop rapidement. Avec un nœud à l'estomac, il se demanda si c'était un effet secondaire de l'épuisement magique et physique.

Si c'était le cas, la nuit dernière n'avait fait qu'aggraver la situation, car il avait dépensé plus qu'un peu d'énergie dans son match, ô combien agréable, avec Sébastien. En fouillant dans l'armoire à pharmacie, il trouva une bouteille de sirop contre la toux dont la date d'expiration n'était pas encore dépassée, il en prit une longue gorgée, sentant son mal de gorge s'apaiser.

— Malade ? répéta Sébastien depuis la porte. Mais tu allais bien hier.

Thierry hocha la tête.

— Et maintenant, ce n'est plus le cas. Je suppose que ça va être un rétablissement plus long que nous le pensions.

Sébastien fronça les sourcils, il n'aimait pas l'idée que Thierry soit malade. Il aimait encore moins les conséquences potentielles.

— En sommes-nous responsables ?

Thierry haussa les épaules.

— C'est possible. Ça aurait également pu arriver sans ça. Il n'y a vraiment aucun moyen de le savoir.

Le froncement de sourcils de Sébastien s'accentua.

— Quand ça ne sera plus risqué pour nous de sortir, je trouverai quelqu'un d'autre pour me nourrir jusqu'à ce que tu sois rétabli. Je ne veux pas aggraver les choses.

La jalousie releva sa tête hideuse, serrant le cœur de Thierry et déformant ses traits.

— N'y pense même pas.

— Si je te rends malade…

— C'est un risque avec lequel nous allons devoir vivre, persista Thierry. Je ne partage pas.

RAYMOND OUVRIT lentement les yeux, sortant de la transe légère dans laquelle il avait sombré la nuit dernière au lieu de dormir. Il savait qu'il devait se reposer, mais il ne pouvait pas risquer de laisser la magie sauvage s'emparer de lui si ses boucliers s'abaissaient. Il avait trop à faire aujourd'hui et il ne pouvait pas se permettre une distraction – la moindre distraction – s'il voulait réparer le gâchis qu'il avait créé la veille par son insouciance. Il avait travaillé très tard dans la nuit, étudiant toutes les références qu'il pouvait trouver se rapportant à la magie sauvage à laquelle ils devraient faire face aujourd'hui, ainsi qu'à tout ce qui pourrait accroître, en toute sécurité, la puissance d'un magicien. Rien de ce qu'il avait trouvé n'avait montré autant de potentiel que les vampires et les liens des partenariats ; d'autant plus que ces relations semblaient également attirer la magie sauvage, même sans la moindre incantation supplémentaire.

Regardant le sort qu'il avait écrit la veille, il l'examina à nouveau avec des yeux neufs, recherchant la plus infime faille qui permettrait à la magie sauvage de s'échapper ou d'influencer le magicien en train de faire le sort pendant qu'il le mettait en place. Il ne voyait aucun moyen de l'améliorer, mais il ravalerait sa fierté et demanderait à Alain et Marcel d'y jeter un œil aussi, avant qu'ils ne commencent. La dernière chose qu'il voulait, c'était qu'un manque de vigilance de sa part fasse encore plus de ravages sur la vie des gens.

Il s'interdit de penser à Jean et de se demander comment il gérait la contrainte persistante. Il savait que le vampire l'avait sentie, lorsqu'il était entré avec lui dans le bureau de Marcel la veille. L'expression sur le visage de Jean était un mélange de perplexité et de frustration. Le chef de la Cour ne savait pas ce qui influençait ses désirs, mais il savait que quelque chose le faisait. Raymond renifla doucement. Bien sûr que quelque chose le poussait. Il était beaucoup trop facile de résister à l'ancien magicien rebelle qui n'avait rien pour lui en dehors de son amour pour les livres et les vieilles traditions. Il n'avait pas eu de mal à laisser tomber quand Raymond avait reculé après leur rapprochement à son retour de La Réunion. Apparemment, cet avant-goût d'intimité avec Raymond avait été largement suffisant pour le vampire.

Et c'était absurde, il le savait. Jean avait promis de respecter les limites de Raymond et il ne les avait pas dépassées depuis le début, à l'exception de cet intermède mémorable, preuve d'une noblesse innée à laquelle Raymond ne pourrait jamais aspirer, pas avec son passé mouvementé.

Que Raymond puisse souhaiter qu'il insiste encore n'était pas pertinent. Jusqu'à ce qu'il soit prêt à admettre ces sentiments, Jean continuerait certainement à être honorable et à garder ses distances. Le magicien se rappela qu'il devrait être flatté que son partenaire ait autant de respect pour lui. Cela ne l'empêchait pas d'être rongé par la solitude quand il pensait aux autres partenaires de l'alliance et à la proximité que la plupart d'entre eux partageaient.

C'était un problème pour plus tard. Beaucoup, beaucoup plus tard. Il avait un rituel à planifier et à exécuter, une guerre à mener, et beaucoup trop d'autres responsabilités pour s'attarder sur quelque chose d'impossible. Entrant dans la douche, il frictionna son visage, se débarrassant des dernières traces de fatigue, déterminé à garder son attention là où elle devait rester.

— COMMENT VAS-TU ce matin, mon garçon ? demanda Marcel quand Alain entra dans son bureau.

— Je vais bien, répondit lentement Alain, même si en vérité, il était encore un peu perturbé par la journée précédente.

Il avait dormi dans l'étreinte ferme d'Orlando, mais il avait répugné à toute autre forme d'intimité, craignant que l'alimentation ou le sexe attire la magie sauvage, peut-être même plus intensément que la fois d'avant. Il avait envisagé d'apposer un sort de *Vide* sur l'appartement d'Orlando jusqu'à ce qu'ils soient sûrs d'être à nouveau en sécurité, mais il ne voulait pas qu'Orlando réalise à quel point il était inquiet. Il avait trop besoin de la confiance de son amant pour risquer de la mettre à mal d'une quelconque manière.

— Aucune autre n'attaque de la magie sauvage ? s'assura Marcel.

— Non, répondit Alain. Je ne sais pas si cela signifie qu'elle ne peut pas revenir une seconde fois ou si c'est qu'elle ne peut tout simplement pas passer à travers mes boucliers pour le moment. Quoi qu'il en soit, je serai heureux quand ce ne sera plus un problème.

— Je suis sûr que tu n'es pas le seul, affirma Marcel. En parlant de ça, je voulais ton opinion sur les personnes à inclure dans le rituel aujourd'hui. Tu as raté la discussion que j'ai eue hier avec Raymond, mais il croit que la meilleure façon de le faire, en dehors du fait d'y associer vos partenaires, est d'avoir un magicien pour chacun des quatre éléments pour travailler individuellement, mais en même temps et au même endroit. Il représenterait l'eau. Toi et Orlando représenterez l'air. En temps normal, je demanderais à Thierry de représenter la terre, mais comme il n'est pas en forme pour le moment, ce ne sera pas possible.

Alain fronça les sourcils. Pour une raison quelconque, la terre était l'élément le plus rare parmi les magiciens, rendant la défection actuelle de Thierry encore plus dommageable pour la Milice.

— Tu veux uniquement des sorciers appariés, c'est ça ? chercha-t-il à se faire confirmer.

Sa première pensée se tournait vers son lieutenant, Hugues Fouquet, mais aussi bon magicien qu'il fût, il n'avait pas trouvé de partenaire le jour où l'alliance s'était formée.

— Raymond est pratiquement convaincu que vos partenaires permettront d'augmenter votre force au point que seul quatre d'entre vous suffiront à s'occuper de l'ensemble du processus, alors oui, des magiciens appariés.

— Cela disqualifie Fouquet, réfléchit Alain à haute voix. Ou toi, d'ailleurs. Es-tu sûr que tu ne peux pas participer, même sans partenaire ? Tu es plus fort que n'importe laquelle des paires que nous pourrions composer.

— Je pourrais, même sans partenaire, si je ne devais pas me rendre au palais de Matignon aujourd'hui pour des réunions, expliqua Marcel. J'ai suggéré un report, mais il a été rejeté.

— La seule personne qui vient à l'esprit c'est Magalie Ducassé, suggéra finalement Alain, mais elle a été transférée, n'est-ce pas ? À Amiens ?

— Je peux assez facilement prendre des dispositions pour la faire revenir pour une journée, répondit Marcel, mais je n'étais pas sûr de savoir comment les vampires le prendraient. Au moins, s'il s'agissait de toi, de Raymond, de Thierry et de vos vampires, vous vous connaissez tous suffisamment pour dissiper certains des problèmes soulevés par l'alimentation en présence d'autres personnes dans la pièce. Vos vampires ne connaissent pas du tout Magalie, et son partenaire ne vous connaît pas.

— As-tu une meilleure suggestion ?

— Non, admit Marcel. J'espérais que tu pourrais penser à quelqu'un que j'aurai oublié.

— Si nous rappelons Magalie, alors nous ferions mieux d'avoir également une femme pour le feu, réfléchit Alain. Deux hommes et deux femmes, au moins en ce qui concerne les magiciens.

— Adèle appréciera probablement l'opportunité de se débarrasser de la magie sauvage pour pouvoir se reposer, reconnut Marcel tristement. Est-ce que ça conviendra ?

— Je pense que oui, répondit Alain. Aussi longtemps que son partenaire conservera son arrogante bouche fermée.

— S'il est occupé à se nourrir, il n'aura pas le temps de parler de toute façon, plaisanta Marcel.

Alain rit et secoua la tête. Même le poids de son rôle dans la Milice ne pouvait pas retirer complètement ses mauvaises habitudes au vieux coquin, semblait-il.

XIX

ALAIN SALUA Magalie et Luc de la tête quand ils entrèrent.

— Tu connaissais tout le monde ? demanda-t-il à la magicienne.

— Tous, excepté le partenaire d'Adèle, répondit-elle, tendant la main au vampire blond. Magalie Ducassé.

— Jude Leighton, répondit-il avec un hochement de tête.

Il lui serra la main, aussi brièvement que possible. Il était incapable de cacher totalement sa répugnance à devoir traiter avec encore une autre femme qui ne savait pas où était sa place.

— Leighton, gronda Luc par-dessus l'épaule de Magalie, mécontent de la réaction du vampire face à sa partenaire.

Il connaissait la réputation de Jude, mais le vampire se trompait lourdement s'il pensait qu'il pouvait se montrer méprisant envers la partenaire d'un chef de la Cour, quel qu'il soit.

— Je ne pense pas que vous ayez rencontré le reste des magiciens, intervint Jean brisant la tension.

Autant il aimerait voir Jude se faire remettre à sa place, autant le prix pour laisser le grand vampire être celui qui s'en chargerait était plus élevé que ce qu'il était prêt à payer.

Luc le laissa s'en sortir avec un dernier regard à Jude, pivotant pour rencontrer les autres magiciens de la salle.

Jean présenta Raymond, Alain et Adèle, introduisant délibérément son propre partenaire en premier. Il voulait qu'il soit parfaitement clair que, quelle que soit la haute estime dans laquelle Luc tenait Magalie, Jean estimait son partenaire tout autant.

Bien que ses hochements de tête soient polis pour tous les trois, Luc avait visiblement reçu le message que Jean avait voulu lui adresser, prenant un peu plus de temps pour saluer Raymond que les autres.

— Commençons, décréta Raymond quand ils eurent fini les présentations. Nous avons beaucoup à faire.

Ils passèrent l'heure suivante à débattre des endroits appropriés et à répéter l'incantation que Raymond avait écrite jusqu'à ce qu'il soit certain que chaque magicien la savait parfaitement. À sa grande satisfaction, Jean n'avait même pas eu à corriger sa prononciation cette fois.

Après avoir appris le sort, ils échangèrent leurs partenaires pour se transporter et se réunir à nouveau autour du lac souterrain. La grande caverne fournissait tout ce dont ils avaient besoin : de l'eau pour Raymond, de la terre pour Magalie, de l'air pour Alain et un endroit sûr pour le feu d'Adèle.

Raymond prit sa place sur le côté ouest du lac, dirigeant Adèle, Magalie et Alain pour les mettre en position et compléter le cercle. Le pouvoir de la terre de Magalie les ancra et celle d'Alain propulsa leur magie dans l'air vers l'extérieur. Les quatre vampires attendirent jusqu'à ce que l'espace vibre de l'union de leurs puissances assemblées avant de prendre place derrière leurs sorciers, une importante tension étant perceptible chez chacun d'eux alors qu'ils songeaient à la nature pratiquement publique de ce qui avait été, jusqu'à présent, un acte incroyablement intime.

Ce n'était en rien comparable à la rapide gorgée qu'ils avaient accepté de prendre en public lorsque l'alliance s'était formée, à laquelle seul Jude s'était d'ailleurs livré. Ce serait, une alimentation sérieuse et prolongée pendant qu'ils combineraient la magie inhérente aux liens des partenariats avec la magie que les magiciens produiraient délibérément pendant le rituel de base.

— Tu n'es pas obligé de le faire, rappela discrètement Raymond à Jean, sentant le malaise dans la salle. Cela nous prendra plus de temps et sera plus difficile sans toi, mais nous pouvons effectuer les sorts seuls.

Jean secoua la tête.

— Tu prends déjà un risque en faisant le rituel avec seulement quatre sorciers. Tu ne peux pas sérieusement t'attendre à ce que nous fassions demi-tour quand nous pouvons aider à réduire le risque.

Raymond sourit chaleureusement.

— Je suis heureux que tu sois ici.

— Il n'y a nulle part où je préférerais être, répondit Jean en lui rendant son sourire.

S'approchant de son partenaire, il posa ses mains sur les hanches de Raymond, sentant la tension investir ses muscles à ce contact inattendu avant de se relaxer de nouveau. Il repoussa le bord du col roulé de Raymond vers le bas, léchant consciencieusement la chair lisse. Il fit le vide dans son esprit, ne songeant plus à rien, excepté l'homme devant lui. Les trois autres paires étaient assez loin sur les rives du lac pour qu'il ne puisse même pas entendre les sorciers murmurer le sort qui attirerait la magie sauvage et l'ancrerait en toute sécurité au noyau de la Terre. Il pouvait seulement entendre la voix de Raymond chanter avec régularité, avec seulement une petite fêlure occasionnelle dans sa respiration quand Jean prépara sa peau.

L'intonation rythmique faiblit quand les crocs de Jean glissèrent sous la peau tendre, plongeant profondément quand il trouva une veine. Il caressa d'une main rassurante le flanc de Raymond, attendant que son partenaire reprenne les fils du sort pour pouvoir accorder ses succions aux mots.

Raymond se pencha légèrement en arrière contre Jean quand il sentit les crocs du vampire pénétrer dans son cou. Son partenaire accepta aisément son poids, le soutenant physiquement comme il le soutenait magiquement. La flambée d'énergie qui frappa quand il reprit le sort le surprit par son intensité. Si les autres sorciers sentaient une augmentation exponentielle semblable de leur magie, ils auraient certainement pu attaquer le tourbillon originel seul. Les morceaux épars de magie sauvage ne poseraient aucun problème.

Rassemblant sa concentration en lambeaux, Raymond croisa le regard d'Alain, faisant un geste rapide pour indiquer au magicien qu'il devait commencer à chercher la magie sauvage. Alain bascula la tête en arrière et ferma les yeux, rejetant la puissance accumulée dans l'atmosphère. Le sort fonctionnait sur la théorie simple que ce qui se ressemble s'assemble, et que la magie sauvage serait attirée par la force incroyable qui se cristallisait autour d'eux. Et quand ce serait le cas, ils l'attraperaient et l'ancreraient. Ils devaient simplement maintenir le sort et leur concentration jusqu'à ce qu'ils puissent traiter toutes les gouttes disséminées.

Presque immédiatement, ils purent sentir l'afflux de magie sauvage. Elle était canalisée par Alain vers les trois autres, pour être expédiée dans la terre, dans l'eau ou dans les flammes et ainsi être ancrée et incapable de faire davantage de ravages.

Magalie oscillait légèrement alors que, vague après vague, la magie sauvage venait à elle. Les bras de Luc s'enroulèrent immédiatement autour d'elle, une grande main sur sa hanche, l'autre en travers de son ventre, la stabilisant et la soutenant tandis qu'elle se concentrait sur la pierre sous ses pieds désormais nus. Son souffle était chaud sur sa peau et ses cheveux effleuraient sa joue, sensations subtiles qui auraient pu la distraire, mais l'aidaient au contraire à se centrer davantage. Elle n'était pas seule à faire face à l'assaut. Luc était là avec elle, ajoutant sa puissance à la sienne, une synergie qui s'écoulait à travers elle et secouait le sol sous ses pieds quand elle la canalisait, piégeant la magie sauvage à l'intérieur.

Adèle dut résister à l'envie de s'écarter quand Jude se plaça derrière elle, sa proximité lui rappelant ce qu'elle voulait oublier, mais elle avait accepté de participer, sachant ce que cela exigerait. Elle concentrait sa colère à son chuchoté 'Bonjour, ma minette' dans les flammes qu'elle avait convoquée dans un cercle tout autour d'eux, sans se donner la peine de cacher sa satisfaction à son recul instinctif. Elle ne laisserait pas le feu s'approcher suffisamment pour le blesser, mais cela ne la dérangeait pas de le rendre un peu mal à l'aise. Ses crocs s'enfoncèrent immédiatement dans son cou, sans préparation, ses mains agrippèrent avec possessivité ses hanches, alors qu'il l'attirait fermement contre lui. Elle aurait voulu se tortiller loin de lui, mais il le prendrait soit comme un encouragement, soit comme le signe qu'il l'avait déconcertée, aucun des deux n'étant acceptable dans son esprit. À la place, elle incita les flammes à danser encore plus haut quand la soudaine explosion d'énergie déferla en elle. Quand les premières gouttes de magie sauvage glissèrent depuis la connexion d'Alain, elle faillit rire de leur force pitoyable alors qu'elle les bannissait soigneusement, quelques éruptions dans le cercle de feu étant les seules indications de leur passage.

L'esprit d'Alain flottait vers l'extérieur avec sa magie, rayonnant à travers la ville par vague puissante et étendue, récoltant les morceaux de magie sauvage qui lui avaient causé tant de chagrin, les capturant et les canalisant vers ses amis qui les attendaient pour s'en occuper. Il pouvait sentir les bras d'Orlando autour de lui, les crocs de son amant dans son cou alors même que son esprit planait au-dessus de la ville, les sensations l'ancrant d'une façon qu'aucune n'était parvenue à égaler jusqu'à aujourd'hui. Il se sentait invincible à ce moment, prêt à affronter n'importe quelle menace, n'importe quel obstacle. Il savait que le sentiment était illusoire, tout comme sa sensation de voler était une illusion, mais il s'en délectait tout de même. Pour ces quelques minutes, le monde semblait s'étaler sous ses pieds.

La part de l'esprit de Jean qui ne bourdonnait pas de l'irruption soudaine de la magie de Raymond s'émerveillait de la résonance dans l'air, alors que la puissance inondait la salle. Ils avaient avancé que cela pourrait fonctionner, mais ils n'avaient pas osé essayer à cause de la magie sauvage qu'ils auraient sûrement attirée, il n'avait cependant pas imaginé que cela pourrait s'avérer aussi efficace. Il pouvait sentir la puissance sans cesse croissante dans le sang de Raymond, pouvait la sentir se diffuser en lui et revenir au magicien, une boucle infinie qui se poursuivrait aussi longtemps que le sort et son alimentation dureraient. Il résista à l'envie de se rapprocher, de se coller à Raymond pour consumer une partie du désir qui crépitait en lui pendant qu'il se nourrissait, ne goûtant aucune prise de conscience semblable dans le sang de Raymond. Bien qu'il désire son partenaire, il ne s'imposerait pas là où il n'était pas le bienvenu, et la réaction de Raymond la dernière fois qu'il s'était nourri à son cou avait rendu ses sentiments sur la question tout à fait clairs.

Luc avait su que la petite femme dans ses bras était une magicienne puissante. Il l'avait déjà regardée pendant qu'elle faisait son travail, mais alors qu'elle canalisait la magie sauvage dans le sol, vague après vague, l'énergie s'écoulant à travers elle – et par extension à travers lui – dans la pierre solide sous leurs pieds, il se rendait compte à quel point sa force était prodigieuse. Quand elle oscilla dans ses bras, il resserra son étreinte, en soutenant son poids sans y penser. Elle s'appuya contre lui souplement, la détente de son corps étant démenti par la concentration qu'il pouvait goûter dans son sang qui coulait constamment dans sa gorge. Sa confiance en lui l'emplissait d'humilité, car il en savait assez sur elle pour comprendre qu'elle faisait rarement confiance et que c'était quelque chose qui lui demandait du temps. Soutenant son poids d'un bras, il repoussa les cheveux de son front, sentant la pellicule de sueur qui parsemait ses sourcils alors qu'elle affrontait habilement les exigences du sort. Sa tête s'inclina très légèrement sous la caresse, amenant un sourire sur ses lèvres.

Le pouvoir d'Adèle était un aphrodisiaque plus puissant que tout ce que Jude avait goûté jusqu'à présent, chaque fibre de son corps était en état d'alerte alors que les flammes vacillaient autour d'eux. Il s'appuyait contre elle aussi près qu'il le pouvait, ne voulant pas être brûlé par sa magie, le contact ne faisant qu'ajouter du carburant au désir qui fait rage en lui. Elle se cambra loin de lui, piquant sa fierté. Ses mains se refermèrent plus rudement sur ses hanches, la rapprochant de lui. Il glissa une main sur l'avant, l'étalant fermement sur son ventre juste au-dessus de son pubis pour la tenir en place. L'autre main remonta sur ses côtes vers sa poitrine, la pressant grossièrement. Il sentit le frisson de contrariété et de désir qui le frappa à travers son sang. Il suça plus fort sur son cou, sentant la puissance s'accroître quand il augmentait la force de son alimentation. Curieux de savoir ce qui se passerait, il pétrit à nouveau sa poitrine. Il sentit le même mélange de contrariété et de désir, suivi par le même pic de puissance. Souriant autour de ses crocs, il poussa contre la courbe de ses fesses tout en aspirant avec sa bouche et en pinçant son mamelon avec les doigts.

Orlando avait goûté beaucoup de choses dans le sang d'Alain au cours des trois dernières semaines, depuis qu'il l'avait goûté initialement, mais pour la première fois, il goûtait au pouvoir sans retenue de son amant. Dans son état latent, les capacités magiques d'Alain imprégnaient tous leurs échanges de sang depuis leur première rencontre dans le cimetière du Père-Lachaise, mais Orlando ne l'avait jamais goûté dans sa plus totale expression jusqu'à maintenant. Alors que le pouvoir s'écoulait à travers le sang d'Alain jusqu'à lui, cela semblait amplifier un cycle de don et de capture qui ne faisait qu'augmenter la magie au lieu de la faire fluctuer, laissant à Orlando le sentiment d'être rassasié par cette force. Et avec ce flot de pouvoir vint la brûlante montée du désir que seul Alain pouvait lui inspirer. Orlando pouvait sentir son corps réagir à la proximité de son partenaire, son sexe grossit dans son pantalon alors qu'il attirait son amant encore plus près, une main montant et descendant sur le flanc d'Alain au rythme de la succion de ses lèvres sur le cou du magicien. L'autre main caressait la marque qui unissait leurs vies, la magie la plus ancienne et la plus profonde qu'ils partageaient. Il aurait juré qu'il avait senti une autre élévation dans la puissance d'Alain en réaction à son geste, aussi recouvrit-il la marque avec sa main. Quand il la sentit à nouveau, il dégagea ses crocs pour un bref instant, passa la tête de l'autre côté et mordit là où il avait, pour la première fois, réclamé Alain comme sien. Le corps d'Alain se repoussa plus fort contre le sien, le désir, l'amour et le pouvoir élémentaire pulsait à travers lui et, par leur lien, à travers Orlando.

La dernière explosion de puissance, quand Orlando changea de lieu de morsure dans le cou d'Alain, attira le reste de magie sauvage, canalisée de lui vers Adèle pour être neutralisée. Un cri soudain attira son attention alors que les flammes qu'elle avait convoquées devenaient brusquement hors de contrôle.

— Raymond !

L'écho de son nom attirant son attention, Raymond jeta un regard autour du lac jusqu'à découvrir la vision inattendue d'Adèle se débattant pour ramener sa magie sous contrôle. Jurant silencieusement, il envoya une vague d'ondes de magie à travers le lac, des éclaboussures d'eau jaillirent pour éteindre les flammes.

— Bâtard ! cria Adèle, se débattant dans les bras de Jude, alors qu'il reprenait ses attentions indésirables au moment où les flammes mouraient autour d'eux. Tu aurais pu nous tuer tous les deux !

Les sourcils froncés, Alain s'attendait à ce que son partenaire prenne conscience de ses mots, admette sa faute et mette fin à ses attentions clairement indésirables, mais le vampire ne montra aucune réaction aux paroles d'Adèle ou à ses tentatives de le repousser. Secouant la tête de frustration, il jeta un sort d'entrave au vampire, une variation de celui qu'ils avaient utilisé pour contenir les sorciers rebelles à la gare de Lyon le matin où l'alliance s'était formée.

— Que lui as-tu fait ? demanda malicieusement Orlando.

— Je l'ai arrêté, répondit Alain avec un haussement d'épaules. Elle devrait être en mesure d'annuler mon sort, même si elle ne pouvait pas le lui jeter.

— Est-ce que le rituel a fonctionné ? demanda le vampire, sans plus se préoccuper de Jude.

— Je pense que oui, répondit Alain. Je ne sentais plus la moindre parcelle de magie sauvage égarée. Voyons ce que Raymond en pense.

Ignorant le vampire figé, ils firent le tour du lac pour rejoindre Raymond et Jean.

— Alors ? demanda Alain. Comment nous en sommes-nous sortis ?

Raymond sourit, ressentant encore les effets de la surcharge de pouvoir.

— C'est fait, assura-t-il. Je ne pouvais plus en sentir la moindre trace quand nous avons terminé.

— Parfait, déclarèrent Alain et Orlando en cœur.

Se tournant vers Magalie et Luc qui venait également de se joindre à eux, Alain s'adressa à Magalie :

— Veux-tu que j'aide ton partenaire à rentrer chez lui ?

— Merci, Alain, répondit Magalie avec un sourire, mais je pense que nous allons rester à Paris ce soir. Nous rentrerons à la maison demain.

Elle s'attendait à être trop vidée après le rituel pour être en mesure de se transporter et avait donc convaincu Luc de passer la soirée avec elle dans la capitale. La surcharge de pouvoir la connectait encore fortement avec la terre sous ses pieds et avec la main possessive qui n'avait jamais lâché une partie de son corps – son ventre, son dos, son coude – depuis le début du rituel, amenant un sourire de ravissement féminin sur son visage. Elle envisageait le plaisir romantique de se promener le long de la Seine avant de se retirer dans la chambre qu'ils avaient réservée à l'hôtel du 7e art, juste à quelques pâtés de maisons du fleuve, dans le Marais.

— Dans ce cas, pourrais-tu envoyer Orlando au siège de la Milice afin que nous puissions rentrer à la maison ? s'enquit Alain, le pincement des crocs d'Orlando sur la marque d'Avoué le rendant désireux d'une plus grande d'intimité.

— Bien sûr, accorda Magalie. Es-tu prêt ? demanda-t-elle à Orlando.

Celui-ci jeta un coup d'œil à Alain pour confirmation, sentant le désir persistant qui l'emplissait toujours quand il s'alimentait sur lui. Au signe de tête de son amant, il donna son accord à Magalie. D'un mouvement de son poignet, il disparut, Alain le suivant immédiatement après.

— Dois-je… disposer de ton partenaire aussi ? questionna Magalie à Adèle.

— Ne t'embête pas, répondit la magicienne aux cheveux noirs. J'ai quelques petites choses à lui dire, tant qu'il ne peut rien faire d'autre qu'écouter. Je le libérerai avant de partir et il pourra trouver la sortie tout seul. Il s'est nourri donc il n'a pas à se soucier de la lumière du soleil s'il sort de ce labyrinthe avant la nuit.

Magalie éclata de rire.

— Rappelle-moi de ne jamais te mettre en colère.

— Peut-être que ça lui permettra de l'apprendre, lui aussi, murmura Adèle avec espoir.

— Ne compte pas là-dessus, murmura Jean à côté d'elle. Tu pourrais me rendre service, si cela ne t'ennuie pas ? À moins que tu aies encore besoin de moi ici, Raymond ?

Raymond secoua la tête, sachant qu'il ne demanderait pas ce dont il avait vraiment besoin, le pouvoir qui l'inondait nécessitant d'être évacué. Il devrait simplement trouver un autre moyen pour le libérer.

Magalie envoya Jean au siège de la Milice et, regardant sa montre, fut surprise de voir combien de temps s'était écoulé. Le soleil se coucherait bientôt, si ce n'était pas déjà fait.

— Pouvons-nous y aller ? demanda-t-elle à Luc en montrant la sortie.

Elle avait un jour traqué un magicien rebelle à travers le dédale, sa mémoire eidétique[1] lui fournissait donc le chemin à suivre jusqu'à l'extérieur.

— Merci, Magalie, Luc, lança Raymond derrière eux. Adèle, as-tu besoin que je reste ?

Adèle secoua la tête.

— Non, je vais bien, et je ne vais pas le blesser trop grièvement. Il a juste besoin d'apprendre un peu le respect.

Raymond haussa les épaules et en un clin d'œil se rendit directement à son appartement.

---

[1]Eidétique : image mentale d'une parfaite netteté, précise jusqu'au moindre détail.

XX

JEAN DEVALA la rue du 4 septembre vers la rue de la Michodière. Le Piège-Pouvoir, le deuxième rituel, était terminé, la magie sauvage qui avait si fortement influencé les divers partenariats avait été dispersée en toute sécurité, mais la puissance qui chantait dans ses veines lors de son alimentation depuis que Raymond avait activé le sort exigeait une libération, et il doutait d'être le bienvenu dans le lit de Raymond. Le magicien l'avait maintenu à distance depuis la première fois qu'il s'était nourri à son retour de La Réunion. Il avait laissé Jean s'alimenter, mais de nouveau uniquement à son poignet, comme s'il craignait de laisser le vampire s'approcher – hormis aujourd'hui pour le rituel.

Il avait besoin de plus que ça, non pas parce qu'il avait faim, mais parce qu'il avait besoin de la libération qui venait de la puissance combinée de l'alimentation et du sexe. Pour cela, il avait besoin de Karine. Il monta les marches jusqu'à son appartement rapidement, tout son entrain s'envolant subitement quand il vit les fleurs fanées devant sa porte. Elle ne les avait même pas rentrées à l'intérieur.

Il lui avait dit à plusieurs reprises que si elle ne pouvait pas se satisfaire de ce qu'il avait à offrir, elle devrait lui dire de partir. Il n'avait pas besoin de se le faire répéter deux fois.

Il semblait bien que Raymond reçoive un visiteur ce soir tout compte fait. Jean s'épargna la pensée éphémère d'une visite à *Sang Froid* à la place, il avait besoin d'une connexion, pas de l'anonymat qu'Angélique fournissait. Il avait besoin d'un amant et non pas d'une victime.

Quelques minutes plus tard, il cognait énergiquement à la porte de l'appartement de Raymond, sans se préoccuper que le bruit puisse déranger les voisins. Il n'y avait que deux autres portes dans le couloir des combles et il ne pouvait détecter personne à l'intérieur.

Sans surprise, une baguette l'accueillit quand la porte s'entrouvrit.

— C'est moi, fit-il à son partenaire. Laisse-moi entrer.

La chaîne qui maintenait la porte fermée cliqueta contre le chambranle lorsque Raymond la libéra et ouvrit la porte assez grand pour le laisser pénétrer.

— Que fais-tu ici ? questionna-t-il. Et, plus important encore, comment m'as-tu trouvé ?

— J'ai trouvé ton appartement quand tu étais encore à La Réunion. Je me promenais dans les rues et j'ai atterri ici, expliqua Jean.

Ses yeux détaillaient l'image qu'offrait Raymond dans son pantalon de pyjama noir et sa robe de chambre entrouverte, enfilée à la hâte, qui révélait une solide poitrine lisse.

— Quant à savoir pourquoi je suis ici maintenant…

157

Il était incapable de trouver les mots pour expliquer les émotions qui l'animaient. Remplaçant les mots par des actions, il prit la baguette de la main de Raymond, mit le morceau de bouleau de côté et souleva le poignet du magicien à sa bouche. Il effleura la peau de ses lèvres.

— J'ai besoin de toi.

— T... tu t'es déjà nourri, bégaya Raymond, détestant la façon dont son corps le trahissait.

Même si la magie sauvage avait été dispersée, son partenaire exerçait une attraction magique sur lui à laquelle Raymond avait de plus en plus de difficulté à résister.

— Tu ne devrais pas être ici.

— Si, je devrais, s'entêta Jean, glissant ses lèvres le long du bras musclé. Nous avons assez tourné autour du pot.

Raymond secoua la tête.

— Ce n'est pas nous, protesta-t-il. C'est le lien du partenariat qui nous pousse à ressentir ça.

— Vraiment ? Le défia Jean. Ou le lien est-il aussi puissant à cause de ce que nous ressentons ?

— Adèle...

— Adèle est une très belle femme dans une position absolument intenable, je suis d'accord, l'interrompit Jean, mais elle n'est pas toi, et je ne suis pas Jude. Donne-moi une nuit pour te convaincre. Si tu veux toujours que je parte au matin, je le ferai, et je ne te demanderai plus jamais rien au-delà du minimum pour l'alliance.

Raymond déglutit nerveusement, se sentant un peu comme la souris hypnotisée par le cobra, sachant qu'il devait fuir, mais incapable de bouger. Un long doigt mince dessina la ligne de sa gorge, suivant la vibration de sa pomme d'Adam, lui arrachant un doux gémissement. Il y avait si longtemps que personne ne l'avait touché pour le plaisir. *Excepté Jean*, lui rappela une petite voix. Le vampire avait respecté le souhait de Raymond la plupart du temps, s'alimentant de façon aussi impersonnelle que possible. C'était la preuve qu'ils pouvaient résister à la contrainte magique s'ils le voulaient... mais le souvenir de la seule fois où Jean ne s'était pas montré aussi clinique restait ancré en Raymond, le tentant et lui laissant imaginer tout ce qui pourrait se passer entre eux. Lentement, il hocha la tête et se dirigea vers sa chambre.

Le souffle bloqué dans sa poitrine, Jean le suivit, retirant sa veste et la laissant tomber sur le dos du canapé en passant. La chambre de Raymond, comme toutes les autres pièces de l'appartement, était encombrée par des livres. Seule la moitié du lit de Raymond n'en était pas recouverte.

Ayant atteint la chambre à coucher, le courage de Raymond faiblit de nouveau, il s'agita nerveusement d'avant en arrière, d'un pied sur l'autre. Cela faisait plusieurs années qu'il n'avait pas eu d'amant masculin et il n'était pas complètement à l'aise avec l'idée d'en prendre un aujourd'hui, en particulier dans ces circonstances mitigées.

— Du calme, l'apaisa Jean, pénétrant doucement dans l'espace personnel de Raymond, laissant leurs corps se frôler l'un contre l'autre. Tu sais que je ne vais pas te faire de mal. Rappelle-toi ce que monsieur Lombard t'as dit ? Ça va à l'encontre de tout ce que je suis de blesser une personne dont je me soucie. Je peux combattre certains de mes instincts, mais pas ceux-là. Je ne veux pas les combattre. Tu es en sécurité avec moi, Raymond. Tu le seras toujours.

Le seul fait d'entendre que Jean voulait plus qu'une simple jouissance aidait beaucoup, qu'il soit venu délibérément vers Raymond aussi. Se retournant, il disparut dans la salle de bain pour revenir avec une crème épaisse pour les mains.

— Ça devra faire office de lubrifiant, dit-il en s'excusant. Je ne garde pas…

Les lèvres de Jean sur les siennes mirent un terme à ses mots. Il haleta sous la surprise. D'une certaine manière, il ne s'était pas attendu à un baiser du chef des vampires. Ses lèvres étaient douces et chaudes, encore une sensation inattendue. S'il y avait réfléchi, Raymond aurait pu deviner qu'elles seraient agréables.

— Arrête de réfléchir et embrasse-moi, gronda gentiment Jean contre la bouche de Raymond. Tu pourras tout analyser demain. Pour l'instant, je veux juste que tu profites.

Raymond rit doucement.

— C'est mon mécanisme de défense, admit-il.

— Je sais, répondit Jean. C'est pourquoi je t'ai dit d'arrêter.

— C'est plus facile à dire qu'à faire, observa Raymond. Pourquoi n'essayes-tu pas de voir si tu peux m'en empêcher ?

— Est-ce un défi ? demanda Jean en levant un sourcil sous la surprise.

— Si tu te sens à la hauteur le taquina Raymond.

— Je suis prêt, assura Jean au magicien.

Il poussa leurs hanches l'une contre l'autre afin que Raymond puisse sentir son excitation. Il y trouva une réponse identique.

— Toi aussi, il semblerait, fit-il.

— Effectivement, il semblerait, admit Raymond. Qu'allons-nous faire à ce sujet ?

— Nous allons dégager assez de place sur ton lit pour nous deux et puis nous allons nous débarrasser de certains de ces vêtements. Nous verrons ce qui se passe à partir de là, déclara Jean.

Un petit coup de poignet de Raymond envoya les livres voler à leurs emplacements habituels.

— Très efficace, commenta Jean amusé. Es-tu aussi bon avec des vêtements ?

— Avec les miens, je le suis, mais je ne sais pas si ça va marcher sur les tiens puisque tu es immunisé contre ma magie, répondit Raymond.

Jean envisagea de suggérer qu'ils le découvrent, mais il voulait avoir le plaisir de dépouiller Raymond de ses vêtements lui-même. Dans cette optique, il tendit la main vers la robe de chambre couvrant les larges épaules de son magicien.

— Ça ne m'ennuie pas de faire les choses à l'ancienne.

La soie était lisse sous ses mains, chaude de la peau de Raymond. Libérant le tissu, il la porta à son visage, respirant l'odeur de savon et d'homme.

Raymond s'agita inconfortablement, incertain de savoir comment réagir devant l'incongruité de la situation. Ils n'étaient pas amants, malgré ce qu'ils allaient faire, mais Jean agissait comme s'ils l'étaient, laissant Raymond se débattre intérieurement.

Mettant de côté la robe de chambre, Jean reporta son attention sur Raymond. Son partenaire était un homme indéniablement attrayant : de courts cheveux noirs, légèrement hérissés ; des traits forts aux yeux étonnamment clairs ; une bouche séduisante que Jean envisageait de découvrir plus complètement avant la fin de la nuit ; des muscles puissants, bien définis, sans être trop volumineux. Autant que Jean pût en juger, il était parfait.

Raymond se retourna et Jean aperçut une longue cicatrice irrégulière sur le côté gauche du dos de son magicien.

— Qui t'as blessé ? siffla-t-il.

— Serrier, répondit Raymond succinctement. Tous ses principaux lieutenants – et, oui, j'étais l'un d'eux – ont une cicatrice semblable quelque part. C'est un test pour évaluer notre loyauté, pour prouver que nous resterons avec lui quoiqu'il arrive.

— C'est un homme mort, grogna Jean, le ventre noué à la pensée de la douleur que Raymond avait dû subir pour porter une telle marque. Je vais le tuer moi-même.

— Ne le fais pas, exigea Raymond. Pas pour ça. Pas pour moi. Je ne m'en souviens même pas la plupart du temps. Ce n'est pas comme si je pouvais la voir. La plupart du temps, j'oublie qu'elle est là.

Jean accepta la déclaration de Raymond, mais il n'oublierait pas. Il n'oublierait jamais ce que son partenaire avait souffert aux mains de Serrier. Il avait déjà beaucoup de raisons de s'opposer au magicien rebelle, mais cela en ajoutait une, plus personnelle. Malgré la requête de Raymond, voir Serrier mort venait de devenir sa vendetta personnelle. Personne ne blessait son magicien.

S'avançant derrière l'homme, il laissa courir des doigts tendres sur la chair abîmée, mémorisant chaque centimètre de ce titre honorifique. Combien de vies Raymond avait-il sauvées depuis qu'il avait changé de camp ? Combien de personnes vivaient encore et respiraient parce que cet homme avait compris le fonctionnement de l'esprit tordu de Serrier ? Il baissa la tête et embrassa la cicatrice, sa langue traçant la ligne blanche au centre de la cicatrice comme si sa salive pourrait effacer cette marque aussi facilement qu'elle guérissait les morsures qu'il infligeait pour survivre.

Le souffle de Raymond se bloqua dans sa gorge. Pour la première fois depuis que Serrier l'avait marqué, il était torse nu devant quelqu'un, quelqu'un qui pouvait voir la cicatrice et le juger pour ça, quelqu'un qui aurait pu le trouver répugnant parce qu'il portait cette marque. Jean semblait avoir une réaction complètement différente, il apparaissait captivé plutôt que repoussé par elle. Son cœur se serra de gratitude et de désir alors que le vampire caressait tendrement la cicatrice et, quand ses lèvres remplacèrent ses doigts, Raymond fondit sous la caresse.

Sentant Raymond s'appuyer sur lui, Jean enveloppa bientôt son amant dans une étreinte avide, ses mains se baladant sur la poitrine ferme et plate. Pour son plus grand plaisir, Raymond s'arqua sous ses mains. Relevant la tête, Jean incita le magicien à se pencher davantage en arrière contre lui pendant qu'il continuait à caresser chaque centimètre de muscle dur et de peau soyeuse. Finalement, ses mains se posèrent sur le renflement des pectoraux, les pétrissant sans hésitation tandis que ses doigts tordaient les mamelons durs comme du diamant. Il avait été l'amateur de suffisamment de femmes pour avoir développé un fétichisme pour ces petites excroissances, même avec ses amants masculins. Si sa réaction était une indication, Raymond partageait cet intérêt, son souffle se faisant haletant à chaque pincement et étirement.

Poursuivant ses explorations d'une main, Jean laissa l'autre glisser plus bas, sur le ventre plat de Raymond et sous la ceinture du pyjama noir, enveloppant le généreux membre qui y était caché. Un gémissement s'échappa de la gorge du magicien, amenant un sourire sur les lèvres de Jean.

— Tu aimes ? s'amusa-t-il avec légèreté.

— Par Merlin, oui ! s'écria Raymond, ses hanches tressautant en avant dans le fourreau formé par le poing du vampire.

— Imagine à quel point ce sera encore mieux quand c'est mon cul qui se resserrera autour de toi, le taquina le chef de la Cour.

Les genoux de Raymond faiblirent à cette idée alors même que son esprit protestait.

— Mais je pensais…

— Tu pensais que parce que je suis le chef des vampires, je voudrais être l'actif au lit ? Souhaita se faire confirmer Jean.

Lorsque Raymond hocha la tête, il expliqua :

— Mais c'est exactement pourquoi je ne veux pas. Si tu étais un vampire, ce serait différent, mais tu n'en es pas un. Je peux laisser tomber toutes mes défenses avec toi, abandonner le Jeu des Cours pendant quelques heures et être seulement Jean. Et Jean veut – a besoin – de se faire baiser à fond ce soir. Veux-tu le faire pour moi ?

Raymond se mordit la lèvre en se tournant dans l'étreinte du vampire, luttant pour ne pas jouir dans son pantalon comme un jeune adolescent à la simple idée d'être autorisé à une telle intimité. Dans les rares occasions où il s'était autorisé à s'imaginer avec Jean, le vampire avait toujours été celui qui conservait résolument le contrôle, systématiquement au-dessus.

— Oui, murmura-t-il d'une voix rauque. Tout ce que tu voudras.

— C'est une offre plutôt généreuse, le taquina Jean.

— Je le pense, répondit Raymond, ses hésitations antérieures s'évanouissant avec l'empressement de Jean à vouloir partager la maîtrise de leurs ébats.

Il avait été tellement sûr que n'importe quel amant potentiel, découvrant la marque dans son dos, changerait d'avis, qu'il ne s'était jamais laissé à espérer autre chose que des rencontres fortuites à l'occasion. Tout en lui vibrait maintenant avec la certitude de ce qui serait plus qu'un coup d'un soir. Même si leur partenariat ne survivait pas à la fin de la guerre, Jean s'était engagé à ce que ça marche. En outre, son offre de le quitter au matin si Raymond insistait dans ce sens suggérait que si Raymond ne le faisait pas, le vampire avait l'intention de rester. Baissant la tête, il pinça doucement les lèvres minces, s'autorisant enfin à se détendre et à accepter ce qui se passait entre eux. Il aurait préféré que cela arrive indépendamment de l'impulsion magique, mais au fond de son cœur, il savait qu'il faisait ce choix à cause des paroles de Jean, non pas en raison d'une quelconque pression extérieure.

Jean ouvrit les lèvres, offrant leur accès à Raymond, mais le magicien n'en profita pas immédiatement, s'attardant à la place sur la chair tendre qu'il explorait pour l'instant. Dans le même temps, ses mains erraient sur la silhouette légèrement vêtue du vampire, découvrant ses contours à travers le tissu qui les séparait.

— Tu peux les retirer, proposa Jean, le souffle court, brisant le baiser quand sa tête commença à tourner par manque d'air.

Sachant à quel point ses limites s'étaient modifiées après qu'il avait été transformé, il s'étonnait que Raymond n'en ait pas ressenti le besoin en premier, mais le magicien ne semblait s'apercevoir de rien, en dehors de son application à analyser attentivement le corps du vampire.

— Quel âge avais-tu lorsque tu as été transformé ? demanda Raymond avec curiosité en commençant à déboutonner la chemise de Jean.

Il révéla les lignes souples de son torse. Il connaissait la force qui résidait dans le corps élancé sous ses mains, la force trompeuse du guépard qui paraissait mince en comparaison d'autres félins plus lourds de la même famille, mais pouvait se démarquer dans une pointe de vitesse qui mettait la honte aux autres.

— Vingt-huit ans, haleta Jean, se cambrant sous une caresse qui imitait celles qu'il avait prodiguées seulement quelques minutes plus tôt. Mais c'était une époque de privation, avec des attaques de Vikings chaque été jusqu'à ce que le roi donne le titre de duc à Rollon, en échange de sa protection contre les Normands qui remontaient la Seine pour piller. L'abbaye n'était pas plus épargnée que le reste de la ville, et nous étions affamés comme tout le monde.

Cela expliquait la charpente mince de l'homme, décida Raymond, en poursuivant son exploration, les mains avides de découvrir chaque centimètre du corps de Jean. Écartant le tissu qui les séparait, il réalisa que le vampire avait un regard avide.

Jean resta immobile encore un moment sous son observation attentive avant d'attraper le pantalon de pyjama que Raymond portait encore, le faisant glisser vers le bas et l'en débarrassant. La partie inférieure du magicien était aussi parfaite que la partie supérieure, laissant Jean plus que satisfait de sa décision de passer la soirée de cette façon. Le sexe élégamment incurvé le remplirait délicieusement. Maintenant, il ne restait plus qu'à voir si Raymond était aussi versé pour les arts érotiques qu'il l'était pour l'ésotérisme.

Les mains qui le guidèrent vers le lit étaient aussi assurées que Jean aurait pu l'espérer, l'accompagnant vers le bas sur les draps soyeux. Ils avaient refroidi depuis que Raymond s'était levé pour répondre à sa porte. Le corps qui pressait le sien contre le matelas était juste assez lourd afin que Jean sente sa présence sans être inconfortablement écrasant. De façon intéressante, Raymond aligna leur corps afin que le sexe de Jean soit emprisonné entre eux, caressé à chaque mouvement, même léger, alors que le sien ne touchait pas du tout Jean, laissant le vampire très conscient de son absence.

— Il n'y a rien de semblable à être écrasé sur un matelas par le poids d'un homme, ronronna-t-il, se déplaçant de façon provocante sous son amant.

Raymond sourit au vampire, se couchant un peu plus sur lui.

— Attention, le taquina-t-il. Je pourrais décider de te garder ici.

— Je pourrais décider de te laisser faire, répliqua Jean, ses bras encerclant langoureusement le cou du magicien et attirant sa tête vers lui pour l'embrasser. Après tout, j'ai tout ce qu'il me faut ici, dans ce lit.

Il mordit légèrement la mâchoire de Raymond, laissant ses crocs frôler simplement la peau sans laisser la moindre trace de leur passage.

Les yeux de Raymond se fermèrent involontairement à ces mots. Être désiré... Être le centre du monde de quelqu'un. Monsieur Lombard lui avait dit que ceux qui gagnaient le dévouement d'un vampire étaient choyés au-delà de leurs rêves les plus fous. Raymond n'avait pas demandé à Alain s'il était heureux. Il n'en avait pas eu besoin. Se voir offrir une infime portion de cette même dévotion par son partenaire était plus qu'il ne s'était autorisé à espérer.

Déterminé à offrir à Jean une partie de ce même sentiment d'appartenance, il unit ses lèvres à celles du vampire, l'embrassant tendrement, passionnément, offrant sa bouche à l'homme en échange. Leurs langues s'enroulaient, se nouaient, s'emmêlaient dans un affrontement, rivalisant pour dominer le baiser. Gardant leurs lèvres jointes, Raymond roula sur le côté pour avoir un meilleur accès à Jean, sa main libre s'aventurant sur la peau soyeuse.

Se souvenant comment le vampire s'était attardé sur sa poitrine, Raymond reproduisit les mêmes caresses, ses doigts encerclant les pointes tendues, pinçant doucement pendant que Jean s'agitait contre lui.

— Exactement comme ça, haleta Jean en se libérant du baiser pour humer la ligne de la mâchoire de Raymond. C'est tellement bon.

Renversant la tête en arrière, Raymond offrit la courbe de chair tendre à son partenaire, espérant que le vampire ne lui ferait pas de mal. Sa main glissa plus bas, le long du flanc de Jean vers sa hanche puis plus bas encore, soulevant sa cuisse qu'il drapa sur ses propres jambes. Jean roula légèrement vers lui, cette nouvelle position offrant à Raymond un accès à son dos et à ses fesses, la raie étroite légèrement entrouverte comme pour lui souhaiter la bienvenue.

Pressant l'un des globes pour marquer qu'il acceptait l'invite, Raymond parcourut de sa main la longue jambe de haut en bas, celle-ci remontant lentement vers sa taille. Il pouvait sentir le jeu des muscles puissant sous la peau soyeuse, l'attrait de l'adéquation de sa force contre celle du vampire qui poussait à chaque coup. Jean n'était pas une fleur timide ayant besoin d'une délicate retenue. Il était l'égal de Raymond, en pouvoir comme en intelligence, son égal dans tous les domaines, capable de venir à sa rencontre poussée après poussée. Soutenu par cette pensée libératrice, il chercha le tube de crème qu'il avait récupéré dans la salle de bains, il en aspergea ses doigts pour pouvoir commencer à préparer son amant.

— Tu veux te retourner ? demanda-t-il gentiment.

— Non, répondit Jean en mordillant de nouveau la mâchoire de Raymond. Je veux te voir, te regarder, tout le temps où tu seras en moi.

Il n'ajouta pas qu'il espérait que Raymond le laisserait le mordre en même temps. Le sang faisait tellement partie du sexe pour le vampire qu'il avait du mal à imaginer ne pas se nourrir en même temps, mais il attendrait pour poser la question. Pas besoin d'accabler Raymond avec tout ça à la fois.

— Putain, gémit Raymond, l'idée de prendre Jean face à face comme de vrais amants le faisant frissonner d'anticipation. Continue à dire des choses comme ça et je ne tiendrai jamais assez longtemps pour attendre d'être en toi.

— J'aurai juste à faire en sorte que tu sois dur à nouveau, lui assura Jean.

Cependant, il s'étendit sur le lit, écartant ses jambes dans une invitation évidente pour que Raymond puisse atteindre son entrée plus facilement. Il adorerait devoir lécher et sucer le sexe repu du magicien jusqu'à ce qu'il soit de nouveau raide, mais Raymond était si nerveux ce soir que Jean ne voulait pas faire quoi que ce soit qui pourrait briser l'ambiance entre eux à cet instant. Il verrait combien de fois il parvenait à faire jouir Raymond à un autre moment, mais pas ce soir.

Gémissant de nouveau à cette image scandaleuse, Raymond sollicita la rosette plissée, testant sa résistance d'un doigt tendre. Elle céda lentement, incitant le magicien à se demander combien de temps s'était écoulé depuis la dernière fois que Jean avait laissé quelqu'un le prendre de cette façon. Son sang s'enflammait encore plus à la pensée que le vampire puisse lui faire autant confiance.

— Détends-toi, l'encouragea-t-il, le bout d'un doigt faisant son chemin en lui jusqu'à la première phalange.

— J'essaie, haleta Jean. Ça fait… un moment.

Cela faisait plus qu'un moment. Cela faisait presque quatre cents ans, mais Raymond n'avait pas besoin de connaître ce détail. Depuis que Thibaut l'avait trahi, il n'avait jamais eu confiance en un amant masculin à l'extérieur de la communauté des vampires… et, au sein de la Cour, il ne pouvait pas laisser quelqu'un le dominer.

Le doigt invasif s'enfonçait, effleurant le faisceau de nerfs, et Jean sentit que chaque parcelle de son corps s'abandonnait au plaisir qu'il provoquait. Les yeux se fermèrent, sa bouche s'entrouvrit, sa lèvre inférieure se retrouva coincée entre ses dents. Le souffle de Raymond fut capturé par le masque de plaisir sur son visage. Savoir qu'il pourrait procurer autant de plaisir à son partenaire expérimenté lui fournissait la confiance dont il avait besoin pour enfoncer son doigt complètement en lui, l'inclinant sur le côté pour étirer l'anneau protecteur toujours serré, avant d'ajouter un second doigt.

— Ça va ? demanda-t-il lorsqu'il retirait son doigt pour revenir avec deux.

Le visage de Jean était figé, empêchant Raymond de déterminer s'il faisait mal à son amant.

En réponse, Jean captura la bouche de Raymond dans un baiser sauvage, soulevant ses hanches dans une invitation évidente. Raymond glissa ses doigts plus profondément, les bougeant lentement en ciseaux jusqu'à ce qu'il sente la résistance fondre.

— Maintenant, fit Jean sur un dernier mordillement des lèvres de Raymond. J'ai besoin de toi maintenant.

Raymond hocha la tête, retira ses doigts et utilisa le reste de la lotion sur sa main pour enduire son sexe. Roulant à genoux entre les cuisses largement ouvertes, il balança ses hanches contre le passage étroit, cherchant à entrer. Cela prit un moment, mais ensuite il s'évasa, lui permettant de pénétrer à l'intérieur. Ses yeux se révulsèrent tandis qu'il prenait conscience de l'incroyable chaleur et de l'étroitesse qui le retenaient, le caressaient, l'accueillaient.

La tête de Jean retomba et il lutta pour ne pas combattre la brûlure quand le sexe de Raymond l'ouvrit largement. À son grand soulagement, le magicien marqua une pause quand il fut profondément en lui, donnant à Jean une chance de reprendre son souffle et de se détendre dans l'étirement. Lorsque Raymond commença à bouger, il le fit subtilement, déplaçant son sexe dans le canal serré, pas suffisamment pour abraser le tissu délicat, juste assez pour permettre à Jean de sentir sa présence.

Désireux d'avoir la saveur de son amant sur sa langue, Jean pinça le cou de Raymond.

— Laisse-moi te mordre, pria-t-il, léchant la peau qu'il espérait marquer.

Raymond se figea, toutes ses craintes enracinées se ruant sur lui, mais il les repoussa. Jean s'était nourri de lui avant, de nombreuses fois, il avait même utilisé ses crocs pour lui faire l'amour une fois. Le fait qu'ils soient intimement reliés à cet instant ne changeait rien. S'il pouvait faire confiance au vampire une fois, il pouvait lui faire confiance chaque fois. À peine quelques heures plus tôt, ils avaient prouvé que la combinaison de l'alimentation et de la magie renforçait le magicien. Assurément, ce ne serait pas différent.

— T... tu t'es déjà nourri, bégaya-t-il.

— Je connais tes limites, assura Jean. Je n'en prendrai pas trop.

Avec un léger acquiescement, Raymond accepta, fermant les yeux en anticipant la morsure.

Un jour, se jura Jean en lui-même alors que la saveur du sang de Raymond frappait ses sens, un jour il mordrait son amant et il n'y goûterait pas la peur au milieu de toutes les autres émotions qui parfumaient son sang. Repoussant cette idée, il se concentra pour utiliser ce point de contact afin de prodiguer autant de plaisir à Raymond que le magicien lui en prodiguait. Si l'augmentation soudaine du désir dans le sang de Raymond était une indication, il y réussissait.

Raymond frissonna, ses poussées correspondaient inconsciemment au rythme des lèvres de Jean sur son cou. Il conserva des mouvements limités, ne faisant pas confiance à la lotion pour assurer une lubrification suffisante pour un martèlement plus énergique. Il y aurait d'autres occasions. Jean lui avait demandé une nuit pour le convaincre, mais Raymond n'avait pas besoin de plus de temps. Il ne lui demanderait pas de partir.

Le désir commençait à échapper à tout contrôle, il glissa une main entre leurs corps pour empoigner le sexe de Jean, le caressant au même rythme délibérément. Contre son cou, le vampire gémit, encourageant Raymond à accélérer son mouvement, des mains et des hanches. Quelques instants plus tard, il sentit le fluide chaud et crémeux jaillir sur ses doigts et entre leurs ventres. Le fourreau étroit se contracta autour de lui, comprimant son érection jusqu'à ce qu'il jouisse.

Prudemment, Jean glissa ses crocs hors du cou de Raymond, léchant les petites blessures pour les sceller. Raymond était toujours sur lui, son souffle parvenant en petits halètements chauds contre le cou de Jean. Souriant doucement, il caressa le dos musclé, ses doigts retrouvant la cicatrice, la caressant à plusieurs reprises comme s'il pouvait soulager la douleur qui l'avait causée.

Raymond frissonna quand les doigts du vampire l'explorèrent. Il n'aurait jamais imaginé que la marque de sa honte pourrait être une zone érogène... mais,

166

en sentant les doigts de Jean s'y attarder, le symbole de tout ce qu'il avait appris à haïr devint quelque chose d'autre, quelque chose de plus. Il abandonna la colère qu'il avait entretenue comme un bouclier contre le monde et laissa la puissance de leur partenariat la remplacer.

XXI

ADELE FIT le tour du lac d'un pas raide jusqu'à l'endroit où son partenaire était allongé, immobilisé par le sort d'Alain. Ses yeux la suivaient, dénotant clairement qu'Alain n'avait pas émoussé ses sens, mais uniquement figé son corps.

— Je crois que je t'aime bien comme ça, observa-t-elle en le poussant avec le bout de sa botte.

Il la fixa, mais ne pouvait rien faire pour l'arrêter.

— Je pourrais te faire ce que je voudrais, réfléchit-elle à voix haute, les yeux parcourant la forme entravée. Te battre, te brûler, te jeter dans le lac.

La puissance invoquée pour le rituel brûlait toujours en elle, cherchant une issue. Elle posa ses mains sur ses hanches, regardant le désir étinceler dans ses yeux quand son geste souligna sa silhouette.

— Tout que tu as obtenu c'est d'être laissé sur la touche.

Elle tira le mince chandail qu'elle portait par-dessus sa tête, laissant son torse seulement vêtu d'un caraco en dentelle qui couvrait sa peau, mais ne faisait rien pour cacher ses formes. En lui souriant, elle prit ses seins dans ses mains comme si elle les offrait à un amant invisible.

— Veux-tu me toucher ? railla-t-elle. Me débarrasser de mon caraco et jouer avec mes seins ?

Ses mains accompagnaient ses paroles, lui offrant un aperçu de ses mamelons avant que ses paumes les couvrent, les frottant énergiquement, fermant les yeux tandis que son désir grimpait en flèche. Elle connaissait ce sentiment, la combinaison de l'adrénaline et du désir qui survenait de l'exercice d'une concentration prolongée de ses capacités magiques. Il disparaîtrait de lui-même, si elle lui laissait assez de temps ou elle pouvait le libérer d'une manière plus agréable.

Laissant le tissu extensible reprendre sa place, elle déplaça ses mains, tirant sur l'élastique qui retenait ses cheveux, une brusque secousse de la tête l'envoyant dégringoler sa tresse par-dessus ses épaules.

— Ou peut-être que tu me mordrais de nouveau, songea-t-elle, ses doigts caressant la peau soyeuse qu'il avait meurtrie la veille.

Dès qu'elle avait acheté une nouvelle baguette la veille, elle avait guéri cette marque comme toutes les autres qu'il avait laissées sur son corps, ne voulant pas du rappel de sa faiblesse. Aujourd'hui, cependant, c'était lui le faible, celui qui était complètement à sa merci, et elle avait bien l'intention de profiter de l'occasion, sachant qu'elle pourrait bien ne jamais en obtenir une autre.

— Tu aimerais savoir que je suis marqué, n'est-ce pas ?

Mine de rien, elle attrapa sa baguette, lança un sort de guérison sur son cou pour effacer également les marques de morsure du rituel qui venait de se terminer.

— Dommage, ricana-t-elle en se déplaçant pour se tenir au-dessus de lui. Je ne veux être marqué par aucun homme.

Baissant les yeux sur le vampire immobilisé, elle considéra ses options. Elle pourrait le libérer et trouver son soulagement ailleurs, ou elle pouvait le rendre fou en l'obligeant à regarder ce qu'il désirait et ne pouvait pas obtenir. Elle savait que c'était mesquin de sa part, mais après ce qui s'était passé la veille, elle avait besoin de reprendre le contrôle, d'elle-même et de lui. En se reculant un peu, elle se pencha pour retirer ses bottes et son pantalon, frissonnant dans l'air froid. Avec un sourire malicieux, elle rappela le cercle de flammes que Raymond avait aspergé. La chaleur du feu rugissant en elle, apportant de la couleur à sa peau.

Jude aurait sursauté, s'il l'avait pu, lorsque les flammes s'élevèrent de nouveau du sol, mais le sort que le magicien blond lui avait jeté en s'ingérant dans ses affaires l'empêchait complètement de bouger. Il pouvait voir, entendre, sentir, cligner des yeux, mais c'était tout. Sa peau vibrait de désir, une démangeaison qui demandait à être soulagée sauf qu'il ne pouvait rien y faire. Il ne pouvait même pas exiger qu'elle, cette petite salope, fasse quoi que ce soit à ce sujet. Elle se tenait effrontément devant lui uniquement vêtue de ses sous-vêtements, ses longues jambes et ses bras nus et ses cheveux ébouriffés comme si quelqu'un avait glissé passionnément ses doigts dedans. Une légère rougeur colorait ses joues et le haut de ses seins, la preuve du désir qui faisait rage dans son sang. Un désir qu'il ne lui avait pas inspiré. Intérieurement, il fulminait à la vue de sa peau immaculée. Ses marques auraient toujours dû être là, au moins pour quelques jours de plus, proclamant à chacun qu'elle lui avait appartenu. Elle avait enlevé cette réclamation, rejetée comme elle avait essayé de le rejeter lui. Elle apprendrait à quel point il était stupide d'essayer de rejeter un vampire.

Son orteil nu poussa entre ses jambes.

— Es-tu attentif, connard ? Oh, attends, ça fait partie d'un homme et tu n'es pas assez viril pour plaire à une femme telle que moi, pas vrai ?

Elle se retourna, lui offrant une vue sur ses fesses nues, seule la ficelle de son string les séparant. Jetant un regard par-dessus son épaule, elle passa ses mains sur la peau lisse.

— Tu vois quelque chose qui te plaît ? le taquina-t-elle, passant ses doigts sous le string et le retirant. Dommage que tu n'aies jamais appris à respecter les limites des autres. Si tu l'avais fait peut-être que tu ne serais pas immobilisé et que ce serait l'un de tes doigts qui se trouverait dans ma chatte brûlante et humide.

Tout en parlant, elle conformait ses actes à ses paroles, se penchant légèrement pour qu'il puisse voir ses doigts se déplacer lentement dans son corps, caressant les parois soyeuses de son fourreau.

L'eau à la bouche de désir, Jude grogna, le seul bruit qu'il pouvait émettre pour attirer son attention, alors qu'elle continuait à faire aller et venir ses doigts dans son corps.

— Est-ce que tu veux quelque chose ? railla-t-elle. Tout ce que tu as à faire c'est de demander, tu sais, connard. Je suis une femme raisonnable quand je suis traité avec décence et respect.

Regardant ailleurs à nouveau, elle tira sur ses mamelons à travers son caraco tout en continuant à se caresser avec ses doigts.

— Putain, que c'est bon ! gémit-elle en bougeant ses doigts plus profondément.

Écartant le tissu de son caraco, elle pinça son mamelon plus fermement, consciente de ses yeux sur elle et de la raideur qui grossissait dans son pantalon et que même le sort d'Alain ne pouvait pas empêcher. L'étendue de son propre pouvoir la submergea, resserrant les doux liens de son désir encore plus. Son regard vert vira au noir quand elle se tourna un peu pour s'assurer qu'il pourrait lorgner sa poitrine nue.

— As-tu dit quelque chose ? le poussa-t-elle.

Il lui jeta un regard furieux et regarda ostensiblement son corps toujours recouvert.

— Oh, tu veux que je l'enlève ? Pourquoi ne viens-tu pas m'aider ? le taquina-t-elle.

Ses mains marquèrent une pause dans leur bon soin pour jouer avec l'ourlet de son caraco. L'expression assombrie de frustration de Jude amena un rire joyeux à ses lèvres pendant qu'elle retirait le vêtement et le jetait sur la poitrine du vampire, accompagné de son string.

— Connard, fit-elle presque affectueusement. Tu te consumes de frustration, n'est-ce pas ?

Elle s'agenouilla à côté de lui sur le sol, sa main planant à un cheveu de sa queue.

— Cela semble douloureux, observa-t-elle avec amusement.

Se penchant en avant, elle frotta ses seins sur ses lèvres.

— Tu voudrais goûter, pas vrai ? Tu salives comme un chien enragé juste à l'idée d'ouvrir la bouche et de mordre mes seins jusqu'à ce qu'ils soient en sang, hein ?

Elle s'assit de nouveau, se caressant d'un air songeur. Elle était assez habile avec sa magie pour libérer uniquement ses lèvres et lui permettre de sucer ses mamelons ou son clitoris, mais cela reviendrait à lui redonner du pouvoir sur elle, quelque chose qu'elle s'était juré de ne plus jamais refaire. Elle pourrait utiliser son sexe dur de la même façon dont elle utilisait son vibromasseur à la maison, mais il n'obtiendrait rien de plus d'elle, ni maintenant ni jamais.

— Dommage que tu sois un connard. J'aime que mes amants sucent mes mamelons, mais tu as déjà prouvé que je ne peux pas te faire confiance pour respecter mes limites. Mes doigts sont préférables à tes crocs.

Tendant la main vers son pantalon, elle dénoua sa ceinture, fit sauter le bouton et descendit la fermeture éclair, sa main glissant à l'intérieur pour libérer son sexe de son slip. Elle le caressa plusieurs fois pour s'assurer qu'il était entièrement raide.

— Il semblerait que j'ai laissé mon vibromasseur à la maison, lui dit-elle froidement. Je peux rentrer chez moi et l'utiliser là-bas, te laissant en plan ici, ou, à la place, je peux me servir de toi. Cligne deux fois des yeux si tu veux que je reste.

Jude la fixa pendant un long moment, envisageant sérieusement de lui dire de s'en aller, mais son corps était en feu après son petit spectacle et il savait qu'une baise quelconque ne le satisferait pas. Il pouvait sentir sa main sur sa queue, ce qui signifiait qu'il serait capable de sentir également sa chatte, chaude et soyeuse autour de lui. Elle ferait tout le travail puisqu'il ne pouvait pas bouger et il obtiendrait aussi la vision d'elle le chevauchant, jusqu'à ce qu'elle jouisse.

Il cligna deux fois des yeux, lentement et posément.

Immédiatement, Adèle l'enfourcha, s'empalant sur la chair ferme, cambrant le dos quand elle la pénétra jusqu'au plus profond. Fermant les yeux, elle le chevaucha durement tout en laissant son flux magique incontrôlé la traverser et s'exprimer dans les flammes crépitantes. Elles sautaient et dansaient avec les vagues de son désir. Sentant son orgasme approcher, elle ralentit ses mouvements et ouvrit les yeux pour croiser le regard lubrique de Jude.

— Quand *je* serai prête, l'informa-t-elle avec hauteur, enfonçant sa queue profondément en elle et l'y maintenant tout en glissant ses doigts sur son clitoris, l'autre main pinçant ses mamelons en alternance.

Elle était chaude, humide et étroite comme il s'en souvenait, l'enserrant à la perfection. Physiquement, sexuellement, elle lui correspondait parfaitement, elle n'avait pas été rebutée, même quand il était devenu brutal, n'avait pas non plus été dégoûtée par ses morsures. Si seulement elle n'était pas aussi flamboyante et indépendante… Là encore – il l'admettait intérieurement – si elle n'avait pas piqué autant son caractère, le sexe ne serait probablement pas aussi intéressant. Elle l'excitait à un point d'ébullition par sa seule existence. Le désir de la renverser sous lui et de la prendre complètement devenait presque insupportable, seule la magie qu'il ne pouvait pas combattre l'empêchait de lui donner ce dont elle avait vraiment besoin. Elle pouvait parler de décence et de respect, mais ce dont elle avait vraiment besoin, c'était d'un homme assez fort pour la mettre sous lui et la baiser sans retenue. Ce qui n'arriverait pas aujourd'hui, évidemment, mais ses années comme vampire lui avait appris la patience. Il attendrait son heure. La prochaine fois qu'il la surprendrait seule, il lui montrerait ce qui arrivait aux petites minettes qui ne savaient pas où était leur place.

Sentant l'imminence de son orgasme s'éloigner, Adèle recommença à se mouvoir, laissant la frénésie les guider tous les deux de nouveau, se délectant de son pouvoir sur l'homme sous elle. Immobile comme il l'était, il ne pourrait rien faire pour augmenter son propre plaisir. Il était complètement à sa merci et, aujourd'hui, elle n'avait aucune pitié.

Deux fois de plus, elle les conduit presque au point de non-retour, seulement pour s'arrêter et laisser l'orgasme leur glisser entre les mains. Finalement, toutefois, sa maîtrise de soi vola en éclats et elle le chevaucha sauvagement jusqu'à ce qu'elle jouisse en de longues vagues palpitantes, avant de s'effondrer sur sa poitrine, ses coudes s'enfonçant douloureusement dans les côtes de Jude.

S'appuyant sur lui pour se relever, elle récupéra ses vêtements épars, s'habilla lentement devant lui et seuls ses cheveux emmêlés et son teint plus soutenu que d'ordinaire révélaient la façon dont elle avait occupé la dernière heure. Jetant un regard vers lui, elle sourit à la vue de son sexe toujours en érection.

— Désolé, railla-t-elle, faisant glisser ses ongles pointus sur toute l'épaisse longueur comme un chat jouant avec sa proie.

Se redressant, elle mit fin au sort de feu en éteignant les flammes qui les avaient réchauffés et avaient reçu sa magie.

— À un de ces jours.

Elle marcha le long du lac, lançant le sort pour annuler celui de contrainte d'Alain, en même temps qu'elle jetait un sort d'invisibilité. Elle savait qu'elle devrait se contenter de partir, mais elle voulait voir ce qu'il ferait quand il serait enfin libre.

Sentant la magie qui l'avait immobilisé le relâcher, Jude fit la première chose qui lui vint à l'esprit, attrapant son sexe endolori, il se branla rapidement. Les yeux fermés, il évoqua mentalement son image sous lui, telle qu'elle l'avait été la veille. Il ne lui fallut que quelques mouvements pour jouir, sa queue pulsant longtemps et fortement tandis qu'il libérait toute la tension, la frustration et le désir que personne d'autre ne pouvait éveiller en lui comme elle le faisait.

Adèle, inexplicablement troublée par la vue de l'orgasme de Jude, murmura enfin le sort de déplacement, retournant à son appartement avec l'image troublante de son partenaire, la main sur son sexe, qui hantait ses pensées. Elle n'avait aucun intérêt pour lui en dehors des limites de l'alliance. Bon sang, elle n'avait absolument aucun intérêt pour lui !

Aucun.

XXII

ORLANDO TREBUCHA légèrement quand il arriva dans le bureau d'Alain, sa perception du sort de déplacement de Magalie était légèrement différente de celle de Thierry. Avant même qu'il ne puisse reprendre son équilibre, Alain était à ses côtés et le stabilisait.

— Nous aurions dû lui demander de m'envoyer à la maison, murmura Orlando, se retournant entre les bras d'Alain et capturant les lèvres de son amant dans un baiser passionné. Je ne veux pas attendre le temps qu'il nous faudrait pour prendre le métro et nous y rendre.

Alain n'avait pas besoin de demander ce qu'Orlando ne voulait pas attendre de faire. Les effets persistants du rituel chantaient dans ses veines, le laissant douloureusement impatient d'une jouissance que seul son amant pouvait lui procurer.

— Nous pourrions aller en bas, suggéra-t-il entre deux baisers désespérés. Il y a des chambres…

— Avec de tous petits lits absolument inadaptés au genre de sexe énergique dont j'ai besoin maintenant, objecta Orlando, mettant son veto à cette idée, ses mains se déplaçant impatiemment sur le corps d'Alain, incapable de s'empêcher de le toucher. Il doit bien y avoir quelqu'un ici qui peut m'envoyer à l'appartement.

— Si ça ne te dérange pas que toute la Milice sache pourquoi nous rentrons à la maison, s'esclaffa Alain. Tu projettes des étincelles dans tous les coins et je suis sûr que je fais pareil. Thierry doit rester chez lui et la porte est verrouillée, poursuivit-il, poussant Orlando vers le canapé. Laisse-moi d'abord nous soulager afin que nous puissions au moins rentrer à la maison. Ensuite, tu pourras me prendre aussi sauvagement que tu le voudras.

Orlando se raidit un instant sous les mains autoritaires d'Alain, mais s'il pouvait toujours sentir le crépitement de la magie dans l'air autour d'eux, ça n'avait rien à voir avec la magie sauvage du jour précédent. C'était la magie d'Alain. Son amant ne l'avait pas blessé la veille sous l'emprise d'une force beaucoup moins anodine ; il ne lui ferait pas de mal maintenant. Laissant le magicien l'installer sur le canapé, Orlando eut le souffle coupé en voyant Alain tomber à genoux entre ses cuisses écartées, déboutonner son pantalon et sortir son érection. Sa tête bascula en arrière, il ferma les yeux avec un profond gémissement lorsque la bouche de son amant s'enroula autour du sommet de son sexe gorgé, l'aspirant profondément dans sa gorge. C'était une sensation encore assez nouvelle pour lui faire perdre la tête. Il saisit le rebord des coussins, autant pour ne pas appuyer la tête d'Alain plus profondément sur son membre que pour se stabiliser. Puis les lèvres d'Alain caressèrent la base de sa queue et il renonça à se retenir. Ses doigts labourèrent les cheveux rougeoyant quand Alain avala toute sa longueur, montant et descendant avant de revenir taquiner le gland sensible avec sa langue.

— Alain ! gémit-il.

— Oui, mon ange ? questionna-t-il en relevant la tête. As-tu besoin que je m'arrête ?

— Non ! réagit instantanément Orlando. C'est si bon.

Alain sourit, lécha le méat ruisselant que sa main avait continué à faire couler en s'activant de haut en bas sur son membre, avant de reconnaître :

— C'est censé faire du bien.

Orlando rit doucement, le son fut interrompu par un autre gémissement de plaisir lorsqu'Alain repoussa le prépuce, sa langue se glissant en dessous pour jouer avec le frein sensible. Ses yeux se fermèrent alors qu'il s'étonnait de voir jusqu'où ils en étaient arrivés, maintenant qu'il avait exorcisé la plupart de ses craintes. Une semaine plus tôt, il aurait estimé absolument impossible de se détendre sous les attentions d'Alain, mais les jours précédents lui avaient rappelé encore et encore à quel point il pouvait avoir confiance en son partenaire. Si Alain ne lui avait pas fait de mal hier, quand la magie sauvage lui avait donné une excuse que même Orlando n'aurait pas pu remettre en question, il ne le ferait jamais. Il broncha à peine, même à cet instant, alors que la main d'Alain glissait entre ses jambes pour caresser ses bourses tout en glissant ses lèvres vers le bas, reprenant profondément Orlando dans sa gorge.

Avec un cri de surprise – n'ayant pas réalisé que sa libération était si proche –, Orlando jouit, le dos arqué, son sexe tressaillant dans la bouche énergique d'Alain. Son amant aspira chaque goutte de ses bourses pleines, continuant à le lécher et à le sucer tout au long de son orgasme.

Essuyant lascivement ses lèvres avec sa langue, Alain sourit à son amant depuis sa place entre ses genoux.

— Tu te sens mieux ?

— Oh oui, soupira Orlando, son assouvissement audible dans sa voix.

Après un moment, il ouvrit les yeux et croisa le regard brillant d'Alain.

— Puis-je te retourner la faveur ?

Alain secoua la tête, l'embarras colorant ses joues de rouge.

— Pas besoin, avoua-t-il, en fixant la tache humide sur le devant de son pantalon. Il semblerait qu'il ait pris soin de lui-même.

Aussi stupéfait que flatté, Orlando tira sur les mains d'Alain, l'attirant sur le canapé. Il l'embrassa avidement, se dégustant sur la langue d'Alain.

— Nous avons besoin de rentrer à la maison, gronda-t-il.

Bien que la fellation l'ait soulagé, son besoin de posséder son amant n'était aucunement rassasié.

Alain frémit de plaisir à la raucité de la voix d'Orlando, à la faim, qu'il pouvait encore entendre dans son intonation. De sa propre volonté, sa main couvrit la marque d'Avoué sur son cou, percé par l'empreinte des crocs d'Orlando. Elle serait guérie au matin, mais pendant cette courte période, il serait doublement revendiqué, une pensée qui le remuait au plus profond de son être.

— Oui, admit-il d'une voix enrouée, ne se souciant plus que les autres sorciers puissent deviner pourquoi ils étaient si pressés.

Si ce que Raymond et Marcel avaient dit était vrai, chacun des magiciens appareillés ressentait, à un certain degré, la même attirance vis-à-vis de leur partenaire que celle qu'il ressentait pour le précieux homme dans ses bras. Il murmura un rapide sort de nettoyage pour effacer les preuves de sa passion.

— Trouvons quelqu'un pour te transporter à la maison.

En quelques pas, ils furent dans la salle des Cartes, le magicien en service conserva un visage impassible quand Alain lui ordonna d'envoyer Orlando à son appartement, avant de disparaître pour que son repère clignote, fournissant ainsi l'emplacement de la destination. Un instant plus tard, le sort du magicien envoya Orlando rejoindre son amant dans leur salon.

— Chambre ! Maintenant ! exigea Orlando, ses mains tirant sur les vêtements d'Alain.

— Déshabille-toi, proposa Alain, en poussant Orlando avec impatience dans la direction de leur chambre. Ça sera plus rapide que de se battre avec les vêtements de l'autre.

Hochant la tête, Orlando se débarrassa de son tee-shirt avant d'avoir atteint le couloir et ses chaussures avant de traverser le seuil de la chambre à coucher. Retirant son pantalon, il se tourna vers son amant tout aussi nu que lui.

— Sur le lit ! commanda-t-il, le désir inspiré de la magie le portant toujours, malgré son orgasme au siège de la Milice.

Il se demandait combien de temps il lui faudrait pour consommer toute l'énergie qui vibrait toujours en lui depuis son alimentation pendant le rituel. Il se demandait aussi à quel point Alain se sentait plus fort puisqu'il était celui qui avait canalisé la magie.

Alain se hâta d'obéir, grimpant précipitamment sur le lit. Il glapit de surprise lorsqu'Orlando apparut derrière lui, mordillant le galbe de la fesse qui lui faisait face. Ses crocs ne l'entamèrent pas. D'ailleurs, Alain ne pouvait absolument pas les sentir. Toutefois, la seule pensée qu'Orlando le morde à cet endroit – en fait, peu importe où – pendant qu'ils faisaient l'amour, le faisait trembler de désir.

— Tu me mords ?

— La prochaine fois, répondit Orlando à regret, bien que ses craintes se soient allégées quelque peu après ce qui s'était passé au cours des deux derniers jours. J'en ai pris trop pendant le rituel. Je sais que je ne peux pas te faire de mal en me suralimentant, mais cela ne signifie pas que je ne peux pas me faire du mal.

Déçu, mais acceptant son explication, Alain roula sur le côté.

— Alors, viens me faire l'amour dans ce cas.

Orlando sourit largement.

— Ça, je peux certainement le faire.

Il rampa sur le lit à côté d'Alain. Ses lèvres capturèrent celle de son amant, pillant sa bouche. Lorsque la langue d'Alain s'enroula sur la sienne, il l'aspira avec possessivité dans sa bouche, prenant le contrôle de leur échange. Il pouvait sentir la magie persistante pulser dans son sang, il imaginait qu'il en était de même pour Alain.

— De quoi as-tu besoin ? demanda-t-il, bien qu'il pensât connaître la réponse.

Alain rougit. Il avait besoin d'une répétition de ce qui s'était passé la veille, dur et rapide, mais il s'était effrayé lui-même la dernière fois, aussi hésitait-il à le réclamer à cet instant.

— Dis-moi, l'exhorta Orlando. Tu ne vas pas me faire fuir. Tu ne l'as pas fait hier et, aujourd'hui, tu n'as même pas besoin de moi pour t'aider à contrôler ta magie. Que veux-tu ?

— Toi, répondit simplement Alain.

Si sa magie avait une emprise aussi puissante sur Orlando qu'elle en avait une sur lui, il obtiendrait ce qu'il voulait parce qu'Orlando en aurait également besoin. Et, dans le cas contraire, il avait déjà eu à gérer une surabondance de puissance avant, quand il n'avait pas de partenaire. Il la gérerait de nouveau.

— Tu m'as, promit Orlando. Aussi longtemps que tu vivras, tu m'auras.

— Alors, prends-moi et prouve-le, l'incita Alain en roulant sur le ventre et en se redressant sur les mains et les genoux.

Orlando serra les poings, essayant de contrôler l'envie de se jeter sur lui. Aussi excité que soit Alain, il n'apprécierait pas une pénétration à sec. Maîtrisant son désir pour le moment, il attrapa le lubrifiant sur leur table de chevet, en répandit un peu sur ses doigts et commença à étirer l'entrée étroite.

La tête d'Alain tomba sur ses mains quand il sentit les doigts d'Orlando sur lui, en lui. Ce n'était pas assez, pas tout à fait ce qu'il voulait, mais, malgré tout, la connexion vibrait le long de ses nerfs, le rendant bouillant et haletant de désir. Il savait que c'était dû en partie à sa magie et à la connexion magique entre eux, mais il s'en fichait. Ils étaient et seraient toujours connectés par la magie. L'échange de sang, chaque fois qu'il se produisait, les reliait d'une manière qu'aucun autre lien ne le pourrait jamais. Ils partageaient un lit, une maison, une vie. Il tremblait sous la force de cette pensée, son besoin croissant de façon exponentielle, le dépouillant de toute possibilité d'attente.

— Maintenant, Orlando, s'il te plaît !

S'il avait eu le choix, Orlando aurait attendu un peu plus longtemps, aurait préparé Alain d'une manière plus approfondie, mais il n'était pas capable de résister à la supplication dans la voix de son amant. Retirant ses doigts et enduisant son sexe avec le lubrifiant qui les couvrait encore, il donna un petit coup contre le muscle serré.

— Détends-toi et laisse-moi entrer, dit-il la voix nouée par le besoin contenu de s'enfoncer profondément.

Il savait que ce rapport ne serait pas lent et doux, mais tout de même, il ne pouvait pas se résoudre à faire quoi que ce soit qui pourrait nuire à Alain, même par inadvertance. Certains actes étaient tout simplement inconcevables.

Alain essaya. Toutefois, la combinaison du désir et de la magie le contractait si intensément qu'il ne parvenait pas à obliger ses muscles à se détendre.

— Vas-y, supplia-t-il. J'ai tellement besoin de toi.

Poussant à travers l'anneau récalcitrant, Orlando haleta quand il sentit la chaleur de son amant l'entourer. Rien n'était semblable à ça. Rien n'y était comparable. Il tenta de marquer une pause pour savourer ce premier moment d'union, mais son contrôle vacilla, ses hanches commencèrent à se déplacer en dépit de tous ses efforts. Penché en avant, il se drapa sur le dos d'Alain, enveloppant son magicien aussi complètement que possible. Presque immédiatement, ses mouvements prirent une cadence désespérée comme s'il s'efforçait d'atteindre sa libération. Se redressant pour s'asseoir sur ses talons, il entraîna Alain avec lui jusqu'à ce que son amant pose sa tête sur son épaule et s'assoit sur ses cuisses. Les mains d'Orlando parcouraient la poitrine du magicien, la caressant fermement, tordant légèrement ses mamelons avant de glisser plus bas et de caresser son sexe et ses bourses. Les gémissements rauques d'Alain augmentaient l'ivresse qu'Orlando ressentait à chaque signe du plaisir qu'il pouvait lui procurer.

À sa grande surprise, Alain s'agita entre ses bras presque immédiatement, son sexe se contractant et dégorgeant un torrent de liquide crémeux. La crispation de son passage secoua Orlando alors qu'il continuait à chercher son propre orgasme. Alain gémit dans ses bras, retombant mollement contre lui. Orlando soutint son poids facilement, ses mains le caressant à nouveau, essayant de réveiller le doux membre pour l'amener à un raidissement complet une fois de plus.

— Encore, exigea-t-il en s'efforçant de s'introduire encore plus profondément dans le corps maintenant détendu de son amant. Jouis encore pour moi.

Alain faillit protester, dire qu'il ne pouvait pas après l'orgasme dans son bureau et celui qu'il venait de vivre, mais, à sa grande surprise, il sentit son corps réagir aux poussées continues d'Orlando et à ses caresses. Il remua la tête contre l'épaule d'Orlando, gémit quand les lèvres de son amant se refermèrent sur le lobe de son oreille, le suçant au rythme où ses hanches plongeaient en lui. Fermant les yeux, il renonça à toute prétention de contrôle, laissant la magie se déchaîner à travers lui et projeter des étincelles autour d'eux alors que son excitation s'envolait dans une spirale de plus en plus haute. Un autre orgasme le secoua comme un chien avec un os, son sexe tressautant sèchement dans la poigne d'Orlando. Ivre de sensation, il cria pour une libération, pour un soulagement, mais l'emprise d'Orlando était inexorable, le tenant en place. Le réveillant à nouveau jusqu'à ce qu'il ne puisse plus rien faire qu'être retenu là, pris entre le sexe du vampire et ses mains, guidé par le torrent de magie et de l'afflux du désir.

— S'il te plaît !

Orlando flottait, le corps surchargé de sensation, et l'esprit perdu dans la soumission volontaire d'Alain. Il avait douté, lorsqu'ils étaient devenus amants la première fois, qu'il pourrait s'occuper d'un amant comme il le méritait, qu'il pouvait offrir du plaisir au lieu de la douleur. Ces doutes avaient disparu après les premières fois où ils avaient fait l'amour, mais une partie de lui craignait toujours que le magicien le ménage d'une façon ou d'une autre. En voyant Alain maintenant, il ne pouvait plus douter qu'il était possible de trouver du plaisir à en donner à un amant. Soudain, avec une férocité qui le prit de court, il voulait cela, il voulait faire ce cadeau à son magicien, à la manière dont Alain s'était offert si généreusement.

Cette pensée était suffisante pour lui faire perdre tout contrôle, le corps et l'esprit saisis par la force de la jouissance qui le ravagea complètement. Chaque muscle se détendit, il tomba sur le côté, à peine capable de se réceptionner avec Alain. Il trembla sous les répercussions de son désir soudain, tellement loin de tout ce qu'il s'était même laissé aller à envisager, encore moins à désirer, avant maintenant. Sentant Alain étendu mollement à ses côtés, il décida qu'il pourrait s'en inquiéter plus tard. Le magicien n'était certainement pas en état de faire quoi que ce soit à cet instant, hormis dormir. Il tourna doucement le menton de son amant vers lui pour pouvoir déposer un tendre baiser sur les lèvres soyeuses.

— Je t'aime.

— Je t'aime, aussi, murmura Alain d'une voix à peine audible, en essayant d'ouvrir les yeux et de tendre la main vers son amant.

— Dors, fit Orlando en riant. Je serai là à ton réveil.

Les yeux d'Alain se fermèrent immédiatement, son visage se relâcha avec le sommeil. Orlando se détendit contre lui, tenant son magicien dans ses bras et essayant de comprendre le changement soudain dans son attitude envers les deux choses qu'il avait craintes depuis le jour où son créateur l'avait touché.

Certes, la patience d'Alain avait aidé. Son amant n'avait pas fait pression sur lui pour obtenir quelque chose avec lequel Orlando n'était pas à l'aise, même s'il était parfois visiblement frustré par les angoisses d'Orlando. Son désir tout aussi évident de se faire mordre, d'être pris, aidait aussi. Chaque fois qu'il s'alimentait, il pouvait goûter le désir d'Alain et, chaque fois qu'ils faisaient l'amour, le plaisir d'Alain était palpable, visible dans la manière dont son corps réagissait. Il était là, dans les bras d'Orlando, parce qu'il voulait y être. Et s'il voulait également plus, Orlando se demandait s'il ne pourrait pas finalement donner plus à son amant.

Un bâillement le surprit, la fatigue n'était habituellement pas un problème pour les vampires. Le rituel, l'alimentation et le sexe avaient clairement exigé plus de lui qu'il l'avait réalisé. Il se blottit contre Alain et s'endormit avec un sourire sur le visage.

XXIII

LA SENSATION d'une main caressant ses cheveux réveilla Raymond en sursaut, tous ses muscles se raidirent jusqu'à ce que la mémoire lui revienne et qu'il se rappelle ce qui s'était passé, où il était et à qui appartenait la main qui le touchait.

— Bonjour, murmura Jean, en se penchant pour embrasser doucement le magicien. As-tu bien dormi ?

Raymond émit un murmure indistinct avec sa gorge en lui retournant son baiser. Il avait mieux dormi qu'il ne l'avait fait depuis que la guerre avait commencé. Visiblement, avoir quelqu'un dans son lit lui convenait.

— Bonjour, souffla-t-il quand Jean recula. J'ai très bien dormi. Et toi ?

— Comme un mort, plaisanta Jean avec un sourire en coin. À quelle heure Marcel t'attend-il ce matin ?

— À neuf, répondit Raymond. Quelle heure est-il ?

— Trop tard pour une répétition de la nuit dernière, soupira Jean avant de faire un clin d'œil espiègle à Raymond. Je suppose que je vais devoir revenir ici ce soir si je veux une part de toi.

Raymond rit, cédant à la taquinerie, tout en étant ravi de découvrir que Jean voulait encore de lui sans la magie pour l'y inciter.

— Je suppose que oui, admit-il en se redressant sur un coude pour pouvoir regarder le réveil.

Huit heures. Jean avait raison, d'autant plus que le vampire devrait prendre le métro pour se rendre au siège de la Milice.

Souriant à l'acceptation tranquille de Raymond, Jean tira sur l'épaule de son magicien, entraînant sa tête vers le bas pour un tendre baiser. Raymond ne le repoussa pas. Aux yeux de Jean, cela signifiait qu'ils étaient désormais amants. Si la manière dont Raymond lui rendit son baiser était une indication, ce sentiment était réciproque, mais, bien que Jean eût souhaité s'attarder et le prouver, ils devaient assister à une réunion et il le connaissait suffisamment pour ne pas lui proposer d'arriver en retard. Mettant fin au baiser et, après un bref coup de nez sur la gorge criblée de morsures de Raymond, Jean roula sur le dos et s'étira langoureusement. Un rapide reniflement lui apporta une odeur de sang et de sexe.

— J'ai besoin d'une douche, fit-il.

Si leur emploi du temps pour la journée avait été différent, il aurait conservé ces parfums pour lui rafraîchir la mémoire au cours des prochaines heures, mais le chef de la Cour de Paris ne pouvait guère rencontrer le général de la Milice dans cet état.

— La salle de bains est par là, proposa Raymond montrant une porte. Je ne pense pas que mes vêtements t'iraient, mais je peux essayer d'utiliser un sort de nettoyage sur les tiens. Ça devrait fonctionner si tu ne les portes pas. Je voudrais me joindre à toi, mais si je le fais, nous n'arriverons jamais à l'heure à notre réunion.

Jean sourit.

— Un autre matin, quand nous aurons nulle part où aller, je te prendrai au mot. Essaye le sort. Nous n'aurons rien perdu si ça ne marche pas.

Après un rapide baiser, il se leva et, sans vergogne, se dirigea nu vers la salle de bain, se délectant de sentir le regard de Raymond sur son corps jusqu'à ce que la porte se referme derrière lui. Il prit une douche rapide, car il voulait laisser le temps à Raymond de s'occuper de ses propres ablutions de façon traditionnelle s'il le désirait.

En sortant de la salle de bains, il trouva ses vêtements soigneusement pliés sur le lit et aucun signe de Raymond. S'habillant rapidement, il pénétra dans la salle de séjour, souriant devant le désordre de papiers et de livres qui s'y trouvait aussi. Raymond devait probablement savoir où chacun d'eux se trouvait et devait pouvoir trouver ceux dont il avait besoin, sans même avoir à chercher.

L'odeur du café l'attira vers la cuisine. Il avalait ce breuvage lorsqu'il ne souhaitait pas se démarquer des autres, mais, ne l'ayant pas expérimenté lorsqu'il était mortel, il n'arrivait pas vraiment à en comprendre l'attrait. Son partenaire, si visiblement, s'il en jugeait par la façon dont il inhalait sa première tasse. Il resta en retrait, regardant Raymond s'activer dans la cuisine, sortant une baguette et fronçant les sourcils quand il se rendit compte qu'elle était dure. Jurant dans sa barbe, il la jeta sur le côté, ouvrant les placards pour regarder à l'intérieur.

— Rien de tentant ? demanda Jean amusé quand Raymond referma les portes sans rien prendre.

— Rien à l'intérieur, répondit Raymond en le regardant. Je ne suis pas assez souvent ici pour acheter quoi que ce soit. La plupart du temps, j'ai de la chance quand je peux mettre la main sur une pâtisserie pour le petit-déjeuner ou un sandwich de charcuterie pour le dîner.

— Cela ne devra plus se reproduire, fit Jean avec désapprobation. Tu dois manger correctement pour rester en bonne santé. Je me moque de ce que les autres disent ou pensent, nous inversons actuellement le cours des choses en grande partie grâce à toi.

Raymond rougit et détourna les yeux.

— Tu es juste influencé parce que tu es mon partenaire.

Jean secoua énergiquement la tête.

— Je suis sûr que je le suis, mais c'est plus que ça. À ce que j'ai compris, Alain n'aurait pas pu sauver Thierry seul, après que le Rite d'équilibrage a mal tourné. Je sais que tu as écrit le sort que vous avez utilisé hier pour ancrer la magie sauvage. Peut-être que ce ne sont pas de grands gestes et de grands combats, mais je reconnais leur valeur, même si tu ne la vois pas.

Raymond haussa les épaules.

— J'en suis heureux, mais je ne pense pas que ce soit une bataille que tu doives mener. Les autres sont trop conscients de mon passé pour penser à autre chose.

— Ils y perdent, répliqua Jean sèchement. Maintenant, nous allons te trouver un petit-déjeuner et, aujourd'hui, je m'assurerai que tu manges un vrai déjeuner et un dîner correct.

— Oui, monsieur, le taquina Raymond avec un salut militaire.

Il pouvait à peine y croire, mais cela paraissait si naturel de se détendre et de plaisanter ainsi avec Jean. Même avant la guerre, il ne s'était pas impliqué dans l'ANS[2], préférant passer son temps avec ses livres et ses recherches plutôt qu'avec des gens, publiant un article après l'autre dans des revues scientifiques. Toutefois, Jean semblait faire ressortir le meilleur en lui, la partie qui restait habituellement cachée sous le vernis d'un dédain académique. Cédant à une impulsion, il prit la main du vampire, l'attirant plus près pour un rapide baiser.

— Merci.

— Pour quoi ?

— Pour croire en moi, pour t'assurer que je prends soin de moi, pour être venu à moi la nuit dernière et être encore ici ce matin, répondit Raymond en rougissant. Je suis habitué à être seul. C'est un agréable changement.

Jean enroula ses bras autour de la taille de Raymond.

— J'ai passé la plupart de mes mille années en tant que vampire essentiellement seul. Ça fait partie de mon existence, malheureusement. Trouver quelqu'un avec qui je veux rester, plus que les quelques minutes qu'il me faut pour me nourrir, est un cadeau rare.

Il ne l'avait trouvé qu'une fois auparavant, seulement pour se faire voler l'homme, juste sous son nez, par un autre vampire. Il repoussa cette idée, se souvenant que Sébastien se souvenait de cet incident d'une façon très différente, affirmant ne pas avoir eu connaissance de l'intérêt de Jean pour Thibaut avant de le marquer. Au moins cette fois, il n'avait pas à se soucier que quiconque revendique l'objet de son intérêt.

Raymond secoua la tête, devant l'incroyable longévité de Jean qui le stupéfiait encore une fois.

— Quand ce sera fini, si je survis à la guerre, nous nous assiérons et je te ferais la cuisine, déclara-t-il. Un témoin ayant vécu mille ans d'histoire… Je ne trouverai jamais une meilleure source originale !

Les bras de Jean se resserrèrent à la pensée que Raymond ne survive pas. Quelques semaines plus tôt, l'idée l'aurait perturbé parce qu'elle aurait signifié qu'il ne pourrait plus sortir durant la journée, mais Raymond

---

[2]ANS : Association Nationale de Sorcellerie

représentait bien davantage désormais. Il voulait le magicien à ses côtés, avec ou sans magie.

— Tu vas y survivre, jura-t-il. Je vais m'en assurer.

Raymond sourit, appréciant la détermination dans la voix de Jean. Il ne se faisait pas d'illusions, cependant. Aucun vampire ne serait à la hauteur de Serrier s'il venait à se battre et n'importe quel étudiant en sciences naturelles savait qu'un animal enragé devenait encore plus vicieux quand il était acculé.

— Nous devrions y aller si nous voulons être au siège de la Milice à l'heure, rappela-t-il à Jean, changeant délibérément de sujet.

Jean laissa tomber, même s'il avait bien l'intention de garder Raymond à portée de main dès qu'il pourrait y avoir du danger. De toute façon, la plupart des sorts qu'il avait vu les sorciers rebelles invoquer jusqu'ici étaient des trucs qui feraient beaucoup plus de dégâts sur les mortels que sur les morts-vivants.

Ils s'arrêtèrent à la boulangerie la plus proche pour acheter un petit-déjeuner pour Raymond, puis descendirent dans le métro pour se diriger vers le nord. Les wagons étaient trop surpeuplés pour permettre la moindre conversation privée, la foule les pressant de toute part, rendant Jean incroyablement nerveux, jusqu'à ce qu'ils quittent finalement le métro et remontent dans la rue. Ses instincts possessifs et protecteurs s'étaient clairement verrouillés sur son partenaire. Une fois qu'ils furent libérés de la foule et qu'il put se détendre à nouveau, il prit mentalement un peu de recul, examinant la question de manière aussi objective que possible, essayant de déterminer comment un tel attachement l'affectait, non seulement d'un point de vue personnel, mais également en tant que chef de la Cour.

Certes, personne ne se moquerait de lui pour avoir pris un amant ordinaire, pas avec le beau regard ténébreux de Raymond, parfaitement assorti aux cheveux et aux yeux sombres de Jean. La communauté de vampires ne trouverait rien à redire non plus qu'il ait pris un amant masculin, les règles de la morale qui régissaient la société mortelle perdaient son influence quand un vampire était transformé. L'évidente intelligence de Raymond lui permettrait de participer au Jeu des Cours ou, tout au moins, l'aiderait à éviter le genre d'erreurs qui feraient perdre la face à Jean. Même le statut de Raymond, plus ou moins considéré comme un paria, ne serait pas vraiment préjudiciable puisque les vampires dans leur ensemble étaient déjà au ban de la société, même si Jean espérait que cela changerait une fois que la loi sur l'égalité serait adoptée. Pourtant, les vampires avaient la mémoire longue et ils n'oublieraient pas facilement ce que l'on ressentait à être mis de côté simplement en raison de qui l'on était. En tant que chef de la Cour, il n'avait rien à perdre à avoir Raymond à ses côtés, pas seulement maintenant, mais aussi longtemps que Raymond le voudrait.

Sur un plan plus personnel, s'il parvenait à dépasser la peur que Raymond ressentait chaque fois que Jean le mordait, il était sûr qu'il pourrait se nourrir exclusivement de son partenaire, aussi longtemps que Raymond pourrait le supporter. À son âge, il n'avait pas besoin de se nourrir aussi souvent qu'un jeune vampire. Aussi, avec une gestion prudente et un peu de self-contrôle, ils pourraient vraisemblablement rester ensemble pendant la plus grande partie de la vie de Raymond.

Il secoua la tête, se souvenant de ne pas brûler les étapes. Même si Raymond l'avait accepté comme partenaire et amant, cela ne signifiait pas que le magicien était prêt pour le genre d'engagement permanent que les instincts de Jean l'incitaient à chercher. Une pensée traversa son esprit, amenant un sourire sur son visage. Au lieu de pousser Raymond dans un engagement qu'il pouvait ne pas être prêt à offrir, il suffisait de commencer comme il espérait continuer. Il traiterait Raymond avec toute l'attention et le dévouement qu'il aurait pour un véritable époux jusqu'à ce que le magicien rejette ce rôle.

— Qu'est-ce qu'il y a ? demanda Raymond en voyant le sourire sur le visage de Jean.

— Je pensai juste à ce qui arrivera après, répondit le vampire, son sourire s'élargissant.

— Ce qui te fait sourire ?

— Exactement, confirma Jean, énigmatique. Il est presque neuf heures. Ne faisons pas attendre Marcel. Il pourrait vouloir des explications que tu préférerais ne pas avoir à donner.

— La nuit dernière ne concernait que nous, déclara Raymond immédiatement. C'est...

— Oui, admit Jean avant que Raymond ne puisse même exprimer son hésitation. Ce que nous faisons sur notre temps libre ne regarde personne. Tant que cela n'affecte pas l'alliance, nos affaires ne les concernent pas.

Raymond hocha la tête et entra. Dans son esprit, il mit de côté tout ce qui était personnel pour se concentrer sur le rapport à présenter à Marcel et sur la planification de ce qui viendrait ensuite. Pour la première fois depuis qu'il avait changé de camp, il sentait enfin le vent tourner en leur faveur et il espérait que Marcel profiterait de leur avantage pendant qu'ils le pouvaient. Il doutait qu'il faille longtemps à Serrier pour se reprendre et s'organiser afin de contrer l'alliance, maintenant qu'il était au courant. Ils devaient être prêts.

Et plus tard, quand il serait seul, il réfléchirait à tout ce qui s'était passé avec Jean et essaierait de décider ce que cela signifiait.

— Bonjour messieurs, les accueillit Marcel sans sourciller quand ils entrèrent ensemble. Je suppose que tout s'est bien passé hier.

— Il semblerait, fit Raymond. As-tu eu d'autres signalements de magie sauvage ?

— Pas un seul, répondit Marcel avec un sourire. J'ai réfléchi au sujet des vampires, au fait que maintenant l'alliance est de notoriété publique et que monsieur Cabalet cherche à impliquer également sa Cour. Nous devons trouver une procédure pour trouver des partenaires aux vampires qui espèrent rejoindre l'alliance. Tu ne seras pas toujours disponible – et moi non plus –, quand les gens s'approcheront de nous ; nous avons besoin de mettre quelque chose en place afin que ceux qui sont de permanence sachent quoi faire.

Jean hocha pensivement la tête.

— C'est logique. Nous, vampires, avons tendance à ne pas être très organisés dans nos approches, et le temps n'étant généralement pas un problème pour nous, si quelque chose ne se produit pas une nuit, cela peut attendre la suivante.

— Ce n'est pas un luxe que la guerre nous permet, avoua Marcel. Alors, as-tu des suggestions ?

— J'en ai une, intervint Raymond. Toi et Jean avez assez de soucis sans ajouter celui-ci à la liste. Déléguez-le à quelqu'un qui peut gérer à la fois l'élaboration et la mise en œuvre, même si vous devez attendre pour les mettre en place jusqu'à ce que vous puissiez les approuver. Il n'y a aucune raison de vous rendre la vie encore plus compliquée qu'elle ne l'est déjà, en particulier si la loi sur l'égalité des droits passe en vote bientôt. Je sais que vous devrez tous les deux rester disponibles pour ça.

— Angélique pouvait gérer ce genre de chose, réfléchit Jean à voix haute. Avec tout le travail qu'elle fait déjà à *Sang Froid*, quelque chose comme ça devrait être aisé à gérer pour elle. Faites-vous confiance à son partenaire pour prendre en charge le côté Milice de la chose ?

Marcel soupira avant de répondre :

— David est un bon magicien. Il a juste des œillères. Peut-être que devoir travailler au plus près avec elle l'aidera à s'en débarrasser.

— Si elle ne le tue pas la première, ajouta Jean en riant, repensant à la dernière fois qu'il avait affronté la vampire furieuse contre son partenaire. Malgré tout, je pense que les choses vont mieux entre eux depuis qu'il s'est excusé. Je ne les ai pas beaucoup revus, cependant.

— David et moi avons discuté il y a quelques jours, et il semblait prêt à travailler avec elle et à faire amende honorable pour son attitude. Il a même suggéré qu'elle serait capable d'aider à recruter de nouveaux vampires, puisque ceux qui viennent chez elle désormais seront avant tout des vampires sans partenaire.

— Je n'avais pas pensé à ça, commenta Jean, mais c'est logique. Généralement, elle juge assez bien les caractères – c'est dans son intérêt pour protéger ses employés – alors elle sera probablement en mesure de sentir un truc louche si quelqu'un vient avec des idées criminelles en tête.

185

— Dommage que les magiciens ne puissent pas lire le cœur des vampires de la même manière dont vous pouvez lire le nôtre, observa Raymond. Ainsi il serait facile de nous en assurer à coup sûr.

— L'affinité magique doit au moins donner une certaine indication, souligna Marcel. Je trouverais difficile de croire qu'il y ait une affinité entre un magicien dans notre camp et un vampire qui ferait quelque chose pour saboter nos plans.

— N'en sois pas trop certain, le mit en garde Raymond. Si nous comprenions mieux pourquoi les couples se forment, nous pourrions faire ce genre de généralisations, mais nous avons quelques paires mal assorties, ce qui signifie qu'il pourrait aussi y avoir des disparités dans le choix de leur camp.

— Merde ! J'espère que ça ne deviendra pas un problème, souffla Jean. Pouvez-vous imaginer ce que ça ferait à un vampire d'être tiraillé entre la force d'un lien de partenariat et son sens du bien et du mal ?

Il secoua la tête avant d'ajouter :

— Je serais incapable de prédire qui gagnerait.

— Ce serait toutefois beaucoup plus problématique, si le vampire était jumelé avec un des sorciers de Serrier, rappela Marcel. Même s'il y a un décalage, si un vampire est jumelé avec un de nos magiciens, il n'est pas susceptible de changer de camp pour rejoindre Serrier. En dehors du Déviant, il n'y a pas de vampire parmi les forces de Serrier et je ne m'attends pas à ce qu'il en recrute. Sa xénophobie est légendaire. Je ne comprends pas comment il a réussi à empêcher le Déviant de s'en apercevoir.

— Probablement en lui fournissant des victimes et un endroit sûr pour jouer avec elles, supposa Jean. Aussi horrible que cela puisse paraître, ce serait suffisant pour acheter sa loyauté, au moins pour un temps, et probablement assez longtemps pour le garder trop distrait pour se soucier de la politique de Serrier. Vous avez dit que le corps qui a été trouvé il y a deux semaines avait été sauvagement agressé, et pas uniquement saigné à blanc. Cela demande du temps, un endroit et une certaine intimité que Serrier pourrait certainement fournir, mais il indique également qu'il se focalisait exclusivement sur celui-ci. Je dirais que ce vampire ne se soucie de rien, à moins que ça n'interfère avec ses jeux.

Raymond grimaça à l'idée d'être à la merci d'un vampire comme l'avait été la fille avant de mourir. Jean avait toujours été prudent avec lui, et il commençait à croire que le vampire le serait toujours, malgré tout, sa peur restait profondément enracinée.

— Alors, comment pouvons-nous nous assurer que nous n'accueillons pas d'espions parmi nous ? demanda-t-il. Maintenant que Serrier connaît l'alliance, il pourrait essayer de trouver d'autres vampires comme le Déviant et nous les envoyer. Il a déjà essayé et échoué avec un magicien. Il est logique qu'il essaye avec un vampire la prochaine fois, xénophobe ou pas.

— Nous ne pouvons pas, répondit honnêtement Jean, sauf si vous connaissez un sort de vérité que nous pourrions essayer sur eux.

Raymond secoua la tête.

— Le sérum de vérité est un mythe au même titre que les philtres d'amour. S'ils existaient, je l'aurais utilisé il y a longtemps pour convaincre tout le monde ici que j'ai vraiment changé de camp.

XXIV

— Il doit y avoir un sort moins humiliant que le sort de lévitation que nous pourrions utiliser pour tester les partenaires, réfléchit Angélique alors qu'elle était assise à son bureau, son magicien en face d'elle. S'ils trouvent un partenaire rapidement, cela n'a pas d'importance, mais je ne vois aucun vampire capable de se réjouir à l'idée de devoir flotter dans l'air des centaines de fois. Et si c'est un autre chef de Cour, ça ne conviendra vraiment pas.

David haussa les épaules.

— Chaque sort a un effet. C'est justement de cela qu'il s'agit. Je peux chatouiller quelqu'un ou lui donner une tape sur les fesses ou le faire virer au bleu ou même l'envoyer d'un endroit à un autre, mais ça va agir sur la personne à qui je jette un sort, à moins que cette personne, ce soit toi. Je ne cherche pas à insulter la dignité de qui que ce soit, mais c'est une maigre contrepartie à payer. Nous menons une guerre ici, au cas où tu l'aurais oublié.

— Et vous avez besoin de nous pour la gagner, au cas où tu l'aurais oublié, rétorqua Angélique. Si tu les fais fuir avant qu'ils nous rejoignent, cela n'aidera pas votre cause.

— Pour autant que je puisse en juger, il ne faut pas grand-chose pour offenser un vampire de toute façon, donc le sort que nous utiliserons n'aura pas d'importance, répliqua David.

— Et m'insulter n'aide pas, gronda Angélique.

— Très bien, dit David en levant les mains, mais je ne sais vraiment pas ce que tu attends de moi. Je me suis déjà excusé une fois.

— Un peu de respect serait agréable.

— Cela va dans les deux sens, tu sais, lui rappela David. Je suis désolé de t'avoir offensé. J'essayerai de ne pas recommencer, mais c'est un peu difficile quand tu n'apprécies visiblement aucune interaction avec moi. Tu ne sembles même pas aimer t'alimenter sur moi non plus.

— Tu as parfaitement exprimé le fait que tu ne voulais pas de mon attention, répliqua-t-elle.

David émit un grognement incrédule avant de pouvoir s'en empêcher.

— Non ? interrogea Angélique. Me serais-je méprise lorsque tu te moquais de moi parce que je possède *Sang Froid* ?

— *Je* me suis mépris, lui répéta David. Je pensais… Ce que je pensais n'a pas d'importance. Je me suis trompé.

Lentement, il bascula la tête en arrière.

— Goûte par toi-même si tu ne me crois pas.

L'étendue de la peau l'appelait. Angélique savait qu'elle devrait refuser et faire le travail que Marcel leur avait assigné, mais elle avait passé les deux derniers jours à l'imaginer sous ses crocs à nouveau. Depuis que Bertrand l'avait laissé, elle ne pouvait penser à rien d'autre qu'à David, aussi illogique que cela semble au premier abord. Il s'offrait. Elle allait le prendre aux mots et se débarrasser de cette obsession ridicule.

Lui faisant face, elle appuya ses mains sur le dossier de sa chaise, de chaque côté de ses épaules, puis se pencha sur lui, ses lèvres effleurant sa peau, attendant de voir comment il réagirait. Son souffle s'intensifia, ébouriffant ses cheveux, mais il ne recula pas. Écartant ses doutes, elle lécha la zone où le sang pulsait, laissant sa salive préparer la peau. La tête de David bascula davantage dans une invitation tacite. Tentée au-delà de tout contrôle, Angélique mordit profondément dans la veine vibrante, le sang coula rapidement sur sa langue.

Elle s'était attendue à goûter sa sincérité et ses remords, étant donné qu'il lui avait proposé de la laisser se nourrir exactement pour cette raison, mais elle ne s'était pas attendue à l'irruption soudaine du désir ni à sa propre réaction viscérale. L'un de ses genoux s'installa sur la chaise, à côté de sa cuisse, tandis qu'elle se penchait un peu plus. Elle ne releva pas la tête pour lui demander s'il était prêt à assumer le désir qu'elle pouvait goûter dans son sang. Elle prit simplement sa main et la déposa sur sa propre hanche, ses doigts remontant lentement de manière aguichante sur son bras.

David se figea quand elle se déplaça sur lui, son corps réagissant à sa proximité quand les souvenirs de ses rêves sous l'influence de la magie sauvage affluèrent. Il savait qu'elle goûterait son désir, si elle le mordait, mais elle avait l'habitude que les hommes la désirent. Il serait beaucoup plus préjudiciable à leur relation de changer d'avis concernant son alimentation que de la laisser goûter son désir.

Il l'espérait.

Elle prit sa main, la posant sur la courbe de sa taille évasée, sur sa hanche. Il l'y maintint quand elle se pencha davantage, pas assez audacieux pour croire qu'il s'agissait d'une invitation. Puis ses ongles caressèrent le dos de sa main et remontèrent lentement jusqu'à son bras, l'effleurant sensuellement. Il céda à son désir, ses doigts se resserrant, son autre main se levant et l'attirant sur ses genoux. Elle se déplaça à son incitation, s'installant sur ses cuisses, ses seins se frottant contre sa poitrine comme ils l'avaient fait dans ses rêves.

Ses doigts caressaient la nuque de David et taquinaient la base de ses cheveux roux, Angélique releva la tête pour croiser ses yeux bleus.

— Je te crois, dit-elle lentement, mais je goûte plus que ta sincérité.

Elle déplaça légèrement ses hanches contre son érection.

— Si tu veux l'ignorer, dis-le-moi et je retournerai derrière mon bureau où je ferai semblant de ne pas l'avoir remarqué. Ou nous pouvons passer sur la méridienne où nous serons plus à l'aise et voir où cela nous mène. Le choix t'appartient.

David se tortilla inconfortablement, son corps bataillant avec sa morale. Elle avait été la concubine d'un sultan sans aucun contrôle sur l'utilisation de son corps. Cela semblait injuste de lui retirer ce contrôle à nouveau aujourd'hui, même si elle l'offrait.

— Que voudrais-tu ?

En réponse, Angélique prit sa main, la soulevant jusqu'à sa poitrine pour qu'il puisse sentir son mamelon pointer à travers le mince soutien-gorge et le chemisier vaporeux qu'elle portait.

— Tu es le seul à avoir des complexes avec mon passé, pas moi.

— Nous sommes censés travailler, lui rappela faiblement David.

— Nous le ferons, promit Angélique, caressant légèrement le dos de sa main.

— Tu ne m'as toujours pas dit ce que tu voudrais, répondit-il d'une voix rauque, trouvant de plus en plus compliqué de lutter contre son désir. Tu te plains que je fais des hypothèses, mais je ne peux pas lire dans ton esprit comme tu le fais quand tu te nourris de moi. Donc, tu dois me dire ce que tu veux. Je ne veux pas faire la même erreur deux fois.

Angélique émit un rire rauque.

— Ne me dis pas que tu ne peux pas deviner quand une femme te désire, le taquina-t-elle, les yeux étincelants.

Le regard d'Angélique s'échappa vers la méridienne en brocart, contre le mur de son bureau, possédant un accoudoir courbe à une extrémité à la hauteur parfaite pour soutenir sa tête.

— Je te veux sur le dos sur la méridienne là-bas, complètement nu, alors que je te chevaucherai jusqu'à ce que nous jouissions tous les deux si fort que nous serons incapables de nous souvenir de nos noms… Mais je préfère me rasseoir derrière mon bureau et tout oublier si cela nous empêche ensuite de travailler ensemble. Donc, je le répète, c'est ton choix.

— Nous finissons notre service dans deux heures, tenta-t-il de résister, ses yeux suivant les siens alors que son corps réagissait à ses mots. Faisons notre travail pour Marcel et ensuite, nous pouvons en parler quand notre temps nous appartiendra.

Autant Angélique le désirait dans l'instant, autant elle respectait son dévouement au devoir. Un sourire se dessina sur ses lèvres pendant qu'elle se levait lentement, se frottant contre lui de toutes les manières possibles en se remettant debout. Elle aurait juste à utiliser le temps entre les deux pour troubler ses sens afin qu'au moment où ils en auraient fini, il soit incapable de refuser.

Les yeux de David restèrent rivés sur le balancement de ses hanches alors que la longue jupe vaporeuse qu'elle portait dansait autour de ses chevilles. Tout en elle criait l'assouvissement sensuel et il voulait désespérément s'y vautrer, mais le devoir l'appelait et il avait déjà assez déçu Marcel depuis le début de l'alliance. Prenant une profonde inspiration pour se calmer – une entreprise inutile puisque la chambre embaumait l'encens et le patchouli, les mêmes parfums qu'il associait à la belle vampire –, il essaya de se concentrer sur la remarque initiale d'Angélique.

— Peut-être un sort que les vampires pourraient sentir, proposa-t-il lentement. Un sort de réchauffement ou de refroidissement. Ou quelque chose qu'ils pourraient percevoir.

— Les magiciens pourraient-ils chauffer quelque chose que les vampires toucheraient ? questionna Angélique, jouant négligemment avec le bouton du haut de son chemisier, attirant l'attention de David sur la profondeur de son décolleté.

— C'est certainement possible, mais est-ce que cela permettrait de déterminer un partenariat ? répliqua David en ravalant la boule qu'il avait dans la gorge. La magie ne serait pas dirigée contre le vampire, mais sur un objet inanimé.

— C'est assez facile à tester, fit-elle remarquer.

Elle jeta un regard alentour pour chercher quelque chose à proximité sur lequel utiliser sa magie. Un sourire espiègle éclaira son visage, elle fit un geste vers le canapé.

— Pourquoi ne lancerais-tu pas un sort de réchauffement sur la méridienne ? Je vais m'asseoir dessus et je te dirai si je peux le sentir.

Les yeux de David se plissèrent, mais il ne trouva aucune raison de refuser. Il jeta rapidement le sort et lui fit signe de le tester.

Roulant les hanches de manière séductrice, Angélique traversa la pièce jusqu'au canapé. Elle passa la main sur le tissu à motifs avant de s'y allonger sur toute la longueur, une jambe sur la méridienne, l'autre sur le sol, de sorte que sa jupe remonte légèrement, révélant un mollet bien galbé au regard avide de David.

— Je devrais te demander de lancer ce sort sur tous mes meubles, songea-t-elle à voix haute en se déplaçant, sa jupe glissant un peu plus. J'ai toujours froid ici en hiver.

— Donc, cela ne marchera pas, n'est-ce pas ? dit David en essayant de froncer les sourcils au lieu de s'imaginer réchauffant son lit avec autre chose qu'un peu de magie.

— Pas pour assortir des partenaires, non, admit Angélique sans retourner à son bureau.

Elle savait très bien l'image qu'elle présentait, exposée malicieusement sur les formes élégantes du mobilier, mais elle avait aussi dit la vérité à David. La chaleur faisait du bien dans la fraîcheur de la pièce. Elle était l'une des rares vampires qui semblaient être ennuyées par les températures hivernales, une réaction qu'elle attribuait au fait d'être né et d'avoir été transformé sous un climat désertique.

— Y a-t-il quelque chose, comme un champ magique, à travers lequel un vampire pourrait marcher de manière à ce qu'il soit directement en contact avec la magie, plutôt que par l'intermédiaire d'un objet ensorcelé ?

— Je peux rendre la pièce, ou une partie de la pièce, chaude ou froide, réfléchit David à haute voix, mais ça revient toujours à agir sur la magie dans l'air plutôt que sur toi. Encore une fois, nous pouvons essayer.

— Essayons, accepta Angélique, heureuse de voir les efforts que faisait David pour prendre en compte les susceptibilités des vampires.

Il jeta le sort et sentit la température dans la chambre augmenter de plusieurs degrés. Angélique sourit un instant avant de froncer les sourcils.

— Je peux le sentir également, avoua-t-elle.

Frustré, David donna un coup de pied au bureau, l'encre dans l'ancien encrier ballotta et se renversa sur le plateau. Jurant dans sa barbe, il chercha quelque chose pour l'éponger. Immédiatement, Angélique vint à ses côtés en lui tendant une feuille de papier et en prenant une également qu'elle utilisa pour absorber le liquide.

Quand ils eurent fini, le bureau était propre, mais leurs doigts étaient tachés de noir. Levant les yeux au ciel, David murmura un sort de nettoyage, regardant l'encre disparaître.

— Si seulement ça pouvait fonctionner sur… commença Angélique.

— Sur toi, termina David, en jetant de nouveau le sort pour en être sûr.

Les doigts d'Angélique restèrent tachés de noir.

— Est-ce que ça marcherait ? Est-ce que les vampires seraient prêts à se salir un peu les mains, si cela signifiait qu'ils n'auraient pas à devoir flotter dans l'air une centaine de fois ?

— Je pense que c'est un compromis raisonnable, reconnut Angélique, se postant sur le bureau pour que sa jupe caresse la jambe du pantalon de David. Maintenant que nous avons résolu ce problème, puis-je te persuader de me rejoindre sur ma méridienne chaude ?

David déglutit.

— Nous avons encore des détails sur lesquels nous devrions travailler. Il ne s'agit pas seulement de décider du sort que nous utiliserons. Où vont-ils se rencontrer ? Devons-nous amener les magiciens ici ou amener les vampires au siège de la Milice ? Et comment pouvons-nous nous assurer que nous ne manquons pas un magicien quand le vampire sera ici ? Et si nous avons un vampire venant de l'extérieur de la ville… ?

Angélique le réduisit au silence au moyen d'un efficace baiser, mettant fin au flot de paroles avec ses lèvres. Après un instant, il cessa d'essayer de parler et lui rendit son baiser, sa langue redessinant les lèvres douces qui se séparèrent avec impatience pour lui. Son corps se pressa souplement contre le sien, ses courbes se moulant aux lignes dures de son corps. Renonçant à finir quoi que ce soit désormais, il s'écarta suffisamment pour croiser ses yeux sombres.

— Laisse-moi d'abord t'inviter à dîner, suggéra-t-il. Laisse-moi te traiter avec le respect que tu mérites.

Charmée, Angélique lui sourit.

— Si tu veux, accorda-t-elle, mais seulement si tu me promets que je pourrai t'avoir pour le dessert.

David rougit, incertain d'être un jour à l'aise avec sa sexualité flagrante, mais il la voulait trop intensément pour refuser.

THIERRY ETERNUA de nouveau, pour la troisième fois en autant de minutes, le nez rouge, les yeux larmoyants. Il offrait un spectacle absolument pathétique, mais Sébastien continuait à le trouver désirable. Il savait ce que le magicien dirait s'il réalisait ce que Sébastien ruminait, mais il ne pouvait pas se débarrasser complètement de son sentiment de culpabilité en voyant son partenaire dans cet état. S'il avait prêté plus d'attention à ce qu'Alain avait dit, il ne serait probablement pas sorti sur le balcon alors que la magie sauvage errait encore, et il n'aurait pas exposé Thierry à ce stress dans son état de faiblesse. Thierry lui avait dit à plusieurs reprises que la maladie aurait pu s'abattre sur lui n'importe quand, mais cela n'avait en rien rassuré Sébastien. En ce qui le concernait, c'était de sa faute si Thierry était malade et il ferait amende honorable comme il le pourrait. Posant le plateau sur la table à côté du lit, il aida Thierry à s'asseoir.

— Je déteste être malade, grogna Thierry.

Sébastien rit.

— C'est l'un des avantages d'être un vampire. Plus de nez qui coule dorénavant.

Thierry frappa son partenaire.

— Ne remue pas le couteau dans la plaie.

— Désolé, s'excusa immédiatement le vampire, à nouveau assailli par la culpabilité. Laisse-moi prendre soin de toi.

Thierry ronchonna encore un peu plus, mais accepta avec reconnaissance le thé et la soupe que Sébastien lui avait apportés. Il n'avait pas vraiment faim, mais le liquide chaud calmait sa gorge et apaisait son estomac. D'après ses expériences passées, il avait deux, peut-être trois, autres jours de misère absolue et ensuite il commencerait à se sentir mieux. Pas génial tout de suite, mais assez bien pour sortir du lit et revenir un peu au travail. Il faudrait probablement une semaine, avant qu'il ne puisse ressortir avec sa patrouille, mais il pourrait au moins soulager Marcel et Alain à la coordination des équipes de la Milice.

— Peut-être que tu es bon à quelque chose, admit-il au bout de quelques minutes.

Sébastien sourit. Si Thierry pouvait se moquer de lui, il n'allait pas si mal, atténuant quelques-unes des angoisses de Sébastien.

— Pour quelque chose d'autre que des orgasmes fracassants ?

— Ouais, répondit Thierry en gardant délibérément une expression neutre malgré la réaction immédiate de son corps au commentaire de Sébastien.

Il se déplaça dans le lit, ressentant toujours le contrecoup de leur séance de sexe la plus récente. Il n'était plus douloureux, mais il pourrait clairement continuer à sentir que les doigts de Sébastien s'étaient trouvés en lui.

— Pour quelque chose, tu sais, importante.

Sébastien rit et embrassa Thierry malicieusement. Chaque jour qui passait, il trouvait plus difficile de se retenir, d'autant que les hésitations de Thierry semblaient s'estomper un peu plus chaque fois qu'ils se touchaient. Deux jours plus tôt, il avait presque brisé sa promesse faite à Thierry. Il ne savait pas combien de temps il serait encore en mesure d'attendre.

— Il faut vraiment que tu ailles mieux, lâcha-t-il en prenant les joues de Thierry dans ses mains. Je veux te faire l'amour, juste toi et moi, sans magie pour nous y pousser ou quoi que ce soit d'autre pour nous retenir.

— Tu n'as pas idée à quel point je le veux aussi, répondit Thierry, un frisson le traversant à cette idée.

Puis un second frisson le secoua, déclenchant une autre quinte de toux.

— Mais nous pourrions avoir à attendre encore un peu, reprit-il.

— Autant que tu en auras besoin, lui assura immédiatement Sébastien. Je ne compte pas te mettre en danger.

XXV

MALIKA ROBIN leva les yeux et sourit automatiquement quand la porte de son cybercafé s'ouvrit pour laisser entrer un nouveau client. Son sourire se crispa quand elle vit le vampire à contre-jour dans les bougies vacillantes et les reflets bleus de la multitude d'écrans d'ordinateur.

— Puis-je vous aider ?

Jetant un regard sur les prix indiqués sur l'affiche placardée, le vampire acquiesça et sortit une pièce d'un euro.

— J'ai besoin d'une heure de connexion, dit-il.

Malika prit l'argent et imprima un code d'accès qui lui permettrait de se connecter avec l'un des ordinateurs. Elle l'observa nerveusement pendant qu'il scrutait la pièce, visiblement en chasse. Après un moment, il prit un siège à côté d'une étudiante de l'université qui fréquentait le Café Techno. Ses poils se hérissant, Malika s'interrogeait pour savoir si elle devait l'affronter elle-même ou simplement conserver un œil sur Nicole et l'arrêter si elle essayait de partir avec le vampire. Se souvenant de l'avertissement de Jean, elle fit signe à l'autre employé en service pour qu'il s'occupe du registre pendant qu'elle se rendait à l'arrière pour appeler Jean.

LE BOURDONNEMENT du téléphone surprit tout autant le vampire que le magicien. Raymond parce qu'il n'avait pas réalisé que Jean avait un téléphone fixe dans son appartement et Jean parce que peu de gens avaient son numéro mis sur liste rouge. Se levant de son siège, il traversa la pièce pour rejoindre l'ancien monte-plat qui cachait le téléphone à la vue, il ouvrit la porte coulissante et porta le combiné à son oreille.

Raymond l'observait en silence, tandis que l'expression de Jean se durcissait, prenant un air tranchant qu'il n'avait jamais vu chez son partenaire auparavant. Cela diffusa une onde de frayeur dans son corps en même temps qu'une vague de désir dans son ventre. Conservant une expression neutre par la seule force de sa volonté, il attendit que Jean repose le récepteur.

— Quel est le problème ?

— Prends ta baguette, ordonna Jean sans répondre à la question. Nous avons un assassin à attraper.

Raymond hocha la tête, saisit sa tige de bouleau et attrapa son trench-coat.

— Où ?

— Au Café Techno. Malika dit qu'il a acheté une connexion pour une heure, mais elle pense toutefois qu'il est juste en train de dénicher une proie, nous devons donc nous dépêcher.

— Veux-tu que j'y aille directement ? proposa Raymond. S'il essaie de partir, je pourrai l'arrêter.

— Il est dangereux, le mit en garde Jean.

Raymond haussa les épaules.

— Comme le sont tous les sorciers rebelles que nous combattons régulièrement. Mes sorts fonctionnent sur lui.

— Ne le blesse pas. Je veux d'abord lui parler, décréta Jean.

Raymond sourit.

— Pas de torture, promis, juste un sort contraignant pour le retenir jusqu'à ce que tu arrives.

Jean secoua la tête, saisissant la main de Raymond et l'attirant à lui pour un baiser intense.

— Va, mais sois prudent.

Raymond ne put retenir le frisson de désir qui le traversa en raison du baiser et de l'inquiétude évidente de Jean pour lui. Peut-être y avait-il de l'espoir pour eux, au-delà de l'alliance.

— Je te revois là-bas.

DES QUE Malika eut raccroché le téléphone, elle se hâta de retourner à la caisse, espérant que le vampire serait toujours là. Malheureusement, la jeune fille avait disparu et le vampire aussi. Se précipitant à la porte, elle regarda à gauche et à droite, dans l'espoir d'avoir la moindre indication de la direction qu'ils avaient prise. Elle s'efforça de repérer Nicole pour pouvoir rappeler la fille, lui crier un avertissement, faire n'importe quoi pour empêcher le Déviant de l'attraper, mais la rue était déserte, en dehors d'un vieux clochard couché à la sortie d'un des immeubles d'habitations. S'il avait remarqué quelque chose, elle saurait au moins où commencer à chercher. Elle s'approcha de lui, mais ses ronflements d'ivrogne brisèrent tous ses espoirs.

— Nicole, cria-t-elle à toutes fins utiles.

Si la jeune fille était à portée de voix, même si le Déviant l'avait déjà attrapée, peut-être qu'elle pourrait faire un bruit qui permettrait à Malika de venir à son secours.

— Nicole !

Seul le silence lui répondit.

Avec un soupir démoralisé, elle revint au Café Techno pour attendre Jean et lui signaler la disparition du Déviant. Elle ne savait pas si le salaud reviendrait, mais si elle entendait dire qu'une autre jeune femme avait été tuée par un vampire, elle abattrait ce bâtard elle-même, et au diable les conséquences.

RAYMOND ENTRA dans le café, sa présence était moins susceptible d'attirer l'attention du Déviant et de provoquer une scène que celle de Jean. Il avait vu ce dernier se déplacer à pleine vitesse, il n'était pas loin derrière lui. Raymond reconnut la propriétaire du café grâce à leur précédente visite, mais regardant autour, il ne vit personne d'autre pouvant être qualifié de vampire.

— Il est parti, déclara à regret Malika à Raymond. Il avait déjà disparu le temps que je repose le téléphone, et je crains qu'il soit sur le point de tuer à nouveau.

Les sourcils froncés, Raymond pivota et retourna dehors pour voir s'il apercevait Jean.

— Il est parti, annonça-t-il quand il le vit arriver.

La colère s'afficha sur le visage de Jean au moment où il entrait.

— Tu as dit qu'il cherchait une proie, lança-t-il à Malika.

— Oui, et je pense qu'il a trouvé une victime.

Elle décrivit la jeune étudiante de l'université.

— Cela ressemble à un grand nombre de ses victimes connues, admit Jean. Je suppose que tu les as cherchés.

— Un peu, mais je n'avais aucune indication, aucun moyen de savoir de quel côté ils étaient partis. Si je découvre qu'il l'a tuée, je le détruirai moi-même s'il a le malheur de revenir ici, jura-t-elle.

— Tu sais que ce n'est pas la façon dont nous traitons ces problèmes, avertit Jean. Ne m'oblige pas à convoquer une cour pour toi.

— Alors, convoques-en une pour lui, exigea Malika vigoureusement. Il nous met tous en danger, même si tu ne prends pas en compte ce qu'il fait aux pauvres mortels qu'il utilise comme victime.

— Ne crois-tu pas que je le sais ? rétorqua Jean. Ce n'est pas si facile. Tout d'abord, nous n'avons aucune preuve. Même si la fille que tu as vue avec lui est découverte morte, ce ne sera pas une preuve de sa responsabilité. Et même avec des preuves, il n'a pas enfreint nos lois. Mais tu le ferais si tu t'attaques à lui.

— Si tu ne peux rien faire contre lui en vertu de la loi des vampires, alors nous devons le capturer conformément au droit français, intervint Raymond. D'après ce que nous savons, il a tué deux fois avant ce soir. C'est suffisant pour se faire enfermer pour un très, très long moment.

Jean soupira.

— Mais nous ne pouvons pas prouver que c'est lui. Nous savons que c'est probablement le cas, mais il n'y a aucune preuve incriminante contre lui. La police ne pourra pas le retenir plus d'un jour ou deux, sauf s'ils trouvent des preuves dont nous n'avons pas connaissance à l'heure actuelle.

Son poing s'abattit vigoureusement sur le comptoir, faisant sursauter les clients présents.

— Il doit y avoir un meilleur moyen de l'attraper, fit-il en se tournant vers Raymond, les yeux durs. Je vais le poursuivre. Tu es le bienvenu si tu veux m'accompagner, mais il faudra me suivre.

— Allons-y, décréta Raymond en saluant la patronne d'un signe de tête.

À l'extérieur, il regarda de droite à gauche dans la rue calme en demandant :

— Y a-t-il un moyen de le pister ?

— Je souhaiterais qu'il y en ait. Nous devrons simplement le chercher et espérer que nous aurons de la chance, répondit Jean d'un ton décidé, sa silhouette souple vibrant sous sa colère refoulée. Si nous les trouvons et que la jeune fille est toujours en vie, occupe-toi d'elle et foutez le camp. Je m'occuperai de Couthon.

— Aucune chance, rétorqua Raymond. Je ne te laisserai pas faire face à ce bâtard seul. J'ai vu à quel point il est dangereux.

— Raymond, gronda Jean menaçant.

Il avançait sur le trottoir, scrutant les ruelles ombragées et les porches sombres avec sa vision surnaturelle.

— Ne me cherche pas là-dessus.

— Ou quoi ? Le défia Raymond, réglant son pas sur celui du vampire. Nous sommes partenaires, plus fort ensemble qu'aucun de nous ne peut l'être seul. Nous l'avons prouvé hier lorsque nous avons ramené la magie sauvage à sa place.

— Ce n'est pas ton combat, s'entêta Jean, tournant dans une ruelle trop longue pour qu'il puisse la scruter entièrement depuis la rue. C'est un vampire et cela fait de lui mon problème.

— Et tu es mon partenaire, ce qui fait de toi le mien.

Ils ne trouvèrent rien dans la ruelle hormis des poubelles débordantes et une paire de chats errants.

— Je ne me mêle pas des affaires des magiciens, lui rappela Jean. Je ne veux pas que tu t'impliques dans les affaires de Cour.

— C'est un tas de conneries, s'irrita Raymond, bloquant la sortie de la ruelle, les mains sur ses hanches. Tu sais que je pourrais t'aider.

— Comment ? questionna Jean, collant Raymond contre le mur et l'épinglant là, son corps se frottant intimement contre celui du magicien. Aussi fort que tu sois, tu n'es pas aussi fort que le plus faible des vampires.

— Je n'ai pas à être plus fort que lui, lui rappela Raymond en sortant sa baguette. Ça ne fonctionnera pas sur toi, mais ça le ferait sur un autre vampire.

Dans un mouvement trop rapide pour que Raymond puisse l'anticiper, Jean attrapa son poignet et serra jusqu'à ce que les doigts se relâchent et que la baguette de bois tombe au sol.

— Et quand il te désarme ?

Un morceau de papier sauta d'une poubelle pour former une boule compacte et vola dans les airs pour venir frapper Jean sur le côté de la tête.

— Réjouis-toi d'être mon partenaire. J'aurais pu utiliser quelque chose de plus solide, répondit-il froidement. Je ne suis pas sans défense, même sans ma baguette, et je connais des sorts beaucoup plus odieux pour me contenter de le bombarder avec des ordures.

— Tu ne peux pas être impliqué là-dedans, insista Jean, en s'écartant et en reprenant sa marche dans la rue ainsi que sa recherche d'Édouard et de la jeune fille disparue. Si ça donne l'impression que j'ai besoin de ton aide pour maintenir l'ordre dans la Cour, d'autres commenceront à se demander si je suis assez fort pour tenir ma position. Je me suis battu trop dur pour arriver là où je suis. Je ne veux pas revenir à cette lutte de pouvoir incessante, même sans l'alliance et la loi. Avoir ce genre de désunion dans la Cour en ce moment serait catastrophique.

— Stupide Jeu des Cours, ronchonna Raymond en suivant le rythme de Jean. Il va devoir s'adapter à avoir un magicien à proximité. Les liens de partenariat sont assez forts maintenant, je ne vois pas beaucoup de vampires laisser leurs magiciens s'en aller.

Il rougit immédiatement, réalisant ce qu'il avait dit.

— Désolé. Ce n'était pas une demande d'engagement. Je sais que tu seras heureux de te débarrasser de moi quand l'alliance sera terminée.

Jean le regarda avec incrédulité pendant un instant avant de l'appuyer contre le mur du bâtiment le plus proche.

— Je ne sais pas ce qui t'a donné l'idée que je cherchais à me débarrasser de toi, gronda-t-il, son corps maintenant le large magicien en place. Ce n'était certainement pas l'impression que je voulais donner quand je me suis présenté à ton appartement hier soir et que je t'ai demandé de me baiser. Mais si tu n'as pas reçu ce message, peut-être tu comprendras celui-ci.

Ses mains se saisirent des cheveux courts de Raymond, ses lèvres s'abattirent sur son partenaire. Il envahit la cavité chaude brutalement, pillant la bouche de son amant avec un millénaire d'expérience, laissant le magicien haleter et se tordre sous l'assaut. Jean n'y prêta cependant pas attention, tissant une toile sensuelle de plus en plus étroite autour des sens de son partenaire jusqu'à ce que Raymond ne se soucie de rien d'autre que d'atteindre le sommet qui planait juste hors de sa portée. Des mains ouvrirent son pantalon, l'une glissa vers le bas de son ventre pour envelopper son sexe endolori, l'autre dans le dos pour empoigner ses fesses avant de plonger entre elles. Un unique, long doigt palpa son entrée et plongea profondément dans son cul serré. Avec un profond gémissement sourd, il jouit, le fluide visqueux se rependant sur son ventre et tachant le devant du pantalon de Jean.

Sa tête tournait toujours de la fulgurance de son orgasme quand Jean se dégagea et reprit sa marche dans la rue. Raymond tenta de se reprendre comme il le pouvait puis courut pour rattraper son partenaire. Il ne posa aucune des centaines de questions qui tourbillonnaient dans sa tête, alors qu'ils marchaient le long de la rue, puis parcouraient les rues transversales, toujours sans découvrir le moindre signe du Déviant.

Finalement, ils n'eurent d'autre choix que d'accepter qu'ils avaient perdu cette partie avant qu'elle n'ait jamais vraiment commencé. Raymond suivit Jean jusqu'à son appartement, l'air renfrogné sur le visage du vampire s'accentuant à chaque pas. Enfin, la porte se referma derrière eux, les enfermant dans la sécurité du magnifique palais de Jean. Le magicien ouvrit la bouche pour demander une explication concernant leur interlude dans la rue, mais les mots n'atteignirent jamais ses lèvres.

Avant qu'il ne puisse envisager de réagir, Jean l'avait emporté à travers le couloir jusque dans la chambre à coucher de style Renaissance. Raymond retomba sur le matelas de l'imposant lit à baldaquin, les rideaux noirs richement brodés se séparant pour les laisser passer avant de reprendre leur place derrière eux, les plongeant dans une demi-obscurité. Les mains de Jean volaient sur son corps, repoussant ses vêtements sur le côté à la recherche de sa peau nue. Raymond haletait et se tordait, se demandant brièvement où les taquineries du tendre amant de la nuit précédente avaient disparu, mais il ne pouvait pas s'y attarder, pas avec la tête troublée par les attentions de cette créature passionnée, amoureusement dominante au-dessus de lui.

Il tenta de retourner un peu du plaisir qu'il recevait, mais pour une fois dans sa vie, son cerveau était complètement déconnecté, le laissant à la merci du désir incommensurable que son vampire attisait en lui. Il se déplaçait d'un côté à l'autre en réponse aux incitations des mains de Jean jusqu'à ce qu'il soit entièrement nu sur les draps de soie noire, son corps complètement malléable entre les mains de son talentueux amant. Jean le fit rouler sur le ventre, avant de le relever sur ses genoux, ses mains courant l'une l'autre sur sa poitrine, ne s'arrêtant que pour tordre ses tétons avant de bouger plus bas. Ses lèvres sucèrent le lobe de son oreille, puis glissèrent le long de son cou jusqu'à son épaule, aspirant fortement, mais sans rompre la surface. Raymond frémit de joie à l'idée de porter la marque d'un amant sur son corps, au lieu des simples marques de morsures fonctionnelles de partenariat qui ornaient régulièrement ses poignets et son cou. Ensuite, les crocs de son amant percèrent sa chair et il cria, le dos voûté par la surprise, la douleur et le plaisir le tout emmêlé en une sensation accablante. Son sexe ignoré pulsait. Ses mains étaient libres. Il aurait pu l'attraper, le caresser lui-même jusqu'au soulagement, il suffirait d'un ou deux va-et-vient, mais ce n'était pas de son propre contact qu'il était avide. Il avait besoin des mains de Jean sur lui, autour de lui, en lui.

Se penchant en avant, il enfonça ses coudes dans le matelas, abaissant son front sur ses poignets, livrant ses fesses relevées en une offrande obscène à la créature de la nuit postée derrière lui. Il gémit quand des mains dures écartèrent ses globes, un doigt humide sondant son ouverture. Il ne s'interrogea pas pour savoir d'où provenait le lubrifiant. Ça n'avait pas la moindre importance. Il se pressa contre le doigt invasif, essayant de l'attirer plus profondément en lui. Une claque assez forte sur ses fesses pour obtenir son attention, mais pas suffisamment pour lui faire vraiment mal, l'obligea à s'immobiliser. Il avait reçu le message : Jean était aux commandes.

Les doigts experts étirèrent son anneau de muscles, l'ouvrant lentement, mais inexorablement pour le pilonnage qui, il en était sûr, viendrait bientôt. Il ondulait sous le minutieux doigté, laissant ses gémissements et suppliques sortir sans retenue, offrant à Jean le cadeau de sa soumission. La nuit précédente, cela n'avait pas été nécessaire, ni même souhaitable. Ce soir, ça l'était, et il la donnait volontairement, avec impatience même, un petit gage par rapport au riche tourbillon de changements que Jean avait apportés dans sa vie.

Les doigts se retirèrent, arrachant un gémissement de protestation à ses lèvres, mais les fortes mains de son amant stabilisèrent ses hanches alors que la pointe du sexe du vampire poussait contre son ouverture étroite.

— Oui ! lâcha-t-il quand le membre commença sa pénétration longue, lente et profonde dans son corps, le perforant avant de le remplir à nouveau.

Il luttait contre les vagues de plaisir quand le sexe de Jean frappait son point sensible, sans répit, à chacun de ses va-et-vient, laissant Raymond tremblant au bord de la jouissance.

— S'il te plaît, gémit-il, se moquant de savoir à quel point cela sonnait désespéré ou suppliant.

Les mains sur les hanches se déplacèrent vers ses épaules, l'attirant de nouveau en position assise, les lèvres revenant à son cou, s'attardant sur les plaies suintantes de la morsure précédente avant que les crocs ne replongent profondément, aspirant au rythme des poussées de plus en plus enthousiastes.

Frissonnant, l'orgasme de Raymond le ravagea, mais les sensations continuèrent à croitre, le conduisant vers de nouveaux sommets, encore et encore. Il était pris entre la hampe de Jean qui le pilonnait et ses crocs qui le pillaient, sur une vague de plaisir si importante qu'il pouvait à peine respirer.

— S'il te plaît, pria-t-il de nouveau, un geignement doux cette fois, si différent de ses gémissements stridents habituels.

Une autre poussée plus intense, une autre succion plus profonde sur son cou et il sentit Jean jouir derrière lui, la peau sur son épaule se déchirant légèrement sous les vibrations de l'orgasme alors que le vampire perdait le contrôle.

Pliant sous la force de leurs passions, ils retombèrent en avant sur le lit, le corps de Jean recouvrant partiellement celui de Raymond, son sexe toujours niché entre les globes tendus des fesses du magicien, sa langue continuant à laper paresseusement les incisions sanglantes sur l'épaule de Raymond, ses bras enlaçant son amant contre lui, comme s'il n'avait pas l'intention de le relâcher un jour.

Raymond restait allongé, haletant fortement à travers la brume post-coïtale, des images et des sentiments l'assaillant de toute part, alors qu'il tentait d'assimiler les deux facettes complètement différentes de la personnalité de son amant. Il voulait se retourner, se blottir dans les bras de Jean comme il l'avait fait la veille, mais ce n'était pas le même homme insouciant, bienveillant qui avait partagé son lit la nuit précédente.

201

— Est-ce que ça va ? demanda Jean après quelques instants. Je ne voulais pas être si brutal.

Cette fois, Raymond se retourna dans ses bras, voulant voir le visage de Jean pendant qu'ils parlaient, encouragé par l'absence totale de restriction de mouvement des mains de son amant, comme il l'avait fait plus tôt pendant qu'il le dominait.

— Alors que s'est-il passé tout à l'heure ? demanda Raymond, en embrassant doucement le vampire. Non pas que je me plains, mais si je n'étais pas sûr que c'est impossible, je penserais avoir eu affaire à deux hommes différents dans mon lit, entre hier et ce soir.

— Tu ne fréquentes pas seulement un vampire, expliqua Jean tristement. Tu es aussi avec un chef de Cour. Je ne suis pas arrivé où je suis en étant passif. J'étais le choix de monsieur Lombard comme successeur, mais j'ai dû me battre pour affirmer ma position quand il a démissionné. Les mêmes instincts primaires, les mêmes pulsions primitives qui m'ont permis de gagner alors, continuent à prendre le dessus parfois. Ne pas avoir pu attraper le Déviant ce soir semble les avoir ravivés, et tu en as fait les frais. Je suis désolé.

— Je ne le suis pas, répondit honnêtement Raymond. Je ne voudrais pas que ça se passe de cette façon chaque fois que nous avons des relations sexuelles, mais être désiré aussi puissamment… c'est un sacré coup de pouce à mon ego.

Jean secoua la tête en signe d'incrédulité, soulagé au-delà des mots de ne pas avoir perdu son nouvel amant à cause de son impétuosité.

— J'essaie d'être un homme civilisé, mais la soif de sang qui réside en moi ne me laisse pas toujours le choix.

XXVI

ANGELIQUE SE renversa dans son fauteuil, dégustant le café dont elle pouvait à peine apprécier le goût, pendant que David terminait la dernière cuillère de son dessert. Ils avaient flirté légèrement ensemble tout au long du repas, leurs yeux quittant rarement le visage de l'autre, leurs doigts s'effleurant de temps en temps. Le bourdonnement chaud de la tension sexuelle vibrait doucement dans son ventre, la laissant prête pour bien davantage, mais pas encore de façon urgente. David posa sa tasse et déplaça sa chaise afin d'être plus proche d'elle, ses doigts caressant délibérément le henné sur ses mains. Ils retraçaient les lignes d'encre de brun clair qui recouvraient ses mains et disparaissaient sous les manches de son chemisier. Lentement, mais sans hésitation, les doigts de David se déplaçaient de son poignet jusqu'à son avant-bras, repoussant le tissu sur sa route.

— J'avais envie de faire ça depuis la première fois où j'ai vu tes mains, avoua-t-il. Je meurs d'envie de savoir jusqu'où elles vont.

Le sourire d'Angélique était empreint de puissance féminine.

— Alors, découvre-le, offrit-elle d'une voix rauque, sachant ce que sa suggestion aurait comme impact sur la libido de David.

Il n'était pas le premier homme à être fasciné par les traces laissées par son passé. Ses yeux se fermèrent de purs plaisirs pendant qu'il caressait sa peau, remontant sur son bras jusqu'à son coude où le dessin s'achevait.

La moue de David en trouvant la peau vierge était presque enfantine.

— Est-ce vraiment là qu'ils s'arrêtent ?

Angélique rit, un son faible, rauque, qui se dirigea directement vers son sexe.

— C'est là où en était arrivée la maîtresse de harem quand j'ai été transformé, expliqua-t-elle. Si j'étais resté dans le harem, elle aurait peint mon corps entier, car le sultan attentait un invité quelques jours plus tard qui appréciait ma compagnie et préférait ses femmes décorées. Le sultan avait besoin d'obtenir les faveurs d'al-Marbruk et donc, s'arrangeait toujours afin que je sois prête pour lui.

La jalousie bouillonnait désagréablement dans le ventre de David à la pensée qu'elle avait été préparée pour un homme, et au rappel écœurant qu'elle avait appartenu à un homme.

— Comment peux-tu en parler aussi légèrement ? demanda-t-il. Tu étais une esclave !

Angélique soupira. Elle pensait qu'ils avaient dépassé ça, mais apparemment pas.

— J'ai vécu au Moyen-Orient au XVe siècle, David, lui rappela-t-elle. Premièrement, je n'avais pas vraiment le choix de disposer de ma vie, mais même si je l'avais eu, je ne suis pas sûr que je l'aurais modifiée. J'ai été choyée, bien nourrie, protégée des intempéries, des crapules et des voyous qui erraient dans la ville. Si je n'avais pas attiré l'œil du sultan quand j'étais une jeune fille, j'aurais eu deux autres choix dans la vie : travailler dans la ferme d'un pauvre homme avec la certitude d'une mort prématurée ou me prostituer dans la rue à la merci de n'importe quels hommes sans scrupules désireux d'user et d'abuser de moi, en espérant qu'ils ne m'abîment pas trop pour que je ne me retrouve pas dans l'incapacité de travailler pendant un certain temps par la suite. Si ma famille avait été riche, si mes options avaient été différentes, si j'avais eu un autre maître, si j'étais née à cette époque au lieu de celle de ma naissance, j'aurais peut-être un point de vue différent sur le harem, mais mon maître n'abusait pas de moi. En fait, il me protégeait de tout ça parce que j'étais la favorite d'un invité puissant, régulier. Compte tenu de mes autres options, faire l'amour de temps en temps pour l'aider à s'attirer les faveurs des seigneurs en visite était un petit prix à payer pour une vie plutôt luxueuse.

— L'idée que quiconque peut avoir ce genre de pouvoir sur quelqu'un d'autre est odieuse pour moi, se justifia-t-il avec hésitation, désireux de lui faire comprendre sa réaction puisqu'elle avait tenté d'expliquer son point de vue. Je suis aussi un produit de mon temps tout comme tu l'es du tien et le monde que tu acceptes si allègrement va à l'encontre de tout ce en quoi je crois.

— Et si je vivais encore dans cette forme d'esclavage et voulais en sortir, je te serais reconnaissante de te préoccuper de mon sort, assura-t-elle, mais tout ça, c'est du passé. Du très, très lointain passé. Je n'ai plus fait l'amour avec un homme pour une raison autre que pour le plaisir de le faire depuis que mon créateur m'a transformé et m'a fait sortir du harem.

Même cette pensée remuait l'estomac de David de jalousie, mais il se souvint qu'il n'avait aucun droit sur son passé ni même réellement sur son présent. Malgré tout, il désirait toujours la prendre dans ses bras et effacer de sa mémoire chacun des hommes qui l'avaient un jour touchée.

Une partie de ce qu'il ressentait devait se lire sur son visage, car elle retira doucement sa main en secouant la tête.

— Ne me regarde pas comme ça. Indépendamment de ce qui se passera entre nous par la suite, je ne serai plus la possession de personne. J'ai été le bien d'un homme une fois dans ma vie et même s'il était la meilleure option pour moi à l'époque, je me suis jurée que je n'appartiendrais plus jamais à aucun homme. Si nous retournons à *Sang Froid* ce soir, ou à ton appartement, et que nous faisons l'amour, peut-être que tu continueras à me voir comme la pute, fille de harem, ou imagineras-tu que je suis tout à coup devenue ta petite femme à ton entière disposition. Je ne suis aucune des deux. Bien que je savourerais indubitablement une relation sexuelle avec toi, je pense que nous devrions attendre jusqu'à ce que tu puisses m'accepter comme je suis.

— Et qu'en est-il de m'accepter tel que je suis ? La défia David tout en conservant une voix égale. Ne suis-je pas autorisé à avoir des désirs et des besoins, moi aussi ?

— Bien sûr, que tu l'es, répondit Angélique, mais pour le moment, ce que tu veux et ce dont tu as besoin ne sont pas quelque chose que je peux offrir. Et ce que tu offres n'est pas quelque chose que je ne peux accepter non plus. Nous pourrions retourner dans l'un ou l'autre de nos appartements et baiser comme des malades, mais nous finirions par le regretter. J'ai vécu trop longtemps pour faire intentionnellement quelque chose que je sais devoir regretter ensuite. Quand ce que nous pourrons offrir l'un à l'autre sera quelque chose dont nous aurons envie, et que nous voudrons tous les deux, nous en reparlerons. Jusque-là, je pense que nous devrions nous en tenir à être des partenaires et non des amants.

— Mais...

Angélique secoua la tête et se leva de son siège.

— Raccompagne-moi à la maison maintenant, demanda-t-elle doucement. J'ai du travail à faire.

Le visage de David se ferma à l'idée du travail qui l'attendait, mais il s'abstint de tout commentaire. Elle savait ce qu'il ressentait à ce sujet, bien que son attitude se soit un peu adoucie depuis qu'il avait compris la vraie nature de son entreprise. Réglant rapidement la note, il la suivit hors du restaurant.

Dès que David l'eut rejointe dehors, Angélique glissa son bras sous le sien, marchant à ses côtés tandis qu'ils retournaient à *Sang Froid*. Ils arrivèrent devant la porte latérale, celle avec une pancarte 'Employés seulement' et s'arrêtèrent. Angélique se tourna vers David, son épaule effleurant la sienne dans l'obscurité seulement trouée par un quartier de lune.

David ne se sentait guère mieux qu'un adolescent raccompagnant son premier rendez-vous à la maison, se demandant si elle le laisserait l'embrasser ou si elle se réfugierait à l'intérieur avec rien de plus qu'un remerciement et un sourire. Son sexe tressauta quand elle se pencha vers lui, renversant sa tête en arrière et attirant la sienne vers le bas de sorte que leurs lèvres se rejoignent. Il perdit son souffle dans sa bouche tandis que son parfum capiteux s'enroulait autour de ses sens, l'enveloppant d'un désir brûlant. Il l'attira plus étroitement contre son corps, lui faisant sentir son érection grandissante. Elle se frotta contre lui, provocante, ses seins frottant contre sa poitrine à travers son trench-coat ouvert, une cuisse se glissant entre ses jambes pour se presser fermement contre son aine. Il gémit, ses mains se posant sur sa taille puis plus bas pour attraper ses fesses et la soulever contre lui.

— Entrons, murmura-t-il en brisant le baiser assez longtemps pour prendre la parole.

Angélique secoua la tête et, prenant un peu de recul, ouvrit la porte.

— Pas avant que ceci - elle leva les mains- ne soit plus une marque de honte à tes yeux.

Avant qu'il ne puisse protester à nouveau, elle lui adressa un dernier regard torride par-dessus son épaule et referma la porte, le laissant seul avec une furieuse érection et aucun autre exutoire que sa propre main.

— Putain d'allumeuse, murmura-t-il en s'éloignant pour rentrer chez lui.

À l'intérieur, Angélique s'appuya contre la porte, haletante, écoutant les pas s'évanouir à traverser la cour et descendre l'allée jusqu'à la rue. Son corps vibrait d'un désir inassouvi, une sensation qu'elle n'avait plus endurée plus de quelques heures depuis qu'elle avait commencé sa formation aux mains du maître d'esclaves du sultan. Ce soir, elle savait qu'il valait mieux ne pas compter sur une quelconque jouissance satisfaisante. Elle avait renvoyé le seul amant capable de la satisfaire.

S'écartant de la porte, elle traversa les couloirs sombres jusqu'à se retrouver dans la salle principale où ses employés attendaient leurs clients pour la soirée. Elle examina la salle, voyant des vampires familiers et inconnus parlant avec plusieurs de ses salariés. Elle savait qu'elle devrait rester et superviser les affaires puisqu'elle n'était pas de service de nuit, mais, déstabilisée comme elle l'était, elle ne serait bonne pour aucun d'eux. Elle fit un geste pour inciter François à la rejoindre et s'excusa discrètement. Elle lui demanda s'il pouvait rester plus tard que d'habitude, pendant qu'elle s'occuperait d'affaires personnelles.

En parfait ami, il lui assura qu'il avait tout sous contrôle et qu'elle pouvait prendre tout le temps dont elle avait besoin.

Elle le remercia avec un sourire et, lentement, gravit les escaliers vers son appartement, essayant de deviner ce qui rendait David si différent de la longue lignée d'hommes qui avaient émaillé son passé. Depuis le temps où elle avait pour la première fois découvert que le pouvoir de son corps pouvait influencer les hommes, elle avait toujours su ce qu'elle voulait quand les hommes de sa vie étaient concernés. Désir, mépris, dévotion, dégoût… sa réaction avait toujours été immédiate et claire, même si elle l'avait cachée pour servir les hommes qui provoquaient son mépris ou son dégoût parce que son sultan l'ordonnait. Avec David, cependant, sa réaction variait aussi considérablement que les marées du Mont-Saint-Michel, et cela lui donnait le sentiment d'être à la dérive.

Rejoignant ses appartements, elle referma sa porte à clé, bien qu'elle sache que personne ne viendrait la déranger ici. Méthodiquement, elle accrocha sa cape, puis retira sa jupe et son chemisier, les secouant et les laissant prendre l'air avant de les remettre à leur place dans son placard. Enlevant ses chaussures, elle les mit de côté. Uniquement vêtus de ses sous-vêtements, ses mamelons pointèrent dans la chambre fraîche. Elle se rendit dans la salle de bains pour effectuer son rituel du coucher, dans lequel elle savait pouvoir trouver une tranquillité insaisissable.

Elle prit son temps pour brosser ses cheveux, laver son visage et répandre des huiles parfumées sur sa peau pour la rendre soyeuse et brillante. Ses yeux revenaient fréquemment sur ses mains, les courbes et les spirales de couleur contrastaient avec la peau pâle de ses jambes, de son ventre et de ses seins tandis qu'elle les enduisait d'huile.

Une idée lui vint, amenant un sourire sur ses lèvres. Elle attrapa un gant de toilette et nettoya l'huile sur ses seins. Laissant son soutien-gorge dans le panier, elle retourna dans sa chambre et s'assit à la table de toilette, ouvrant les tiroirs jusqu'à ce qu'elle trouve son matériel de henné. Elle souleva un pinceau fin de la boîte en bois, le laissant courir sur sa peau sensuellement. Un lent sourire s'étira sur ses lèvres. Ça devrait faire l'affaire. Reposant le pinceau, elle se rendit dans la cuisine pour récupérer la poudre de henné qu'elle utilisait quand elle voulait s'embellir. De retour dans la chambre avec le petit bol, elle s'installa devant le miroir, trempa le pinceau dans la teinture et commença à peindre.

Souvent, quand elle se paraît ainsi, elle se concentrait sur les moindres détails, s'assurant que chaque trait soit parfaitement positionné sur la toile de son corps, créant des modèles élaborés capables de rivaliser avec ceux qu'elle avait vus quand elle était jeune dans le harem. Ce soir, elle se souciait moins du résultat que d'affirmer sa position. Les motifs sur ses bras, comme les nouveaux qu'elle ajoutait aujourd'hui sur ses seins, étaient simplement des motifs, pas des signes de honte ou de turpitude morale telle que semblait le penser David. Par leur seule présence, ils ne la rendaient ni pire ni meilleure qu'elle ne l'aurait été sans eux. C'était des décorations, des embellissements érotiques dont elle retirait du plaisir. Ce mantra résonnait dans son esprit jusqu'au plus profond de son âme. Elle peignit du haut de ses seins jusqu'en bas de son ventre, au bord des boucles de son pubis. Alors qu'elle achevait le dessin et l'enveloppait dans une bande de tissu pour les maintenir en place jusqu'à ce que la teinte soit fixée, elle sourit en se souvenant de la peinture d'une bénédiction sur le ventre et les seins d'une concubine enceinte du harem. La jeune femme, une esclave nordique qui avait fasciné le sultan dès le moment où il avait vu ses cheveux blonds et ses yeux bleus, avait mis beaucoup de temps pour s'habituer à la vie au harem. Finalement, sa maternité imminente avait adouci son humeur et, pour une fois, elle avait participé volontairement à la décoration de son corps, un rituel trop étranger pour elle le reste du temps. Quand ils avaient eu fini les motifs et qu'elle avait ensuite revu le sultan, il avait passé des heures à simplement suivre les lignes sombres sur sa peau pâle. Dans une confidence chuchotée, elle lui avait avoué qu'elle ne s'était jamais sentie aussi désirée qu'à ce moment-là.

Si seulement David pouvait faire de même aujourd'hui, voir les motifs comme un embellissement, rien de plus. Elle se rappela qu'elle devait lui laisser du temps et que, si elle avait peint son corps ce soir, c'était pour son propre plaisir, pas pour celui de David. Elle s'installa dans son lit pour se reposer pendant que le henné se fixait.

Malheureusement, son esprit ne restait pas en paix, continuant à songer à David, à sa réaction au henné, à son baiser. Elle aurait dû être capable d'en faire abstraction, songea-t-elle furieusement. Jusqu'à présent, elle n'avait jamais eu la moindre difficulté à écarter un homme de ses pensées quand elle ne voulait pas de lui.

C'était le problème, cependant. Elle le voulait dans sa tête et dans son lit en dépit de toutes les raisons pour lesquelles, elle ne le devrait pas. Il ne se satisferait pas, comme Bertrand le faisait, d'une visite de temps en temps quand elle souhaitait l'attention d'un homme. Il ne se satisferait pas de savoir qu'elle ne le choisirait pas à chaque fois. Il était tout ce qu'elle s'était juré de ne plus jamais laisser se reproduire dans sa vie et voilà qu'elle ne pouvait pas s'empêcher de penser à lui. Sous leurs bandages de protection, ses seins picotaient aux souvenirs récents de sa main sur eux. Elle fut tentée de les caresser, seule l'idée de bousculer le henné et de ruiner les dessins fut suffisante pour la retenir. Son corps palpitait à la pensée qu'ils avaient vraiment été très près de faire l'amour dans son bureau. Il l'avait désirée, mais son sens du devoir l'avait emporté sur son désir. Elle n'aurait pas dû lui laisser le choix, songea-t-elle avec ironie, excepté que, si elle avait pris ce chemin sous le coup de la passion, elle l'aurait regretté la fois suivante quand il aurait réagi à l'image erronée qu'il se faisait d'elle.

Se déplaçant sur le lit, elle glissa sa main entre ses cuisses, ses doigts caressant sa chair humide. Elle ne serait jamais capable de se reposer avec ce désir qui la rongeait. Un long doigt se fraya un chemin dans son corps, ses yeux se fermèrent alors qu'elle imaginait David à genoux au pied de son lit, les yeux fixés sur ses tatouages au henné, les touchant eux, la touchant elle, adorant son corps comme le sultan avait adoré celui de Valda. Elle ajouta un deuxième doigt, son pouce massant son bourgeon de plaisir, laissant ses doigts l'entraîner vers la frénésie et la jouissance. Mais, alors qu'elle les retirait et les essuyait sur les draps, elle savait que c'était un orgasme vide de sens, une libération physique qui ne faisait rien pour la satisfaire réellement.

Pour le moment, cependant, c'était tout ce qu'elle pouvait avoir.

Quelques rues plus loin, David remuait nerveusement dans son lit vide, des images d'Angélique lui torturant l'esprit. Il pouvait voir avec une multitude de détails trop précis, sa forme plantureuse chevauchant un homme sans visage comme elle avait suggéré de le faire un peu plus tôt dans son bureau, la tête jetée en arrière, ses cheveux libres dans son dos, caressant le galbe de ses fesses ainsi que les cuisses de l'amant fantôme sous elle, les tourmentant tous les deux en se balançant jusqu'à leur libération. Son esprit rejetait les images de ses mains peintes au henné, caressant un torse musclé, menant son amant sur des hauteurs moites et passionnées.

Sa main s'enroula autour de son sexe, le caressant au rythme des images mentales d'Angélique chevauchant son amant. Les mains de la vampire se déplaçaient, abandonnant le corps de son amant pour caresser le sien, le long de son cou mince vers ses seins, s'arrêtant pour taquiner ses mamelons, puis continuant vers l'endroit où ils étaient soudés l'un à l'autre, ses doigts cherchant son clitoris et le frottant pendant qu'elle bougeait. La main de David accéléra alors que son orgasme approchait, essayant de s'imaginer à la place de l'amant mystérieux. Il voulait être cet homme, quoiqu'il en coûte et, quand il jouit, il décida qu'il se moquait bien qu'une partie de cette impulsion puisse provenir d'un lien magique.

XXVII

— BONJOUR, MINETTE.

Les mots détestés avec cette voix haïssable écorchèrent les oreilles d'Adèle. Elle se retourna, cherchant son partenaire, mais elle ne le vit pas.

— Connard, répondit-elle, continuant à marcher dans le couloir vers la sortie.

Ils venaient de terminer leur service et elle voulait rentrer chez elle, fermer les volets pour éviter la lumière du jour et dormir un peu.

Elle faillit l'atteindre, si proche qu'elle pouvait presque toucher la porte, lorsque les mains dures se refermèrent sur elle, l'une autour de son bras, l'autre sur sa bouche. Elle lutta spontanément, mais elle n'était pas de taille contre sa force. Malgré tout, elle lui donna un coup de pied, déterminée à trouver un moyen de se libérer.

— Débats-toi autant que tu le veux minette, ronronna Jude dans son oreille. Tu ne peux pas t'échapper.

Comme pour le prouver, il mordilla le tendre lobe de son oreille, le perçant avec ses crocs. La douce, chaude saveur de son sang l'envahit, le double goût de sa colère et de son excitation enflamma son sang comme rien d'autre ne pouvait le faire. Il avait attendu son heure depuis le deuxième rituel, le frisson de la chasse aiguisant son esprit et ses sens de manière inédite. Pour avoir son sang, il lui suffisait de tendre la main, mais il voulait plus que son cou ou son poignet. Il la voulait nue et frémissante sous lui, il voulait s'accrocher à sa chaleur et soupeser ses seins, voulait qu'elle soit marquée par ses morsures si profondément et intimement que tout homme qui la regardait verrait la preuve qu'il l'avait possédée avant. Il aurait toutes ces choses avant de la laisser partir au matin. La tirant dans une pièce vide, il verrouilla la porte et la repoussa violemment dessus, le dos contre le bois.

— Que veux-tu ? siffla-t-elle indignée, même si elle s'en doutait.

Son cœur se serra à l'idée que, même son corps, réagissait en prévision.

— Une vengeance.

— Alors, quoi ? le défia-t-elle. Tu comptes simplement m'attacher et me baiser que je le veuille ou non ?

Jude sourit avec assurance.

— Tu le voudras, certifia-t-il. Nie-le tant que tu veux. Je sais comment t'exciter. Tu me supplieras avant que nous ayons fini, minette.

Anticipant sa réaction, il attrapa ses poignets avant qu'elle ne puisse se jeter sur lui, les clouant derrière son dos dans une poigne implacable. Son autre main jouait avec les boutons de sa chemise, ouvrant les trois premiers rapidement de sorte que le haut de ses seins, souligné par de la dentelle noire, soit visible.

— Est-ce que tu vas me simplifier la tâche ? fit-il d'une voix rauque en baissant la tête et en égratignant sa peau avec ses crocs. Tu seras magnifique, couverte de mes marques.

Même en sachant que c'était inutile, Adèle se débattit, envoyant de violents coups avec ses pieds bottés.

— Alors tu veux la jouer sauvage ? réagit immédiatement Jude, la poussant de la porte vers la table d'acajou au centre de la pièce. Si c'est comme ça que tu le veux, ma minette, il ne sera pas dit que j'ai déçu une dame.

Ils percutèrent le bois dur, le bord heurtant le ventre d'Adèle quand elle tomba en avant, les bras encore épinglés douloureusement derrière elle.

— Bâtard, cracha-t-elle. Laisse-moi partir.

— Pas avant d'avoir eu ce que je veux.

— Qu'en est-il de ce que je veux ? demanda-t-elle.

— Tu as pris ce que tu voulais après le rituel sans te soucier de mes désirs, lui rappela Jude. Maintenant, c'est mon tour.

Il fit sauter le bouton de son pantalon, le repoussa en même temps sur ses jambes, assez loin pour empêcher tous futurs coups, en lui offrant une vue parfaite de ses fesses. Avec un sourire, il les gifla assez fort pour laisser une empreinte de main rougie sur leur surface pâle.

— Je ne vais pas rester là et te laisser me baiser, l'avertit-elle, renouvelant ses efforts pour se libérer, tordant son corps dans une tentative pour briser son emprise.

— Je n'imaginais pas que tu le ferais, avoua-t-il, en utilisant son poids pour la clouer sur la table en glissant une main sous elle pour terminer de défaire sa chemise.

Si quelques boutons sautaient dans la manœuvre, elle n'aurait qu'à se blâmer d'avoir résisté. La descendant sur ses épaules, il la resserra autour de ses coudes, immobilisant efficacement ses bras.

— Sale con ! cria-t-elle quand elle réalisa ce qu'il avait fait.

Jude fit claquer sa langue avec désapprobation.

— Un tel langage, gronda-t-il. Les femmes ne devraient pas parler de cette façon.

Il tendit la main entre ses jambes et saisit sa culotte, déchirant le tissu de chaque côté afin qu'il puisse la récupérer.

— Les catins qui parlent ainsi ne doivent plus être autorisées à ouvrir la bouche.

Avant qu'elle ne puisse dire un mot, il fourra le tissu dans sa bouche.

— Qu'est-ce que tu aimes, minette ? demanda-t-il en la retournant afin de pouvoir accéder à l'avant de son corps. Être attachée, silencieuse, complètement à ma merci ?

Son regard répondit à sa question, mais il l'ignora.

— Maintenant, voyons ce dont je peux me souvenir d'avant-hier.

211

Il passa ses mains sur ses seins recouverts de dentelle.

— Je pense que tu as dit que tu aimais que ton amant suce tes seins, n'est-ce pas ?

Il lécha tendrement un chemin sur le galbe supérieur, mouillant la peau presque amoureusement.

— C'est comme ça que ça te plaît ? demanda-t-il en levant la tête juste assez pour croiser son regard.

Elle ne donna aucune indication pour répondre à sa question.

— Ce n'est pas comme ça, pas vrai, minette ? Tu ne veux pas de tendresse. Tu veux quelqu'un d'assez fort pour te prendre.

Il reporta son attention sur sa peau, ses crocs plongeant profondément alors qu'il la marquait, suçant le sang à la surface, avalant rapidement. Il souleva de nouveau la tête avec un sourire, satisfait que son corps résiste sous lui, frottant sa vulve contre son aine encore habillée.

— Quelqu'un d'assez fort pour te plier à sa volonté, jubila-t-il, la mordant encore et encore, laissant des larmes de sang au sommet de ses deux seins.

Elle se tordait sous lui, mais il pouvait goûter le désir dans son sang, il prit sa résistance comme un encouragement et tira les bonnets de son soutien-gorge vers le bas pour pouvoir atteindre ses mamelons. Perçant sa chair juste au-dessus d'une aréole rose, il suça la pointe dans sa bouche, ses dents inférieures la mordillant pendant qu'il avalait, gorgée après gorgée, le sang chaud, source de vie.

Adèle se démena pour cracher le bâillon de fortune hors de sa bouche alors qu'il ravageait ses seins, voulant pester et crier contre lui pour la traiter de cette façon, mais elle ne parvenait pas à réunir assez de force avec sa langue pour le repousser. Puis, il la mordit juste au-dessus du mamelon, suçant fortement, et elle fut heureuse d'avoir le bâillon, car il réduisait au silence ses gémissements de plaisir tout comme il le faisait avec ses protestations. Elle s'agita sous lui, essayant d'obtenir qu'il pèse davantage sur son corps. Autant elle le détestait, autant elle ne pouvait pas renier ce qu'il lui faisait avec ses contacts brutaux et les entailles de ses crocs. Attachée comme elle l'était, elle ne pouvait rien faire pour l'arrêter, aussi profiterait-elle de ce qu'il lui faisait aujourd'hui et se vengerait de son audace plus tard.

Se méprenant sur ses mouvements, Jude releva la tête et lui sourit, déplaçant ainsi son poids la plaquant encore plus sur la table.

— Ça ne sert à rien de te débattre, ma minette, gronda-t-il. Tu ne peux pas t'échapper. Tu vas juste rester allongée là et subir jusqu'à ce que j'en aie fini avec toi. Et je suis très, très, loin d'en avoir fini avec toi.

Ses doigts redessinèrent les morsures sanglantes, il tourna son attention vers l'autre sein, le mordant comme il l'avait fait avec le premier, souriant au son qui s'échappa de sa bouche malgré le bâillon. Cela pouvait être dû à une protestation ou au plaisir. Il se moquait de savoir lequel. Elle l'avait utilisé sans état d'âme deux jours plus tôt. Il avait bien l'intention de l'utiliser de la même manière aujourd'hui.

Enfonçant une main entre ses jambes, il pinça fortement la chair délicate, laissant ses ongles s'enfoncer en elle. Elle cria à travers le bâillon, mais il pouvait goûter le sursaut de plaisir dans son sang, accompagnant la douleur.

— Alors la petite coquine aime avoir mal ? aiguillonna-t-il. Dois-je continuer à te faire mal, minette ? Cligne deux fois des yeux – c'était ça, non ? –, si tu le veux. Ne t'embête pas à me mentir. Je peux goûter dans ton sang à quel point tu le veux.

Adèle le foudroya du regard, mais elle pouvait difficilement nier ce qu'il savait déjà. Elle cligna deux fois des yeux, fermant les yeux fermement sur un tressaillement quand ses ongles s'enfoncèrent cruellement en elle, avant qu'il n'enfonce ses doigts dans son fourreau. Elle inclina ses hanches comme elle le pouvait avec ses jambes encore emmêlées dans son pantalon, essayant de bouger ses doigts pour modifier l'angle de pénétration. Sa main libre gifla sa cuisse.

— Arrête de te débattre, minette. Tu ne peux pas te débarrasser de moi et tu sais que tu ne le veux pas. Tu es trempée, une véritable chienne en chaleur. Ne t'inquiète pas. Je vais te baiser aussi sauvagement que tu peux le désirer.

Il retira ses doigts et les remplaça par sa queue, poussant violemment et profondément à quelques reprises avant de sortir et de la retourner. Il frappa à nouveau fortement ses fesses, souriant aux sons qu'elle fit. Écartant les globes pâles, il pressa deux doigts luisants de ses fluides dans son autre ouverture, étirant le muscle pour la forme. Elle poussa un cri aigu à travers le bâillon, accentuant son sourire.

— Tu m'as utilisé et laissé insatisfait, l'informa-t-il. Nous allons voir à quel point tu apprécies quand je fais la même chose avec toi. Ta chatte humide toute vide et suppliante pendant que je baise ton cul. Dommage que tu ne sois pas un homme comme tu prétends l'être. Apparemment, cela procure du plaisir quand on est un homme.

Il poussa dans l'étroit passage.

— Tout ce dont j'ai besoin, c'est d'un trou, ma minette. Ça ne doit pas obligatoirement être celui qui te fait du bien.

Derrière le bâillon, Adèle sourit. Qu'il pense ce qu'il voulait. Il n'avait pas besoin de savoir combien elle aimait être prise de cette manière. Pas chaque fois, mais l'un de ses anciens amants les plus aventureux l'avait initiée aux plaisirs que l'on pouvait trouver dans ce genre de pratique. Cela lui demandait habituellement moins de temps pour jouir de cette façon-là. Puisque les bruits qu'elle laissait échapper l'incitaient à la baiser encore plus fort, elle cessa d'essayer de les retenir. S'il prenait son pied en pensant qu'il lui faisait mal, tant mieux pour elle, puisqu'il la martelait dans son enthousiasme.

Les yeux de Jude se fermèrent alors que le corps d'Adèle s'ouvrait lentement à lui, l'enfermant dans une brûlante chaleur veloutée. Elle continuait à ruer sous lui, amenant un sourire féroce sur ses lèvres tandis qu'il s'enfonçait plus brutalement, ses mains laissant des ecchymoses là où ses doigts agrippaient sa peau. Son cul était si serré autour de lui, plus étroit que n'importe quelle chatte ne pourrait jamais l'être et ses cris, autant que ses gémissements, l'excitaient à la folie. Saisissant ses cheveux, il l'attira vers le haut afin de pouvoir mordre son cou, le goût du désir dans son sang fit exploser ce qui lui restait de contrôle. Il pilonna son corps, indifférent à sa réaction, désirant la libération qui planait juste hors de portée et sachant qu'il avait pris ce qu'il voulait sans égard pour son plaisir.

Le goût soudain de son orgasme dans son sang et la compression soudaine de son passage autour de son sexe le firent basculer à son tour, son corps tremblant et frissonnant avec la jouissance. Il se recula immédiatement, mécontent au-delà des mots par la tournure inattendue des événements. Fulminant contre l'objet perceptible de son mépris, il claqua de nouveau ses fesses.

— Répugnante salope, cracha-t-il. Tu l'aimes même dans le cul.

Il rajusta ses vêtements et se dirigea vers la porte.

— J'espère que quelqu'un te trouvera bientôt. Tu pourrais être un peu mal à l'aise avec les bras attachés derrière le dos, mon sperme coulant sur tes jambes et mes marques partout sur le reste de ton corps. Quoique, peut-être que tu voudrais que quelqu'un te trouve comme ça et te baise encore. Dois-je t'envoyer quelqu'un d'autre ? Tu t'en fous, pas vrai ? Une autre queue pour remplir ton trou vide, c'est tout ce qui t'importe.

Adèle fulminait en silence, s'évertuant à libérer ses mains de sa chemise, maintenant qu'il ne la maintenait plus en place. Il pouvait dire ce qu'il voulait maintenant, puisqu'il était théoriquement aux commandes, mais elle connaissait la chanson. Sa jouissance avait déclenché la sienne, en dépit de son intention évidente de la laisser insatisfaite. Qu'il pense qu'il avait gagné. Elle lui montrerait ses propres défauts au bout du compte.

DAVID ETAIT incapable de se souvenir du moindre mot qu'il avait prononcé devant Marcel pour lui expliquer le plan destiné à faire face aux vampires qui souhaiteraient se joindre à l'alliance. Il espérait qu'il n'avait pas eu l'air complètement idiot, mais il pensait qu'il en était probablement un de toute façon. Il avait retrouvé Angélique dans le bureau de Marcel pour la réunion prévue. Ses yeux avaient été immédiatement attirés par le décolleté du chemisier exposé à la vue de tous, pas à cause de la sombre vallée entre ses seins, mais parce qu'il pouvait voir le bord d'un tracé au henné qui n'étaient pas là la veille, il en était certain. Cela avait brisé sa concentration. La pensée d'elle en train de se peindre – pourvu que personne d'autre ne s'en soit chargé ! – que ce soit pour son propre plaisir ou pour celui d'un amant, avait été trop érotique pour qu'il puisse se concentrer sur autre chose.

Dès que Marcel les congédia, David prit la main d'Angélique, l'entraînant à travers les couloirs et les escaliers, jusqu'à son bureau.

— Qu'est-ce que ça signifie ? lui demanda-t-il avec colère, sa jalousie augmentant à chaque coup d'œil sur les dessins qui ornaient sa peau. Toute décorée pour un autre homme après que tu m'as rejeté ?

Angélique secoua la tête avec frustration.

— C'est exactement la raison pour laquelle je n'ai pas couché avec toi, répondit-elle. Tu penses que tu as le droit de me réclamer, de me posséder, et ça, avant que nous ayons eu des rapports sexuels. Avec qui je couche ne sont pas tes affaires, mais pour ton information, j'ai utilisé le henné pour moi, parce qu'il me fait me sentir féminine et puissante, pas pour aguicher un amant.

— Désolé, marmonna-t-il, les yeux toujours fixés sur le bord des volutes visibles au-dessus de l'encolure de son chemisier.

Elles avaient un effet hypnotique, sa main se déplaçant inconsciemment pour les toucher. Angélique retint son souffle alors que ses doigts suivaient le peu de brun qu'il pouvait voir.

— Laisse-moi voir le reste, murmura-t-il ses yeux ne quittant jamais ses seins. Laisse-moi te regarder.

Angélique hésita. Elle avait été hésitante depuis qu'elle s'était réveillée ce matin et avait rincé les résidus de henné, ne laissant que les motifs, là où le colorant s'était trouvé. Elle avait hésité sur la chemise à porter, une qui montrerait les dessins ou une qui les cacherait complètement. Elle avait aussi hésité sur la possibilité de porter un foulard. En fin de compte, elle avait opté pour un chemisier à coupe basse sans foulard, se rappelant qu'il n'y avait là rien de honteux, aucune raison de cacher le plaisir qu'elle avait pris avec son propre corps. Elle savait qu'il le remarquerait, elle avait espéré qu'il le remarquerait, mais elle ne s'attendait pas à son audace. Son accusation, oui, mais pas son contact audacieux, pas sa supplique chuchotée. Pas ses excuses.

Les mains tremblantes, elle souleva le bas de son chemisier, découvrant son ventre pâle couvert de volutes ocre. Ses doigts tracèrent immédiatement les lignes, comme il l'avait fait avec ses mains la veille, sans attendre sa permission, mais la touchant avec toute la confiance intime d'un amant de longue date. Ses yeux se fermèrent alors qu'elle s'abandonnait à la sensation de ses doigts rugueux sur sa peau soyeuse. Finalement, ils atteignirent le point où le tissu couvrait encore ses seins. Sans demander, il le repoussa plus haut sous ses bras pour pouvoir suivre les dessins sur les courbes généreuses. Le *clic* du fermoir, à l'avant de son soutien-gorge, fut le seul avertissement qu'elle eut avant que le vêtement ne s'écarte lui aussi, la laissant offerte à son regard, à ses caresses, de la taille jusqu'au cou.

Elle tremblait sous sa caresse, figée dans le temps et l'espace, tandis qu'il explorait le motif sur sa peau, ses doigts ne s'attardant jamais, même quand ils effleurèrent les pointes de ses seins où les lignes se croisaient. Il toucha les sommets sensibles, mais ne leur porta pas plus d'attention qu'aux autres endroits, la laissant aussi frustrée qu'excitée. Finalement, sa main vint se reposer sur la ceinture du pantalon qu'elle portait.

— Jusqu'où va-t-il ? demanda-t-il à voix basse.

En réponse, elle poussa le bouton hors de son logement et descendit la fermeture à glissière, écartant le tissu afin qu'il puisse suivre le motif autour de son nombril et sous le bord de son sous-vêtement.

Il tomba à genoux devant elle, reprenant son exploration érotique, traçant les nouvelles lignes dévoilées comme il l'avait fait avec celles du haut. Lorsque le tissu le frustra de nouveau, il n'attendit pas et ne demanda pas non plus sa permission. Il se contenta de le repousser hors de son chemin pour pouvoir poursuivre les lignes jusqu'à leur terme, au milieu du nid de boucles.

— Tu es une déesse, murmura-t-il respectueusement en déposant un tendre baiser sur le haut de son mont de Vénus.

— Non, corrigea-t-elle, ses mains maintenant sa tête en place pour un long moment intense avant de les laisser retomber sur le côté. Juste une vampire.

Lentement, complètement bouleversée, elle recula et se retourna, réajustant ses vêtements. Elle s'était promis qu'elle ne le ferait pas tant qu'il ne la verrait pas telle qu'elle était et, pourtant, elle était là, douze heures plus tard, brisant sa propre promesse. Même avec ses excuses, sa première réaction en voyant ses nouveaux tatouages avait été de l'accuser de coucher avec un autre homme. Et dès qu'il avait su que ce n'était pas le cas, il avait présumé qu'ils étaient là pour lui, les touchant – et elle avec – comme s'il avait des droits sur eux, comme s'il était le bénéficiaire désigné de leur attrait érotique, comme si elle était sa concubine, qu'il pouvait la toucher et la revendiquer comment il le voulait. Qu'elle ait accepté et apprécié ses caresses ne retirait rien au fait qu'il n'avait pas demandé, qu'il s'était simplement servi comme si c'était son droit le plus strict. Autant elle le voulait, autant son corps luttait contre le contrôle de son esprit, autant elle ne pouvait pas le laisser penser qu'elle était une odalisque qu'il pouvait utiliser et rejeter à sa guise.

— Nous ne pouvons pas faire ça. Je suis désolée, dit-elle.

David bondit sur ses pieds, les mains se refermant sur ses épaules, la faisant pivoter pour lui faire face.

— Mais pourquoi pas ? demanda-t-il. Tu ne t'es pas plainte quand je t'ai touchée. Je ne suis peut-être pas capable de lire ton sang, mais je pense que je peux dire quand une femme n'est pas consentante.

— Je n'ai jamais dit que je ne voulais pas, lui rappela Angélique. Cela ne signifie pas que c'est une bonne idée. Je t'ai dit hier soir que je ne peux pas faire ça tant que tu me verrais toujours comme un objet sexuel.

— Et pourtant, tu viens aujourd'hui peinte comme un esclave de harem. C'est un peu comme de la publicité mensongère, tu sais. Allumeuse est le mot le plus gentil qui me vient à l'esprit.

— Le henné est aussi utilisé pour peindre les futures épouses le jour de leurs noces, tu sais, lui rappela sèchement Angélique. Pour bénir les mères sur le point d'accoucher également. Les filles de harem étaient loin d'être les seules à porter ce genre de dessins.

— Je sais que tu n'es pas vierge et, à moins que tu caches quelque chose, tu n'es pas sur le point de mettre un enfant au monde. Alors, dis-moi ce que je suis censé penser quand tu arrives aujourd'hui avec de nouveaux motifs, après que j'ai clairement exprimé ma déception qu'ils ne couvrent pas plus de ton corps ? Si tu ne voulais pas que je les voie, si tu ne les as pas imaginés pour moi, tu aurais dû mieux les couvrir, dit-il sèchement.

— Mon monde ne tourne pas autour de toi, répliqua-t-elle. Je l'ai fait pour moi, parce que ça me fait du bien. Et je porte cette blouse parce que je le veux, parce que j'aime son aspect.

— Donc, tu es une allumeuse, déclara David, les lèvres pincées en signe de désapprobation. J'aurais dû savoir qu'il ne fallait pas s'attendre à mieux. Tu dis que tu veux que je te voie, que je t'accepte comme tu es, mais tu joues de ta sensualité au point où je suis obligé de la voir et d'y réagir. Ensuite, tu m'accuses de te traiter comme une pute. Je ne suis pas un saint, Angélique. Je suis juste un homme, et c'est tout naturellement que je vois et réagis à une belle femme. Tu avoues franchement que tu as fait cela pour accroître ton sentiment de féminité et de puissance, mais je ne suis pas censé le remarquer. C'est bien ça ?

— Tu es censé le remarquer, répondit Angélique. Mais tu n'es pas censé prendre sans même avoir demandé si tu le pouvais.

David secoua la tête.

— Trouve un autre imbécile pour jouer à ce jeu. Je n'ai pas le temps pour ça.

Avec un dernier regard dans sa direction, il la laissa seule dans le bureau, déterminé à ne pas lui accorder – ni à ses tatouages – une seule pensée supplémentaire.

Le visage d'Angélique se décomposa et elle se laissa tomber sur la chaise la plus proche, le visage dans ses mains, tout le plaisir qu'elle avait eu à se peindre la nuit précédente désormais envolé devant la colère de David. Il avait tort. Elle n'avait pas fait les tatouages pour lui, mais pour elle-même. Il ne pouvait pas avoir raison. Elle n'avait pas voulu voir sa réaction devant les motifs. Elle refusait de le laisser avoir raison. Elle n'avait pas eu l'intention de le tenter.

Il avait raison, songea-t-elle. Et elle le punissait parce que cela avait fonctionné.

XXVIII

ANTONIO DEAMBULAIT le long des berges de la Seine. À cette heure matinale, les quais étaient déserts ; il n'y avait même pas encore les premiers joggeurs matinaux pour venir troubler ses pensées ou entraver son déplacement aléatoire vers son domicile. La patrouille que Jean lui avait assignée avait combattu victorieusement la nuit dernière et capturé plusieurs sorciers rebelles. Antonio avait aidé aux interrogatoires comme il le faisait toujours, mais son cœur n'y était pas, pas quand il ne voulait le sang que d'une seule sorcière. Bien sûr, il ne pouvait pas vraiment dire ça à son chef de Cour, étant donné que la magicienne qu'il désirait combattait avec l'ennemi.

Heureusement, elle n'était pas parmi les sorciers que sa patrouille avait empêché d'entrer dans la Bibliothèque Nationale. Antonio n'était pas vraiment sûr de savoir comment il réagirait s'il se trouvait face à face de nouveau avec elle dans une bataille, là où il lui faudrait choisir entre elle et sa fidélité à Jean – sans parler de passer outre son sens du bien et du mal. Il voulait croire qu'il ferait le bon choix, mais il espérait qu'il n'y serait jamais confronté parce qu'il ne pouvait vraiment pas être sûr de ce qu'il ferait.

Tout son être souffrait de son besoin d'elle. Le sang de n'importe qui d'autre – même celui de la femme dont il s'était alimenté au sang-froid qui n'avait aucune magie à la place de la magie noire – avait mauvais goût maintenant. Toutes les femmes qui attiraient son attention et flirtaient avec l'homme à la beauté ténébreuse pâlissaient de la comparaison avec Monique, même si, objectivement, l'autre femme était plus belle. Son lit paraissait vide d'une manière différente de ce qu'il avait été seulement une semaine plus tôt, en dépit du fait qu'elle n'y avait jamais été présente. Il restait couché dans son lit pendant la journée et caressait les draps frais, se remémorant à quoi ressemblait une caresse sur sa chair chaude à la place.

Il donna sauvagement un coup de pied dans une pierre sur le sol, l'envoyant rebondir sur les pavés puis dans la rivière. Il devait y avoir un moyen de lutter contre cette hypersensibilité. Il ne savait pas à qui ou comment poser la question sans donner ses raisons, et il n'osait pas le faire. Il doutait que Jean le condamne aveuglément – il n'avait pas vraiment choisi d'être appareillé à une magicienne rebelle –, mais cela jetterait un doute sur tous les choix qu'il ferait.

La sensation d'une baguette appuyant à la base de son cou le ramena au présent et lui fit prendre conscience de ce qui l'entourait.

— Que diable m'as-tu fait ?

Il n'avait pas besoin de la voir pour reconnaître sa voix.

— Que veux-tu dire ? demanda-t-il, même s'il savait exactement de quoi elle parlait.

Apparemment, elle n'avait pas été capable de le bannir de ses pensées, pas plus qu'il n'avait été capable de cesser de penser à elle. Toutefois, il n'était pas près d'admettre son hypersensibilité, pas plus devant elle que devant Jean ou n'importe quel autre vampire. Si elle avait été sincère dans son désir de changer de camp, peut-être, mais elle ne l'était pas.

La baguette se planta un peu plus fermement dans son crâne.

— Quel genre de magie les vampires utilisent-ils pour que, je ne sois pas capable de te sortir de ma tête ?

— Tu as aimé à ce point, vraiment ? fit Antonio d'une voix traînante.

Savoir qu'elle était sa partenaire lui permettait d'ignorer la menace de sa baguette qui se poserait à n'importe qui d'autre. Il prit son poignet, orientant le morceau de bois loin de sa tête.

— Je serais heureux de t'offrir de répéter la performance.

— Va te faire foutre, cracha-t-elle, retirant son bras de son emprise et gardant sa baguette entre eux.

Antonio sourit avec une chaleur sauvage dans ses yeux.

— Je crois que tu devrais le remettre dans le bon sens, ma chérie. Je suis celui qui va te baiser.

— Oh, donc tu prends juste ce que tu veux ? le défia-t-elle. Je n'ai pas mon mot à dire ?

— Tu étais plutôt bien disposée la dernière fois, lui rappela-t-il. Et tu es celle qui est venue me chercher, pas l'inverse.

— Pour découvrir quel genre de sort tu m'as jeté et pas pour autre chose.

— Aucun sort, aucune magie, juste un bon vieux charme désuet, lui assura-t-il. Les vampires ne peuvent pas lancer de sorts. Serait-ce si terrible d'admettre que tu aimes être mordue ?

— Oui, répondit-elle. Je ne veux rien avoir à faire avec des vampires.

— Ce n'est pas l'impression que j'ai eue lorsque nous nous sommes rencontrés la dernière fois, répliqua-t-il. Dois-je te mordre à nouveau pour voir si tu dis la vérité ?

Dès que ses mots passèrent ses lèvres, il se maudit silencieusement pour ce dérapage. Elle ne savait rien de ce talent vampirique particulier. Jusqu'à maintenant.

— C'est pour ça que tu m'as mordu la dernière fois ? demanda-t-elle. Ainsi, tu pouvais indiquer à Chavinier que j'étais vraiment un espion ? Y avait-il quoi que ce soit de vrai dans ce que tu m'as dit ? Et avais-tu vraiment besoin de me baiser aussi ?

— Tu flirtais également, lui rappela Antonio, en saisissant son bras et en l'attirant vers lui.

Son sifflement de douleur le fit sursauter. Il ne pensait pas l'avoir attrapée si brutalement.

— Qu'est-ce qui ne va pas ?

— Rien, répondit-elle en faisant une grimace et en arrachant son bras à son emprise. Juste une petite plaie.

— Qui t'a blessé ?

— Ce ne sont pas tes affaires, siffla-t-elle. Tu m'as baisée et tu as fait en sorte que je sois renvoyée. L'échec a des conséquences, tu sais.

— Je vais le tuer, grogna Antonio. Je vais lui arracher la tête.

Elle aurait dû le démolir pour son attitude tellement machiste, Monique le savait, mais son cœur féminin, habituellement négligé, trouvait cela flatteur. Elle gardait délibérément ses compatriotes masculins à distance, ne voulant pas montrer le moindre signe de faiblesse qui pourrait les amener à la rabaisser, mais cette façade avait un prix et la réaction d'Antonio séduisait un besoin profondément enfoui.

— Pourquoi cela t'importerait-il ? demanda-t-elle, mais, son ton s'était considérablement adouci.

Antonio soupira et passa une main dans ses cheveux.

— Il y a un banc un peu plus loin sur la rivière, dit-il, évitant la question. Nous pouvons nous y asseoir et discuter.

Il tendit la main pour l'inviter, pas sûr qu'elle la prendrait. Elle le fit, ses doigts effilés disparaissant dans sa paume beaucoup plus grande.

Côte à côte, ils se promenaient le long de la rivière, ressemblant à un couple d'amoureux rentrant chez eux après une nuit en ville. Antonio refusait de désirer que ce puisse être vrai, tandis qu'il la menait sur le banc isolé. Une rambarde en fer forgé les séparait de la rivière, la rangée d'arbres en surplomb était suffisante pour fournir un minimum d'intimité, même s'il ne restait que quelques feuilles d'automne s'accrochant encore à leurs branches. En été, il venait souvent ici pour s'imprégner de l'odeur des fleurs qui remplissaient les parterres derrière le banc en bois, mais en hiver, les seules odeurs étaient celles de la terre humide et de la rivière qui coulait à leurs pieds. À cette heure, aucun bateau-mouche rempli de touristes munis de projecteurs pour éclairer les monuments de la ville ne faisait son circuit, laissant la berge du fleuve enveloppée dans l'obscurité. L'eau clapotait doucement sur les jetées en pierre, mais Antonio était habitué à ce son. S'asseyant, il l'attira sur ses genoux. Elle résista, mais il se contenta de tirer plus fort.

— Le banc est froid et tu n'es pas vêtu d'un long manteau. Je ne ferai rien que tu ne désires pas. Laisse-moi te tenir.

— Mais pourquoi ? questionna Monique alors qu'elle prenait place. Je suis l'ennemie.

Antonio secoua la tête.

— Tu peux être l'ennemie de la Milice. Tu peux même être l'ennemie de Chavinier, mais tu n'es pas le mien.

— Je devrais l'être.

— Tu ne l'es pas.

— Mais pourquoi pas ? demanda Monique avec exaspération. Je sens qu'il se passe quelque chose que je ne comprends pas.

Antonio haussa les épaules.

— As-tu besoin de comprendre ? Ne peux-tu pas te contenter d'en profiter ?

— Profitez de quoi ?

— Profitez d'être ici avec moi, d'avoir mes bras autour de ta taille, te gardant au chaud. Te réjouir de savoir que je suis ici avec toi – que je veux être ici avec toi –, même si je ne le devrais probablement pas.

Il frotta son nez dans son cou, espérant qu'elle ne le rejetterait pas.

— Te réjouir du fait que je n'ai pas voulu le sang de qui que ce soit en dehors du tien depuis que je t'ai goûté.

Elle se dit qu'elle se moquait de savoir de qui il se nourrissait, mais son cœur s'accéléra à la sensation de ses lèvres sur son cou, à la pensée de ses crocs dans sa peau. Lentement, elle pencha la tête en arrière, lui donnant un accès sans restriction à la longue colonne de chair. Une main vint immédiatement soutenir sa tête pour qu'elle ne tende pas son cou de façon inconfortable, ce petit geste réchauffa son cœur encore plus, quand elle sentit sa langue sur sa peau, suivie par la piqûre de ses crocs aiguisés.

Elle haleta quand ses lèvres s'activèrent sur son cou, aspirant son sang dans sa bouche. La main qui ne soutenait pas sa tête reposait, chaude et lourde, sur la courbe de sa taille, la maintenant en équilibre sur ses genoux. Elle voulait qu'il la laisse errer comme avant, cajolant et possessif, mais il ne tenta pas de la caresser plus intimement. Il avait juste une main sur sa taille, une dans ses cheveux, et ses crocs dans son cou.

Elle n'était pas sûre d'avoir été si totalement séduite un jour.

À chaque gorgée de sang, Antonio tombait un peu plus sous le charme de cette femme coriace au cœur tendre. Elle pouvait le nier – et le ferait, soupçonnait-il –, mais il avait goûté ce qui se trouvait sous la surface et il le retrouvait, à cet instant, pendant qu'il s'alimentait, gardant son contact prudent, malgré son désir de plonger ses mains sous ses vêtements pour y trouver sa peau nue. Il prenait déjà un très grand risque, simplement en se nourrissant d'elle. La séduire à nouveau serait inacceptable et il se trouvait qu'il ne voulait pas commencer quelque chose avec elle qu'il ne pourrait, en toute bonne foi, pas poursuivre. Il avait vu les vampires autour de lui, ceux ayant des partenaires dans l'alliance, et il avait vu le lien s'intensifier entre les paires, même ceux qui se battaient les uns contre les autres. Observant depuis l'extérieur, il pouvait voir la chimie qui existait entre eux, voir combien ils s'accordaient les uns aux autres. Si la magie accélérait cette reconnaissance, il l'acceptait avec philosophie. Son existence même était basée sur la magie. Il ne voyait aucune raison de douter de ses autres influences sur sa vie.

Cependant, c'était son choix, pas celui de la femme qui se trouvait dans ses bras. Elle ne savait pas quelles forces l'avaient poussée à le chercher et il ne pouvait pas lui en parler. Et jusqu'à ce qu'il le puisse, prendre plus que cela – même pour la prendre vraiment – cela signifiait l'entraîner dans quelque chose qu'elle ne comprenait pas et qu'elle n'avait pas accepté librement.

Il but plus intensément, sentant son corps fondre contre le sien. Il goûta le consentement qu'il n'avait pas demandé, mais il garda ses mains immobiles, la soutenant quand elle se détendit plus totalement dans son étreinte.

Le bruit d'un moteur de bateau brisa sa concentration. Il attira Monique plus près contre lui, protégeant son visage de la vue pendant que la barge à moteurs avançait lentement. Il doutait que l'équipage du bateau ait même regardé dans leur direction, mais il était conscient d'être visible. Lorsque le bateau s'éloigna, il inclina son menton pour la regarder, embrassant doucement ses lèvres boudeuses.

— C'est trop exposé ici, même la nuit, pour que je fasse plus que me nourrir de toi.

— Alors, emmène-moi dans un endroit plus privé, lui suggéra-t-elle, le corps vibrant de ses attentions.

Il secoua la tête avec regret.

— Ce n'est pas prudent. Pour aucun de nous.

— Je m'en moque.

— Pas moi, répondit-il en caressant sa joue d'un doigt tendre. Rentre chez toi où tu seras à l'abri et soigne les marques sur ton cou. Serrier les reconnaîtrait à coup sûr, et je ne peux pas supporter l'idée qu'il te fasse du mal à cause de ce que nous avons fait ce soir.

— Je ne suis pas stupide, commença-t-elle.

— Je sais que tu ne l'es pas, l'interrompit-il, mais je sais aussi qu'il est facile d'oublier. Je déteste l'idée que tu aies à les cacher. Je voudrais pouvoir rester allongé pendant la journée quand je ne peux pas sortir et pouvoir penser que tu portes ma marque, mais tu ne peux pas. Pas tant que tu te battras pour lui.

— N'essaye pas de me rallier à votre cause, dit-elle amèrement. J'ai choisi mon camp.

— Sois simplement prudente, pria-t-il. Je ne me retiendrai pas si je te rencontre dans une bataille. Autant je détesterai te faire de mal, autant je dois me battre pour ce en quoi je crois.

222

Elle se leva et le regarda tristement.

— Moi aussi.

Elle murmura un sort et en un coup de baguette, elle avait disparu, laissant Antonio seul sur le banc. Il donna un coup de poing contre le bois, ignorant l'éclair de douleur qui irradia dans son bras. Il avait goûté le sang de trop nombreux sorciers rebelles depuis qu'il avait accepté d'aider Jean à interroger les combattants ennemis capturés. Leur noirceur avait le goût du pétrole, recouvrant d'une chape sombre tout le reste avec leur laideur, mais bien qu'il puisse goûter la colère et même la magie noire dans le sang de Monique, son sang n'avait pas la même saveur fétide que ses compatriotes capturés.

Pourquoi, alors, s'accrochait-elle si fermement à cette voie ? Pensait-elle qu'elle n'avait pas d'autre choix ? Doutait-elle que quelqu'un puisse accepter sa sincérité, en particulier depuis qu'il avait révélé qu'elle était une taupe, lors de son passage au siège de la Milice ? Serrier avait-il d'autres moyens pour la retenir, un moyen de pression qui l'obligeait à rester à son service même si son cœur n'y adhérait pas pleinement ?

Sa frustration augmentait au fil des questions sans réponse. Elle n'avait pas sa place dans les rangs des sorciers rebelles, mais il ne savait pas comment la libérer. Sa loyauté envers Jean insistait pour qu'il reste loin d'elle jusqu'à ce qu'elle retrouve ses esprits et change de camp, mais son cœur refusait d'écouter. Elle avait besoin d'une motivation pour changer de camp, un appât plus fort que tout ce que Serrier pouvait brandir au-dessus de sa tête. Il ne savait pas s'il pouvait le lui fournir, mais il savait qu'il devait essayer. Son sang l'appelait comme le nectar des dieux, lui offrant une sécurité contre le soleil, lui offrant un riche bouquet de saveurs, rendant tous les autres dons insignifiants. Il le regretterait toujours s'il n'essayait pas au moins de la convaincre de déserter. Il ne ferait pas pression sur elle, mais il soulignerait les avantages, chercherait les raisons qui la retenaient et les éliminerait. D'une manière ou d'une autre, il l'aurait à ses côtés.

Maintenant, il avait juste à la convaincre de la justesse de ce plan. Sans dévoiler plus d'informations que Serrier n'en connaissait déjà.

Il avait foiré ce soir-là, en révélant sa capacité à lire ses sentiments dans son sang, mais il ne voyait pas en quoi cette information serait utile à Serrier, d'autant plus qu'elle n'était pas déterminée d'une façon quelconque par l'alliance ou les partenariats. S'il y avait pensé, le chef rebelle aurait pu le demander au vampire qu'il avait enrôlé à sa cause.

Antonio secoua la tête avec dégoût en pensant au Déviant, il se leva de son siège froid et acheva le court trajet vers la péniche qui avait été sa demeure au cours de la dernière génération. Le vampire déviant avait été clairement trompé s'il pensait que Serrier s'occupait de qui que ce soit, en dehors de lui-même et, peut-être, des sorciers qui combattaient à ses côtés. Antonio avait vu des dictateurs mégalos aller et venir au fil du temps depuis qu'il avait été transformé.

Ils étaient tous les mêmes au fond, dans leurs façons de faire, utilisant ceux qui les entouraient pour arriver à leurs fins tout en prêchant un plus grand bénéfice qui, finalement, ne profitait qu'à quelques privilégiés, à supposer que même ceux-là puissent obtenir un jour leurs récompenses. Le plus souvent, la société se soulevait contre eux avant qu'ils ne puissent récompenser leurs partisans d'une quelconque façon. Ce serait encore ainsi. L'alliance y veillerait.

XXIX

— PARTOUT OU nous allons, ils sont là, avant même que nous arrivions ! cria Serrier à ses malheureux seconds. La tour Eiffel, le Palais de Justice, la Bibliothèque Nationale. Il a toujours une chance inouïe, mais là, c'est au-delà du ridicule ! Quelqu'un lui transmet des informations et je veux savoir qui c'est !

Tout le monde dans la salle blêmit, s'affaissant un peu plus dans leur chaise comme s'ils pouvaient se rendre invisibles. La dernière fois que Serrier s'était déchaîné au sujet d'un espion, il avait ordonné une purge de ses rangs, tuant quinze partisans avant d'être convaincu d'avoir trouvé le traître.

— Vuillemin a déclenché un sort sur le chemin vers la Sainte-Chapelle, rappela Éric au chef rebelle. Sauf si c'était intentionnel de sa part, je doute qu'il y ait eu le moindre traître en présence de Chavinier à cette bataille.

— Cela n'explique pas le fait qu'ils nous attendaient à la tour Eiffel. Il n'y avait pas le moindre sort là-bas, observa Vincent. De plus, la patrouille n'a pas pu s'approcher assez près de la Bibliothèque Nationale pour être capable de voir s'il y avait des sorts de protection.

— Ça a empiré au cours des dernières semaines, commenta Claude. Qui Chavinier pourrait-il avoir recruté durant cette période ?

— Il y a eu la bataille à la gare de Lyon, réfléchit Serrier à haute voix. N'y avait-il pas un magicien qui avait échappé à cette débâcle ?

— Oui, répondit Vincent, à peine plus qu'un gamin.

Il fit une pause et fouilla dans sa mémoire pour trouver un nom.

— Daniel... Denis... non, Dominique. Dominique Cornet. Je me souviens d'avoir été surpris qu'il en ait réchappé, alors que tout le monde avait été capturé ou tué.

— Il y a aussi Monique, ajouta Serrier. Elle a dit qu'elle n'avait pas vu Chavinier, mais elle était à l'intérieur de la base de la Milice.

— Et c'était juste avant l'attaque de la tour Eiffel, souligna Claude. Était-elle au courant ?

— Elle pourrait l'avoir été, répondit Serrier. Elle ne devait pas participer puisqu'elle devait infiltrer les rangs de Chavinier, mais ce n'était pas une mission secrète. Un grand nombre de personnes aurait pu lui en parler. Dominique ne devait pas participer non plus.

— L'un d'entre eux était-il au courant pour l'attaque de ce soir ? questionna Éric.

— Pas pour autant que je sache, répondit Serrier, mais encore une fois, j'ai parlé au chef de patrouille il y a quelques jours, afin qu'il puisse tout planifier. S'il l'a dit à sa patrouille, l'un d'eux pourrait bien en avoir discuté avec l'un des espions. Chaque mission a été prévue, plus ou moins discutée et assez ébruitée ;

certainement pas de façon suffisamment restreinte en tout cas pour pouvoir définir qui pourrait être l'espion, même en nous concentrant seulement sur les deux que nous avons déjà mentionnés.

— Laisse-les-moi pendant quelques heures, proposa Claude. Je les briserai pour toi.

— Et le temps que tu en aies terminé avec eux, ils auront tous les deux avoué pour éviter ta torture, rétorqua Vincent. Si tu veux savoir de qui il s'agit, démasque-les. Donne-leur, ou, à l'un d'eux, des informations que tu sais que l'autre n'a pas, et vois si Chavinier se montre. S'il le fait, ce sera la preuve.

— Et s'il ne le fait pas ? Contra Serrier.

— Alors celui à qui tu auras parlé n'est pas ton espion ou n'a pas pu faire parvenir les informations à ce vieux fou assez rapidement. En attendant, n'annonce pas tes plans à quelqu'un en qui tu n'as pas une totale confiance avant le moment de les mettre en œuvre. De cette façon, l'espion, quel qu'il soit, ne sera pas en mesure de révéler tes intentions à Chavinier avant qu'il ne soit trop tard.

Le rire de Serrier était glacial.

— Et à qui exactement crois-tu que je fais totalement confiance ? demanda-t-il.

— Je pense que nous avons prouvé notre fidélité, lui rappela Éric, détournant son intérêt de Vincent. Plus d'une fois.

Serrier fronça les sourcils devant son impertinence, soulevant sa baguette, il envoya une secousse provoquant un arc magique le long des nerfs d'Éric. L'homme imposant tressaillit de manière visible, mais refusa de plier sous les assauts atroces. Il soutint le regard du chef rebelle alors que son corps tremblait spontanément sous l'effort qu'il faisait pour fuir la sensation désagréable. Finalement, un halètement douloureux lui échappa. Comme si c'était le signe qu'il attendait, la baguette de Serrier remua à nouveau, mettant fin au sort et laissant Éric haletant de soulagement.

— Un de ces jours, Simonet, tu vas me pousser trop loin.

Éric haussa les épaules, les muscles encore tremblants alors qu'ils se relâchaient après la contraction pénible provoquée par l'attaque soudaine de son système.

— Un de ces jours, peut-être que tu croiras réellement en notre loyauté. En attendant, allons-nous essayer d'attraper cet espion ou pas ?

— Dans quelques minutes, répondit Serrier, plissant les yeux alors qu'il tentait de décider s'il y avait un autre défi dans les derniers mots d'Éric. Nous n'avons pas encore fini.

— Qu'y a-t-il d'autre à discuter ? demanda Vincent.

— La sangsue s'est avérée moins efficace que moi pour obtenir l'information dont j'ai besoin, expliqua Serrier. Évidemment, nous savons maintenant pourquoi les vampires se réunissaient ce matin-là, mais cela ne nous dit pas comment l'alliance – un sourire méprisant altéra son visage barbu –

226

fonctionne ni ne nous aide à nous défendre contre eux. Nous ne pouvons pas continuer à perdre des batailles comme nous le faisons. Nous n'aurons bientôt plus personne.

— Alors qu'est-ce que tu suggères ? demanda Éric.

— Nous avons besoin d'un cobaye, un vampire pour faire des expériences afin que nous puissions déterminer la meilleure façon de les vaincre. J'ai été tenté d'utiliser seulement celui que nous avons, mais il pourrait encore être utile si nous ne le retournons pas contre nous.

Le sourire de Claude frôlait la folie tandis qu'il se frottait les mains d'anticipation.

— Puis-je le faire ? S'il te plaît ?

Éric et Vincent se regardèrent et levèrent les yeux au ciel.

— Un jour, tempéra Serrier, après que nous avons trouvé leurs faiblesses.

— Où comptes-tu trouver un autre vampire ? demanda Vincent. Nous avons eu assez de problèmes afin que celui-ci nous parle, et ils seront doublement sur leurs gardes maintenant qu'ils ont pris parti pour la Milice.

— Nous devrons en capturer un, répondit Serrier. De préférence un qui est impliqué avec Chavinier afin que nous puissions découvrir leurs stratégies en même temps que leurs faiblesses. Je pense qu'une attaque sur la butte Montmartre mérite le détour. Ça semble être l'endroit où la majorité d'entre eux traînent. Et dans un effort pour nous assurer d'obtenir un vampire de la Milice, nous nous assurerons que nos espions potentiels le savent aussi, de sorte que Chavinier enverra certainement des gens pour défendre ses nouveaux animaux de compagnie.

— C'est un suicide, lâcha Vincent avant de pouvoir s'en empêcher.

— Ça se pourrait bien, admit Serrier, mais rien n'est trop pour la cause, non ? Je pense que je vais te laisser l'honneur de diriger l'attaque. Toi et Éric aviez fait du bon travail pour trouver un vampire la première fois, vous pourrez certainement m'en ramener un autre encore une fois.

Les deux sorciers se regardèrent avec résignation.

— Quand ? questionna Éric.

— Demain soir, déclara Serrier. Nous ne voulons pas donner à Chavinier trop de préavis, sans quoi il pourrait trouver un moyen de dégager entièrement la zone. Dans la matinée, donnez aux espions des versions légèrement différentes de votre plan, ainsi nous saurons lequel transmet les informations. Disposez.

Les trois sorciers se levèrent et quittèrent la pièce, Claude retourna dans les profondeurs du dédale de pièces qui composait l'antre de Serrier. Éric et Vincent le regardèrent partir, le dégoût altérant leurs beaux visages.

— Est-ce qu'il ne sort jamais ? murmura Vincent. Il est comme… Quasimodo, ou un truc du genre, cachant ici son moi pervers au monde.

— Où pourrait-il aller ? demanda Éric dédaigneusement. N'importe qui d'autre l'aurait mis en prison ou dans un établissement psychiatrique en un clin d'œil. Sortons d'ici. Nous avons un enlèvement à planifier.

Ce n'était pas la seule chose qu'il avait prévue si, le lendemain soir, il devait s'engager dans ce qui pourrait bien être sa dernière mission, mais la stratégie de bataille devait venir en premier. Il pourrait passer au reste plus tard.

— Quoi que nous disions aux magiciens suspects, je ne pense pas que nous devrions dire la vérité à l'un d'eux, déclara Vincent à mi-voix alors qu'ils marchaient dans la rue. Veux-tu manger quelque chose avant que nous commencions ? Mes placards sont vides alors nous devrons nous arrêter quelque part.

Éric fit une pause, réfléchissant à ce qu'il avait dans son appartement avant de secouer la tête.

— Je suis presque sûr que tout ce que j'avais de comestible est désormais digne d'une expérience de sciences pour étudiant. Qui a-t-il de bon à proximité de chez toi ? Ou bien préfères-tu venir chez moi ? Il y a une crêperie au coin de la rue qui est plutôt bonne.

— Des crêpes, Éric ? Le taquina Vincent.

— Quoi ? rétorqua Éric. Je suis breton. C'est une nourriture réconfortante.

Le visage de Vincent redevint sérieux.

— Nous en avons besoin ce soir, pas vrai ?

— S'il y a un autre endroit où tu préférerais aller…

Vincent secoua la tête.

— Ma grand-mère avait l'habitude de faire des crêpes quand j'étais petit. Allons faire semblant que le monde est aussi sûr aujourd'hui qu'il l'était alors.

— Retrouve-moi devant mon appartement et nous irons à partir de là, suggéra Éric. C'est juste à quelques pas.

Vincent hocha la tête tandis qu'ils lançaient chacun leur sort de déplacement pour réapparaître devant l'appartement d'Éric, rue du Hameau. Dix minutes plus tard, ils étaient installés à une table dans la taverne, une bouteille de cidre entre eux et leurs crêpes sur le point d'arriver. Jetant un regard dans la salle vide, Vincent se pencha en avant pour qu'ils puissent discuter tranquillement.

— As-tu une idée de la manière dont nous allons le faire ?

— Ouais, répondit Éric lentement. Nous-mêmes. Nous allons laisser le commandement de la patrouille et de la bataille à quelqu'un d'autre et nous resterons en arrière jusqu'à ce que nous puissions nous saisir d'un vampire. Et dès que nous en aurons un, nous le ramènerons à Pascal.

— Qui ? demanda Vincent. Je ne sais pas en qui – parmi ceux qui restent – je peux avoir confiance pour surveiller nos arrières. Je continuerai à me battre aussi longtemps qu'il y aura une guerre, mais je ne vois pas comment nous pouvons tenir notre position encore longtemps. Chavinier décime nos rangs. Il a probablement emprisonné plus de magiciens au cours des trois dernières semaines que depuis le début de la guerre !

— C'est pourquoi Pascal veut que nous lui ramenions un vampire, souligna Éric. Si nous ne trouvons pas un moyen de contrer l'avantage qu'ils semblent avoir découvert, nous sommes tous morts.

— Es-tu vraiment d'accord avec ça ? Le défia Vincent. Tu sais ce qui arrivera à la pauvre créature, quelle qu'elle soit, que nous capturerons.

— Tu sais ce qui nous arrivera si nous n'y parvenons pas, lui rappela Éric. Je suis encore endolori par ce qu'il m'a fait lors de la réunion. Je ne suis pas impatient de le voir recommencer.

— Ce n'était rien, admit Vincent. Ça sera bien pire si nous ne faisons pas ce qu'il a ordonné. Parfois, je me demande si ça ne vaudrait pas la peine de simplement disparaître, soupira-t-il.

— Pour aller où ? questionna Éric. Nous sommes des hommes recherchés. Même si Pascal ne nous traquait pas, combien de temps faudrait-il avant qu'une quelconque vieille dame dans l'appartement d'à côté nous reconnaisse et nous dénonce ? Nous ne passons pas vraiment inaperçus. Je ne veux pas aller en prison, Vincent.

— Le ferais-tu, sinon ? Partir ? S'il y avait un moyen d'être à l'abri ?

Éric renifla avec dérision.

— Trouve-moi un moyen d'être à l'abri et nous en reparlerons. Nous avons choisi notre camp. Maintenant, nous devons nous assurer de gagner.

— Ouais, reconnut lentement Vincent.

L'arrivée de leur dîner interrompit momentanément la conversation. Quand ils furent seuls à nouveau, il semblait avoir mis de côté son humeur songeuse.

— Nous avons besoin de comprendre comment Chavinier utilise les vampires afin que nous puissions décider où guetter et poser notre piège. La place Pigalle est trop grande pour que, à nous deux, nous puissions la couvrir au hasard.

Ils passèrent le reste de leur repas à discuter des récents combats et à établir leurs plans. Leurs crêpes avalées, leur café dégusté, ils réglèrent la note et remontèrent les marches étroites jusqu'à la rue.

— Tu viens à la maison avec moi ? proposa Éric tandis qu'ils retournaient vers son appartement.

Vincent sourit.

— J'ai cru que tu ne le demanderais jamais.

Éric rit en ouvrant la porte de son immeuble et en guidant Vincent à l'intérieur. Le magicien chauve était déjà venu auparavant, mais pas depuis qu'ils étaient devenus amants, rendant Éric inexplicablement nerveux. Vincent prit la clé de sa main tremblante et, l'engageant dans la serrure, ouvrit la porte et conduisit Éric à l'intérieur.

— Détends-toi, murmura-t-il en déposant un baiser sur le cou d'Éric. Ça ne sera pas comme la dernière fois. Je te le promets.

— Je ne suis pas nerveux, protesta Éric, mais le tremblement de sa voix démentait ses mots.

— Bien sûr que non, accorda Vincent, ses mains plongeant sous la veste en cuir d'Éric pour l'attirer contre lui.

Il écrasa ses hanches contre la sienne, sentant le renflement grossir lentement dans le pantalon de l'homme brun. Il glissa ses mains le long du dos d'Éric, repoussa sa veste et la jeta approximativement dans la direction du portemanteau à côté de la porte.

Éric frissonna dans l'air frais, mais les mains de Vincent sur son corps le réchauffèrent rapidement, se glissant sous les couches de vêtements pour trouver la peau de son torse, tordant ses tétons jusqu'à ce que son dos se cambre et qu'un soupir s'échappe de ses lèvres. Il voulait lui retourner la faveur, mais ses bras refusaient d'obéir aux ordres nonchalants de sa conscience. Vincent lui avait tourné la tête tellement vite.

— La chambre, exigea Vincent avec autorité. Maintenant.

Éric acquiesça bêtement et ouvrit la voie vers la seule pièce de l'appartement que Vincent n'avait jamais vue. Jusqu'à présent, il n'avait eu aucune raison d'emmener son ami là-bas. Il hésita sur le seuil, mais Vincent n'avait pas de ce genre de scrupules. Poussant doucement Éric dans la chambre, il referma la porte derrière eux.

— Fais-moi confiance, fit-il en faisant tomber Éric sur le lit. Laisse-moi te montrer à quel point ça peut être bon.

— C'était bon la dernière fois, se sentit obligé de lui dire Éric, ne voulant pas que Vincent se sente coupable pour la rudesse de leurs premiers ébats.

Vincent se contenta de sourire.

— Cette fois, ce sera encore mieux.

Il enleva les chaussures et le pantalon d'Éric, puis enfourcha son amant pour le dépouiller également de son pull et de sa chemise, le laissant nu au regard de Vincent.

Éric se laissa manœuvrer pendant que Vincent le déshabillait. À vrai dire, il désirait ce que le magicien proposait. Son corps lui faisait encore mal de l'attaque de Serrier, malgré le temps qui s'était écoulé depuis et le cidre qui l'avait un peu apaisé. La pensée du contact d'un amant était réconfortante, d'autant plus que Vincent semblait déterminé à garder cet intermède aussi doux que leur première fois avait pu être sauvage. Chaque sursaut de désir remplaçait la douleur par du plaisir, soulageant ses nerfs à vif et apaisant sa fierté contrariée. Vincent ne le voyait pas différemment maintenant, malgré le sort qu'il avait subi ou le défi qui avait incité la punition. Il ne s'autorisa pas à s'attarder sur la possibilité de s'échapper, ou tout simplement de disparaître et de ne jamais revenir. C'était un rêve. Mais la sensation des mains de cet homme imposant sur son corps était réelle, autant que l'était la passion qui crépitait entre eux. Il avait besoin de cette passion pour effacer tout le reste. Demain serait là assez tôt pour devoir s'en occuper.

Des doigts fouillant entre ses jambes reportèrent son attention sur la question du moment. Ses hanches se soulevèrent toutes seules sous la caresse étonnamment glissante. Il ne prit même pas la peine de demander où Vincent avait trouvé du lubrifiant. Pour ce qu'il en savait, l'homme pouvait tout aussi bien l'avoir eu dans sa poche depuis le matin. Il savait à quoi s'attendre cette fois quand les doigts invasifs trouvèrent sa prostate, mais au lieu de se précipiter pour une préparation rapide afin de pouvoir passer à l'acte final, Vincent s'attardait, déplaçant lentement ses doigts d'avant en arrière en taquinant la glande sensible jusqu'à ce qu'Éric se croit capable de jouir simplement avec ces caresses.

S'ils pouvaient juste rester contre sa prostate, une seconde ou deux de plus.

Il grogna en signe de protestation, mais Vincent l'ignora, se penchant pour l'embrasser tendrement.

— Je ne te baiserai pas à t'en faire perdre la tête tant que je ne serai pas sûr que ça ne te blessera pas une nouvelle fois, le réprimanda-t-il avec un sourire. Laisse-moi faire ça bien.

Éric se calma un peu, abandonnant le contrôle de leur étreinte à Vincent. Son amant l'étira un peu plus longtemps avant de retirer finalement ses doigts avec une dernière caresse insistante sur la prostate d'Éric, le laissant tremblant et gémissant en attente de plus. Heureusement, Vincent semblait également avoir atteint les limites de sa patience, sa main glissa rapidement sur son propre sexe avant de s'aligner contre l'ouverture étroite et de pousser rapidement à l'intérieur, s'arrêtant dès que le gland eut passé l'anneau toujours crispé du muscle.

Éric haletait intensément alors que son corps luttait pour accepter cette nouvelle invasion, mais la brûlure disparut beaucoup plus rapidement qu'elle ne l'avait fait la première fois que Vincent l'avait pris. Il ouvrit les yeux sur la vision époustouflante de son ami et amant postée au-dessus de lui. Éric s'émerveilla à la vue du visage de Vincent déformé par le plaisir alors qu'il luttait pour rester immobile, se retenant de marteler le cul tendre d'Éric aussi sauvagement qu'il l'avait fait la première fois.

Tendant la main, Éric tenta d'effacer d'une caresse les rides de tension.

— Bouge, murmura-t-il, le souffle court.

Vincent obéit, commençant lentement, ses yeux ne quittant jamais le visage d'Éric comme s'il cherchait un rythme qui leur procurerait à tous les deux du plaisir sans lui infliger aucune des douleurs accidentelles de leur première fois ensemble. Cela ne prit que quelques secondes avant qu'Éric ne vienne à sa rencontre à chaque poussée, le corps puissant prenant tout ce qu'il avait à offrir et exigeant davantage. Relevant le défi, Vincent abandonna un peu le contrôle strict qu'il s'imposait, apportant un peu de sa propre force pour le soutenir, pas pour le blesser, mais pour ajouter une dose supplémentaire de plaisir. Éric y répondit, plantant ses pieds dans le matelas et se soulevant avec force à chaque mouvement vers lui des hanches de Vincent, jusqu'à ce que leurs aines se percutent à chaque poussée et se séparent à chaque retrait.

Vincent faillit faire une pause quand Éric s'effondra soudainement sous lui, mais les jambes de son amant s'enroulèrent autour de sa taille, l'attirant plus étroitement d'une poigne implacable tandis que ses bras se refermaient autour de son cou, rapprochant leurs têtes pour que leurs lèvres se rencontrent dans un émouvant baiser passionné. Tout espoir de contrôle s'évanouit, Vincent martela frénétiquement Éric, cédant à sa passion et à la recherche de la jouissance qui planait juste hors de portée. Les doigts d'Éric s'enfoncèrent dans ses épaules et Vincent frémit, son orgasme le dévastant. Se retirant, il se posta à genoux et saisit le sexe d'Éric, l'avalant totalement sans préliminaires, suçant comme si sa vie en dépendait.

Avec un cri rauque, Éric jouit violemment, emplissant la bouche et la gorge de Vincent avec sa semence, le dos fortement cambré sous la force de son orgasme. Il s'effondra sur le lit, haletant intensément pendant que Vincent s'installait à côté de lui.

Ils ne parlèrent pas. Il n'y avait rien à dire, pas avec leur vie constamment menacée. Les promesses qu'ils auraient pu chuchoter à un autre moment, dans un autre endroit, restaient celées dans leurs cœurs, ils n'étaient pas autorisés à les avoir tant qu'ils suivaient Serrier.

XXX

— C'EST A peine plus qu'un gamin, murmura Vincent en regardant avec Éric le jeune magicien qu'ils étaient censés essayer de piéger au cas où il espionnerait pour Chavinier. Je me sens coupable de l'avoir ramené à l'attention de Pascal hier.

Éric haussa les épaules, mais il ne pouvait pas complètement compatir.

— Pascal ne l'avait pas oublié, juste son nom. Il s'en serait souvenu plus tard, que nous ayons dit quelque chose ou non. Monique est celle qui m'ennuie le plus. J'ai suggéré à Pascal de l'envoyer à Chavinier pour essayer de l'espionner et, maintenant, elle est devenue suspecte à cause de ça.

Vincent secoua la tête.

— Si l'un d'eux est l'espion – s'il y a vraiment un espion –, ils ont pris ce risque quand ils ont fait leur choix. Et s'ils ne sont pas des espions, ils n'ont rien à craindre.

Éric renifla.

— Si seulement c'était vrai. Tu sais ce qui s'est passé la dernière fois. Il a tué plus de fidèles magiciens que d'espions quand il est parti à la chasse aux sorcières. Et même cette débâcle ne semble pas avoir été suffisante pour dissuader quelqu'un de changer de camp depuis.

— Nous pourrions ne rien leur dire, suggéra Vincent doucement. Si Chavinier ne vient pas à notre rencontre, Pascal cherchera son espion ailleurs.

— Et peut-être tuera-t-il quelqu'un d'autre à la place, lui rappela Éric. Qu'on le veuille ou non, ils sont les deux meilleurs candidats, tout simplement parce que nous savons qu'ils ont eu des contacts avec la Milice depuis que le vent a tourné en leur faveur. Nous devons le faire et espérer qu'ils sont assez intelligents pour couvrir leurs arrières.

— Je sais, admit finalement Vincent, mais cela ne signifie pas que je dois apprécier.

— Non, répondit Éric avec un dernier haussement d'épaules. Nous devons simplement vivre avec. Tu parles à Dominique. Je m'occupe de Monique, et ensuite, nous en aurons fini avec ça, au moins jusqu'à la fin du combat quand nous saurons sur quels renseignements Chavinier s'est basé.

Vincent reporta son regard vers le garçon penché en avant sur un téléphone portable, envoyant visiblement un SMS à quelqu'un. Putain, le gamin était jeune. En se renfrognant, il hocha la tête pour Éric et alla semer le message pour Chavinier, en espérant de tout son cœur que Dominique n'était pas l'espion. Il ne savait pas ce qu'il ferait si cela aboutissait à la mort du jeune homme.

DOMINIQUE REGARDA une dernière fois derrière lui avant d'entrer dans une cabine téléphonique à proximité du jardin des Tuileries et de composer le numéro que Chavinier avait implanté par magie dans sa mémoire. Le plus simple était le mieux avait insisté Dumont quand ils avaient discuté du moyen pour lui de transmettre des informations aux magiciens de la Milice. Dominique ne savait pas à qui appartenait le numéro qu'il composait, il savait seulement que c'était un numéro sur Paris. Chaque fois qu'il appelait avec des informations, il utilisait un téléphone public différent, mais jamais un qui l'aurait détourné de son chemin, de sorte que si quelqu'un le suivait, il ne se demanderait pas brusquement pourquoi il faisait un détour à travers la ville pour passer un appel téléphonique.

Parfois, personne ne répondait et il était invité à laisser un message. Il ne le faisait jamais. La plupart du temps, cependant, Chavinier décrochait le téléphone à la deuxième ou troisième sonnerie, écoutait ses informations, posait quelques questions, le remerciait et l'exhortait à être encore plus prudent la prochaine fois qu'il appellerait.

Dominique n'avait pas besoin d'avertissement. Il pouvait sentir la tension monter dans les rangs de Serrier alors que Chavinier contrecarrait de plus en plus souvent leurs attaques. Dominique se demandait de quelle autre source Chavinier obtenait ses informations ou si le général de la Milice avait simplement une putain de chance, puisque Dominique savait qu'il n'avait pas transmis assez d'informations pour expliquer tous les attentats déjoués.

Le téléphone sonna une fois, puis une seconde, et une troisième. Dominique était sur le point de raccrocher quand la voix de Chavinier répondit :

— Serrier planifie une attaque, déclara immédiatement Dominique. Ce soir, à Montmartre.

— Il en a après les vampires ?

La voix de Chavinier trahissait son inquiétude.

— Je pense que oui, admit Dominique. Je n'ai pas participé à la planification. Je viens d'être informé que je devais me pointer ce soir à dix heures pour la patrouille et que nous allions à la Place Pigalle, mais je sais Serrier frustré par le peu d'informations qu'il a pu obtenir sur les vampires et l'alliance. L'autre jour, je l'ai entendu crier après Édouard, son vampire favori, parce qu'il n'avait pas obtenu l'information que Serrier l'avait envoyé trouver.

— Quelles sont les informations que Serrier voulait ? demanda Chavinier.

— Il ne l'a pas dit, du moins pas quand j'écoutais, s'excusa Dominique. J'avais peur de traîner trop longtemps. Lorsque Serrier est dans ce genre d'humeur, les gens se font blesser, même quand ils n'ont rien à voir avec sa mauvaise humeur.

— Est-ce que le magicien qui t'a dit de te présenter au travail t'a dit combien vous serez sur place ?

— Non, répondit Dominique en secouant spontanément la tête. Mais il a augmenté la taille de la patrouille en raison du nombre d'attaques que vous avez contrées récemment. Et je ne sais pas si cela signifie quelque chose ou pas, mais ce n'était pas mon chef de patrouille habituel qui m'a donné mes ordres de service ce soir.

— Qui était-ce ? demanda brusquement Chavinier. Serrier ?

— Non, Vincent Jonnet, expliqua Dominique. Le gros boxeur, une tête chauve, des muscles comme des ballons.

— Je le connais, l'interrompit Chavinier. Sois prudent, Dominique. Les changements de routine comme celui-ci me rendent toujours nerveux. Ce pourrait être un piège pour toi autant que pour les vampires.

— Je vais faire attention, mais je ne pense pas que ce soit quelque chose dont je dois m'inquiéter, assura Dominique au général de la Milice. Serrier réorganise tout dernièrement parce qu'il a perdu beaucoup de gens, que ce soit parce qu'ils ont été arrêtés ou parce qu'ils ont été tués. Et les quelques patrouilles qui ont eu des succès quand elles ont rencontré les forces de la Milice l'ont dû uniquement à leur nombre.

Le rire de Chavinier aurait pu être interprété de diverses façons, mais Dominique ne posa pas de questions. Moins il en savait, moins il pouvait en révéler à Serrier s'il était découvert. Il ne voulait pas voir Serrier gagner et il était fier de faire un petit quelque chose susceptible de faire tomber le sorcier rebelle, malgré tout, il ne se faisait pas d'illusions sur son courage en la matière. Il savait qu'il crierait comme un cochon qu'on égorge dès le moment où Serrier commencerait le moindre interrogatoire magique. Il ne serait jamais capable de résister face au genre de torture qu'il l'avait vu employer sur des personnes qui l'avaient déçu et avaient échoué ou dont il avait mis la loyauté en doute. Dominique espérait juste qu'il n'en arriverait jamais là.

ORLANDO TOURNA une page du magazine qu'il avait dans les mains, pendant que le RER roulait à vive allure vers Versailles. Alain lui avait donné des instructions minutieuses sur la route pour trouver la maison de Thierry depuis la gare, mais finalement Sébastien avait tout simplement proposé de venir le chercher. C'était Sébastien qu'Orlando voulait voir de toute façon. Il avait des questions pour le vampire plus âgé et, tant qu'il ne saurait pas quelles étaient les réponses, ce n'était pas une conversation qu'il voulait que quelqu'un d'autre entende.

Il s'était interrogé à plusieurs reprises depuis le Piège-Pouvoir et les prises de conscience qui étaient survenues par la suite. Il s'était complètement engagé avec Alain avant même de comprendre ce que cela signifiait. Et c'était à la fois la bénédiction et le fléau de son existence actuelle. L'Aveu de Sang qui les liait garantissait une vie d'engagement entre eux, mais il faussait aussi leurs interactions d'une façon qu'Orlando continuait à découvrir. Il avait besoin de conseils – des conseils sexuels francs et pratiques – de quelqu'un qui comprenait non seulement son passé, mais aussi sa situation actuelle.

Malheureusement, un tel vampire n'existait pas. Jean connaissait son passé mieux que personne, mais il n'avait jamais eu d'Avoué et ne connaissait donc ce lien que de manière théorique. Sébastien avait fait un Aveu de Sang, mais il ne connaissait que des détails rudimentaires du passé d'Orlando. Et compte tenu de la tension entre eux, il ne pouvait pas suggérer de parler aux deux vampires en même temps. Il doutait que l'un d'eux soit prêt à avoir ce genre de conversation intime en présence de l'autre, même s'ils avaient dépassé le stade où leurs regards jetaient des poignards sur l'autre chaque fois qu'ils étaient dans la même pièce.

Même si Orlando était particulièrement heureux que Thierry et Sébastien n'aient pas participé au Piège-Pouvoir, il doutait que Jean ou Sébastien aient été à l'aise avec l'idée d'y être tous les deux ensemble. Jude était une nuisance et Luc un inconnu, mais c'était mieux que d'avoir des rivaux.

Après avoir hésité pendant deux jours, encore rassasié de son alimentation lors du rituel qu'il continuait à utiliser cette excuse pour ses hésitations permanentes à faire l'amour à Alain, il avait décidé qu'il était préférable de raconter une partie de son passé à Sébastien que de faire confiance aux connaissances théoriques de Jean concernant les effets d'un Aveu de Sang. Il ne croyait pas que Jean essayerait intentionnellement de le tromper ou de garder quelque chose pour lui, mais il n'était pas convaincu que son ami pourrait vraiment comprendre ce qu'il avait besoin de savoir ou même qu'il pourrait avoir les réponses, si jamais il comprenait, ne l'ayant pas vécu lui-même.

Précédemment, Sébastien avait été disposé à parler avec Orlando de son lien avec Alain, bien que cela ait été en termes plus généraux que sur des questions spécifiques propres à leur couple. Pourtant, cela lui laissait espérer que le vampire plus expérimenté serait prêt à l'aider de nouveau. Au téléphone, Orlando avait simplement dit qu'il avait des questions à poser et Sébastien avait accepté de le rencontrer à la gare pour qu'ils puissent en discuter.

Le train cahota avant de s'arrêter à la station sur la ligne C7. Orlando sortit de la voiture sur le quai ensoleillé. Son sourire s'élargit quand il sentit la chaleur avant que le vent d'hiver ne vienne lui piquer les joues. Même ce détail ne pouvait refroidir sa bonne humeur d'être libéré des contraintes que sa nature magique lui avait imposées depuis si longtemps. Il espérait que cette joie simple ne deviendrait jamais banale.

— Orlando !

Sorti de sa rêverie par l'appel de son nom, Orlando se retourna et vit Sébastien qui l'attendait, debout, juste de l'autre côté des tourniquets.

— Désolé, s'excusa-t-il en s'élançant vers les barrières métalliques et en y insérant son billet. J'avais la tête dans les nuages.

— J'ai vu, plaisanta Sébastien. Alors, tu as dit que tu voulais discuter. Veux-tu aller à la maison de Thierry ou seras-tu plus à l'aise pour parler ailleurs ?

— Comment va Thierry, ce matin ? demanda Orlando avant de répondre.

Il préférerait l'intimité de la maison de Thierry, mais seulement si leur présence n'empêchait pas le magicien de récupérer.

— Il dormait quand je suis parti, répondit tranquillement Sébastien. Il dit que son coup de froid s'améliore, mais il se fatigue encore facilement. Il ne nous dérangera pas, si c'est ce qui t'inquiète.

— C'est lui que je ne voudrais pas déranger, objecta Orlando.

— Je doute que ce soit le cas, lui assura Sébastien. Si nous l'ennuyons, nous pourrons toujours repartir.

Orlando hocha la tête.

— Alors, faisons comme ça. Je ne raffole pas de l'idée de discuter de ma vie personnelle, assis dans un café où n'importe qui pourrait nous entendre.

Sébastien éclata de rire.

— Je ne te blâme pas. Tu étais assez vague au téléphone. Est-ce que quelque chose ne va pas ? demanda-t-il en traversant la place Raymond Poincaré vers la rue Benjamin Franklin où se trouvait la maison de Thierry.

— Pas véritablement mal, répondit Orlando. C'est juste… compliqué. Je ne sais pas ce que tu sais à propos de mon passé, mais ça me rend moins à l'aise avec beaucoup de choses, des choses auxquelles je dois brusquement faire face à cause de ma relation avec Alain et de l'Aveu de Sang. J'ai besoin de parler à quelqu'un qui comprend l'Aveu de Sang, même si le tien n'a pas été conclu avec un magicien.

— Je peux extrapoler, lui assura Sébastien. Après tout, mon Avoué n'était pas un magicien, mais mon amant actuel l'est. Je comprends la séduction de sa magie. Avec les exigences de l'Aveu de Sang en plus du reste, c'est un miracle que tu le laisses sortir du lit, et plus encore, hors de ta vue.

Il ouvrit la porte du jardin de Thierry, introduisant Orlando sur la propriété.

— Nous pouvons aller à l'intérieur ou nous asseoir sur le balcon si tu préfères.

— Je ne peux pas croire que c'est moi qui dis ça, étant donné que c'est encore tout nouveau de pouvoir rester assis au soleil, mais il fait un peu froid aujourd'hui, même pour moi. Nous devrions probablement aller à l'intérieur.

Sébastien rit.

— Je suis tellement content de ne pas être le seul qui ne veut pas aller à l'intérieur pendant la journée quand j'ai le choix.

— Je ne sais pas si tout le monde serait prêt à l'admettre, mais à moins qu'ils soient nouvellement transformés, je suis sûr qu'il n'y a pas un vampire en partenariat qui le perçoit différemment, répondit Orlando tristement. Et cela serait probablement un appât énorme pour attirer de nouveaux vampires dans l'alliance si c'était quelque chose que nous étions prêts à rendre public.

Sébastien haussa les épaules.

— Je laisse ces décisions à Chavinier et Bellaiche. Alors qu'est-ce qui se passe ?

— Alain veut que je le morde pendant que nous faisons l'amour, expliqua Orlando sans ambages. Et l'idée que je pourrais perdre le contrôle et lui faire du mal m'effraie au-delà de tout.

Sébastien cligna des yeux de surprise.

— Depuis combien de temps avez-vous fait votre Aveu de Sang ? demanda-t-il confus.

— Trois semaines, répondit Orlando. Pourquoi ?

— Ton contrôle doit être phénoménal, autant dans son lit qu'à l'extérieur, dit Sébastien avec un hochement de tête. Te nourrir de lui pendant que vous faites l'amour stabilise le lien entre vous, permet d'allonger la durée avant que tu aies besoin de te nourrir de nouveau et te donne plus de contrôle sur tes réactions devant d'autres vampires quand il est concerné. Ça ne m'a jamais effleuré que... qu'est-ce qui t'est arrivé exactement, Orlando ? Pourquoi voudrais-tu même essayer de contrôler cette envie ?

Orlando détourna les yeux, incapable de soutenir le regard interrogateur de Sébastien alors qu'il envisageait d'essayer d'expliquer son passé à ce vampire qu'il connaissait à peine. Il avait peut-être fait une erreur en choisissant Sébastien comme confident, après tout.

— S'il te plaît, Orlando, le pressa Sébastien. Je ne peux pas t'aider si je ne sais pas ce qui te motive. Parce que je connais l'Aveu de Sang et la tentation qu'un magicien représente, je ne sais pas ce qui te donne la force ou la volonté de te retenir, comme manifestement tu sembles le faire.

— Mon créateur a pris un grand plaisir à briser un garçon innocent et à me transformer en vampire, puis à me garder trop faible pour que je puisse me battre contre lui. Il a abusé de moi pendant plus de cent ans avant que Jean ne me sauve. Après tout ce temps, j'étais trop... démoli pour penser à une quelconque relation normale. Je me nourrissais assez pour rester en vie, mais, jusqu'à Alain, je n'ai jamais voulu faire autre chose que boire ce dont j'avais besoin et m'éloigner. Chaque fois que je touche Alain, une partie de moi craint toujours que ça devienne le contact qui le retournera contre moi, que ça devienne le moment où il me regardera avec dégoût pour avoir dépassé une limite où je n'étais pas désiré.

— Ce magicien ne pourrait pas t'être plus dévoué, même s'il essayait ! protesta Sébastien. Je peux le voir et je ne vois pourtant que l'image publique qu'il affiche. Tu sais sûrement à quel point il t'aime.

— Probablement pas, répondit Orlando avec regret. Il est très bon pour me le dire, mais c'est difficile pour moi de le croire. Non pas parce que je ne le crois pas, mais parce que j'ai du mal à imaginer que quelqu'un pourrait vouloir de moi. Je sais, ça me donne l'air d'un pleurnichard pathétique, mais c'est un sentiment dont je n'arrive pas à me défaire.

Sébastien hocha lentement la tête, essayant d'assimiler les confidences d'Orlando.

— Tu ne peux pas lui faire de mal, déclara-t-il finalement. Je ne sais pas comment te le dire autrement, sauf de te promettre que, même si tu essayais de faire quelque chose pour le blesser intentionnellement, tu serais incapable d'y parvenir.

— Ce n'est pas vrai, contra Orlando en secouant la tête. Je lui ai fait mal une fois. La nuit où je me suis évanoui et que tu lui as dit que je devais être nourri, je me suis réveillé avec l'impression qu'il me maintenait et me forçait à boire. Je l'ai projeté sur le canapé et me suis jeté sur lui. Je pouvais goûter à quel point c'était douloureux dans son sang.

— Savais-tu que c'était lui quand tu t'es jeté sur lui ? Le pressa Sébastien.

Orlando secoua la tête.

— Et quand tu as réalisé que c'était lui, qu'as-tu fait ?

— Je me suis arrêté.

— Exactement, déclara Sébastien. Dès que tu as réalisé que tu faisais du mal à ton Avoué, tu t'es arrêté. Tu n'y as pas réfléchi. Tu ne t'es pas demandé si tu agissais comme il fallait. Tu t'es juste arrêté. Tu ne peux pas lui faire du mal sciemment. Tu peux le bousculer et le frapper par erreur, mais si tu essayes de le cogner volontairement – en toute conscience – tu ne seras pas capable de le faire. Tu ne seras pas capable de faire en sorte que ta main touche son corps.

— Je ne ferais jamais ça ! protesta Orlando.

— Non, je ne pense pas que tu le ferais, admit Sébastien, mais ce n'est pas le sujet. Ce que je veux dire c'est que tu n'as pas à te soucier de perdre le contrôle et de le blesser. Point. Tu ne peux pas. Ta nature, le lien magique entre vous, qu'importe... ça ne te laissera pas faire. Ça ne m'a pas effleuré l'esprit que tu puisses encore l'ignorer.

Orlando renifla.

— Mon créateur n'était pas intéressé par l'idée de m'enseigner quoi que ce soit, juste par l'idée de me torturer.

— Alors sur quoi d'autre puis-je apaiser ton esprit ? demanda Sébastien.

Orlando hésita un instant avant d'aborder l'autre changement dans son état d'esprit pour lequel Alain était concerné. Il pouvait parler à Jean pour le reste, Jean qui l'avait vu démoli et sanglant, qui avait compris à quel point Orlando avait vraiment été brisé. Mais Jean n'était pas là et Orlando ne savait pas quand il reverrait le chef de la Cour.

— Pourrait-il me faire du mal ? demanda-t-il à la place, en contournant le sujet.

— Pourquoi ferait-il cela ?

239

— Je ne pense pas qu'il le ferait intentionnellement, commença Orlando. Non, je sais qu'il ne le ferait pas intentionnellement, mais pourrait-il ?

— Orlando, tu es beaucoup plus fort qu'il ne pourrait rêver de l'être, et sa magie ne fonctionnera pas sur toi ; même s'il essayait de te blesser, tu pourrais l'arrêter. Tu pourrais t'éloigner de lui. Il n'est pas le salaud qui t'a créé. Tu te rends – et à lui aussi – un mauvais service en laissant le moindre de ces doutes s'attarder dans ton esprit.

Orlando hocha la tête.

— Rationnellement, je le sais. Simplement, ce n'est pas aussi facile de s'en débarrasser que ça le devrait. Alain est le seul amant que j'ai jamais eu. Mes seules autres expériences ont été les viols de Thurloe. Pas exactement propice pour savoir faire confiance à quelqu'un d'autre.

Alors voilà où est le problème, réalisa Sébastien.

— Certains hommes ne sont jamais passifs, souligna-t-il. Les hommes hétérosexuels, par exemple, mais également certains homosexuels, et pas forcément parce qu'ils ont eu une terrible expérience qui les en empêche. Ça n'est pas attrayant pour tout le monde.

— Mais l'idée de me prendre séduit Alain, expliqua Orlando à voix basse, et j'ai l'impression de me battre contre moi-même en ne lui donnant pas ce qu'il veut.

— Ah ! fit Sébastien en acquiesçant, oui, je comprends où se situe le problème. Ta nature de vampire et l'Aveu de Sang t'incitent vivement à satisfaire chacun de ses caprices, alors que ton expérience te dit de le craindre. Le lui as-tu dit ?

— Pas dans ces termes, admit Orlando.

— Au risque de divulguer des secrets qu'il ne me revient pas de partager, Thierry a quelques craintes similaires, sans les mêmes raisons, révéla Sébastien. Si Alain a un minimum de finesse, il ne va pas se contenter de te sauter dessus et de te baiser à fond. Il va prendre son temps pour te préparer, pas seulement le temps qu'il te faut en fait, mais pendant quelques jours, voire des semaines, avant ça, afin que ton corps s'habitue à ses attentions, afin que tu puisses apprendre à te détendre et à profiter de ses caresses. Et puis, quand tu seras prêt, vous pourrez passer à la dernière étape. Et si tu trouves que ce n'est vraiment pas pour toi, même avec un amant attentionné au lieu d'un violeur, dis-le-lui. Je ne l'imagine vraiment pas être du genre à te forcer à quelque chose avec lequel tu n'es pas à l'aise. L'Aveu de Sang te donne envie de lui faire plaisir, mais tu es dans une situation unique et tu dois aussi tenir compte de tes besoins.

Le téléphone sonna juste à ce moment-là, interrompant leur conversation.

— Allô ? répondit Sébastien.

— Sébastien, c'est Alain. Je sais que Thierry est encore malade, mais nous avons besoin de vous deux au siège de la Milice aussi vite que vous le pourrez.

240

Quelque chose se prépare. Préviens Orlando que je le retrouve là-bas au lieu de la maison.

Avant que Sébastien puisse demander plus d'informations, Alain avait raccroché.

Levant un sourcil sous la surprise, il se retourna vers Orlando.

— Nous sommes convoqués tous les trois.

XXXI

— QU'EST-CE QUI se passe ? demanda Raymond en entrant avec Jean dans le bureau de Marcel. Tu as dit que c'était urgent.

— Serrier en a après les vampires, répondit Marcel. Ou plutôt, il a prévu une attaque place Pigalle. La seule raison que je peux imaginer pour qu'il le fasse, c'est qu'il cible les vampires.

— Quand ? Exigea de savoir Jean.

L'esprit déjà en ébullition, il essayait de définir comment il pourrait faire passer le mot rapidement afin que ses gens restent chez eux loin des clubs et des établissements qui les attiraient habituellement.

— Mon informateur a dit ce soir à dix heures, répondit Marcel désolé. Cela ne nous laisse pas beaucoup de temps, malheureusement.

— C'est mieux que rien, souligna Raymond. Au moins, nous serons là pour lutter contre toutes les diableries qu'il prévoit.

— Je crains que ce soit bien plus qu'un simple méfait, l'avertit Marcel. Désormais, il a dû réaliser que nos victoires sont à mettre au bénéfice de l'alliance et de l'assistance des vampires. Je m'attends à ce que nos patrouilles soient pulvérisées d'eau bénite ce soir et, s'il a gobé ça, alors je suppose que nous allons avoir droit aussi à tous les autres clichés destinés à affaiblir ou contrôler les vampires.

— Heureusement, la plupart d'entre eux ne peuvent pas réellement nous faire du mal, mais cela ne signifie pas que nous sommes complètement insensibles. Il sait que nous sommes vulnérables au feu et, l'avantage de celui-ci, c'est qu'il peut blesser n'importe qui, pas seulement les vampires, réfléchit Jean à haute voix. Avons-nous besoin d'avertir les pompiers ?

— Leurs camions ne peuvent rien faire contre un incendie magique, l'informa Raymond avec un hochement de tête. Nous allons devoir y faire face nous-mêmes. Nous devons réfléchir à ce qu'il va jeter sur nous, en nous basant sur ce qu'il imagine connaître des vampires. Basons-nous sur notre propre ignorance avant le début de l'alliance.

Tout en parlant, il fit un clin d'œil à Jean, songeant au chapelet devenu un repère, que le vampire avait sûrement caché dans sa poche. Il continua :

— Je peux l'imaginer nous bombardant de gousses d'ail, également. Ça ne fera de mal à personne, hormis peut-être quelques contusions, mais cela ne signifie pas que tous ces stéréotypes seront aussi inoffensifs.

— Ail, eau bénite, crucifix, pieux en bois dans le cœur, décapitation, invisibilité dans les miroirs… bien que celui-ci n'ait pas d'utilité pour lui, puisque ça ne nous blesse pas, même dans les vieilles légendes, énuméra Jean. Le pieu en bois ferait mal, mais nous pourrions survivre si cela ne nous oblige pas à rester dehors jusqu'au lever du soleil. La décapitation est le seul qui, en soi, nous détruirait.

— J'ai du mal à imaginer la confection d'un sort qui aurait la décapitation comme objectif principal, répondit Raymond amusé. Serrier est reconnu pour sa cruauté et la puissance pure de sa magie, mais il n'est pas homme à créer de nouveaux sorts. Il n'a pas la patience ni les connaissances nécessaires pour faire les choses correctement.

— Est-ce le cas de l'un de ceux qui le suivent ? questionna sérieusement Marcel. Jean a raison en disant qu'être prêt à contrer ce qu'il est susceptible de jeter sur notre route est notre meilleure défense.

Raymond examina la question pendant un instant.

— Simon Aguirand, peut-être, répondit-il finalement, mais seulement avec du temps et un peu d'expérimentation. Je ne sais pas si les quelques jours depuis que nous avons annoncé l'alliance sont suffisants pour qu'il puisse avoir maîtrisé quelque chose de nouveau, surtout s'il essayait de le faire sur plus d'un nouveau sort.

— Alors sur quoi se serait-il concentré ? réfléchit Marcel à haute voix.

— Le feu, répondit immédiatement Raymond. Ce serait une variation sur un ancien sort déjà existant, pour allumer des feux de cuisson ou pour se réchauffer, et il a entendu Jean dire clairement que c'était une véritable faiblesse des vampires. Au-delà, tout comme l'ail, les crucifix ou même l'eau bénite qui pourrait être lancée, c'est certainement une option puisque le même sort pourrait lancer plusieurs choses dans les airs.

Un coup à la porte les interrompit.

— Entrez, cria Marcel.

Alain passa la porte d'un pas martial.

— J'ai parlé à Thierry. Ils sont sur le chemin, mais ils sont à Versailles, ça prendra donc quelques minutes avant qu'ils arrivent ici.

— Où est Orlando ? demanda brusquement Jean, la pensée de Serrier ciblant les vampires le rendant encore plus protecteur envers son ami que d'habitude.

— Avec eux. Il était sorti discuter avec Sébastien. Il vient ici également, répondit Alain. Je pense qu'ils vont bien. Serrier ne s'attend pas à trouver des vampires à la lumière du jour.

— Il s'attend à les trouver ce soir, cependant, grimaça Jean. Nous devons inciter le plus grand nombre possible d'entre eux à rester chez eux ou à l'extérieur du quartier tout au moins. Avez-vous appelé Angélique pour l'avertir ? Elle peut vouloir fermer ce soir afin que ses employés ne soient pas pris au milieu de tout ça. *Sang Froid* est situé juste à côté de la place Pigalle.

— Avez-vous pensé que ce pourrait être un autre stratagème, comme l'attaque de la tour Eiffel, pour attirer nos forces dans une direction alors qu'ils attaquent ailleurs ? demanda sérieusement Alain. Ce ne serait pas la première fois, à vrai dire.

— Nous ne pouvons pas prendre le risque de croire que c'est un stratagème, intervint Jean. Bien sûr, certains sorts ne fonctionnent pas sur nous, mais d'autres si. S'ils sont pris au dépourvu, les vampires seront une proie facile pour les magiciens de Serrier. Vous me demandez de risquer mes gens ; pas ceux impliqués dans l'alliance, mais ceux qui ne sont pas venus ou ne pouvaient pas venir ou n'ont pas trouvé de partenaires. Ceux sans défense contre ce que Serrier envisage de faire ce soir. Je ne peux pas faire ça. Je ne peux pas les laisser dans une zone de tir alors qu'ils n'en ont pas conscience, sans rien faire pour essayer de les protéger.

— Et ce n'est pas ce que nous attendons de toi, l'interrompit Marcel. C'est pourquoi j'ai appelé Thierry, malgré son arrêt maladie, pourquoi Alain est là également et pourquoi Raymond et toi êtes les premiers que j'ai prévenus et pourquoi Adèle devrait être ici d'ici peu. J'ai rappelé toutes les patrouilles ce soir. Je ne peux pas tous les assigner à Montmartre, juste au cas où il s'agirait d'un stratagème, mais comme il a effectivement attaqué la tour Eiffel la dernière fois, j'ai bien l'intention de déployer autant de personnes que je peux sur la place Pigalle et les secteurs environnants. Nous garderons une patrouille en réserve pour le cas où il y aurait une autre attaque ailleurs, mais je ne vais pas laisser les vampires sans protection. Cette alliance fonctionne dans les deux sens. Les vampires se battent pour nous aider, ce qui signifie que nous allons nous battre pour les protéger. Je pensais ce que j'ai dit lors de la conférence de presse pour annoncer l'alliance, quand j'ai affirmé aux journalistes que je considérais que toutes les créatures magiques étaient du ressort de la Milice. Les autres races ont choisi de ne pas être impliquées, et c'était leur décision, mais je ne vais pas tolérer une menace directe envers qui que ce soit parce qu'il s'implique dans la Milice. Alors, Alain, Raymond, dites-moi comment nous allons empêcher Serrier de faire des dégâts ce soir.

— Montmartre, ordonna Alain en fixant la carte derrière le bureau de Marcel.

Docilement, celle-ci se concentra sur ce secteur de la ville.

— Où, en dehors de la place Pigalle, la plupart des vampires sont-ils les plus susceptibles de se trouver lors d'une nuit normale ? demanda-t-il à Jean.

Jean se leva de son siège pour examiner la carte.

— Il y a des clubs et des établissements tout le long du boulevard de Clichy, du boulevard Rochechouart et jusqu'à la place des Abbesses. Il y en a même quelques-uns plus près du Sacré-Cœur comme la rue Chappe et la rue Gabrielle. Et il y a des vampires résidant dans l'ensemble du secteur.

— Notre informateur a spécifiquement nommé la place Pigalle, non ? s'assura Alain avec un coup d'œil vers Marcel.

— Exact, répondit le général, mais cela ne signifie pas qu'ils vont y limiter leur attaque. Juste qu'ils ont l'intention de frapper là.

Alain hocha la tête.

— Je sais, mais ça nous donne un endroit où commencer. S'ils ont l'intention d'attaquer la place Pigalle, alors nous avons besoin d'une force suffisamment puissante sur place pour les affronter, en espérant les empêcher de se répandre au-delà de cette zone.

— Et s'ils ont l'intention d'y converger plutôt que d'y arriver ? interrogea Raymond. Serrier a déjà utilisé cette tactique : envoyer quelques sorciers à la fois et les faire tous converger vers un seul endroit. S'ils le font, ils pourraient commencer à infliger des dégâts sur des passants innocents avant d'arriver là où nous nous trouverons.

Alain fronça les sourcils et regarda sa montre.

— C'est pourquoi nous avons besoin de Thierry. Il est bien meilleur que moi pour ça.

— Il sera là dès que possible, répondit Marcel. Tu as dit toi-même que tu lui avais précisé que c'était urgent. Nous avons un peu de temps. Il ne fait même pas encore sombre et, si vraiment Serrier vise les vampires, il ne gagnerait rien à commencer une bataille à cette heure.

— Il me semble que nous réunissons une quantité incroyable de ressources dans cette défense – et à juste titre si la menace est réelle – à partir de la parole non corroborée d'un magicien ayant une place relativement modeste, observa Raymond. Ne sommes-nous pas en train de commettre une erreur ?

Marcel haussa les épaules.

— Il ne nous a pas encore donné d'informations incorrectes, souligna-t-il. La bataille la tour Eiffel était peut-être une feinte, pour attirer notre attention loin de l'attaque du Palais de Justice, mais c'était tout de même une attaque réelle, et les mines qu'ils ont posées à sa base l'auraient démolie si nous ne les avions pas arrêtés. Nous allons nous assurer d'avoir une patrouille ici, au cas où il s'agirait d'une attaque de diversion, mais nous ne pouvons pas nous permettre d'espérer que ce soit juste une tentative de la part de Serrier de nous attirer là.

Des coups furent frappés à la porte. Alain l'ouvrit, soulagé de voir Orlando, Thierry et Sébastien de l'autre côté. Il sourit à son meilleur ami et à Sébastien, puis se tourna pour étudier le visage d'Orlando. Il ne savait pas ce qui avait été assez important pour qu'Orlando ressente le besoin de faire tout le chemin jusqu'à Versailles afin de parler avec le vampire, mais, quel qu'ait pu être le sujet, visiblement la conversation avait apaisé les préoccupations d'Orlando. Son visage était serein quand il croisa le regard d'Alain, un soupçon de promesse dans ses yeux sombres. Alain se sentit réagir à l'expression de son amant. Son sexe se raidit alors qu'il se demandait ce qu'Orlando avait en réserve pour eux.

— Alors qu'est-ce qui se passe ? demanda Thierry, en découvrant la carte de Montmartre sur le mur derrière Marcel et les expressions graves sur les visages des hommes dans la pièce. C'est forcément quelque chose d'important.

Marcel leur résuma rapidement les dernières informations.

245

Thierry fronça les sourcils et étudia la carte.

— Si je devais planifier ça, je n'arriverais pas directement sur la place Pigalle, même si c'était ma destination. Trop ouvert.

— Par où arriverais-tu ? demanda Jean avec curiosité.

Il se demanda si Thierry avait une compréhension de la stratégie suffisante pour être un participant habile au Jeu des Cours.

— Ici, ici, ici et ici, déclara Thierry, montrant quatre petites places au nord de celle de Pigalle. Il y a assez d'espace pour que plusieurs magiciens arrivent en même temps, ainsi ils sont moins vulnérables face à une attaque imprévue, et suffisamment hors du passage pour ne pas être repérés immédiatement par quelqu'un qui essaie de défendre l'objectif principal. Et si, comme vous le suggérez, la cible principale est les vampires eux-mêmes, alors ce déploiement rend leur filet plus efficace.

— Est-ce que la milice a assez de patrouilles pour en mettre une à chaque emplacement ? demanda Sébastien. Ainsi, quel que soit l'endroit où Serrier attaque, nous serons prêts.

— Je ne ferais pas ça non plus, répondit immédiatement Thierry. Si nous sommes aussi regroupés, nous risquons de le renseigner sur notre présence. Mieux vaut que nous nous répartissions dans le secteur de sorte que, d'où qu'ils arrivent, nous soyons prêts à les accueillir. Nous pouvons en mettre un plus grand nombre sur la place Pigalle, la place des Abbesses et la place du Tertre afin d'avoir plus de chance de les attraper à leur arrivée, mais nous ne pouvons pas compter là-dessus. Nous devons être prêts à protéger le plus de surface possible.

— J'emmène ma patrouille place Pigalle, proposa Alain. Nous savons qu'ils finiront par y aller et nous serons prêts quand ils y arriveront. C'est aussi là où il y aura le plus de vampires, n'est-ce pas ce que tu disais, Jean ?

Ce dernier hocha la tête.

— Bien, dit Thierry, mets une note sur la carte. Je peux partager ma patrouille entre la Place des Abbesses et les rues environnantes. Nous enverrons la patrouille d'Adèle à la place du Tertre et au sud à partir de là, puis nous disperserons trois autres patrouilles dans les places plus petites et les rues.

— Je ne pense pas, l'interrompit Alain, ou as-tu oublié que tu étais en arrêt maladie ?

— Sans oublier que tu es encore malade, ajouta Sébastien désapprobateur. Tu étais à peine capable de sortir du lit au cours des trois derniers jours.

— Je suis sorti du lit maintenant, répondit Thierry d'une voix ferme. Et avoir un rhume m'empêche à peine de faire de la magie. Nous avons besoin de chaque magicien que nous pourrons réquisitionner et je suis toujours le meilleur stratège que la Milice possède. Si les choses vont de travers pendant le combat, vous aurez besoin de moi sur place.

— Pas au risque de ta magie, protesta Alain.

246

— Nous risquons tous nos vies chaque fois que nous nous battons, lui rappela Thierry. La seule raison pour laquelle je n'ai pas repris un service actif dès que la magie sauvage a été traitée, c'est à cause de ce putain de refroidissement. C'est ennuyeux, mais ce n'est pas suffisant pour m'écarter des combats ce soir.

— Laisserais-tu un médecin t'examiner ? intervint Marcel.

Thierry hocha la tête.

— Alain, accepterais-tu les conclusions d'un médecin ? Voulut s'assurer Marcel.

Alain fronça les sourcils, mais hocha la tête. Si le médecin déclarait Thierry apte, il n'y aurait vraiment plus rien à dire et, honnêtement, il préférait avoir son ami à ses côtés pour combattre.

— Alors tu vas à l'infirmerie.

— TOUT VA bien ? demanda Alain à Orlando quand ils atteignirent le bureau qu'il partageait avec Thierry.

Orlando hocha la tête, attirant immédiatement Alain dans ses bras et l'embrassant avidement.

— Thierry et Sébastien seront ici dans quelques minutes, protesta faiblement Alain.

— Alors je suppose que je ne devrais pas te déshabiller et te faire l'amour, pas vrai ? Le taquina Orlando, ses lèvres dérivant sur le cou d'Alain. Je vais devoir me contenter de te faire jouir maintenant et te faire l'amour correctement lorsque nous rentrerons à la maison ce soir.

Tout le corps d'Alain frissonna quand le désir l'envahit. Il n'avait aucune idée de ce qui arrivait à Orlando, mais c'était un nouvel aspect de son amant. Il bascula la tête en arrière, offrant son cou, comme il avait offert son cœur. Immédiatement, les crocs d'Orlando trouvèrent la marque sous son oreille et plongèrent profondément, ses mains volant sur la silhouette habillée d'Alain, caressant tous les points faibles du magicien à travers le tissu.

La double agression des crocs d'Orlando dans son cou et de ses mains sur son corps fit tourner la tête d'Alain. Jamais auparavant le vampire n'avait eu l'audace de le toucher pendant qu'il se nourrissait. Cela signifiait-il qu'il avait finalement mis de côté sa réserve ? Les genoux d'Alain faiblirent à cette pensée et il se rattrapa à Orlando pour ne pas tomber.

Sentant son instabilité, les mains d'Orlando glissèrent plus bas, se refermant sur ses fesses, le soutenant tout en reculant vers le bureau pour qu'Alain puisse avoir quelque chose sur quoi s'appuyer. Alain s'y effondra avec gratitude, sa tête se renversant encore davantage tandis qu'il se frottait avec impatience contre la hanche d'Orlando.

Les mains à nouveau libres, maintenant qu'Alain ne risquait plus de tomber, Orlando laissa courir l'une d'elles le long du dos de son amant jusqu'à ses cheveux, ses doigts jouant avec les courtes mèches, tandis que l'autre s'activait à ouvrir le pantalon du magicien, glissant sous la ceinture de son boxer pour empoigner le membre dur. Le long et faible gémissement d'Alain était aussi excitant pour Orlando que le goût du désir et de l'amour dans son sang. Déterminé à donner au moins cela à son amant avant qu'ils aient à se battre, Orlando resserra son étreinte et le caressa avec encore plus de vigueur tout en aspirant puissamment le cou du magicien.

— Orlando, murmura Alain, sa voix approuvant et suppliant en même temps.

Orlando faillit relever la tête, mais il avait promis à Alain qu'il le mordrait la prochaine fois qu'ils feraient l'amour. Ce n'était pas exactement comme ça qu'il l'avait envisagé, mais cela n'avait pas d'importance. Il avait l'intention de tenir sa promesse maintenant – et plus tard quand ils auraient du temps et de l'intimité pour découvrir entièrement cette nouvelle dynamique. Il attira Alain plus près de lui, la main qui jouait avec les cheveux du magicien glissant vers le bas de son dos et à l'intérieur de son pantalon distendu. Il fut tenté de retourner Alain et de plonger en lui maintenant, fort et vite, mais ils pourraient être interrompus à tout moment.

Certes, il s'agirait de Thierry et de Sébastien qui pourraient certainement comprendre et même les approuver, mais il ne voulait pas être interrompu en court de route, pas plus qu'il ne voulait être interrompu avec ses crocs enfouis dans le cou de son Avoué. Il se contenta de serrer un globe ferme, puis l'autre, ses doigts traînant le long de la raie entre eux, afin qu'Alain ne puisse pas ignorer qu'il avait finalement mis de côté ses craintes à combiner l'alimentation et le sexe.

Alain rua en avant quand il sentit la direction du vagabondage de la main d'Orlando. Il voulait retourner les attentions qu'il recevait, glisser une main dans son jean et également le caresser, mais c'était un nouveau territoire, et il n'osait pas s'y introduire sans permission. Pas tant qu'ils n'auraient pas le temps de clarifier un éventuel malentendu avant que les préparatifs de la bataille aient commencé. La dernière chose qu'il voulait, c'était d'aller au combat avec une brouille entre eux.

Ses doigts s'enfoncèrent dans les épaules d'Orlando quand il jouit dans un long interminable frémissement. À sa grande surprise, il sentit Orlando se tendre contre lui et puis soudainement s'affaisser aussi. Les crocs dans son cou s'étaient enfoncés plus profondément pendant un instant, mais cela n'avait fait qu'augmenter le sentiment de connexion qu'Alain éprouvait. Il glissa une main au milieu des cheveux noirs d'Orlando, retenant sa tête en place un moment, assurant silencieusement à son amant que même cette pénétration plus profonde était la bienvenue.

— Dites-nous quand nous pouvons entrer, les taquina la voix pleine de rires de Thierry à travers la porte.

Alain sursauta de surprise. Il avait été tellement absorbé par ce qu'Orlando lui faisait qu'il n'avait même pas perçu l'approche de Thierry. Lentement, Orlando releva la tête et croisa le regard d'Alain, embrassant tendrement ses lèvres.

— Nous parlerons quand nous rentrerons à la maison ce soir, promit-il en voyant la question dans les yeux de son amant. Pour l'instant, nous avons une bataille à livrer.

— Je t'aime, affirma doucement Alain, caressant la joue d'Orlando avec la pointe d'un doigt avant de commencer à réajuster ses vêtements.

— Je t'aime aussi, répondit Orlando avec un sourire tendre.

Il attendit qu'Alain ait fini de se rhabiller et de lancer un sort de nettoyage rapide, puis ouvrit la porte pour laisser Thierry et Sébastien entrer.

XXXII

JUSTE UN peu avant le crépuscule, les patrouilles de la Milice commencèrent à se déplacer vers leurs positions, Thierry ayant été déclaré de nouveau apte, après l'examen du médecin. Il allait et venait sans cesse entre les différentes places, en s'assurant que tout le monde était à son emplacement, conformément au plan. Alain avait tout sous contrôle de la place Pigalle jusqu'aux abords du Moulin Rouge. La patrouille d'Adèle s'occupait de la place du Tertre et des rues avoisinantes. Raymond et Jean parcouraient les rues à la recherche de vampires, leur conseillant de rentrer et de rester à l'intérieur jusqu'au lendemain soir. Une légère brume ombrageait les rues étroites faiblement éclairées, assombrissant l'expression du visage de Thierry pendant qu'il prenait en considération les complications potentielles posées par les intempéries. Si le brouillard s'accentuait, cela pourrait compliquer la distinction entre les amis et les ennemis.

L'un après l'autre, Jean entrait dans les établissements tenus par des vampires sur la place Pigalle et la place des Abbesses, expliquant aux propriétaires horrifiés ce qui risquait de se produire d'ici quelques heures.

— Alors que veux-tu que nous fassions ? demanda immédiatement Laetitia Bastian.

— Fermez pour la nuit, lui répondit Jean. Je sais que c'est une perte de revenus, mais c'est mieux que des dommages causés par une attaque de sorciers et des clients morts ou blessés parce qu'ils sont venus ici en pensant qu'ils y seraient en sécurité.

Laetitia se rembrunit.

— Tu n'aurais pas dû apporter cette guerre ici. Tu nous as tous mis en danger.

Tout en parlant, elle commença à descendre les volets sur les fenêtres du café.

— Pense ce que tu veux de moi, répondit Jean. Quand ce sera terminé et que nous aurons la protection de la loi pour la première fois de notre vie, tu ne te rappelleras même plus cette nuit de danger.

Elle lui jeta un regard noir, mais ouvrit la porte, accrochant un panneau *fermé* dessus, avant d'attendre ostensiblement qu'il sorte pour qu'elle puisse la verrouiller derrière eux.

Heureusement pour sa patience, la plupart des autres vampires exigeaient très peu de persuasion pour fermer leurs portes pour la nuit et éviter de présenter des cibles faciles aux sorciers rebelles. Jean ne pensait pas que Serrier avait fait assez de recherches sur les habitudes de la Cour pour savoir quelles entreprises attaquer sans une quelconque indication des clients visés. En dehors du *Sang Froid*, un établissement fermé ne devrait représenter aucun intérêt pour les sorciers rebelles et, avec Alain et sa patrouille tout autour de la place Pigalle, *Sang Froid* était aussi protégé qu'il pouvait l'être.

Ils gardaient un œil ouvert au cas où des sorciers rebelles auraient été envoyés à l'avance, pour sécuriser un point d'insertion à une patrouille complète, mais ils ne virent rien de suspect. Les magiciens de la Milice faisaient de leur mieux pour se fondre parmi les habitants qui retournaient chez eux le soir venu, s'arrêtant à la boulangerie pour acheter du pain ou au café pour prendre un verre de vin avant de rentrer.

La foule des heures de pointe s'éclaircit alors que la soirée s'avançait, ne laissant que les agents de la Milice errant dans les rues. Enfin, l'heure de l'attaque approcha et Thierry commença à passer le mot pour que les magiciens dissimulent leur présence. Un par un, ils se retirèrent dans des portes-cochères ou des ruelles sombres, jusqu'à ce que seuls quelques sorciers et vampires restent visibles, ne semblant pas représenter une menace pour quiconque. Il avait à peine fait un pas vers sa propre position de replis quand il vit Mireille et Caroline marcher rapidement sur la place. Leur visage était déterminé, en contradiction avec les robes qu'elles portaient. Il ressortit de son abri pour redevenir visible et les intercepter.

— Est-ce que Marcel a changé les codes vestimentaires de la Milice sans rien dire à personne ? plaisanta-t-il. Je ne suis pas sûr d'avoir une robe assez belle pour être assorti aux vôtres.

Caroline lui donna une petite tape, un sourire menaçant de fleurir sur ses lèvres malgré la gravité de la situation.

— Nous étions en congé, en route pour une soirée, quand nous avons entendu parler de l'attaque. Nous n'avions pas le temps de nous changer si nous voulions arriver assez tôt pour être d'une aide quelconque.

— Vous n'aviez pas à venir, commença Thierry.

— Oui, nous savons, l'interrompit Mireille. Il cible des vampires. Des vampires non impliqués. Si les vampires ne permettent pas de défendre les leurs, à quoi bon l'alliance ?

Thierry hocha la tête.

— Votre patrouille n'est pas ici – Marcel la garde en réserve dans la crainte d'une autre attaque ailleurs – alors vous pouvez vous joindre à la mienne ou vous dirigez vers Alain sur la place Pigalle. Nous avons un nombre d'hommes équivalent dans les deux endroits.

— Alors, nous pouvons tout aussi bien rester ici, déclara Caroline. Il est presque dix heures et nous sommes un peu moins discrètes que d'habitude.

— Allez là-bas, alors, les dirigea-t-il. Devant le café. Si vous vous tenez suffisamment proches l'une de l'autre, vous aurez l'air d'un couple sorti pour la soirée, s'octroyant une pause pour un moment d'intimité dans l'ombre.

Mireille et Caroline hochèrent la tête et traversèrent la place rapidement, adoptant la pose d'amoureuses s'enlaçant, pendant qu'elles attendaient que la bataille commence.

Quelques minutes avant dix heures, Éric et Vincent arrivèrent à la place d'Anvers, sortant tranquillement de la station de métro, emmitouflés dans de lourds manteaux épais et des foulards pour cacher leur identité. S'ils étaient plus emmitouflés que le travailleur moyen, on ne leur accordait pas la moindre attention, car le vent était froid et la nuit humide. Les deux hommes marchaient tranquillement dans le boulevard Rochechouart avec la confiance sans prétention des gens ayant tous les droits d'être là où ils se trouvaient. Ils firent de même dans la rue des Martyrs avant que quelqu'un ne les interpelle, les enjoignant à faire demi-tour ou à se dépêcher de rentrer chez eux, en fonction de leur destination.

— Y a-t-il un problème ? demanda Éric, la voix assourdie par l'écharpe autour de son visage.

— Pas encore, répondit le magicien, mais il pourrait y en avoir à tout moment. Nous ne voulons pas que des passants innocents soient pris entre deux feux.

Éric et Vincent hochèrent la tête.

— Merci pour l'avertissement, répondit Vincent chaleureusement. Nous vivons juste au coin de la rue Houdon. Nous irons là-bas aussi vite que nous le pouvons puis nous resterons à l'intérieur.

Le magicien leur fit signe d'y aller, les suivant du regard jusqu'à ce qu'ils tournent dans la rue Houdon comme ils l'avaient prétendu. Il ne les vit pas se retirer dans un bâtiment et lancer un sort d'invisibilité sur eux-mêmes afin qu'ils puissent assister à la bataille sans être vus pendant qu'ils attendaient l'occasion idéale de s'occuper de leur partie du plan.

Le bruit des combats retentit tout à coup tandis que les magiciens rebelles se déversaient sur le parvis du Sacré-Cœur et descendaient la rue Chappe, engageant de furieux échanges de sorts avec les magiciens de la Milice qu'ils rencontraient. Raymond sourit de leur ignorance lorsqu'un déluge d'eau s'abattit sur eux, les trempant jusqu'aux os et rendant les rues glissantes dans leur sillage, mais ne causant aucun autre dommage.

— Il semble que Serrier soit encore plus crédule en ce qui concerne les vieilles légendes que ne l'est la Milice, plaisanta-t-il à l'intention de Jean avant de reporter son attention sur les attaquants qui leur faisaient face.

Jean secoua la tête et recula contre une porte jusqu'à ce que le sorcier rebelle le plus proche passe en courant. Il attrapa la veste de l'homme, le retourna pour qu'il puisse voir le visage de son agresseur avant de lui briser la nuque et de le laisser tomber sur le sol. Ce n'était plus simplement des combattants ennemis désormais. Ils avaient l'intention d'attaquer son peuple – ses gens sans défense – en utilisant des méthodes rapides ou odieuses. Il n'avait pas d'hésitation à les descendre, là où ils se trouvaient. Voltigeant dans l'air, il attrapa le rebord d'un balcon en fer forgé, attendant une autre occasion. Lorsque le flot des sorciers rebelles ralenti sous l'assaut de Raymond, Jean vit sa chance, il sauta avec une grâce acrobatique au milieu de la mêlée et supprima trois sorciers rebelles de plus avant de s'écarter d'un bond.

Sur la place Pigalle, Alain sortit de l'ombre en ordonnant à sa patrouille :

— Tenez vos positions. Nous savons qu'ils vont venir ici. Adèle et Thierry fourniront le soutien au nord.

Presque avant qu'il n'ait le temps de finir, des sorciers rebelles arrivèrent du sud, se déversant sur la place depuis la rue Frochot et la rue Jean-Baptiste Pigalle. Alain se retourna pour les affronter, Orlando lui emboîtant le pas, prêt à affronter la menace qui se présenterait à eux, quelle qu'elle soit. Il savait qu'ils étaient l'appât, ouvrant la voie. La stature de son amant les attirerait à l'intérieur et ensuite le reste de la patrouille bloquerait les possibilités de replis derrière eux, piégeant les sorciers rebelles sur la place et les forçant à se battre.

Les sorts débutèrent presque immédiatement, les trempant d'eau bénite quand les sorciers rebelles arrivèrent du nord. Alain se baissa derrière des buissons au centre de la place, tirant Orlando derrière lui tandis que le reste de sa patrouille s'engageait dans la lutte, résistant aux sorts les plus dangereux qui suivirent.

— Donne-leur une minute pour leur permettre de détourner leur attention de nous, et nous participerons à la bataille, promit-il en voyant la grimace sur le visage d'Orlando.

Reconnaissant la sagesse de ce plan d'action, Orlando hocha la tête et attendit – aussi patiemment qu'il le pouvait – que le lieutenant Fouquet et les autres membres de la patrouille d'Alain provoquent les sorciers rebelles dans le square. Il en compta une trentaine au total, un peu plus que la vingtaine de magiciens d'Alain, mais c'était sans compter les vampires qui étaient également disséminés autour de la zone de bataille… et sans compter sur Angélique, David et quelques autres qui n'appartenaient pas à une patrouille réquisitionnée, mais qui avaient choisi d'être ici quand même. Pendant qu'il observait, David tua un sorcier qui fonçait droit sur Angélique et l'entrée du *Sang Froid*. Celui-ci ne put retenir un léger rire à la volée de gousses d'ail qui fut lancée dans sa direction.

Sur la place des Abbesses et les rues avoisinantes, Thierry écoutait les bruits du début de la bataille, à la fois au nord et au sud de sa position actuelle.

— Quelle direction veux-tu que nous prenions ? lui demanda Sébastien avec urgence, impatient de se battre.

Bien qu'il n'ait pas les nécessités de Jean et la responsabilité de la Cour dans son ensemble, il comprenait la menace que Serrier représentait pour ceux qui en étaient moins conscients, et il ne pouvait pas imaginer rester simplement posté en arrière, pendant que les autres y faisaient face seuls.

— Aucun, l'avertit Thierry, sentant la nervosité de son partenaire. Ce n'est pas parce que ces deux groupes sont arrivés que cela signifie qu'il n'y en aura plus d'autres. Nous allons leur donner encore quelques minutes, puis nous bougerons.

— Tu ne peux pas t'attendre à ce que nous restions ici à ne rien faire alors qu'ils se battent !

— Nous ne faisons pas 'rien'. Nous faisons notre travail ici en protégeant les établissements. Une fois que nous serons sûrs qu'il n'y a aucune menace dans ce secteur, nous serons libres d'aller également protéger nos amis, lui rappela Thierry.

Avant que Sébastien puisse répondre, Adèle accourut dans la place des Abbesses.

— Ils progressent vers le sud, par la rue Chappe. Nous pouvons les intercepter si nous nous dépêchons.

Sur un seul geste de Thierry, la moitié de sa patrouille se scinda, suivant Adèle vers l'intersection de la rue Chappe et de la rue des Trois Frères. Ils rejoignirent la patrouille qui se repliait, Raymond passant le commandement à Adèle.

— La place des Abbesses est calme, comme la place du Tertre, signala-t-elle rapidement, mais je pouvais entendre une bataille plus bas vers la place Pigalle.

Un seul regard sur le visage de Jean suffit pour dire à Raymond tout ce qu'il avait besoin de savoir.

— Peux-tu gérer ces crétins ? demanda-t-il à Adèle.

Son sourire devint presque cruel.

— Tu m'as bien regardé.

Raymond lui fit un rapide clin d'œil.

— Nous allons au sud. Ils sont tous à vous.

— Ils ne sauront jamais ce qui leur arrive.

Raymond ne doutait absolument pas qu'elle disait vrai quand il l'entendit ordonner aux sorciers de la suivre et de se disperser autour de l'intersection, bloquant toute possibilité de progression aux sorciers rebelles. Ils se retrouveraient devant une équipe de tir magique s'ils continuaient sur leur chemin actuel. Entendant son ordre suivant destiné à sa partenaire et à d'autres paires, il savait qu'ils continueraient sur leur route, poussés dans son piège par le déplacement des vampires sur leur flanc.

En arrière sur la place des Abbesses, l'autre moitié de la patrouille de Thierry avait le regard fixé sur lui, attendant ses prochains ordres.

— Allons aider Alain.

Avec un cri enthousiaste, ils le suivirent dans la rue des Abbesses, la rue Houdon, jusqu'à la place Pigalle, faisant irruption dans le square pour ajouter leur nombre à la patrouille d'Alain.

Dans l'obscurité, Éric et Vincent se renfrognèrent, même si aucun d'eux ne pouvait voir l'expression de l'autre. Les chances venaient de se liguer contre eux avec la présence de Dumont et Magnier au même endroit. Ils devraient se montrer encore plus prudents s'ils avaient l'intention d'attraper un vampire sans se faire prendre eux-mêmes. Éric tendit la main vers là où il savait que Vincent devait être, il trouva une épaule solide et incita son partenaire à se déplacer avec lui au plus près à la bataille. Ils se marchèrent discrètement jusqu'aux abords du square, à droite de la station de métro. Éric garda la main sur le bras de Vincent pour ne pas le perdre.

Alors qu'ils observaient, Magnier sortit de derrière des buissons, lançant des sorts aussi vite qu'il pouvait les crier. Cependant, l'homme à côté de lui ne portait pas de baguette magique.

— Là, avec Magnier, murmura Vincent, ses lèvres effleurant l'oreille d'Éric. Est-ce un vampire ?

Éric observa une minute de plus pendant qu'Alain provoquait l'un des sorciers rebelles, l'étranger aux cheveux bruns arriva par le côté si rapidement qu'ils pouvaient à peine le suivre, il attrapa son poignet et l'étira derrière son dos.

— Ça doit en être un, répondit Éric sur le même ton bas alors que le magicien blond jetait un sort d'entrave à son ennemi capturé. Pourquoi le sort ne fonctionne-t-il pas sur les deux ? questionna-t-il quand il vit le vampire s'éloigner du sorcier rebelle.

— Je ne sais pas, murmura Vincent. Nous savons que la magie peut fonctionner sur eux. Nous l'avons utilisée sur Édouard lorsque nous l'avons emmené à Pascal.

— Nous devons juste espérer que Magnier a, d'une manière ou d'une autre, adapté son sort, répondit Éric. Sinon, nous sommes mal.

— Il s'éloigne à peine de Magnier. Cela ne va pas aller si nous ne pouvons pas les séparer, avertit Vincent. En alerte comme il l'est au cours d'une bataille, il va détecter le charme et l'arrêter.

— Nous allons devoir attendre une ouverture, décida Éric. Ils ne peuvent pas rester aussi proches tout le temps.

Toutefois, il semblait qu'ils avaient tort, parce que chaque fois que Magnier se déplaçait pour provoquer un sorcier, le vampire était à côté de lui, rarement à plus d'une longueur de bras.

— Peut-être que nous devrions cibler quelqu'un d'autre ? proposa Vincent après plusieurs minutes.

— Qui ? murmura Éric. Chaque vampire que je peux identifier est tout aussi proche d'un magicien. Nous ne sommes pas susceptibles de prendre Dumont au dépourvu, pas plus que nous le sommes avec Magnier. Et je crois que j'ai vu Payet dans la mêlée. Tu sais que nous ne passerons jamais devant lui.

— C'est nous qui serons sur la table de torture si nous revenons les mains vides.

Avant qu'Éric puisse répondre, un sort chanceux de Richard Lapeyre frappa Magnier au flanc, l'envoyant au sol. Éric et Vincent se tendirent tous les deux, attendant de voir si c'était leur occasion.

255

Orlando n'entendit pas les mots du sort qui frappa Alain, mais il vit son amant trébucher et tomber à genoux. La rage l'envahit, plus forte que tout ce qu'il n'avait jamais ressenti, plus forte même que sa colère contre son créateur. Il pouvait voir Alain en difficulté à ses pieds, mais Thierry était à ses côtés, aussi savait-il que son amant serait pris en charge. La préoccupation immédiate d'Orlando était d'éliminer l'homme qui avait osé s'attaquer à son magicien.

Lapeyre lâcha un cri de triomphe quand il vit Magnier tomber. Son sort ne blesserait pas l'homme de manière permanente, c'était bien dommage, mais cela lui permettrait de s'échapper. Son sentiment de victoire ne dura que quelques secondes jusqu'au moment où il vit une mince silhouette sombre se jeter sur lui. Il jeta un Abattoir, regarda le sort frapper, mais son agresseur ne ralentit même pas. Commençant à paniquer, Richard ouvrit la bouche pour lancer un sort de déplacement, mais les mots n'eurent jamais la chance de se former que déjà des mains se refermaient sur sa gorge, lui coupant le souffle.

— Personne ne blesse mon partenaire, grogna Orlando à l'oreille du sorcier rebelle, lui brisant le cou dans un mouvement désinvolte.

— Maintenant ! cria Éric.

Il laissa tomber le bouclier d'invisibilité et lança un sort contraignant au vampire, l'attrapant avant que le corps de Lapeyre n'échappe à sa prise. À côté de lui, Vincent était également réapparu, un sort de déplacement suivit immédiatement dans la foulée du sort d'Éric. Il entraîna à la fois le vampire et le magicien morts, en les envoyant à l'extérieur de la place dans un endroit sûr.

— Fichons le camp d'ici, ajouta-t-il alors que toutes les têtes de la place Pigalle se tournaient vers eux.

Éric ne prit pas la peine de répondre, jetant simplement un autre sort de déplacement sur lui-même et Vincent, le son du hurlement angoissé d'Alain le poursuivant tout le chemin du retour.

XXXIII

ALAIN SE remit péniblement sur ses pieds.

— Suis-les ! cria-t-il à Thierry trop instable sur ses pieds pour faire plus que vaciller d'avant en arrière.

Le regard de Thierry passa de l'espace vide où Orlando s'était tenu quelques instants plus tôt à son meilleur ami visiblement blessé. Il fit un pas vers Alain, un réflexe de toute une vie de travail ensemble, où la vie de son ami dépassait toute inquiétude pour n'importe qui entre les mains de Serrier.

— Suis-les ! répéta Alain, son équilibre l'abandonnant.

Il retomba à genoux au moment même où Thierry arrivait à ses côtés.

— S'il te plaît, supplia-t-il, des larmes s'accrochant à ses cils sous la douleur qui irradiait de son côté et du fait indéniable qu'Orlando était maintenant entre les mains de sorciers rebelles. Je ne peux pas le faire et je n'ai confiance en personne d'autre.

Thierry secoua la tête. Les précieuses secondes qu'il lui avait fallu pour donner son accord pourraient bien être déjà trop, mais il ferait ce qu'il pourrait.

— Protège Sébastien.

Alain hocha la tête, s'effondrant sur le chemin de terre qui courait au milieu de la place. Baguette à la main, il se concentra pour faire ce que Thierry lui avait demandé. Thierry courut vers l'endroit où ils avaient vu Orlando la dernière fois, psalmodiant en essayant d'identifier la signature magique qui faiblissait. Il disparut, offrant l'espoir à Alain qu'Orlando serait bientôt de retour, là où il devrait être.

La douleur à son côté s'était muée en un élancement sourd, mais il savait qu'il devrait la montrer à un médecin. Dans n'importe quelles autres circonstances, il serait déjà retourné au siège de la Milice, mais il ne pouvait pas partir. Pas maintenant avec Orlando qui avait disparu et Thierry qui était à sa recherche. Il ne pouvait pas faire ça à son amant ni aux autres magiciens qui comptaient sur lui pour être dirigés en l'absence de Thierry. Il n'aurait qu'à tenir jusqu'au retour de Thierry et d'Orlando.

— Au feu !

Alain tourna la tête à la recherche de l'origine de l'appel. Tout le long du boulevard de Clichy, des langues de feu léchaient les édifices en pierre.

— Fouquet ! cria Alain. Éteins-le !

Son lieutenant hocha la tête et conduisit la patrouille vers le bâtiment incendié, l'ensemble de l'effectif des magiciens jetant des sorts d'arrosage pour contenir la propagation du feu ainsi que pour éteindre les flammes existantes.

— Où est parti Thierry ? interrogea Sébastien en apparaissant aux côtés d'Alain.

— Trouver Orlando, j'espère, répondit Alain, les yeux toujours en mouvement à la recherche d'autres ennemis.

Si auparavant, il avait fait de son mieux pour désarmer et immobiliser les sorciers rebelles, maintenant il concentrait sa colère et sa peur en Abattoirs, sa voix devenant dure tandis qu'il jetait un sort après l'autre.

— Des sorciers rebelles l'ont emmené, ajouta-t-il quand il s'arrêta de nouveau pour reprendre son souffle, et je suis trop sévèrement blessé pour aller à sa recherche.

— Alors qu'est-ce que tu fais encore ici ? gronda Sébastien. Va à l'infirmerie.

Alain secoua la tête, malgré la pulsation de plus en plus forte sur son côté qui lui disait que le conseil de Sébastien était pourtant avisé.

— Pas avant que je sache qu'Orlando est en sécurité. Je peux diriger la bataille d'ici.

Sébastien se rembrunit tandis que, tout autour de la place, les sorciers commençaient à disparaître, jetant des salves de feu magique avant de partir.

— Merde ! jura Alain.

Des corps jonchaient le sol, des morts, des blessés ou des prisonniers attachés.

— Raymond ! cria-t-il. Où est Adèle ?

— Au nord d'ici, rue Chappe.

— Nous devons éteindre ces incendies ou cela n'aura pas d'importance que nous ayons gagné la bataille.

Raymond hocha la tête.

— Je vais les faire venir ici. Garde le centre de la place dégagé afin que nous ayons un endroit où arriver.

Il disparut avant qu'Alain puisse répondre.

— Aide-moi, demanda Alain à Sébastien. Si l'ensemble de la patrouille arrive en même temps, je vais me faire piétiner à coup sûr.

Quelques secondes plus tard, Raymond réapparut, la patrouille d'Adèle arrivant dans la foulée.

— Les incendies sont déjà éteints au nord. Nous avons juste à contenir ceux-ci.

Et à ramener Orlando, songea Alain. La patrouille d'Adèle n'attendit pas ses ordres, elle se dispersa sur la place et dans les rues environnantes pour aider les patrouilles menacées d'Alain et de Thierry.

— Où est Orlando ? demanda Jean en arrivant finalement aux côtés d'Alain. J'ai perdu sa trace pendant les combats.

Alain se mordit la lèvre, s'efforçant de contenir la rage impuissante qui bouillait en lui. À chaque minute qui passait, la probabilité que Thierry trouve et secoure Orlando diminuait. Il priait seulement pour ne pas avoir perdu son meilleur ami en même temps que son amant.

— Des sorciers rebelles l'ont emmené, répondit Sébastien en voyant qu'Alain ne parlait pas. Thierry est parti après eux.

Jean pâlit et vacilla sur ses jambes. Sans même songer qu'il pourrait être repoussé, Sébastien tendit la main pour stabiliser le chef de la Cour.

— Depuis combien de temps a-t-il disparu ? se força à demander Jean calmement, ravalant la peur qui lui nouait la gorge.

— Dix minutes, répondit Alain d'une voix rauque.

Thierry reparut seul avant que Jean puisse poser la question suivante.

Le visage d'Alain s'affaissa et seul le bras secourable de Sébastien l'empêcha de dégringoler sur les pavés.

— Que s'est-il passé ?

— J'ai suivi leur premier saut, raconta Thierry, cela m'a conduit au parc de la Courneuve, mais ils n'ont pas jeté leur sort suivant au même endroit. J'ai cherché dans les environs pour m'assurer qu'ils n'étaient pas là, cachés, mais je n'ai rien pu trouver, pas même la moindre trace de l'endroit où ils ont jeté le sort de déplacement suivant.

— En supposant qu'ils l'ont fait, dit Alain la voix brisée. C'était Éric et Vincent. Avec Orlando attaché, l'un d'eux pourrait l'avoir simplement balancé sur son épaule et l'avoir emporté hors du parc.

— Nous pouvons prendre une patrouille et chercher sur une zone plus large, proposa Thierry.

Mais il savait qu'il était probablement déjà trop tard. S'il avait réagi plus vite, peut-être qu'il aurait pu les suivre, mais son indécision leur avait coûté beaucoup.

— Je vais avec vous, décréta Jean.

Thierry hocha la tête.

— Je m'attendais à ce que tu le fasses. Alain, Orlando a-t-il encore son repère avec lui ?

— Je pense que oui, répondit Alain, l'espoir brillant de nouveau dans ses yeux. Je lui ai fait promettre de le garder sur lui tout le temps au cas où.

— Bon. Peut-être pourrons-nous le trouver comme ça. Peux-tu rentrer tout seul ?

— Je ne pense pas, répondit honnêtement Alain.

Thierry fronça les sourcils.

— Imbécile obstiné, murmura-t-il. Jean, dis à Raymond où nous allons, afin qu'il puisse se joindre à nous s'il le veut, ou tout au moins qu'il ne s'inquiète pas s'il doit rester ici. Sébastien, réunis autant de ma patrouille que tu peux en trouver. Et toi, Alain, tu vas laisser les médecins prendre soin de toi.

— Nous devons appeler pour savoir où est son repère.

— Je vais le faire, promit Thierry.

Il pouvait sentir un temps précieux s'échapper alors qu'il attendait que Sébastien et Jean reviennent. Orlando avait beau être l'amant d'Alain et pas le sien, il avait malgré tout appris à apprécier le vampire depuis qu'il avait dépassé ses réserves initiales. Même si cela n'avait pas été le cas, il ne souhaitait les marques de torture de Serrier sur personne, pas même Serrier lui-même. Il saisit son téléphone et appela Marcel.

— Chavinier.

Thierry expliqua rapidement la situation.

— Il n'est pas sur la carte, dit Marcel l'inquiétude perceptible dans sa voix.

— Élargis la vue. Vérifie toute l'Île-de-France.

— Je l'ai fait. J'ai élargi le champ de vision au maximum. Il n'est visible nulle part.

— Putain. D'accord, nous allons essayer à l'ancienne, dit-il avant de se tourner vers Alain. Ne panique pas, mais Marcel ne peut pas le trouver sur la carte. Raymond dit que Serrier sait au sujet des repères et qu'il essayait de trouver un moyen de les bloquer. Peut-être qu'il a finalement réussi.

— Et peut-être qu'il est trop tard.

— Stop, ordonna Thierry. Les repères pour les vampires sont liés à l'objet, et non pas aux vampires eux-mêmes. Peut-être que Serrier a détruit l'anneau. Il l'a fait par le passé quand il capturait les gens. N'abandonne pas.

— Ferme les yeux, dit Sébastien avant qu'Alain puisse dire quoi que ce soit. Réprime ta panique et concentre-toi sur Orlando.

Alain batailla pour faire ce que le vampire lui demandait.

— Ne peux-tu pas le sentir un peu ? S'il n'a pas été détruit, tu devrais encore être capable de sentir le lien.

— Oui, déclara Alain lentement.

— Alors où que Serrier peut le garder, au moins il est encore parmi nous. Laisse les médecins te ramener à l'infirmerie. Nous allons le chercher et, espérons-le, le retrouver.

— Fais ce que dit Sébastien, appuya Thierry. Fais-moi confiance pour le faire.

— Je n'aurais confiance en personne d'autre.

— Adèle ! cria Thierry. Peux-tu prendre les choses en mains ici ?

Adèle pivota, sa longue queue de cheval voltigeant par-dessus son épaule. Elle lui fit signe de s'en aller, mais avant qu'il le puisse, Raymond était à ses côtés.

— Je veux vérifier certains des anciens repaires de Serrier, voir s'il a recommencé à utiliser l'un d'entre eux. Je ne peux pas prendre Jean avec moi, mais je préfère ne pas y aller seul.

— J'y vais, se proposa immédiatement Sébastien.

Thierry fronça les sourcils, ne voulant pas perdre Sébastien de vue, maintenant qu'ils savaient que Serrier chassait réellement les vampires.

— Je le garderai en sécurité, promit Raymond avant que le magicien blond ne puisse protester. Je n'y vais pas pour me battre, juste pour jeter un œil. Si je vois quelque chose qui mérite d'être examiné, je retournerai à la base pour obtenir une patrouille, mais j'ai moins de risque de déclencher des sorts subsistants si j'y vais avec un seul vampire en renfort.

Jean mourait d'envie de se mettre en route, il avait besoin de faire quelque chose pour aider à trouver Orlando, mais il comprenait la préoccupation qui tenaillait Thierry. Il ressentait la même inquiétude à l'idée que Raymond parte sans lui. Il soutint fermement le regard de Sébastien. L'autre vampire le fixa en retour avant de hocher légèrement la tête, l'échange silencieux était suffisant pour lui assurer que Sébastien surveillerait les arrières de Raymond exactement comme Raymond le protégerait.

— Nous serons de retour dans une heure, déclara Raymond à Thierry et Jean avant de prendre le bras de Sébastien et de lancer le sort de déplacement.

— Allons-y, ordonna Thierry, sa patrouille disparaissant.

Dès qu'elle réapparut dans le parc de La Courneuve, il leur ordonna de se disperser en restant sur leur garde, de fouiller dans le parc à la recherche du moindre signe d'Orlando ou des sorciers rebelles. Depuis le temps qu'Orlando avait été emmené, il doutait qu'ils trouvent des signatures magiques résiduelles. S'ils étaient attentifs, peut-être pourraient-ils trouver quelques traces physiques pour orienter leur recherche. Il aurait aimé qu'Alain soit assez bien pour les accompagner, au cas où, par chance, son lien aurait pu les guider pour effectivement détecter la direction d'Orlando, en plus de savoir qu'il n'avait pas été détruit. Quoi qu'il en soit, ils feraient du mieux qu'ils pouvaient.

— Thierry !

Le magicien se retourna en entendant son nom.

— Regarde ça, appela Jean.

Rejoignant le vampire, Thierry examina le sol sablonneux.

— Quelque chose de lourd a été posé ici, peut-être même traîné un peu, déclara Jean avec enthousiasme. Est-il possible de dire si ce sont les sorciers rebelles ?

Thierry hocha la tête et ferma les yeux, psalmodiant légèrement pour faire apparaître les signatures magiques. Son cœur se souleva lorsqu'il reconnut l'aura qui avait autrefois été aussi familière pour lui que l'était celle d'Alain.

— C'était eux, admit-il. Ils étaient effectivement ici, mais je ne peux détecter aucune magie qui les ait fait partir d'ici.

— Alors, nous chercherons en utilisant des moyens non magiques, déclara Jean, ses yeux balayant le sol pendant qu'il cherchait un signe pour déterminer par quel chemin ils étaient repartis.

Thierry hocha la tête et se déplaça dans la direction opposée, mais il ne voyait rien qui pourrait indiquer de quelle manière les sorciers avaient disparu. Plus efficace, la vision nocturne de Jean repéra une piste, mais même celle-ci s'évanouit rapidement lorsque le chemin de sable se changea en pierre. Thierry essaya une nouvelle invocation, mais il ne pouvait pas distinguer la moindre trace de magie ou quoi que ce soit d'autre pour indiquer où les deux sorciers avaient disparu ou même, si c'était bien leur piste.

— Putain de merde, putain de merde, jura-t-il tombant à genoux de frustration.

Il avait l'impression de laisser tomber Alain en étant incapable de trouver Orlando. Son meilleur ami lui avait fait confiance pour cette tâche, et il allait revenir les mains vides. Il enterra ses mains dans le sol et laissa sa frustration s'évacuer hors de lui, dans le sol, jusqu'à ce que la pierre brille sous son pouvoir, mais même avec cette connexion en place, la pierre ne pouvait pas lui dire ce qu'il avait besoin de savoir. Il savait qu'Éric n'était pas lié à la terre et n'avait donc pas laissé de trace dans les pierres et, si Vincent l'était, il n'avait pas utilisé sa magie ici. Cependant, gardant la connexion en place, Thierry étendit ses sens autant que possible, plongeant plus profondément en transe tandis qu'il cherchait la moindre signature magique, toute trace, même minime, qui pourrait leur donner une direction pour continuer les recherches.

Une claque sur son visage le ramena au présent.

Il leva les yeux sur Jean.

— Putain, c'était pour quoi ça ?

— Tu étais en train de te balancer comme si tu étais sur le point de tomber et tu ne m'as pas répondu quand je t'ai appelé. Je te jure, tu semblais sur le point de te changer en pierre. Je ne savais pas comment te ramener, expliqua Jean sur la défensive.

— Combien de temps suis-je resté dans les vapes ? demanda Thierry.

— Quinze minutes.

Thierry fronça les sourcils.

— Merci, dit-il, en se remettant difficilement sur ses pieds, toutes ses articulations paraissant raides, presque soudées. Cela aurait pu devenir dangereux.

Il marcha lentement à proximité pendant un moment jusqu'à ce que la rigidité se résorbe. Il était au-delà de la frustration de ne pas être en mesure de trouver quelque chose d'utile, mais se perdre dans la recherche ne servirait à rien non plus. Si Orlando avait vraiment disparu, Alain aurait besoin de chaque ami qu'il lui restait pour survivre à ce choc.

— Je... hum... Je suppose que vous *n'avez pas* à dire à Sébastien ce qu'il vient de se passer, hein ?

— Pourquoi ne le ferais-je pas ? demanda Jean sérieusement.

— Parce qu'il aurait probablement quelque chose à redire au sujet de risques inutiles.

Jean considéra Thierry attentivement.

— Tu es à la recherche de l'ami le plus proche que j'ai, lui rappela le magicien. Je ne vais pas facilement considérer ça comme particulièrement inutile. Pas plus que je ne suis susceptible de faire quelque chose pour te rendre la vie plus difficile alors que tu essayes d'aider. Si tu préfères que je ne dise rien, je me tairai, mais tu devrais probablement lui dire toi-même, ne serait-ce que parce qu'il peut faire en sorte d'empêcher que ça se reproduise.

— Il n'y a pas de nécessité à l'inquiéter. Je prends soin de moi-même depuis plus de vingt ans, objecta Thierry.

Jean haussa un sourcil.

— Cela ne t'a pas aidé ce soir. Il préférerait savoir que tu fais face à un danger, plutôt que de te perdre parce qu'il n'était pas prêt à contrer quelque chose. As-tu appris quelque chose ?

Thierry secoua la tête.

— Espérons que Raymond et Sébastien auront eu plus de chance.

RAYMOND DONNA un coup de pied dans une pierre la projetant contre le mur de la cave vide, sous un immeuble peu avenant juste à côté de l'avenue Stalingrad. Elle cliqueta sur le sol, rebondissant une paire de fois avant de s'immobiliser dans un coin infesté de toiles d'araignées dans un silence accusateur. Sébastien et lui s'étaient rendus dans une douzaine de bâtiments similaires tout autour de la périphérie de Paris, et dans chacun la situation avait été la même.

Abandonné.

Que Serrier ou ses agents soient toujours les propriétaires des bâtiments, Raymond ne pouvait le certifier, mais il n'avait trouvé aucune trace de la magie nulle part. Rien qui pouvait laisser suggérer qu'ils continuaient à se servir d'habitations sécurisées pour les sorciers de Serrier, encore moins de bases actives.

— C'est comme s'il avait abandonné tous les lieux dont je connaissais l'existence, observa Raymond avec frustration. Même si je comprends la logique derrière ça, je me demande où il se cache maintenant, et comment il a eu les ressources pour acquérir de nouvelles propriétés. Même dans les banlieues, l'immobilier n'est pas donné. Aucun des bâtiments que nous avons visités n'a été occupé par quelqu'un d'autre, donc il ne semble pas les vendre. Seulement les abandonner.

— Tu ne sais pas d'où provenaient ses fonds quand tu travaillais avec lui ? questionna Sébastien.

Raymond secoua la tête.

— Ça ne m'est pas venu à l'esprit de demander quand j'ai initialement rejoint sa cause et, plus tard, une fois que j'ai commencé à avoir des doutes, j'ai gardé ma bouche fermée pour éviter d'attirer l'attention sur moi. La dissidence n'est pas une qualité qu'il apprécie.

— Tu as survécu, commenta Sébastien.

— Seulement parce que Marcel m'a accueilli, précisa Raymond. Tout seul, il m'aurait certainement trouvé, et tué par la même occasion. Il le voudrait toujours.

— Que va-t-il faire à Orlando ? se sentit obligé de demander Sébastien.

Raymond répondit en fronçant les sourcils :

— Ne pose pas la question.

Sébastien prit le bras du magicien et le tira afin qu'ils se retrouvent face à face.

— Que va-t-il faire à Orlando ?

Le visage de Raymond s'assombrit alors qu'il se souvenait de la façon dont Serrier avait traité les prisonniers et les traîtres par le passé.

— En ce moment, il pose des questions, en essayant de savoir si Orlando peut être persuadé de changer de camp ou, au moins, de lâcher ce qu'il sait. Lorsque cela ne fonctionnera pas, il va probablement l'utiliser comme sujet pour des tests. Il doit être frustré que certains sorts ne fonctionnent pas sur les vampires, alors il voudra savoir quels sont ceux qui agissent. Il ne commencera pas par tout ce qui pourrait tuer un mortel, car il voudra obtenir autant d'informations sur l'expérience que possible. Il va commencer avec d'autres sorts – ceux qui provoquent des douleurs, des saignements, ce genre de chose – pour pouvoir trouver les faiblesses des vampires. Et quand il en aura fini avec ça, soit il passera à ceux qui devraient le tuer, soit il le remettra à un de ses hommes de main qui a un goût prononcé pour la torture.

Sébastien frissonna.

— Nous devons le faire sortir de là parce qu'il a une faiblesse supplémentaire que le reste d'entre nous ne possède pas. Il ne peut pas se nourrir pour reprendre des forces entre des séances de torture, comme le reste d'entre nous le pourrait. Le sang de n'importe qui, en dehors d'Alain, aggravera son état au lieu de l'améliorer.

Raymond grogna sous la frustration.

— Je ne sais pas quoi faire d'autre en-dehors de ce que je fais déjà. J'ai cherché dans tous les repères que je connais et quelques-uns qui n'étaient que des rumeurs, et il n'y a pas le moindre indice ici, pour me donner la plus petite idée de l'endroit où ils sont actuellement.

— Qu'en est-il des deux sorciers qui l'ont attrapé ? suggéra Sébastien. Ils ont des maisons quelque part. Pouvons-nous les surveiller ? Essayer de les suivre quand ils la quittent.

— Nous pouvons essayer, répondit Raymond, mais cela suppose qu'ils arrivent et partent à pied plutôt que par la magie. Leurs résidences seront ensorcelées contre les intrus, nous devrons donc les observer depuis l'extérieur, mais nous pourrions effectivement découvrir quelque chose d'utile. Je le suggérerai à Marcel lorsque nous retournerons à la base si Thierry n'a pas eu plus de chance que nous.

XXXIV

AYANT FAIT de multiples détours autour de Paris sur leur chemin, prenant soin d'avancer d'au moins un bloc entre chaque arrivée et chaque départ, Éric et Vincent étaient finalement de retour à Saint-Denis au siège actuel de Serrier. Leur otage les foudroya du regard comme il le faisait depuis qu'ils l'avaient attrapé dans le parc de La Courneuve. Éric le jeta par-dessus son épaule comme dans une manœuvre de pompier tandis qu'il courait avec Vincent à travers le parc et dans l'avenue de Stalingrad. Éric avait envisagé de s'enfuir vers une ancienne planque qu'il savait à proximité, mais il avait vu Payet à la bataille, et celui-ci connaissait cet endroit. À la place, ils avaient disparu au milieu de la rue, certain que cela demanderait suffisamment longtemps aux forces de la Milice pour arriver à cet endroit afin que leurs signatures magiques se soient dissipées, même si quelqu'un parvenait à déterminer à partir de quel endroit ils avaient disparu.

Pénétrant dans le bâtiment, ils se dirigèrent à travers les couloirs tortueux jusqu'à atteindre le bureau de Serrier.

— Il est bon de voir que j'ai encore quelques adeptes capables d'exécuter des ordres, fit le magicien barbu d'une voix traînante quand il vit la charge que ses deux lieutenants transportaient. Était-ce un passant ?

— Non, répondit Éric. Il se battait aux côtés de Magnier. Il a tué Lapeyre juste avant que nous l'attrapions.

— Oh, parfait, répondit Serrier. Comme ça, je n'aurai pas de scrupule à l'utiliser pour tester des sorts. Relâchez ses sens du sort de contrainte. Je veux lui parler.

Vincent défit une partie du sort, veillant à ce que le corps du vampire reste immobilisé. Il avait vu l'homme combattre et rompre le cou de Lapeyre comme si c'était une simple brindille. Jusqu'à ce qu'ils sachent comment contrer cette force magique, il n'aurait aucune confiance à voir le vampire libéré. Il pourrait tous les tuer, avant qu'ils ne puissent l'arrêter.

— Bienvenue, dit Serrier avant que le vampire puisse parler. Vous pardonnerez les entraves, mais jusqu'à ce que nous puissions être sûrs que vous ne nous attaquerez pas, j'ai peur qu'elles doivent rester en place. Je suis Pascal Serrier. Et vous êtes ?

— La dernière erreur que vous ayez faite, répondit Orlando avec une démonstration de bravoure qu'il ne ressentait pas vraiment.

Il savait qu'Alain retournerait la ville pour le chercher, mais il ne savait pas combien de temps cela prendrait. Il devait juste tenir assez longtemps afin que son amant le trouve.

— Des mots bien bravaches pour quelqu'un d'aussi impuissant fit Serrier d'une voix traînante, giflant vicieusement le vampire.

L'anneau à son majeur déchira la joue d'Orlando, laissant une entaille sanglante.

Orlando fixa le magicien rebelle.

— Vous allez devoir faire mieux que ça si vous prévoyez de m'intimider. Vous n'avez aucune idée de la puissance que vous avez attirée contre vous en me faisant prisonnier. La colère de Chavinier n'est rien, comparée à ce que la Cour fera de vous pour ça.

Le rire de Serrier avait la légère consonance maniaque d'un vrai fou, déclenchant un frisson glacé à travers Orlando. Il avait déjà entendu une fois ce genre de rire auparavant dans sa vie, du bâtard qui l'avait transformé, juste avant qu'il ne vide complètement Orlando. Il se rappela qu'il y avait survécu et qu'il pourrait survivre aussi à ça – car ce serait sûrement pour une durée beaucoup plus courte que celle qu'il avait passée avec son créateur – il renifla de dérision.

— Il est encore temps de me laisser partir. Ma joue guérira en quelques heures et la Cour n'en saura rien, mais si vous continuez, ils le sauront à coup sûr et il n'y aura plus de répit.

Le rire redoubla.

— Ils devront me trouver d'abord, rétorqua Serrier, et ils n'ont pas encore réussi à le faire, même avec ce traître de Payet pour les aider.

Songeant à sa conversation récente avec Sébastien sur la façon dont l'Aveu de Sang lui avait permis de sentir son Avoué, le sourire d'Orlando s'accentua.

— C'était avant que les vampires rejoignent la guerre. La Milice a maintenant des ressources que vous ne pouvez même pas imaginer.

Serrier fronça les sourcils.

— Quelles ressources ?

— Si vous pensez que je vais simplement vous les énoncer, vous vous faites encore plus d'illusions que je le pensais, rétorqua Orlando.

Avant que Serrier puisse réagir, la porte s'ouvrit et un autre magicien entra avec deux sorciers attachés derrière lui.

— Les espions, comme vous l'avez ordonné, déclara Simon.

— Vous n'êtes peut-être pas disposé à me dire ce que je veux savoir tout de suite, commenta Serrier à l'attention d'Orlando, mais peut-être que l'un d'eux le fera. Ou peut-être que vous déciderez que vous ne souhaitez pas passer par ce qu'ils vont subir pour m'avoir trahi.

— Je n'ai rien fait d'autre que ce que vous m'avez ordonné de faire, protesta immédiatement Monique. Et j'ai déjà payé pour avoir échoué à infiltrer la Milice. Pourquoi suis-je à nouveau ici ?

— Parce que j'en ai donné l'ordre, répondit Serrier.

Un coup de sa baguette envoya un sort directement dans son estomac. Elle se plia en deux, se tordant sur le sol sous la sensation qui lui tordait les entrailles de l'intérieur et se répandait rapidement.

— Ou as-tu oublié les promesses que tu m'as faites ?

— Fidélité inconditionnelle et obéissance aveugle, dit-elle en serrant les dents. Je suis ici, non ?

Serrier relâcha le sort.

— Tu es ici, mais tu poses des questions.

À côté d'elle, Dominique tremblait, sachant qu'il serait le suivant. La sueur perla sur son visage et ses yeux balayaient nerveusement la pièce à la recherche d'une issue, mais bien sûr, il n'y en avait aucune.

— Et toi, Dominique ? demanda Serrier. As-tu des excuses à offrir ?

— Pour me défendre, il faudrait déjà que je sache de quoi je suis accusé, répondit Dominique d'une voix tremblante. Mais je me soumets à tout jugement que vous prononcerez à mon sujet.

— Très sage, admit Serrier.

Son sort envoyant des piques de douleur de haut en bas des jambes du jeune homme. Il tomba sur le sol en haletant.

— Lequel de vous deux a averti Chavinier de l'attaque de ce soir ? Exigea de savoir l'homme sinistre. Vous êtes les deux seuls à être entrés en contact avec lui depuis que l'alliance s'est formée et qu'ils ont commencé à anticiper toutes nos attaques. Qui lui a dit ?

Luttant pour se remettre sur ses pieds, Monique resta stoïquement silencieuse, même si elle savait que ça ne demanderait que quelques instants avant que Serrier se retourne vers elle. Son estomac restait encore perturbé, même si le sort l'avait relâchée. La douleur prendrait des heures, voire des jours, à s'estomper, à supposer que Serrier ne jette pas un autre sort. S'il continuait… Elle préférait ne pas s'attarder sur cette pensée.

Son répit fut beaucoup trop court, cependant. Comme les halètements et gémissements de Dominique s'amplifiaient, Serrier se tourna vers elle, provoquant une sensation d'un feu léchant sa peau. Ses yeux pouvaient voir que rien ne touchait sa peau, mais son esprit enregistrait la douleur cuisante comme si elle était brûlée vive. Ses cris aigus percèrent le silence de la pièce.

— Je l'ai fait, haleta Dominique en voyant Monique tomber à genoux en hurlant.

Il était un homme mort en sursis, indépendamment de ce qu'il dirait ou ferait à ce stade, mais il pouvait prendre le blâme et espérer qu'elle serait épargnée. Si elle était aussi une espionne de Marcel, alors le travail pour vaincre Serrier continuerait, et même si elle ne l'était pas, il espérait que le fait de défier l'humeur de Serrier accélérerait sa propre mort.

— Je lui ai tout dit.

— *Abattoir* !

Le jeune magicien mourut instantanément.

— Pourquoi l'as-tu tué ? demanda Simon. Tu aurais pu l'interroger.

Serrier haussa les épaules.

— J'apprendrai beaucoup plus de notre récente acquisition que ce que le gamin pouvait éventuellement connaître, et Claude joue toujours avec la femme, il n'a donc pas besoin d'un nouveau jouet.

— Et concernant Monique ? se hasarda à demander Éric.

Ses cris s'étaient estompés jusqu'à disparaître quand elle avait frôlé l'inconscience.

Serrier s'appuya contre son bureau et l'observa.

— Je suppose qu'elle n'est pas impliquée.

— Il n'y a rien qui suggère qu'elle l'est, admit Éric.

— Très bien, décréta-t-il en mettant fin au sort. Faites-la sortir d'ici.

Éric se pencha pour la ramasser, mais Serrier l'arrêta.

— Nous n'avons pas fini ici. Envoie-la chez elle. Elle finira par s'en remettre.

Éric croisa le regard de Vincent et fronça les sourcils, mais il fit ce qu'on lui disait, son sort envoya la femme blessée dans son appartement. Il espérait qu'elle avait quelqu'un susceptible de prendre soin d'elle qui l'y attendrait, et qu'il n'avait pas empiré son état en la déplaçant avec la magie. Mais les choses auraient été bien pires pour tous les deux s'il avait désobéi.

Orlando observa tout le processus en silence. Il savait que Serrier avait une tendance au sadisme, mais il n'avait pas réalisé à quel point. Il tremblait intérieurement à la pensée que cette magie passe à lui, mais il refusa de le laisser voir. L'*Abattoir* ne pouvait pas lui faire du mal et le reste n'était que de la douleur. La peau de la femme n'avait pas été endommagée par le sort de feu – bien qu'elle en ait visiblement subi l'épouvantable douleur –, Orlando savait qu'il ne s'agissait que de suggestion. Il pourrait lui faire du mal, mais pas le détruire. Tout ce qu'il avait à faire c'était de tenir le coup assez longtemps pour qu'Alain et Jean viennent le chercher, comme Orlando savait qu'ils le feraient.

— Voulez-vous revoir votre coopération ? demanda Serrier au vampire.

Orlando ricana.

— Pour quoi faire ? Je connais les gens dans votre genre. Vous vous moquez que je vous dise ce que vous voulez savoir. Vous ferez ce que vous voulez, peu importe ce que je raconte. Et vous utiliseriez tout ce que je vous aurais révélé pour pourchasser mes amis.

Serrier haussa les épaules.

— C'est votre choix, déclara-t-il. Vincent, emmène-le dans une cellule pendant que nous décidons de la meilleure façon de traiter avec lui.

Vincent hissa le vampire sur son épaule et avait fait quelques pas vers la porte quand Serrier jeta un sort irrévocable dans leur direction, faisant se cambrer Orlando, même à travers le sort de contrainte, alors qu'une vague brûlante de douleur le frappait. Ses crocs percèrent sa lèvre tandis qu'il ravalait son cri par la seule force de sa volonté.

— Il va plier, déclara Éric avec confiance à Serrier. Cela prendra peut-être quelques jours, mais nous finirons par trouver ses limites. Même si tout ce que nous apprenons c'est ce qui fonctionne sur les vampires, nous aurons fait des progrès. Et sans l'espion, Chavinier ne pourra plus anticiper chacun de nos mouvements désormais. Nous renverserons la vapeur. Vous verrez.

En regardant le gamin mort sur le sol et à la pensée de Monique probablement seule dans son appartement, Éric se demandait si c'était une bonne chose. Sa conversation avec Vincent sur l'idée de partir lui revint et il commençait à se demander si l'homme n'avait pas raison.

Si seulement il y avait un moyen…

— JE TIENS à vous garder en observation au moins jusqu'au matin.

Alain s'obligea à acquiescer au médecin, donnant son assentiment symbolique, mais il savait qu'il sortirait discrètement dès que l'homme aurait le dos tourné. Il ne pouvait pas rester assis ici à ne rien faire alors qu'Orlando avait disparu. Ce n'était tout simplement pas dans sa nature. Il ne pouvait pas partir à sa recherche lui-même – au moins, il se l'était finalement avoué –, mais il ne voulait pas non plus rester les bras croisés. Il devait faire quelque chose.

Fermant les yeux, il leva la main à son cou pour couvrir la marque, utilisant ce signe extérieur de leurs promesses comme une façon de se sentir plus proche de son amant. Il était plus heureux que jamais d'avoir accepté de porter la marque d'Orlando, d'avoir cette relation avec son amant. Il se concentra sur cette connexion, pour essayer de découvrir tout ce qu'il pouvait par l'intermédiaire de ce lien ténu. En grande majorité, il ressentait principalement de la confusion. Il espérait que cela signifiait qu'Orlando était encore sous l'influence du sort de contrainte et qu'en conséquence il ne savait pas ce qui se passait autour de lui. Si tel était le cas, quand il serait libéré peut-être qu'Alain serait en mesure d'apprendre quelque chose d'utile. Si c'était sa propre confusion qu'il ressentait et non celle d'Orlando, alors il ne serait pas en mesure de s'assurer que son amant était encore en vie.

Il choisit de croire que la confusion était celle d'Orlando parce que, faire autrement, c'était renoncer à l'espoir. Il avait perdu trop de gens depuis que cette maudite guerre avait commencé pour faire face à la possibilité d'en perdre une autre. Orlando aurait dû aller bien, aurait dû être en sécurité. Son esprit ne pouvait tout simplement pas faire face à une autre possibilité. Les yeux vides d'Henri revenaient le hanter, lui rappelant à quel point la vie pouvait être incroyablement éphémère. Orlando avait vécu beaucoup plus longtemps que n'importe quel mortel, mais il avait à peine effleuré l'étendue de la vie d'un vampire. Voir cette existence réduite maintenant, quand il apprenait enfin à apprécier tout ce que le monde avait à lui offrir, cela semblait trop cruel pour être concevable, cependant Alain savait à quel point le destin pouvait être cruel. Il avait déjà perdu un enfant, en avait vu d'autres tomber en un battement de cœur, et il avait été celui qui délivrait le coup fatal à plus d'une occasion. Cependant, il ne pouvait pas accepter qu'Orlando soit le prochain. Il ne pouvait tout simplement pas.

Les larmes menaçaient de nouveau, pourtant, il les ravala. Ce n'était pas le moment de sombrer dans le désespoir. Orlando n'était absent que depuis quelques heures et Alain pouvait encore le sentir, donc il devait toujours être en plus ou moins bonne santé. Maintenant, il était temps d'agir. Il se sentirait mieux une fois qu'il ferait quelque chose, n'importe quoi, pour aider à ramener Orlando.

Il ferma les yeux, se souvenant de l'alimentation rapide et passionnée avant qu'ils partent pour la bataille, la façon dont les crocs d'Orlando l'avaient réclamé, la façon dont ses mains avaient travaillé de concert avec eux pour lui apporter la jouissance. Il étouffa un sanglot quand il réalisa à quel point ils étaient passés près de faire l'amour. Il souhaitait à cet instant qu'ils l'aient fait, qu'il ait pris le temps de mettre un panneau géant 'Ne pas déranger' sur la porte, qu'ils aient envoyé balader la bienséance, et transformé le canapé en lit où ils auraient pu s'aimer correctement. Il ne pouvait pas revenir en arrière et faire de ce rêve une réalité, mais il se consolait à la pensée qu'Orlando s'était nourri ce soir, lui offrant quelques jours de sursis avant que sa faim ne l'affaiblisse dangereusement. En supposant que Serrier voudrait le garder en vie pour faire des expérimentations avant de le détruire, ce qui leur donnait le temps de continuer à le chercher.

Et quand ils le trouveraient, Alain passerait le reste de sa vie à tenir ses promesses. Il murmura une prière pour rendre grâce d'avoir pu dire à Orlando qu'il l'aimait juste avant d'aller au combat. Si le pire se produisait, il aurait la consolation, minime fut-elle, de savoir que les derniers mots qu'il avait dit à son amant étaient des mots d'amour.

Entendant le médecin quitter l'infirmerie, Alain se mit péniblement sur ses pieds. Il récupéra sa baguette dans l'armoire à côté du lit et fit de son mieux pour se déplacer tranquillement hors de la pièce en direction de la Salle des Cartes. Il doutait que la vue ait changé depuis que Marcel avait vérifié, mais il avait besoin de la vérifier par lui-même. Lentement, il se dirigea vers le hall puis vers la salle de localisation, souhaitant qu'il existe un sort à sa portée capable de supprimer ses blessures aussi facilement qu'elles lui avaient été infligées. S'il en avait existé un, il savait que le médecin l'aurait utilisé, mais cela ne l'empêchait pas de le désirer.

Comme il s'y attendait, le nom d'Orlando était toujours absent de la carte. Compulsivement, il ordonna à la vue sur la carte de localisation de se modifier, élargissant et rétrécissant le point de vue dans le vain espoir que le repère de son amant allait soudainement réapparaître. D'autres noms apparaissaient et disparaissaient selon que les patrouilles faisaient des recherches et que d'autres travaillaient sur la place Pigalle, ou encore, faisaient leur ronde pour protéger le reste de la ville, mais le nom d'Orlando était aux abonnés absents.

La culpabilité l'assaillit alors qu'il attendait ; des reproches pour ne pas avoir été assez rapide pour bloquer le sort, pour ne pas avoir empêché Orlando de poursuivre le magicien qui l'avait lancé, pour ne pas s'être rendu compte que c'était un piège. Il aurait dû le savoir et avertir Orlando de ne pas s'éloigner, peu importe la provocation, mais il ne l'avait pas fait. Il se cramponnait à l'assurance qu'il pouvait encore sentir son amant, même faiblement, à travers leur lien magique, mais la sensation ne donnait aucune indication de direction ni aucune idée de l'endroit où commencer à chercher.

Puis une sensation différente passa à travers le lien et Alain tomba à genoux, c'était la réalisation de son pire cauchemar.

— Quel est le problème ? demanda Marcel immédiatement, en se précipitant aux côtés d'Alain.

— Ils lui font du mal, cracha Alain, luttant pour se relever. Les bâtards. Pourquoi ne m'ont-ils pas pris moi ?

Marcel fronça les sourcils. Il comprenait la culpabilité d'Alain, mais si son meilleur capitaine était perturbé par sa peine et la perception de la douleur d'Orlando, cela le rendrait encore plus inefficace jusqu'à ce qu'ils puissent sauver le vampire.

— Peux-tu bloquer les émotions du lien ? demanda-t-il sérieusement.

— Pourquoi voudrais-je faire ça ? s'écria Alain avec colère. Je l'ai laissé tomber. Le moins que je puisse faire est de prendre un peu de sa souffrance maintenant.

— Tu ne sais pas si ça l'aide en fait, lui rappela Marcel, et même si c'est le cas, à moins que la sensation puisse t'aider à le trouver, ça n'apporte rien de bon. J'ai besoin que tu sois compétent dans ton travail, ce que tu n'es pas, en dépit de ton passage à l'infirmerie, et j'ai besoin que tu sois concentré, ce que tu ne seras pas aussi longtemps que tu ressentiras sa douleur. Peux-tu bloquer le lien ?

Alain fronça les sourcils, mais ferma les yeux et se concentra pour envoyer son amour par le biais du lien à Orlando. Il ne savait pas si son vampire pouvait le sentir de la même façon, mais s'il le pouvait, il ne voulait pas que son amant pense qu'il l'avait abandonné s'il réussissait à bloquer le lien. Il était assez alarmant que Serrier ait déjà commencé à le torturer. Physiquement, Orlando pourrait survivre et s'en remettre tant que le sang et la magie d'Alain le soutiendraient, mais le magicien redoutait ce que cela ferait à la psyché de son amant et aux progrès qu'ils avaient accomplis pour surmonter son passé. Même s'ils sauvaient Orlando, serait-il toujours le même homme que celui dont Alain était tombé amoureux ? Ou serait-il l'ombre de lui-même, brisé par la cruauté de Serrier, si profondément que même l'amour d'Alain ne pourrait pas réussir à le reconstruire ? Intérieurement, Alain se promit de faire tout ce qu'il faudrait pour donner tout l'espace dont Orlando aurait besoin pour guérir, aussi longtemps qu'il n'abandonnerait pas.

Si Orlando pouvait le sentir comme Alain percevait le vampire, il imaginait que la connexion était la bouée de sauvetage de son amant pour le moment. De délibérément, consciemment, prendre ce recul semblait au-delà de la cruauté et, même la pensée que sa concentration pourrait être affectée par le lien, ne suffisait pas à le convaincre que c'était la bonne façon de procéder. Il essayerait parce que Marcel le lui avait ordonné, mais chaque fois qu'il ne serait pas en service, il retirerait le blocage – en supposant déjà qu'il réussirait à le créer – afin qu'Orlando ne pense pas qu'il était complètement abandonné. Se concentrant, il essaya de projeter une explication de ce qu'il faisait en même temps que son amour et la promesse qu'il n'arrêterait jamais de chercher son amant par l'intermédiaire de leur connexion. Il ne savait pas du tout si Orlando pouvait sentir toutes ses émotions, ou les comprendre s'il les percevait, mais il devait essayer. Il devait faire savoir à son amant qu'il n'était pas seul.

Lentement, se détestant de faire ce que Marcel lui ordonnait, il construisit un blocage mental, reformant les boucliers qu'il avait utilisés pour tenir à distance la magie sauvage jusqu'à ce qu'il perde la trace d'Orlando. Tête baissée, écœuré au plus profond de son être par son succès, il ferma les yeux.

— Ça fonctionne, dit-il.

— Je suis désolé, affirma Marcel à mi-voix. Je suis désolé de ce qui s'est passé. Je suis désolé que tu puisses sentir sa douleur. Je suis désolé de devoir te demander de ne plus le sentir. J'échangerais ma place avec lui en un battement de cœur si je le pouvais, mais Serrier ne négocie pas, comme tu le sais parfaitement.

— Peux-tu communiquer avec l'une de tes sources ? demanda Alain dans un murmure. Peut-être que quelqu'un peut nous dire où le trouver. Je ne te demande pas de risquer une patrouille. J'irai le chercher seul. J'ai juste besoin de savoir où le trouver.

— Tu ne feras rien de tel, rétorqua immédiatement Marcel. Si nous pouvons découvrir où il se trouve, nous enverrons une force suffisante pour le ramener – et toi aussi – à la maison en toute sécurité, tout en faisant tomber le plus grand nombre de gens de Serrier que nous le pourrons. Je ne vais pas t'envoyer dans une mission suicide. Quant à mes sources, la plupart du temps ce sont elles qui me contactent afin que je ne les mette pas en danger en les appelant à un moment inopportun, mais je verrai ce que je peux apprendre.

— Je te remercie. Je sais que tu n'as pas à dépenser les ressources de la Milice pour Orlando.

— Conneries, contredit Marcel. Orlando est l'un de nos alliés, même sans sa connexion avec toi. Je ne laisserai jamais un de mes hommes dans les mains de Serrier si je peux l'aider. Simplement, je n'ai jamais réussi à être dans les temps avant. Il a l'habitude de les tuer avant même que je me rende compte qu'ils ont été pris.

— Ça n'aide pas, plaisanta sombrement Alain.

— Il est vivant, rappela Marcel à son ami. Tant qu'il est en vie, il y a de l'espoir.

XXXV

CAROLINE REGARDA fixement les restes de ce qui avait été sa robe préférée, la soie rouge était en lambeaux et tachée par la bataille et ses conséquences. La robe dorée de Mireille, celle qu'elles avaient achetée ensemble, s'en était un peu mieux tirée. Elle n'y avait prêté aucune attention quand elles avaient décidé d'abandonner leurs plans pour la soirée et de rejoindre leurs camarades pour la bataille et, en vérité, cela n'aurait eu aucune importance si cela avait été le cas, puisqu'elles n'auraient pas eu le temps de rentrer pour se changer. Cela paraissait un souci bien futile en comparaison à ce qui s'était passé au cours des dernières heures, mais c'était la seule perte que son esprit pouvait assimiler. C'était concret, une destruction visible, mais également réparable. Un passage dans l'une des boutiques à proximité la remplacerait et remettrait cette portion de sa vie en place. Elle craignait que le reste ne soit pas si simple à réparer.

Ses yeux glissèrent vers Mireille, debout, immobile près de la fenêtre où elle s'était retirée dès qu'elles étaient rentrées à la maison. Les yeux du vampire étaient vides, ses pensées visiblement troublées. Retirant la robe abîmée et enfilant une ample robe de chambre sur ses épaules, elle rejoignit Mireille, entourant tendrement ses épaules.

Mireille s'appuya immédiatement contre elle, puisant force et réconfort dans l'étreinte sans exigence. Elle ne fit cependant aucun geste pour quitter sa place près de la fenêtre ni celui de se nettoyer de la bataille ni de se préparer pour se coucher. Caroline fronça légèrement les sourcils.

— Viens avec moi.

Indifférente, Mireille se laissa guider, l'horreur de la soirée la hantait encore. Malgré la lutte à la gare, le matin où l'alliance s'était formée, malgré les patrouilles et le séjour à La Réunion, même en dépit de la bataille de la Sainte-Chapelle, elle n'avait pas vraiment compris à quel point la guerre pouvait être... vicieuse, jusqu'à présent. Les corps brisés et ensanglantés jonchaient le sol à la fin de la bataille, beaucoup d'entre eux étaient morts ou mourants. Cette vision l'avait choquée au plus profond de son être, lui laissant une sensation de froid et de vide. Elle savait que la guerre réclamait des vies, elle avait consolé un vampire pour la perte de son partenaire il n'y avait pas si longtemps. Cela ne l'avait pas préparée pour autant au carnage de cette nuit. Heureusement, Caroline avait survécu et était relativement indemne, mais elle pleurait encore les vies perdues, même celles des sorciers rebelles. Elle frissonna une nouvelle fois en suivant sa partenaire dans la salle de bain, ne pensant plus aux morts, mais à Orlando, enlevé pendant la bataille.

— Tu ne peux pas t'attribuer la responsabilité de tous les morts, murmura Caroline.

Tout en parlant, elle releva les cheveux roux de Mireille et les repoussa par-dessus son épaule pour pouvoir respirer tendrement la nuque de la vampire. Laissant ses mains s'enrouler autour d'elle, Caroline les glissa sur le corsage de la robe que sa partenaire portait, les posant sur le ventre plat en poursuivant :

— Tous ceux qui étaient présents ce soir connaissaient les risques qu'ils prenaient.

— Pas moi, murmura Mireille d'une voix rauque, se retournant dans les bras de Caroline. Tous ces morts... toutes ces morts inutiles.

Caroline resserra son étreinte.

— Je sais, tenta-t-elle de la consoler en caressant les cheveux de Mireille. C'est une perte, un gaspillage inexcusable, mais Serrier ne nous a pas laissé le choix. Eh oui, avant que tu ne demandes, Marcel a essayé toutes les voies diplomatiques auxquelles il pouvait penser, quand tout cela a commencé. Personne ne voulait qu'on en arrive à ça, mais maintenant c'est ce que nous avons. Nous devons faire de notre mieux pour survivre et triompher. Si nous ne le faisons pas, il n'y aura pas d'avenir, pour aucun d'entre nous.

Ses mains remontèrent le long du dos de Mireille, pour ensuite redescendre la fermeture éclair de la robe abîmée.

— Viens, allons-nous nettoyer, puis nous trouverons quelque chose à faire pour penser à autre chose.

— Ça ne te dérange pas ? demanda Mireille, s'écartant assez pour aider Caroline à la déshabiller.

Elle ouvrit les robinets et entra dans la baignoire, laissant l'eau clapoter autour de ses pieds et de ses chevilles. Derrière elle, Mireille pouvait entendre Caroline se déshabiller à son tour, elle se retourna pour la regarder, incapable d'empêcher son pouls d'accélérer alors qu'elle admirait la peau d'ivoire progressivement dévoilée devant ses yeux.

Laissant tomber sa robe sur le sol, Caroline rejoignit Mireille dans la baignoire, elle attira sa vampire en plein désarroi dans ses bras réconfortants tout en s'asseyant dans l'eau montante.

— Si, ça me dérange, mais j'ai appris il y a longtemps que je ne pouvais pas laisser tout ça interférer avec le reste de ma vie, expliqua-t-elle. Si je le fais, si je laisse ce qui est arrivé là-bas définir qui je suis ici – elle montra la salle autour d'elle avant de toucher son cœur – alors Serrier aura déjà gagné. Nous *avons survécu* à ce soir. Nous devrions nous concentrer sur ça.

— Je ne sais pas comment faire, admit tristement Mireille.

— Ferme les yeux et appuie-toi sur moi, suggéra Caroline. Laisse-moi prendre soin de toi.

Mireille suivit le conseil de Caroline, s'appuyant contre son épaule soyeuse, essayant de se détendre dans la sensation familière des mains sur sa peau. Elle n'était pas surprise de sentir le frottement un peu rugueux d'un gant de toilette se déplacer sur son corps ni le picotement de la chaleur de l'eau quand Caroline rinça le savon, le sang et la crasse. Ensuite, les mains de Caroline caressèrent son visage, étalant une crème épaisse sur ses traits.

— Mais ! s'exclama-t-elle en commençant à ouvrir les yeux et à se redresser.

— Garde tes yeux fermés, l'avertit Caroline. Tu ne veux pas que ça rentre dedans.

— Qu'est-ce que c'est ? demanda Mireille.

— Laisse-moi te dorloter, répondit évasivement Caroline. Tu sais que je ne ferais absolument rien qui pourrait te faire du mal.

Mireille le savait, aussi, s'adossa-t-elle de nouveau à son amante et se laissa-t-elle dorloter. Tandis que son corps se détendait, bercé par l'eau chaude et le tendre contact de Caroline, son esprit commença à s'apaiser aussi, l'horreur de la nuit s'estompait peu à peu. Elle doutait de pouvoir oublier un jour, mais tant qu'elle pouvait garder les souvenirs à distance, elle pourrait continuer à avancer. Elle l'espérait en tout cas.

Caroline laissa la crème épaisse faire son travail, apaisant la peau de Mireille et relaxant son corps. Elle pouvait presque sentir la tension quitter le corps de la vampire. Elle sourit doucement, heureuse de pouvoir apporter cette paix à sa compagne. Elle espérait seulement que quelqu'un était avec Alain, lui offrant un réconfort similaire, dans la mesure du possible évidemment, puisque son partenaire était absent. Elle avait pensé à suggérer à Mireille d'aller le voir pour lui offrir toute l'aide qu'elles pouvaient, comme elles l'avaient fait après que Laurent avait été tué. Toutefois, un coup d'œil au visage blême de sa partenaire l'avait fait changer d'avis. Mireille semblait être sur le point de fondre en larmes et cela n'aiderait pas Alain, pas plus qu'elles. Elle avait vu Thierry revenir. Il prendrait soin de son ami. Elle, elle devait avant tout prendre soin de sa partenaire.

Cela aurait pu être différent si Thierry ou Raymond avaient trouvé la moindre piste qui méritait d'être suivie, mais les deux hommes étaient revenus les mains vides. Le gémissement angoissé d'Alain avait résonné dans la Salle des Cartes et s'était propagé dans les longs couloirs qui étaient remplis par des gens désireux d'aider. Malheureusement, aucun d'eux ne pouvait faire quoi que ce soit pour le moment. Marcel avait entretenu l'espoir que l'un des sorciers rebelles capturés puisse fournir des renseignements pertinents lors de son interrogatoire. Ceux-ci avaient déjà commencé quand Caroline et Mireille étaient parties, mais Caroline ne s'imaginait pas attendre pour voir si ces efforts portaient leurs fruits. Mireille était en train de se balancer sur ses pieds. Elle avait besoin d'échapper au carnage, à tout ce qui pouvait lui rappeler ce qu'elles avaient vu ce soir-là.

— Il a ciblé les vampires ce soir, n'est-ce pas ? questionna Mireille, en repensant aux corps sur le sol, certains d'entre eux étaient des vampires qu'elle connaissait, toutes activités ayant déserté leur silhouette.

— Je pense, oui, confirma Caroline. Il est au courant pour l'alliance maintenant, et il est à la recherche de moyens pour la contrer. L'intimidation est

275

une de ses tactiques favorites, et après ce soir, les vampires qui ne participent pas savent de quoi il est capable. Certains d'entre eux pourraient bien rejoindre l'alliance, mais il est du genre à espérer que les autres vont faire pression sur Jean pour qu'il abandonne, afin qu'ils ne soient plus des cibles.

— Il ne connaît pas très bien Jean s'il imagine que ça va marcher, ricana doucement Mireille. Plus il essayera de faire pression, plus Jean sera déterminé à l'abattre. Et désormais, les vampires ne sont plus susceptibles de se joindre à Serrier, puisqu'il les a attaqués.

— Je doute qu'il veuille qu'ils se battent pour lui, expliqua Caroline. Je dirais qu'il veut les voir quitter totalement la guerre. Nous avons juste à espérer qu'il n'apprendra rien de crucial d'Orlando.

— Je ne pense pas qu'il le fera, répondit Mireille. Lui dire quoi que ce soit reviendrait à mettre Alain en danger ; cela va à l'encontre de la nature fondamentale d'un vampire de faire quelque chose qui nuirait à ceux qui sont importants pour nous. Le fait qu'ils sont Avoués rend seulement cet instinct plus puissant.

— IL Y a quelque chose de tellement injuste dans cette image, murmura Sébastien à mi-voix alors qu'il se tenait avec Thierry sur le seuil de la chambre du magicien.

Alain était endormi sur le lit, assommé par le sort de Thierry pour qu'il puisse se reposer suffisamment et être opérationnel le lendemain. Alain avait protesté avec véhémence, insistant sur le fait qu'il avait besoin de rester et d'aider avec les interrogatoires au cas où des sorciers capturés auraient des informations sur l'emplacement d'Orlando, mais Thierry avait été catégorique : soit il retournait à l'infirmerie, soit il laissait Thierry l'endormir. Alain s'était finalement résolu pour le sommeil, mais dans la maison de Thierry, là où il avait quelques chances d'être informé et impliqué si une nouvelle information survenait. Après son escapade hors de l'infirmerie, les médecins ne risquaient pas de le laisser sans surveillance une seconde fois.

— Il ne devrait pas être seul ici, poursuivit le vampire.

Thierry hocha la tête. Il souffrait de la perte subie par Alain, mais il savait que ses émotions étaient sans commune mesure avec la puissance débilitante de celle que ressentait Alain. Il avait vu son ami se replier sur lui-même quand la patrouille de Thierry était revenue en premier, puis quand Raymond et Sébastien étaient revenus les mains vides. La lumière qui s'était rallumée dans ses yeux au cours des dernières semaines s'était à nouveau évanouie, toutes couleurs quittant son visage alors qu'il luttait pour assimiler le trou dans sa vie, là où Orlando avait été si éclatant de présence jusqu'à quelques heures auparavant. Un regard aiguisé de Thierry et un ordre calme de Marcel avaient vidé la Salle des Cartes de tout le personnel, en dehors du groupe de ses amis proches.

Alors que Thierry s'approchait prudemment d'Alain, sa magie avait commencé à projeter des étincelles dans l'air, accompagné par un long gémissement plaintif. Le son hantait encore Thierry, la douleur et le désespoir étaient si palpables qu'ils semblaient être une force palpable dans la pièce. Jean s'était détourné avec Raymond à ses côtés, incapable de regarder Alain s'effondrer. Si l'expression inquiète sur le visage de Raymond était une indication, Jean luttait probablement contre son propre accablement face à la capture d'Orlando. Thierry savait qu'il n'y avait rien de sexuel entre les deux vampires, mais il comparait leur relation à son amitié avec Alain. Il ne pouvait imaginer ce que Jean devait souffrir en sachant qu'Orlando était dans les griffes de Serrier.

Il s'était approché d'Alain, le seul qui avait osé le faire, enroulant ses bras autour de son meilleur ami, laissant son lien naturel avec la magie de la terre ancrer Alain. Celui-ci s'était retourné vers lui avec un sanglot déchirant, des larmes s'agglutinant derrière ses cils.

— Ils lui font du mal, avait murmuré Alain d'une voix douloureuse. Serrier a déjà commencé et je ne peux rien faire pour l'arrêter. Je sais qu'il est vivant, mais je ne peux pas sentir où il est. Juste qu'il a mal.

La dernière fois que Thierry s'était senti si impuissant, il se tenait à côté d'Alain au-dessus du cadavre d'Henri. Il priait pour qu'ils n'aient pas un autre corps à enterrer prochainement. Il n'était pas sûr qu'Alain survive à une perte aussi terrible une deuxième fois.

— Emmène-le chez lui, avait conseillé Marcel, venant à leur côté pour poser une main paternelle sur l'épaule d'Alain.

Mais Alain avait refusé, prétendant qu'il ne pouvait pas rentrer à la maison sans Orlando. Son épuisement était cependant évident, ce qui avait incité Thierry à suggérer d'aller dans sa maison à la place.

— Tu as besoin de te reposer, avait-il insisté, ou tu ne seras pas assez en forme pour aider Orlando quand nous le découvrirons où il est.

Alain avait résisté un peu plus longtemps, mais la fatigue l'avait finalement forcé à abandonner.

Quittant du regard son ami endormi, Thierry sollicita Sébastien, toujours à ses côtés.

— Suis-je un mauvais ami d'être heureux que ce ne soit pas toi ?

Sébastien secoua la tête.

— Je ne pense pas. Tu es seulement humain, et il est naturel de ne pas vouloir souffrir. Va-t-il dormir toute la nuit ?

— Je l'espère, répondit Thierry. Je l'ai frappé assez fort avec le sort, mais Alain est puissant, et son chagrin également. Toutefois, s'il rejette le sort, nous l'entendrons.

— Tu devrais te reposer aussi, affirma Sébastien. Tu te remets à peine de ton refroidissement, et tu as consommé beaucoup d'énergie ce soir.

Thierry ne répondit pas, il ferma la porte de la chambre d'amis et se dirigea avec Sébastien vers la chambre qu'ils partageaient désormais. Sans parler, il se dépouilla de ses vêtements sales, les jetant dans la direction approximative du panier à linge. Il voulait prendre une douche, mais cela pouvait attendre. Il désirait d'autres choses encore plus, la capture d'Orlando lui rappelant qu'ils combattaient dans une guerre et qu'un lendemain n'était assuré à aucun d'entre eux. Sébastien avait atermoyé suffisamment longtemps. Il était temps.

Tournant le dos à son amant, il fit signe à Sébastien de le joindre.

Immédiatement, Sébastien secoua la tête.

— Nous ne pouvons pas. Tu es toujours malade.

— Stop, ordonna Thierry fermement. Je sais ce que tu as dit, la promesse que tu t'es faite, et tu l'as tenue, Sébastien. Nous ne savons pas de quoi demain sera fait, ou si nous aurons une autre nuit ensemble, et je ne veux pas perdre plus de temps. Si tu avais été celui qui a été enlevé ce soir, je t'aurais perdu sans jamais t'avoir eu. S'il te plaît. Fais-moi l'amour.

Sébastien ne pouvait résister à ce calme plaidoyer. Hochant la tête, il retira ses vêtements, venant au côté de Thierry dans toute sa gloire nue, réunissant leurs lèvres dans un doux baiser, chacun d'eux avait conscience de l'homme qui dormait dans la chambre voisine. Leurs contacts restèrent légers pendant que leurs mains exploraient un territoire désormais familier, mais le fait de savoir que, cette fois, rien ne les retiendrait donnait une importance sans précédent à la plus infime caresse.

Prenant les choses en mains, Sébastien fit pivoter Thierry vers le lit, l'allongeant doucement malgré la stature plus imposante du magicien. Il caressa le cou de Thierry du bout du nez en ajustant leurs corps ensemble, son poids enfonçant son amant dans le matelas. Silencieusement, il tendit la main vers la table de chevet pour récupérer le tube de gel qu'il avait acheté après la débâcle avec la crème pour les mains à la lavande. Il ne s'attendait pas à en avoir besoin aussi tôt, mais, maintenant, il était heureux d'être sorti le jour précédent, alors que Thierry dormait.

— Je ne suis pas sûr d'avoir la patience pour beaucoup de préliminaires, admit-il, pourtant je ne veux pas te faire de mal. Je veux faire ça correctement, mais je ne suis pas sûr d'être capable d'attendre.

Thierry haussa les épaules.

— C'est seulement de la douleur.

— Une douleur que tu ne devrais pas avoir à ressentir, insista Sébastien, enduisant ses doigts de lubrifiant.

Il chercha l'ouverture étroite, se sentant rassuré quand elle céda facilement sous ses doigts inquisiteurs.

Thierry haleta comme il le faisait toujours à cette première sensation de Sébastien en lui. Le fait que ce soit juste ses doigts était sans importance. Son amant était en lui. Il écarta un peu plus largement les jambes, inclinant ses hanches dans une invitation silencieuse.

Ce fervent geste de confiance remua plus Sébastien qu'il ne l'aurait pensé possible. Ses yeux se fermèrent tandis que ses crocs chutaient. Il se pencha et prit la bouche de Thierry, de manière plus possessive cette fois, déversant dans son baiser toute sa peur pour Orlando, son soulagement à savoir Thierry en sécurité et sa frustration d'être incapable d'aider Alain.

Thierry réagit immédiatement, ses mains prenant la tête de Sébastien en coupe, les doigts dans ses longs cheveux, avide de cette preuve qu'ils étaient en vie et ensemble, en dépit de la guerre qui les déchirerait si elle le pouvait.

— As-tu confiance en moi ? demanda soudain Sébastien en relevant la tête.

— Bien sûr, tu le sais.

— Alors, donne-moi ton cou.

La tête de Thierry retomba avant qu'il ne puisse même penser à répondre, offrant sa peau criblée de morsures en guise d'invitation et de témoignage tout à la fois. Les lèvres de Sébastien se déplacèrent sur la chair marbrée, trouvant un endroit encore indemne et le léchant un moment avant que ses crocs plongent profondément.

Le jet de sang chaud sur la langue de Sébastien fit tourbillonner ses sens. Espérant que Thierry resterait focalisé sur ce contact, il enduisit son sexe et l'aligna face à l'orifice à peine étiré. Il savait qu'il se précipitait, mais il ne pouvait pas attendre plus longtemps. Il devait être uni à son magicien, de toutes les manières possibles.

Avec précaution, il glissa le gland dans le muscle étroit, avant de relever la tête, attendant que Thierry ouvre les yeux pour pouvoir s'assurer qu'ils étaient dénués de douleur afin de poursuivre. Lentement, les paupières lourdes se soulevèrent, révélant la mer verte d'un regard assombri de désir.

— Sens-moi, exhorta-t-il, glissant progressivement en lui.

Thierry avait le souffle coupé, mais pas en raison de la douleur. Le sentiment de connexion était si fort qu'il lui coupait le souffle. Il agrippa les épaules de Sébastien, son ancrage sur cette mer d'émotion inattendue. Il eut la pensée fugace qu'Alain avait raison. Ça paraissait encore un peu étrange, mais si incroyablement intime qu'il savait qu'il la désirerait de nouveau dès que ça s'achèverait.

Il projeta ses hanches contre celles de Sébastien, encourageant son amant à bouger contre lui, en lui. Le vampire n'hésita pas, s'installant dans un rythme ondulant, régulier qui laissa Thierry haletant et tremblant. Sébastien revint à la bouche de Thierry, l'embrassant avidement.

Thierry gémit dans le baiser, y répondant avec empressement. À chaque poussée, il pouvait sentir son corps s'ouvrir, son cœur se déployer, s'abandonnant complètement à la tendre sollicitude du vampire. Une seule chose manquait.

Brisant le baiser, il ramena la tête de Sébastien dans son cou.

— Mords-moi, supplia-t-il. Unis-nous de toutes les manières possibles.

Les crocs de Sébastien s'enfoncèrent sans discernement dans le cou de Thierry, plongeant profondément tandis qu'il pilonnait l'orifice accueillant avec son sexe. Il pouvait sentir les émotions de Thierry, tous les soucis qu'il éprouvait pour Alain en arrière-plan de la passion plus immédiate, et derrière tout le reste, les premières lueurs d'une autre émotion, plus tendre. Ses yeux se fermèrent alors qu'il en reconnaissait la saveur et qu'il se savait bel et bien conquis. Ses doigts cherchèrent ceux de Thierry, les nouant ensemble pendant qu'il faisait l'amour à son partenaire, son magicien.

Thibaut lui avait dit de trouver l'amour à nouveau. Il songeait que, peut-être, il l'avait finalement fait.

XXXVI

ANTONIO AVANÇAIT en traînant les pieds le long des berges de la Seine, donnant des coups de pied furieux aux cailloux sous l'intensité de la frustration impuissante qui le dévorait. S'il avait connu un moyen de communiquer avec Monique, il l'aurait utilisé dans l'espoir de faire pression sur elle, afin d'apprendre ce que les sorciers rebelles capturés ne savaient pas. Quelque part dans la ville – il priait pour qu'ils soient encore en ville –, Orlando était prisonnier. Il ne connaissait pas bien le jeune vampire, mais cela n'avait même pas d'importance. Les Cours suivaient une seule loi inviolable : blesser un vampire – n'importe quel vampire – était puni par la mort.

Il pouvait sentir l'aube menacer, mais les nuages bas et la brume de la rivière lui fourniraient une protection de quelques minutes si nécessaire. Le ciel était encore sombre à l'horizon, aussi ne se pressait-il pas, ne souhaitant pas attirer sur lui l'attention de ceux qui avaient déjà commencé leur journée. Il se démarquait suffisamment comme ça.

Il fit une pause à l'entrée du petit parc où il s'était assis avec Monique quelques nuits plus tôt, il songea à s'y rendre, à tout hasard, au cas où elle serait là de nouveau, mais les nuages ne retiendraient pas le jour éternellement et sa magie avait disparu durant la nuit. Il avait senti sa perte comme une chose tangible, un sentiment soudain de nudité, inexplicable étant donné qu'il était entièrement habillé, cela lui avait fait repenser aux descriptions de Sébastien et d'Orlando celle d'avoir la sensation d'être enveloppé dans une couverture ou un long manteau.

Monique n'était pas présente à la bataille de ce soir – du moins, il ne l'avait pas vue –, mais il ne savait pas si cela le rassurait ou non. Cela l'incitait à se demander ce qu'elle faisait si elle ne combattait pas. Il espérait qu'elle allait bien. Alain pouvait sentir que ce n'était pas le cas d'Orlando, mais ils partageaient un Aveu de Sang. Aucune des autres paires n'avait mentionné une sensibilité aux émotions de son partenaire et il n'osait pas poser de questions. Aux yeux de la Milice, il était toujours non appareillé, et il ne pouvait guère leur dire autre chose, étant donné l'identité de sa partenaire.

Il cracha de nouveau, c'était probablement la centième fois qu'il le faisait, pour essayer de se débarrasser du goût de la magie noire et de la haine dans sa bouche, mais rien ne semblait aider. Une chasse le pourrait, mais il avait perdu son goût pour un autre sang. Malgré tout, ce soir, il n'aurait pas le choix, à moins de préférer la famine. Aussi superbement romantique que cela puisse sonner, il avait trop le sens pratique pour s'attarder sur cette idée, et il doutait que Monique l'en féliciterait si jamais elle l'apprenait. Il n'avait pas le temps tout de suite, alors il attendrait la fin du jour et chasserait quand le soleil se cacherait de nouveau.

Puis il retournerait faire sa part de travail pour mettre fin à la tyrannie de Serrier et, peut-être qu'ainsi, sa partenaire pourrait être libre une fois pour toutes.

Et si cela n'arrivait jamais, il aurait toujours la satisfaction d'avoir abattu un tyran en puissance qui désirait transformer son existence – l'existence de ceux de sa race – en véritable enfer.

Il passa du quai au pont de son bateau, se figeant immédiatement en réalisant qu'il n'était pas seul.

— Qui est là ?

— Dis-moi pourquoi je ne devrais pas te tuer.

Sa voix fit bondir son cœur, mais il ne pouvait pas se permettre de la laisser lui jeter un sort, parce qu'il ne pourrait pas expliquer pourquoi sa magie n'opérait pas.

— Parce que je suis déjà mort ? suggéra-t-il avec ironie. Ou peut-être parce que je n'ai rien fait pour mériter ta colère ?

Monique laissa retomber sa baguette vers le sol, sa douleur était trop importante pour qu'elle puisse invoquer la colère et jeter un *Abattoir*, ou tout autre sort d'ailleurs. Tout son corps la faisait souffrir, même s'il n'y avait aucune trace où que ce soit sur sa peau. La dernière fois qu'elle avait retrouvé Antonio, elle était également souffrante, mais pas à ce point ; elle s'était sentie mieux après qu'il s'était nourri d'elle. La douleur était bien pire cette fois. Tout ce qui pourrait l'aider à récupérer rapidement était définitivement bienvenu.

— Que fais-tu ici ? demanda Antonio, sans méchanceté en voyant que Monique ne répondait pas à sa question.

Toute rigidité quitta sa posture alors qu'il se tenait là, à l'observer. Il voulait l'attirer dans ses bras et lui dire qu'il s'occuperait de tout ce qui l'ennuyait. Cependant, il se retint pour deux raisons. Premièrement, il ne croyait pas qu'elle apprécierait le geste. Deuxièmement, il n'était pas sûr de pouvoir réellement lui faire cette offre, car la plupart des choses qui pourraient l'ennuyer étaient au-delà de sa capacité à les résoudre.

— Serrier a tué un espion ce soir, lui dit-elle tranquillement. Si le gamin avait été un peu moins noble ou, s'il avait eu la peau plus dure, j'aurais bien pu mourir, moi aussi. Il nous a soupçonné tous les deux parce que nous étions les deux seuls sorciers qu'il connaissait qui avait été en contact avec quelqu'un de la Milice et qui n'étaient pas en prison ou morts.

Elle se leva en tremblant sur ses jambes.

— J'avais besoin d'un endroit sûr pour dormir, pour récupérer, au cas où il aurait changé d'avis concernant mon sort. Je ne savais pas où aller.

— Il t'a blessée de nouveau, n'est-ce pas ? Exigea de savoir Antonio, tendant la main vers elle sans même imaginer qu'elle pourrait le repousser. Viens, descendons. Tu pourras te reposer.

Monique hocha la tête, incroyablement reconnaissante pour sa gentillesse. Elle se laissa guider dans les escaliers et dans une cabine sombre, aux fenêtres recouvertes par de lourds rideaux.

— Je ne peux pas prendre ton lit, protesta-t-elle dès qu'elle se rendit compte où elle se trouvait.

— C'est le seul sur le bateau, l'informa Antonio, et tu as dit que tu avais besoin de te reposer et de reprendre des forces. Cela n'arrivera pas si tu es recroquevillée dans une position inconfortable sur l'un des sièges du salon. Je ne te mordrai pas, sauf si tu le veux.

Monique s'assit lentement sur le lit, se penchant pour enlever ses bottes, mais la douleur dans son ventre lui rendit la tâche impossible.

— Arrête, ordonna Antonio, en voyant la grimace et sa brusque immobilité. Allonge-toi. Je vais les retirer.

Monique obéit aux instructions, s'allongeant avec difficulté sur le matelas. Il s'agenouilla à ses pieds, délaçant précautionneusement les bottes étroites, soulageant ses pieds enflés en soulevant ses jambes sur le lit, ses doigts glissant sur sa peau dans ce qui aurait pu être une caresse.

— Pourquoi prends-tu si bien soin de moi ? demanda-t-elle doucement. Je suis une véritable plaie pour toi depuis le moment où tu m'as rencontrée.

Antonio haussa les épaules.

— J'aime la saveur de ton sang, répondit-il honnêtement, même si je regrette qu'il soit souillé par la magie noire qui s'y superpose. Mais malgré ça, j'aime la saveur que tu as. D'une certaine manière, tu as une douceur que la plupart des sorciers rebelles n'ont pas.

— Et tu as dégusté beaucoup de sorciers, pas vrai ? plaisanta-t-elle.

— Tous ceux qui ont été capturés depuis que l'alliance a commencé, admit Antonio. C'est mon travail. J'aide pendant les interrogatoires, pour savoir s'ils disent la vérité quand ils répondent aux questions. Je connais parfaitement le goût qu'a la magie noire, c'est pourquoi il est si étrange que tu n'aies pas la même saveur.

— Je ne sais pas pourquoi il serait différent, répondit Monique. Peut-être que je ne prends pas plaisir à certains sorts cruels comme le fait Claude, mais j'ai fait ma part d'actions déplaisantes au cours des deux dernières années. Ne fais pas de moi une sorte de sainte, parce que je ne le suis pas.

— Je sais ça, lui assura Antonio. Je peux goûter la magie noire dans ton sang de la même manière que je peux le faire dans le leur. La différence c'est qu'il ne te définit pas de la manière dont il les définit eux, du moins, pas pour moi.

— Alors qu'est-ce qui me définit à tes yeux ? demanda-t-elle avec curiosité.

— Il y a une douceur sous le goût de la magie, expliqua Antonio. Ne te moque pas. Je ne suis pas un néophyte. J'ai plusieurs siècles, et je sais ce que je goûte. Malgré ce que tu as fait, tu n'es pas défini comme le sont la plupart des sorciers rebelles que j'ai interrogés.

— Tu ne devrais pas me dire des choses comme ça, déclara Monique doucement.

La sensation de sa main sur sa cheville, là où il l'avait laissée après lui avoir enlevé ses bottes, déclenchait un frisson féminin à travers son corps qui avait tout à voir avec les sentiments qu'il suscitait chez elle, et rien à voir du tout avec la vengeance qu'elle savait qu'elle aurait dû prendre pour sa chute en disgrâce et pour le rôle d'Antonio aux défaites de plus en plus fréquentes de Serrier.

— Comme quoi ? questionna Antonio, ses doigts caressant tranquillement sa peau soyeuse. Que ton goût est doux ou que j'ai interrogé d'autres sorciers ?

— Aucun, murmura Monique d'une voix rauque. Les deux.

— Pourquoi pas ? demanda Antonio, sa main glissant sous le bas de sa jambe de pantalon, trouvant un mollet rond et pétrissant lentement le muscle. Il y a des choses que je ne peux pas te dire, mais je ne veux pas qu'il y ait des mensonges entre nous. Il y en a assez comme ça entre nous, sans que tu sois obligée de te méfier de ce que je te dis.

Les yeux de Monique se fermèrent, sa peau fourmillant sous la caresse inattendue. Elle voulait lui faire confiance, mais comment le pourrait-elle alors qu'il faisait allégeance à l'ancien système qui avait autorisé le genre de répression dont sa famille avait souffert ? Le fait qu'il s'agissait d'un système qui prêchait l'égalité n'avait fait que rendre les choses plus difficiles, quand elle et ses frères avaient été catalogués comme ayant des problèmes de discipline et avaient été expulsés de l'école simplement parce qu'ils apprenaient encore à contrôler leur magie, ou lorsque la police négligeait les 'accidents' survenant sur la propriété de la famille ou imputait les dégâts causés à la malveillance des adolescents magiciens eux-mêmes.

— Monique ? insista Antonio en voyant qu'elle ne répondait pas.

— Je voudrais te faire confiance, avoua-t-elle doucement, mais ça fait tellement longtemps que personne n'a été vraiment digne de cette confiance que je crains d'avoir oublié comment faire.

Antonio secoua tristement la tête.

— Je ne sais pas ce que je peux dire pour te convaincre, mais c'est peut-être mieux que je ne le fasse pas de toute façon. Tu me ferais moins confiance si j'essayais.

Monique sourit tristement, ouvrant les yeux pour croiser son regard sombre.

— Je crois que tu as raison.

Elle prit une profonde inspiration, grimaçant de douleur quand cela contracta ses muscles endoloris.

— J'ai... besoin d'une faveur, si ce n'est pas trop demander.

— Je ne pourrai pas répondre tant que tu n'auras pas demandé, répondit honnêtement Antonio, peu disposé à faire des promesses qu'il ne serait peut-être pas capable de tenir. Mais je suis prêt à écouter.

284

— La dernière fois que nous nous sommes rencontrés et que tu t'es nourri de moi, expliqua Monique avec hésitation, cela a aidé à soulager la douleur que je ressentais. Je suis dans une souffrance bien pire cette fois et les sorts habituels n'aident pas. Accepterais-tu de te nourrir de moi à nouveau ?

Les doigts d'Antonio s'enfoncèrent dans sa jambe, lui arrachant un halètement. Il retira sa main instantanément, exerçant une caresse d'excuse sur le muscle malmené.

— Désolé, excusa-t-il immédiatement. Même après toutes ces années, j'oublie parfois ma propre force.

Il lui prit la main et la porta à ses lèvres, effleurant ses doigts.

— Je le voudrais plus que tu l'imagines, mais seulement si tu es sûre que ça va t'aider.

— Je ne suis sûre de rien en ce moment, répondit Monique, sa voix faiblissant maintenant qu'elle avait admis sa douleur. Mais ça a aidé la dernière fois. Je ne pense pas pouvoir me sentir plus mal que je ne le suis actuellement ; même si cela n'aide pas, ça ne peut pas faire de mal.

Antonio hocha la tête.

— Où as-tu le plus mal ? demanda-t-il, sa main caressant machinalement sa jambe comme si elle cherchait la source de sa douleur.

— Le sort qu'il a utilisé donne l'impression que tes intestins se tordent et cherchent à sortir de ton ventre, répondit-elle.

Elle fondait sous sa tendre caresse, le simple contact de sa main était suffisant pour contenir un peu la douleur, ou au moins fournir assez de distraction.

Instinctivement, les mains d'Antonio se dirigèrent vers le rebord du pull qu'elle portait, commençant à en soulever l'ourlet. Il fit une pause avant d'avoir relevé plus d'un centimètre, attendant sa permission. Un bref signe de tête le lui donna, et il repoussa doucement le vêtement, prenant soin de laisser son soutien-gorge complètement caché, même s'il l'avait déjà vue entièrement nue une fois. Il baissa la tête vers la surface lisse de son ventre, laissant traîner ses lèvres sur la peau douce jusqu'à ce qu'il perçoive son pouls. Il lécha soigneusement l'endroit jusqu'à ce qu'il soit certain que sa salive empêcherait ses crocs d'accentuer la douleur qu'elle ressentait déjà.

Monique s'agita nerveusement sur le lit, la sensation de ses lèvres contre sa peau déjà presque suffisante pour chasser la douleur. Un frisson la parcourut quand elle réalisa qu'elle n'aurait pas à guérir ces marques avec la magie afin de les rendre invisibles. Elle pourrait les laisser comme un rappel jusqu'à ce qu'elles guérissent toutes seules.

Les crocs d'Antonio plongèrent profondément, sachant qu'il aurait besoin de toute leur longueur pour atteindre la veine sur son ventre où le sang ne circulait pas aussi près de la surface. Elle sursauta légèrement, mais ses doigts s'emmêlèrent dans ses cheveux, l'empêchant de se rétracter pour voir comment elle allait. Il aspira fortement, attirant le sang à la surface, percevant immédiatement la souillure de la magie étrangère dans son sang. La colère l'envahit, chaude et rapide, tandis qu'il goûtait l'angoisse qui masquait la douceur de son sang. Il enfonça ses crocs encore plus profondément, essayant d'aspirer le mal qui empoisonnait encore son système. Il n'envisagea même pas que celui-ci pourrait également l'empoisonner. Son seul souci était le bien-être de Monique, et la magie noire la menaçait d'une manière qu'il ne pouvait pas accepter.

Le soulagement immédiat de la douleur coupa le souffle de Monique et, avec son absence, d'autres sensations revenaient au premier plan : ses lèvres sur sa peau, sa langue léchant autour de ses crocs, ses canines dans sa chair. Elle se tortilla sur le lit alors que le désir la prenait au dépourvu.

— Du calme, l'apaisa immédiatement Antonio, rompant assez le contact pour parler. Je te fais mal ?

— Pas du tout, ronronna-t-elle. Ça va déjà mieux.

— Bon. Alors, détends-toi et laisse-moi prendre soin de toi, parce que je peux encore goûter sa souillure.

Et il n'était pas non plus près d'être rassasié de son sang enivrant, mais il n'était pas sûr qu'il était sage de l'admettre.

Monique retomba sur le lit, s'obligeant consciemment à rester tranquille afin qu'Antonio ne s'arrête pas de nouveau. Il s'était nourri d'elle à deux reprises, avait couché avec elle une fois, mais d'une manière ou d'une autre, c'était différent à cet instant. Aujourd'hui, elle était allongée dans son lit, pas dans un lit anonyme dans le sous-sol du siège de la Milice, ignorant qu'elle n'était qu'un simulacre d'espion. Il l'avait amenée ici en sachant ce qu'elle était. Elle était venue en sachant ce qu'il était, pour cette raison, non pas pour servir une fin quelconque de Serrier, mais pour retrouver le confort que sa morsure pouvait lui procurer.

Elle n'avait pas compté avec le désir qui s'éveillait en elle.

Antonio goûta la brusque flambée de passion dans son sang et il savait qu'il devrait s'écarter avant qu'il ne devienne tellement envoûté par cette saveur qu'il en oublie pourquoi il se nourrissait d'elle, mais il continuait à goûter la douleur, bien qu'elle avait sensiblement diminué. Il devrait simplement faire appel à sang-froid, ses instincts l'empêchant de se retirer alors qu'elle souffrait encore.

Les mains de Monique s'agitaient sur les draps alors qu'elle se demandait comment réagir aux émotions suscitées par son alimentation. Elle le désirait, mais il y avait tellement de choses en suspens entre eux qu'elle craignait de passer ce cap. Elle était piégée dans l'enfer qu'elle avait construit et elle ne savait pas comment y échapper. Pas même pour ça.

Doucement, Antonio captura les mains de Monique nouant soigneusement leurs doigts ensemble, apaisant leurs mouvements agités. Percevant la disparition de la douleur, il releva la tête et croisa son regard.

— Il n'y a personne ici, hormis toi et moi. Pour les heures à venir, le monde à extérieur de cette pièce n'existe pas. Dis-moi ce que tu veux.

Monique savait à quel point cette idée était dangereuse, car le monde extérieur ne pourrait jamais vraiment disparaître, mais l'idée de l'ignorer, pendant quelques précieuses heures, était tentante. Ses yeux se fermèrent alors qu'elle réfléchissait à la réponse à lui donner. Si rien ne se dressait entre eux, que voudrait-elle ?

— Il va me tuer s'il découvre que je suis venue ici.

— Alors, n'y retourne pas, pria Antonio.

La pensée d'elle gisante, morte, tuée par un sort, même s'il était indolore, lui déchirait le cœur.

— Reste avec moi. Je te protégerai.

Monique secoua la tête.

— Tu ne pourrais pas tenir seul contre tout ce qu'il enverrait contre moi s'il imaginait que j'avais déserté.

— La Milice le pourrait.

— Je n'ai rien à leur offrir, protesta Monique, ils n'ont aucune raison de m'offrir cette protection alors que j'ai déjà essayé de les espionner et que j'ai échoué. Ils ne croiront jamais que je suis sincère cette fois, et je ne veux pas que tu prennes le risque de perdre leur protection à cause de moi.

— Je sais ce qui te permettrait d'obtenir leur protection, avoua lentement Antonio.

— Quoi ?

— Serrier a capturé un vampire ce soir. Si tu peux nous dire où il est, je sais que Marcel t'accepterait parmi nous.

— Il était dans l'antre de Serrier à St Denis, mais il pourrait être n'importe où maintenant, répondit instantanément Monique. Il garde rarement ses prisonniers au même endroit pendant longtemps, ils sont ainsi plus difficiles à trouver. Je pourrais y retourner, voir si je peux trouver où il est actuellement...

Antonio aurait voulu refuser, verrouiller la porte et s'opposer à la laisser partir, hormis pour l'emmener auprès de Marcel, mais il savait qu'elle avait raison. Si la Milice débarquait et qu'Orlando n'était pas là, cela ne ferait qu'empirer les choses en révélant à quel point il était important à leurs yeux.

— Pas encore, plaida-t-il. Reste un peu, reprends des forces avant de devoir lui faire face à nouveau, au cas où tu aurais besoin de te battre pour repartir.

Reste avec moi un peu plus longtemps.

Monique ne lui dit pas que cela ne ferait aucune différence, que si Serrier décidait de la tuer, rien ne l'arrêterait. Elle comprit au ton de sa voix son besoin inavoué. Hochant la tête, elle se détendit un peu plus sur le lit. Antonio libéra une de ses mains, sa paume propageant une certaine chaleur sur son ventre encore nu, les doigts s'arrêtant sur la marque de morsure que ses crocs avaient laissée.

Sa main couvrit la sienne, avec légèreté pour ne pas mettre fin à la caresse, mais sans l'encourager non plus. Le regard d'Antonio s'élança vers son visage, vers ses yeux fermés et les cernes sombres sur sa peau juste en dessous. Mettant de côté un quelconque plan de conquête plus sexuelle, il enleva ses chaussures et se releva, la soulevant doucement dans ses bras, il repoussa les couvertures vers le bas. Ses yeux s'ouvrirent, mais il l'apaisa immédiatement.

— Tu as besoin de dormir, affirma-t-il. Tu seras en sécurité ici jusqu'à la nuit et nous pourrons alors décider quoi faire ensuite. Laisse-moi simplement te tenir.

Elle hocha la tête, émue par la tendresse de cette demande. Elle souleva le drap et l'invita à la rejoindre, mais il secoua la tête, replaça doucement le drap sur elle, puis s'allongea sur celui-ci. Un bras se glissa sous ses épaules, l'incitant à rouler contre son flanc, tandis que l'autre l'enveloppait de l'autre côté, la tenant bien en place. Il déposa un baiser tendre sur le haut de sa tête.

— Dors maintenant.

Monique acquiesça de nouveau, elle s'attendait à avoir quelques difficultés à s'endormir dans un lit inconnu, avec des bras autour d'elle, mais en quelques secondes son corps se détendit dans le sommeil.

— Dors, répéta Antonio dans un murmure, les yeux fixés sur son visage pendant qu'elle se reposait.

Il voulait ne plus jamais avoir à bouger.

XXXVII

SÉBASTIEN ÉTAIT silencieux et immobile à côté de Thierry, ses bras entourant la forme imposante de son magicien comme s'il pouvait, en quelque sorte, lui fournir une épaisseur de protection contre le monde extérieur, garantissant la tranquillité des quelques heures de sommeil que son amant s'autorisait, avant de se traîner hors du lit et de retourner au travail, indéniablement douloureux et minutieux, de recherche et de sauvetage d'Orlando. Une partie de lui endurait la terreur des damnés à l'idée de ce que ce travail entraînerait finalement, mais son cœur allait à l'autre magicien de la maison, dormant pour le moment dans la chambre où Sébastien s'était initialement installé quand il était arrivé dans la villa de Thierry. La perte de son propre Avoué avait été une mort naturelle, attendue, et même souhaitée – car Thibaut avait été vieux pour son époque, infirme et las de la vie –, mais cela n'avait pas rendu la perte moins douloureuse. Voir ce partenaire, cet amant, lui être volé de façon si inattendue, cruelle et si peu de temps après que leur lien soit créé était une torture que Sébastien ne pouvait même pas commencer à imaginer. Plus que quiconque, dans la Milice, cependant, il pourrait faire preuve d'empathie, car il connaissait la puissance du lien qu'Alain sentait.

Par conséquent, quand il entendit un sanglot étouffé, il se déplaça avec précaution, ne songeant même pas à réveiller Thierry, et il glissa hors du lit, cherchant après une chemise propre et un pantalon dans l'obscurité, espérant que son amant continuerait à dormir un peu plus longtemps.

— Quel est le problème ?

Maudissant son départ trop lent, Sébastien revint aux côtés de Thierry.

— J'ai entendu Alain. Je vais juste jeter un œil sur lui.

— J'y vais, réagit Thierry, commençant à se lever. C'est ma responsabilité.

Sébastien émit un petit rire.

— Je pense que nous avons dépassé le 'mien' et le 'tien', mais même si ce n'était pas le cas, je sais ce qu'il ressent. J'ai également perdu mon Avoué. Tu veux bien me laisser essayer ?

Thierry acquiesça lentement, mais il se leva aussi et suivit Sébastien dans le couloir, pas encore prêt à abandonner toute responsabilité en la matière. Il resta soigneusement à l'extérieur de la chambre lorsque le vampire pénétra à l'intérieur, mais il était certain que les deux hommes savaient qu'il était là.

Comme Sébastien l'avait craint, Alain était allongé sur le lit complètement recroquevillé, ses genoux ramenés si près de sa poitrine qu'il ressemblait à un monticule de chair plutôt qu'à un homme avec des membres distincts.

— Alain ?

Le magicien ne bougea pas, ne donnant même pas l'impression d'avoir entendu son nom. Dans le couloir, Thierry avait mal pour son ami, il voulait entrer dans la chambre et le consoler, mais il avait accepté de laisser Sébastien faire. Il l'entendit dire :

— Tu sais qu'il n'est pas mort. Tu peux encore le sentir. Mon Avoué avait l'habitude de prendre beaucoup de plaisir à me prendre par surprise. Il était dehors au cours de la journée, vaquant à ses affaires, alors que j'étais coincé à l'intérieur de la maison. J'essayais de me reposer quand, tout à coup, j'étais heurté par une vague d'émotion, parfois de l'amusement, mais le plus souvent par son amour. Il m'en inondait afin que je me languisse de lui, au point que je faisais les cent pas devant la porte jusqu'à ce qu'il fasse suffisamment sombre pour que je puisse aller jusqu'à lui ou jusqu'à ce qu'il revienne à la maison et que je puisse lui sauter dessus.

Le commentaire soutira un petit rire surpris de la bouche de Thierry, il en entendit un écho dans la chambre, mais le son était aussi peiné qu'amusé.

— Je ne vois pas comment cela peut l'aider actuellement.

— Tu ne penses pas qu'il a besoin de savoir que tu l'aimes, aujourd'hui plus que jamais ? demanda doucement Sébastien. Tu ne crois pas qu'il a besoin de savoir combien il te manque. Si jamais il avait besoin de sentir tout ça, c'est maintenant.

— J'ai peur, admit Alain dans un murmure. Marcel m'a ordonné de bloquer le lien quand ils ont commencé à lui faire du mal afin que je puisse réfléchir sans sa douleur dans ma tête. J'ai essayé de lui faire savoir ce que je faisais, que cela ne signifiait pas que je l'avais abandonné, mais j'ai peur de laisser tomber le bouclier maintenant et de ressentir de la colère en retour au lieu de son amour.

— Premièrement, tu ne sais pas si, parce que tu as bloqué ses émotions, tu as également bloqué les tiennes. Pour ce que tu en sais, il pourrait tout aussi bien ressentir comme tu es mal en ce moment, déclara Sébastien. Et même s'il ne peut pas, peut-être qu'il t'a compris et qu'il attend patiemment ton prochain moment pour sentir ton réconfort. Et finalement, s'il est en colère, ne préférerais-tu pas savoir qu'il est en colère et encore vivant que de ne rien savoir du tout ?

— Où est Thierry ?

La voix d'Alain était si plaintive que Thierry entra dans la pièce sans tenir compte du fait que cela révélait qu'il écoutait. Aucun des hommes ne semblait cependant s'en soucier, Sébastien se recula sur le bord du lit pour faire une place à Thierry entre lui et Alain.

— Je suis ici, dit-il immédiatement, la main légèrement appuyée sur l'épaule de son ami.

Il imaginait qu'il en entendrait parler par Sébastien plus tard, mais honnêtement, où aurait-il pu être en sachant que son meilleur ami souffrait comme ça ?

— As-tu entendu ?

— Suffisamment, répondit Thierry, pas tout à fait prêt à admettre qu'il avait écouté toute la conversation. Je ne pense pas qu'Orlando puisse te haïr, peu importe ce que tu as fait, poursuivit-il, répondant à ce qu'il savait être le vrai problème derrière sa question. Mais si je me trompe, nous aurons juste à découvrir comment le reconquérir.

— Son besoin de ton sang l'empêchera de rester à l'écart, ajouta Sébastien, et il goûtera la vérité chaque fois qu'il se nourrira. Il pourrait essayer de résister au premier abord, même si j'étais vraiment surpris qu'il le fasse, mais il viendra. Les vampires ne restent pas fâchés longtemps pour un malentendu, surtout ceux ayant un Avoué. Nous ne le pouvons pas.

— Je ne suis pas sûr que cela compte comme un malentendu, répondit tristement Alain, mais je suppose qu'il n'y a qu'une seule façon de le savoir. Quelle heure est-il ?

— Pas encore l'aube, répondit Sébastien.

Il ne pouvait pas voir le réveil d'où il était assis, mais il n'avait pas besoin d'horloge pour connaître la position du soleil dans le ciel.

— Tu peux te reposer encore un peu, continua-t-il.

Alain secoua la tête.

— J'ai déjà perdu trop de temps. J'ai besoin de me lever, de faire quelque chose…

— Alors, commence par voir comment va Orlando, conseilla Sébastien. Cela te permettra de savoir par où commencer.

— Veux-tu que nous restions ? demanda immédiatement Thierry.

Il ne cherchait pas à empiéter sur la vie privée d'Alain, mais il était désireux d'apporter tout le soutien dont le magicien pourrait avoir besoin.

Alain hocha la tête.

— Au moins jusqu'à ce que je sache…

Il n'acheva pas sa phrase, ne voulant pas mettre ses pires craintes en mots, mais s'il retirait le blocage et ne trouvait rien, il aurait besoin de la présence de Thierry comme jamais auparavant.

La main de Thierry resserra sa prise, offrant un encouragement silencieux pendant qu'Alain supprimait consciemment le bouclier mental qu'il avait érigé la nuit précédente dans la Salle des Cartes. Thierry regarda attentivement les émotions fluctuer sur le visage de son ami, attendant nerveusement, priant pour ne pas voir plus de douleur dans ses yeux bleus. Quand le soulagement inonda ses traits, son sourire fut presque aussi grand que celui d'Alain.

— Il est toujours là, murmura Alain d'une voix rauque, le mélange d'émotions nouant sa voix. Il m'aime encore.

— Bien sûr qu'il t'aime, fit Sébastien en souriant d'une voix douce-amère. Il le fera toujours.

Quelque chose dans l'intonation étrange de la voix de Sébastien attira l'attention de Thierry loin d'Alain, pour revenir à son propre amant.

291

— Alain, tu vas bien maintenant ? demanda-t-il.

Lorsque son ami hocha la tête, complètement perdu dans sa communion mentale avec Orlando, Thierry se leva et prit la main de Sébastien. Le vampire le suivit hors de la chambre après un dernier coup d'œil en arrière sur le visage momentanément calme d'Alain.

Quand ils furent seuls dans la cuisine, Thierry relâcha la main de Sébastien.

— Merci d'avoir pris soin de lui, dit-il doucement. Tu savais exactement quoi lui dire. Je ne suis pas sûr que je l'aurais pu.

Sébastien haussa les épaules.

— Tu aurais géré. Ce n'était pas ce que j'ai dit de toute façon, c'était juste le fait que je n'ai pas essayé de changer ce qu'il ressentait. J'ai juste souligné quelques réalités qu'il avait oubliées.

— Ou jamais connues. Quoi qu'il en soit, je te remercie.

— Il est important pour toi, répondit Sébastien comme si c'était la seule explication nécessaire. Cela le rend important pour moi.

Ces mots étaient si semblables aux premières pensées de Thierry au sujet d'Orlando.

— Nous n'avions aucune idée de ce que nous faisions lorsque nous avons créé cette alliance, réfléchit-il à voix basse, mais Serrier a provoqué une révolution bien différente de celle qu'il vise. Que la guerre se termine demain, dans un an ou dans vingt, le monde sera un endroit très différent à cause de ce que nous avons fait. Les liens sont trop intenses, trop personnels et trop profonds pour que nous retournions vers l'ancienne façon dont les choses étaient avant.

Il leva les yeux et rencontra ceux de Sébastien, il continua :

— Lorsque nous l'avons commencée, la loi sur l'égalité était un moyen pour une fin, du moins à mes yeux, et je suis sûr que beaucoup de magiciens ressentaient la même chose. C'est personnel maintenant. De tellement de façons et à tellement de niveaux différents.

— Tu sais que c'est plus que simplement l'alliance, commença timidement Sébastien.

Les tendres sentiments qui l'avaient submergé quand ils faisaient l'amour revenaient en force. Il avait cru que Thierry ressentait la même chose, mais sa référence à l'alliance l'incitait à se demander s'il avait mal interprété ses émotions.

— Bien sûr que c'est plus que ça ! s'écria Thierry. Je croyais que c'était clair.

Sébastien haussa légèrement les épaules.

— Ça ne fait jamais de mal de l'entendre. Je suis devenu plutôt bon pour déchiffrer les émotions depuis que je suis devenu vampire, mais c'est toujours agréable de savoir que j'interprète correctement.

Les lèvres de Thierry s'étirèrent en un sourire.

— Tu interprètes correctement, déclara-t-il fermement.

Tendant l'oreille un instant et n'entendant rien provenant de la chambre, il désigna le salon de la tête et ils s'y dirigèrent.

— J'ai été tellement absorbé par Alain que je ne t'ai pas remercié correctement pour la nuit dernière. Habituellement, je ne suis pas un amant aussi égoïste.

— Ton dévouement pour lui n'est pas quelque chose pour lequel tu dois t'excuser, protesta Sébastien, même s'il ne répugnait pas à avoir de nouveau l'attention de Thierry pour lui-même. Il va avoir besoin de tout le soutien que nous pouvons lui apporter jusqu'à ce que nous récupérions Orlando.

— Je sais, admit Thierry, et je ferai tout ce qu'il faut pour m'assurer que ça arrivera le plus tôt possible, mais cela ne me donne pas d'excuses pour t'avoir négligé.

S'engageant dans la pièce spacieuse, à peine éclairée par la lune décroissante, Thierry s'assit sur le canapé et prit la main de Sébastien. Le vampire prit place à côté de lui, se glissant volontiers dans ses bras. Thierry se laissa aller en arrière, les installant confortablement contre les coussins moelleux.

— Pas tout à fait aussi confortable que notre lit, mais si nous retournons là-bas, je ne me fais pas confiance pour me comporter correctement… et avec Alain réveillé…

Sébastien hocha la tête.

— Ce serait plus que cruel de lui laisser entendre ce que nous faisons ensemble, accorda-t-il. C'est déjà suffisant de pouvoir être allongés ici et de te tenir.

Il frotta le cou de Thierry avec son nez, léchant les traces de morsures à différents stades de guérison.

— Quelqu'un va les voir et penser que tu as été sauvagement attaqué.

Thierry secoua la tête.

— Possédé, peut-être, mais certainement pas attaqué. Tu prends bien trop soin de moi pour être qualifié de sauvage.

Il passa une main dans les cheveux de Sébastien.

— Si ça te dérange vraiment de les voir, je peux demander à Alain qu'il les guérisse pour moi. Je n'ai jamais été doué pour jeter des sorts sur moi.

Sébastien débattit intérieurement un moment en silence avant de répondre :

— Notre relation est privée, ou du moins elle devrait l'être, mais ces marques la proclament à ceux qui choisiraient de s'y intéresser. Une partie de moi trouve cela très satisfaisant, mais c'est le côté homme des cavernes que j'essaie habituellement de contenir. Je ne veux pas que les gens te regardent et se posent des questions à ton sujet à cause de ces marques.

Thierry sourit.

— Alors il faudra me mordre ailleurs la prochaine fois. Je sais que tu peux recueillir du sang dans d'autres endroits que dans mon cou. Ainsi, les marques resteront que pour nous.

Les crocs de Sébastien chutèrent instantanément, l'idée de couvrir le corps de Thierry de marques suffisait à le rendre dur et douloureux.

— Tu ne devrais pas dire des choses comme ça, si tu n'envisages pas de les mener à bien, l'avertit-il, parce que je n'ai pas assez de self-contrôle pour nous deux.

La tête de Thierry bascula en arrière avant qu'il n'y réfléchisse, ses mains ouvrant le col de la robe de chambre qu'il avait enfilée pour suivre Sébastien dans la chambre d'Alain. La vue de la douce poitrine dorée tenta Sébastien démesurément. Il baissa la tête et trouva l'endroit où il pouvait sentir le cœur de Thierry battre plus fort. Il suça doucement la peau, puis mordit fermement, ses crocs glissant dans le muscle dur pour trouver du sang. Le désir qui déferla sur lui, lui coupant le souffle. Il savait qu'il ne pouvait pas se nourrir intensément, pas après la nuit dernière, mais il devait goûter Thierry de nouveau.

Le bruit de la chasse d'eau les sépara d'un bond comme des adolescents surpris en train de se bécoter sur le canapé. Leurs visages s'enflammèrent, leurs regards se croisèrent et ils commencèrent tous les deux à glousser.

— Définitivement, pas uniquement pour l'alliance, déclara Thierry, un sourire toujours sur le visage. Alain voudra du café, et nous devons trouver un meilleur moyen de chercher Orlando. Tu en sais probablement plus sur le lien qui les unit que quiconque. As-tu des idées ?

— Une ou deux, répondit Sébastien. Je réfléchissais à ce sujet hier soir pendant que tu dormais. Nous en parlerons quand Alain sera là. Après tout, je sais ce que mon lien avec mon Avoué permettait, mais Alain est un magicien. Thibaut ne l'était pas. Il peut y avoir encore plus dans leur lien qu'il y en avait dans le mien.

— Alors je ferais mieux d'aller faire du café. La seule chose qui pourrait le faire sortir d'ici plus rapidement serait Orlando lui-même. Et puisque je doute de pouvoir réussir ce miracle, je me contenterai du café, dit-il tristement.

Il souhaitait qu'il puisse exister un moyen pour trouver le vampire et soulager les souffrances qu'il savait être présentes, cachées sous la surface de l'apparence calme d'Alain.

Le son du moulin à café atteignit les oreilles d'Alain pendant qu'il se douchait, suivi rapidement par son odeur lorsqu'il commença à couler, mais le magicien resta où il se trouvait, laissant couler l'eau chaude sur ses épaules et son dos. Ses yeux se fermèrent, il posa son front contre les carreaux frais et dériva sur les émotions qu'il pouvait percevoir à travers son lien avec Orlando. À son grand soulagement, la douleur qu'il avait sentie la veille était absente. Quoi que lui ait fait Serrier la veille, cela avait été heureusement bref.

La solitude qui arrivait par le lien était palpable, mais Alain était sûr qu'il la projetait tout autant. Il essaya de la tempérer, ne désirant pas qu'Orlando se sente encore plus mal, mais se réveiller seul dans un lit vide avait été presque trop pour Alain. Orlando avait promis d'être toujours avec lui quand il se réveillait.

Qu'il n'ait pas eu le choix d'être absent rendait les choses encore pires en quelque sorte, mais Alain ne voulait pas que son amant perçoive cette douleur. Il voulait qu'Orlando sache combien il l'aimait, combien il lui manquait et à quel point il se donnait du mal pour le chercher.

En se concentrant, il visualisa l'image de la dernière fois qu'ils avaient fait l'amour avant la capture d'Orlando, projetant son désir désespéré et son amour débordant pour le vampire. Il savait, même s'il essayait d'enterrer cette prise de conscience, que Serrier n'attendrait pas indéfiniment pour commencer le jeu infâme qu'il destinait à Orlando, quel qu'il soit, et il voulait que celui-ci soit aussi fort que possible quand il débuterait. Son amant devait tenir, devait survivre, jusqu'à ce qu'ils le trouvent. Toute autre possibilité ne pouvait pas être prise en considération.

La vague d'amour et de désir qui lui revint assura à Alain qu'il avait réussi à faire parvenir à Orlando ce qu'il ressentait. Il espérait seulement que cela suffirait pour l'aider au cours des prochaines heures jusqu'à ce qu'ils soient de nouveau ensemble. Alain refusait de reconnaître que ça pourrait durer plus longtemps. Il *trouverait* Orlando, même s'il devait retourner toutes les pierres de la ville pour y arriver.

Un filet de crainte interrompit leur communion. Le visage d'Alain se contracta quand il le sentit et il le réprima instantanément. Il se concentra plus intensément, souhaitant pouvoir obtenir n'importe quelle autre impression sur l'environnement, plutôt que simplement les sentiments d'Orlando, mais la seule chose qu'il pouvait identifier était les émotions d'Orlando.

Se redressant, il coupa l'eau, se sécha rapidement et, attrapant les vêtements qu'il portait la veille, les nettoya distraitement pour la forme avec un sort. Suivant l'odeur du café, il rejoignit Thierry et Sébastien dans la cuisine, déjà en tenue pour aller travailler. Alain avait cédé à sa peur et à sa douleur la nuit dernière, mais aucune de ces émotions n'aidait Orlando. Les repoussant de côté, il s'assit à la table en acceptant la tasse de café que Thierry lui tendait. Il ne perdit pas de temps en salutations. Ils avaient du travail à faire.

— Nous avons besoin d'idées, dit-il fermement, et nous en avons besoin maintenant.

XXXVIII

ÉDOUARD REGARDA furtivement les alentours, mais tout était calme sur la place Pigalle. Le paquet dans ses bras était encombrant, mais pas lourd, du moins pas pour lui. Il avait envisagé de laisser Serrier en disposer plutôt que de le faire lui-même, mais dans ses bras ce n'était pas un corps quelconque, une fille qu'il aurait trouvée dans la rue et séchée tout simplement parce qu'il en avait envie. Non, c'était un choix beaucoup plus personnel et il voulait s'assurer que son message était entendu.

Les portes du *Sang Froid* étaient fermées et verrouillées, aussi se glissa-t-il à travers les ombres jusqu'au seuil. Il n'accordait pas la moindre pensée à la nudité du corps ni aux nombreuses blessures qu'il portait. Il était responsable de certaines d'entre elles. D'autres provenaient du magicien, Blanchet. Édouard ne se souciait pas de leurs origines, mais seulement du fait que les voir sur sa compagne ferait souffrir Bellaiche. Il avait fait en sorte de la marquer scrupuleusement pendant qu'il se nourrissait d'elle, prenant par la force ce que cette prostituée avait donné volontairement au chef de la Cour. Elle avait été tellement soulagée de le voir au premier abord, pensant qu'un vampire l'aiderait alors que les sorciers ne l'avaient pas fait. Son visage s'était éclairé, ses yeux étaient revenus à la vie, jusqu'à la première morsure de ses crocs. Il avait goûté sa prise de conscience, quand elle avait compris qu'elle était passée de Charybde en Scylla, il avait senti sa peur l'envahir.

Cela avait rendu son sang si doux.

Et quand il lui avait arraché ses vêtements en lambeaux, elle s'était accrue pour le rendre encore plus savoureux alors qu'elle comprenait et, ensuite, acceptait son sort. Oh, elle avait continué à le combattre pendant que ses crocs perçaient sa chair tendre – sein, cuisse, sexe –, mais elle avait su que c'était inutile, ce qui était la plus douce de toutes les saveurs.

Chaque nouveau sursaut de douleur, chaque nouveau sentiment de violation – Bellaiche était manifestement un faible pour ne pas l'avoir utilisée plus qu'il ne l'avait fait – ajoutait à son sentiment de puissance jusqu'à en être enivré. Il avait tempéré le débit de son alimentation pour prolonger le plaisir, s'offrant le loisir de trouver sa jouissance à plusieurs reprises, dans chacun de ses trous, sachant que Bellaiche la verrait et devinerait ce qu'on lui avait fait. Il ressentirait chacune de ces violations aussi vivement que s'il avait été celui qui s'était trouvé sous ses crocs. Et Édouard serait au moins partiellement vengé.

Déposant le corps là où il serait trouvé par la première personne entrant ou sortant par la porte du *Sang Froid*, Édouard frappa violemment sur le battant en bois et disparut dans l'ombre.

JEAN BONDIT sur ses pieds au son du téléphone, priant comme un fou que ce soit Alain qui appelait pour dire qu'Orlando était sauf. Que le magicien n'ait probablement pas son numéro n'était pas pertinent. L'un des vampires le lui aurait donné. Il délogea presque la porte du monte-plat de ses rails en la repoussant pour atteindre le téléphone.

— Allô ?

— Jean, c'est Angélique. Tu devrais venir au *Sang Froid* avant que la police arrive ici.

— Que se passe-t-il ? demanda-t-il immédiatement.

— Contente-toi de venir.

Jean fronça les sourcils quand la ligne fut coupée et se tourna vers Raymond.

— Je dois sortir. Je ne sais pas ce que veut Angélique, mais elle était insistante.

— Tu veux que je vienne avec toi ? demanda Raymond en se relevant sur un coude.

Il venait à peine de se mettre au lit et n'avait aucune idée de ce qui lui restait comme réserves, mais il les utiliserait – et plus encore – au côté de Jean si le vampire le demandait.

— Aucune raison que tu y ailles aussi, lui répondit Jean avec un hochement de tête. Tu es épuisé. Tu peux répondre au téléphone s'il sonne. Si un appel arrive au sujet d'Orlando, je serai au *Sang Froid*.

— Si j'apprends quelque chose, je te le ferai savoir immédiatement, promit Raymond. Appelle-moi si tu as besoin que je te rejoigne, quelle qu'en soit la raison.

— Je le ferai, accorda Jean, enfilant déjà sa veste en marchant vers la porte.

Il s'arrêta sur le seuil de la chambre et revint vers le lit, embrassant doucement Raymond.

— Repose-toi pendant que je suis dehors. Nous aurons besoin de ta force et de ta ruse plus tard, et je ne veux pas que tu sois épuisé.

— Fais attention à toi, conseilla Raymond alors que Jean disparaissait par la porte, le cœur réchauffé par le baiser attentionné. Je serais perdu sans toi, ajouta-t-il doucement en fixant le brocart noir du lit à baldaquin et se demandant comment le vampire était devenu aussi important dans sa vie, si vite surtout.

Jean parcourut les rues entre son appartement et Montmartre avec plus de vitesse et de discrétion que d'habitude. Quoiqu'il se soit passé, cela avait visiblement bouleversé Angélique, quelque chose qui n'arrivait généralement pas à l'imperturbable propriétaire. Elle avait mentionné la police, ce qui l'inquiétait. La dernière chose dont il avait besoin c'était une autre mort des mains du Déviant. Ils commençaient enfin à faire des progrès aux yeux de l'opinion publique, si l'on en croyait Marcel. Avoir un nouveau cadavre leur causerait du tort, même s'ils pouvaient attribuer les quatre décès au même vampire.

En arrivant au *Sang Froid*, il trouva Angélique debout à l'extérieur, le visage sombre, sa robe de chambre serrée étroitement autour d'elle sous son manteau, des frissons la traversant ponctuellement malgré la faible sensibilité générale des vampires aux températures.

— Qu'est-ce qui se passe ? demanda-t-il avec un froncement de sourcils.

Angélique s'écarta, révélant un corps enveloppé d'une couverture.

— Je m'apprêtais à me reposer – ça a été une longue journée – quand j'ai entendu frapper à la porte. Je suis descendu pour voir qui était assez fou pour m'empêcher de rejoindre mon lit après le jour et la nuit que j'ai eus, et je l'ai trouvée. J'ai jeté un œil alentour, mais je n'ai pu voir personne.

Jean soupira.

— As-tu appelé la police ? Nous ne pouvons pas leur cacher un cadavre alors que nous leur demandons d'être légalement reconnus.

— Je n'étais pas sûr que tu le voudrais, répondit honnêtement Angélique. Jean, ce n'est pas juste un autre corps.

Le froncement de sourcils de Jean s'approfondit.

— Qu'est-ce que tu sous-entends ?

Angélique soupira et se mit à genoux, levant les yeux vers le chef de la Cour avec une certaine appréhension. Elle le connaissait depuis longtemps, mais elle n'avait absolument aucune idée de la manière dont il allait réagir, et cela l'effrayait plus qu'elle n'était prête à l'admettre. Prenant une profonde inspiration, son estomac s'agitant désagréablement aux odeurs combinées du sexe et de mort, elle tira la couverture pour révéler le visage en dessous.

La vision de Jean se troubla et il se chancela d'un pied sur l'autre en luttant pour ne pas perdre conscience et contre un soudain, vicieux désir de vomir violemment. Ses genoux plièrent sous lui jusqu'à ce qu'il soit à genoux sur la pierre humide à côté d'Angélique.

— Non, murmura-t-il, sa main flottant au-dessus des traits immobiles de Karine comme si le déni pourrait changer quelque chose à ce qu'il voyait. Non, c'est un sortilège. Ça ne peut pas être…

Elle ne pouvait pas être ici, sans vie et froide, devant la porte d'Angélique. Elle était en sécurité dans son appartement… elle en avait fini avec lui, sans doute, mais elle était bel et bien vivante, blottie contre un amant qui pourrait lui donner ce dont elle avait besoin, au lieu d'attendre désespérément après un vampire qui risquait probablement de ne jamais arriver. Elle n'était pas là. C'était une sorcellerie de Serrier, une illusion destinée à l'affaiblir, à le faire revenir sur l'alliance. Le Déviant ne l'avait pas découverte, ne l'avait pas enlevée, utilisée, tuée…

Un sanglot s'échappa de sa gorge. Des bras doux se refermèrent immédiatement autour de lui, étouffant ses cris contre une poitrine généreuse.

Aucune larme ne tomberait, pourtant, Jean pleurait. Pour la femme douce et généreuse que Karine avait été. Pour les rêves inassouvis qu'elle ne verrait jamais devenir réalité. Pour l'injustice qui l'avait frappée alors que son seul crime avait été d'aimer un homme qui ne pouvait pas lui donner ce qu'elle méritait. Pour la perte absolument injustifiée de sa vie.

Angélique le tenait alors que sa douleur l'accablait, enfermant le secret de sa faiblesse dans son cœur pour le garder, comme tous les autres secrets qu'elle avait juré de protéger. Sa main parcourait doucement son dos de haut en bas pendant qu'il pleurait la femme qui gisait à leurs pieds. Elle perdit la notion du temps, agenouillée là, mais l'aube imminente la rappela finalement à la réalité.

— Nous devons l'emmener à l'intérieur, suggéra-t-elle doucement. C'est presque l'aube et les gens seront bientôt dehors. Si tu veux avoir le moindre espoir de t'en occuper toi-même, ça doit rester discret.

Jean hocha la tête, le visage défait, mais décidé, quand il s'écarta.

— Je sais qui blâmer, et je sais qui renseigner. Elle mérite une cérémonie et un enterrement convenable, pas une morgue de la police et une autopsie.

Sa main trembla en caressant tendrement la joue froide.

— Tu veux bien m'aider à m'occuper d'elle ?

— Si c'est ce que tu veux, accorda Angélique. Ou tu peux me la laisser, si tu préfères.

Elle avait vu les horreurs perpétrées sur la pauvre femme décédée. C'était déjà suffisamment difficile pour Jean de savoir qu'elle était morte. Il n'avait pas besoin de voir ce qu'elle avait subi avant.

— Tu as tant d'autres soucis en ce moment, ajouta-t-elle.

Jean secoua la tête.

— Elle est morte à cause de moi. Le moins que je peux faire, c'est de l'honorer comme elle le mérite.

Angélique hocha la tête et se releva avec la grâce souple de la jeune fille de harem qu'elle avait été, reculant pour laisser Jean soulever sa charge dans ses bras. Il le fit avec un soin atroce, comme s'il pouvait en quelque sorte faire amende honorable pour tout ce qu'elle avait souffert avant sa mort.

Ouvrant la porte, Angélique laissa Jean la précéder dans le salon éteint, une seule lampe éclairait l'espace cossu. Elle lui indiqua d'un signe de la tête, l'une des chambres à l'écart de la pièce centrale. Faisant un détour pour récupérer des serviettes, elle donna à Jean un moment d'intimité avec son chagrin. Elle sut avec précision le moment où il retira la couverture qu'elle avait enroulée autour du corps de Karine, au cri de lamentation, d'indignation et d'horreur qui s'échappa de la chambre.

— Ils l'ont fait à cause de moi, dit-il, sa voix se brisant sur les mots quand elle entra. Ils l'ont attrapée dans sa maison, ou dans la rue, et l'ont traitée pire qu'un animal indigne. Et puis ils l'ont tuée. À cause de moi.

299

— Non, contredit doucement Angélique. Ils l'ont fait parce que ce sont des malades, des bâtards sans le moindre reste d'humanité, qu'ils soient magiciens ou vampires.

— Il a franchi une ligne qui ne peut être pardonnée, déclara Jean froidement. Il est *extorris* désormais.

Les yeux d'Angélique s'écarquillèrent. À compter de ce moment, tout vampire qui avait des contacts avec Édouard était tenu, par la loi de la Cour, de l'amener devant la Cour pour être jugé sous peine d'être jugé eux-mêmes.

— Jean ?

— Serrier n'aurait pas pu la trouver sans le Déviant. Chaque outrage qui lui a été fait provient de sa trahison.

— Elle n'était pas ton épouse. Tu ne l'as pas déclarée à la Cour, lui rappela Angélique.

— Et pourtant, elle est morte à cause de son implication avec moi, insista Jean. Passe le mot. J'ai un enterrement à préparer.

Son ton était si définitif qu'Angélique n'essaya pas d'argumenter davantage. En réalité, elle n'était pas opposée à la décision de Jean – le Déviant méritait tout ce que la Cour pourrait lui infliger, et même plus –, mais elle craignait que Jean mette en péril sa position étant donné le statut non officiel de Karine dans sa vie. Si elle avait été sa véritable épouse, si elle avait été une vampire ou reconnue d'une quelconque manière par la Cour, elle l'aurait soutenu sans hésitation, car il était impossible de nier la cruauté et l'inhumanité des actes du Déviant. Toutefois, Jean était résolu et elle ne comptait pas le défier. Elle espérait juste que le reste de la Cour serait aussi compréhensif. Tout en se retirant, elle décida qu'elle devait passer un appel avant de commencer à faire circuler le mot parmi les vampires. Personne ne devrait avoir à faire face à ce genre de brutalité tout seul.

Une fois seul, Jean s'agenouilla sur le lit à côté du corps de Karine. Ses cheveux étaient sales, emmêlés de sueur, peut-être même de sang. Des chemins de larmes se détachaient sur la saleté de son visage, donnant à la femme élégante et toujours impeccablement soignée, l'apparence d'une clocharde sans-abri. Comme ses yeux parcouraient le carnage qu'on lui avait infligé, il réalisa que son visage était le seul endroit dont la peau n'avait pas été marquée. Attrapant le gant de toilette humide qu'Angélique avait apporté, il nettoya le visage, ayant besoin de la toucher une dernière fois, pour lui rendre sa dignité au mieux de ses capacités. Son cou fut le suivant, il essuya le sang qui avait coulé des marques de morsure que Jean n'avait pas laissées lui-même, des marques qui l'avaient tuée.

— Je suis désolé, Kari, murmura-t-il en glissant tendrement le tissu vers le bas, sur ses seins, sillonnés de coups de couteau et déchirés par des crocs sauvages.

Ses yeux piquaient alors que son souffle restait prisonnier d'un sanglot en découvrant à quel point elle avait été cruellement utilisée. Il avait été rude, parfois, mais jamais comme ça. Si elle avait survécu, elle aurait été terriblement marquée, à la fois par le couteau et par les morsures. Il se leva pour rincer le linge dans la salle de bains. Elle ne méritait pas ce genre de souffrances.

Comme si cela ne suffisait pas qu'elle ait été torturée, les coups de couteau n'étaient pas récents, ce qui signifiait qu'elle avait enduré plusieurs jours de violence. Pendant que lui tombait amoureux et séduisait Raymond, elle souffrait, croyant sans doute qu'il viendrait à son secours. Et il n'avait même pas réalisé qu'elle avait disparu.

Le chagrin le plia presque en deux quand il se rappela être passé à son appartement et avoir vu les fleurs qu'il avait laissées pour elle, encore devant sa porte. L'avaient-ils enlevée avant son premier passage quand il les lui avait amenées ? Il aurait dû savoir qu'elle ne l'aurait pas éconduit de cette façon, il aurait dû la chercher dès la première nuit. S'il l'avait fait, peut-être serait-elle encore en vie. Peut-être qu'Orlando ne serait pas dans les mains des mêmes sadiques qui avaient torturé Karine.

Se forçant à se redresser, il acheva de rincer le linge et retourna à son côté. Il débuta par ses pieds cette fois, la peau était brûlée et scarifiée à ces endroits, l'une des marques paraissait vraiment putride. Jurant constamment dans sa barbe, il lava ses jambes, chaque marque sur sa peau était un nouveau coup porté à son cœur, alors qu'il imaginait la douleur qu'elle a dû subir quand chacun avait été infligé. La blessure de couteau sur sa jambe le dévasta, mais pas autant que les morsures sur ses cuisses. Le visage tendu, il se força à nettoyer plus haut, rinçant le sang et les fluides collants.

— Il ne survivra pas à l'aube quand je lui mettrai la main dessus, jura-t-il avec colère quand il réalisa à quel point elle avait été violée avant sa mort.

Une exécution était un sort trop doux pour le Déviant, mais Jean ne déshonorerait pas sa mémoire en torturant Édouard comme il en rêvait à l'instant. Doucement, il la retourna, horrifié au-delà de tout à la vue des marques de fouet et des morsures sur son dos et ses fesses qui le retournaient totalement. Il n'avait pas besoin de regarder pour savoir qu'elle avait également été sodomisée avant que le Déviant ne la vide complètement.

Un mouvement à la porte attira son attention et il se retourna, grognant après quiconque osait le déranger.

Angélique recula, laissant les deux hommes à leur intimité alors que Raymond ignorait l'expression agressive de Jean et se dirigeait vers lui, ses bras entourant le vampire dans une ferme, mais tendre étreinte. Elle observa avec envie Jean trembler, la tension de son corps faiblissant visiblement alors qu'il enfouissait son visage dans le creux du cou de Raymond, ses bras venant lentement encercler la taille du magicien. Angélique referma doucement la porte, espérant avoir une chance de réparer les erreurs qu'elle avait commises avec David. Elle aussi avait besoin de bras forts.

— Que fais-tu ici ? demanda finalement Jean, ne faisant aucun geste pour se détacher, pas même celui de lever la tête.

— Angélique a dit que tu avais besoin de moi, répondit Raymond comme si c'était évident.

— Ils l'ont tuée, marmonna le vampire. Ils l'ont torturée, violée et tuée.

Il se décida à relever la tête, ses yeux noisette projetant des flammes.

— Je les tuerai tous pour ça.

Raymond ne connaissait pas la femme sur le lit derrière Jean, mais il reconnut le travail effectué, une grande partie de celui-ci tout au moins.

— Blanchet, dit-il avec une moue de dégoût. À peine un véritable magicien, mais un putain de bâtard. Je me suis toujours demandé s'il utilisait la cruauté pour compenser son manque de capacité.

— Je le veux. Je veux sa mort.

— Il est à toi, promit Raymond, même s'il soupçonnait qu'Alain pourrait rivaliser avec Jean pour ce privilège. Je peux finir de la nettoyer pour toi, proposa-t-il après avoir perçu la douleur dans la voix et la posture de Jean.

Jean secoua la tête.

— Je dois le faire pour elle. Je dois prendre soin d'elle.

Raymond resserra son étreinte, empêchant Jean de s'éloigner.

— Ce n'est pas de ta faute. Blanchet torture parce que ça l'amuse. Ils essaient de te blesser, de t'affaiblir par ce biais, pour que l'alliance échoue. C'était le but de la nuit dernière place Pigalle. C'est le but avec ça. Si tu veux donner un sens à sa mort, ne les laisse pas gagner. Concentre-toi sur ça, non pas sur ce qu'ils lui ont fait.

— Je vais le faire, promit Jean, mais seulement après m'être occupé d'elle. Ils l'ont probablement torturée simplement pour le plaisir, mais ils l'ont enlevée parce qu'ils savaient qu'elle était importante pour moi. Pas aussi importante qu'ils le pensaient – elle ne savait rien qui pouvait les aider –, mais parce qu'elle était occasionnellement ma maîtresse et, aujourd'hui, elle est morte. Et parce que j'étais avec toi, je ne me suis pas inquiété qu'elle ne soit pas chez elle. Je l'ai laissée partir et elle est morte.

— Tu ne sais pas si tu aurais pu la sauver, même si tu avais réalisé ce qui s'était passé, lui rappela Raymond. Nous aurions essayé, mais cela n'aurait peut-être pas fait de différence.

Jean se raidit, s'arrachant aux bras de Raymond, les yeux lançant des éclairs.

— Je suis allé la voir après la Piège-Pouvoir, saturé de sa puissance, et j'ai trouvé les fleurs que j'avais laissées pour elle précédemment, encore devant sa porte. Je pensais qu'elle voulait m'éconduire, alors je suis venu à toi au lieu de frapper, d'exiger une explication comme je l'aurais fait avant l'alliance, au lieu de comprendre qu'elle avait disparu. Pendant qu'on couchait ensemble, elle était torturée. Elle méritait mieux que ça.

Raymond recula, ses mots étaient une gifle qu'il n'attendait pas. Ils avaient parlé, au début de l'alliance, de ce que les partenariats feraient aux magiciens ou aux vampires qui avaient déjà des liaisons amoureuses en dehors, mais il n'avait pas réalisé que Jean appartenait à cette catégorie.

— Tu ne m'as jamais rien dit. Si j'avais su, j'aurais…

— Fait exactement ce que nous avons fait, l'interrompit Jean. Ce n'est pas de ta faute. C'est la mienne. Tout ce que tu as fait c'était de me donner ce que je demandais. La dernière fois que j'ai vu Karine, nous nous sommes disputés. Elle voulait… plus que je pouvais lui donner. Je n'ai pas cessé de lui dire de rompre. Quand j'ai vu les fleurs, je pensais que c'était ce qu'elle avait fait. C'est ce qu'elle aurait dû faire il y a des années, quand elle a réalisé que je ne serais jamais en mesure de lui proposer l'engagement qu'elle désirait. Chaque fois que je la voyais, je lui répétais de me renvoyer. Elle ne l'a jamais fait. J'aurais dû savoir qu'elle ne le ferait jamais, mais ça m'a donné l'excuse dont j'avais besoin pour aller te voir plutôt que de l'affronter. J'ai cru l'explication la plus simple et j'ai pris ce que je voulais, au lieu de m'assurer qu'elle allait bien.

Sa voix se fêla, brisant la retenue de Raymond. Il attira Jean dans ses bras, le tenant fermement.

— Laisse-toi aller. Nous allons nous occuper correctement d'elle et puis nous les tuerons.

Jean se retourna dans les bras de Raymond et contempla le corps sur le lit.

— Jette le sort.

Raymond accéda à sa demande, sa magie flotta autour de la femme morte, nettoyant la saleté et le sang, guérissant les marques, et lui rendant la dignité qui lui avait été volée. Libérant Jean, Raymond la recouvrit d'un drap, protégeant sa nudité.

— Allons prendre les dispositions nécessaires.

— Je ne sais même pas quoi faire pour elle, avoua Jean. Elle n'était pas catholique – pas pratiquante en tout cas – et je ne pense pas qu'elle apprécierait une messe.

Raymond regarda le vampire, puis la femme morte.

— Elle est morte à cause de la guerre entre magiciens. Une cérémonie de magicien serait-elle acceptable selon toi ?

La suggestion surprit Jean, mais il la jugea adaptée.

— Je pense que ce serait la solution idéale.

XXXIX

LE SORT de contrainte désormais familier interdit tout mouvement aux membres d'Orlando, des menottes métalliques vinrent lier ses bras derrière son dos avant que le sort ne soit supprimé.

— Es-tu sûr que c'est une bonne idée, Éric ? demanda le magicien chauve, l'un des deux qui l'avaient enlevé la veille.

Les oreilles d'Orlando se redressèrent à ce nom familier. Ainsi c'était le magicien qui avait changé de camp, brisant Alain une deuxième fois en autant de semaines. Il savait qu'il devrait haïr l'homme imposant, mais tant Thierry qu'Alain lui avaient expliqué ce qui l'avait conduit à ce choix. Ce n'était pas l'un de ceux avec lequel Orlando pouvait être d'accord, mais maintenant, il pensait parvenir à le comprendre.

— Pascal a dit qu'il ne voulait pas de magie, ainsi il n'y aura pas de risque d'interférences avec ses essais, répondit Éric. Les menottes devraient le retenir. Il n'est pas Superman.

Orlando secoua les poignets pour les tester, mais, dans l'angle où ses mains étaient attachées, il ne pouvait pas rompre la chaîne qui les reliait. Il refusa de montrer la moindre crainte. Il connaissait le genre de type auquel il avait affaire. Ils se nourrissaient des faiblesses. Ils pourraient blesser son corps, comme ils l'avaient prouvé la nuit précédente, mais ils ne pouvaient pas blesser son esprit. Alain était à sa recherche, alors il résisterait jusqu'à ce que son amant arrive. Ensuite, ils apprendraient que les vampires n'étaient pas des cibles faciles.

La dignité tranquille du vampire impressionnait Éric, lui faisant souhaiter qu'il y ait un moyen d'échapper à la séance qui allait immanquablement se dérouler. Serrier avait ordonné qu'il récupère leur prisonnier avec Vincent, décidant qu'il était temps de trouver les faiblesses des vampires. Éric était sûr que le magicien avait intentionnellement attendu après l'aube pour l'intimider psychologiquement, mais le vampire ne semblait pas du tout préoccupé, même quand ils étaient entrés dans une pièce aux fenêtres fermées.

— Bienvenue de nouveau, déclara Serrier jovialement quand la porte se referma derrière eux. Je vous aurais bien serré la main, mais elles semblent être un peu... occupées.

Derrière Serrier, Claude ricana à la blague. L'expression du vampire ne changea pas d'un poil.

— Je ne sais toujours pas votre nom, poursuivit Serrier.

— Aucune raison pour que vous le sachiez, convint Orlando refusant de céder le moindre bout de terrain. Je ne suis pas une personne pour vous, juste une créature de la nuit ne valant pas plus que la terre sous vos pieds.

— Moins, crachat Serrier en colère devant son défi. Au moins, la terre est bonne pour faire pousser de la nourriture. Tous ceux de votre genre sont uniquement bons pour tuer.

Orlando renifla.

— C'est un peu hypocrite, vous ne trouvez pas ? Je n'ai jamais tué mes proies au cours de toutes mes années d'existence. Je sais que vous ne pouvez pas en dire autant puisque je vous ai vu tuer quelqu'un la nuit dernière.

Peut-être que c'était une erreur de défier l'homme. Peut-être qu'il aurait été plus intelligent de rester stoïquement silencieux, mais Orlando ne pouvait pas résister à l'envie d'aiguillonner le magicien barbu.

— Assez, rugit Serrier. Claude, où est le matériel que j'ai demandé ?

Claude accourut, les bras chargés.

— Juste ici.

Il jeta les divers articles sur la table.

Orlando dut lutter contre l'envie de rire quand il vit ce que le magicien avait rassemblé : gousses d'ail, chaînes d'argent, un crucifix, un pieu en bois et un flacon d'eau – d'eau bénite, supposa-t-il.

— C'est avec ça que vous pensez nous battre ? se moqua-t-il. Vous êtes encore plus stupide que je le pensais.

— Surveille tes paroles, vampire, grogna Vincent, espérant qu'il pourrait insuffler suffisamment de prudence à l'homme attaché pour lui éviter d'être tué instantanément.

Toujours secoué par un rire incrédule, Orlando s'abstint de faire d'autres commentaires. Il laisserait Serrier apprendre sur le tas s'il insistait pour bombarder Orlando avec les différents objets. Seul le pieu pourrait faire des dégâts, mais même cela ne suffirait pas à le détruire. Il avait été sur le point de faire cette erreur la première fois qu'il avait rencontré Jean.

— *Ce ne serait vraiment pas la plus judicieuse des idées.*

La voix inconnue avait éclaté à travers la brume de douleur et de détermination qui embrumait l'esprit d'Orlando. Sa main hésita sur le piquet qu'il tenait en équilibre au-dessus de son propre cœur. Après des années, des décennies, presque un siècle d'abus et de torture, il en avait assez. Il avait été brisé... corps, esprit et âme. Tout ce qui restait était une coquille vide et, bientôt, elle disparaîtrait également. Il avait enduré son dernier passage à tabac, sa dernière morsure, son dernier viol. Tout ce qui restait à faire était de mettre fin à cette existence infernale et d'espérer que son âme, ou ce qu'il en restait, n'était pas complètement damnée.

— *Cette forme particulière de torture ne nous achève que si nous nous retrouvons empalés jusqu'à ce que le soleil nous frappe, auquel cas, c'est le soleil qui nous tue, pas le pieu. Il n'y a pas la moindre lumière ici pour mettre fin à votre tourment, ou j'imagine que vous auriez choisi cette solution depuis longtemps.*

Les yeux d'Orlando se dardèrent sur le vampire inconnu qui se tenait à la porte de sa prison. Ses cheveux bruns arrivaient aux épaules, ils étaient maintenus dans une queue de cheval démodée, des mèches s'échappant pour encadrer un visage pâle avec les yeux les plus lumineux qu'Orlando avait jamais vus. La voix, l'accent et l'intonation suggéraient une aisance et une familiarité avec le français que Thurloe ne pouvait égaler, malgré toutes ses vantardises. Lentement, il baissa sa main, resserrant tout de même étroitement sa prise sur le pieu, comme sur une arme, au cas où il en aurait besoin, ou comme un moyen pour sortir, si le vampire était ici à la demande de son créateur.

— Qui êtes-vous ? demanda-t-il doucement, sa voix tremblant de peur. Que me voulez-vous ?

Thurloe n'avait jamais autorisé la venue d'un autre vampire sur son domaine, d'après ce qu'Orlando en savait. En tout cas, Orlando n'en avait jamais vu depuis presque un siècle qu'il était à la merci de ce bâtard.

— Mon nom est Jean. Je suppose que vous pourriez dire que je suis le chef des vampires de Paris, répondit le grand homme.

— Paris ? répéta Orlando. Nous sommes à Paris ?

— Oui, répondit Jean. Où pensiez-vous que nous étions ?

— Je ne sais pas, répondit Orlando. Je me doutais bien que nous étions en France, parce que Thurloe m'a obligé à apprendre le français et parce que j'ai senti que nous traversions la Manche.

Les souvenirs de ce voyage infernal le hantaient encore. Il avait été bâillonné et attaché, totalement incapable de bouger, puis enfermé dans un cercueil en bois, son créateur le faisant passer pour le corps d'un soldat qui rentrait chez lui pour y être enterré. Quand le vieux vampire l'avait finalement libéré, Orlando était si faible qu'il pouvait à peine bouger. Thurloe avait enfoncé du sang dans sa gorge pour le ranimer, c'était l'une des nombreuses alimentations forcées qu'il lui avait imposées.

— Tout ce que je connais de l'endroit où je suis, c'est cette pièce et...

Il ne pouvait se résoudre à nommer l'autre pièce, la chambre où son créateur mettait en pratique d'innombrables tortures sur lui.

— Quand vous êtes-vous alimenté la dernière fois ? demanda le vampire plus âgé.

— Il m'a forcé à manger il y a trois jours, peut-être quatre. Je perds la notion du temps parfois. Il n'y a pas de fenêtres dans l'autre pièce non plus, celle où il... joue avec moi.

— Vous torture, corrigea Jean. Appelez un chat un chat, mon jeune ami. Et rassurez-vous, ça s'arrête aujourd'hui. Tout d'abord, nous avons besoin de vous laisser vous nourrir. Ensuite, je vais m'occuper de Thurloe.

— Vous en occuper ? interrogea lentement Orlando.

Jean avait dit qu'il était le chef des vampires. Cela signifiait-il qu'il était venu, enfin, pour que justice soit faite ?

306

— Les vampires ne tolèrent pas le genre d'abus qu'il vous a clairement fait subir. Vous êtes un vampire, pas un esclave. Vous n'avez pas besoin de vous soucier de lui pour l'instant. Il ne fera plus de mal à personne quand j'en aurai fini avec lui, assura Jean au jeune homme. Venez. Je vais vous emmener dans un endroit sûr où vous pourrez vous alimenter sans être dérangé.

Orlando hésitait, tiraillé entre le désir de s'échapper et le désir de vengeance.

— Qu'allez-vous faire de lui ?

— Est-ce que ça vous importe vraiment ? le défia Jean. Vous êtes délivré de lui, vous n'aurez plus jamais à vous en soucier.

Orlando considéra les paroles de Jean et se rendit compte que ça lui importait, non pas parce qu'il voulait protéger Thurloe, mais parce qu'il voulait s'assurer que le bâtard sadique avait ce qu'il méritait.

— Je veux participer.

Ils avaient assisté à l'exécution de Thurloe, et Orlando souriait chaque fois qu'il voyait un pieu en bois. Il secoua la tête pour repousser ses souvenirs et se focaliser de nouveau sur Serrier, sûr que son expression avait perturbé le magicien rebelle. Ou peut-être l'avait rendu furieux, rectifia Orlando intérieurement quand Serrier le poussa en arrière, en appuyant un crucifix dur contre sa peau. Orlando se contenta de le regarder avec amusement, bien que les attaches de ses mains et de ses pieds aient légèrement entaillé sa peau, cela ne le brûla pas comme Serrier devait visiblement l'espérer.

— Il va falloir faire mieux que cela, fit-il en riant.

À l'extérieur, dans le couloir, la voix et le ton railleur inconnu attirèrent l'attention de Monique. Elle avait effectué son déplacement loin d'Antonio quand il s'était levé pour aller aux toilettes, ne voulant pas attendre pour tenter de trouver le vampire capturé. Plus elle attendrait, plus il était probable qu'elle perdrait son sang-froid, et elle savait que c'était sa seule chance. Pour le moment, Antonio était prêt à la croire, à parler en son nom aux dirigeants de la Milice, mais s'il changeait d'avis, elle ne serait plus jamais en mesure d'échapper au contrôle de Serrier et finirait morte ou en prison à coup sûr. Prenant une profonde inspiration pour affirmer sa détermination, elle ouvrit la porte et entra en coup de vent comme si elle avait toutes les raisons du monde d'être là.

— Déjà de retour, Monique ? demanda Serrier. N'en as-tu pas eu assez la nuit dernière ?

— Désolée, s'excusa-t-elle, même si sa voix ne contenait aucun remords. Je n'avais pas réalisé que vous n'aviez pas l'intention de me voir revenir.

Quelque chose dans son expression – le ton de sa voix, la façon dont ses yeux s'attardèrent un instant sur le vampire attaché, un léger sourire sur ses lèvres – devait l'avoir trahie, pensa-t-elle plus tard, parce qu'au moment où elle se tourna pour quitter la salle, un sort plongea dans sa colonne vertébrale, la jetant à genoux. Elle ne s'arrêta pas pour y réfléchir. Baguette à la main, elle lança un sort de déplacement, veillant à choisir un endroit neutre au cas où elle serait suivie. La dernière chose qu'elle voulait, surtout en ce moment, alors qu'elle était trop centrée sur le traitement de la douleur pour pouvoir lutter efficacement, c'était de mener quelqu'un à Antonio.

— Vincent, suis-la, ordonna Serrier. Ramène-la si tu peux ; Claude pourra l'utiliser comme nouveau jouet, puisque nous n'en aurons pas fini avec le vampire avant un certain temps. Tue-la si tu ne peux pas.

Vincent garda une expression neutre tout en se dirigeant vers l'endroit où elle s'était tenue et suivit son sort.

Dans une ruelle voisine, Monique tomba à genoux, ses jambes refusant de la soutenir avec la douleur et l'engourdissement dans son dos. Elle savait qu'elle avait besoin de se lever, de se déplacer pour le cas où elle aurait été suivie, mais son corps ne pouvait tout simplement pas coopérer.

Elle espérait qu'Antonio avait raison au sujet des informations qu'elle apportait maintenant, parce que s'il avait tort sur sa valeur pour la Milice, elle était morte.

— Monique !

Sa tête tournait à l'écho de son nom, découvrant Vincent marchant vers elle. La peur lui donna la force de passer par-dessus l'engourdissement. Elle se leva en tremblant sur ses pieds et courut désespérément vers la station de métro, en espérant que la foule disperserait sa signature magique, rendant plus difficile pour Vincent de continuer à la suivre. Elle ne pouvait pas le conduire à Antonio.

Bouger aidait à évacuer la magie qui agressait son système, diminuant la douleur qu'elle ressentait partout. Elle sauta en bas des marches, trébuchant un peu quand elle atterrit, repartant aussi vite qu'elle le pouvait. Elle sauta par-dessus les tourniquets du métro, ignorant les cris des salariés de la RATP en service. Tournant à un embranchement, elle se précipita dans un long couloir, lança un sort pour l'emmener ailleurs, au milieu d'une foule, un geste dangereux si quelqu'un la bousculait quand elle le jetait, mais il serait ainsi presque impossible à Vincent de continuer à la suivre.

Elle recommença à courir dès qu'elle fut stable sur ses pieds, pour le cas où Vincent aurait réussi à la retrouver. Elle se déplaça quatre autres fois, sillonnant la ville avant que la douleur et l'épuisement aient raison d'elle. Avec un dernier sort, elle arriva sur la berge au bord de la passerelle. Lentement, elle descendit sur le pont, s'appuyant lourdement sur le bastingage quand sa force commença à lui faire défaut. Elle avait fait trois pas sur les planches en bois quand les bras se refermèrent autour d'elle par-derrière. Elle commença par se battre, par lutter contre celui qui voulait l'arracher à la sécurité qu'Antonio avait fini par représenter pour elle, mais sa voix gronda dans son oreille.

— Où es-tu allée ?

Elle écarquilla les yeux en sentant le soleil sur son visage.

— Va à l'intérieur ! s'écria-t-elle, essayant de se retourner dans son étreinte.

Antonio fronça les sourcils, mais il la souleva et l'emporta en bas.

— Où es-tu partie ?

— Chercher ton ami, répondit-elle honnêtement. Jc suis grillé désormais, alors j'espère que tu as raison et que la Milice m'acceptera. Maintenant, explique-moi comment tu pouvais être dehors.

Antonio repoussa sa préoccupation d'un geste.

— Tu as trouvé Orlando ? Où est-il ?

— À Saint-Denis, répondit Monique. Je vais vous y conduire, je te le promets, mais j'ai d'abord besoin d'un moment pour récupérer.

Il enregistra subitement le ton pincé de sa voix.

— Où t'a-t-il blessée ?

— Mon dos.

L'installant doucement sur le lit, il la fit rouler sur le ventre, l'incitant à plier ses genoux sous elle et à poser son front sur les couvertures afin que son dos soit offert devant lui. Une main repoussa sa chemise pour révéler une peau pâle tandis que l'autre reposait sur la houle d'une hanche, la caressant doucement. Avec précaution, ne désirant pas percer quoi que ce soit de vital avec ses crocs, il passa sa langue sur toute la longueur de sa colonne vertébrale s'arrêtant juste en dessous de la cage thoracique et mordit superficiellement. Le soupir de soulagement de Monique était audible quand la connexion entre eux commença à soulager sa douleur presque immédiatement.

Antonio s'alimentait très légèrement, ayant déjà pris plus que nécessaire ce matin, mais il ne pouvait pas la laisser souffrir. Ils avaient besoin qu'elle soit assez bien pour les conduire à Orlando et cela signifiait soulager sa douleur.

Les yeux de Monique se fermèrent quand elle sentit le léger pincement de ses crocs. La diminution instantanée de la douleur dans son dos était un répit bienvenu. La main caressante sur sa hanche amena d'autres pensées au premier plan, mais elle les repoussa, sachant que le délai était crucial, en particulier depuis que, pour une raison quelconque, Antonio ne semblait plus soumis aux rythmes diurnes auquel elle avait cru tous les vampires assujettis.

La sentant se détendre complètement, Antonio referma les plaies avec un dernier, tendre coup de langue, puis il releva la tête et la fit rouler sur le côté pour pouvoir voir son visage.

— Pourquoi es-tu partie ce matin ?

— Je connais les méthodes de Serrier, expliqua Monique. J'avais peur qu'en attendant trop longtemps, ton ami ne soit plus là où je pourrais le trouver ou ne soit plus en état d'être sauvé. Je me sentais tellement mieux que j'y suis allée. Nous devrions faire vite, cependant. Je suis sûr que Serrier soupçonne quelque chose – même s'il ne sait pas exactement ce que, j'ai prévu – parce qu'il a envoyé un de ses hommes de main après moi. Peux-tu vraiment te déplacer sans danger dans la lumière du soleil ?

— Tant que je me suis alimenté de toi récemment, répondit honnêtement Antonio. Je t'expliquerai tout plus tard, je le promets, mais si tu as raison concernant l'urgence, nous devrions nous rendre au siège de la Milice immédiatement afin de sauver Orlando.

Monique hocha la tête et, se levant du lit, elle réajusta sa chemise pour couvrir les marques sur son dos, ainsi que celles du matin sur son ventre.

— S'ils ne me croient pas, je veux que tu me tues. Je préfère m'en aller sous tes crocs que sous la torture de Serrier.

— Ne parle pas comme ça, protesta Antonio. Même si Chavinier ne te croit pas, Jean le fera. Il est tellement désireux de sauver Orlando qu'il est prêt à tout essayer. Et quand nous réussirons, la Milice n'aura pas d'autre choix que de t'offrir sa protection.

Monique espérait qu'il ait raison.

— ANTONIO ? S'ECRIA Sébastien quand il vit le vampire entrer au siège de la Milice. Comment es-tu arrivé ici ?

— C'est compliqué, commença Antonio, mais ce n'est pas l'important pour le moment. J'ai besoin de voir Marcel et Jean. J'ai des informations sur l'endroit où Orlando se trouve.

Les yeux de Sébastien s'écarquillèrent.

— Allons-y. Je n'ai pas vu Jean, mais Alain sera heureux de l'apprendre. Comment l'as-tu trouvé ?

— Je ne l'ai pas fait, répondit honnêtement Antonio. C'est ma partenaire.

— Ta partenaire ? répéta Sébastien.

Antonio hocha la tête, rouvrit la porte et fit un geste pour indiquer à Monique de venir à l'intérieur.

— Ma partenaire.

Le regard de Sébastien passa du vampire à la magicienne rebelle.

— Ça va être compliqué, prédit-il.

— Probablement, admit Antonio, mais elle a vraiment changé de camp cette fois.

Sébastien ne fit aucun commentaire. Antonio avait dit la vérité la dernière fois, même en sachant qu'elle était sa partenaire, mais il ne savait pas combien de temps il serait digne de confiance. L'appât du sang d'un partenaire était beaucoup plus fort que prévu.

Il les amena au bureau de Marcel, frappant légèrement à la porte. À l'invitation du général, il l'ouvrit et suivit Antonio et Monique à l'intérieur. Immédiatement, les deux magiciens présents tirèrent leurs baguettes.

— Elle n'est pas armée, déclara rapidement Antonio, attirant Monique derrière lui pour la protéger. Elle est venue me voir avec des informations sur Orlando, en espérant que ce serait suffisant pour gagner notre protection, réellement cette fois. J'ai vérifié. Je n'ai pas goûté de perfidie.

— Je pense que nous allons laisser un autre vampire s'en assurer, déclara Marcel lentement, reliant l'attitude protectrice et la présence d'Antonio après l'aube. Nous ne pouvons pas nous permettre de risquer Orlando ou nos gens si elle a trouvé un moyen de te tromper parce qu'elle est ta partenaire.

Antonio retint le grognement de protestation. Il avait su qu'ils s'interrogeraient sur sa parole en raison du lien de partenariat, mais cela ne retenait pas son désir instinctif de la garder pour lui.

— Nous ne pouvons pas nous permettre d'attendre jusqu'à ce soir pour trouver un autre vampire non apparié, les avertit Antonio. Monique m'a dit que Serrier déplace ses prisonniers et il soupçonne probablement qu'elle l'a trahi, donc le temps est compté.

— Je vais le faire, proposa Justin avec un rapide coup d'œil à Catherine à côté de lui.

Il lui serra la main pour la rassurer, une promesse silencieuse qu'il ne cherchait pas à la remplacer, seulement à aider un camarade vampire. Elle la serra en retour, puis la relâcha afin que Justin puisse traverser la pièce. Elle conserva toutefois sa baguette dirigée vers l'éventuel transfuge, afin de s'assurer de la sécurité de son partenaire jusqu'à ce qu'elle en sache plus.

— C'est bon, fit Antonio à Monique pour la rassurer alors que le vampire s'approchait.

Il avait dû se battre pour conserver un ton normal. Il voulait lui promettre qu'aucun autre vampire ne la toucherait jamais, mais il devait rester rationnel, au moins jusqu'à ce qu'elle soit innocentée, ou il perdrait toute crédibilité dans l'alliance.

— Laisse-le simplement mordre ton poignet un instant, afin qu'il puisse confirmer ce que je sais déjà.

Monique hocha la tête et lui tendit la main avec hésitation.

Bien conscient des yeux de sa partenaire sur son dos et de ceux d'Antonio devant lui, Justin garda ses gestes aussi cliniques que possible quand il leva la main de la femme à ses lèvres et mordit dans la chair soyeuse. Il pouvait sentir la magie noire dans son sang comme un reflet huileux qu'il ne serait jamais capable de supporter avec régularité, mais il pouvait aussi sentir son désir de laisser ce monde derrière elle et son désir de dire ce qu'elle savait. Il leva la tête, cherchant la corbeille du regard. La trouvant, il y recracha le sang, ne voulant pas qu'un autre sang que celui de Catherine le nourrisse.

— Elle dit la vérité.

XL

ILS S'AGENOUILLERENT sur le sable à côté d'un petit lac dans le centre du Bois de Vincennes, le magicien et le vampire chacun d'un côté du corps enveloppé de tissu. Les yeux de Jean se fermèrent en écoutant le chant calme de Raymond. L'air autour d'eux s'agita doucement, amené à la vie par ses paroles, les frôlant ainsi que Karine, pendant que Raymond offrait son souffle. L'eau vint ensuite, l'effleurant, la purifiant pour son retour aux éléments. Il appela le feu à danser le long de ses membres, la consumant, la transformant en cendres. Raymond aurait voulu que Thierry soit là pour effectuer la dernière étape du rituel, envoyer ses cendres dans la terre, car c'est avec cet élément que Raymond avait le moins d'affinité, mais le magicien n'était pas là et Jean n'avait pas voulu que quiconque soit impliqué, aussi Raymond se concentra-t-il sur la dernière partie du chant, le sol, répondant à son appel enveloppa les cendres dans son étreinte : les cendres aux cendres, la poussière à la poussière.

Jean resta immobile quand le silence retomba sur le bosquet, laissant la sérénité de la nature imprégner son âme, atténuer sa douleur, calmer sa perte. Sa main effleura le terreau où Karine reposerait pour l'éternité, un ultime adieu franchit ses lèvres dans un murmure. Agenouillé en silence, la tête baissée, il pria pour le repos de son âme.

Le rituel achevé, Raymond se réfugia dans une méditation silencieuse, offrant à Jean le temps nécessaire pour trouver la conclusion. Plus tard, il offrirait un réconfort du mieux qu'il pourrait, mais pour le moment, il n'était pas l'amant ou le partenaire ; il était le prêtre, sa seule tâche était d'accompagner le mort dans son dernier voyage.

La dévotion funèbre terminée, les pensées de Jean retournèrent au temps que Karine et lui avaient passé ensemble, les nuits où il était venu à elle, prenant son sang et son corps, offerts gracieusement, mais toujours avec l'espoir inexprimé de plus que ce qu'il pouvait lui donner en retour. Ses sentiments de culpabilité remontèrent, plus forts que jamais. Il avait pris ce dont il avait besoin parce que c'était facile et attrayant sans jamais prendre en considération ce dont elle avait besoin. Qu'il ait offert chaque fois de ne pas revenir, ces mots qui lui avaient permis de justifier chaque visite semblaient maintenant un geste vide de sens, car il avait toujours su – même si ça lui convenait de l'ignorer – que jamais elle ne le renverrait, qu'elle lui ouvrirait sa porte et son corps chaque fois qu'il le demanderait.

— Je suis désolé, Karine, murmura-t-il, de ne pas être l'homme que tu avais besoin que je sois ; de ne pas avoir été là quand tu avais besoin de moi, mais d'être venu uniquement quand j'avais besoin de toi ; de ne pas avoir réalisé ce que ton dévouement te coûterait. Repose en paix, ma colombe.

Levant des yeux hantés pour croiser le regard fixe de Raymond, il hocha la tête de manière décisive et se remit sur ses pieds.

— Allons-y. Elle est en paix et je ne peux rien faire d'autre pour elle maintenant. Nous devons trouver Orlando avant que ce rituel devienne une nécessité une nouvelle fois.

Ils venaient tout juste de se mettre en route à travers les bois quand le téléphone de Raymond vibra dans sa poche.

— Payet, dit-il.

— Est-ce que Jean est avec toi ?

— Oui. Pourquoi ?

— Combien de temps vous faut-il pour venir ? Nous avons une piste pour Orlando.

— Ne quitte pas.

Il se tourna vers Jean.

— As-tu ton repère sur toi ?

Jean hocha la tête.

— Nous sommes dans le bois de Vincennes, déclara Marcel. Envoie quelqu'un pour récupérer Jean et nous pouvons être là en quelques secondes.

— Qu'est-ce qui se passe ? demanda Jean quand Raymond raccrocha.

— Nous partons chercher Orlando.

— ILS SONT dans le bois de Vincennes, annonça Marcel. Catherine, pouvez-vous aller chercher Jean afin que nous puissions mettre cette mission en route ?

Elle hocha la tête et vérifia la carte de localisation sur le mur, fixant leur position dans son esprit avant de lancer le sort. Quelques instants plus tard, elle était de retour avec Jean, Raymond juste derrière eux.

— Qu'est-ce qui se passe ? demanda immédiatement Raymond.

— Il semble que la cruauté de Serrier a finalement commencé à retourner ses disciples contre lui, répondit Marcel, inclinant la tête vers l'endroit où se tenait Monique, avec Antonio posté de manière protectrice à ses côtés. Monique a vu Orlando il y a quelques heures.

— Qu'est-ce qu'on attend ? s'exclama Jean. Allons-y !

— Thierry et Alain réunissent autant de sorciers que nous pouvons en trouver dans un délai aussi court. Si nous y allons sans un nombre suffisant, nous ne pourrons pas le sauver et nous serons moins bien lotis que nous le sommes actuellement, le mit en garde Marcel. Je sais que tu es inquiet pour lui – nous le sommes tous –, mais il n'était pas blessé quand Monique l'a vu, et Alain vérifie régulièrement comment il va. Oui, nous courons le risque que Serrier le déplace, mais il y a moins de risque que d'y aller sans préparation.

— A-t-il changé la signature de ses sorts de protection ? demanda Raymond à Monique, supposant que Marcel s'était assuré de sa fiabilité.

— Pas jusqu'à ce matin, répondit Monique honnêtement. Il fait confiance au prix mis sur votre tête pour vous garder à distance des endroits où il ne veut pas de vous.

— Et il avait raison, jusqu'à aujourd'hui, admit Raymond. Je peux faire tomber ses protections, ajouta-t-il pour Marcel. Cela peut prendre quelques minutes et il saura que je le fais, mais je peux tous vous faire entrer.

— Donc, nous avons juste à attendre que Thierry et Alain aient terminé de regrouper une force de frappe, répondit Marcel. Ils nous attendent dans la salle des Cartes.

— Alors, allons-y, les exhorta Jean.

Son besoin de voir Orlando à nouveau en sécurité était de plus en plus fort à chaque minute qui passait, le souvenir des abus dont Karine avait souffert ne faisant qu'ajouter à la véhémence de sa voix.

— Souvenez-vous, déclara Thierry aux sorciers assemblés alors que Marcel, Jean et les autres entraient dans la salle des Cartes, il s'agit d'une mission de sauvetage. Peu importe ce que nous faisons – ou ne faisons pas –, nous devons récupérer Orlando. Alain dirigera l'équipe qui cherchera après lui, avec l'espoir que leur lien le guidera. Les autres seront là pour repousser les forces de Serrier, de les empêcher d'agir. Une fois que l'équipe aura récupéré Orlando, nous verrons comment les choses se passent. Si nous pouvons capturer ou tuer Serrier, nous le ferons. Si leur nombre est trop grand, nous repartirons également. Nous aurons d'autres occasions pour l'avoir, mais c'est notre meilleure chance de sauver notre camarade capturé.

Voyant les autres arriver, il hocha la tête à Jean.

— Je suppose que vous aurez envie d'aller avec Alain.

— Oui, confirma Jean. Si quelqu'un voit le Déviant, arrêtez-le, mais ne le détruisez pas. Cet honneur appartient à la Cour, et je veux que justice soit faite correctement.

Thierry tapota la carte de localisation avec sa baguette et la vue changea, faisant apparaître le plan grossier d'un bâtiment.

— C'est là que Serrier tenait Orlando ce matin, expliqua-t-il, soulignant la pièce où Monique avait vu le vampire. Ce n'est pas une cellule de détention, donc il y a peu de chance que nous le trouvions à cet endroit, mais nous allons commencer par là quand même puisque c'est sa dernière position connue.

Il retraça l'itinéraire le plus rapide de l'entrée jusqu'au bureau en poursuivant :

— Alain mènera son équipe par-là. Catherine, tu prends ton équipe sur le côté droit et je dirigerai une équipe sur le côté gauche pour créer une diversion et aussi pour jeter un coup d'œil à ces pièces au cas où Orlando y serait.

— Et moi ? demanda Raymond.

— Alain ne pourra pas déplacer Orlando, rappela Thierry. J'espère que tu auras l'occasion de le faire quand nous le trouverons.

314

Il n'ajouta pas qu'il faisait confiance à Raymond pour surveiller les arrières d'Alain et s'assurer qu'il ne ferait rien de mal avisé.

— De nous tous, tu es le plus apte à savoir comment fonctionne l'esprit de Serrier. Tu pourrais voir quelque chose qui nous aidera à le trouver, ou nous empêcher de déclencher un piège.

ILS AVAIENT débattu de l'idée d'attendre le couvert de l'obscurité pour attaquer, mais ni Alain ni Jean n'étaient disposés à laisser Orlando passer plus de temps entre les mains de Serrier.

Ils arrivèrent les uns après les autres, dans et autour du campus de l'Université Paris 8 Vincennes de Saint-Denis, se regroupant autour de l'immeuble de l'avenue de Stalingrad où Monique avait vu Orlando pour la dernière fois. La rue était inhabituellement calme pour un après-midi en semaine, ce qui rendait Thierry nerveux, mais ils avaient donné le coup d'envoi désormais, même si Serrier avait transformé la désertion de Monique en piège. Il faisait suffisamment confiance à l'acuité des vampires pour croire que son information n'était pas intentionnellement un appât, mais il savait qu'il valait mieux ne pas sous-estimer le chef rebelle.

Quand tout le monde fut en place, il fit signe à Raymond qui commença à travailler pour désactiver les sorts de protection entourant le bâtiment. L'escadron tout entier se prépara à la contre-attaque, persuadé que Serrier ne se contenterait pas de laisser Raymond supprimer ses boucliers, mais rien ne bougeait dans le bâtiment.

Thierry fronça les sourcils.

— Tenez vos positions, ordonna-t-il pendant que Raymond continuait à travailler sans entrave.

Ses soupçons s'amplifièrent lorsque Raymond baissa sa baguette et qu'il n'y eut toujours aucune d'attaque.

— Le bâtiment est vide, murmura-t-il à Sébastien à côté de lui. Il a compris que nous venions et il a battu en retraite ailleurs.

— Nous devons encore le vérifier.

— Je sais, reconnut Thierry, mais si nous trouvons Orlando ici, il ne sera plus qu'un corps.

— Alain le saurait déjà s'il était parti, contredit Sébastien. Même avec les boucliers, il sentirait sa perte instantanément.

— On bouge, ordonna Thierry aux trois groupes de magiciens, mais soyez prudents. C'est trop facile. D'après moi, cet endroit est piégé de haut en bas.

— Ne pouvons-nous pas juste vérifier, pour voir si le bâtiment est vide ? demanda Catherine.

— Ça nous dira s'il y a des sorciers à l'intérieur, mais rien sur Orlando, répondit Raymond de l'autre côté. Les vampires n'ont pas une aura que notre magie peut détecter.

315

— Ils ne le laisseraient pas seul à l'intérieur, pas vrai ?

Raymond haussa les épaules.

— Pourquoi pas ? C'est l'appât parfait pour nous attirer à l'intérieur où, comme l'a dit Thierry, il a probablement placé Dieu seul sait quels genres de pièges. Nous devrons simplement faire attention.

— Nous perdons du temps, grogna Alain. Commençons.

Ils se dispersèrent comme prévu, prenant la porte d'assaut, puis, se séparant en trois groupes, ils progressèrent à travers le bâtiment, sur le qui-vive, guettant tout ce qui pourrait les aider à trouver Orlando ou leur nuire dans leur recherche.

La patrouille de Catherine prit le couloir sur la droite, se déplaçant avec prudence tout en vérifiant chaque salle vide l'une après l'autre. Elle pouvait dire que des gens avaient utilisé ces espaces peu de temps auparavant – les tables avaient des zones sans poussière là où les objets avaient visiblement été posés à peine quelques heures plus tôt –, mais il ne restait aucune indication pour expliquer où ils se trouvaient ni où ils avaient disparu.

En refermant la porte derrière elle, son épaule frôla le chambranle et une douleur descendit soudain le long de son bras le laissant engourdi. Elle jura en sourdine, Justin arriva instantanément à ses côtés.

— Ne touchez à rien, sans vous être assurés d'abord qu'il n'y avait pas de sorts, grinça-t-elle entre ses dents serrées.

Elle secoua son bras, essayant de dissiper la douleur, mais elle s'intensifia progressivement jusqu'à ce que ses doigts lui donnent l'impression qu'on y enfonçait des clous.

— Marie, haleta-t-elle, sachant que la femme blonde avait une affinité pour l'art de guérir. Peux-tu engourdir mon bras ? Je ne sais pas avec quoi j'ai été frappé, mais c'est du mauvais.

Marie fronça les sourcils et passa sa baguette le long du bras de Catherine, en essayant d'identifier le sort.

— Comment peux-tu être encore debout ? demanda-t-elle après un moment. Je ne peux pas le guérir ; tu as besoin d'un médecin pour ça. Mais je crois que je peux le bloquer afin que ça ne se répande pas ou que ça n'empire pas.

— Fais-le, décida Catherine. Je le ferai soigner correctement lorsque nous serons de retour à la base.

À côté d'elle, Justin combattait l'envie d'insister pour qu'elle rentre immédiatement. Elle prenait ses responsabilités bien trop au sérieux pour partir sitôt au milieu d'une mission, quand quelques soins de premiers secours étaient suffisants pour lui permettre de continuer. Malgré tout, il l'observerait attentivement et insisterait pour qu'elle rentre au moindre signe de faiblesse.

De l'autre côté de l'immeuble, la patrouille de Thierry rencontra un ensemble de différents pièges. Il vit et désactiva les deux premiers, mais le troisième lui explosa au visage, l'envoyant valser dans les bras de Sébastien. Il

316

commença immédiatement à se débattre, incapable de se défaire de la paranoïa induite par la magie, son esprit se convainquant que les bras qui le ceinturaient appartenaient, non pas à son amant, mais à un monstre issu de ses pires cauchemars, se préparant à le mettre en pièce, membre après membre. La prise de la créature était toutefois implacable.

— Thierry, que se passe-t-il ? questionna Sébastien immédiatement quand il sentit Thierry lutter contre lui. C'est moi, Sébastien. Quel est le problème ? Qu'est-ce que le sort t'a fait ?

À leur côté, Charlotte jeta un sort révélateur sur l'endroit où le sort d'origine s'était trouvé.

— C'est un sort de frayeur, leur dit-elle, mais seul Sébastien comprit ses mots. Je peux essayer de le contrer, du moins, assez pour qu'il entende ce que tu dis.

— Fais-le, accorda Sébastien, la voix tendue par l'inquiétude alors que Thierry se débattait. Du calme, Thierry, murmura-t-il. Je te tiens. Tu es en sécurité maintenant. Laisse Charlotte t'aider.

Charlotte jeta un sort d'humidification, sachant qu'il ne ferait pas de mal à Sébastien, mais, elle l'espérait, aiderait Thierry.

Après un moment, sa lutte faiblit, sa rationalité revint tandis que le sort de Charlotte faisait de l'effet. Il réalisa que la voix dans son oreille n'était pas les grognements d'un monstre, mais l'intonation inquiète de Sébastien, que les bras qui le maintenaient tentaient de le réconforter et pas de le blesser.

— Tu peux me lâcher maintenant, déclara-t-il à Sébastien, sa voix revenant à la normale.

Les bras de Sébastien se resserrèrent un instant, une étreinte silencieuse et réconfortante, avant de libérer son amant. Il aurait voulu l'embrasser, mais ce n'était ni le moment ni le lieu.

Alain mena sa patrouille dans le couloir central, à la recherche de la pièce où Monique avait vu Orlando en dernier. Il se répéta d'être prudent, de s'assurer de l'absence de pièges, mais le besoin de se précipiter, de trouver son amant le privait de bon sens et il courut tête baissée dans la salle. Il sut à la seconde où il déclencha le sort qu'il l'avait activé, mais le temps qu'il réagisse, le gaz l'avait déjà aspergé, troublant ses sens.

Il recula de plusieurs pas en secouant la tête tentant de combattre l'hallucination. L'appel de son nom attira son attention.

— Orlando ? appela-t-il en se tournant vers le son. Où es-tu ?

— Alain ! l'interpella vertement Raymond en réalisant que le magicien avait été touché par une vapeur hallucinogène. Tu as déclenché un des pièges de Serrier. Reviens vers nous.

Les mots ne pénétrèrent pas du tout la brume qui emplissait l'esprit d'Alain. Il savait seulement qu'Orlando était quelque part à proximité, appelant à l'aide.

Raymond jura à mi-voix, certain que Serrier avait miné le couloir pour un effet maximum.

— Il va se faire tuer, murmura-t-il à Jean. Nous devons l'arrêter.

Il jeta un sort pour disperser le gaz avant de suivre Alain dans le couloir. La magie ne semblait pas l'avoir atteint, toutefois, car il continuait à crier le nom d'Orlando, suivant la voix dans sa tête sans tenir compte de quoi que ce soit d'autre que de l'absence de son amant.

— Merde ! jura Raymond alors qu'il voyait l'inattention du magicien déclencher un sort après l'autre.

La douleur tordit le corps d'Alain, arrachant des cris à sa gorge alors qu'il continuait à avancer, forçant son corps à coopérer dans son désespoir à vouloir retrouver Orlando.

Décidant que cela avait assez duré, Jean l'arrêta en le plaquant simplement au sol. Alain se débattit.

— Que fais-tu ? interrogea-t-il. Pourquoi ne veux-tu pas que j'aille le retrouver ? Orlando a mal. Ne l'entends-tu pas m'appeler ? Ou as-tu changé de camp tout à coup ? Tu l'as trahi. Tu nous as tous trahis !

— Ferme-la, ordonna Jean, attrapant le menton d'Alain dans une poigne implacable et forçant les yeux bleus de se concentrer sur lui, à le voir véritablement. Je veux le trouver autant que toi, mais il n'est pas ici.

Le visage d'Alain se décomposa alors que ses sens se clarifiaient, l'impact de l'autorité dans la voix de Jean pénétrant la brume persistante.

— Je pouvais l'entendre. Il me suppliait de le sauver.

— Je sais, répondit Jean. Et nous le ferons. D'une manière ou d'une autre, nous le ferons, mais il n'est pas ici.

Alain hocha la tête, le cœur battant de désespoir et de déception quand il réalisa ce qui s'était passé.

— Tu peux me laisser maintenant, déclara-t-il. Je ne ferai rien de stupide, mais nous devons finir d'inspecter les pièces. Même s'il n'est pas ici, nous pourrions trouver quelque chose, n'importe quoi, qui nous donnerait une idée de l'endroit où il se trouve.

Jean n'entretenait pas beaucoup d'espoir réaliste à ce sujet, mais ils ne pouvaient pas se permettre d'ignorer la moindre piste, même minime. Se relevant, il offrit sa main à Alain.

Ils examinèrent trois autres pièces avant de rencontrer les autres patrouilles à l'autre bout du dédale de salles. Alain entra dans la dernière, à peine plus grande qu'un placard, et sut : Orlando s'était trouvé ici. Il se laissa lentement tomber à genoux, la façade de self-contrôle éclatant en réalisant à quel point ils avaient été proches de réussir.

À la porte, un seul coup d'œil permit à Thierry de comprendre la scène devant lui et il recula, utilisant son corps pour bloquer la vue aux gens restés à l'extérieur. Il referma la porte et se tourna vers les autres sorciers.

— Catherine, prends ta patrouille et retourne à la base. Dis à Marcel que nous n'avons rien trouvé d'utile et vois si la transfuge connaît un autre endroit où nous pourrions aller voir. Charlotte, prends ma patrouille et celle d'Alain ; sécurise le bâtiment. Si Serrier revient, nous ne voulons pas que cet espace lui soit accessible.

Les deux femmes acquiescèrent et suivirent ses ordres.

— Je ne sais pas combien de temps, il va être capable de faire ça, dit Thierry à Sébastien, Raymond et Jean quand les autres eurent disparu. Je suis inquiet pour sa santé mentale.

Sébastien marqua son approbation d'un signe de tête.

— Tout ce que nous pouvons faire c'est de nous arranger pour qu'il garde espoir et lui rappeler qu'il sait qu'Orlando est toujours là.

Thierry fronça les sourcils.

— Ça ne semble pas être assez.

Dans la salle, Alain laissa tomber les barrières mentales qu'il avait érigées alors qu'ils se préparaient à la bataille, laissant la connexion avec Orlando se remettre en place, l'emplir de l'amour et de la foi du vampire. Il ravala un sanglot en les percevant, leur échec actuel l'incitant à s'interroger sur la conviction inébranlable qu'Orlando avait en Alain pour lui porter secours. Le magicien continuerait d'essayer, mais il ne savait pas quoi faire de plus.

Certaines de ses frustrations devaient être passées par le lien, car une nouvelle vague d'amour et de réconfort lui parvint, le réchauffant, restaurant son équilibre. Il ne percevait aucune douleur et dans ce domaine au moins, la défection de Monique et la réinstallation de Serrier ailleurs avaient permis à Orlando de gagner un peu de temps, mais Alain était douloureusement conscient du passage des heures et du fait qu'Orlando devrait s'alimenter à nouveau d'ici peu. Il avait prévenu son amant, lorsqu'ils avaient pour la première fois réalisé l'ampleur de l'Aveu de Sang, que c'était un choix dangereux en temps de guerre, mais Orlando avait écarté ces préoccupations. Une partie d'Alain souhaitait s'être montrée plus insistante à l'époque, si seulement cela avait pu offrir de meilleure chance à Orlando de survivre aujourd'hui. Du peu qu'Orlando avait raconté de sa captivité précédente, Alain devinait que l'alimentation lui avait permis de guérir suffisamment de ses blessures pour récupérer entre les séances de torture. Cela avait été une option lorsque Thurloe le retenait, mais actuellement Orlando n'avait pas ce choix : il ne pouvait se nourrir que d'Alain et de personne d'autre.

— Je suis désolé, murmura-t-il. Je t'ai condamné.

L'ONDE NEGATIVE qui envahit Orlando le surprit, mais il la repoussa. Il comprenait la peur d'Alain. Si leur situation était inversée, il aurait été désespéré également, mais Orlando avait plus de foi que cela. Pour l'instant, il était indemne, amusé même par les tentatives pathétiques de l'affaiblir. Serrier était tellement empêtré dans les vieux stéréotypes que les vampires avaient essayé de combattre au cours des siècles. Heureusement, les légendes et les contes de bonnes femmes ne pouvaient lui nuire en rien.

Il n'était pas naïf au point de croire que Serrier s'arrêterait à ça – le magicien voulait gagner cette guerre et, pour ce faire, il devait neutraliser les vampires, mais même ainsi, le pire que Serrier pouvait lui faire c'était de le détruire. Tout le reste ne serait rien de plus que ce que son créateur lui avait fait, et Orlando savait qu'il pourrait y survivre de nouveau s'il le fallait. Il se cramponnait à la déclaration de Sébastien qui lui avait assuré qu'avec le temps, il serait capable de tenir au moins deux semaines sans s'alimenter. Il doutait que leur Aveu de Sang soit encore assez ancien pour lui permettre de résister aussi longtemps, mais il s'était nourri moins de vingt-quatre heures plus tôt, et il ne ressentait pas encore le moindre début de frémissements de faim. Ils avaient du temps. Il n'était pas prêt à quitter Alain, mais si malgré tout le pire arrivait, il irait à son repos éternel en sachant ce que cela signifiait aimer et être aimé.

Se focalisant là-dessus, il passa sa main sur sa poitrine, envoyant une impulsion d'amour et de désir l'une après l'autre en direction d'Alain. Il avait besoin que son amant soit déterminé, pas abattu. Lentement, il sentit la frustration d'Alain céder sous la force de ses émotions. Un sourire s'épanouit sur le visage du vampire lorsqu'il imagina tout ce qu'ils feraient ensemble quand ils seraient finalement réunis. Il n'essaya pas de tempérer la réaction de son corps ou de son esprit, les partageant consciemment avec Alain, ainsi qu'autant de ses pensées et de ses émotions qu'il pouvait.

Il espérait seulement que c'était suffisant.

Réparation de Sang

Partenariat de sang : tome quatre
Suite de *Conflit de sang*

Par Ariel Tachna

La guerre est à son paroxysme et les deux camps sont sur les nerfs, quand les sorciers rebelles obtiennent une victoire étonnante et capturent Orlando Saint Clair. Accablé par l'inquiétude et le chagrin, Alain, son amant, craint que, même s'ils retrouvent Orlando, le cœur et l'esprit du vampire soient beaucoup trop abîmés pour pouvoir être sauvés.

Comprenant que l'Alliance risque de chanceler, Christophe Lombard, le vampire le plus vieux et le plus puissant de Paris, quitte sa réclusion volontaire pour rejoindre la lutte. L'ancien ami d'Alain, Éric Simonet, celui qui l'a trahi en rejoignant les sorciers rebelles, est confronté à un choix : la vengeance ou la rédemption.

De son côté, Jean, rendu furieux par la capture d'Orlando, fait face à la plus déchirante des décisions de sa non-vie, alors que la bataille finale se profile : leurs actions vont-elles conduire à l'écroulement de l'Alliance ou au salut du monde ?

I

THIERRY FRONÇA les sourcils en s'asseyant à la table de la cuisine et en regardant Alain. Cela ne faisait même pas vingt-quatre heures qu'Orlando avait été capturé et déjà son meilleur ami paraissait épuisé, hagard, physiquement et émotionnellement ravagé. Thierry se demandait avec inquiétude ce qui se passerait si les heures angoissantes se transformaient en jours. Il avait encore plus peur de les voir s'étirer en semaines – des semaines qu'Orlando n'avait pas, puisqu'il ne pouvait se nourrir que d'Alain.

Son esprit réfléchissait aux possibilités de retrouver le vampire disparu. Les patrouilles de nuit fouillaient chaque endroit que Monique Leclerc, la magicienne transfuge, désignait comme un lieu ayant été utilisé par Serrier, dans l'espoir d'avoir un coup de chance et ainsi de trouver Orlando, mais en toute honnêteté, elle avait avoué que le chef rebelle gardait délibérément ses forces fractionnées afin que toute personne capturée ne puisse révéler qu'une partie de ses plans et de ses cachettes. Thierry ne savait pas vraiment comment il se sentait à l'idée d'attribuer autant d'importance à ses informations, mais c'était la meilleure piste qu'ils avaient pour le moment, d'autant que les sorciers qu'ils avaient capturés pendant la bataille de la place Pigalle n'avaient aucune information intéressante, ou craignaient plus le châtiment de Serrier s'ils parlaient qu'ils ne redoutaient de se retrouver en prison. Thierry n'était pas sûr de pouvoir les blâmer. À l'exception de Raymond, tous les sorciers qui avaient parlé en échange d'un allègement de peine avaient été confrontés à une mort horrible en prison, malgré les efforts redoublés des gardiens.

Impuissant, il vit Alain reculer sa chaise, les pieds raclant bruyamment les carreaux blancs du sol de la cuisine. Le visage crispé, il commença à faire les cent pas, tel un lion en cage incapable d'échapper aux limites de sa cellule.

— Tu vas te fatiguer et ensuite, tu ne seras plus bon à rien pour Orlando lorsque nous le trouverons, gronda Thierry.

Il savait que son avertissement ne rencontrerait que du mépris. Il avait raison.

— Comme si tu pourrais rester tranquillement assis ici, si Sébastien était celui qui se trouvait entre leurs mains, répliqua Alain.

— Non, je ne le pourrais pas, admit Thierry, mais tu serais assis là où je me trouve, à m'obliger à prendre soin de moi.

— Je devrais être dehors à sa recherche, protesta Alain. C'est moi qui ai les meilleures chances de le détecter s'ils le gardent caché !

— Peut-être, accorda Thierry, mais tu ne peux pas aller avec chaque patrouille, car cela prendrait trop de temps. C'est plus rapide de les laisser faire leur travail pendant que tu te reposes. Nous n'envoyons pas des gens inexpérimentés sur les sites. Ils connaissent les ruses de Serrier.

Alain secoua la tête, mais Thierry l'ignora.

— Tu as à peine dormi depuis qu'il a été pris, à part les quelques heures où je t'ai assommé. Tu ne peux pas continuer comme ça et espérer être en mesure de nourrir Orlando *quand* il sera secouru.

Il accentua le mot *quand*, refusant absolument d'envisager ce qui pourrait arriver à Alain, autant qu'à Orlando, s'ils ne pouvaient pas trouver le vampire à temps.

Le visage d'Alain se crispa.

— Tu ne comprends pas, insista-t-il. Il ne peut pas se nourrir de quelqu'un d'autre en dehors de moi, donc il mettra plus de temps à se remettre de tout ce qu'ils lui feront subir.

Il s'efforçait d'expliquer les pensées et les sentiments qui défiaient la rationalité.

— Il est l'autre moitié de moi, Thierry. J'ai l'impression que mon âme a été déchirée en deux, simplement parce qu'il n'est pas là. Et quand je peux sentir qu'ils le blessent, c'est encore pire. Je ne peux pas me reposer parce qu'il ne le peut pas.

Thierry ne demanda pas comment cela avait pu arriver en moins d'un mois. Il n'en avait pas besoin. Il avait, lui aussi, un partenaire, mais sans l'intensité ajoutée par la marque sur le cou d'Alain. Il ne pouvait pas sentir les émotions de Sébastien de la même manière qu'Alain pouvait percevoir celles d'Orlando, mais il savait qu'il serait tout aussi agité, tout aussi déraisonnable, si Sébastien avait disparu, au lieu d'être simplement en chemin pour aller chercher des vêtements à Alain dans l'appartement d'Orlando.

— Je comprends, répondit Thierry à mi-voix.

Une légère rougeur colora ses joues en repensant à tout ce qui s'était passé entre Sébastien et lui depuis leur première rencontre, ce qui avait abouti à leurs ébats de la veille.

L'expression sur le visage de Thierry était tellement en contradiction avec son attitude habituelle qu'elle réveilla Alain de son égocentrisme. Le rougissement de Thierry n'était pas suffisant pour supplanter Orlando dans ses pensées, mais Thierry était son meilleur ami depuis trente ans. Il ne serait pas un véritable ami s'il ne pouvait pas reconnaître un changement dans la vie de l'homme, malgré ceux qui troublaient la sienne.

— Être avec Sébastien semble te faire du bien. Tu sembles à nouveau heureux, d'une manière que tu n'as pas connue depuis longtemps.

La rougeur de Thierry s'accentua.

— Je le savais en vous regardant toi et Orlando, que faire l'amour avec un vampire serait encore plus incroyable que de simplement le laisser se nourrir de moi, mais je ne pouvais même pas m'imaginer ce que ça pouvait vraiment faire d'avoir ses crocs dans mon cou pendant que... désolé, s'interrompit-il en voyant l'étrange expression sur le visage d'Alain, je donne trop de détails.

— Ce n'est pas ça, répondit Alain, la voix nouée par une émotion contenue. C'est juste que nous ne… Orlando n'a jamais voulu se nourrir de moi pendant que nous faisions l'amour. Il avait peur de me faire du mal.

— Merde, jura Thierry dans sa barbe. Je suis désolé, Alain. Je n'arrive pas à dire quelque chose de bien ce soir.

— Il n'y a rien à dire, déclara Alain d'une voix rauque. Il avait ses raisons et je les respectais.

Il se détourna, ne voulant pas que Thierry voie la profondeur de sa douleur, amplifiée par son commentaire fortuit. Cependant, il aurait dû savoir qu'il ne pourrait pas se cacher de Thierry. Une main réconfortante se posa sur son épaule.

— Nous allons le ramener, promit Thierry, et quand nous le ferons, tu pourras le faire changer d'avis.

— C'est ça le plus terrible, fit Alain d'une voix rauque. Je crois qu'il *avait* changé d'avis, mais que ce n'était pas le moment. Nous avons reçu les informations sur l'attaque de la place Pigalle et nous avons passé la soirée à nous concentrer là-dessus. Et après, il a été capturé.

— Alors, dans le bureau avant que nous partions, vous n'étiez pas… ? commença Thierry.

— Il m'a masturbé pendant qu'il se nourrissait, mais ça peut à peine être considéré comme faire l'amour, précisa Alain. Vous êtes arrivés juste à la fin.

— Je suis désolé. Si j'avais su, je ne l'aurais pas interrompu, s'excusa Thierry.

Alain haussa les épaules, mais ses émotions étaient à vif dans sa voix quand il répondit :

— Tu ne pouvais pas le savoir, mais même si c'était le cas, nous n'avions pas le temps. De toute façon, je n'aurais pas voulu que, pour la première fois, nous partagions quelque chose d'aussi intime dans le bureau. Je souhaiterais juste que nous ayons eu plus de temps.

— Vous aurez le temps, promit Thierry. Nous allons le ramener et mettre fin à cette guerre, et vous aurez le reste de votre vie pour découvrir tout l'un sur l'autre. Tu dois y croire.

— Tu me dis ça, et ensuite tu ne me laisses pas faire quoi que ce soit pour le retrouver ! rétorqua Alain.

— Que ferais-tu de plus que nous ne soyons pas déjà en train de faire ? demanda Thierry. Cite-moi une chose que tu peux faire à cet instant, que personne d'autre ne peut assumer aussi bien que toi, et j'arrête de te harceler pour que tu te reposes et je te laisse y aller. Une seule chose, Alain, vas-y, dis-moi.

Alain ouvrit la bouche pour répondre, avant de la refermer, la frustration était visible sur son visage.

— Putain, Thierry, je ne peux pas rester assis ici et ne rien faire !

— Il n'est pas question que tu t'assoies où que ce soit, répondit Thierry fermement. Dès que Sébastien revient, tu iras prendre une douche, changer de vêtements et tu iras dormir, même si je dois t'assommer moi-même. À la réflexion, la douche peut attendre demain. Tu dois dormir ou tu ne seras pas non plus en mesure de le chercher demain. Orlando a besoin que tu sois fort, et pas sur le point de t'écrouler.

— Va te faire voir, gronda Alain avec colère, s'éloignant de Thierry et se dirigeant d'un pas décidé vers la porte. Je ne sais pas pourquoi tu penses que tu sais ce qui est le mieux pour moi, mais ce n'est pas le cas. Pas cette fois. Je ne vais pas rester ici et écouter des platitudes et à supporter ton attitude condescendante. Si tu ne veux pas m'aider à le trouver, alors je vais me débrouiller.

Les mots lui firent mal, même en sachant qu'ils étaient motivés par une certaine irrationalité. Ils le blessèrent assez pour que Thierry ne réagisse pas immédiatement, réprimant sa propre mauvaise humeur pour essayer d'éviter que la dispute ne dégénère. Cependant, Alain n'avait apparemment pas besoin que Thierry lui donne la réplique pour continuer à argumenter.

— Es-tu jaloux ? cria Alain en se retournant quand il atteignit la porte. Est-ce pour cela que tu ne veux pas m'aider ? Ou es-tu tout simplement trop obnubilé par l'idée d'entraîner de nouveau Sébastien dans un lit lorsqu'il arrivera ici, pour te préoccuper de ce qu'ils font à Orlando ?

— Ne t'engage pas sur cette voie, gronda Thierry derrière lui, son tempérament prenant le dessus. Tu sais que je me suis cassé le cul la nuit dernière et aujourd'hui à essayer de le trouver, mais je suis épuisé, tu es épuisé et la seule raison pour laquelle Sébastien ne l'est pas, c'est parce qu'il est un vampire. Il n'y a rien d'autre que nous pouvons faire ce soir.

— Qu'est-ce qui se passe ? demanda Sébastien en arrivant immédiatement conscient de la tension ambiante.

La tête d'Alain pivota, son regard se reporta sur le vampire, mais, quels que soient les mots sur ses lèvres, prêts à s'échapper, ils ne les franchirent jamais. Thierry le frappa par le côté avec un sort de sommeil avant qu'il ne les prononce. Les réflexes rapides de Sébastien empêchèrent le magicien inconscient de toucher le sol.

— Tu aurais dû le laisser tomber, murmura Thierry. Quel salaud ingrat !

Les sourcils de Sébastien se soulevèrent.

— Pour l'amour du ciel, que se passe-t-il ? redemanda-t-il, basculant Alain sur son épaule et se dirigeant vers la chambre. Je ne t'ai jamais vu agir comme ça avec Alain.

— Jette-le sur son lit et je te raconterai, répondit Thierry, la blessure des accusations d'Alain encore à vif.

Sébastien porta le sorcier dans la chambre d'amis et l'installa sur le lit en lui retirant ses chaussures pour qu'il puisse dormir plus confortablement. Il déposa le sac contenant les affaires d'Alain, là où le magicien pourrait le voir à son réveil, et retourna dans la cuisine.

— Voilà, alors, que se passe-t-il ?

Thierry soupira.

— Je n'en ai pas la moindre idée. Nous parlions – évidemment, il voulait continuer à chercher Orlando, bien qu'il soit complètement lessivé –, et ensuite, il a posé une question au sujet de toi... de nous. J'ai répondu honnêtement parce que je n'ai jamais eu de secrets pour lui, et ça a touché un point sensible. Ensuite, il s'est mis à me crier dessus, m'accusant de l'empêcher d'aller à la recherche d'Orlando sous prétexte que je serais jaloux de leur lien ou parce que je voudrais juste coucher avec toi de nouveau. Comment peut-il penser ça ?

— Il ne le pense pas, contredit Sébastien. En fait, il ne pense à rien. Il est complètement fou d'inquiétude et il tremble de peur. Imagine comment tu te sentirais si tu étais obligé de t'asseoir et de regarder Serrier torturer Alain. Tu serais dans la pièce, mais tu ne pourrais pas dire quoi que ce soit, tu ne pourrais rien faire pour l'arrêter. Tout ce que tu pourrais faire serait de souffrir avec lui. Voilà ce que subit Alain avec Orlando. Il ne peut pas le voir, mais il peut sentir la douleur d'Orlando, et il est impuissant. Et c'est ce qui l'incite à dire et faire des choses qu'il ne dirait pas et ne ferait jamais en temps normal. Mais il ne peut pas se retenir parce qu'il souffre, alors il se déchaîne contre les gens autour de lui. Il sait, à un certain niveau, que rien de ce qu'il fera ne sera suffisant pour briser votre amitié et, donc, il laisse toute l'horreur qui est en lui ressortir sur toi.

— Ce n'est pas tant les choses qu'il a dites, songea Thierry à mi-voix, la présence de Sébastien l'apaisant. C'est la façon odieuse dont il les a dites, comme s'il voulait me faire du mal.

— Il le voulait probablement, reconnut Sébastien. D'une manière un peu tordue, savoir que tu es également malheureux, lui donne certainement l'impression d'être moins seul.

Il prit une profonde inspiration et se força à se souvenir des jours les plus sombres de sa vie.

— Quand Thibaut est mort, j'étais en colère contre l'univers. La cruelle ironie de l'Aveu de Sang, c'est que l'Avoué ne peut pas être transformé parce que son partenaire ne peut pas le ou la vider, mais dans les premiers temps de notre amour, je n'y pensais pas. Il était jeune. Je n'ai pas pensé à ce qui se passerait quand il serait vieux. Jusqu'à ce que je me retrouve là, tenant le corps de mon avoué, seul pour la première fois en près de soixante ans. Des vampires sont venus pour le veiller avec moi, mais je ne voulais pas de leur compagnie. Je voulais être seul pour pleurer. La colère me rongeait de l'intérieur, alors je m'en prenais à tout le monde, essayant de les chasser. Certains d'entre eux sont partis, mais une femme est restée et m'a laissé déverser des horreurs jusqu'à ce que je sois épuisé et que je n'ai plus rien à sortir. Finalement, je lui ai demandé pourquoi elle avait supporté tout ça, et elle m'a répondu que j'avais besoin de l'évacuer ou je serais devenu fou à le garder en moi... et parce qu'elle refusait de voir un autre vampire périr pour avoir réprimé son chagrin. Je ne l'ai jamais revue après cette nuit. Elle était venue pour me réconforter et elle est partie en emportant ma douleur avec elle.

— Alors que va-t-il se passer maintenant ?

— Je ne sais pas, avoua Sébastien. Alain est la partie humaine de l'Aveu de Sang, pas la moitié vampire, et je ne connais aucun cas où l'humain a perdu le vampire plutôt que l'inverse. Je suis pratiquement sûr que c'est arrivé, c'est juste que je n'en connais pas. Et Orlando n'est pas perdu. Absent, oui, mais pas perdu, du moins pas encore, alors Alain garde espoir. Bien sûr, cela pourrait compliquer les choses, même les aggraver, si son chagrin combattait cet espoir… À vrai dire, je n'en sais rien.

— D'après toi, pourrait-il y avoir un moyen de trouver Orlando que nous n'avons pas déjà essayé ? demanda Thierry. Alain peut le sentir. Pouvons-nous utiliser ça ?

— Peut-être, répondit Sébastien. Je pouvais toujours dire si Thibaut était à la maison quand je rentrais après être sorti durant la nuit ; je pouvais toujours savoir qu'il arrivait, avant même que je l'entende faire du bruit. Alain dit que ça ne donne pas de direction, mais il pourrait être en mesure de réduire les zones de recherches en fonction de la force de ses émotions. Il nous faudra simplement faire des expériences et voir ce que ça donne.

— Il serait assez facile de créer un quadrillage de la ville et de vérifier chaque zone pour voir si les sensations sont plus fortes ou plus faibles, réfléchit Thierry à haute voix. Plus nous éliminons de zones, plus nous pourrons concentrer nos forces.

— Et comme Alain serait impliqué, cela apaisera une partie de la frustration qu'il ressent à ne rien faire.

— Sans parler de lui donner une raison de ne plus bloquer le lien comme Marcel l'incite à le faire pendant qu'il est en service, ajouta Thierry. Si cela permet de le débarrasser d'une partie de sa culpabilité, peut-être qu'il sera en mesure de se concentrer plus efficacement sur l'utilisation du lien, et de nous apprendre quelque chose d'utile pour la recherche.

Sébastien hocha la tête.

— Tu devrais également aller dormir, tant qu'il est inconscient. Si ce matin nous donne une idée de ce qui va se passer une fois que ton sort se dissipera, il va se battre pour retourner travailler.

Thierry sourit tristement.

— Cette fois, j'ai utilisé un sort plus fort que la nuit dernière. Espérons que ça nous fera gagner un peu plus de temps, mais tu as raison, déclara-t-il en tendant une main au vampire. Je ne peux même pas imaginer la torture qu'il subit.

Il frissonna en ajoutant :

— Je ne suis pas jaloux de leur lien et je n'ignore pas combien Alain souffre, mais s'il m'avait accusé d'être heureux que ce ne soit pas toi qui aies été pris, il aurait eu raison.

Sébastien prit la main tendue, marchant vers leur chambre à côté de Thierry.

— C'est une réaction parfaitement normale. Je ressentais la même chose quand Laurent a été tué. Je ne souhaitais pas cette douleur à qui que ce soit, mais j'étais ridiculement reconnaissant que ce n'était pas toi.

Franchissant le seuil, Thierry attira la silhouette plus fine du vampire contre lui, la retenant. Sébastien lui rendit son étreinte, leurs corps s'appuyant l'un contre l'autre, chacun tirant de la force et du réconfort dans la présence de l'autre. D'un accord tacite, ils se déshabillèrent mutuellement et se mirent au lit, allongés face à face, les bras autour de l'autre dans un soutien silencieux jusqu'à ce que les yeux de Thierry se ferment finalement avec le sommeil.

LA VAGUE de colère qu'Orlando perçut en provenance d'Alain le surprit. Il comprenait la frustration, la peur, la douleur, mais ça, c'était une émotion nouvelle. Le vampire sentit ses crocs commencer à s'allonger, ses poils se hérisser à la pensée que quelqu'un puisse bouleverser son magicien.

Il essaya de projeter des pensées apaisantes en retour, rassurant Alain sur sa relative sécurité et sur l'intensité de son amour, mais les émotions ne semblaient pas l'atteindre. Son inquiétude augmentant, Orlando se leva et arpenta la pièce. Il ne savait pas ce qui était arrivé à Alain pour le rendre aussi enragé que ce qu'il sentait à travers leur lien, mais ne pas être capable de rejoindre son amant, de le calmer, provoquait une douleur physique dans sa poitrine. En colère, il secoua la porte de la cellule de sa prison, mais la serrure était aussi solide que la première fois qu'il l'avait testée.

Aussi soudainement que la colère était apparue, elle prit fin, diffusant une onde de panique chez Orlando. Il lui fallut un moment pour réaliser qu'Alain s'était endormi. Il fronça les sourcils, le contraste entre la vibration de colère et le calme du sommeil d'Alain lui paraissant bizarre, jusqu'à ce qu'il se souvienne que son amant était un magicien, sans doute entouré par d'autres magiciens. Cela ne le surprendrait pas que Thierry ou Marcel ait décidé d'endormir Alain, si c'était ce qu'il fallait pour le calmer.

Un peu plus détendu, il retourna vers le seul mobilier de la chambre, un lit étroit dont les ressorts pointaient à travers le mince matelas. Pourtant, Orlando se disait que ça pourrait être pire. Il aurait pu n'avoir nulle part où s'allonger, en dehors d'un sol en pierre.

Le bruit métallique d'une clé dans la serrure attira son attention. Il se leva, préférant faire face à celui qui entrait par la porte dans une relative position de force. S'il avait la moindre chance de se battre, il la saisirait. Les sorciers pouvaient le maîtriser avec leur magie, mais physiquement, ils n'avaient aucune chance contre sa force surnaturelle.

Le grand magicien, celui qui était autrefois l'ami d'Alain, se tenait à la porte, baguette à la main.

— Tu es Éric Simonet, n'est-ce pas ? demanda Orlando avant que le magicien ne puisse l'immobiliser.

La question prit Éric complètement au dépourvu.

— Pourquoi veux-tu le savoir ? demanda-t-il.

— Alain m'a parlé de toi, répondit simplement Orlando. Tu lui manques.

Éric fronça les sourcils, ne souhaitant pas entendre ce genre de choses. Cela rendrait son travail beaucoup plus difficile. Surtout maintenant.

— C'était dans le passé, lâcha-t-il.

— Pour toi, peut-être, mais pas pour lui.

— Tu le connais bien ? demanda Éric se rappelant avoir vu le vampire combattre aux côtés de Magnier au cours de la bataille où il avait été capturé.

Orlando ne répondit pas, incapable de se forcer à le nier, mais pas encore prêt à donner aux sorciers rebelles la moindre information susceptible de les aider.

Éric considéra son silence comme un aveu.

— Je n'ai qu'un seul regret, dit-il au vampire. Que lui et Thierry me détestent désormais.

— Ce n'est pas le cas ! protesta Orlando. Ils t'accueilleraient de nouveau à bras ouverts.

— Il est trop tard pour ça. Serrier t'attend.

Alliance de Sang

Partenariat de sang, tome 1

Par Ariel Tachna

Un magicien désespéré et un vampire désabusé et amer peuvent-ils trouver un moyen de construire un partenariat qui pourrait sauver leur monde ?

Beaucoup dans ce monde secoué par la guerre magique voient les vampires comme des prédateurs, des créatures de la nuit valant moins que les humains. Pourtant, avec le conflit qui s'intensifie, la Milice de la Sorcellerie a besoin d'avantages pour inverser le cours de la guerre en sa faveur et les vampires lui donnent un avantage contre les sorciers dans cette bataille meurtrière. Dans une tentative dangereuse pour montrer leur bonne volonté, la Milice de la Sorcellerie demande une rencontre avec les vampires afin de pouvoir plaider leur cause.

Un homme désespéré, Alain Magnier, et un vampire amer et sans illusion, Orlando Saint Clair, se rencontrent à Paris et le sort du monde dépend de leur bon jugement. Est-ce que les vampires vont envisager de se joindre à la cause et de former une Alliance avec les magiciens pour gagner la guerre ?

www.dreamspinnerpress.com

Contrat de Sang

Suite de *Alliance de sang*
Partenariat de sang, tome 2

Par Ariel Tachna

Les sorciers et les vampires ont forgé une Alliance fondée sur le sang et la magie dans l'espoir de renverser la tendance de la guerre contre les sorciers rebelles. Quelques liens sorcier-vampire sont aussi réussis que celui d'Alain Magnier et Orlando de Saint Clair, mais d'autres le sont beaucoup moins, menant à des disputes, des ressentiments ou carrément à des combats entre les alliés en dépit de leurs objectifs communs.

Suivant l'exemple de son meilleur ami Alain, Thierry Dumont accepte résolument un partenariat avec le vampire Sébastien Noyer et ce malgré l'inconfort du sorcier à être si proche d'un vampire – et un homme – si peu de temps après le décès de sa femme. Mais ils constatent que leurs désespoirs sont peut-être la clé pour former une Alliance qui fonctionne : Thierry et Sébastien sont presque immédiatement dévoués à la sécurité de l'autre.

Avec cette nouvelle force qui la soutient, les dirigeants de l'Alliance se préparent à annoncer son existence au monde entier dans l'espoir de les rallier contre les sorciers rebelles qui menacent de détruire la vie telle qu'ils la connaissent. Luttant pour trouver sa voie dans la guerre en pleine expansion, l'Alliance découvre que malgré ses avantages, les partenariats ont une incidence sur l'équilibre des pouvoirs magiques élémentaires dans le monde qui peut être une menace encore plus grande que la guerre elle-même.

www.dreamspinnerpress.com

Ses Deux Papas

Par Ariel Tachna

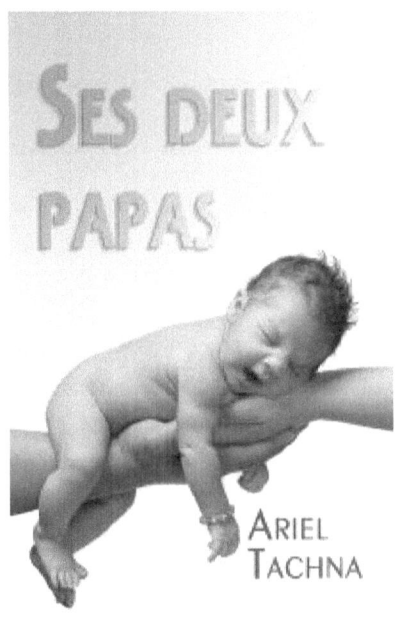

Srikkanth Bhattacharya est le célibataire gay par excellence et parfaitement heureux de l'être, jusqu'à ce qu'il reçoive un appel de l'hôpital local lui annonçant que sa meilleure amie est morte en couches. Sri avait accepté de donner son sperme afin que le rêve de maternité de Jill se réalise, mais il ne s'était pas attendu à être responsable d'une petite fille. Il décide de la placer dans une famille adoptive, mais une fois qu'il la voit, Sri ne peut se résoudre à le faire, et se débat maintenant pour apprendre à s'occuper d'un nouveau-né.

Son colocataire et ami, Jaime Frias, propose de l'aider, ne se doutant pas qu'il allait tomber amoureux du bébé et de Sri. Tout semble parfait jusqu'à ce qu'une visite des Services Sociaux plonge Sri dans le désarroi, lui donnant l'impression qu'il doit choisir entre sa fille et une relation avec l'homme qu'il était venu à aimer.

www.dreamspinnerpress.com

ARIEL TACHNA vit à la périphérie de Houston avec son mari, sa fille, son fils et leurs deux chiens. Avant de déménager là-bas, elle a voyagé partout dans le monde, est tombée amoureuse de la France – où elle a rencontré son mari – et de l'Inde, où elle rêve de prendre sa retraite un jour. Elle est parfaitement bilingue et a également à son actif des bases dans quatre autres langues. Elle est aussi amoureuse des langues qu'elle l'est de l'écriture.

Visitez le site Web d'Ariel : www.arieltachna.com
ou retrouvez-la sur Facebook : www.facebook.com/ArielTachna
ou écrivez-lui à : arieltachna@gmail.com.

Par ARIEL TACHNA

Ses Deux Papas

PARTENARIAT DE SANG
Alliance de sang
Contrat de sang
Conflit de sang

Publie par DREAMSPINNER PRESS
www.dreamspinnerpress.com

LE CORPS
DE LA MAGIE

POPPY DENNISON

www.dreamspinnerpress.com

ROBIN SAXON
ET ALEX KIDWELL

LUNE DE
SANG

www.dreamspinnerpress.com

Pour les meilleures
histoires d'amour
entre hommes, visitez

www.dreamspinner-fr.com